UN SOUFFLE, UNE OMBRE

CHRISTIAN CARAYON

UN SOUFFLE,
UNE OMBRE

fleuvenoir

ISBN : 978-2-265-11560-6

« Il était douteux ; inquiet :
Un souffle, une ombre, un rien, tout lui donnait la fièvre. »

La Fontaine,
Le lièvre et les grenouilles

Prologue

Il fait nuit. Je vois la nuit, le ciel étoilé, la lueur de la demi-lune qui la rend moins obscure. Je sens ses odeurs humides. J'entends son silence.

Je sais où je me trouve. La nuit ne peut pas tout cacher. Ce sont les éléments qu'elle recouvre qui noircissent et se réduisent à des masses sombres. Ici, elle dessine les contours de la forêt qui oscille au gré des bosses et des creux du relief. Je suis allongé au fond d'une barque. Elle glisse sur l'eau. Seul le clapot contre sa coque vient légèrement perturber le silence. Bientôt, les rames sont relevées. L'embarcation continue de glisser encore un peu avant de ralentir et de s'arrêter. Quand on me soulève pour me mettre debout, elle reste étonnamment immobile.

Au milieu des ténèbres de la forêt, le lac repose, à peine argenté par la lune. Il ondule comme un gros serpent. Je suis maintenu ainsi à la verticale durant un assez long moment. Comme si on voulait que je contemple le spectacle. Dans quelques heures, au fond de cette ancienne gorge, le soleil va se lever. Sa lumière orangée fermera la parenthèse de la nuit. Je sais maintenant que je ne la verrai pas.

Je devrais avoir peur, être terrifié. Ce n'est pas le cas. Peut-être pour l'une des toutes premières fois de ma vie.

Néanmoins, je sais que la peur viendra, qu'elle m'attend là, juste en dessous.

On me soulève comme une plume et on me laisse glisser dans l'eau sans bruit, avec lenteur, sans éclaboussure, à l'image de mon existence. On ne me lâche que lorsque je suis immergé jusqu'aux épaules. Je me mets alors à flotter et à dériver. Je m'éloigne de la barque sans faire le moindre geste, parce que j'en suis bien incapable. Je ne sens aucune partie de mon corps. Il n'est plus qu'une enveloppe dont j'ai à peine conscience. Mes bras sont soulevés par l'eau et se déplient à la surface. Le lac me porte, me berce. Il est comme les monstres des contes : il tente de me tranquilliser avant de m'avaler.

Mon corps de chiffon s'alourdit soudainement. Un poids est en train de m'attirer vers le fond. L'eau dépasse mon menton, ma bouche, mon nez. Avant qu'elle ne recouvre mes yeux, je vois une dernière fois le bateau, les silhouettes à son bord et le ciel.

Je coule. Mes bras s'étirent désormais au-dessus de ma tête. Il fait sombre, de plus en plus sombre. Les ténèbres sont tout autour et je m'y enfonce. Je me retiens de respirer. Je repousse autant que possible le moment où il me faudra laisser l'eau noire pénétrer dans ma gorge, dans mes poumons et dans mon ventre. Je sais que la douleur sera terrible. C'est maintenant que la peur me rejoint. Elle nage jusqu'à moi. Je suis inapte à la chasser. La peur est une vieille compagne. Il est normal qu'après avoir piloté ma vie, elle veille sur ma mort. Qu'elle me montre son dernier visage, le plus terrible, le plus abominable. Je me rends compte, alors, que je ne l'ai jamais vraiment connue, que je ne l'ai côtoyée que de loin.

La terreur réveille un peu mes membres. Hélas, il est trop tard. Je n'aperçois même plus les lanières d'argent de la surface. Ma chute se prolonge, comme si ce lac était sans fond.

Je suis arrivé au bout de mes réserves d'oxygène. Je vais devoir inspirer. On ne retrouvera de moi qu'une voiture garée non loin d'ici ; une carrière brisée ; une vieille maison perdue au bout d'un chemin de terre, et à l'intérieur plusieurs dizaines de pages faites de sang et de pleurs et de photos de morts. On y verra sans doute une obsession, bien pratique pour justifier ce qu'on interprétera comme un suicide, si tant est que le lac accepte de rendre ma dépouille un jour. Il n'y aura personne pour vraiment comprendre ce que cela signifiait pour moi, qu'au lieu d'une maladie, c'est d'une guérison qu'il s'agissait. Et personne non plus pour savoir que j'étais allé au bout, que j'avais découvert la vérité, toute la vérité.

Je vais mourir. Je n'ai jamais imaginé ma mort. Voilà qui est assez paradoxal pour quelqu'un qui a passé son temps à craindre le pire. Seul et dans l'obscurité la plus totale, une obscurité comme je n'en ai jamais connu ; après tout c'est une fin logique.

J'inspire. Je veux de l'air mais je n'ai que de l'eau. La sensation est atroce. Je sens que ma poitrine est en train de gonfler, prête à imploser. Mes yeux se dilatent et vont bientôt sortir de leurs orbites. Ma peau semble se déchirer en plusieurs endroits. Mes os se brisent les uns après les autres sous la pression, comme du verre. Je suis en train d'étouffer. Je tente un dernier effort. J'y épuise mes dernières forces espérant qu'ainsi ça finira plus vite. Je crie. Je rugis. Je veux partir dans le vacarme. Et je m'entends hurler.

Première partie

« Votre robe de deuil traîne des feuilles mortes. »

1

La peur gouverne ma vie. J'ai l'impression qu'elle a toujours été là, dès mes premières heures de conscience. C'est sans doute faux, mais, même en y repensant bien, je ne trouve que peu de moments de réelle insouciance dans mes jeunes années. Ils ont été effacés par une ombre de plus en plus noire et de plus en plus épaisse qui s'est posée sur moi.

Pourtant, je sais qu'il y a eu un monde avant, avant l'ombre. Je le sais parce que je connais depuis longtemps l'instant où mon monde a basculé et où l'ancien a été condamné à disparaître, petit à petit. Un dimanche matin, le 24 août 1980, peu avant 10 heures, quand plusieurs hommes – pour une grande majorité d'entre eux des pères de famille – ont nagé trente mètres dans une eau refroidie par la nuit avant d'atteindre l'îlot des Bois-Obscurs et y découvrir ce qui a bouleversé toute une vallée, tout un pays et a obscurci notre ciel.

Les éminents historiens de l'« Ancienne école » affirmaient que l'Histoire est une science qui ne pouvait laisser nulle place à l'imagination. Je ne suis pas d'accord. Je crois que, sans imagination, il n'y a pas d'Histoire. Le passé existe uniquement parce que chacun d'entre nous est capable de plonger dedans tel qu'il le voit, tel qu'il le sent, tel qu'il l'a recréé. La connaissance scientifique en coule sans aucun doute les fondations. Puis nous devenons ensuite l'architecte du reste. J'ai consacré de longs mois à faire des recherches concernant cette tragédie. Mais l'inventivité a comblé les nombreux vides que la science ne peut éviter. Et je l'ai laissée faire jusqu'à ce que cette sombre période prenne forme dans mon esprit, plus de trente ans après. Et, avec elle, ceux et celles qui l'ont peuplée.

Je sais ce fameux dimanche matin ensoleillé. Il y a une belle lumière, une douceur matinale qui annonce une journée chaude. Depuis plusieurs années, des journées de la sorte se font rares. Comme si la canicule de 1976 avait épuisé à elle seule les réserves de chaleur pour les années à venir. L'été 1980 a été aussi pourri que les quatre précédents. Toutefois, vers la fin du mois d'août, il s'est décidé à montrer un visage plus amène, à offrir un vrai soleil, un grand ciel bleu et des températures élevées, sans que tout dégénère en orage avant la fin de l'après-midi.

Nous sommes au bord d'un lac. Le lac de Basse-Misère. Il n'y a plus personne pour l'appeler ainsi aujourd'hui, à part quelques cartes topographiques et les émissions de télévision spécialisées dans le récit morbide des affaires criminelles. On l'a débaptisé. Dans mon pays, si vous demandez où se trouve le lac de Basse-Misère, on fera mine de ne pas savoir de quel lac vous parlez. Le nom est devenu tabou. Il glace les sangs et fige les regards quand il ne les rend pas mauvais. Il a été mis en eau en 1935 dans les derniers bourrelets du Massif central, recouvrant les gorges de la Font-d'Issalès sur plus de dix kilomètres pour produire une partie de l'électricité nécessaire à la vallée. On l'appelle désormais le lac de

Saint-Pierre ou le lac de Sagne-Claire, suivant le côté par lequel on l'aborde.

Saint-Pierre-d'Issalès est un petit village, autrefois moribond, qui s'est retrouvé au bord de ses eaux, à l'extrémité nord. Les quelques routes qui éraflent ces montagnes viennent toutes s'y croiser, surgissant de nulle part. Ce village a su utiliser le potentiel touristique ainsi offert à partir des années 1960 et y a trouvé une deuxième vie, du moins durant la belle saison. Ici, les rives du lac sont aménagées. Elles ont été déboisées, on a créé des plages d'herbe et de sable, des aires de pique-nique, un grand camping ombragé et deux sites d'accueil pour centres aérés et colonies de vacances. Cependant, lorsqu'on s'écarte de Saint-Pierre, le lac redevient sauvage, la forêt est omniprésente et semble dégouliner le long des pentes jusque dans l'eau, ne laissant qu'un mince liseré de roches et de terre poussiéreuse en guise de plage. Même si, au détour d'une petite anse ou d'une avancée plus trapue que les autres, on peut trouver quelques endroits plutôt accueillants. Des sentiers traversent cette forêt, débouchant au dernier moment sur ce lac qu'on ne voit pas, qu'on n'imagine pas. Un lac qui serpente entre les mamelons couverts de sapins, de hêtres et de noisetiers, reprenant la forme des gorges qu'il a englouties sous son ventre. Quelques prairies encore exploitées font exception, créant des trouées rectangulaires, rappelant qu'il y a eu un temps où les bois n'avaient pas tout avalé. Quand on s'approche du barrage, au sud, on retrouve un peu de vie. Le hameau du Bouscadié émerge d'un de ces champs à l'herbe grasse. Ses anciennes ruines ont été rénovées et transformées en résidences secondaires dont certaines se permettent même une vue sur le lac. Un peu plus bas, seule construction à avoir les pieds dans l'eau, le club nautique des Crozes. Une unique route mène jusqu'à cet endroit. Elle remonte depuis Valdérieu et sa vallée, sinueuse et de plus en plus étroite et, avant de se perdre dans cette grande forêt et de jouer à cache-cache avec le lac, elle traverse le village de Sagne-Claire. D'où le nouveau nom que les habitants de la ville ont imposé.

Le club des Crozes a été créé par quelques riches familles de Valdérieu, du temps où l'industrie était florissante dans ce petit pays. Il s'agissait d'un club privé au sein duquel on n'entrait que grâce à une copieuse cotisation annuelle et uniquement par cooptation. Cette dernière était surtout motivée par un réel intérêt pour la chose nautique et des connaissances reconnues dans le domaine. La plupart de ces gens possédaient des bateaux dans les stations balnéaires du Languedoc, qui n'étaient pas si éloignées une fois qu'on avait franchi les montagnes qui fermaient la vallée à son extrémité orientale. Ils y pratiquaient la plaisance, la plongée, la pêche au gros... Le lac semblait trop petit pour eux. Toutefois, ils étaient très attachés à ce lieu et à leur club. Celui-ci était un lieu de rendez-vous, une base commune à proximité de leur ville, où l'on venait échanger sur les exploits maritimes, exploits passés et à venir, où l'on réunissait surtout les familles, y compris en dehors des beaux jours quand la cueillette des cèpes, la chasse, la pêche, les escapades à vélo ou la marche à pied venaient remplacer les baignades.

Trois bâtiments s'élevaient aux Crozes, entièrement bardés de bois et peints en blanc. Le premier, le plus imposant, abritait un club-house avec son bar donnant sur une belle terrasse, une grande cuisine aménagée et une vaste salle de réception dont les membres pouvaient disposer pour des événements privés. Plus bas, avant la plage à l'herbe rase et moelleuse, il y avait une deuxième bâtisse qui accueillait des vestiaires avec douches. Ensuite, un peu plus à l'écart, un hangar à bateaux s'ouvrait sur une crique ombragée qui servait de mouillage, l'été, aux différentes embarcations. Néanmoins, le fleuron du club était plus loin, sur l'eau. On avait amarré là un ponton chauffé par le soleil du matin au soir et que jalousaient les baigneurs venus nager dans les environs. C'était un monde à part, feutré, bien délimité par une rangée de vieux arbres.

Plusieurs fois dans l'année, afin que cette petite communauté reste bien cimentée, on organisait des fêtes. Celle du premier bain de l'année en janvier ; celle de l'ouverture de la pêche en mars, souvent sous la neige ; celle du lundi de Pâques, avec l'omelette géante cuite au feu de bois ; celle de la Saint-Jean qui ouvrait les portes de l'été ; celle d'octobre pour les champignons ; celle du dernier dimanche de novembre pour le repas au sanglier. Toutefois, la plus importante avait lieu l'avant-dernier week-end du mois d'août, celle que tout le monde appelait la « fête des Crozes ». Du samedi matin au dimanche soir, les membres du club célébraient l'été qui s'en allait presque et les vacances qui touchaient à leur fin. On s'y amusait beaucoup avant d'affronter la rentrée et les jours plus courts, et surtout plus gris. Avant la dispersion. Car le club des Crozes avait un rôle principal : le temps d'un été, par la grâce du lac, il ressoudait les familles éparpillées le reste de l'année, surtout depuis que la crise avait ravagé la vallée. On tenait beaucoup à ces liens qui, même distendus, n'ont pas vocation à se défaire. Les enfants, les petits-enfants, les cousins et les cousines, ceux qui vivaient ailleurs les autres mois, se retrouvaient ici, auprès des parents et des grands-parents, des oncles et des tantes, de ceux qui avaient fondé le club et le faisaient vivre pour qu'il puisse rester ce point de ralliement si important. Les adultes replongeaient ensemble dans les souvenirs d'enfance ; les gamins ne semblaient jamais pouvoir se rassasier de cette enfilade de jours enfin partagés. Et les familles existaient à nouveau.

La fête des Crozes était destinée à marquer le coup, à prouver au temps qui passe qu'on ne lui reconnaît pas le pouvoir de tout emporter. Dès le samedi matin, on préparait des grillades et des boissons bien fraîches, proposait des sorties à ski nautique, des jeux et des concours, dont celui, tant attendu, de la traversée du lac à la nage. Il y avait le bal qui se finissait tard dans la nuit, un petit déjeuner avec des tables qui croulaient sous des monceaux de charcuterie et de pâtisseries, tandis que le parfum des tranches de pain grillées devant la cheminée ouvrait l'appétit. Des transats et des couvertures étaient disposés là pour observer les étoiles ; des tentes étaient plantées en rond dans le champ de derrière et les enfants savouraient de pouvoir dormir sur place ; une messe était même célébrée en plein air le dimanche matin, dans une belle clairière située entre le club et le Bouscadié. De nombreux habitants de ce hameau étaient membres des Crozes. Les autres, lors de cette fête, étaient invités à participer non seulement à la messe mais aussi au dîner et au bal du samedi soir.

La fête du mois d'août 1980 n'a pas été annulée comme cela avait été le cas deux ans auparavant. Si l'été ne s'était pas décidé à montrer le bout de son nez, rien ne serait arrivé. La célébration a pu se tenir sans encombre. Pour la dernière fois.

Le samedi, en toute fin d'après-midi, quatre jeunes gens – deux garçons et deux filles – ont quitté le club des Crozes à bord de deux canoës. Trois d'entre eux habitaient Valdérieu et fréquentaient le même collège privé. Guillaume et Justine avaient 14 ans et étaient dans la même classe depuis la sixième ; Emmanuel, lui, avait un an de moins. La quatrième se prénommait Florie et était bien plus jeune puisqu'elle n'avait pas encore 10 ans. Elle vivait en Normandie et elle ne venait dans la région que pour l'été et les fêtes de fin d'année. Durant ces vacances, elle suivait Justine, sa cousine, partout.

Ensemble, ils avaient imaginé faire une petite entorse à la fête du club, simplement le temps d'une nuit. Ils étaient parvenus à obtenir l'autorisation d'aller camper à l'écart des adultes et des autres enfants. On les savait tous raisonnables et dignes de confiance. On les avait donc laissés vivre leur petite aventure. D'autant plus que celle-ci n'avait rien de très périlleux. Leur destination était un îlot situé à moins de trois cents mètres de la plage des Crozes, même pas au milieu du lac mais séparé de la rive par un couloir d'eau d'à peine trente mètres de large. On appelle cet endroit l'îlot des Bois-Obscurs et il porte particulièrement mal son nom tant il est pelé, à l'exception de quelques pins qui s'accrochent à son arête centrale. Ils avaient prévu de construire un petit feu de camp afin d'y faire griller leur ponction dans les provisions du club et de guetter ensemble les étoiles filantes. Les sacs de couchage étant insuffisants contre l'humidité et la fraîcheur de la nuit, ils avaient emporté deux canadiennes pour dormir à l'abri. Ils avaient promis d'être de retour de bonne heure, le lendemain matin, avant 10 heures afin de ne pas rater la messe.

J'ai fait agrandir une photo qui immortalise leur départ. Ils ont l'air heureux. Justine, qui a entraîné les trois autres, rayonne tellement que sa beauté en devient bouleversante. Elle est très belle mais ne semble pas en faire cas. Elle ne cherche pas à attirer la lumière car la lumière s'accroche à elle. Son sourire irrésistible plisse ses yeux bleu marine et rehausse ses joues gourmandes, que viennent frôler quelques mèches folles. Les deux garçons ont l'air étonnés de se trouver en aussi charmante compagnie. Guillaume est un peu enrobé, des cheveux blonds coupés court coiffent un visage encore poupin, où l'on devine son manque d'assurance, malgré les airs qu'il tente de se donner. On le sent rond dans tous les sens du terme, prêt à n'importe quoi pour éviter les ennuis et les conflits. Emmanuel a un sourire plus franc, malgré la timidité maladive qui le ronge. Il a des yeux globuleux et des paupières mortes, un nez pointu, des oreilles décollées, des joues trop creusées et des lèvres trop charnues. Ses cheveux noirs coupés au bol n'arrangent rien, mettant en évidence son crâne trop ovale. Il est particulièrement laid. Au collège, on le surnomme Hydargos depuis la diffusion des premiers épisodes de *Goldorak*.

La petite Florie se tient un peu plus en retrait. Rien ne semble pouvoir la faire sourire. Elle a un joli visage de poupée avec des yeux que l'on devine très clairs mais qui sont cachés derrière sa frange. Trop longue, celle-ci pourrait bien, à terme, manger le reste de sa figure, ce à quoi elle aspire sans aucun doute.

Le soleil est en train de baisser dans leurs dos, la lumière est rasante. Bientôt, il va disparaître derrière le hameau du Bouscadié dont on aperçoit les premières maisons, plantées en haut du champ. On voit l'îlot qui les attend. Tout a l'air paisible, bien à sa place. On sent l'été sur ce cliché ; l'été est partout, jusque dans leurs regards.

Le lendemain matin, Justine et ses acolytes ont tardé à revenir. Du côté des parents, il y a d'abord eu de l'impatience puis de la déception. Déception qui s'est transformée en colère alors que les quatre ne se montraient toujours pas, malgré l'heure qui avançait, et ne répondaient même pas aux appels lancés depuis la rive. Personne n'a pensé que quelque chose de grave avait pu se produire. Ils l'ont tous reconnu ensuite : ils s'étaient contentés d'être fâchés.

Le père de Guillaume, le plus remonté, a traversé en premier. Après tout, son fils aîné avait été plus ou moins désigné comme responsable du petit groupe en vertu de son expérience chez les scouts. Il s'est déshabillé, a nagé, le souffle un peu coupé par la fraîcheur, et s'est remis debout en face. Il est passé devant les deux canoës sagement alignés et a zigzagué entre les rochers saillants et les buissons, afin d'éviter de se blesser la plante des pieds. Il a franchi le bouquet de pins et a basculé de l'autre côté de la petite crête. Et, de l'autre côté, il y avait l'enfer.

Il a d'abord vu les deux tentes effondrées sur elles-mêmes. Elles n'étaient plus que deux amas de toile et de cordes entremêlées. Toutefois, il s'en est vite désintéressé. Plus loin, il venait d'apercevoir un corps allongé, face contre terre. Il a reconnu son fils. Il s'est approché comme il a pu. La première chose qu'il a remarquée avant que ses jambes ne se dérobent sous lui, c'est que l'une des sandales de Guillaume était un peu plus loin et qu'un de ses pieds était nu. Après, il n'a plus regardé que la chevelure blonde qui avait viré au rouge. Les boucles de son garçon étaient collées par le sang et il y avait une sorte de trou à l'arrière du crâne. Il n'est pas allé plus loin. Il s'est affaissé, n'osant même pas toucher son fils. Plus de deux heures auront été nécessaires pour le convaincre de se relever.

Déjà, les autres étaient arrivés. Ils ont traversé peu de temps après lui, quand ils n'ont plus rien entendu et qu'ils ne l'ont pas vu revenir. Ils l'ont dépassé et sont allés vers la rive rocheuse de laquelle Guillaume semblait avoir voulu s'échapper. Ils y ont trouvé l'autre garçon, Emmanuel. Lui était entièrement nu. Il n'avait même plus ses chaussures. Son sexe était ensanglanté, écrasé. La partie supérieure de son corps était immergée. Les volutes rouges figées dans l'eau tout autour ne trompaient pas. On l'a tiré du lac. Sa tête n'en était plus une. Seule une moitié de son visage était identifiable, le reste se réduisait à du vide. Sur les cinq hommes qui ont traversé ce matin-là, seuls deux ont eu la lucidité de s'inquiéter des filles. On s'est mis à les chercher. L'îlot est petit, ils l'ont parcouru de long en large. Ils ont vu les chaussures et les vêtements de Justine près des rochers. Quand ils ont eu l'idée de vérifier sous les tentes, ils ont retrouvé la petite Florie. Elle vivait encore. Elle respirait à peine et on n'est pas parvenu à la réveiller. On a pensé que le manque d'oxygène avait abîmé son cerveau. Même si celui qui l'a prise dans ses bras a remarqué un hématome en haut de son front. Justine n'était pas avec elle. Elle n'était nulle part. On a alors espéré – sans trop y croire – qu'elle était parvenue à s'échapper, qu'elle avait quitté les Bois-Obscurs à la nage pour aller se réfugier dans la forêt. Alors, on l'a appelée, on est allé dans les bois. On a pris le bateau à moteur du club pour traverser le lac et inspecter l'autre rive. Son cadavre entièrement dénudé flottait à la surface, coincé par une souche d'arbre alors que le courant l'emmenait vers la digue. Son crâne était intact, son visage aussi, mais les boursouflures qui le déformaient ne pouvaient mentir : elle était morte noyée.

Voilà à quel moment les choses ont changé. Voilà ce qu'a été l'affaire de Basse-Misère : trois morts et une moins-que-vivante ; un lac maudit qui a dû être rebaptisé ; une enquête catastrophique qui n'a eu de cesse de s'égarer ; un monstre tapi quelque part, à l'abri, peut-être prêt à recommencer ; et la peur, la peur qui, depuis ce dimanche matin-là, a dévalé sur la ville, pour la vider lentement de ses forces. Pour rendre mon monde plus obscur.

2

Ce qui venait de se passer à Basse-Misère allait au-delà de la tragédie, c'était un cataclysme, une petite Apocalypse. Nous en étions les survivants. Cela nous conférait le devoir d'en devenir la mémoire, afin que personne ne soit tenté un jour d'oublier.

Si je me souviens bien, tels furent les mots qu'a prononcés le directeur du lycée Saint-Jacques le jour de la rentrée des classes 1980, face à l'ensemble des élèves rassemblés dans la cour principale. Puis, il les a répétés devant chaque classe qu'il est allé visiter durant cette journée. On disait « lycée » autant par commodité que par habitude. La véritable dénomination de l'établissement était « collège et lycée privé Saint-Jacques ». De la sixième jusqu'à la terminale, nous étions plus de huit cents élèves, avec des écarts d'âge conséquents, censés former une communauté, presque une famille. Le directeur tenait beaucoup à cette formule. Je n'ai cessé de l'entendre tout au long de ma scolarité. Et cette famille-là venait de perdre trois de ses enfants.

Durant les semaines qui ont suivi, des heures ont été banalisées le samedi matin afin de parler du drame. Des psychologues ont accompagné les professeurs principaux lors des premières séances. Les élèves étaient encouragés à s'exprimer de la manière qu'ils souhaitaient. Dans le même temps, une « antenne permanente d'écoute » a été ouverte par les bénévoles qui s'occupaient de la catéchèse au sein du lycée. Tout le monde a été sommé de respecter une période de deuil d'une durée indéterminée. Le poids en était écrasant. Lors des récréations, une sagesse anormale régnait partout, y compris dans les recoins qui échappaient à la surveillance des pions. On tolérait les jeux des plus jeunes, à condition qu'ils soient discrets. Gare à celui ou à celle qui élevait la voix ou, pire, qui riait aux éclats ! Les remontrances frappaient alors à la vitesse de la foudre, qu'elles viennent des enseignants, des surveillants ou encore des élèves plus âgés : « Vous devriez avoir honte ! Après ce qui vient de nous arriver... »

Je faisais partie de ces plus jeunes, de ces élèves de sixième fraîchement débarqués dans cette structure géante, froide et grise, qui nous faisait regretter nos petites écoles si familières. À plusieurs reprises, j'ai eu droit aux réprimandes et, si je n'avais craint des représailles vraisemblablement disproportionnées, j'aurais osé la réponse qui me brûlait les lèvres : à moi, il n'était rien arrivé.

J'ai d'abord entendu parler de Basse-Misère par mes parents. Je crois bien que la tuerie a été leur seul sujet de conversation lors des repas durant de longues semaines. Je me souviens aussi du déferlement médiatique qui s'est abattu sur notre ville, davantage de son ampleur que de son contenu. Il y avait des reporters partout, des voitures marquées du logo de chaînes de télé ou de stations de radio que nous ne captions même pas. Surtout, des caméras étaient plantées sur le trottoir d'en face, derrière des barrières de sécurité, parfois même devant le lycée.

Comme je rentrais tous les midis déjeuner chez moi, je pouvais guetter les images au journal de 13 heures, empli d'une fierté que j'avais du mal à dissimuler, même si elle me rendait un peu honteux. Notre vallée n'intéressait pas grand monde en temps normal. Il existait un ailleurs qui paraissait digne d'une meilleure attention, où se passait toujours une foultitude de choses. Néanmoins, pour quelques semaines, voire quelques mois, nous sommes devenus le centre du pays. Je rêvais de me voir un jour apparaître à l'écran. Avec mes copains, le matin, nous faisions exprès de traîner devant les murs du lycée, passant et repassant, l'air de rien, devant les caméras dans l'espoir d'être filmés, ou même mieux, interviewés. Le jour de la marche silencieuse et des quatre minutes durant lesquelles, après le signal donné par toutes les cloches de la vallée, Valdérieu s'est figée, j'ai cru que c'était bon, vu que nous autres, élèves du lycée Saint-Jacques, nous nous trouvions en tête du cortège. Mais j'ai été déçu une fois de plus. On n'a vu à la télé que des voitures arrêtées en plein milieu des rues, des piétons immobiles comme des statues, le silence qui a écrasé la ville et qui reste, encore aujourd'hui, dans beaucoup de mémoires. À côté de ça, la grande marche, filmée de loin, ne faisait pas vraiment le poids, et on n'en a parlé que quelques secondes.

Je n'ai pas entendu grand-chose de ce qui pouvait se dire. J'ai su que l'enquête partait dans tous les sens, que le juge qui en avait la charge était devenu un personnage détesté par pas mal de monde. Des noms de suspects émergeaient, mais on essayait de me cacher les raisons de ces suspicions. J'ai deviné malgré tout qu'elles avaient un caractère charnel assez prononcé. Quand la télé évoquait des violences sexuelles sur deux des victimes, Justine et Emmanuel, on refusait de répondre à mes demandes d'éclaircissements : on me disait que cela n'était pas de mon âge, que je comprendrais bien assez tôt. J'ai entendu mes parents commenter les rebondissements d'un air grave, parfois même catastrophé ou horrifié. La seule chose que j'ai retenue, au final, c'est qu'un monstre rôdait dans le coin, qu'il s'en prenait aux enfants, que je devais faire attention, qu'il était hors de question que j'aille au lycée ou que j'en rentre à vélo, comme je le faisais pour l'école. On prenait garde à ne pas me laisser seul, y compris dans notre maison pourtant si rassurante. Parce que même les adultes paraissaient avoir peur de lui.

Au-delà du fond de l'affaire, je me souviens davantage de l'atmosphère de ces quelques mois, mais aussi des années qui ont suivi. La ville était assiégée par l'inquiétude. Elle respirait à peine, effrayée, en permanence sur le qui-vive, persuadée qu'un autre drame ne tarderait pas à se produire. Une ombre planait sur nous, menaçante. Je la devinais partout, chez tout le monde, et elle semblait me suivre jusque dans mon sommeil.

Toutefois, l'automne est passé et a emporté un peu de cette chape avec lui. Au lycée, les heures banalisées du samedi matin se sont espacées. « L'antenne permanente d'écoute » a cessé d'être, faute d'élèves à écouter. L'affaire continuait à passionner la France entière mais ne nous appartenait plus. Elle était désincarnée, presque irréelle. Le directeur n'a rien pu faire pour inverser la tendance. Il a juste constaté que la période de deuil qu'il avait décrétée touchait à sa fin et que le temps de la mémoire commençait.

Il était acté depuis le début qu'un mémorial serait installé dans l'enceinte du lycée. La date de son inauguration avait été fixée à la veille des vacances de Noël, le jour de la grand-messe annuelle obligatoire pour la totalité des élèves. Un premier concours avait été lancé, dès septembre, afin de choisir l'œuvre qui allait avoir la lourde tâche d'incarner cette mémoire. Un sculpteur du coin a remporté la commande avec, pour projet, une grande plaque rectangulaire taillée dans le granit de nos montagnes, destinée à coiffer sur toute sa longueur la double porte d'entrée de la chapelle. Quatre silhouettes s'y tenaient de dos, dans le coin gauche. Devant elles, une immensité grise, à peine ridée par les nervures de la pierre. Et en haut, dans le coin opposé, une phrase glaçante en guise d'horizon : « En mémoire des victimes de Basse-Misère ».

Pour beaucoup, l'immensité grise représentait le lac. Pour d'autres, et en particulier les adultes, elle incarnait un vide dérangeant car dénué d'espoir et, de ce fait, mal assorti avec la foi catholique qui était censée être le ciment de notre « famille ». Ceux-là ont fini par être entendus. Le travail étant déjà bien avancé, le sculpteur a refusé de modifier sa mise en scène. Alors, à défaut, on a réussi à le convaincre de la garnir davantage.

Un deuxième concours a été organisé à la va-vite. Chaque membre du lycée, adultes et élèves confondus, a été invité à proposer une phrase qui serait ensuite gravée dans le granit, afin que le vide soit moins vide. Une urne a été installée au pied du comptoir de l'accueil pour recueillir les propositions. Les créations ont été mollement encouragées. Les emprunts paraissaient plus adaptés pour un lieu de savoir. La grande majorité des papiers qui ont été dépouillés citaient le Nouveau Testament, car ils étaient nombreux à penser que seule la Bible pouvait faire l'affaire. Cependant, il y a eu des mécréants pour proposer des vers de Hugo, de Baudelaire ou de Saint-Exupéry.

Un jury composé d'une vingtaine de personnes a siégé autour du directeur et du censeur, les enseignants s'y retrouvant mêlés aux parents d'élèves dont l'association finançait pour moitié la sculpture. Notre professeur de français en faisait partie. Il nous a raconté *a posteriori* que les débats avaient duré jusque tard dans la soirée et que le ton était même monté. Le scrutin s'était déroulé dans une certaine agitation et pas moins de neuf tours avaient été nécessaires pour désigner la fameuse phrase. À la surprise générale, c'est un vers d'Edmond Rostand qui l'a emporté, tiré de *Cyrano* : « Votre robe de deuil traîne des feuilles mortes. »

Deux arguments avaient fini par convaincre la majorité des votants : le premier a reposé sur une longue plaidoirie du prof de philo, qui semblait voir beaucoup de choses dans cette phrase, de nombreuses interprétations possibles, ce qui était parfait pour un mémorial ; le deuxième a été que cette proposition émanait d'un élève, de sixième de surcroît. Et cet élève, c'était moi.

Quelques jours avant l'annonce du concours, j'avais été contraint – nouvelles règles de prudence obligent – d'accompagner mes parents à un dîner chez des gens que je ne connaissais pas. J'étais le seul enfant présent et, voyant que je m'ennuyais ferme, la maîtresse de maison m'avait proposé de m'installer devant la télé du salon. Sauf que j'avais interdiction de changer de chaîne ou de monter le volume du son. Ainsi, avais-je eu droit à une représentation filmée de *Cyrano de Bergerac* prise en cours de route. D'abord réticent, j'avais fini par être happé par une histoire plus grande que toutes celles que je connaissais. Dès le lundi, je m'étais précipité à la bibliothèque du lycée pour y emprunter un exemplaire défraîchi de la pièce. Œuvre qui peupla par la suite mes soirées.

Quand le concours a été lancé, avide de gloire et de reconnaissance, encore frustré de ne pas avoir attiré l'œil des caméras qui se faisaient d'ailleurs de plus en plus rares dans nos rues, j'ai tenu à y participer. Pour être certain de faire bonne figure, j'ai longuement cherché dans la Bible. Hélas, mes premiers essais m'ont paru voués à l'échec. Alors, je n'ai pas pu résister plus longtemps à la tentation d'aller piller mon cher *Cyrano*. J'ai exploré naturellement le passage évoquant la mort du héros – « Je me bats, je me bats, je me bats… » – puis, ne trouvant rien qui puisse convenir, j'ai remonté les pages, jusqu'à la tirade du duc se plaignant du deuil interminable de Roxane. C'est d'ailleurs parce qu'il contenait le mot « deuil » que ce vers m'a sauté aux yeux. Je n'ai même pas essayé de le comprendre.

Il m'a valu une gloire éphémère et, au bout du compte, assez embarrassante ce jeudi de décembre 1980, quelques jours après qu'on avait fêté mes 11 ans. Malgré tout, je restais persuadé qu'il ne m'était rien arrivé à Basse-Misère. J'avais tort.

Deuxième partie

« Toujours assauts divers… »

3

Ma vie ressemble à quelque chose d'immobile. Je n'avance que lorsque je n'ai pas le choix. Le reste du temps, je freine autant que possible ou, à défaut, je louvoie. J'entrevois tellement d'écueils sur mon chemin, tellement de pièges et de dangers... Se sentir vulnérable en permanence est éreintant. Le poids de la lâcheté est bien lourd à porter.

Je ne passe pourtant pas pour craintif, ce serait même plutôt l'inverse. Je n'ai pas peur dans la vie, j'ai peur de la vie, c'est différent. Je sens que je ne suis pas de taille, je me considère toujours comme inférieur. Je cède vite dans les conflits de personnes, si je ne suis pas en mesure de les éviter, et face aux aléas de l'existence que je ne peux contrôler. Je me soumets, je m'aplatis, je me fais oublier et je finis par passer mon chemin. Les personnes qui me trouvent solide, doté d'une certaine assurance, se trompent. Je suis un faux colosse, un imposteur, de ceux qu'il est jouissif de renverser car ils jouent à être ce qu'ils ne sont pas. Je n'ai qu'une autorité de façade qui se délite dans la difficulté, une aisance de pacotille. Je ne suis capable de prendre la tête d'une meute que si elle est déjà soumise. Je détourne l'attention pour ne pas avoir à me montrer tel que je suis, empli de cette inquiétude qui gouverne ma vie, et de la colère qui l'accompagne, de cette rage contre moi-même qui est parfois effrayante mais n'explose au grand jour qu'après l'affront, qu'après le moment où le masque est tombé. Quand je me retrouve seul, me jurant que jamais plus je n'aurai à plier. Jusqu'à la fois suivante.

Une telle accumulation de renoncements a fini par me devenir odieuse. On peut sans doute vivre en étant perpétuellement inquiet, en ne devinant au loin qu'un horizon bouché. Il est plus difficile de le faire avec autant de remords. Ma couardise a eu des conséquences qui sont devenues de véritables blessures qui ne cessent de se rouvrir. Les souffrances qu'elles me causent sont de plus en plus cruelles.

Cela a été le cas en décembre 2013, lors de l'habituelle soirée de Noël organisée par le président de l'université toulousaine où j'enseigne. Il s'agit d'une soirée d'apparat, d'un rituel immuable à la veille des vacances, offert à toutes les équipes des différents UFR. Elle a lieu dans le château qui surplombe notre campus, dernier vestige de l'ancienne propriété sur laquelle il a été bâti. On attend de nous que nous nous y montrions, histoire de marquer le coup. Parfois, il m'est arrivé de m'y amuser, d'y traîner jusque tard dans la nuit, profitant du buffet, du bar et des différents salons. C'était à une époque où j'étais plus sociable, où je me sentais encore capable de donner le change. Avant que je me recroqueville sur moi-même et que je n'aie plus grand-chose à dire.

Depuis, ces soirées étaient devenues de véritables corvées et j'avais décidé de ne pas me rendre à celle-ci. Toutefois, je savais que j'étais dans le collimateur de pas mal de monde à la fac. Mon étoile d'historien brillait de moins en moins et ma latitude à faire de la recherche était, à terme, menacée, surtout si je continuais à ne rien publier. Le fait d'être sorti avec une de mes étudiantes n'arrangeait ma réputation en rien. Surtout que la fin de notre liaison avait conduit cette jeune Américaine à dérailler et à se mettre en danger, ce qui s'était rapidement su. J'étais en train de devenir une brebis galeuse. Il me fallait trouver des soutiens, jouer le jeu de l'équipe. M'efforcer de renouer quelques liens, voire d'empêcher que les rares qui perduraient ne se défassent. Donc, j'ai fini par accepter d'aller à la soirée au cours de laquelle j'ai pu contempler l'étendue de mon échec et comprendre que ma vie, telle qu'elle était, m'était devenue insupportable.

D'abord parce que mon ex-femme figurait parmi les invités. Je l'ai aperçue à l'autre bout du grand salon tandis que je participais à la parade et passais d'une pièce à l'autre, un verre de mauvais champagne à la main. Marielle ne semblait pas m'avoir vu. Elle était resplendissante dans une robe noire qui lui donnait une classe folle. Elle avait retrouvé la beauté qui s'était fanée à mes côtés. Elle était même plus éclatante. Après notre séparation, elle s'était mise en couple avec un professeur de l'UFR de philosophie. Je ne sais pas comment ils s'étaient rencontrés vu que Marielle ne travaille pas sur le campus. Depuis, je les avais déjà vus ensemble, une ou deux fois, de loin, et toujours avec une déchirure quelque part entre ma gorge et ma poitrine. Mais je ne m'étais pas préparé au fait qu'ils soient tous les deux présents à la soirée, ni à ce que Marielle l'accompagne, emmenant son bébé et déclenchant une ronde émerveillée autour du landau sur lequel elle veillait avec fierté.

J'ai été incapable de lui faire un enfant. Les médecins que nous avons consultés après de nombreux atermoiements ont déclaré que le problème était psychique, qu'il y avait un blocage et que celui-ci venait de Marielle. Nous vivions ensemble depuis six ans quand elle a commencé à sérieusement évoquer le recours à l'adoption. Surtout après avoir lu quelque part que l'arrivée d'un enfant pouvait entraîner la résolution de son problème : le nombre de femmes qui tombent enceintes peu de temps après avoir adopté est, paraît-il, assez élevé. Or, il n'en était pas question pour moi. Je lui ai refusé le droit d'être mère parce que je ne suis pas fait pour être père. Le souci me ronge déjà. Avoir un enfant m'apparaissait comme une épreuve insurmontable. Cela accentuerait ma vulnérabilité et représentait la quintessence de ce que j'avais passé ma vie à redouter. Le problème venait de moi. Je l'ai toujours su. Tout en faisant croire à Marielle que je la rejoignais dans son désir de fonder une famille.

Il a bien fallu que je me dévoile, que je cesse de lui mentir. À partir de là, notre relation s'est délitée. Notre couple s'est défait sans éclat, comme un fruit trop mûr qui finit par tomber mollement de son arbre.

Il m'arrivait encore de rêver du temps où nous étions ensemble. Dans ces rêves, je lui parlais beaucoup et elle ne cessait de me sourire. Elle ne se flétrissait pas à force de pleurer. Il y avait de l'admiration dans son regard et je me sentais heureux, heureux et enfin fort. Lors de cette soirée de Noël, je l'ai vue telle qu'elle apparaissait dans mes rêves. Et je n'étais pour rien dans son bonheur.

Elle est tombée enceinte assez rapidement après le début de sa liaison avec le prof de philo. J'avais appris qu'elle avait accouché d'un petit garçon au début de l'automne. Le coup a été rude à encaisser. Mais les apercevoir, elle et ce bébé qui n'était pas le mien, a été encore plus dur.

J'ai tenté de quitter le château en toute hâte. Pas assez vite cependant pour ne pas croiser Jean-Henri et sa petite famille, à peine avais-je fait demi-tour pour aller chercher mon manteau au vestiaire.

Jean-Henri Olivier était mon meilleur ami, mon « presque-frère ». Nous avons été étudiants ensemble, dans cette fac où nous enseignons tous les deux aujourd'hui. Lorsque nous préparions l'agrégation d'histoire, nous nous étions fait la promesse de revenir ici, en tant que profs et de prendre en charge conjointement les cours concernant la question d'histoire contemporaine au concours. Jean-Henri avait même ajouté que chacune de nos leçons devrait commencer et se terminer par une citation, un truc bien percutant, parce qu'il trouvait que ça donnait de l'emphase au reste et que ce serait notre signature, un jeu entre nous deux, comme un code. Nous avons presque tenu cette promesse jusqu'au bout.

Jean-Henri est un homme brillant, cultivé, chaleureux, généreux, un concentré à lui tout seul d'intelligence et de gentillesse. Il m'a fait découvrir ce qu'est l'amitié. J'en ai eu la révélation justement l'année où nous préparions le concours. Un matin, alors que nous étions à la bibliothèque universitaire, une réflexion d'une des filles de notre groupe de travail m'avait désarçonné. Je m'étais senti rougir, empêtré dans mon ridicule. Jean-Henri, à cette époque, n'était que rarement d'attaque avant midi, or il n'était pas encore arrivé. Comme d'habitude, j'avais choisi de fuir et de quitter au plus vite la bibliothèque, prétextant que je ne me sentais pas très bien. J'étais allé me réfugier dans mon petit studio, histoire de rester seul avec mon humiliation, décidé à me tenir désormais loin de ces condisciples devenus soudain menaçants, avant tout de cette fille dont j'étais secrètement amoureux.

Jean-Henri a sonné à ma porte deux heures plus tard. Il avait appris que ça n'allait pas. Il était venu s'assurer que ce n'était rien de trop méchant et me proposer de passer un moment avec moi. C'était la première fois, en dehors de mes parents, que quelqu'un avait ce genre d'attention pour moi : être présent quand ça allait mal, faire comprendre que j'étais important et surtout pas seul. Sur le coup, je me suis senti rassuré, moins fragile. À partir de cet après-midi-là, nos liens n'ont fait que se renforcer et nous avons même imaginé qu'ils ne se déferaient jamais.

En dehors de ses si nombreuses qualités, Jean-Henri a longtemps cultivé un jardin plus que ténébreux. Je l'ai connu multipliant les excès en tout genre : boire plus que de raison chaque soir ; fumer de l'herbe au petit déjeuner, seul moyen pour lui d'avoir la force d'affronter la journée qui s'annonçait ; transporter cette herbe depuis Amsterdam dans des préservatifs qu'il avalait. Je l'ai vu se mettre à poil, debout sur le comptoir d'un bistrot ; relever le défi de boire douze verres de pastis avant la fin des douze coups de midi. Je l'ai vu insulter des flics qui patrouillaient sur le pont Saint-Michel, ce qui nous a valu une nuit au poste. Je l'ai vu sniffer son traditionnel rail de coke le soir du réveillon du Nouvel An. Je l'ai vu se suspendre dans le vide, accroché par les mains à la corniche d'un immeuble de huit étages, juste pour tester la sensation que cela procurait. Je l'ai entendu me raconter ses virées au Cap d'Agde, dans des boîtes à partouze, ou dans des bars à putes en Catalogne où il se faisait sucer sans bouger du comptoir. Il a couché avec des filles improbables, voire avec des mecs, de son propre aveu. Il a fréquenté des marginaux de tout poil, allant jusqu'à leur offrir le gîte et le couvert. J'ai été témoin de cela et de bien pire encore. J'ai aussi fait partie, à un moment donné, des rares personnes qui se sont unies pour tenter de le sortir de là, quand il a fini par toucher le fond et qu'à la fac on a commencé à se méfier de lui, de sa réputation de plus en plus sulfureuse et alcoolisée. Je l'ai conduit moi-même jusqu'à une clinique près d'Annecy où il avait accepté de se faire soigner.

Il en est revenu bien décidé à laisser son maudit jardin en friche. Il affirme encore aujourd'hui qu'il n'a plus touché à une goutte d'alcool ou à une quelconque drogue depuis sa cure. Cure dont il n'était pas revenu seul. Durant son séjour, il avait rencontré celle qui est ensuite devenue son épouse et la mère de ses deux filles. Malheureusement, son couple n'a pas tenu. Il a volé en éclats de manière aussi soudaine qu'il s'était formé. Le divorce a été houleux et douloureux. Sa femme voulait tout lui prendre, à commencer par les petites. Elle l'a accusé de s'être remis à boire et de se droguer, de la battre régulièrement, y compris devant ses filles, d'avoir mis celles-ci en danger plus d'une fois en raison de son état. Abattu, Jean-Henri a sollicité mon aide. Pour sa défense, il avait besoin de mon témoignage. Je devais jurer que jamais je ne l'avais vu être violent, ce qui était vrai. Je devais jurer qu'il était un mari fidèle et surtout un père aimant pour ses deux petites filles qui m'appelaient Tonton. Je devais jurer qu'il ne buvait plus, ne se droguait plus, ce dont je n'étais pas certain. J'ai hésité. Juste quelques instants, le temps de mesurer les conséquences s'il se révélait que sa femme disait la vérité. Une pause dont il s'est rendu compte. Il avait compris qu'à un moment, même bref, je l'avais cru capable de faire ce dont on l'accusait.

Je n'ai pas eu à témoigner. Il ne me l'a plus jamais demandé. Depuis ce jour, il ne m'adresse plus la parole et ne veut plus de mon amitié. Au tribunal, bien aidé par son avocat, il a gagné. Il a été prouvé que son épouse avait tout inventé. Il a obtenu la garde exclusive de ses filles, tandis que leur mère, qui avait bel et bien replongé, était frappée d'une mesure d'éloignement. Jean-Henri s'est sorti de l'épreuve la plus difficile de sa vie debout et il n'a cessé, depuis, de continuer à s'élever. Tous ceux qui lui avaient craché dessus se sont mis à le porter au pinacle. La qualité de son travail a été reconnue et sa carrière s'est envolée. Ses textes ont été publiés, aussi brillants et inspirés les uns que les autres. Au sein de l'UFR d'histoire, il s'est vite imposé comme LA référence et a fini par en devenir le directeur. Il a même trouvé une femme à épouser, une normale cette fois, la plus jolie violoncelliste du grand orchestre du Capitole.

Je n'étais plus à ses côtés pour me féliciter de sa renaissance. Je n'ai jamais osé faire un pas vers lui pour lui dire combien je regrettais, juste pour qu'il m'entende le dire à défaut d'accepter mes excuses.

À la soirée de Noël, impeccable dans son costume trois-pièces, sa superbe épouse à son bras, ses adorables filles autour d'eux, il était d'une compagnie visiblement recherchée et appréciée. On se pressait autour de lui. Et quand j'ai été obligé de le croiser, ainsi qu'il le faisait depuis ces deux dernières années, il n'a pas eu le moindre regard pour moi.

La solitude que j'ai ressentie, pourtant entouré de tous ces gens, a été terrible. Mais le sentiment de médiocrité l'a dépassée. Je suis revenu chez moi, effondré. Je suis resté dans le noir, derrière la fenêtre du salon, à regarder la rue déserte et les décorations de Noël qui scintillaient. Comme j'avais aimé cette période de l'année quand j'étais enfant ! Et combien elle m'apparaissait aujourd'hui malveillante !

J'ai pris conscience que tout cela était devenu insupportable. Fuir le plus loin possible, laisser le peu qui me restait derrière moi, disparaître. Pourquoi pas ? Mais qui pouvait m'affirmer que la peur ne me suivrait pas ? Alors, j'ai songé à en finir, à m'arrêter. Il me suffisait d'ouvrir cette fenêtre ou bien de démonter les lames de mon rasoir.

Je n'ai rien fait. Je ne suis pas parti et je n'ai pas tenté de me tuer. Toutefois, je me suis promis de ne plus jamais vivre une telle nuit. Et je me suis décidé à aller consulter un psy, celui qui a son cabinet dans mon quartier et dont j'avais entendu le plus grand bien.

Je dois avouer que, tout en y allant de moi-même, je n'étais guère convaincu de l'efficacité de nos séances lorsque, trois semaines plus tard, je me suis présenté au premier rendez-vous. D'ailleurs, j'ai mis un terme à ma thérapie assez rapidement. Néanmoins, il me faut avouer que, sans cet homme, ce qui s'est passé par la suite n'aurait jamais eu lieu. J'ai fini par lui en être reconnaissant.

4

Je voulais connaître une amélioration rapide et me sentir mieux. Aussi, malgré mes réticences, j'ai très vite parlé à ce psy de la vulnérabilité que je ressentais sans cesse et qui empoisonnait ma vie, la dénudant de tout risque et de toute audace. À la fin de la séance inaugurale, il m'a demandé, pour la fois suivante, de rédiger la liste des choses dont je n'avais pas peur. J'ai eu l'impression de ramener des devoirs à faire à la maison. Malgré le ridicule de la situation, je me suis exécuté. La liste était longue, si bien que, lorsque je l'ai revu, il a tenté de me convaincre de cesser d'utiliser le mot « peur » pour décrire mon cas. « Angoisse » convenait mieux. J'ai trouvé le terme bien plus humiliant car, à mes yeux, il implique un aspect pathologique qui me dérange. J'avoue que je n'étais guère convaincu. J'y suis revenu une troisième fois, uniquement parce qu'il m'a donné un petit texte à lire, une fable de la Fontaine que je ne connaissais pas, *Le lièvre et les grenouilles*. L'histoire en elle-même ne m'a pas touché outre mesure. Néanmoins, un passage m'a marqué, tant et si bien que j'ai fini par le recopier avec beaucoup de soin sur une carte que j'ai glissée dans un coin du miroir de ma salle de bains : « Les gens de naturel peureux/ sont, disait-il, bien malheureux./ Ils ne sauraient manger morceau qui leur profite./ Jamais un plaisir pur ; toujours assauts divers./ Voilà comme je vis : cette crainte maudite m'empêche de dormir sinon les yeux ouverts. »

Je me suis retrouvé dans ce passage et je m'en suis ouvert au psy la séance d'après. Il m'a interrogé : Toujours assauts divers ? Quels étaient-ils donc pour moi ?

Les réponses me sont venues dans le désordre.

La moindre visite chez le médecin, la moindre analyse sanguine, le moindre examen complémentaire que devaient subir mes proches ne pouvaient que révéler une maladie grave.

Enfant, quand ma mère dormait plus tard le dimanche matin, j'étais persuadé qu'elle était morte durant son sommeil. Je m'approchais alors de la porte entrouverte de sa chambre, la gorge serrée, afin d'entendre sa respiration. Et quand je ne l'entendais pas, je n'avais d'autre choix que de la réveiller.

On m'avait appris qu'il fallait dire ses prières tous les soirs. Je m'y suis astreint durant des années, comme une épreuve à laquelle je devais me plier afin que les malheurs ne s'abattent pas sur nous. Un soir, alors que j'étais déjà au collège, je me suis endormi avant d'avoir pu le faire. Des jours durant, j'ai cru que ma vie allait être ravagée et, rongé par la culpabilité, j'ai guetté le premier des différents fléaux que j'avais provoqués. Rien de grave ne nous est arrivé dans les semaines qui ont suivi. Alors, j'ai cessé définitivement de prier et j'ai vécu cela comme une victoire.

Je n'ai été confronté à la mort qu'assez tard. Toutefois, elle a été ma compagne dès mon plus jeune âge, dès que j'ai pris conscience qu'elle existait. Très tôt, j'ai su qu'elle allait me prendre tous ceux qui avaient de l'importance pour moi. J'ai imaginé, même souhaité, partir avant eux, pour ne pas avoir à affronter l'insurmontable. Le jour où mes parents m'ont offert ma chienne, j'étais à la fois heureux et terrifié qu'on ajoute ainsi un être mortel à ma liste déjà trop longue. Je me suis effondré en larmes. Mes parents ont cru que l'émotion m'avait submergé et, bien des années après, racontaient encore l'anecdote avec un mélange d'amusement et de tendresse. Je n'avais pourtant pas pleuré de joie ce jour-là. Je portais déjà le deuil de ce petit animal que j'ai aimé au premier regard. Je l'ai porté si longtemps que lorsque ma chienne est morte, douze ans plus tard, terrassée par la vieillesse et non par une vipère, une voiture, un coup de fusil ou du poison comme je l'avais craint, je n'ai pas montré la moindre émotion. Une fois encore, mes parents n'ont rien compris. Ma mère m'a même reproché d'avoir changé, et pas qu'en bien : « Toi qui étais si sensible quand tu étais petit ! » Je me préparais à la mort de ma complice depuis tant d'années et je l'avais pleurée tant et tant de fois…

Il n'y avait pas que la mort. Il y avait les soucis d'argent quand l'entreprise de mon père traversait des turbulences. Il y avait les moments de froid entre mes parents. Il y avait même l'école. Je me souviens d'un exercice d'écriture que nous avions réalisé lorsque j'étais élève en CP. L'institutrice n'avait pas préparé nos cahiers, les lignes n'étaient plus signalées par un gros point bleu. Nous avions été prévenus, la semaine précédente, afin de bien regarder quel modèle nous aurions à suivre. Le jour de l'exercice, j'ai scrupuleusement recopié le texte qui était rédigé au tableau. Cependant, par excès de confiance, je n'avais rien observé. J'ai donc omis de sauter une ligne à chaque fois. Je m'en suis aperçu le mardi soir, au moment de quitter l'école, quand j'en ai discuté avec mes copains. J'étais le seul à avoir commis l'irréparable. J'ai passé la journée du mercredi dans un état d'inquiétude qui, malgré mon jeune âge à l'époque, est toujours très vivace dans ma mémoire. J'ai connu l'une des pires souffrances de ma vie. En fin d'après-midi, lorsque l'épisode de *Zorro* s'est terminé, annonçant l'imminence du soir et donc du lendemain matin, j'ai craqué, vaincu par la peur de ce qui m'attendait. Ma mère a mis mon état sur le dos de la télé et, les mercredis suivants, elle a été rationnée. C'est pour cette raison, je crois, que j'ai toujours été bon élève : pour ne pas avoir à revivre de telles journées. Le pire est que je ne me souviens absolument pas du jeudi matin, sinon que j'ai été privé de récréation, le temps de refaire ma page, de manière convenable cette fois.

Je mettais aussi un temps fou à m'endormir. Je redoutais tant que l'imprévu me tombe dessus que je tentais de l'anticiper, envisageant les pires situations possibles et m'entraînant à les affronter.

La peur – je continue à l'appeler ainsi – était en moi. On me l'avait inoculée. Enfant unique, j'ai développé le don d'écouter les conversations des adultes sans qu'ils s'en aperçoivent. Et j'avais l'impression que tout ce qu'ils avaient à se raconter était fait d'histoires horribles et de drames. Avec mes parents, c'était le soir, à table, et avec une nette recrudescence le lundi. Chez ma grand-mère, c'était à la fin des repas, quand je partais jouer sur le tapis du salon. Accidents de voiture, accidents domestiques, agressions, cancers, opérations chirurgicales qui tournaient mal… La jeune fille qu'on avait retrouvée morte dans sa baignoire, intoxiquée par un chauffage défectueux ; le garçon qui avait voulu creuser un trou très profond sur la plage et était mort enseveli quand le sable s'était effondré sur lui ; l'homme dont le tracteur s'était renversé et qui s'était retrouvé coincé dessous, la chaîne qui entraînait le moteur venant lui labourer le ventre ; la famille qui avait été enterrée vivante par une coulée de boue dévalant la montagne lors d'un gros orage… Les calamités pleuvaient autour de nous. Je me disais qu'il était miraculeux que nous n'ayons pas été encore touchés mais que, tôt ou tard, nous ne pourrions y échapper. Je sais aujourd'hui que ces conversations avaient pour but d'exorciser leurs propres craintes. Sauf que, sans y prendre garde, ils m'ont contaminé.

Et puis, il y a eu Basse-Misère, avec les enfants assassinés, le tueur en liberté, les multiples rumeurs… Moi qui n'avais jamais eu peur du noir, je me suis mis à le redouter. Je ne descendais plus seul au sous-sol chez nous alors que, quand j'étais petit, je jouais volontiers dans le vide sanitaire. Rester seul à la maison n'était plus une fête mais une corvée. Lorsque je jouais dans le jardin, je me tenais derrière la maison pour ne pas être vu depuis la rue. Le moindre retard d'un de mes parents me paniquait… Tout m'apparaissait menaçant. Les premiers suspects à avoir été interpellés étaient des hommes, des pères de famille qui avaient l'âge du mien. Et le pire a fini par arriver : je me suis mis à me méfier de mon propre père. Pas directement mais d'une manière plus sournoise, presque inconsciente. Je n'aimais plus me retrouver seul avec lui, je ne l'accompagnais plus à la pêche comme avant, je ne traînais plus dans son bureau. Je me suis même mis à rêver qu'il me faisait du mal. Il y a un cauchemar que je garde encore en moi tant il m'a traumatisé : ma chienne était attachée, clouée au sol dans notre allée et mon père, au volant de sa camionnette, prenait son élan, hilare, pour lui rouler dessus. J'avais honte d'avoir de telles pensées car il était vraiment un brave type, pétri de gentillesse et de courage. Il a sans doute dû souffrir de mon éloignement, le mettant sur le compte de l'adolescence. Il m'a fallu des années pour me débarrasser de cette méfiance, des années perdues que je regrette terriblement aujourd'hui.

Pourtant, j'avais imaginé le tueur du lac. Je savais qu'il n'avait rien à voir avec mon père. C'était un homme certes, mais beaucoup plus grand. Je ne connaissais que sa silhouette. Il portait un cache-poussière qui lui descendait jusqu'aux chevilles et un chapeau mou à large bord. Il restait dans l'ombre. Il était l'ombre. Je lui avais même donné un nom secret, qui m'était venu dans mon sommeil : Konitz. J'étais persuadé que le jour où je le croiserais pour de bon, je saurais le reconnaître, même sans son déguisement.

Un soir, assez tard, j'ai été réveillé par une envie pressante. Je me suis levé. Et la peur m'a immédiatement étouffé. J'y ai vu une alerte. Au bout du couloir éteint, il y avait de la lumière qui filtrait de la chambre de mes parents alors qu'ils se couchaient tous les deux relativement tôt. Et soudain, j'ai deviné l'ombre de Konitz. Elle venait de passer furtivement dans la lueur. J'étais pétrifié, incapable de faire le moindre mouvement. Je voulais lui échapper, me cacher quelque part, mais, en même temps, je ne voulais pas abandonner mes parents, sachant qu'il les avait massacrés ou qu'il était en train de le faire, éclaboussant la chambre de leur sang. Je n'ai jamais su combien de temps je suis resté debout dans ce couloir, pieds nus sur le carrelage. Assez pour que ma vessie lâche. À ce moment, l'ombre est repassée dans la lumière. Elle n'a pas disparu, bien au contraire, elle s'est avancée vers moi. Quand elle a appuyé sur l'interrupteur, j'ai vu le visage empourpré de ma mère, affairée à ajuster sa robe de chambre, puis son inquiétude quand elle a remarqué la flaque d'urine. J'ai eu droit à une visite chez le médecin dès le lendemain matin. Des années plus tard, j'ai compris que j'avais failli surprendre mes parents en train de faire l'amour et qu'eux étaient persuadés que c'était le cas, d'où mon traumatisme et le pipi dans le couloir. J'ai juste consenti à dire au médecin que j'avais eu peur, que j'avais cru apercevoir ou entendre quelqu'un dans notre maison. Rien d'autre. Konitz rôdait autour de moi, mais c'était une affaire entre lui et moi.

Je n'avais jamais autant parlé de ma personne que chez le psy. Les choses que je lui ai racontées m'ont paru dénuées d'intérêt et totalement décousues, peut-être même ridicules. Cependant, je n'ai pas pu m'empêcher de continuer, ressentant une forme de soulagement qui, malheureusement, ne durait pas une fois sorti de son cabinet. Ce qui m'a poussé à montrer mon impatience et à envisager une nouvelle fois la fin de nos séances.

Il a donc été contraint de passer aux outils plus tôt que prévu, dans le but de me convaincre.

— Je vois plusieurs pistes possibles sur lesquelles nous pouvons travailler. Toutefois, je crois qu'il y en a une qui doit primer sur les autres. Je dois vous prévenir qu'il s'agira sans doute d'un travail de longue haleine et que ce travail, vous devrez l'effectuer en grande partie seul. Depuis cinq semaines, je vous écoute parler de votre enfance et de votre adolescence. Tout est focalisé sur ces années. Je crois que la tuerie, le drame de Basse-Misère, vous a mené dans une impasse. Vos peurs d'enfant, au lieu de disparaître, se sont ancrées en vous à cause de cette histoire. Vous devez vous en extirper, trouver une issue. Votre brillante carrière universitaire le prouve, vous savez mieux que quiconque faire parler le passé. Alors, faites parler celui-ci, Marc-Édouard. Donnez-lui une forme, des odeurs, un visage… Puis, lorsque vous l'aurez fait, regardez-le en face, toisez-le avec vos yeux d'adulte et pas à travers la mémoire d'un enfant. Je pense sincèrement que cela pourrait vous aider.

— Et quelles sont les autres pistes ?

J'ai cessé de consulter très peu de temps après cette séance. L'idée d'étudier l'affaire de Basse-Misère et ses conséquences sur mon monde a pourtant fini par faire son chemin. Elle a germé puis poussé, dopée tous les matins et tous les soirs par l'extrait de la fable accroché dans ma salle de bains. Jusqu'à m'obséder.

5

Comme souvent, il a fallu que le vent se lève et me pousse dans le dos pour que je sois obligé d'avancer. Il s'est levé à la fac, au mois de février, quelques jours après la fin de mes visites chez le psy.

Je suis maître de conférences en histoire contemporaine au sein de l'université de sciences humaines. J'y ai d'abord été étudiant puis j'y suis revenu comme ATER, avant la soutenance de ma thèse : *L'impact de la Première Guerre mondiale sur les petites patries : l'exemple des Monts d'Autan.* Se spécialiser dans la Grande Guerre comme tant d'autres, et depuis Toulouse de surcroît, tenait de la gageure. Dans un tel domaine, ce n'est pas ici que les choses se passent. Je me condamnais donc à une carrière de seconde zone, confortable et sans éclat. Or, la chance m'a souri. Je suis tombé par hasard sur une photo prise en 1916 devant le Grand Hôtel des Bains de Bagnères-de-Luchon qui accueillait à l'époque des soldats blessés. J'ai vu les regards qu'échangeaient deux d'entre eux. J'ai retrouvé leurs noms puis leurs familles. L'une d'elles avait conservé de nombreuses affaires appartenant à leur aïeul. Des objets, des lettres, des carnets, des photos… Je m'y suis plongé. J'y ai trouvé le nom d'un autre ancien combattant et, dans l'héritage qu'il avait laissé à ses descendants, de nouvelles archives à dépouiller, des images à observer, des lignes à lire, d'autres entre lesquelles deviner ce qui n'était pas écrit mais suggéré. Puis encore d'autres noms et d'autres archives et ainsi de suite. Ces vieux papiers m'ont fait voyager du Lot à l'Ariège en passant par l'Aude et le Comminges. En 2005, j'ai ainsi été en mesure de publier un article intitulé : « La Première Guerre mondiale et la remise en cause des normes morales : l'exemple de l'homosexualité parmi les soldats français. » Depuis un petit moment, d'autres historiens tournaient autour du sujet, l'un des derniers murs de silence à franchir concernant cette période. Moi, je venais de trouver la porte et je l'avais ouverte. Le petit monde historiographique a frissonné d'émoi. J'ai eu droit à un peu de lumière. Puis, il y a eu le scandale. Des élus conservateurs, les milieux d'extrême-droite et quelques associations d'anciens combattants me sont tombés dessus. Le ministère de la Défense s'est même fendu d'un communiqué afin de prendre ses distances avec mon travail. Je me voyais déjà perdre mon poste, recevoir des menaces de mort, être obligé de m'éloigner et de me faire oublier. Au contraire, ce tintamarre a éveillé l'attention d'un grand hebdomadaire qui m'a commandé une version synthétique de l'article assortie d'une interview que j'ai consenti à lui accorder. Ma démonstration était solide, audacieuse mais solide. Elle m'a valu d'être soutenu par de nombreux historiens et des personnalités influentes. La lumière est devenue plus vive. En Allemagne, au Canada et en Angleterre, d'autres ont pris le relais de mon travail et l'ont complété. J'étais devenu une célébrité. J'ai été invité dans des colloques aux quatre coins de l'Europe. J'ai même eu droit à une émission spéciale sur France-Culture et à une deuxième partie de soirée sur Arte. À Toulouse, mes cours faisaient déjà le plein avant. Il a alors fallu refuser de plus en plus d'étudiants, y compris dans le mastère que je pilotais. En 2007, j'ai été choisi par un éditeur prestigieux pour coordonner un ouvrage collectif qui a connu un très grand succès : *La France, malade de la guerre ? (1870-1962)*. Ce livre a marqué mon apogée.

Ma soudaine célébrité a fini par me revenir dans la figure. Le piédestal sur lequel j'avais grimpé faisait trop d'ombre à certains de mes confrères. Particulièrement à Toulouse. Mon premier ouvrage écrit seul, *La Génération sacrifiée*, une nouvelle fois sur la Grande Guerre et ses conséquences, s'est fait démonter par une large majorité des spécialistes de la question. Avec ce bouquin écrit trop vite, superficiel, fragile, j'ai offert ma tête sur un plateau à tous ceux qui rêvaient de se la payer. On disait de moi que j'étais « l'historien du silence », que j'écrivais sur une guerre que je ne connaissais que de loin, n'ayant que très peu pris la peine d'aller dans le Nord, sur le terrain, pour y comprendre le froid, la pluie ou la boue, y manipuler des armes d'époque et revêtir les uniformes, goûter aux rations… Bref, on m'a reproché de faire une histoire de salon. Ces failles apparentes ont débouché sur des attaques contre mes écrits plus anciens. On ne m'a pas traité d'imposteur, mais le mot brûlait les lèvres de pas mal de monde. Je n'ai pas su me défendre. Je n'ai que très peu cherché à le faire. Adieu donc le piédestal et la lumière !

À la fac, je suis devenu l'objet de railleries de la part d'un petit groupe de collègues. Leur blague la plus courue me présentait comme le fondateur de « L'école des Anales ». Sur la porte de mon bureau, le carton portant cette mention était régulièrement renouvelé et son auteur prenait la peine de souligner au feutre rouge l'unique « n » d'« Anales », de crainte que certains ne comprennent pas le jeu de mots. J'ai toujours su que l'auteur en question était Pascal Caubère. Professeur en histoire contemporaine comme moi, quasiment le même âge, spécialisé dans l'histoire culturelle, ancien élève de Normale sup, pedigree qu'il ne cesse de rappeler. Lui seul est capable de souligner en rouge un jeu de mots pensant que les autres ne sont pas forcément aptes à en saisir la subtilité. Il passe d'ailleurs son temps à souligner tout ce qu'il fait et dit pour que ça n'échappe à personne. Et il me voue une jalousie féroce. Il m'attaque sur tous les sujets, me contredit, y compris devant les étudiants. Concernant l'article qui m'a rendu célèbre, il a été un des premiers à reconnaître sa valeur, avant de s'empresser d'ajouter qu'il lui manquait ce qui lui aurait permis de passer à la postérité : le génie.

Aussi bizarre que ça puisse paraître, moi qui ai la boule au ventre quand je dois effectuer des réclamations par téléphone, je ne crains pas mes contradicteurs à la fac. Surtout pas Pascal Caubère. Il fait beaucoup de bruit, il gesticule, il parle fort, comme tous ceux qui veulent détourner l'attention de leurs propres faiblesses. Quand il m'est arrivé de hausser le ton face à lui, je l'ai vu pâlir chaque fois et reculer d'au moins un pas. Mais il récupère vite et il est plus calé que moi. Et bien plus à l'aise dans les joutes verbales et les débats contradictoires. Lorsqu'il contre-attaque, il fait mouche et retourne systématiquement la situation en sa faveur. Je le laisse alors à sa victoire.

À force de reculades face à des gens comme lui, je suis redevenu un simple maître de conférences qui fait son travail à l'écart de l'endroit où les choses se passent. Mon aura reste intacte chez bon nombre d'étudiants parce que, à défaut d'être un bon chercheur, je suis un bon prof. En revanche, au sein de l'UFR, j'ai l'impression d'être comme un coureur du Tour de France qui a été déclassé pour dopage : je suis devenu moins fréquentable. Il faut dire que sortir avec une de mes étudiantes n'a pas contribué à redorer mon blason.

J'ai entretenu une liaison avec une jeune Américaine, Siobhan, inscrite dans mon cours de licence, liaison qui n'est pas restée longtemps secrète. Rien ne l'interdit : des profs qui couchent avec leurs étudiantes, j'en connais un paquet. On ne m'a pas vraiment fait payer le fait d'être sorti avec elle mais plutôt de l'avoir quittée et quasiment acculée au suicide.

Je m'étais rendu compte qu'elle avait quelques soucis. Elle pouvait d'un coup s'abîmer dans une tristesse sans fond et s'y noyer durant des jours et des jours. Elle passait son temps à ingurgiter des médicaments de toute sorte qu'elle trimballait dans son sac à main. Quand je n'ai plus supporté son attitude et l'enfer qu'elle était capable de me faire vivre, je l'ai laissée à sa jeunesse torturée et je suis revenu à mes 40 ans. Sauf qu'elle a alors sombré et qu'elle a failli se tuer. Elle m'a juré qu'elle ne l'avait pas fait exprès, qu'il s'agissait d'un accident. Je n'ai pas su si je pouvais la croire. Elle a fait un séjour assez long en hôpital psychiatrique à la suite de cet « accident ». L'info a fait le tour des allées de la fac. Et je suis passé pour un monstre insensible.

Mon dossier a fini par être chargé. J'étais contesté, isolé. Des menaces à peine voilées ont pesé sur mon emploi. J'ai laissé pleuvoir les coups. Je ne retirais même plus les cartons accrochés à la porte de mon bureau par Caubère et ses complices. Du coup, j'ai donné l'impression que l'on pouvait m'écraser les orteils en toute impunité.

Vers la mi-février, grâce à des indiscrétions ministérielles, nous avons été mis au courant, avec quelques jours d'avance, de la nouvelle question d'histoire contemporaine proposée pour les deux sessions à venir des concours de l'enseignement : « La France et la guerre : 1815-1962 ». Comme nos résultats à l'agrégation sont déplorables, Jean-Henri a décidé de mettre l'UFR en branle. L'équipe de contemporaine a été réunie afin d'établir une stratégie susceptible d'inverser la tendance. Tout le monde savait que la question me revenait, que j'étais le seul vrai spécialiste dans la place. C'était l'occasion d'un retour en grâce après des mois de pénitence. Mais on m'a refusé cette chance. À peine m'a-t-on consenti quelques interventions ponctuelles devant les candidats. Jean-Henri n'a pas souhaité participer au vote. Malgré notre rêve commun. Un mot de lui, un seul, et j'obtenais cette responsabilité. Il a préféré laisser les autres me mettre en charpie. Il a été désigné à l'unanimité professeur référent pour la préparation aux concours et, pour enfoncer le clou, il a choisi comme coresponsable Pascal Caubère.

Après cette réunion où j'ai renoncé très vite à plaider ma cause, ce dernier m'a rattrapé sur le parking pour m'y asséner le coup de grâce.

— La guerre, c'est fini pour toi, Marc-Edouard. Tu refuses de le comprendre. Vous êtes trop nombreux sur le créneau et tu ne fais pas partie de leur sérail. Tu as voulu leur griller la politesse et ils ne te le pardonneront jamais, là-haut. Je te le dis pour ton bien et pour ta carrière : change de sujet ! Reviens à des choses que tu sais faire…

J'ai vécu les heures qui ont suivi comme une tempête. Je voulais tuer Caubère, le briser, le réduire en une bouillie informe. Je voulais les mettre tous à terre, les écraser sous mon talon. J'ai passé une nouvelle nuit sans sommeil à me battre rageusement contre des ennemis invisibles. Au matin, épuisé par la bataille, j'ai fait comme la chèvre de M. Seguin : j'ai admis ma défaite. La rage s'est alors subitement envolée.

Je me suis mis à nettoyer frénétiquement mon appartement. Je le trouvais sale et malodorant. J'ai fait deux machines, j'ai repassé le linge qui s'était accumulé sur le lit de la pièce du fond. Je me sentais vraiment fatigué, mais j'ai mis un point d'honneur à rester debout, le temps pour moi de faire le grand ménage. Je suis même sorti faire les courses aux halles et j'ai rempli mon frigo redevenu aussi propre qu'un sou neuf.

Quand tout a été lavé, aéré et rangé, je me suis douché. Puis, en peignoir, je me suis assis à mon bureau. J'ai attrapé une feuille blanche et, de la pointe de mon stylo-plume fétiche, j'ai rédigé la profession de foi de mon nouveau projet de recherche, le premier depuis bien longtemps. Je l'ai coiffé d'un beau titre, bien ronflant : « Les mémoires de la peur. De la Grande Guerre à l'affaire de Basse-Misère, les Monts d'Autan face à leurs traumatismes. » De quoi sauver momentanément mon poste d'enseignant-chercheur et couvrir le but réel de mes recherches.

On approchait du centenaire de la Première Guerre mondiale. Des gens de Valdérieu étaient venus jusqu'à Toulouse pour me convaincre de participer aux commémorations que leur association organisait dans notre ville. Un homme que je ne connaissais pas m'avait parlé de cette vallée que j'avais quittée depuis longtemps. Il l'avait fait avec passion, avec fougue, les yeux brillants. Ses mots étaient justes, imagés. On sentait les montagnes, l'odeur des usines, l'abnégation de la population, son audace, sa rudesse. Il a réussi à me faire à nouveau aimer ce petit pays si particulier et à me rendre fier d'en être issu. Il avait conclu en me disant que l'histoire de la réussite économique de Valdérieu puis de son terrible déclin restait à écrire. Je n'avais jamais goûté à l'histoire économique, mais j'ai ressorti l'idée du coin de ma cervelle où elle était allée se nicher. Elle m'a permis de masquer le fait que je n'allais travailler que sur Basse-Misère, comme me l'avait conseillé le psy.

Je tenais déjà le sous-titre de ma synthèse finale : « Toujours assauts divers ».

Ensuite, j'ai laissé cette feuille sur mon bureau débarrassé de son désordre habituel et je suis allé me coucher dans des draps bien propres et agréablement parfumés.

J'ai dormi pendant une éternité.

6

Durant les mois qui ont suivi le massacre de Basse-Misère, je me souviens d'avoir entendu différentes versions de ce qui s'était passé sur l'îlot des Bois-Obscurs. Avec mes copains, nous partagions les dernières informations glanées à la maison, la plupart s'étant ensuite révélées fausses. L'un avait entendu dire que, contrairement à ce que la police avait affirmé, les quatre jeunes avaient tous été violés. Aucun de nous n'étant capable d'expliquer clairement ce que cela signifiait, nous étions allés pêcher de plus amples précisions auprès d'élèves des classes supérieures. Ils s'étaient moqués de notre naïveté mais avaient malgré tout fini par nous répondre. Réponse que j'aurais préféré ne pas avoir entendue tant elle me bouleversa. Une autre rumeur accusait également la police de cacher le fait que la fille avait été dépecée, littéralement vidée de ses entrailles avant que son corps ne soit soigneusement lavé dans le lac.

Nous suivions la marche chaotique de l'enquête et, pour copier les adultes, nous condamnions en quelques secondes les suspects, nous échafaudions de nouvelles théories lorsqu'ils étaient innocentés et nous étions étonnés que le juge et ses hommes se complaisent ainsi dans l'ignorance.

À la lecture des journaux de l'époque, j'avoue avoir découvert des éléments que j'avais ignorés depuis l'époque des faits. J'en étais resté, du moins pour une partie de l'affaire, aux fausses vérités de mon enfance.

On avait raconté à l'époque que la petite Florie était devenue une sorte de légume, qu'on la maintenait en vie artificiellement. Elle était sortie de son coma durant un très court laps de temps, puis y avait replongé pour de bon. C'était faux.

Florie Nipperday était en effet restée quinze jours dans le coma avant de se réveiller. Elle avait reçu deux coups violents sur la tête, assénés vraisemblablement avec une grosse pierre. Celui qui l'avait atteinte au niveau du rocher était responsable de son état. Contrairement à Guillaume, elle n'en était pas morte, la double épaisseur de toile de tente ayant un peu amorti le choc. À son réveil, on n'avait pas pu tirer grand-chose d'elle. Elle se souvenait qu'ils étaient tous allés se coucher vers une heure du matin, parce qu'il faisait froid et qu'ils étaient vraiment fatigués. Elle dormait avec Justine, qui s'était relevée lorsqu'elle avait entendu du bruit dehors. Elle lui avait dit de ne pas bouger, de ne rien faire avant qu'elle revienne. Mais elle n'était pas revenue. Soudain, la tente s'était effondrée sur elle. Elle se rappelait avoir étouffé puis quelque chose l'avait frappée au front. Après, plus rien. Aux questions concernant le bruit qui avait poussé sa cousine à sortir de la tente, elle répondait toujours la même chose : « C'est sorti de l'eau. »

Ce réveil n'en était toutefois pas vraiment un. Quelques articles postérieurs indiquaient que Florie n'avait pas récupéré la totalité de ses facultés. Elle parlait avec beaucoup de difficultés et n'était jamais vraiment revenue dans le monde des vivants.

L'îlot avait été piétiné dans tous les sens et les corps avaient même été déplacés avant l'arrivée des gendarmes le dimanche matin. Ces derniers non plus ne prirent aucune précaution une fois sur les lieux, peu habitués à ce genre d'affaire. Ce qu'on n'appelait pas encore une scène de crime était dévasté et, en grande partie, inexploitable. Seuls les deux médecins légistes purent apporter quelques réponses.

Guillaume Armengaud avait eu le crâne fracturé par une pierre assez lourde et aux rebords non-tranchants. Il était tombé en avant puis n'avait pas mis beaucoup de temps à mourir. La position de son cadavre et sa chaussure arrachée laissaient à penser qu'il était en train de fuir au moment où on l'avait frappé par-derrière.

Justine Brunet-Auriac avait subi des violences sexuelles. Des attouchements assez brutaux qui l'avaient blessée, mais aussi une ou plusieurs pénétrations, puisque son hymen était déchiré. On n'avait pas retrouvé de traces de sperme. Son calvaire s'était effectivement déroulé sur l'îlot. Son dos portait les marques des aspérités rocheuses du sol où elle avait été allongée de force. Sur un des gros rochers ronds près de l'eau, on avait retrouvé son sang. Elle avait dû s'asseoir après le viol ou on l'avait forcée à le faire. Les blessures qu'on avait repérées sur ses épaules et à l'arrière de son cou montraient comment on l'avait maintenue sous l'eau. On l'avait noyée puis son cadavre avait été jeté dans le lac. Ses vêtements étaient intacts, sans aucune trace de sang ou de lutte.

En revanche, ceux d'Emmanuel Garcès avaient disparu. Sur lui, on s'était acharné. À coups de pierres également. On en retrouva de nombreux résidus dans les plaies béantes à son visage et à sa tête. Certains coups avaient été portés alors qu'il était déjà mort. Les contusions relevées sur sa peau, à l'endroit des coutures et des élastiques de ses vêtements, tendaient à prouver qu'ils avaient été déchirés ou arrachés avec brutalité. Marques qui n'étaient pas visibles sur le corps de Justine. Au contraire de ce qu'on avait pensé de prime abord, il n'avait pas été sodomisé. Il avait des ecchymoses sur la verge, certains coups reçus ayant été d'une telle violence qu'ils avaient déchiré ses bourses et l'avaient fait saigner abondamment.

Les trois décès s'étaient produits avant trois heures du matin. Si l'on se basait sur les rares paroles prononcées par Florie Nipperday, les meurtres avaient donc été commis dans un créneau de deux heures.

Le reste de l'enquête ne fut que tâtonnements et maladresses. On ne put trouver aucun indice, ni les vêtements disparus ni les pierres ayant servi au massacre. Le juge fut débordé par la pression médiatique et l'envie d'aboutir à un résultat rapide. Sans aucune preuve matérielle ni aucun témoignage – personne n'avait rien vu ni entendu –, il suspecta d'abord un des membres du club nautique des Crozes. Ceux-ci savaient que les quatre jeunes campaient sur l'îlot des Bois-obscurs cette nuit-là. Alors que la fête battait son plein, ils pouvaient se permettre des allées et venues sans qu'elles soient remarquées. Il évoqua un homme, ce ne pouvait être qu'un homme. Tous furent donc longuement interrogés jusqu'à ce qu'un nom finisse par sortir du chapeau, celui de Gilles Mahous.

Lui n'était pourtant pas membre du club nautique et il n'était pas censé se trouver à la fête. Manque de chance pour lui, il y était. Invité à venir faire un tour aux Crozes le samedi après-midi, invitation préalable à une éventuelle cooptation, il avait fini par s'incruster et rester sur place jusqu'à une heure avancée de la nuit. Il avait disparu un bon moment, aux alentours d'une heure du matin. Tant et si bien que certains avaient pensé qu'il était parti. En fait, il n'en était rien et il était réapparu environ deux heures plus tard pour prendre congé en bonne et due forme. Mahous était un coureur de jupons invétéré. Cela se savait. En fouillant davantage dans sa vie privée, les enquêteurs et les journalistes lui trouvèrent même des mœurs qui confinaient au libertinage, y compris avec des jeunes filles. Il fut placé en garde à vue. Justine était belle, très belle même. Elle avait déjà le corps d'une jeune femme, avec tous ses attributs. Mahous avait discuté et joué avec elle dans l'après-midi, d'une manière que certains témoins se sont empressés de juger déplacée voire choquante. On imaginait que, plus tard, l'alcool aidant, il n'avait pas été capable de réfréner ses pulsions. Tout le monde, médias compris, l'avait déjà cloué au pilori quand il fut relâché quarante-huit heures plus tard, hors de cause, mais sa vie et sa famille en miettes.

Il ne fallut pas attendre longtemps pour que le juge annonce triomphalement devant micros et caméras que le coupable venait probablement d'être interpellé, n'usant pas du terme plus adéquat de « suspect ». Cette fois, il s'agissait de Bernard Bardy, un autre habitant de Valdérieu, commerçant comme Gilles Mahous et récemment exclu du club des Crozes. Il avait fait l'acquisition d'une parcelle de prairie non loin du lac qu'il ne parvenait pas, malgré ses demandes répétées, à faire classer comme constructible. Alors, chaque été, il venait ici en famille, avec sa femme, sa fille et son fils, et ils s'installaient dans une grande caravane qu'il montait au début des grandes vacances. La nuit du triple meurtre, contrairement à sa femme et à ses deux enfants, il était resté sur son terrain, au lieu de descendre à Valdérieu, pour échapper aux désagréments causés par la fête des Crozes. Bardy avait été membre du club nautique. Il n'avait pas été coopté pour sa fortune ou ses origines familiales mais pour sa pratique incontestable de la mer, qui avait même été son premier métier. Il était titulaire d'un diplôme de plongée qui lui donnait le droit d'encadrer quelques sorties et de jouer les formateurs. Il avait également construit de ses mains un petit voilier qu'il avait basé à Saint-Cyprien avant d'être obligé de le revendre en 1979, pour cause de finances en berne. Au même moment, il avait été écarté des Crozes. « Chassé » conviendrait mieux. On essaya d'en garder la raison cachée le plus longtemps possible. Mais le secret ne tint pas face aux enquêteurs. Bernard Bardy préférait les hommes. Au cours de l'automne 1979, on avait fait des travaux aux Crozes. Bardy était un excellent bricoleur. Il s'était rendu disponible pour rénover le hangar à bateaux. Il ne compta pas ses heures, espérant peut-être que son abnégation prolongerait son adhésion au club. Il savait qu'on jasait dans son dos, que la rumeur sur ses penchants était en train d'enfler. Or, personne n'avait jamais eu à se plaindre de son comportement. Il s'était retrouvé, un après-midi, seul avec le fils Azéma, qui tuait le temps en attendant son incorporation sous les drapeaux. Il avait cru que le jeune homme partageait les mêmes inclinaisons que lui. Il avait mal interprété certains signes, certains gestes. L'autre nia farouchement, expliquant que Bardy s'était soudain approché de lui et avait glissé la main dans son pantalon. On avait étouffé l'affaire, calmant au passage les Azéma, père et fils, qui déclarèrent plus tard dans les journaux qu'ils n'avaient eu alors qu'une envie, celle de lui « couper les couilles » et qu'ils auraient « peut-être mieux fait ».

On avait donc un homme qui aimait les jeunes garçons – certains articles le décrivant presque comme un pédophile en puissance –, fâché après son exclusion du club nautique et qui, durant la tragique nuit, errait seul dans les parages.

À l'issue d'une longue garde à vue, Bernard Bardy fut incarcéré à Toulouse. On réclamait déjà sa tête. Néanmoins, il n'y avait pas la moindre preuve de sa culpabilité. Il clamait son innocence. Plusieurs personnalités influentes s'offusquèrent publiquement du traitement qu'on lui avait réservé. On parlait d'homophobie. Le juge fut alors pressé par sa hiérarchie d'étayer davantage son accusation. Il ne réussit qu'à se ridiculiser quand on lui demanda d'expliquer pourquoi, des quatre victimes de Basse-Misère, la seule à avoir été violée était une fille. Bardy fut relâché au bout d'un mois de prison et le juge fut dessaisi de l'affaire.

À coups de témoignages à charge et de reconstitutions farfelues, un premier livre sur la tuerie fut publié en janvier et continuait de présenter Bardy comme le suspect numéro un. Lui qui avait non seulement perdu sa famille mais aussi sa papeterie se suicida au mois de mai qui suivit, quelques jours après l'élection de François Mitterrand, en se jetant sous le train Valdérieu-Toulouse. Beaucoup interprétèrent son geste comme un aveu malgré les éléments apportés par la chancellerie pour prouver son innocence. Aujourd'hui encore, pour certains, il reste le tueur de Basse-Misère. Une récente émission de télé consacrée au triple meurtre n'a pas hésité à le mettre à nouveau en accusation, relatant les pressions subies par les autorités chargées de l'affaire et comment celles-ci avaient perturbé l'enquête. La disparition ou la destruction accidentelle de certains scellés qui auraient pu être analysés quand la technologie a évolué était, somme toute, bien pratique, et plutôt suspecte.

Pour d'autres, Florie Nipperday est impliquée dans le massacre. Comment expliquer, sinon, qu'elle en ait réchappé ?

On a également suspecté les bûcherons calabrais qui travaillaient à une quinzaine de kilomètres, des rôdeurs, des Gitans, et même une bête sauvage tapie au fond de ce lac trop profond, donnant ainsi un sens aux paroles de Florie. Lorsqu'on a vidé le barrage – officiellement pour des raisons techniques –, ils ont été nombreux à se rendre sur place, attirés par la rumeur qui disait que les gendarmes suspectaient en effet que quelque chose était caché dans l'eau…

Je me suis replongé dans tous ces articles depuis la salle des périodiques de la bibliothèque de la rue du Périgord. Je les ai égrainés jusqu'à ce que Basse-Misère disparaisse des journaux avant d'y revenir de manière fracassante après l'arrestation de Thierry Delmas.

Celui qui a été surnommé le « prédateur toulousain » a enlevé une jeune femme sur la plage de Sérignan, en septembre 1999. Il l'a emmenée à bord de son break vers les montagnes de l'arrière-pays, l'a violée à plusieurs reprises mais, contrairement à ses habitudes, ne l'a pas tuée tout de suite. Il a voulu attendre le soir et un troisième viol. Elle en a profité pour lui échapper dans la nuit des plateaux et elle a trouvé refuge dans une ferme isolée. Cela faisait plusieurs années qu'une cellule de la gendarmerie avait été créée à Toulouse pour se pencher sur les meurtres et les disparitions de jeunes gens dans la région, l'une des plus mortifères de France. Cette cellule avait été nommée « cellule Nottingham » parce que l'un des premiers jeunes hommes à avoir été retrouvés assassinés portait le maillot de l'équipe de Nottingham Forest. Les gendarmes commençaient à resserrer l'étau autour de ce tueur en série dont ils soupçonnaient l'existence quand le témoignage de la jeune rescapée leur a permis d'identifier Thierry Delmas. Il a été arrêté une semaine plus tard, dans un hôtel de la principauté d'Andorre, où il attendait des faux papiers.

On le suspectait d'une trentaine de meurtres assortis de viols. Les deux procès qui l'ont condamné à la prison à perpétuité ne lui ont imputé que treize homicides. Pour les autres, on n'avait que des doutes, aucune certitude, parfois même aucun cadavre. Et Delmas a refusé de parler. Rien n'a pu le faire sortir de son silence.

Un journaliste qui avait couvert l'affaire de Basse-Misère pour *La Dépêche* a voulu vérifier le parcours du tueur. Il a retrouvé sa trace comme moniteur dans une colonie de vacances, à Saint-Pierre-d'Issalès, en août 1980. Il avait vraisemblablement déjà tué, l'hiver précédant, à La Mongie. Comme les échantillons prélevés aux Bois-Obscurs avaient été mal conservés, les tests ADN étaient impossibles à effectuer et on n'a rien pu prouver. Mais le doute était largement permis.

Les trois morts de Basse-Misère se sont donc ajoutés à la longue liste des victimes potentielles de Delmas. Le journaliste qui avait levé le lièvre a publié un livre tentant de rétablir la vérité, deux décennies après les faits. La cellule Nottingham a confirmé ses conclusions et a reconnu que la culpabilité de Thierry Delmas dans le massacre de Basse-Misère ne faisait plus de doute.

Voilà comment j'ai reconstruit ma mémoire de l'affaire. Sans toutefois parvenir à donner à Konitz le visage de Delmas. J'ai donc décidé de commencer par lui. À défaut de pouvoir me trouver face à cet homme pour l'identifier, je suis parti sur ses traces, sur les traces de sa dernière abomination. Afin que les deux monstres n'en fassent plus qu'un.

7

Le journaliste à l'origine de la découverte du lien entre Delmas et Basse-Misère s'appelait François Pastre. Dans la préface de son livre, il avouait qu'il n'avait eu de cesse, depuis la fin de l'été 1980, de poursuivre l'enquête sur la tuerie du lac. Il avait quitté sa rédaction toulousaine pour s'installer à Valdérieu, où il avait pris en main les destinées d'un petit journal local, *L'écho de l'Autan*. Son livre était davantage qu'une simple enquête aboutissant à une révélation explosive. On y suivait le parcours d'un homme obsédé par l'affaire, des premières heures de l'investigation jusqu'à la conclusion qu'il leur avait donnée, plus de vingt ans après. Il expliquait avoir écrit un premier ouvrage au début des années 1980, qui avait été refusé par les éditeurs pour la simple raison qu'il arrivait trop tard. Il prenait la défense de Bernard Bardy et fustigeait le cirque médiatique qui avait été dressé, avec la complicité des uns et des autres, autour du massacre. Au moment où, après tant de temps, il avait fini par trouver la clé de l'énigme, on le voyait vivre un tel moment comme un déchirement. C'était assez poignant. Cependant, malgré ses multiples qualités, Pastre n'avait pas su saisir, selon moi, le traumatisme de la vallée, pas plus qu'il n'avait senti sa peur. Je pouvais lui adresser les mêmes critiques qu'à mes propres livres sur la guerre : l'un comme l'autre, nous ne nous étions pas assez imprégnés du terrain, du sol, du vent, du froid, des murs, des haies...

J'ai contacté par téléphone la rédaction de *L'écho*. Le petit journal poursuit sa parution contre vents et marées et sort deux numéros hebdomadaires le mercredi et le vendredi. François Pastre avait pris sa retraite depuis un moment déjà. Il vivait toujours à Valdérieu. Si on ne pouvait me donner son numéro de téléphone, vu qu'il n'en avait pas, il me serait facile de le trouver au café des Arts ou bien à celui de l'Escale, où il avait des habitudes malheureusement bien ancrées.

J'avais pris l'engagement de me rendre à Valdérieu durant les vacances d'hiver, afin d'organiser ma participation aux commémorations du centenaire. C'était pour moi l'occasion de rencontrer Pastre. Néanmoins, revenir après tant d'années vers ce que je continuais d'appeler « chez moi », alors que plus rien ne pouvait le justifier, était presque une épreuve à mes yeux. Notre semaine de vacances tombait au tout début du mois de mars, sous un soleil éclatant. Le moment venu, au lieu de filer droit vers Valdérieu, j'ai essayé de gagner du temps et j'ai emprunté les chemins de traverse. J'ai contourné la vallée et ses montagnes par le sud, par l'autoroute qui m'a conduit jusqu'au bord de la mer. Jusqu'à Sérignan.

La plage était quasiment déserte lorsque j'y suis arrivé. La petite grappe de boutiques qui s'accrochaient à un rond-point encore ensablé affichaient portes closes. Seul un bazar avait ressorti les invendus de la saison précédente, misant sur la conjonction du beau temps et des vacances scolaires, propre à attirer des familles durant l'après-midi. Un peu plus loin, un camping, lui aussi fermé, bordait la plage, affichant fièrement le toboggan sinueux de sa piscine et ses quatre étoiles. Ici, au mois de septembre 1999, Cécilia Mionnet et sa sœur aînée étaient venues profiter de la belle arrière-saison. La sœur avait accouché avant l'été. Elle était fatiguée et déprimée. Cécilia avait décidé de l'accompagner, une fois que la vague des touristes avait reflué. Elles avaient loué un mobil-home. Le camping était calme, bien situé, avec un accès direct à la plage. Tout ce qu'il fallait pour se remettre sur pied. Cécilia s'occupait de son neveu, permettant ainsi à sa sœur de recharger les batteries avant de repartir à Lyon. Les journées se passaient essentiellement au bord de l'eau. Le soir, elles s'installaient toutes les deux sur leur terrasse et restaient à bavarder jusqu'assez tard. Elles se retrouvaient tandis que la vie ne cessait de vouloir les éloigner l'une de l'autre. Ces vacances-là étaient peut-être les dernières qu'elles passaient ensemble.

Je me suis avancé sur la plage, devant le camping. Au-delà, elle n'était plus bordée que par un large cordon de dunes protégées. Il y avait une sensation d'espace, de lumière, et un côté sauvage qui n'était pas pour me déplaire. Je me suis pourtant senti oppressé, quelque chose de lourd pesait sur mes côtes. À quelques pas de l'endroit où je me trouvais, quinze ans plus tôt, Cécilia Mionnet était venue s'allonger sur le sable, seule, au milieu de la matinée. Jeune et belle, elle portait un bikini rouge vif qui mettait en valeur sa jolie silhouette et son bronzage. Avec ses longs cheveux blondis par l'été, elle ne pouvait qu'attirer les regards. Elle était restée ainsi un bon moment, plongée dans les pages de son roman. Puis elle avait décidé d'aller marcher un peu sur les dunes. Elle avait enfilé une tunique blanche et avait laissé son livre posé sur sa serviette. Parmi les quelques personnes présentes, aucune ne la vit partir et aucune ne remarqua cet homme qui, à l'abri des dunes, l'observait depuis deux jours.

Thierry Delmas était venu jusque-là en voiture et il s'était garé sur le parking situé à l'extrémité ouest de la station, à l'écart. On disait du coin qu'il était un lieu de libertinage. Pastre l'a même décrit comme le « baisodrome de Béziers ». Delmas avait donc dû être déçu de ne trouver personne pour satisfaire ses envies. Du moins personne qui ait eu le courage d'en témoigner ensuite. En revanche, il avait remarqué Cécilia. Il était resté deux nuits sur place, à dormir dans son break. Uniquement pour elle. Il a même avoué avoir pénétré dans le camping, un soir, pour l'observer encore un peu. Le troisième jour, l'opportunité qu'il espérait s'était enfin présentée.

Je me suis avancé, imaginant mettre mes pas dans ceux de la jeune femme. J'ai trouvé un petit sentier qui venait ensuite en croiser d'autres, puis d'autres encore, dans ce qui finissait par ressembler à un labyrinthe de sable mou, bordé d'ajoncs desséchés par l'hiver. J'ai dépassé trois autres campings, dont un naturiste. J'ai laissé dans mon dos un petit centre nautique devant lequel des Optimists et des pédalos finissaient leur hibernation. Quelque part dans cet entrelacement, Delmas s'était approché de Cécilia. Il avait essayé d'engager la conversation, certain de son pouvoir de séduction. Mais la jeune femme, soudain mal à l'aise d'être à moitié dénudée, s'était montrée plus farouche que ceux et celles qu'il harponnait d'habitude à la sortie des boîtes de nuit. Quand elle avait commencé à rebrousser chemin, peu sensible à ses charmes, il lui avait glissé la lame de son cran d'arrêt sous la gorge. La maintenant d'une clé de bras, il l'avait ensuite entraînée vers le parking où était garée sa voiture.

À la sortie du labyrinthe, je suis tombé sur cette esplanade en terre battue, ravagée d'ornières géantes causées par les orages. Aucune habitation en vue, simplement une petite route qui semblait venir mourir ici. Delmas avait poussé Cécilia dans le coffre. Il lui avait ligoté les mains dans le dos et entravé les jambes au niveau des chevilles. Il l'avait bâillonnée avec un morceau déchiré de sa tunique blanche. Il n'avait pas pu attendre pour lui retirer son soutien-gorge et lui caresser les seins, ce qui avait décuplé son excitation. Pourtant, avec calme, il avait ensuite emprunté la petite route qui traversait les vignes et s'était dirigé vers l'arrière-pays en traversant Béziers.

Je suis resté un moment sur ce parking. Le son de la mer ne me parvenait pas, mais je sentais son odeur, une odeur d'été sucré que le vent charriait par-dessus les dunes. Il y avait un camping-car rangé le long du talus qui bordait l'esplanade. J'ai tenté d'imaginer la voiture de Delmas à sa place, cette pauvre fille en maillot de bain, allongée à l'arrière, terrifiée, comprenant que sa vie allait irrémédiablement être bouleversée, si tant est qu'elle ait encore une vie après. Une famille a bientôt débouché de la route à vélo, en file indienne derrière le père. Comme il me dévisageait avec une pointe de méfiance, j'ai rebroussé chemin. Je me suis approché d'un de ces bosquets à la réputation si particulière. Entre les vieux étrons et les résidus de papier-toilette, il y avait bien quelques préservatifs usagés, abandonnés à même le sol, ainsi qu'une couverture à moitié enfouie dans le sable qui, à cet endroit, virait au gris.

J'avais surligné sur une carte l'itinéraire emprunté par Delmas, et celle-ci était dépliée sur le siège passager de ma voiture. J'ai attendu l'heure exacte de l'enlèvement de Cécilia. Alors, avec quinze ans de retard, j'ai pris le volant pour la suivre.

Ils étaient d'abord passés par les zones commerciales de Béziers avant d'aller chercher la route de Bédarieux, au nord. Ils s'étaient ensuite enfoncés dans les montagnes par le col des Treize-Vents. La route devenait sinueuse, avec des virages en épingle à cheveux le long de versants caillouteux et plantés d'arbres rabougris. Delmas n'avait pas pu tenir plus longtemps. Avant de parvenir au col, il s'était engouffré dans un chemin sur sa gauche, à trois lacets du sommet. Il était passé à l'arrière et avait rabattu la banquette afin de pouvoir tirer Cécilia jusqu'à lui. Avec le couteau, il avait découpé son slip. Il avait laissé la lame reposer contre sa cuisse nue tandis qu'il lui caressait longuement les seins, sans violence. Puis la main avait glissé vers son ventre. Quand il l'avait posée sur le sexe de la jeune femme, il avait commencé à se montrer plus brutal, lui faisant mal lorsque ses doigts cherchèrent à la pénétrer. Cécilia pleurait, étouffant presque à cause du bâillon de fortune enfoncé dans sa gorge. Pas une fois Delmas n'avait regardé son visage. Soudain, sans ménagement, il l'avait retournée et sodomisée. Il tenait le cran d'arrêt dans sa main gauche, à hauteur des yeux de sa victime, et de l'autre il lui malaxait les seins ou fouillait son intimité. Il avait très vite éjaculé en elle. En silence, il s'était ensuite assuré que les liens étaient bien en place. Puis, il était repassé à l'avant et il était revenu sur la route en marche arrière.

Je me suis garé juste à l'entrée de ce chemin. Je suis descendu de voiture et je m'y suis enfoncé. Il ne semblait aller nulle part, venant buter sur la pente au fond, après s'être frayé un passage de plus en plus étroit entre les branches basses et griffues. Delmas aurait pu la tuer ici. Dans la majorité des crimes qu'il avait reconnus, il avait tué ses victimes après le premier viol. Mais Cécilia était trop belle et surtout trop désirable pour qu'il ne se contente que d'une seule fois. Dans ce chemin déjà gagné par l'obscurité en tout début d'après-midi, je crois que j'ai senti Konitz. Pour la première fois, Delmas et lui s'étaient rapprochés, leurs ombres commençaient à se confondre.

Le break avait ensuite basculé de l'autre côté de ce col qui porte si bien son nom. Il avait traversé le village de Saint-Gervais et était remonté en face, vers les plateaux. Il avait violé une deuxième fois Cécilia peu de temps après avoir dépassé les dernières fermes. Il l'avait à nouveau sodomisée, la blessant davantage. Le bâillon s'étant défait, elle l'avait imploré de ne pas la tuer, promettant de se montrer docile durant leurs étreintes. Elle ignorait que, dans les accouplements qu'il imposait à ses proies, Delmas n'aimait que les rapports de force. Quand il s'était relevé, elle avait cru qu'il allait la poignarder. Il l'avait laissée se recroqueviller à ses pieds, la regardant avec mépris puis avec rage. Mais il s'était retenu de la tuer, une fois encore. Lorsqu'elle l'avait supplié, il ne lui avait pas ordonné de se taire. Cela semblait lui plaire, lui faire de l'effet. Et tant que ça durait, elle méritait d'avoir la vie sauve.

Personne n'a pu retrouver avec exactitude l'endroit où s'était déroulé le deuxième viol. La jeune femme avait juste été capable de dire que la route était encore escarpée, parce que après avoir repris le volant Delmas avait été régulièrement obligé de changer de vitesse pour relancer sa voiture qui ahanait à chaque virage.

En revanche, il avait été plus facile d'identifier l'endroit de leur troisième et ultime arrêt. On était au milieu de nulle part, un paysage fait de mamelons et de cuvettes à perte de vue, à l'herbe rase et aux arbres rares. Je n'y ai pas vu âme qui vive si ce n'est, alors que le soleil précocement bas rappelait qu'on était encore loin de la belle saison, des volutes de fumée qui s'échappaient de temps en temps d'un des creux, trahissant la présence d'une fermette que je n'aurais pas soupçonnée. Un chemin se perdait à droite de la route pour dévaler vers le fond de la cuvette, s'y atrophier pour ne plus réapparaître sur le versant d'en face. J'ai compté en tout trois arbres plantés le long des premiers mètres. Uniquement trois, et il a fallu que Delmas se casse la figure à cause du troisième.

Cécilia avait été violée une troisième fois dans le break resté garé au bord de la route déserte. À peine Delmas avait-il déchargé en elle qu'il l'avait sortie de la voiture puis l'avait poussée devant lui, sur ce chemin, les mains toujours liées dans le dos. Il venait régulièrement sur ces plateaux. Combien d'autres victimes pourrissaient quelque part dans ce morceau de montagne ? Il connaissait peut-être les lieux mais mal le sentier où il avait décidé de tuer la jeune femme. Il y avait de la boue, des rochers et des racines qui affleuraient. Il s'était pris les pieds dans l'une d'entre elles avant de s'étaler de tout son long. Cécilia, qui avait compris qu'elle allait mourir, s'était alors mise à courir droit devant elle, nue des pieds à la tête. Chaque foulée déchirait un peu plus son anus qui saignait tant qu'elle sentait le sang dégouliner en continu le long de ses cuisses. Elle était parvenue en bas sans tomber, ce qui tenait du miracle. Il y avait à cet endroit une haie faite d'un entrelacs de ronces. Elle l'avait franchie sans hésiter, tête baissée, se lacérant la chair. Derrière elle, Delmas avait vociféré, déjà sur ses talons. Mais il avait glissé dans la boue et était tombé une deuxième fois, achevant de s'arracher les ligaments de la cheville gauche. Cécilia avait couru, était tombée plusieurs fois, s'était relevée comme elle l'avait pu, ne s'était surtout pas retournée. Elle était remontée le long du mamelon alors que le jour déclinait. Je suis remonté avec elle, dans la même obscurité naissante. J'ai presque senti, moi aussi, le tueur à mes trousses, tentant de me rattraper malgré sa blessure. Comme elle, parvenu tout en haut, j'ai aperçu la fermette au loin. On ne distinguait qu'un morceau de sa carcasse de pierres et de son toit d'ardoises. Mais je ne suis pas allé plus loin.

Cécilia, elle, avait continué à courir. Delmas, même sur une jambe, n'avait pas renoncé. Le couple de vieux fermiers qui s'apprêtait à passer à table avait vu débouler cette femme dont la nudité était presque cachée par une multitude de plaies sanguinolentes, ligotée, si terrorisée qu'elle avait d'abord été incapable de prononcer le moindre mot, n'arrivant qu'à hurler. Les fermiers n'avaient rien fait d'héroïque. L'homme avait même sauté de sa chaise pour s'emparer de la barre à mine qu'il avait cachée au-dessus du buffet, prêt à régler son compte à cette furie. Ensuite, accompagné de son chien, armé de son fusil chargé, il était sorti dans la cour, décidé à s'interposer entre la jeune femme et le diable qui était à ses trousses. Il n'avait pas peur de lui, il s'était avancé d'un pas décidé, sans lampe. Il n'avait pas eu à faire feu. Quelque part derrière la colline, il avait entendu le moteur d'une voiture qui démarrait puis il avait aperçu la lueur des phares qui en avait balayé la tête chauve, où broutaient habituellement ses moutons. Sa femme avait téléphoné aux gendarmes. L'étau s'était resserré sur Delmas quand la cellule Nottingham avait établi le lien avec les autres affaires. Le témoignage de

Cécilia avait permis de l'identifier. Quelques jours plus tard, quand il avait été arrêté, sa cheville était si enflée qu'il était incapable de poser le pied par terre. Tout ça à cause d'un arbre.

Je suis revenu sur mes pas. J'ai caressé la racine responsable de sa chute. Je suis resté un long moment au bord de cette route. J'ai laissé la nuit se poser tout à fait sur ces creux et ces bosses, et j'ai dormi quelques heures dans ma voiture. J'ai laissé Delmas à sa fuite. J'aurais voulu accompagner Cécilia encore un peu, ne pas l'abandonner dans la fermette. Mais je n'ai pas pu le faire. Depuis la plage de Sérignan, je savais que je suivais une morte. Elle, dont le courage a sans aucun doute sauvé plusieurs vies, n'a pas eu la vie sauve. Elle n'est jamais revenue de l'enfer dans lequel ce monstre l'a plongée. Elle n'a jamais réussi à s'enfuir, même en courant le plus vite possible, même en traversant les haies de buissons noirs qui déchiraient effroyablement ses chairs. Elle s'est suicidée en 2005, dans l'indifférence la plus totale. J'avais découvert sa mort sur Internet. L'information n'y prenait que très peu de place.

Des années plus tôt, François Pastre avait fait le même périple depuis la côte. Il a tout raconté dans son livre. Pourquoi l'histoire de Cécilia l'avait tant bouleversé qu'il voulait s'en imprégner. Pourquoi il était venu s'échouer au bord de cette route après que la jeune femme avait refusé de le rencontrer. Il avait descendu le chemin jusqu'à la haie, l'avait contournée et avait marché jusqu'à la fermette, accueilli par le vieux couple qui n'avait accepté de lui parler qu'avec beaucoup de réticences.

Ensuite, il avait pensé en avoir fini avec Delmas. Au retour, pour revenir à Valdérieu, il avait coupé par les petites routes et, vingt-trois kilomètres plus loin, il avait été amené à traverser Saint-Pierre-d'Issalès. Voilà comment l'idée avait commencé à germer dans sa tête. Deux mois plus tard, il avait retrouvé le nom du tueur dans les registres du centre d'accueil des colonies de vacances du village, en août 1980. Jeune animateur certifié, il accompagnait un groupe d'enfants dont les vacances étaient financées par la mairie de Toulouse.

Après la publication des articles de Pastre puis de son livre, les familles ont demandé que la tuerie de Basse-Misère soit officiellement reliée à Delmas et que la cellule Nottingham, toujours active malgré son arrestation, reprenne l'enquête. Elle s'est résolue à le faire mais sans résultat probant. Il y avait en tout dix-sept dossiers en souffrance, dix-sept affaires de meurtres ou de disparitions non résolues qui avaient touché le Sud-Ouest depuis le début des années 1980 et pour lesquelles Delmas était fortement suspecté. Une association a même été créée par certains parents afin de maintenir la pression, pour que la totalité de ces enquêtes ne soit pas refermée. Tandis que, du fond de sa cellule, Delmas refusait toujours de parler.

J'ai pris la même route que l'ancien journaliste pour redescendre sur l'autre versant des plateaux jusqu'à Saint-Pierre. À cette époque de l'année, malgré le beau temps, le village paraissait désertique. Je suis allé me garer sur le parking vide de la base de loisirs. Les tables de pique-nique étaient encore gorgées d'humidité et les jeux attendaient de retrouver un semblant d'allure. Les bâtiments du centre aéré étaient tout proches. Ceux réservés aux colonies étaient installés à l'écart. Je m'y suis rendu à pied. Je me suis avancé jusqu'à toucher le grillage qui délimitait la parcelle allouée au centre d'accueil. À le voir ainsi, on aurait pu le croire abandonné, ce qui n'était pas le cas. J'ai longé les grilles pour en faire le tour, et je me suis retrouvé sur la bordure herbeuse du lac.

Je ne connaissais pas cette rive. Les rares fois où mon père et moi étions venus pêcher à Basse-Misère, nous allions du côté de Sagne-Claire. De ce lac, dans lequel je ne m'étais jamais baigné, je ne gardais en mémoire que l'épaisse forêt, les arbres qui s'approchaient si près de l'eau que leurs branches finissaient par tremper dedans, et les couleurs, vertes et bleues. Après le drame, nous n'y étions plus revenus. Je le revoyais donc pour la première fois. Malgré les reflets du soleil, il me paraissait noir, étendue sombre, zébrée de lanières d'acier qui semblaient se tordre de douleur sous les morsures du vent. Les aménagements consentis à Saint-Pierre avaient mal vieilli et empestaient la boue et la merde de chien. Quant au silence, il n'avait rien de naturel, comme si tout le coin avait été éteint.

D'où je me tenais, je ne pouvais pas voir la rive que je connaissais un peu, ni l'îlot des Bois-Obscurs ou le club des Crozes. Ils étaient cachés par les collines boisées et les méandres qu'elles imposaient au lac dans lequel elles se laissaient dégouliner.

En suivant le chemin de croix de Cécilia Mionnet, la veille, j'étais presque parvenu à donner enfin un visage à Konitz. Toutefois, je n'avais pas senti l'empreinte de la peur comme je la sentais ici. Je la devinais partout, imprégnée dans l'eau et dans la terre. Découvrir les embarcations du centre entreposées sous un préau ouvert me glaça le sang. L'une d'elles avait servi à Delmas pour traverser le lac dans sa longueur jusqu'à l'îlot. Sur le coup, il m'a même semblé entendre des cris portés par le vent.

Je suis retourné à ma voiture en pressant le pas. Rester ici m'était insupportable. J'avais l'impression de me tenir au bord de l'abîme, tout au bord, tandis que le vertige m'incitait à me pencher en avant.

Par ces routes tortueuses qui ne semblaient jamais aboutir nulle part, j'ai fini par retrouver celles, plus familières, de mon petit pays. J'en ai été soulagé, pressé de dévaler vers ma ville.

8

Quand on descend vers Valdérieu par les plateaux du nord, on quitte assez vite la forêt pour parcourir un versant plein de vie, avec ses hameaux et ses prairies, qui regarde le soleil en face. Surtout, à de nombreuses reprises, à la faveur de virages secs, on jouit d'un point de vue spectaculaire sur la vallée. Après la mort de mon grand-père, mon père avait choisi de garder la maison dans laquelle ce dernier avait habité toute sa vie, à Fonbelle, un des villages de ce versant. Nous y allions « à la campagne ». J'aimais beaucoup cet endroit. Y monter était toujours une fête. Mais je me souviens aussi du moment où nous devions redescendre en ville et de la vue que la route nous offrait. J'avais toujours trouvé cela magnifique.

Cette vallée devient de plus en plus étroite vers l'est. Peu après la ligne de partage des eaux, elle vient buter dans un mur de falaises qu'on ne traverse qu'au prix de routes torturées, cauchemar de ceux qui sont sujets au mal des transports. Vers l'ouest, en revanche, elle s'évase jusqu'aux collines qui marquent l'entrée de l'amphithéâtre qu'elle dessine entre les plateaux du nord et les Monts d'Autan au sud, véritable barrière venant titiller les mille mètres d'altitude. Là, elle est obscurcie par sa position à l'ubac et les forêts de sapins qui y ont été plantées jusqu'à l'en étouffer. Valdérieu se terre en son creux. La ville paraît s'être détachée de cette montagne sévère et être venue s'échouer à son pied, à la confluence des trois cours d'eau qui arrivent chacun d'un des massifs avant de former une grosse rivière qui s'échappe ensuite. On a l'impression d'un monde presque clos, d'un monde à part.

J'avais beau avoir tourné le dos à ma ville depuis de nombreuses années, j'ai ressenti un nouveau pincement au cœur en la coiffant du regard. Je me suis même garé sur le bas-côté pour admirer ce pays que je savais mien. Je me suis surpris à me délecter du sentiment qui m'étreignait alors que je ne l'attendais pas, le sentiment de rentrer chez moi, d'être à ma place, pour de bon. Le temps n'y avait rien fait. Les pertes et les mauvais souvenirs non plus. Une partie de moi était restée entre ces montagnes et, en cette matinée joliment ensoleillée, je recollais les morceaux jusqu'à me sentir en paix, sensation à laquelle je n'avais pas goûté depuis très longtemps.

Voilà ce que Pastre n'avait pas su mesurer dans son livre : il ne sentait pas les lieux comme je les sentais ; ils ne résonnaient pas en lui comme ils résonnaient en moi. Il les connaissait, il connaissait les gens qui les peuplaient et leur histoire. Mais, il ne paraissait pas les comprendre.

Je ne garde que peu de souvenirs de Valdérieu avant la crise économique qui a ruiné son industrie et divisé sa population par deux. J'étais petit quand les choses ont commencé à se dégrader. Du coup, j'ai toujours connu la ville en déclin, toujours entendu parler de l'époque où l'argent coulait à flots, où les commerces pullulaient, où les ouvriers étaient payés à la tâche et pouvaient se faire de gros mois pour peu qu'ils soient travailleurs. Le courage ne manquait pas à ses habitants. Ils avaient la réputation d'être durs au mal, solides, difficiles à renverser. Et ils formaient un groupe, un peuple particulier dans une contrée particulière, avec ses odeurs et sa lumière, ses hivers enneigés et ses étés caniculaires, ses combats et ses luttes syndicales, son propre vocabulaire qui ne franchissait que très peu les ourlets de la vallée. Une « petite patrie », avec ses symboles et ses patriotes, ses petites discordes et ses grandes solidarités, avec sa méfiance aussi pour tout ce qui franchissait ses frontières. Les équipes de foot ou de rugby qui devaient venir y jouer n'arrivaient jamais très rassurées, sachant à quel genre d'adversité elles allaient devoir se confronter.

L'enclavement et les délocalisations ont cependant réussi à vaincre. Valdérieu a tenté de lutter contre toute logique, s'entêtant dans ses positions au lieu de se reconvertir. L'affaire de Basse-Misère a accéléré son déclin et lui a asséné le coup de grâce. Une fois terrassée, la vallée s'est laissée aller à s'endormir et rêver à ses heures de gloire passées. Aujourd'hui, quelques panneaux tentent de vanter son intérêt touristique, des vestiges cathares aux sites naturels, en passant par la proximité des plages languedociennes. Plusieurs rénovations urbaines ont éclairci la ville : elles ont taillé dans les vieilles ruelles et les friches industrielles le long des berges. Néanmoins, lorsqu'on emprunte sa rue principale, autrefois colonne vertébrale du centre-ville, on ne compte plus les vitrines occultées au blanc d'Espagne et les panneaux « À vendre » mis bien en évidence.

Le déclin marque encore le pays au fer rouge. Le tourisme est certes l'unique bouée de sauvetage à laquelle se raccrocher mais il est handicapé par la réputation de la ville. Près de trente-cinq ans après, Valdérieu reste pour beaucoup la ville du triple meurtre de Basse-Misère.

Le soleil de ce début du mois de mars avait fait apparaître les tables aux terrasses des cafés. Le centre-ville était à présent recroquevillé autour de deux places et de trois ou quatre rues. Une certaine activité y régnait cependant. Mon rendez-vous n'étant prévu que pour l'heure du déjeuner, j'ai pris le temps de faire mon pèlerinage sur les lieux de mon enfance. Malgré quelques repères, je me sentais étranger. Moi qui avais cru la ville condamnée à l'immobilité, voilà qu'elle me prouvait le contraire : elle avait avancé sans moi et j'étais resté bloqué vingt ans en arrière. Toutefois, au-delà de ce sentiment assez désagréable, elle m'invitait maintenant à reprendre le cours de notre histoire commune.

J'ai revu notre maison dans le quartier résidentiel qui avait conservé son cachet et son calme. La façade avait été entièrement ravalée et j'ai trouvé que le blanc dont elle s'était parée ne lui allait pas du tout. Les volets étaient neufs et un garage avait été construit au bout de l'allée, à l'endroit où je plantais autrefois les piquets qui me servaient de buts pour jouer au foot. La portion de jardin qui la devançait était bien entretenue mais le prunier avait disparu, ainsi que le rosier grimpant que ma mère avait planté et dont la première rose était destinée, chaque année, à fleurir la tombe de son père. J'ai entendu des cris et des rires d'enfants qui jouaient derrière la maison. Comprendre que ma place était désormais de l'autre côté de la grille, presque caché pour ne pas être vu, m'a fait un peu mal.

J'ai ensuite passé le reste de la matinée à entretenir cette douleur : le chemin que je faisais à pied jusqu'à l'école ; cette école avec son porche coincé au fond de l'impasse ; la maison de ma grand-mère ; le lycée Saint-Jacques, si près du pied de la montagne qu'elle semblait capable de l'écraser à tout moment ; les locaux du magasin de mon père, qui avaient été transformés en club de gym... Autant de morsures, certes incapables de me couper de ces lieux et de me pousser à déguerpir, mais des douleurs quand même.

J'ai déjeuné avec quatre des membres de l'association chargée des commémorations. L'interlocuteur qui, quelques semaines plus tôt, m'avait fait vibrer, a recommencé à me parler des gens et de la région avec une passion identique, et je l'ai écouté avec autant d'avidité. Chacune de ses phrases semblait me ramener au cœur de mon pays. Je n'avais jamais goûté à un tel sentiment d'appartenance.

Plus tard, j'ai échoué à trouver François Pastre dans les deux cafés qu'on m'avait indiqués. Un serveur m'a expliqué qu'il n'apparaissait que le matin de bonne heure, moment où il n'était guère fréquentable, cuvant encore son vin de la veille. Puis qu'il disparaissait et ne ressurgissait que le soir, vers 18 heures, tenant alors le comptoir jusqu'à la fermeture. Ce soir-là, cependant il y avait un match de foot au stade, un match en retard du championnat régional. Il serait assurément là-bas et ne viendrait qu'après arroser la victoire ou noyer la défaite.

Il me restait quelques heures à attendre. Je n'avais plus personne chez qui aller, aucun point de chute si ce n'est l'hôtel. À vrai dire, je ne m'étais pas imaginé rester si tard et devoir passer la nuit sur place. Du coup, je n'ai posé ma valise nulle part et j'ai repris ma voiture pour remonter jusqu'au village de Fonbelle, l'ultime site de mon pèlerinage. L'endroit m'a marqué au cœur. Il a laissé une foule d'images qui vivent en moi. Les cabanes dans les bois, les ruisseaux à truites, les coins à cèpes. La fraîcheur l'été quand il faisait trop chaud en ville, la neige l'hiver et les heures passées à faire de la luge. La maison qui sentait le feu de bois et les vieux meubles. Mon père qui bricolait dehors, qui posait pour une photo avec le fruit de sa pêche bien en évidence, qui faisait la sieste dans un transat, sous le chêne. Ma mère qui craignait que les loirs ne viennent la mordre durant son sommeil, qui nous faisait des crêpes et des tartes aux fruits, qui se lançait à chaque nouveau séjour dans la rénovation d'un autre meuble... Petit, j'avais l'impression que le trajet pour s'y rendre durait des heures. En fait, depuis Valdérieu, il suffisait de vingt minutes. Pourtant, j'ai encore eu l'impression de monter vers le bout du monde.

La maison était comme dans mes souvenirs. Trapue sans être réellement grande, avec ses murs anthracite que venaient nuancer les grands volets gris clair. Le potager était toujours dans son coin avec sa haie de framboisiers. Le grand chêne veillait avec majesté sur l'ensemble. Tout était fermé. Elle était devenue la maison de vacances de quelqu'un d'autre. J'étais étudiant quand mes parents l'avaient vendue. Je l'ai vécu comme un déchirement. Pour moi, elle restait la maison de la liberté, des vacances et, avant tout, l'endroit où il ne pouvait rien nous arriver. À Valdérieu, j'avais passé des heures à trembler de peur. Je n'ai jamais tremblé à Fonbelle, même après Basse-Misère.

Le soleil déclinant offrait une lumière merveilleuse. Il faisait incroyablement doux pour la saison. J'ai laissé mes pas me conduire au hasard des sentiers, accompagné par les sons d'une nature qui paraissait s'être mise en branle pour fêter mon retour. Peu de choses me sont apparues comme évidentes dans ma vie mais je pensais alors en tenir une : venir ici me rendait plus serein. Je savais que la nostalgie n'allait pas tarder à s'abattre sur moi, sans doute avec la nuit, qu'elle ferait dégringoler mon moral et créerait un pincement supplémentaire dans ma poitrine. Néanmoins, cela valait la peine.

J'ai trouvé une maison d'hôtes tenue par un couple d'Anglais en ville. Une superbe demeure nichée au milieu d'un parc gigantesque, vestige des grandes heures de Valdérieu. Une fois installé dans ma chambre, le retour de manivelle m'a cueilli au creux du ventre. Je me suis senti seul, un survivant venant de visiter le front où ses proches étaient tombés. J'ai tenté de faire passer la douleur en marchant. C'est à pied que je me suis rendu au stade.

9

La fraîcheur est tombée d'un coup et la brume a tenté de s'installer. Je n'ai croisé personne sur le chemin. À part quelques voitures pressées, les rues étaient désertes. Le seul signe d'activité visible était l'éclairage tonitruant du stade que j'apercevais au loin. Quand j'ai débouché sur son parking, j'ai surpris trois jeunes garçons en train de dépouiller un scooter, non loin du guichet. Ils ont détalé en m'insultant copieusement et en m'adressant des doigts d'honneur. Le type de la caisse a, lui aussi, été surpris de me voir arriver. Le match avait commencé depuis un bon quart d'heure et il avait déjà plus ou moins quitté son poste. Pour cinq euros, j'ai eu le droit de me mêler à la poignée de spectateurs dispersés dans l'unique tribune, qui sonnait creux.

Du temps où les usines tapissaient la vallée, les clubs de foot et de rugby de Valdérieu évoluaient dans des divisions supérieures et drainaient une importante foule chaque week-end. Mais, ce soir, nous n'étions qu'une dizaine à assister au match. Les seuls cris que l'on entendait provenaient de la pelouse. Autour, ce n'était qu'un silence poli, presque endormi.

Malgré la faible assistance, il m'a fallu un moment pour repérer François Pastre. Il ressemblait pourtant encore aux photos que j'avais trouvées sur Internet. Mais il n'était pas assis avec nous ; il se tenait, debout le long de la lice, un peu plus sur la droite, visiblement concentré sur le jeu qui était pourtant assez pauvre, fumant des Gitanes sorties d'une autre époque qu'il ne cessait d'aller piocher dans la poche de sa parka matelassée. C'était un homme court sur pattes, rondouillard, doté d'une tête qui paraissait trop grosse et de cheveux désordonnés et rares. Il portait des vêtements qui semblaient aussi usés que lui. De temps à autre, on le voyait gesticuler, exprimer sa colère ou sa réprobation, se retournant pour prendre à témoin, par-dessus son épaule, quelqu'un qui n'était pas là. Puis, aussi soudainement, il retrouvait son calme, s'accoudant à la balustrade et tétant son mégot de plus belle.

J'ai laissé passer quelques minutes avant de quitter mon perchoir et de tenter une approche. À droite de la tribune, un vieux type venait de relever le volet de la buvette. Je suis allé droit sur lui au moment où une altercation a éclaté sur le terrain, accompagnée de vociférations rauques qui descendaient cette fois de la tribune. Pastre, lui, faisait des bonds sur place, battant l'air de ses bras trop courts et poussant une sorte de rugissement caverneux.

— Fait frisquet, hein ? m'a lancé le vieux type derrière le comptoir en béton. Le café est en train de passer, y en a plus que pour deux ou trois minutes. À moins que vous ne préfériez du vin chaud…

— Allons-y pour le vin chaud, s'il vous plaît.

Il a posé un verre en Pyrex sur le bar et l'a rempli à ras bord. Le vin m'a paru si bouillant que j'ai craint que le verre n'éclate. J'ai préféré attendre un peu avant de le prendre dans mes mains pourtant gelées.

— Il n'y a pas grand monde ce soir.

Le vieux type a fait la moue.

— Quand on arrive à avoir une quinzaine d'entrées payantes, on est contents. Si vous aviez vu, dans le temps, je vous parle d'une trentaine d'années en arrière, c'était bondé à chaque match !

— Je sais. Je suis venu quelques fois avec mon père.

— Vous êtes d'ici ?

— Oui. Enfin, plus maintenant. Je me contente d'être de passage.

— Vous avez encore de la famille dans le coin ?

— Non. Il n'y a plus personne.

Sa curiosité avait été piquée et il cherchait à mettre un nom sur ma lignée disparue, sans pour autant oser me poser directement la question. J'ai décidé de le contenter.

— Mon père tenait le magasin de matériaux, rue du Temple.

— Ah oui ! Je vois ! Peiresoles, c'est bien ça ? Il avait toujours une sacrée bonne camelote…

Il a eu la délicatesse de ne pas me demander comment il se portait. Dans les tribunes, on est sorti une deuxième fois de la léthargie ambiante pour gronder après une occasion manquée par l'avant-centre de Valdérieu.

— Cet attaquant, je vous jure, il ne lui reste plus qu'à aller à Lourdes ! À ce stade, seul un miracle peut lui permettre de marquer un jour.

Pastre était toujours agrippé à sa rambarde, m'offrant son crâne dégarni et le dos crasseux de sa parka.

— L'homme, près du terrain, c'est bien l'ancien journaliste, n'est-ce pas ?

— Oui, c'est bien lui. Il continue de venir voir les matchs, comme il le faisait quand il dirigeait *L'écho*. Il ne va pas tarder à nous rejoindre, vous pouvez me faire confiance.

En effet, alors qu'on n'était plus très loin de la mi-temps, Pastre a quitté son poste d'observation et, d'un pas fatigué, le corps si lourd qu'il ployait vers l'avant, il s'est dirigé vers nous. Le vieil homme de la buvette avait déjà sorti une bière du frigo et l'avait décapsulée juste à temps pour que l'autre attrape la bouteille au vol, sans un mot, la portant ensuite à ses lèvres pour une gorgée si longue qu'elle semblait ne jamais vouloir se terminer.

— Encore un triste match, François.

Pastre a finalement baissé le coude. Il avait déjà englouti la moitié de sa bière.

— Un vrai match de merde, oui ! Voilà ce qui se passe quand on a des gars qui jouent comme des culs.

Sa voix était rocailleuse. Elle sentait autant le tabac et l'alcool que ses vêtements. De près, son visage était tout en boursouflures. Il me faisait penser à un crapaud. Il me toisa avec méfiance de ses yeux aux bords rougis.

— Tu te souviens peut-être du gars qui tenait le magasin de matériaux de la rue du Temple. Eh bien, ce monsieur est son fils.

— Peiresoles ! lança Pastre avant de s'envoyer une nouvelle rasade qui acheva de vider sa bouteille.

Il respirait fort, comme si cela lui coûtait. Et il me toisait toujours.

— Vous êtes le prof d'histoire ? finit-il par me demander.

— C'est bien moi, oui.

— Celui qui a raconté que les Poilus de 14-18 s'enfilaient entre deux assauts…

Il s'est forcé à rire et n'a réussi qu'à se déclencher une quinte de toux bien grasse.

— Votre père a vendu au bon moment. Le commerce dans la vallée est à l'image de cette putain d'équipe, c'est vous dire !

Il a posé la bouteille vide sur le comptoir sans ménagement.

— Toujours deux pour trois, Momo ?

— Comme d'habitude, a répondu le vieux en repartant vers le frigo pour en rapporter deux autres bières.

— Je vous offre quelque chose ? m'a proposé Pastre en s'allumant une énième cigarette.

Mon verre de vin chaud était toujours en train de refroidir. Je le lui ai indiqué d'un mouvement de tête.

— Dans ce cas, à la bonne vôtre !

Il a pris une des deux bouteilles et l'a fourrée dans la poche de sa parka, avant de se mettre à vider l'autre. L'arbitre venait de siffler la mi-temps.

— Si vous vouliez écrire sur des fiottes, il fallait vous intéresser à nos joueurs, vous auriez eu moins d'emmerdements. Putain de putain ! Offrir un stade pareil à cette bande de larves, ça me débecte ! Leur place est sur un terrain vague et encore, celui qui se trouve à côté de la déchetterie.

— Je ne suis pas revenu pour écrire sur le football, monsieur Pastre.

— Voilà qui est raisonnable, vu qu'il n'y a pas grand-chose à en dire.

— Je veux écrire sur Basse-Misère…

J'ai à peine eu le temps de le lui dire avant que les quelques autres spectateurs viennent s'agglutiner autour de la buvette. Je me suis alors écarté, emportant mon verre avec moi, et je suis allé m'accouder à la lice, face au terrain vide. Pastre n'avait marqué aucune surprise. J'ai même pensé qu'il ne m'avait pas entendu. Il était en train de disserter au milieu des autres, ne laissant à personne le soin de mener les débats. Et cela a duré jusqu'à ce que les joueurs reviennent sur la pelouse. Selon un rite qui paraissait bien rodé, les spectateurs se sont dispersés à nouveau pour regagner leurs places. Et lui est venu se poster juste à côté de moi. Il avait sorti la troisième bouteille de sa poche. Il ne m'a pas regardé mais j'ai deviné la colère qui avait noirci ses yeux.

— Qu'est-ce qu'un prof de fac peut bien vouloir foutre avec cette histoire ? Vous vous occupez de la rubrique des faits divers, maintenant ?

— Je m'occupe des histoires anciennes, comme je l'ai toujours fait. Et je pense qu'une telle histoire est bien plus qu'un simple fait divers, qu'elle a imprégné cette vallée et a modifié le cours de son destin… J'ai lu votre livre…

— Il aurait mieux valu que vous lisiez le premier que j'ai écrit, m'a-t-il interrompu. Ça, c'était un putain de bouquin ! Mais personne n'a voulu le publier. Vous savez pourquoi ? Parce que j'y affirmais des choses qui n'entraient pas dans les clous.

— Quel genre de choses ?

— Du genre qui n'entre pas dans les clous. Heureusement que Delmas m'a permis de me refaire et de prendre un peu ma revanche. Mais, je vous le redis : mon vrai bouquin sur Basse-Misère, c'était le premier.

— Peut-être me permettriez-vous de lire le manuscrit ?

— Mon cul ! De toute manière, je l'ai foutu au feu. N'empêche qu'il est en entier là-dedans…

Il s'est tapoté la tempe du bout de son index jauni par la nicotine, jusque sous l'ongle.

— Je ne vais pas vous mentir, monsieur Pastre. Je suis venu pour parler avec vous. Il y a plusieurs questions que j'aimerais vous poser.

— Écoutez, mon ami, j'ai un match à regarder ! Alors, il va pas trop falloir me casser les couilles, surtout si on finit par perdre, ce qui va inexorablement arriver.

— Après le match, dans ce cas. Je pourrai vous offrir un verre quelque part.

— C'est ce qu'on vous a raconté, n'est-ce pas ? Que pour bénéficier de mes bonnes grâces, il suffisait de savoir m'arroser. Eh bien, je vais vous dire, mon cher : ceux qui vous ont conseillé ont tout à fait raison. J'accepte votre invitation. Mais je vous préviens, je ne suis pas du genre à me satisfaire d'un seul verre. Vous avez une voiture ?

— Non. Je l'ai laissée là où je suis descendu pour la nuit.

— Et où êtes-vous descendu ?

— Dans une chambre d'hôte, près du parc.

— Mazette ! Le palace des Rosbifs ! Monsieur aime son confort ! Eh bien, nous marcherons et je vous préviens, c'est moi qui choisis le bistrot.

Il a fini sa bière d'un trait, remis la bouteille vide dans sa poche et il m'a abandonné pour reprendre sa place initiale. Je suis reparti m'asseoir dans la tribune pour y subir la fin de ce match insipide. La chance était cependant avec moi : à la fin de la rencontre, l'arbitre a sifflé un penalty plus que généreux pour Valdérieu, qui fut transformé sous les vociférations et les noms d'oiseau surgissant du banc adverse. Ce penalty m'a permis de retrouver l'ancien journaliste de bien meilleure humeur.

Avant de me rejoindre devant l'entrée du stade, il est repassé par la buvette pour emporter une nouvelle bière pour la route. Le scooter garé près du guichet avait été sauvagement amputé. Son propriétaire passait ses nerfs sur le type qui avait refusé qu'il se gare à l'intérieur de l'enceinte. Pastre est arrivé, une cigarette coincée au coin de ses lèvres.

— Alors, ami historien, de quoi vouliez-vous m'entretenir ?

— J'ai grandi ici et j'ai connu le poids écrasant de Basse-Misère, comme tout le monde dans le coin. Mais, en me repenchant sur cette triste histoire, je me suis rendu compte que, tout compte fait, je n'en savais pas grand-chose, que mes souvenirs étaient non seulement partiels mais aussi partiaux. À commencer par ceux qui concernent l'enquête.

— Vous savez au moins qu'elle a été catastrophique du début à la fin. Tout le monde a voulu être le premier à dénouer les fils du drame. On approchait des élections, il y avait de sacrés enjeux, la pression venait d'en haut... Du coup, tout ce qui a été fait a été bâclé. Même les scellés ont été mal conservés ou bien perdus. Et je ne vous parle pas des indices qui n'ont pas été relevés ! Delmas a eu de la chance, comme souvent dans son parcours d'assassin : on aurait pu le coincer juste après Basse-Misère si on avait été plus scrupuleux. Quand je dis « on », j'y inclus les journalistes qui ont cru pouvoir remplacer les flics. Nous avons nous aussi une part de responsabilité dans ce fiasco.

— Vos articles ont souvent pris le contre-pied de vos collègues. Par exemple, quand vous avez pris clairement vos distances avec la pseudo-culpabilité de Bernard Bardy.

Nous marchions avec lenteur, la brume accrochée juste au-dessus des lampadaires pour chaperon. Pastre tétait le goulot de sa bouteille avec moins d'empressement.

— Je vais vous faire un aveu, mon ami. En reconnaissant que je n'ai pas hurlé avec les loups, c'est la deuxième fois de la soirée que vous me faites plaisir.

— Quelle était la première ?

— J'ai attendu longtemps que quelqu'un veuille parler avec moi de Basse-Misère. Quelqu'un comme vous, je veux dire. Vous méritez donc que je vous dise des choses dont je n'avais pas envie de vous parler. Bardy était le suspect idéal. À trop vouloir cacher ce qu'il était vraiment, il n'a réussi qu'à attirer davantage l'attention. Avant la tuerie, on murmurait déjà sur son compte. Ce n'est pas à vous que je vais apprendre que cette ville n'est pas si grande et que les gens y ont toujours eu tendance à trop parler des autres. On savait que son mariage était une pantomime. Ce pauvre type a passé sa vie à mentir, à tenter d'enfouir ce qui ne pouvait l'être. Plus les années passaient, moins il s'est montré prudent. Un gars qui, toutes les nuits de la semaine, fait le tour des aires de repos et des parkings à routiers, c'est qu'il ne se contrôle plus. Il a bouffé son fric dans ses histoires de baise. Lui-même a reconnu que ses pulsions étaient trop fortes. Quand vous avez une confession de la sorte sur la table, il n'y a qu'un pas à faire pour l'imaginer capable d'une saloperie comme Basse-Misère. Et, ce pas, un tas de personnes se sont empressées de le franchir.

— Mais pas vous !

— Non, pas moi ! Je n'ai jamais cru qu'il soit allé sur l'îlot, en pleine nuit, pour se taper des petits jeunes. D'abord parce qu'il les aimait plus âgés et nettement plus virils. Ensuite à cause de la présence des deux filles… Il y a bien eu une partie de trous du cul aux Bois-Obscurs mais elle s'est faite sans Bardy. Oui, mon cher monsieur ! Voilà ce que j'ai osé écrire dans mon premier bouquin : la belle Justine n'était pas aussi sage qu'elle en avait l'air. Elle a organisé l'expédition et elle a ensuite insisté pour que sa cousine reste bien sous la tente. Parce qu'elle avait des projets en tête auxquels Florie ne pouvait raisonnablement pas participer. Elle est allée retrouver le petit Garcès. Ils ont parlé de sujets moins avouables et puis ça s'est enchaîné… Vous n'avez jamais joué à touche-pipi avec une de vos cousines ou avec la fille des voisins ? Enfin, quand vous étiez môme, bien sûr !

Il s'est esclaffé à nouveau de ce rire gras, fissuré par l'abus de tabac. Il lui a fallu un bon moment pour se calmer.

— Emmanuel Garcès était nu quand on l'a retrouvé. On sait qu'il n'a pas été violé. Que foutait-il donc à poil ? Il était en train de jouer à « Si tu me montres la tienne, je te montre la mienne » avec Justine. Le jeune Armengaud était couché. Lui n'était pas convié à ce genre d'amusement. Peut-être parce qu'il était moins malléable que l'autre laideron. Il ne s'est levé que lorsque le massacre a commencé… Les jeux dirigés par la fille sont allés de plus en plus loin. On n'a pas cherché le sang de Justine sur la queue de son copain à tête d'œuf. Il faut reconnaître qu'il avait la bite dans un tel état que c'était sans doute impossible. Pourtant, on l'y aurait trouvé, je vous en mets ma main à couper. Vous semblez offusqué, monsieur Peiresoles. Vous voulez savoir pourquoi je crois que Garcès a dépucelé la petite ? C'est écrit noir sur blanc dans le rapport d'autopsie : pas de sperme ! Nulle part ! Vous pensez que Delmas, Bardy ou un autre auraient pensé à mettre une capote ou à se retenir d'envoyer la purée ? Il se trouve que les couilles d'Emmanuel n'étaient pas en état de fonctionner. Elles n'étaient pas descendues et étaient restées bien au chaud dans son ventre, comme chez maman.

— En quoi cela expliquerait le massacre ?

— Ça ne l'explique pas. Les deux garçons étaient amoureux de Justine, comme la plupart de ceux qu'elle croisait. Or, on ne lui a jamais connu de petit copain, pas le moindre flirt. Ce soir-là, elle a voulu en savoir davantage. Elle a choisi Garcès malgré sa gueule de mérou. Elle lui a offert ce qu'un gars comme lui n'aurait jamais pu avoir. Parce qu'elle avait pitié de lui. Mais aussi parce qu'elle savait qu'il ne dirait rien, qu'il serait un terrain d'expérimentation bien docile. Je suis parti sur cette piste en sachant qu'il me manquait l'instant qui avait tout fait déraper. Comment on passe de deux adolescents en train de faire zizi-pan-pan à trois cadavres…

— L'arrivée de Delmas.

— Oui, ce putain de monstre de Delmas… Deux fois au cours du mois, des animateurs de la colonie l'avaient vu prendre un canoë et partir sur le lac la nuit. C'est comme ça qu'il les a repérés sur l'îlot, avec le feu de camp et tout le reste. Il s'est approché sans bruit et est resté un long moment à les observer. Ce qu'il a vu ensuite, quand Justine et Emmanuel sont revenus sur les rochers, l'a rendu encore plus dingue. Il a voulu se joindre à eux. Mais ils n'ont pas été très conciliants. Alors, il s'est mis en colère. Il a sans doute commencé par assommer Emmanuel pour pouvoir s'en payer une bonne tranche avec Justine. Puis, Guillaume s'est levé, a vu ce qui était en train de se passer. Il a tenté de fuir, d'aller chercher de l'aide… Delmas l'a rattrapé et l'a frappé. Il l'a peut-être tué sans le vouloir. Après, il lui fallait se débarrasser des autres. Il a noyé la petite. Il s'est acharné sur Garcès parce que ce gamin avait eu droit à ce qui lui avait été refusé. Le cinquième meurtre qu'il a reconnu est celui d'un jeune homme qu'il a pris en stop. À lui aussi, il a écrasé la figure et les parties génitales à coups de pierre… Pour finir, il s'est occupé de Florie. Voyez-vous, il n'avait pas encore une grande expérience d'assassin. Sinon, il n'aurait pas paniqué à ce point. Il aurait pris le temps de violer Justine et Florie, et de sodomiser le garçon, peut-être même les deux, avant de les tuer. Voilà ce qu'aurait fait Delmas quelques années plus tard. Le connaissant, je pense qu'il a éjaculé dans son pantalon quand il les a massacrés. Parce que, son plus grand plaisir, ça a toujours été de tuer. Le sexe n'était qu'un préambule.

La voix de Pastre était portée par une sorte d'écho et j'avais l'impression que ses mots, qui me remuaient, nous devançaient de quelques mètres dans les rues vides.

— Mais la responsabilité de Delmas a fini par être contestée. Dans toutes les autres affaires où les cadavres ont été retrouvés et où des prélèvements ont pu être analysés, il a reconnu les viols et les meurtres. Pas pour Basse-Misère alors qu'il ignorait que les tests ADN ne permettraient d'arriver à aucune conclusion.

« Je vais vous dire autre chose que vous ne savez pas. Il y a quelques années, ce fils de pute m'a envoyé une lettre. Il y avait même son nom et l'adresse de sa prison au dos de l'enveloppe, et je ne vous raconte pas combien elle était épaisse, cette foutue enveloppe. J'ai pensé qu'il m'écrivait pour tout me raconter. Pauvre con que j'étais ! Il m'a envoyé cinq pages parfaitement pliées et totalement blanches. Il s'amuse. Se taire lui permet de continuer à faire le mal.

Au fur et à mesure que nous nous sommes approchés du centre-ville, Pastre a forcé l'allure, malgré ses jambes courtaudes. J'avais presque du mal à le suivre et il ne s'en souciait guère, continuant de parler sans montrer le moindre signe d'essoufflement. Il ne s'est arrêté qu'une fois pour me faire face, m'agrippant de ses yeux de crapaud.

— Qu'est-ce que vous croyez, mon ami ? Qu'il ne m'arrive pas de douter également ? Peut-être qu'il n'y est pour rien. Peut-être qu'un ou plusieurs gars des Crozes ont traversé jusqu'aux Bois-Obscurs, durant la nuit, pour s'en prendre aux jeunes. Je suis prêt à tout imaginer dans cette histoire et croyez bien qu'elle trotte là-dedans.

Il a tapoté une nouvelle fois sa tempe.

— L'enclos y est vaste. Je l'ai entouré de barrières mais je ne parviens pas à le réduire davantage. Et la bête ne cesse de courir, passant et repassant par les mêmes endroits. Vous savez quoi, monsieur Peiresoles ? J'ai très envie qu'elle s'arrête pour de bon. En même temps, je redoute ce moment. Parce que, si elle cesse de galoper, alors moi je n'ai plus qu'à m'arrêter aussi. En fin de compte, que le doute soit permis, ce n'est pas plus mal.

Je n'ai pas vu passer le trajet jusqu'à la porte du café des Arts. Nous sommes entrés sans discrétion dans une salle bien garnie et bruyante, qui contrastait avec les rues mortes que nous venions de traverser. De grands adolescents jouaient aux adultes dans un coin. Plus on se rapprochait du comptoir, plus la moyenne d'âge augmentait. Avant de venir s'y accouder, Pastre s'est tourné une dernière fois vers moi, avant de s'immiscer dans toutes les conversations, un verre à la main.

— Vous voulez travailler sur la mémoire de Basse-Misère, c'est bien ça ? Eh bien, moi, j'ai tout ce qu'il vous faut pour la regarder en face. Tout, je vous dis ! Même les rapports de police qui sont classifiés. Demain, si vous êtes encore des nôtres, j'accepterai de vous montrer ce trésor. Venez de bonne heure, disons 8 heures, au café de l'Escale. Pour ce soir, j'ai assez parlé de cela. Vous aviez promis de me payer un coup, me semble-t-il...

Trois verres de Jack Daniel's, voilà le tarif dont j'ai dû m'acquitter avant de pouvoir m'éclipser. Je n'ai pas osé dire à Pastre qu'il n'avait pas compris Basse-Misère, qu'il ne se concentrait que sur les faits, tentant de les nouer ensemble par le fil qu'il avait lui-même tissé. Il désincarnait l'histoire à force d'oublier qu'elle était faite d'une chair propre à nos montagnes. Il était comme la chambre dans laquelle j'ai passé une nuit peu reposante : les parquets luxueux, les belles tentures, l'excellente literie, ne parvenaient pas à faire oublier qu'ils ne racontaient rien sur mon petit pays, et donc rien sur moi-même.

10

Un cauchemar m'a poursuivi jusqu'au réveil : il y avait une fille devant moi dont je ne parvenais pas à voir le visage. Je devais avoir 13 ans. Elle me demandait si j'avais déjà embrassé quelqu'un, quand je lui répondais par la négative, elle se penchait vers moi et posait ses lèvres sur les miennes, mais je ne ressentais rien à leur contact. Puis elle prenait doucement ma main et la faisait glisser sous son tee-shirt, jusqu'à son sein nu, et posait son autre main sur la bosse de ma braguette en me demandant si cela je l'avais déjà fait. Je retirais alors ma main, paniqué. Mes doigts étaient couverts de sang…

Je me suis senti très mal à l'aise d'avoir fait ce rêve. Coupable. J'ai ouvert en grand la fenêtre de ma chambre pour que la fraîcheur du matin emporte tout avec elle. On devinait que le soleil ne tarderait pas à percer le rideau de brume qui s'accrochait encore à la montagne.

J'ai retrouvé Pastre, attablé au café de l'Escale, fripé de la tête aux pieds, en train de lire le journal, remuant inlassablement la petite cuillère dans sa tasse de café. Il puait le tabac froid et le whisky. Il a ignoré la main que je lui ai tendue.

— Alors, ça a été chez les Rosbifs ?

— Oui, très bien.

— Vous m'étonnez… On ne doit pas beaucoup s'y amuser à mon avis. Tout y est beaucoup trop lisse. Un peu comme vous, l'ami.

Et puis, sans transition, il s'est mis à me raconter comment il était devenu journaliste. Après, il a été question du village où il habitait quand il travaillait encore à *La Dépêche* et de la foule de maîtresses qu'on lui prêtait. Il s'en offusquait avec un sourire en coin qui prouvait qu'il était plutôt fier d'une telle rumeur. En une demi-heure, il était devenu à la fois grand reporter, plume avisée, aventurier de l'extrême et bourreau des cœurs. Le tout clamé bien fort pour que je ne sois pas le seul à l'entendre.

— Vous avez été marié ?

La question a semblé le désarçonner. Il a inspiré profondément et sa voix s'est faite moins ronflante pour se transformer en un souffle rocailleux.

— Je l'ai été, oui. Dans une autre vie ! s'est-il dépêché d'ajouter, de peur que cet aveu ne vienne faire de l'ombre à l'existence haletante qu'il venait de décrire.

Du coup, il a plié son journal, cessé de remuer son café et posé sa grosse main sur mon avant-bras.

— J'ai quelque chose à vous montrer. Quelque chose que je n'ai jamais montré à personne.

— Ta bite ! s'est esclaffé un type au comptoir.

Le rire s'est propagé dans le café jusqu'au serveur.

— Je te répondrais volontiers que je la réserve pour ta femme, mais je crois que tu es déjà au courant. Alors, je vais vous laisser entre impuissants.

Il a fouillé dans sa poche et il a laissé tomber une poignée de pièces de monnaie sur la table, dans un geste qu'il aurait sans doute voulu chevaleresque, mais il s'est emmêlé dans les manches trop longues de sa parka usée. Ensuite, il a fait volte-face et est sorti du bistrot, tassé sur ses petites jambes, sans attendre l'effet de sa réponse, si ce n'est des rires qui s'étaient figés.

Il ne s'est pas préoccupé de moi. Comme la veille, j'ai presque eu du mal à le suivre tant il paraissait avoir soudain le diable aux trousses. Il a traversé le boulevard sans se soucier des voitures et il s'est engouffré dans la rue du 11-Novembre. Une rue qui portait bien son nom : elle ressemblait à une tranchée étroite, quasiment dénuée de trottoirs et bordée de hautes bâtisses qui la maintenaient en permanence dans l'ombre. Plus jeune, je n'aimais pas passer par là car la femme qui tenait la droguerie avec son mari était atteinte d'une sclérose en plaques et je ne pouvais m'empêcher de la voir comme un monstre effrayant. La droguerie avait disparu depuis belle lurette, comme la plupart des magasins de la rue. Les travaux qui avaient embelli le centre-ville semblaient l'avoir ignorée. Elle restait grise, humide, vieille.

François Pastre s'est arrêté devant la porte d'entrée d'un immeuble vers lequel je n'avais jamais levé les yeux. Pour la première fois depuis sa sortie fracassante du café, il s'est soucié de savoir si je l'avais suivi. Quand je l'ai vu sortir une grosse clé de sa poche, j'ai cru qu'il habitait là. Pourtant, cet immeuble de quatre étages sorti d'un autre temps paraissait abandonné, à en juger par l'état de sa façade et de ses persiennes closes.

Il a ouvert la lourde porte et m'a invité à le suivre dans un hall sombre, qui empestait la poussière et les poubelles trop longtemps oubliées. Il a pris soin de bien refermer derrière nous. Je suis parvenu à deviner l'escalier monumental qui s'élevait vers les étages ainsi que l'amas de vieux cartons et de caisses en polystyrène entassées à son pied. Les boutiques qui donnaient sur l'autre rue, large et belle, se servaient visiblement de ce hall comme remise.

— Voilà mon antre secret, a fini par me glisser Pastre, qui parlait soudain doucement. Plus personne ne vit ici. On ne sait même pas qui est le propriétaire de l'immeuble. C'est un notaire de la région de Tarbes qui s'occupe de la gestion. Chacun des commerçants du rez-de-chaussée a droit à un des appartements en prime, mais ils ne s'en servent que pour aller aux chiottes. Les autres sont vides. Je me suis arrangé pour en louer un à un prix modique et m'en faire une sorte de bureau. Chez moi, il n'y a pas assez de place et beaucoup trop d'yeux indiscrets.

Il s'est engagé dans l'escalier sans prendre la peine d'allumer. Je lui ai emboîté le pas, la démarche plus hésitante que la sienne. Nous avons dépassé le premier étage, dont le palier paraissait avoir encore un semblant d'allure, pour nous arrêter à celui du deuxième, nettement plus décrépit. Il distribuait deux appartements. Pastre a ouvert la porte de celui de gauche. J'ai eu l'impression de visiter des lieux promis à une démolition prochaine. Tout était abîmé, sale, abandonné depuis des lustres. Un puits de lumière servait de point d'ancrage à chacun de ces logements organisés de manière parfaitement symétrique. Outre la pièce dans laquelle nous avons pénétré, les toilettes, la cuisine, suivie d'une salle d'eau, aussi minuscules l'une que l'autre, venaient s'enrouler autour de cet espace carré couvert d'une verrière rendue opaque par la saleté et y percer autant de fenêtres. Entre ces ouvertures, des fils à linge avaient été tendus, et ils étaient aujourd'hui couverts de vieilles toiles d'araignées, si noires de crasse qu'elles ressemblaient à des stalactites suspendues au-dessus du vide.

Le reste de l'appartement de Pastre donnait sur la grand rue. Une clarté un peu plus vive passait à travers les lames disjointes des persiennes. Avant même qu'il ait pris la peine d'abaisser l'interrupteur en laiton, j'ai eu une assez bonne vue sur cette grande pièce aux tapisseries moisies quand elles n'étaient pas arrachées. Un imposant fauteuil usé était posé près d'une des deux fenêtres. Sur la table basse à côté, un vieux poste à transistor trônait, antenne déployée. Dans un coin, il y avait un petit frigo que Pastre s'est dépêché d'aller rebrancher.

— J'y garde ma réserve, m'a-t-il lancé en ouvrant la porte et en exhibant une multitude de cannettes de bière bon marché. Mais, vu l'âge de l'installation électrique, je préfère l'éteindre quand je m'absente. Je m'en voudrais de foutre le feu à l'immeuble parce que, mine de rien, il y a plus à perdre ici que ce que vous pensez.

Il s'est approché d'une double porte fermée, vers laquelle le fauteuil était tourné, et a posé une main sur le panneau écaillé.

— Cette vieille bâtisse m'a plu parce qu'à chaque étage on a l'impression que le temps s'est arrêté. Pour ne rien gâcher, l'hôtel à côté loue des chambres à l'heure. En tendant bien l'oreille, on peut entendre ces messieurs-dames couiner. Je trouve ça assez stimulant. Sinon, j'écoute la radio. J'ai une couverture de laine pour les jours où il fait trop froid, bien que le bâtiment semble totalement imperméable aux éléments extérieurs.

Les murs couverts de taches noires et l'odeur tenace d'humidité ne lui donnaient pas tout à fait raison.

— Voilà où je passe mes journées, mon ami. Dans une demi-obscurité, avec des bruits de baise, de la bonne musique et de la bière bien fraîche. Ne me prenez pas trop vite pour un ramolli du bulbe. Tout ça cache en fait un sacré travail.

Il s'est enfin décidé à ouvrir les portes qui nous séparaient de son « trésor ». Une ancienne chambre à coucher donnait elle aussi sur la rue et en recevait quelques rais de lumière. Seul meuble, une planche était posée sur deux tréteaux en plein milieu. Face à nous, le mur était en grande partie couvert d'une carte représentant le lac de Basse-Misère et ses environs immédiats, tracée d'une main experte. De larges gommettes de couleurs différentes marquées d'un chiffre y étaient collées. Pastre m'a expliqué que chacune d'entre elles figurait une personne présente au moment du drame, le chiffre renvoyant ensuite à un des dossiers soigneusement rangés dans les cartons qui s'alignaient sur notre gauche. À côté de la carte, quatre grandes photos étaient punaisées. Les portraits des victimes qui nous regardaient dans les yeux. Il s'agissait de clichés identiques à ceux qui avaient été publiés dans la presse à l'époque, agrandis. Justine, Emmanuel, Guillaume et Florie y apparaissaient tels qu'ils étaient quelques jours ou quelques semaines avant que leurs vies ne soient prises. Sur un autre mur, un organigramme représentait les familles touchées et les liens qui existaient entre les unes et les autres, y compris au niveau professionnel. Une nouvelle fois, des chiffres renvoyaient à des cartons et à des dossiers. Dans ces dossiers, se trouvaient les rapports d'autopsie, les comptes rendus d'interrogatoires, les notes des enquêteurs… À croire que Pastre avait cambriolé les locaux de la gendarmerie ou le bureau du juge.

— J'ai su graisser quelques pattes et jouer de mon influence pour obtenir des copies. Je suis assez fier de mon classement. Il suffit d'y entrer et de dérouler le fil. Il vous amène auprès de chacune des personnes qui ont été, de près ou de loin, liées à cette affaire. Toute l'histoire de Basse-Misère est dans cette chambre.

Là encore, je n'étais pas d'accord avec lui. Pour coiffer la totalité de l'affaire, il aurait fallu intégrer à son schéma l'ensemble de la population de la vallée. L'immeuble entier n'y aurait pas suffi.

Il m'a ensuite montré l'archivage des différents articles parus au sujet de l'enquête, parfaitement découpés et collés dans deux grands classeurs dont les pages étaient protégées par des feuilles de soie. Il y avait aussi la collection complète des numéros de *L'écho de l'Autan*, depuis la semaine qui avait suivi le massacre jusqu'au moment où Pastre en avait quitté la rédaction, le tout conservé dans d'épaisses reliures en cuir noir.

— Voilà, mon bon ami. Un vrai voyage dans le temps que je fais au quotidien depuis des années.

Il s'est approché de la carte en me parlant, ému par la contemplation de son œuvre. Il s'est mis à effleurer du bout des doigts la gommette positionnée sur le centre pour colonies de Saint-Pierre.

— C'est la dernière que j'ai collée. Mon dernier personnage. Le chiffre de Thierry Delmas... Lui a droit à un carton entier.

Il me le désigna, derrière la porte, à l'écart des autres, plein à craquer, désordonné et, surtout, surmonté de la photo glaçante du tueur.

— Je savais que l'assassin de ces trois gosses était quelque part dans cette pièce. J'ai tourné et retourné les documents dans tous les sens pour le trouver. Et je dois avouer que je continue à le faire encore aujourd'hui, malgré ce que j'ai fini par découvrir sur l'autre ordure. Le doute, monsieur Peiresoles, est mon moteur. Si je n'ai plus rien à faire ici, je n'ai plus rien à faire du tout.

Depuis que nous avions pénétré dans l'immeuble, Pastre avait changé de comportement. Il avait abandonné sa grande gueule et ses coups de sang pour m'apparaître plus âgé et plus usé.

— Je suis allé plus loin qu'aucun enquêteur ne l'a fait sur cette affaire. J'ai même réussi à obtenir quelques mots du père de Florie, en Angleterre, sans malheureusement pouvoir m'entretenir avec elle. Alors vous pouvez comprendre, je l'espère, qu'à côté de tout cela le bouquin qu'on a bien voulu m'accorder ne pèse pas bien lourd.

Mon attention avait du mal à se détacher des quatre portraits, surtout de la photo de Justine. On la voyait enjouée, fraîche, si jolie, et prête à avancer dans l'existence avec gourmandise. La théorie de Pastre, qui avait fini par s'inviter dans ma nuit, me paraissait insupportable en la regardant ainsi, le visage doux, empli de bienveillance et de franchise.

— Votre cœur d'historien doit s'emballer devant de telles archives, non ? Une mine d'or à portée de main !

— C'est un travail colossal, en effet. Cependant, il ne correspond pas vraiment à l'idée que je me fais du travail d'historien. Vous avez les faits, monsieur Pastre, tous les faits. Mais où se trouve le reste ? Le contexte d'avant et d'après la tuerie, la situation économique qui explique pourquoi on a tant voulu trouver le meurtrier aux Crozes, ce sur quoi s'est greffée la peur qui nous a empoisonnés…

— Seriez-vous en train de me prendre de haut avec vos diplômes et vos tarlouzes des tranchées ?

— Pardonnez-moi mais je me contentais de vous répondre. Je ne vois pas de mine d'or dans cette pièce. Je suis même davantage intéressé par ce qui se trouve hors de ces murs.

Il m'a dévisagé en laissant passer un silence.

— De toute manière, je voulais juste vous montrer mon boulot et non vous en faire profiter. Ça me ferait mal au cul que vous posiez vos pattes sur mes dossiers.

C'est dommage, notez bien. N'oubliez pas que le premier sens du mot *historia* est « enquête ». Un regard extérieur pourrait faire émerger ce que je ne suis plus capable de voir.

— Que reste-t-il donc à trouver ?

— À comprendre, monsieur Peiresoles. Comprendre comment Delmas a pu faire son coup, l'obliger à avouer. Comprendre pourquoi personne n'a été foutu d'apporter un témoignage crédible. Comprendre ce qui nous a échappé à l'époque… Savez-vous combien de vies ont été réellement détruites au bord du lac ? Combien de personnes ont perdu tout ce qu'elles avaient et tout ce qu'elles étaient ? À cause des errements de l'enquête et des tombereaux de doutes que nous avons déversés. Je veux juste comprendre et combler les derniers vides. Et j'espère bien y parvenir avant de crever.

Il était redevenu sombre et dur, au bord de l'implosion.

— Et vous, mon ami, si les faits ne vous intéressent pas, que cherchez-vous donc ?

J'ai hésité à lui répondre franchement. Toutefois, ma présence dans son appartement montrait qu'il m'avait fait confiance. Alors, je lui ai parlé de mon projet de « faire parler le passé » afin de me débarrasser du poids de la peur, ou de l'angoisse, ou peu importe comment on l'appelait. J'ai évité de parler du psy mais je lui ai avoué avoir suivi les traces de Delmas depuis la plage de Sérignan jusqu'à la fermette isolée où son sort avait été scellé. Il m'a écouté avec attention et, quand j'ai fini de me justifier, il n'a rien dit et s'est retourné à nouveau vers la carte du lac. Il m'a tourné le dos un long moment, silencieux et immobile. Puis, brusquement, il a éteint la lumière et m'a poussé hors de la chambre dont il a fermé les portes.

— Si vous avez à rencontrer les familles, les Garcès seront les plus accessibles. Ils sont dans le recueillement et la culpabilité. Le père considère que vouloir adhérer au club nautique était un acte de pure vanité. Il s'en fustige encore aujourd'hui. Pour les Armengaud, il vous faudra sans doute un peu plus de patience. Mais quand ils sauront que vous êtes historien, que vous avez écrit des bouquins, ils accepteront de vous répondre. Évitez simplement de trop rappeler votre histoire de soldats sodomites. Les Armengaud s'occupent de l'association réunissant les proches des pseudo-victimes de Delmas. Alors tout ce qui peut donner de la résonance à leur croisade est bon à prendre. En revanche, pour les Brunet-Auriac, ça risque d'être plus coton. Ils ne sont pas restés ici. Le mari a fait couler ce qui restait des industries de la vallée et il s'est barré. Aujourd'hui, il vit à moitié sur l'océan, à bord de son voilier, et à moitié sur terre, à Belle-Île. S'il accepte de vous parler, ne lui dites surtout pas que vous avez un lien quelconque avec moi, ni même que vous m'avez adressé la parole. Je suis certain qu'il a empêché la publication de mon bouquin. Si vous souhaitez discuter du déclin de cette ville, il est pourtant le mieux placé. Sa femme vit à droite et à gauche. Ils n'ont pas divorcé mais c'est tout comme. Elle continue à collectionner les amants et à bénéficier de sa fortune. Je n'ai jamais réussi à la convaincre de répondre à mes questions. Quant au père Nipperday, il protège sa fille de la moindre approche. Ils vivent tous les deux en Cornouailles, près de la ville de Penzance. Il a bien voulu me rencontrer quand je suis monté là-haut mais il m'a très vite envoyé me faire foutre. Ne vous faites toutefois pas trop d'illusions : Florie est zinzin. Même si, par miracle, vous vous retrouviez face à elle,

elle resterait muette. Elle ne dit plus rien à personne depuis très longtemps.

Il est sorti sur le palier et m'a invité à le suivre, avant de me devancer dans l'escalier. En bas, au moment de déverrouiller la porte d'entrée, il m'a souhaité bonne chance pour mes recherches.

— Je garde le dedans et je vous abandonne le dehors. Si vous avez besoin d'un coup de main ou de vous désaltérer, n'hésitez pas à me rendre une petite visite.

Puis il m'a laissé sans cérémonie sur ce minuscule bout de trottoir. J'ai entendu la grosse clé tourner dans la serrure puis j'ai imaginé Pastre qui remontait dans son antre, ouvrait les portes de la chambre et s'installait dans son fauteuil pour contempler son obsession et la noyer dans la bière.

11

À la fac, après mon court séjour à Valdérieu, j'ai fini l'année en roue libre jusqu'aux partiels du mois de mai. Je me suis contenté de me reposer sur mes acquis, de vivre sur mes réserves. J'ai mis davantage d'abnégation à défricher l'histoire de ma ville. J'ai multiplié les angles d'approche : le grand hôtel du centre-ville qui avait voulu jouer les palaces avant et après la guerre ; l'équipe de rugby qui était devenue le symbole de la réussite de toute la vallée jusqu'à disputer la finale du championnat de France ; la visite des chefs d'État qui, de de Gaulle à Giscard, ne se déplaçaient jamais dans le Sud-Ouest sans faire un détour par Valdérieu ; les crues des rivières et les dégâts qu'elles avaient causés ; les cafés qui ne désemplissaient pas, surtout le dimanche en fin d'après-midi ; les cinémas, les concerts… J'ai pris plaisir à redécouvrir le passé et à le faire correspondre avec mes souvenirs. Semaine après semaine, en faisant défiler les années, j'ai assisté, impuissant, au déclin de mon pays.

Quel que soit l'angle d'approche, je ne suis pas allé au-delà de la fin du mois d'août 1980. J'ai gardé Basse-Misère pour plus tard, quand les corrections et les soutenances seraient passées, que mon travail préalable aurait donner un os à ronger au comité qui distribuait les allocations de chercheur. J'ai retardé la date du rendez-vous avec la tuerie, un peu parce que je voulais m'y consacrer à plein-temps et beaucoup parce que je le redoutais.

Me sachant sur un nouveau projet, mes collègues m'ont paru plus conciliants. Il y a même eu une période, très courte, où le carton punaisé sur la porte de mon bureau a disparu. J'étais rentré dans le rang. J'avais renoncé aux premiers rôles, laissant la place à d'autres. On m'en était donc reconnaissant. J'ai même eu droit à quelques égards. Lorsqu'il a été question de finaliser la programmation de la préparation des concours à venir, on m'a délégué deux interventions plus importantes que prévues. La première sous la forme d'un cours de deux heures sur les différentes entrées en guerre. La deuxième, plus glorieuse, consistait en une conférence donnée en soirée, dans la salle de la rue du Taur, habituellement réservée aux sommités descendues de la capitale nous faire grâce d'un peu de leurs lumières. Je devais y évoquer ma fameuse théorie de l'impact de la guerre sur les normes morales habituelles. J'ai eu beau savoir qu'il s'agissait de pourboires que l'on m'accordait, je n'en ai pas moins été agréablement surpris. Surtout en apprenant que Caubère, qui planifiait les conférences de la rue du Taur, avait insisté pour que la dernière du cycle me revienne.

Il y a donc eu quelques embellies dans mon ciel. Il y a également eu des heures plus difficiles que d'autres, quand le vide que j'avais créé autour de moi m'a donné le vertige. Je suis peu sorti, à peine pour aller au cinéma de temps en temps. Et, chaque fois, en redoutant de tomber sur des connaissances. Mon appartement pouvait parfois me paraître insupportable, soit trop grand, soit trop petit, mais, au moins, je m'y sentais à l'abri.

Je n'étais pourtant pas à l'abri de tout. Je traînais encore ma relation passée avec Siobhan comme une malédiction, un mauvais sort, dont je ne parvenais pas à me débarrasser.

Siobhan est américaine. À 20 ans, elle a décidé de venir passer un an en France et elle n'en est jamais repartie. La première fois que je l'ai vue, elle était assise au milieu de mes étudiants de licence, studieuse et concentrée. Elle ne cherchait en aucune façon à attirer l'attention mais j'en suis venu à ne voir qu'elle. Petite et menue, avec son visage à peine sorti de l'enfance, elle changeait de look en permanence, tantôt entièrement habillée d'un noir assorti à ses cheveux, ce qui faisait ressortir sa pâleur et l'intensité de son regard, tantôt disparaissant sous des couches superposées de vêtements colorés, enroulée dans des écharpes sans fin, tantôt vêtue de tenues légères et printanières qui mettaient en valeur sa jolie silhouette et sa poitrine généreuse. Je ne savais pas à quoi m'attendre avec elle. Mais j'attendais le mardi avec impatience. Nous ne nous étions jamais adressé la parole et elle partait sitôt le cours terminé, toujours seule. Quand je la voyais traverser le campus, elle semblait perdue dans ses pensées, marchant avec une grâce de danseuse. Je dois le reconnaître, je la trouvais irrésistible et je jalousais en secret ceux et celles qui partageaient son quotidien.

De plus, elle était brillante. Elle maîtrisait parfaitement le français et ses copies respiraient la maturité et la curiosité.

À la fin de l'année, elle est venue me parler pour la première fois. Sa voix était aussi belle et enfantine que ses traits, avec un accent délicieux. Elle souhaitait s'inscrire dans mon mastère et avait réfléchi au sujet du viol comme arme de guerre. Il lui fallait une réponse assez rapide car, durant l'été, elle repartait chez elle et ne devait revenir que pour officialiser son inscription. Elle aurait pu me proposer n'importe quel sujet, j'aurais accepté. Et, à la rentrée, j'ai eu le bonheur de la retrouver en comité plus restreint.

À l'époque, afin de combler un peu le vide dans la vie que je lui faisais mener, Marielle avait décidé de se mettre au théâtre. Il y avait, rattaché à la fac, un atelier réputé pour la qualité de ses cours et de ses spectacles. Il renouvelait chaque année une partie de sa troupe par des auditions dont le sadisme était devenu légendaire. J'en ai entendu des légendes sur le campus, destinées à effrayer les élèves de première année. Une d'elles raconte qu'un homme a tiré à la carabine depuis une fenêtre des tours d'en face et a arraché l'oreille d'une étudiante qui traversait le parvis. Une autre qu'un professeur d'anglais a refusé de faire passer un oral à une étudiante sous prétexte qu'elle était trop moche. Elle est allée se plaindre auprès du doyen ; ce dernier a sommé le collègue de s'exécuter, ce qu'il a finalement accepté de faire, à condition que la fille reste le dos tourné. On ne sait plus où se trouvent le vrai et le faux. Même chose pour les fameuses auditions de l'atelier-théâtre et ses improvisations redoutables, seul en scène, sur des sujets aussi tordus que « Imitez la feuille morte » ou « Vivez la fin du monde ».

Marielle était si terrifiée avant de tenter sa chance que j'ai dû l'accompagner pour être certain qu'elle oserait pénétrer dans la salle. Une fois sur place, j'ai aussitôt regretté mon geste car, maintenant, c'était moi qui étais terrifié, redoutant le ridicule dans lequel ma compagne risquait de plonger tête la première, pour moi et non pour elle. Finalement, elle s'en est plutôt bien sortie avec un sujet si classique qu'il en était un peu décevant. Elle a été acceptée dans la troupe et s'est rendue à ses cours chaque lundi soir. Elle me racontait tout avec un enthousiasme que je ne lui avais pas connu depuis longtemps. J'ai même cru qu'elle allait pouvoir être à nouveau heureuse. Elle m'a parlé des autres membres de la troupe et notamment de cette jeune Américaine de qui elle s'était rapprochée. Elle n'a pas eu besoin de me dire son prénom pour que je devine qu'il s'agissait de Siobhan. Elle la décrivait telle que je me l'étais imaginée : artiste, curieuse de tout, passionnée de littérature, un peu cabossée par son enfance. Et elle avait un don indéniable pour le théâtre. Son sujet d'audition, « Faites l'amour avec la chaise », est entré depuis dans la légende. Elle s'était alors lancée dans un numéro qui aurait pu, lui aussi, suivre le même chemin s'il ne s'était déroulé devant une assemblée réduite à sa plus simple expression. Le jury était resté sans voix devant tant d'audace et de sensualité. Depuis, elle était devenue la pierre angulaire de la petite troupe.

Au bout de plusieurs semaines, Marielle a invité les autres comédiens à une soirée chez nous. Siobhan est venue, nullement surprise de me trouver là, alors que j'étais très intimidé par sa présence. Elle est revenue plusieurs fois ensuite. Pour répéter, boire un thé dans notre jardin, dîner. Marielle ignorait encore qu'elle était mon étudiante, aucun de nous deux n'ayant souhaité le révéler. J'ai perçu dans ce secret partagé un fil qui nous avait rapprochés.

Nous nous sommes embrassés pour la première fois dans mon bureau de la Maison de la Recherche. Elle se tenait devant moi, avec son visage d'ange et ses grands yeux ronds, me demandant mon avis sur l'orientation qu'elle avait donnée à ses recherches. Je me suis approché d'elle sans trop savoir ce que je faisais. J'avais le cœur qui battait si fort qu'il était sur le point d'imploser. Ce qui arriva quand elle accepta mon baiser, me le rendant même avec fougue. Le lendemain soir, nous couchions ensemble dans son petit studio un peu foutraque de la rue de la Pomme.

Marielle a deviné notre liaison mais n'en a rien dit. Nous nous étions à ce point éloignés l'un de l'autre qu'elle s'en fichait. Elle a cependant décidé d'arrêter le théâtre.

À la fac, la nouvelle s'est répandue comme une traînée de poudre. D'abord parmi mes étudiants en mastère, qui n'étaient pas dupes, avant de parvenir aux oreilles de mes collègues.

Séparé de Marielle, ne comptant plus Siobhan, qui avait brillamment soutenu, parmi mes étudiants, j'aurais dû être heureux de pouvoir vivre ma passion sans frein. Hélas, les choses n'étaient pas aussi simples. Rien ne peut être simple avec Siobhan.

Elle qui se montrait si attentive aux autres, si ouverte, si avide, devenait parfois fermée, sombre, cassante, loin de tout et de tout le monde. Cela pouvait durer des jours et même des semaines, sans aucune explication. Je savais qu'un certain mal de vivre la rongeait depuis quelque temps. Elle savait le regarder en face, avec une lucidité qui forçait l'admiration. Elle racontait la façon plus que chaotique dont elle avait été élevée, le lycée où elle avait vécu un véritable cauchemar. La façon dont elle s'était investie dans son sujet de mastère m'a fait craindre que le viol fasse partie de ce cauchemar, mais elle m'affirma qu'il n'en était rien.

Elle était régulièrement sous traitement. Mais sa thérapie à elle était de se mettre en danger, de tenter le diable pour qu'il se décide à la punir. Par exemple, une nuit, elle est allée s'asseoir sur un des bancs du parc proche de la cité universitaire, bien connu pour n'être pas du tout fréquentable à ces heures-là, et a attendu que la faune des camés, des tapineurs et des exhibitionnistes s'agite. Je ne sais pas ce qui se serait passé si la police ne l'avait pas cueillie avant que sa présence ne soit remarquée. Quand je lui ai posé la question, après être allé la chercher au poste, elle m'a menti et m'a répondu qu'elle ne s'était pas rendu compte du danger. Et il y a un tas d'autres épisodes de la sorte dont je ne sais rien.

Fut un temps où je croyais ne jamais pouvoir me lasser d'elle. Je croyais que je la rendais heureuse et que ses crises de mal-être seraient emportées comme par une bourrasque. Il n'en fut rien.

À la fin de notre liaison, ses crises étaient devenues de plus en plus fréquentes. Je me sentais impuissant, incapable de l'aider, déçu de ne pas être plus fort que sa mélancolie chronique. Surtout, elle avait fini par m'apparaître terriblement normale, presque ordinaire.

Je l'ai quittée avant l'été 2012, épuisé par ses sautes d'humeur. Les mois suivants ont été bien plus douloureux. Siobhan était encore inscrite à l'université et continuait à fréquenter l'atelier-théâtre. Elle paraissait défaite, souvent sujette à des malaises, tentant de s'oublier dans des aventures qu'elle multipliait. Si on me regardait déjà de travers avant, ce fut pire. On me désignait comme le responsable du naufrage de cette jeune femme promise à un bel avenir d'historienne. D'autant plus qu'elle ne cessait de clamer son amour pour moi, me suppliant de la reprendre quand je me suis déplacé chez elle à deux reprises pour tenter de lui faire entendre raison. Siobhan était devenue une épine qui me blessait à chaque pas.

Un soir, je l'ai aperçue depuis la fenêtre de mon salon. Elle était assise sur le trottoir d'en face, fumant une cigarette, ne regardant même pas dans ma direction. J'ignore combien de temps elle est restée ainsi, sans bouger. À plusieurs reprises, je me suis relevé pour vérifier et elle était toujours dans la même position.

Quelques jours plus tard, je l'ai croisée dans une des allées de la fac. Elle portait une jupe blanche et un chemisier assorti, si léger qu'il ne pouvait cacher qu'elle ne portait pas de soutien-gorge. Elle m'a dépassé sans me jeter un regard. Je l'ai suivie des yeux, m'apercevant dans le contre-jour qu'elle ne portait pas non plus de culotte. Elle se serait promenée nue que la chose aurait été moins visible.

Elle a fini par quitter la fac et l'atelier. Elle est restée à Toulouse, travaillant un peu comme interprète, un peu comme traductrice. Presque un an jour pour jour après notre rupture, elle a déclenché un esclandre dans une pharmacie parce qu'on refusait de lui vendre certains médicaments sans ordonnance. Elle a blessé la pharmacienne au visage et a quasiment démoli l'officine avant que les policiers réussissent à la maîtriser. Une nouvelle fois, elle a donné mon nom et j'ai dû gérer tout cela. Quand je l'ai récupérée, elle était calme, honteuse même. Mais elle ne m'a pas ému.

Je me souviens de ma cousine quand j'étais enfant. Je ne sais plus quel âge je pouvais avoir, je sais juste que je n'étais pas très grand. Cette cousine, que j'adorais, était plus âgée et venait passer du temps avec moi le mercredi matin. Je la revois parfaitement, dans notre cuisine, ouvrir la porte du lave-vaisselle qui venait d'achever son cycle, ses lunettes rondes se couvrant soudain d'une buée qui la laissait aveugle. Ma mère et elle avaient éclaté de rire. Pas moi. Je l'avais alors trouvée si fragile, si vulnérable, que j'en avais pleuré, me mettant ensuite en tête que c'était à moi de la protéger pour le restant de nos jours.

Je n'ai jamais ressenti la même chose pour Siobhan. Je ne parvenais pas à la voir sans défense. En fait, j'en suis arrivé à lui en vouloir. De toute manière, cette fameuse cousine à lunettes a disparu de ma vie. Nous sommes fâchés depuis tant d'années que je ne sais même pas où elle habite. Comme protecteur, je me pose là.

Après l'histoire de la pharmacie, Siobhan a demandé à être internée pour quelques semaines. Et elle a interdit mes visites.

En mai, alors que j'étais en train de voyager dans le passé de Valdérieu, le téléphone m'a ramené dans le présent. C'était sa voisine du dessous. Elle avait trouvé mon numéro écrit en rouge et en grand sur la porte de son frigo. Elle ne savait pas quoi faire. Siobhan était malade depuis plusieurs jours et ne quittait même plus son lit. Un médecin du Samu avait diagnostiqué une infection pulmonaire et préconisé une hospitalisation qu'elle avait refusée. Son appartement était dans un tel état de saleté que ça devenait gênant pour les autres occupants de l'immeuble. Et elle avait du retard pour payer toutes ses factures.

Nous étions plus ou moins au deuxième anniversaire de notre rupture. J'ai suspecté Siobhan de chercher encore une fois à me pourrir la vie. J'ai raccroché, sans rien promettre. Mais, une heure plus tard, j'étais incapable de penser à autre chose. Elle avait réussi son coup. Elle parvenait toujours à me faire culpabiliser. Finalement je me suis rendu chez elle.

La voisine avait un double des clés. Je suis monté sans elle, la remerciant avec chaleur de tout ce qu'elle avait fait, c'est-à-dire pas grand-chose comme je n'allais pas tarder à le découvrir.

J'hésitais encore entre la colère et le dépit au moment d'ouvrir la porte. L'odeur m'a cueilli immédiatement. Ça puait la maladie et la nourriture avariée. Tout était plongé dans le noir. J'ai commencé par ouvrir la fenêtre et les volets pour tenter d'aérer un peu. Le désordre était terrible. Le canapé avait été délesté de ses coussins, dispersés sur le sol, entourés de cendriers de fortune remplis à ras bord. Il y avait de vieux journaux entassés près de la table basse, elle-même couverte de restes de repas qui dataient de plusieurs semaines. La poubelle n'avait pas été vidée. Elle débordait d'asticots. L'évier disparaissait sous la vaisselle sale. Du linge traînait partout, la salle de bains était en vrac et empestait l'humidité. J'ai toujours connu Siobhan soigneuse de son intérieur, jusque dans son désordre calculé, adorant la lumière et les odeurs fruitées. Rien qui ressemble à cette porcherie.

Je l'ai trouvée allongée en chien de fusil dans son lit, couverte de deux ou trois couches de vêtements par-dessus son pyjama, grelottant de fièvre, les draps jaunis par la transpiration. Elle n'a même pas semblé se rendre compte de ma présence. Sa respiration était rauque, ponctuée de violentes quintes de toux qui la tordaient dans tous les sens. J'ai voulu la découvrir un peu. Son front était brûlant, son visage avait viré au gris. Elle gémissait tant que j'ai renoncé à la déshabiller.

Sur la table de nuit, la boîte de paracétamol était vide, celle d'antibiotiques à peine entamée. J'ai trouvé le double de l'ordonnance ainsi que le reste du traitement qui lui avait été prescrit, dont des comprimés de cortisone auxquels elle n'avait pas touché.

Je suis allé lui faire couler un bain dans une baignoire tapissée de cheveux et de traces de savon noircies. J'ai tenté avec plus de fermeté de la déshabiller parce qu'elle non plus ne sentait pas très bon. Elle était d'une maigreur effrayante. Les rondeurs affolantes de ses fesses et de ses seins n'étaient plus que l'ombre d'elles-mêmes. Je l'ai prise dans mes bras pour la déposer dans l'eau. Elle grelottait toujours, a tenté de se débattre un peu avant de se laisser faire. Elle a ouvert les yeux, me découvrant à genoux à côté de sa baignoire sans réellement me voir. Je l'ai lavée comme on lave une enfant. J'ai ensuite eu du mal à trouver une serviette à peu près propre dans laquelle l'enrouler. Puis, je l'ai allongée sur le canapé reconstitué à la va-vite. Il m'a fallu à nouveau batailler pour trouver un verre dans lequel j'ai fait couler de l'eau afin de lui faire prendre ses médicaments. Je me suis dit que si la fièvre ne baissait pas dans l'heure, j'appellerais le Samu.

En attendant, j'ai regroupé ce qu'il y avait à jeter et il m'a fallu faire deux voyages pour tout entasser en bas, dans le bac à ordures.

Siobhan était toujours comateuse, toussant à s'en arracher la poitrine. Elle ne se plaignait plus et il m'a semblé que la fièvre diminuait. Découragé par l'ampleur de la tâche, j'ai interrompu le grand ménage dans lequel je m'étais lancé. De toute manière, elle ne pouvait pas rester seule, même dans un appartement propre.

Alors, j'ai attrapé son sac de voyage. J'y ai fourré quelques affaires de toilettes et ce qui restait de vêtements mettables. J'ai également récupéré le courrier, à commencer par les factures et les rappels d'impayés. J'ai pris Siobhan dans mes bras et je l'ai descendue jusque dans la voiture. Elle s'est agrippée à mon cou.

Je l'ai installée chez moi, dans le lit de la pièce du fond. Je l'ai forcée à avaler un peu de soupe et à boire. J'ai épluché son courrier, envoyé des chèques partout où c'était nécessaire. Je voulais remettre de l'ordre, autant pour elle que pour moi. Mais ce n'était pas tout. En la voyant nue dans sa salle de bains, qui se laissait bringuebaler par mes gestes maladroits, j'ai retrouvé l'épisode de la buée sur les lunettes.

La fièvre est tombée et les quintes de toux ont fini par s'espacer. Néanmoins, Siobhan restait dans un état de faiblesse qui m'inquiétait, n'ouvrant les yeux que si je la forçais à le faire. Par prudence, j'ai appelé mon médecin, qui confirma le premier diagnostic et me conseilla de lui fournir une alimentation régulière, tant elle semblait sous-alimentée et anémiée, et de lui accorder le plus de repos possible.

Mes cours étaient bouclés. Il ne me restait qu'une surveillance de partiel le lendemain. Une fois celle-ci passée, je suis resté avec elle, corrigeant mes copies tandis qu'elle dormait.

Le soir du troisième jour, elle s'est levée seule et est venue me rejoindre dans le salon, sans que je l'entende. Je l'ai soudain aperçue, toute frêle dans le couloir, enroulée dans la couette, l'épaule appuyée contre le mur pour garder l'équilibre.

— Comment te sens-tu ?

Bêtement, je me suis senti encore intimidé face à elle. Je n'ai pas trouvé de question plus idiote à lui poser.

— Depuis quand suis-je ici ?

Sa petite voix faisait mieux ressortir son délicieux accent.

— Trois jours. La voisine du dessous m'a appelé.

— Je suis désolée qu'elle t'ait dérangé. Ce n'est pas moi qui…

— Elle a bien fait. Un médecin est passé. Il faut te montrer raisonnable. Et prendre davantage soin de toi.

Elle a fait comme si elle ne m'avait pas entendu.

— Est-ce que tu pourrais me ramener chez moi, s'il te plaît ?

Je ne m'attendais pas à ce genre de réaction de sa part. J'en ai été presque vexé.

— Non, je ne peux pas. Tu ne dois pas rester seule, surtout pas là-bas. Que tu restes ici ne me pose aucun problème.

— En es-tu certain ?

— Si ce n'était pas le cas, tu te serais réveillée à l'hôpital. Je passerai chez toi récupérer quelques affaires. Tu n'auras qu'à me dire ce dont tu as besoin.

Elle ne semblait pas convaincue.

— Est-ce que je peux prendre une douche ? a-t-elle demandé, debout à l'entrée de la pièce, après un long moment d'hésitation.

Je l'ai précédée dans la salle de bains pour lui sortir des serviettes propres du placard, comme si c'était la première fois qu'elle venait chez moi. Puis je l'ai laissée et je me suis remis sur mes copies.

Je ne ressentais plus de colère à son égard. Après sa douche, le temps que sa petite chambre s'aère, elle est venue se recroqueviller sur le canapé. Dehors, le beau soleil qui avait illuminé cette journée estivale était en train de décliner. Je l'ai regardée du coin de l'œil, dans ce si bel éclairage. Ses yeux trop grands cernés de gris, ses joues creusées qui faisaient ressortir ses pommettes devenues saillantes, son teint livide : il n'y avait plus rien d'angélique ou d'enfantin dans son visage.

— Sur quoi travailles-tu en ce moment ?

Son regard était fixe, presque dur.

— Je cherche à raconter la lente agonie de ma ville natale.

— Tu en as donc fini avec la guerre ?

Je n'ai pas répondu, me contentant de hocher la tête.

— J'ai un peu le tournis. Je crois que je vais aller me recoucher.

Elle a quitté le canapé, ses pieds menus dépassant à peine de la couette dans laquelle elle était toujours enroulée. Avant de quitter le salon, elle s'est arrêtée, sans se retourner vers moi.

— Je te remercie, Marc-Édouard.

Et elle a disparu dans le couloir. Elle ne m'avait jamais appelé par mon prénom. Avant, c'était Marc, Marco ou, son préféré, M-E prononcé à l'anglaise - Emmy -, ce qui l'amusait beaucoup.

Nous ne nous sommes revus que pour le petit déjeuner, qu'elle a tenté de prendre en même temps que moi. Elle avait bien meilleure mine.

— Tu as une radio des poumons à faire. Et le médecin pense que tu devrais changer d'air quelque temps. Il a parlé d'une maison de repos dans les Pyrénées, un endroit très bien...

— Je ne prends plus rien. Ni d'antidépresseurs, ni d'antidouleurs. Rien depuis ma sortie de psychiatrie. Je n'ai pas besoin d'une nouvelle cure.

— Siobhan, ton appartement était dans un état lamentable. Tu ne te nourrissais plus depuis des jours. Tu continues à te faire du mal, avec ou sans cachets. Tu ne devrais pas rester à Toulouse.

— Lorsque j'en serai persuadée, je partirai. Mais sûrement pas pour une maison de repos. Du moins, je l'espère... Mon père est mort le mois dernier.

— Bon sang ! Je l'ignorais.

— Je ne savais même pas qu'il était malade, ni où il habitait. Un de mes innombrables demi-frères m'a prévenue, deux jours après la crémation...

— Et ta mère ?

— Elle vit quelque part dans le nord de la Californie. C'est une *reborn*, elle a retrouvé Dieu et, afin de montrer sa reconnaissance, elle s'est installée dans une communauté évangéliste.

Elle jouait avec sa petite cuillère, les yeux perdus dans le vide.

— De toute façon, je ne pourrai pas aller dans ta maison de repos. J'ai prévu de passer un peu de temps à New York. Une vieille amie me prête son appartement jusqu'à la fin de l'été. Et j'ai un job dans une maison d'édition. Ils se lancent dans une anthologie de romans français évoquant la Première Guerre mondiale. Ils ont besoin de mes lumières, semble-t-il, puisqu'ils m'ont même avancé le prix du billet d'avion. Tu vois, moi, je n'en ai pas fini avec la guerre.

Elle m'a expliqué qu'elle avait donné son préavis, qu'elle pensait revenir mais que tout dépendrait de comment les choses allaient tourner.

— C'est une bonne nouvelle pour toi.

— Justement pas. Le fait que je ne sois pas sûre de revenir ici me pèse beaucoup.

— Pourquoi donc ?

Elle m'a fixé avec insistance, toujours sans cette douceur que je lui avais connue avant.

— À ton avis ?

Un silence embarrassé a suivi. Elle l'a rompu avant qu'il ne se fasse trop pesant.

— Et toi ? Qu'as-tu prévu cet été ?

Je n'avais rien prévu, sinon de fouiller l'histoire de Basse-Misère. Elle s'en est montrée désolée.

— Où sont passées tes envies de grands espaces, de chalets perdus dans la montagne, de maisons au bord de la mer ?

— Il faut croire qu'elles étaient moins importantes que je ne voulais bien l'affirmer.

— Et cette maison dont tu parlais sans cesse, celle de ton grand-père ? Tu rêvais d'y passer un été. Je ne me souviens plus du nom du village.

— Fonbelle… J'y suis retourné il y a quelques semaines.

— Qu'attends-tu pour passer à l'acte ? Contacte les nouveaux propriétaires et demande-leur de te la louer ou de te la vendre. Tu ne risques rien à leur poser la question.

Ne rien risquer était une chose impossible à concevoir pour moi.

Le lendemain, j'ai dû revenir à la fac. J'y ai traîné plus que de raison. Rentrer chez moi m'inquiétait. Je sentais que Siobhan allait partir. Que son départ était imminent. J'ai préféré qu'il se fasse en mon absence.

En effet, à mon retour, elle n'était plus là. Elle avait retiré les draps de son lit et rangé la chambre. Elle avait également fait le ménage dans tout l'appartement, qui sentait le propre et le soleil. Sur la table du salon, elle avait laissé une feuille pliée en quatre. Un grand « MERCI » y était tracé au feutre rouge. Quand je l'ai dépliée, j'ai trouvé un petit mot écrit à l'intérieur.

> *J'ai dû utiliser ton ordinateur et ton téléphone. J'espère que tu ne m'en voudras pas. Les propriétaires de la maison de Fonbelle s'appellent Cloître. Ils habitent près de Montpellier. Leurs enfants sont grands aujourd'hui alors ils n'y vont presque plus. Ils seraient d'accord pour te la vendre. Ils étaient contents d'apprendre que c'était toi qui étais intéressé. Je crois que leur prix ne sera pas exagéré.* (En dessous, il y avait un numéro de téléphone.) *Fonce, Emmy. Ta place est là-bas. Et si ce n'est pas le cas, essaie donc New York. Je t'embrasse. Siobhan.*

12

J'ai acheté la maison de Fonbelle ainsi que les vieux meubles qu'elle contenait, dont certains appartenaient à mes parents et avaient été retapés par ma mère. Je ne pouvais en devenir officiellement propriétaire qu'à partir de septembre, mais les Cloître ne comptaient l'occuper que pendant quelques jours en juillet. Ils ont donc été arrangeants et ont accepté que je prenne mes quartiers dès la fin de leur séjour.

Il a cependant fallu que je revienne à Valdérieu plus tôt que prévu. À la toute fin du mois de juin, j'ai reçu une lettre portant le cachet de la ville. Elle est arrivée à mon bureau de la Maison de la Recherche. Or, l'association avec qui j'étais en contact n'avait toujours communiqué avec moi que par mail ou téléphone. Soucieux de savoir ce que j'allais trouver dans l'enveloppe, je l'ai ouverte fébrilement, loin des regards et des oreilles indiscrets. Je pressentais un mauvais coup. C'est horrible à avouer, mais j'ai été soulagé quand j'ai lu le courrier qui m'était adressé.

Une infirmière de l'hôpital m'écrivait. Elle m'informait que François Pastre avait été victime d'un AVC assez grave et que son pronostic vital était engagé. Ses filles avaient été averties et l'une d'elles était venue à son chevet, repartant aussi vite qu'elle était arrivée, le temps de lui cracher sa rancune au visage. L'ancien journaliste ne communiquait qu'avec difficulté. Il était toutefois parvenu à demander à l'infirmière de me prévenir. Cette femme pensait qu'il était important pour lui de me voir. Mais que le temps pressait.

Pastre aurait pu mourir seul dans son lit d'hôpital que je n'en aurais pas perdu le sommeil. Mais sa lettre me liait désormais à son malheur et avait piqué ma curiosité. Bien entendu, j'ai pensé qu'il ne pouvait s'agir que de Basse-Misère.

Le lendemain, j'ai donc pris à nouveau la route de Valdérieu. L'hôpital n'était plus celui que j'avais connu. Un nouveau, bien plus grand et plus moderne, avait été construit en association avec le pays voisin, à près de quinze kilomètres de la ville. François Pastre y avait été placé en soins intensifs. J'ai cru qu'on n'allait pas me laisser passer, puisque je n'étais pas de sa famille. Heureusement, l'infirmière qui m'avait écrit était de garde. Quand j'ai montré la lettre que j'avais reçue, quelqu'un est parti la chercher et c'est elle qui m'a accompagné jusqu'au lit de son patient.

Il avait été victime d'une nouvelle attaque la veille. Il était maintenant plongé dans le coma. J'ai eu du mal à le reconnaître. Sa tête avait diminué de volume, comme si elle s'était dégonflée. Son visage était étonnamment lisse, plus du tout boursouflé. Et il était branché à une épouvantable machine.

— Ces derniers jours, il ne pouvait s'exprimer qu'avec les pires difficultés, m'a murmuré l'infirmière. Il arrivait un peu mieux à écrire. Il a pu me donner votre nom et l'endroit où vous envoyer la lettre. C'est bien d'être venu. Vraiment bien.

Elle a commencé à s'écarter, prête à me laisser seul avec lui.

— Vous pouvez lui parler, lui montrer votre présence. Je travaille depuis assez de temps dans ce service pour savoir qu'il vous entendra.

— Pourra-t-il se réveiller un jour ?

— Je ne sais pas. Si c'est le cas, les séquelles seront irréversibles.

— Combien de temps peut-il rester dans cet état ? Je veux dire, avant de…

— Il peut s'éteindre dans deux minutes comme dans deux mois ou dans deux ans. Sa fille a refusé de laisser la moindre consigne. Elle nous a dit qu'il avait mérité de souffrir, que ni elle ni sa sœur ne signeront l'autorisation de le débrancher. Comment peut-on être à ce point dénué de pitié ? Comment refuser le pardon en de pareilles circonstances ?

— Et lui ? Pourquoi n'a-t-il pas signé l'autorisation quand il s'est vu dans cet état ?

— Il nous a dit qu'il ne le pouvait pas. Qu'il attendait une réponse et qu'il comptait bien rester en vie jusqu'à ce qu'il l'obtienne.

— Quel genre de réponse ?

— Une réponse que vous êtes censé lui apporter, d'après ce que j'ai compris. Il nous a demandé de vous donner quelque chose quand vous viendriez. Car il était persuadé que vous le feriez.

Elle a ouvert le tiroir de la table de chevet et en a sorti une enveloppe qu'elle m'a tendue.

Elle contenait deux clés, dont une grosse que j'ai immédiatement reconnue.

Je n'ai pas été capable de parler à Pastre. Même quand l'infirmière est partie, je suis resté debout au pied de son lit, les clés qu'il me confiait serrées dans la main. Le bruit du respirateur battait la mesure de mon silence. J'aurais voulu partir plus tôt, mais j'ai trouvé que cela serait indécent. J'ai dû rester une dizaine de minutes, à tout casser. Avant de sortir de l'hôpital avec un grand soulagement.

J'ai ensuite poussé jusqu'à Valdérieu. J'ai voulu déjeuner mais je n'ai rien pu avaler. J'ai fini par laisser tomber mon assiette et je me suis rendu jusqu'à l'immeuble abandonné de la rue du 11-Novembre. Le hall était toujours aussi malodorant et encombré. Cependant, il m'a semblé plus éclairé que la première fois. Je suis resté un moment au pied de l'escalier, l'oreille aux aguets, les yeux levés vers les étages. Puis, n'entendant rien, je suis monté jusqu'à l'appartement du deuxième.

Lui non plus n'avait pas bougé, jusque dans sa saleté. Le frigo était débranché, chargé de cannettes. Les cadavres avaient été entassés dans un grand sac à côté. Le fauteuil défoncé était toujours tourné vers la double porte de la chambre. La radio était encore posée près d'un cendrier saturé de mégots. J'ai eu l'impression que Pastre venait à peine de quitter les lieux ou bien qu'il allait surgir du renfoncement de la cuisine.

J'ai ouvert les portes de la chambre. La carte de Basse-Misère et, surtout, les quatre portraits m'ont sauté à la figure. La table au centre de la pièce avait été débarrassée, à l'exception d'une enveloppe blanche punaisée dans un de ses angles. Je l'ai dégrafée après un petit instant d'hésitation. Il y avait une lettre à l'intérieur, une seule page couverte d'une écriture peu soignée, par endroits difficile à déchiffrer :

Monsieur Peiresoles,
Si vous êtes ici sans moi, cela signifie que je dois être mort ou quelque chose qui s'en approche dangereusement. Je sais

que ma santé est chancelante et que le couperet n'est pas loin de tomber, je le crains. Tout ce que contient cette pièce est à vous. À défaut de constituer une mine d'or, il y a matière à creuser quelques sillons. Faites-en bon usage. Je crois que vous avez raison : vous êtes à même de comprendre ce qui m'a échappé. Il y a de cette terre, de ces plateaux et de ces montagnes dans votre sang, pas dans le mien. Sachez aussi mettre un terme, un point final à vos démarches. Moi, j'en ai été incapable et ça m'a bouffé. Ne vous laissez surtout pas dévorer par ce lac, mon ami.

Si une autre personne est en train de lire ces lignes, ayez la bonté de ne toucher à rien et de prévenir M. Marc-Édouard Peiresoles, professeur à l'UFR d'Histoire de l'Université de Toulouse-Le Mirail, afin qu'il entre en possession de ces cartons et de cette lettre.

Bien à vous, qui que vous soyez,

François Pastre

Je me suis approché des cartons alignés le long du mur. Mais je n'ai pas osé les toucher. Pas plus que je n'ai osé toucher la carte avec toutes les gommettes numérotées. Quand je me suis enfin retourné, j'ai vu la photo de Thierry Delmas qui me regardait à son tour. En bas, dans la grand rue, deux femmes se sont mises à rire bruyamment, de manière irritante. J'en ai eu le sang glacé.

Je suis sorti de la chambre. J'avais besoin de mouvement. Je me suis mis à arpenter l'appartement poussiéreux. J'ai découvert la cuisine, qui se résumait à un gros évier et à un peu d'espace pour caser un frigo et une gazinière. La salle d'eau attenante était vraiment exiguë. Il y avait, enroulé autour d'un support fixé au mur, le tuyau en caoutchouc que l'on devait relier au robinet de la cuisine pour se laver dans une sorte de bac en ciment qui devait aussi servir pour faire la lessive. J'ai ouvert l'une des fenêtres qui donnait sur le puits de lumière, avec ses fils à linge, ses toiles d'araignée et le temps qui s'y était figé. En bas, une vieille poupée en plastique rose était tombée et avait été oubliée. Une serpillière était restée suspendue à l'un des fils. Certaines fenêtres avaient des carreaux opaques, sans que je puisse discerner si cela venait de la nature du verre ou de la crasse accumulée. D'autres étaient entrouvertes.

Je me suis imaginé ce que devait être la vie dans cet immeuble à l'époque où ces appartements étaient occupés. Le puits devait être une formidable caisse de résonance où les quotidiens de chaque famille venaient s'entremêler. J'ai été presque capable d'entendre les sons, de surprendre les conversations entre voisines au moment de la corvée de linge, les cris des enfants ou la musique des transistors.

J'ai refermé la fenêtre, éteint les lumières et quitté l'appartement, laissant les archives de Pastre derrière moi. Dans la rue, j'ai eu l'impression de respirer à nouveau. J'ai passé le reste de l'après-midi à ne savoir que faire. Même un détour par Fonbelle et ma future maison encore fermée n'est pas parvenu à me remettre les idées en place. Le travail pour déconstruire le classement initial de ces dossiers puis le reconstruire selon ma propre vision des choses était si titanesque que c'en était décourageant. D'un autre côté, je pouvais difficilement me priver d'informations inédites et de première main si je voulais aller au bout de ma quête. En fin de compte, la seule chose dont j'étais certain, c'était qu'il était hors de question de m'enfermer dans l'appartement de la rue du 11-Novembre.

Je suis revenu dans la pièce aux archives. J'ai décroché les photos et la carte. J'ai descendu les cartons dans le hall, respirant tant de poussière que j'avais l'impression d'en être entièrement recouvert. Puis, j'ai refermé derrière moi, laissant le frigo, les bières, le fauteuil et la radio. Je suis allé chercher ma voiture et je me suis arrêté au milieu de la rue, le temps de tout charger dans le coffre et sur la banquette arrière. Ensuite, j'ai verrouillé une dernière fois la lourde porte d'entrée, hésitant à rapporter les clés à l'hôpital.

Avant de pouvoir installer les documents à Fonbelle, ainsi que je l'avais décidé, j'ai été obligé de les emporter jusqu'à Toulouse. Mon rendez-vous avec Basse-Misère ne pouvait plus attendre.

Troisième partie

« Je suis le petit enfant qui est allé ramasser votre écharpe dans la mer. »

13

Pastre ne m'avait pas menti. Dans les archives qu'il m'avait léguées, se trouvait toute l'affaire de Basse-Misère. Son travail était d'une extrême minutie. Et il y avait largement de quoi s'y perdre ou bien, comme il le suspectait, s'y aveugler. J'ai donc passé le mois de juillet à opérer un recensement de tous les documents, y compris les photos, et à mettre ensuite en place mon propre classement.

J'avais entassé les cartons dans la pièce du fond. Chaque jour, j'en ai extirpé un pour le vider et éplucher son contenu. Un mois a été nécessaire pour casser les cloisons que l'ancien journaliste avait dressées. J'ai cherché à avoir une vision plus globale, une sorte de carte mentale destinée à être utilisée une fois sur les lieux. Je n'ai pas cherché à dénouer mais plutôt à reconstituer.

Parmi ces documents, je me suis attardé sur les nombreuses photos. J'ai appris à me méfier des témoignages. Une photo n'a pas une mémoire sélective, elle n'est pas capable de restaurer l'instant capturé et elle ment beaucoup plus difficilement.

Il y avait les photos des quatre victimes que Pastre avait punaisées au mur, celles des deux principaux suspects, Bernard Bardy et Gilles Mahous, prises dans les locaux de la gendarmerie, celles des premières heures de l'enquête, montrant tous les détails sur l'îlot des Bois-Obscurs, des tentes effondrées aux taches de sang sur le sable et les rochers, en passant par les restes de feu de camp et les deux canoës échoués sur la rive. Des gros plans montraient la tête blonde de Guillaume Armengaud, sa blessure profonde au crâne et ses cheveux poisseux de sang. Il y avait ceux, insupportables, du visage à moitié défoncé et des parties génitales écrasées d'Emmanuel Garcès ou du cadavre dénudé de Justine baignant dans l'eau, accroché par un bras à la souche qui avait empêché sa dérive vers la digue. Les clichés pris durant les autopsies étaient si froids et si abominables qu'ils en devenaient presque irréels.

François Pastre ne s'était pas arrêté en si bon chemin. Il avait réussi, au prix d'une quête sans doute longue, à récupérer d'autres photos bien plus intéressantes à mes yeux. Une dizaine d'entre elles montraient des scènes datant de l'été 1980 au club nautique des Crozes : la plage, le ponton, le soleil, le ski nautique, les jeux, les soirées passées à l'intérieur à cause de la pluie… On y croisait, de temps à autre, Justine toujours suivie de sa cousine. Les deux garçons y étaient plus rares. Il y en avait aussi de la fête annuelle dont une, terrible, montrant les quatre jeunes à bord de leurs canoës, dans l'après-midi finissant, sur le point de partir à l'aventure. Les autres clichés avaient en commun d'avoir été pris le samedi au bord du lac, en dehors des Crozes, quelques heures avant les meurtres. On avait immortalisé des baignades, des pique-niques, des goûters, des tentatives de sorties en bateau gonflable, les moments où il avait fallu tout remballer avant de partir… On n'était jamais loin de l'îlot ou du club nautique. Il en émanait une ambiance d'été et de vacances. Les visages étaient rieurs.

J'ai même trouvé des photos volées de curieux durant l'évacuation des corps par la gendarmerie. Certaines avaient été prises depuis le lac, à bord d'embarcations, les rives proches de l'îlot ayant été bouclées.

Je n'ai voulu afficher dans mon appartement ni les photos ni la carte dessinée par Pastre. Et, dans mon travail de recensement, j'ai délibérément oublié le carton concernant Delmas.

Le premier samedi d'août, au matin, je me suis garé devant la maison de Fonbelle. Le couple Cloître m'attendait sur le pas de la porte. Leur vieux monospace était aussi chargé que l'était ma voiture. Ils avaient tondu, aéré, fait le ménage. Ils semblaient à la fois émus de quitter cet endroit et contents de le voir passer entre des mains qui lui étaient plus que familières. Ils ne se sont pas attardés. Ils m'ont donné les clés, le mari m'a montré comment couper l'eau et relancer le chauffe-eau électrique qui faisait parfois quelques caprices. Il m'a donné les coordonnées de la personne du village qui avait l'habitude de lui livrer du bois à un prix tout à fait abordable. Puis nous nous sommes donné rendez-vous à la fin du mois chez l'un des notaires de Valdérieu pour la signature définitive.

À 11 heures, j'étais chez moi. À mon tour, je me suis senti ému. J'avais si souvent espéré ce moment, je l'avais tant et tant de fois idéalisé ! L'odeur du feu de bois imprégnait encore les lieux. Les meubles étaient à leur place, tels que je les avais toujours connus : massifs, lourds, sombres. Les Cloître ne les avaient peut-être jamais déplacés. Ou bien ils avaient eu la grande délicatesse de les remettre à l'endroit exact où ils les avaient trouvés. La maison était tournée vers le sud. Depuis les fenêtres des deux chambres, à l'étage, on avait une vue majestueuse sur la vallée et les Monts d'Autan, qui découpaient leur silhouette noire sur un ciel sans nuages. La lumière était la même que celle que j'avais connue : elle irriguait le long terrain de devant et jouait avec les frondaisons du gros chêne noueux qui jouait les gardiens du temple depuis des lustres.

En fin d'après-midi, lorsque je suis remonté de Valdérieu où j'étais allé faire des courses, l'anthracite des ardoises qui recouvraient l'ensemble des façades tranchait davantage avec le vert de l'herbe et le bleu du ciel. Le soleil, plus bas, étirait les ombres. Je venais de croiser une jeune femme qui remontait vers les nouvelles maisons du bourg, short court et débardeur échancré, avec un petit panier rempli d'œufs. Elle m'avait adressé un signe de la main et un gentil sourire. Je les lui avais rendus. Il faisait bon. Mes affaires étaient installées. Je m'étais fait plaisir avec les courses. Je me sentais plein d'appétit. Tout avait l'air parfait. J'ai eu l'impression d'avoir changé de pays, de redécouvrir l'air, la chaleur, de retrouver le goût et l'odorat.

Je me suis installé dans la chambre de gauche, la plus petite et, surtout, celle de mon enfance. L'autre m'a servi à entreposer les cartons. J'ai déplacé les meubles pour libérer le plus grand pan de mur, face aux deux fenêtres. Je voulais de la lumière dans cette pièce, aucune obscurité. J'y ai affiché la carte du lac et les quatre portraits des victimes. Cette chambre était juste un sas, un endroit où venir piocher des documents. Surtout pas de fauteuil où s'avachir ni de table de travail. J'ai gardé quelques photos pour la grande pièce du bas. Uniquement celles prises quand tout le monde était encore vivant, dont celle du départ en canoë. Je les ai fixées dans le coin du mur caché par la grande armoire. Ainsi placées, je ne pouvais les voir qu'en faisant l'effort de me déplacer, de me lever de table ou bien d'un des deux fauteuils près de la cheminée. Je n'ai pas voulu les avoir sous le nez en permanence et j'ai fait en sorte de pouvoir décider des moments où mon regard s'y accrocherait.

La mise en place a duré jusque tard dans la soirée. Je n'ai même pas pris le temps de manger dehors comme je l'avais prévu. Peu importe. Les archives étaient prêtes à être exploitées, mes bouquins étaient disséminés dans toute la maison, la musique résonnait agréablement et la salle de bains, que les Cloître avaient fait installer, m'a paru si séduisante que je me suis laissé tenter par un long bain dans la grande baignoire au bout de laquelle une fenêtre m'offrait le soleil couchant, un verre d'un bon cru des Corbières à portée de main.

Avant d'aller me coucher, je me suis posté devant les photos. Depuis un mois que je les regardais, je commençais à les connaître. Mais je ne m'en lassais pas. Celle qui avait ma préférence avait été prise le samedi après-midi près de l'îlot des Bois-Obscurs. Un petit groupe de personnes faisait face à l'objectif sur ce morceau de sable et de cailloux qui s'avançait en pointe depuis la forêt. Ils étaient tous souriants. Certains étaient assis sur leurs serviettes, d'autres se tenaient debout. Un peu à l'écart, deux glacières jaune pétard avec leurs anses blanches relevées. Les déchets du déjeuner avaient été entassés dans un sac plastique duquel émergeait un emballage réticent de chips Flodor. Les deux hommes portaient la moustache et des slips de bain moulants. Celui de droite tenait une cigarette à peine entamée entre ses doigts. Les trois femmes étaient restées assises, quatre jeunes enfants emmêlés dans leurs jambes étendues. Deux ballons traînaient devant le groupe. Ils avaient pique-niqué sur place. Les hommes s'étaient défiés avec un crawl mal maîtrisé ou avaient joué dans l'eau avec la plus lourde des deux balles. La plus jeune des femmes exhibait un deux-pièces coloré, le haut noué derrière le cou. Des traces de bronzage plus anciennes prouvaient que, dans l'été, elle avait porté un bikini à bretelles. Les deux autres femmes semblaient moins à l'aise avec leur corps. Une d'elles avait même revêtu un tee-shirt ample, peut-être juste le temps de la photo. Les petits portaient des bobs sur la tête, avec des élastiques qui descendaient sous le menton. Une des filles était presque encore un bébé. Elle riait aux éclats, les mains dans le dos, ses cuisses dodues et son petit bidon mis en évidence par un tricot bleu ciel devenu trop étroit pour elle.

En regardant la photo, je parvenais à me représenter leur journée. Je sentais l'odeur de la crème solaire. Je devinais les bières au frais. Elle détonnait avec les clichés pris au club nautique, par les postures, les vêtements, les jeux. On ne faisait pas qu'y changer de plage, on y changeait également de milieu et les sourires semblaient plus crispés, quand ils existaient.

Je les ai contemplés un peu plus longuement que d'habitude. Non pas pour y chercher quelque chose que je n'y aurais pas encore vu, mais pour m'en imprégner davantage. En effet, j'avais décidé de me rendre au lac le lendemain. D'aller enfin sur le terrain, peut-être même sur l'îlot. Il était temps pour moi de savoir si ces lieux allaient accepter de me parler.

J'ai quitté Fonbelle en début d'après-midi, sous un ciel voilé. J'ai trouvé la petite route qui permettait de couper à travers la montagne sans avoir à redescendre dans la vallée pour ensuite remonter un peu plus loin. J'ai rattrapé la route de Valdérieu deux kilomètres avant d'entrer dans Sagne-Claire. Le village était désert. Quelques maisons grises étaient alignées de part et d'autre de l'église. Un podium était déjà dressé devant le terrain de boules en prévision de la fête du week-end du 15 août. Peu avant la sortie du bourg, une voie plus étroite grimpait sur la gauche. Une succession de panneaux annonçait des lieux-dits dans cette direction. Au-dessus, à peine visible, un autre désignait discrètement le lac de Sagne-Claire.

Passé ce croisement, j'ai un peu navigué à l'aveuglette. Aucune autre indication n'évoquait le lac. Je suis resté sur la petite route qui serpentait, passant d'une forêt épaisse à des prairies qui surgissaient au détour d'un virage pour ensuite replonger dans la forêt. Ces quelques trouées m'ont permis de prendre la mesure des gorges à l'est et de voir que j'étais sur la bonne voie. Je n'ai croisé que deux voitures qui descendaient et, chaque fois, il a fallu que je me range sur le bas-côté pour les laisser passer.

Quand je me suis retrouvé à monter plus que de raison et que, sur un replat, le ravin s'est dégagé à ma gauche et non plus à ma droite comme auparavant, j'ai compris que j'étais allé trop loin et que j'avais loupé un embranchement. J'ai donc fait demi-tour, hésitant entre plusieurs minuscules routes gravillonnées. Puis j'ai ralenti devant celle dont l'entrée était marquée par une ancienne cabane de bûcheron. J'y avais effectivement remarqué le support d'un panneau qui avait été arraché. Alors, je me suis dit que le lac était dans cette direction.

Il n'y avait presque plus de trouées dans le bois. Le soleil peinait à percer à travers les arbres. Je n'étais pas venu souvent au bord du lac mais je me souviens bien de nos arrivées. Elles m'ont marqué parce que, à aucun moment, on ne voyait la retenue d'eau ou on ne suspectait sa présence. On s'enfonçait dans une forêt sans fin au risque de se perdre. Et, au dernier moment, on apercevait le lac, très furtivement. C'était comme un endroit secret qui n'appartenait qu'à mon père et à moi.

Une grande maison en pierres de taille a bientôt surgi à gauche de la route avec une enseigne « Gîtes de France » bien en évidence sur son portail. Plusieurs serviettes de bain y étaient étendues sur un fil à linge. Elle se situait devant une clairière en pente qui offrait une vue dégagée sur le barrage. Quelques maisons continuaient à s'y égrainer avant que la forêt ne reprenne rapidement ses droits. Jusqu'à un virage en épingle où elle était victime d'une nouvelle brèche. Ensuite, la route remontait et je pouvais apercevoir, en haut de la butte, les premiers toits des maisons du Bouscadié. Quelques voitures étaient rangées comme elles le pouvaient sur les bas-côtés. Il y avait encore un peu de place pour me permettre de me garer à la suite. Un sentier un peu plus large que les autres était barré par une chaîne. J'ai attrapé mon sac et je m'y suis engagé. Un ruisseau sonore caché sous les broussailles bordait ce chemin de terre, délimité par des haies de ronces et de houx. Il y avait dans l'air une agréable odeur d'herbe fauchée. Au bout d'une centaine de mètres, je suis parvenu à une fourche. À droite, le chemin continuait encore un peu jusqu'à des bâtiments en bois. L'épaisse barrière qui les entourait était ici abaissée. Un panneau cloué à un des arbres indiquait qu'il s'agissait d'une propriété privée et que l'entrée était interdite. Nulle part, le nom n'était cité. Le nom des Crozes. À gauche, le chemin enjambait un gros arbre couché au sol, pour continuer en une mince piste à peine dessinée dans les herbes hautes de la prairie qu'elle traversait. Elle ne redevenait plus large que lorsqu'elle pénétrait dans le bosquet de noisetiers, ourlée de talus moussus et d'amas de feuilles mortes. Elle se séparait une nouvelle fois en deux, et la piste de gauche menait à la grande plage du Bouscadié au fond de l'anse. J'ai continué tout droit, devinant l'eau scintillante du lac derrière les arbres, jusqu'à l'autre plage, celle de la pointe, celle de la photo du groupe. Elle paraissait pointer du doigt l'îlot des Bois-Obscurs que j'ai découvert devant moi, non sans un certain pincement au cœur, quand j'ai débouché du bosquet.

Quelques personnes étaient installées sur la partie la plus ensoleillée. Le lac était à son niveau le plus haut, ce qui le rendait vraiment magnifique. Le vert de la forêt s'y reflétait comme dans un miroir. Il n'avait plus du tout le visage qu'il m'avait montré depuis la rive de Saint-Pierre quelques mois plus tôt. Il était vivant, s'unissant avec fierté à la nature sauvage qui l'entourait. J'ai d'abord ressenti le même éblouissement que lorsque j'étais enfant. Puis un autre sentiment a pris le dessus : j'y étais, je mettais les pieds sur le champ de bataille.

Rien ne semblait vouloir être plat sur cette petite plage. Et il y avait des pierres et des rochers partout. Je me suis posé tant bien que mal, trop près des autres à mon goût. Il faut dire que ceux qui m'avaient précédé n'étaient pas très discrets. J'ai compris qu'ils n'étaient pas du coin, qu'ils étaient juste venus pour un mariage organisé la veille dans la salle de l'ancien club nautique. Ils appréciaient l'endroit, se promettaient d'y revenir l'été suivant. Ils avaient prévu de piquer une dernière tête avant de prendre la route, peut-être même de nager jusqu'au ponton des Crozes, bravant ainsi le fameux interdit. Ils paraissaient ignorer l'histoire du lac. Il existait donc des personnes qui ne savaient rien…

L'îlot des Bois-Obscurs était vraiment tout près, identique aux photos. Un petit dôme caillouteux et poussiéreux, avec son bosquet de pins et ses quelques buissons pour seule végétation. De l'endroit où j'étais assis, j'étais capable de lire la pancarte annonçant en grosses lettres rouges qu'il était classé comme réserve naturelle et que le camping sauvage, les feux de camp ou la détérioration de la flore étaient passibles de poursuites. Trente mètres, trente mètres d'eau et on pouvait l'aborder.

Le groupe d'à côté se faisait de plus en plus bruyant. Une jeune femme aux bourrelets proéminents parlait plus fort que de raison, jouant les maîtres de cérémonie et étalant l'immensité de sa vulgarité. Je l'ai trouvée si crispante que je n'ai eu d'autre échappatoire que d'aller me baigner, impatient de lui échapper.

Je me suis avancé dans le lac sans difficulté tant l'eau était bonne. La distance avec la rive d'en face, où les arbres étaient si nombreux et entrelacés qu'ils ne semblaient laisser aucun endroit où reprendre pied, n'était pas énorme, peut-être trois cents mètres au maximum. En progressant encore dans cette direction, j'ai pu apercevoir un peu plus loin sur ma droite le célèbre ponton. Je me suis ensuite décidé à faire le tour des Bois-Obscurs, sans forcer, en prenant tout mon temps. Au bout de quelques brasses, je me suis retrouvé à l'endroit où avaient été prises les photos de l'évacuation des corps. J'avais vue sur l'îlot, sur la langue de terre qui avançait en avant de l'anse, là où les autres continuaient de brailler, sur le long champ découpé dans la forêt et qui remontait jusqu'aux maisons du Bouscadié. J'ai commencé à prendre la mesure des lieux, à me rendre vraiment compte de l'endroit où je me trouvais. Surtout en arrivant de l'autre côté de l'îlot. Là où sa pointe rocheuse se terminait en une sorte de falaise et, dans un creux, en une mince plage. C'était à cet endroit que le cadavre supplicié d'Emmanuel Garcès avait été retrouvé. Que Justine avait connu l'enfer et la mort, avant que le lac n'emporte son corps. J'ai compris que le canoë de Delmas devait se tenir à peu près à ma place, masqué par la nuit, juste avant qu'il ne s'en prenne à eux. Il m'a tardé alors d'achever mon parcours. Je me suis mis à nager plus rapidement, oubliant de regarder l'îlot et me concentrant plutôt sur le hameau tout là-haut. Trois maisons y étaient tournées vers le lac. Si celles de droite et de gauche disparaissaient un peu derrière les arbres ou le relief, celle du centre, un peu plus avancée, était dotée d'une immense baie vitrée qui devait offrir une vue magnifique. Au bas du champ, séparée par un nouveau liseré d'arbres, la plage du Bouscadié épousait les contours de la crique. Je suis revenu à mon point de départ au moment même où les braillards se mettaient à leur tour à l'eau et s'ébrouaient en direction du ponton. Je suis resté debout dans l'eau, les pieds dans la vase, immergé jusqu'au ventre, laissant le soleil me chauffer les épaules. J'étais dans le lac de Basse-Misère, dans cet endroit synonyme de cauchemar. Il m'a fallu vraiment m'en persuader, me persuader que le lac de la tuerie et celui, magique, où mon père m'avait amené quelques fois, ne faisaient qu'un.

Là-bas, les autres avaient atteint leur objectif. Ils vengeaient tant et tant de baigneurs qui, depuis cette plage, avaient dû rêver d'avoir accès à la plate-forme. Cependant, ils ne les vengèrent pas longtemps. Les traditions ont la peau dure. Il y avait du monde aux Crozes et j'ai vu un homme d'un certain âge s'avancer sur la plage herbeuse pour leur crier de déguerpir en vitesse. Du moins, c'est ce que j'ai pensé en les voyant se remettre à l'eau et s'éloigner de mauvaise grâce. Quand j'ai pu les entendre, ils insultaient encore vertement le vieux.

Ils n'ont quitté les abords du lac qu'une heure plus tard. L'après-midi a ensuite été beaucoup plus calme. Les quelques autres personnes qui sont arrivées par la piste afin de profiter des lieux l'ont fait d'une manière fort heureusement plus discrète. Au final, malgré la chaleur, il n'y a pas eu grand monde, comme si venir se baigner dans ces eaux, prendre l'air sur ces rives ou se promener dans ces chemins tenait encore du sacrilège. Du moins pour les gens du coin.

J'ai laissé les heures s'écouler. J'avais emporté un livre mais je n'ai pas eu le loisir de l'ouvrir. Être assis, à regarder partout, à écouter tout ce qu'il y avait à écouter, m'a suffi. Quand le soleil s'est caché derrière la forêt et que la plage s'est retrouvée à l'ombre, je me suis levé. J'espérais que le site de l'ancien club nautique serait déserté. Qu'il n'y aurait personne pour m'empêcher d'y pénétrer, de voir de près ce que je n'avais découvert qu'en photo.

La douceur de l'air, les rais de lumière qui s'engouffraient dans le sous-bois, l'herbe grasse et harmonieuse de la prairie, tout frôlait la perfection à mes yeux. De toutes mes visites au lac de Basse-Misère, celle-ci a été de loin la plus paisible, la plus confortable. Après, mon regard a changé. Sur le chemin, j'ai croisé un couple qui descendait vers la plage. Ils m'ont salué poliment, avec l'accent si caractéristique de la vallée. L'homme portait une glacière qui semblait bien chargée. Ils étaient tous les deux plus âgés que moi. Eux devaient savoir ce qu'avait été l'endroit où ils s'apprêtaient à pique-niquer.

Parvenu à la fourche, je me suis avancé avec prudence jusqu'à la barrière. Ne percevant aucun bruit ou aucun mouvement au-delà, je me suis faufilé en dessous et j'ai pénétré sur la parcelle des Crozes. Le premier bâtiment sur la droite était le plus volumineux et le mieux conservé. Les deux autres étaient plus vétustes. Les belles peintures blanches d'avant n'étaient plus que de lointains souvenirs écaillés. À une bonne centaine de mètres du rivage, le ponton se balançait un peu dans le vent léger du début de soirée.

L'association qui était propriétaire des lieux n'avait jamais été dissoute. Elle gérait toujours la location de la salle et des cuisines. C'était comme si le club nautique avait été mis en sommeil le temps d'un deuil qui s'était éternisé et que personne n'avait eu l'indécence de briser.

J'ai posé mon sac à dos sur la terrasse et je me suis mis à arpenter dans tous les sens ce demi-hectare bien délimité par les arbres et les haies vives. Dans mon nouveau classement des archives de Pastre, la fête des Crozes était l'une des entrées les plus copieusement garnies. Les interrogatoires avaient été si nombreux que j'avais assez de matériau pour la reconstituer, bien aidé par les photos. À Toulouse, j'avais commencé par étudier ces dossiers. J'en étais même arrivé à les connaître presque par cœur. Mais d'une manière froide, lointaine, celle d'un lecteur assis à un bout de table. Celle d'un historien de salon. Maintenant que je me trouvais sur place, il était temps de donner de la chair à l'ensemble, la chair que Pastre avait ignorée. Il était temps de laisser mon imagination tisser les liens et remplir les vides.

Elle s'est même mise à galoper. Et la fête des Crozes s'est animée sous mes yeux.

14

Le club des Crozes s'était animé d'assez bonne heure ce samedi-là. On était tout à fait rassuré par le temps, qui avait été la grosse inconnue jusqu'au dernier moment. Un cochon grillé était prévu pour le déjeuner. Dès 7 heures, il tournait déjà sur sa broche. On s'était fait livrer depuis Valdérieu la nourriture pour le week-end. Plusieurs frigos avaient été mis en service dans les cuisines et ils étaient remplis à ras bord. Quant aux deux congélateurs du cellier, ils étaient chargés de nombreux sacs de glace à piler. Il y avait de quoi faire : installer les tréteaux et les tables sous les arbres, préparer la clairière pour la messe du lendemain, délimiter le périmètre où installer les tentes pour la nuit dans le champ de derrière, donner un coup de propre partout, s'assurer qu'on n'avait rien oublié…

Les Brunet-Auriac ont débarqué aux environs de 10 heures. Le père, bermuda clair et chemise à carreaux, n'avait pas pour habitude de mettre la main à la pâte. Sitôt descendu de sa Mercedes, il était venu inspecter ce qui avait déjà été fait, distribuant quelques conseils qui ressemblaient trop souvent à des ordres. Il s'était ensuite arrêté pour discuter un bon moment avec l'homme qu'on avait embauché pour le cochon grillé et qui s'occupait du tournebroche, les joues déjà empourprées par la braise.

Son épouse ne s'était nullement préoccupée de tout cela. Elle avait tout de suite rejoint ses amies. C'était une très belle femme et elle le savait. La robe estivale qu'elle avait revêtue laissait son dos nu et ses jambes bien visibles. Elle paradait avec une démarche étudiée, racée, qui faisait onduler ses courbes. D'immenses lunettes de soleil aux montures fumées mangeaient une grande partie de son visage tout en lui donnant un air distant. Peu de temps après son arrivée, elle était déjà en maillot et prenait le soleil, allongée sur l'herbe.

Justine et Florie étaient d'abord passées par l'arrière, histoire de choisir le meilleur emplacement possible pour leur tente. C'était un rituel que Justine adorait les années précédentes : dormir ici, avec les autres, presque à la belle étoile, avec les sons nocturnes de la nature comme berceuse et un indéniable parfum de mystère et d'aventure. Ses parents, en revanche, préféraient redescendre à Valdérieu pour profiter du confort de leur belle demeure. Mais Justine a hésité, une fois dans le pré. Et, finalement, elle n'a pas déballé sa canadienne, laissant le gros sac à l'endroit qu'elle avait choisi.

— On ne l'installe pas maintenant ? s'est inquiétée la petite Florie.

— Non, a répondu sa cousine, d'une manière évasive. J'ai d'autres projets pour ce soir.

— Tu ne restes pas dormir ?

— Si. Mais peut-être pas dans ce champ. Je connais un endroit bien plus sympa. Je vais voir si c'est possible. En attendant, on n'a qu'à laisser tout ça ici. Et ne fais pas cette tête, Florie : nous dormirons ensemble quoi qu'il arrive.

Florie Nipperday avait un visage de petite fille, avec son petit nez droit, sa bouche charnue qui semblait sortie tout droit d'un dessin animé et sa longue frange. Le peu qu'on voyait de ses yeux laissait deviner une dureté qui tranchait avec son apparence délicate. De la dureté mais aussi de la tristesse. Sa mère était repartie en Normandie depuis deux semaines. Elle était allée régler les modalités de leur nouvelle vie à toutes les deux. C'est elle qui avait prévenu Florie, le soir du dernier jour de classe, que son père et elle avaient décidé de divorcer ; qu'à la rentrée, elles habiteraient seules dans la maison de Deauville ; qu'elle serait chez son père un week-end sur deux et qu'on verrait ensuite pour les vacances scolaires. En attendant, lui ne descendrait pas dans le Sud pour l'été comme d'habitude. La petite fille n'avait pas dit un mot. Depuis, rien de sa détresse et de sa tristesse n'avait franchi le seuil de ses lèvres. Néanmoins, elle n'avait pas pu empêcher l'une comme l'autre de s'inscrire sur son visage et de s'incruster dans ses yeux. Elle aurait voulu que Justine soit sa sœur. Elle aurait voulu pouvoir rester tout le temps avec elle. Justine était la seule personne auprès de qui elle se sentait désormais en sécurité, qui lui permettait de croire que l'avenir avait aussi de bons côtés. Malheureusement, les jours s'égrainaient et la rapprochaient d'un départ dont elle ne voulait pour rien au monde et d'une nouvelle vie dans laquelle elle était certaine de se perdre.

Justine était enthousiasmée par la fête. Elle respirait la joie. Cela la rendait encore plus jolie. Pourtant, elle aurait eu de quoi être déçue. Durant plusieurs semaines, profitant des jours pluvieux de juillet, elle avait caressé l'idée de monter une pièce de théâtre qu'elle aurait mise en scène pour la fête. Elle s'y était attelée sans relâche. Au mois de juin, sa professeure de français avait monté

L'Invitation au château. Justine avait tenu le rôle principal et brillé sur scène lors des deux représentations données. Davantage que le flot de compliments qu'elle avait reçus, elle retenait l'immense plaisir qu'elle avait ressenti à jouer. Un plaisir si grand qu'elle souhaitait le renouveler aussi souvent que possible, déclarant même à ses parents qu'elle voulait en faire son métier, ce à quoi sa mère avait répondu : « Des sans-le-sou, il n'y en a jamais eu dans la famille. » Elle n'en voulait pas à ses parents. Qu'ils se montrent froids, cassants, lointains, insensibles à tout ce qu'elle pouvait faire, elle leur trouvait toujours des excuses et laissait passer l'orage sans rien dire. Son sourire avait le don de chasser bien vite les nuages. Elle avait donc décidé de prolonger son expérience théâtrale au club nautique et d'en faire profiter les autres enfants. Au commencement, ceux et celles qu'elle avait recrutés s'étaient montrés dociles et attentifs. Hélas, le retour du soleil avait été un concurrent redoutable contre lequel elle n'avait pu lutter. Au début du mois d'août, la moitié de la troupe qu'elle avait constituée s'était déjà dispersée, et les rares qui étaient restés ne semblaient pas prendre la chose au sérieux. Aussi, une dizaine de jours avant la fête, la mort dans l'âme – et pour que Justine Brunet-Auriac ait la mort dans l'âme, il fallait que ce soit très grave –, elle avait renoncé.

Malgré tout, ce samedi matin, elle avait retrouvé sa bonne humeur et son entrain, aussi gentille et bienveillante que ses parents étaient hautains et secs. Elle était venue s'inquiéter du cochon qui grillait, demandant à l'homme s'il l'avait tué de ses propres mains, puis elle avait fait une moue indignée quand il lui avait répondu que oui.

— Qu'elle est belle, ta fille !

Cette phrase, Philippe Brunet-Auriac a affirmé aux enquêteurs l'avoir entendue toute la journée. Il faut reconnaître que c'était on ne peut plus vrai. Notamment ce jour-là. Justine avait un corps élancé, des formes gracieuses, qui la faisaient paraître plus que son âge. Ses cheveux ondulés, blondis par l'été, dessinaient une cascade sauvage entre ses épaules. Elle était arrivée dans un petit short en jean qui rendait ses jambes plus longues et plus fines. Quand elle s'était mise en maillot, plus tard, arborant un deux-pièces lavande assorti à ses yeux, il n'y avait plus aucun doute : elle n'était plus une enfant mais également déjà presque plus une adolescente.

Les familles arrivaient maintenant les unes après les autres. Les enfants couraient partout et se faisaient réprimander quand ils s'approchaient trop près de la broche. Mais, avant tout, ils cherchaient Justine. Ils se ruaient vers elle pour l'embrasser, pour lui demander si elle voulait jouer avec eux, si elle allait participer à la traversée du lac, si elle pouvait leur montrer comment danser pour le bal du soir… Elle prenait les plus petits dans ses bras pour leur rendre leurs bisous. Les autres, elle les serrait contre elle.

— Ils en ont de la chance, ces petits, a lancé le père Azéma à son voisin de buvette, y ajoutant un clin d'œil salace.

L'autre a acquiescé et ils en ont ri ensemble, ce qui ne les empêcha pas, quelques jours plus tard, de se dénoncer mutuellement aux gendarmes.

Justine ne cherchait pas à plaire, à l'inverse de sa mère. Elle attrapait la lumière sans avoir à faire le moindre effort. Sa grâce était innée.

— Elle ne va pas tarder à faire des ravages, cette petite, a lancé la voisine de serviette de Michèle Brunet-Auriac. Tu risques de voir du monde lui tourner autour.

La mère de Justine était allongée sur le ventre. Bien que le règlement du club proscrive le monokini, elle avait retiré son soutien-gorge, considérant que laisser deviner ses seins ne revenait pas à les exhiber. Au moment où son amie lui faisait cette remarque, elle était justement en train de percevoir les regards masculins s'accrocher à sa fille unique alors qu'elle était en train d'entrer dans l'eau encore un peu fraîche, ses fesses rebondies et ses hanches bien cambrées s'attardant au-dessus de la surface.

— Il me reste encore un peu de répit, a-t-elle fini par répondre. Pour le moment, les garçons ne semblent pas l'intéresser.

Elle s'était rendu compte que sa réponse pouvait être mal interprétée, surtout en présence de Marie Greffier. Elle s'était donc empressée de la compléter.

— Elle trouve qu'elle a trop de choses à faire et à découvrir pour perdre son temps à traîner avec eux. Et puis, elle a toujours ce côté romantique de petite fille…

Michèle appréciait qu'on la regarde. Elle aimait bien quand les autres hommes tentaient d'en voir plus, quand ils se poussaient du coude lorsqu'elle se relevait de sa serviette, mettant un peu trop de temps à réajuster son haut ou bien quand elle se penchait en avant, faisant bâiller un décolleté sous lequel elle ne portait rien. Que ces mêmes hommes regardent maintenant sa fille avec une avidité identique la froissait. Un peu parce que de tels regards l'inquiétaient, beaucoup parce qu'ils la faisaient se sentir plus vieille.

Justine a nagé jusqu'au ponton, vite rejointe par Florie qui avait mis plus de temps à pénétrer dans l'eau. Les autres enfants allaient et venaient. Ils avaient du mal à tenir en place avec l'excitation ambiante et ne pouvaient donc se satisfaire de rester allongés sur les planches de bois chauffées par le soleil. Seules les filles voulaient imiter les deux cousines et se forçaient à rester avec elles, participant à leur conversation et tentant d'obtenir l'attention de Justine. Elles étaient toutes sur la plate-forme lorsque les Garcès sont arrivés à leur tour.

On voyait bien qu'ils n'étaient pas du même milieu. Ils avaient presque l'air confus d'être présents. Ils se tenaient tous raides comme des piquets dans leurs habits démodés. Il y avait de l'ordre dans cette famille, à en juger par la façon dont les enfants s'alignaient sagement derrière leurs parents, chemisettes ou robes boutonnées jusqu'au cou. Mais aussi quelque chose de terni, de fané. On les savait très pratiquants. De cette pratique découlait une forme d'ascèse qui les poussait à être discrets et dénués de couleurs.

Emmanuel devait demander l'autorisation avant d'aller se baigner, même un jour comme celui-là. Il fallait qu'il ne fasse pas trop de bruit quand il jouait avec les autres. Et on ne lui pardonnait jamais le moindre écart comme, un an plus tôt, quand il avait ouvert le hangar à bateaux pendant le bal avec les enfants des invités du Bouscadié et sorti les canoës pour les emmener sur le lac. On l'avait ensuite privé des festivités du club pendant six mois et, quand il accompagnait ses parents, il devait rester assis dans un coin, toujours à la vue de son père.

Le samedi du drame, peu après son arrivée, il est allé se changer dans les vestiaires et en est ressorti avec un maillot taille haute vraiment horrible. Il a attendu ses deux sœurs qui avaient pris sa suite dans les vestiaires et qu'il avait à surveiller en toute occasion.

— Je n'aime pas ce garçon, il me fait peur, a dit Florie en le voyant debout, maladroit et malingre devant le bâtiment.

— C'est parce qu'il est trop moche, a rétorqué une des petites filles.

— Eh bien, moi, je l'aime beaucoup, les a coupées Justine. Il est gentil et intéressant. Je me fiche pas mal qu'il soit beau ou laid, c'est mon ami. Et je vous ai déjà dit que je ne voulais pas qu'on dise du mal de lui.

Elle s'est levée et a fait signe à Emmanuel pour qu'il se dépêche de la rejoindre.

— Tu es amoureuse de lui ? a demandé la même petite fille, embarrassée.

— Tu sais bien que je n'ai pas d'amoureux et que je n'en veux pas. Mais si je devais en choisir un, il se pourrait bien que ce soit Emmanuel. Parce que je suis certaine qu'il me rendrait heureuse. Et que ça embêterait bien ceux qui se moquent de lui ou qui lui font du mal.

— Je ne me moque pas de lui, a répliqué Florie. Il me fait peur, c'est tout.

— Il est très timide. Du coup, il ne sait jamais comment se comporter. C'est pour ça qu'il a tout le temps l'air bizarre. Quand il est plus à l'aise, il est super. Les filles, si vous ne nouez des relations avec les gens qu'en fonction de leur apparence, vous allez passer à côté de pas mal de choses.

Emmanuel a rejoint le ponton. Il a grimpé dessus avant d'aider ses deux sœurs à faire de même. Justine était restée debout pour l'accueillir, souriante, une main en visière au-dessus de ses yeux.

— Vous arrivez hyper tard, lui a-t-elle dit.

— Mon père a dû passer à son bureau, s'est excusé Emmanuel qui ne pouvait éviter de rougir dès que la jeune fille lui adressait la parole.

Elle s'est approchée de lui et lui a donné un baiser sur la joue. Son visage a alors viré au cramoisi. Il n'a pas su quoi faire – s'enfuir à la nage ou bien lui rendre son baiser – et a oublié au passage de dire bonjour aux autres.

— Il faut qu'on parle de quelque chose, a continué Justine, ignorant l'effet qu'elle produisait sur le pauvre garçon. Je me suis dit que, cette nuit, on pourrait aller camper sur l'îlot. On prend les canoës, nos tentes, et on se fait une vraie nuit à la belle étoile. Après tout, on peut se permettre de rater le bal, surtout que je me retrouve chaque fois toute seule à danser avec les petits. Ça finit toujours de la même manière : on vient s'asseoir autour du feu de camp sur la plage. Au moins, sur l'îlot, on serait entre nous.

— Nous, ça veut dire tous les enfants ? a réagi une des petites.

— Non. C'est trop dangereux là-bas. Je n'ai pas envie de passer la nuit à vous surveiller. Nous, ce sont les grands, comme Emmanuel ou moi.

— Et pas Florie ?

— Si, bien sûr avec Florie !

— Mais elle est moins grande que vous.

— Florie est ma cousine et va repartir chez elle dans quelques jours. Il est hors de question que je la laisse seule.

— Mon père ne voudra pas, a marmonné Emmanuel. Il y a mes sœurs…

Tout le monde l'a entendu mais les deux intéressées ont fait comme si elles n'étaient pas concernées et ont regardé ailleurs.

— Elles peuvent se passer de toi pour une nuit. Laurence commence à devenir grande…

— Il y a aussi ce qui s'est passé lors de la dernière fête.

— Arrête avec ça ! Tout le monde sait que ce n'est pas ta faute, que tu n'as pas eu le choix. En plus, tu as déjà été puni. Qu'est-ce qui t'arrive ? Tu n'as pas envie de venir ? Tu préfères rester ici, à refuser de danser ou à voir débarquer un type comme Jean-Daniel Fraysse qui va encore essayer de te martyriser ?

— Fraysse ne viendra pas. Ceux du Bouscadié ont été invités mais sans leurs enfants.

— Tu ne m'as pas répondu. Est-ce que ça te dirait qu'on passe la nuit là-bas, oui ou non ?

— Oui, a-t-il fini par répondre. Ça me plairait beaucoup. Tes parents sont d'accord ?

— Je ne leur en ai pas encore parlé. Il faut que tout soit bien verrouillé avant que je leur demande. J'ai réfléchi et je pense qu'il nous faut Guillaume. Il a déjà campé avec les scouts. Il a son brevet de secourisme et tout le monde claironne qu'il est le plus raisonnable de nous tous. Sa présence rassurera nos parents et je suis certaine que son père nous aidera à les convaincre.

— Je croyais que vous étiez fâchés.

— Minute, papillon ! Je ne suis fâchée avec personne. C'est lui qui veut faire la tête…

Il y a eu des protestations sur le ponton de la part des filles qui n'étaient pas conviées à l'escapade. Seules les deux filles Garcès n'ont rien dit, déjà soumises à leur mise à l'écart. La rumeur a ensuite trouvé son chemin parmi les autres enfants, qui protestèrent à leur tour. Lorsque la famille Armengaud a débarqué, en dernier, le fait que Justine et ses amis voulaient aller camper aux Bois-Obscurs les a accueillis sitôt la barrière passée.

Guillaume a accepté l'invitation sans se faire prier. Dès lors, Justine a fait le tour des parents pour obtenir leur assentiment. On ne voyait pas forcément d'un bon œil que ces jeunes s'éclipsent pour cette soirée, qui était tout de même un moment important pour le club. Le père de Guillaume, comme Justine l'avait présumé, trouvait l'idée intéressante. Il faisait confiance à son fils aîné, mais encore plus à Justine. Il comprenait que ces adolescents à qui on n'avait rien à reprocher, qui participaient toujours avec enthousiasme aux différentes échéances des Crozes, avaient aussi envie de s'isoler un peu. Après tout, l'îlot était juste à côté. Entre ça et se faire oublier sous les tentes du champ, il ne voyait pas de grande différence. Les Brunet-Auriac ont fini par se ranger à son avis. Quant au père d'Emmanuel, face aux deux autres, il n'a pas eu d'autre choix que de céder. S'il était très rigide en temps normal, y compris au travail, il se montrait nettement plus flexible quand il venait au club nautique, ne pouvant s'empêcher de penser que, malgré de nombreuses années d'adhésion, il n'était que de passage.

L'affaire a été bouclée avant l'heure du déjeuner. Les parents reconnaissaient que pour Justine l'escapade sur l'îlot était aussi une façon de se consoler de l'annulation de sa pièce. Les gamins ont protesté jusqu'au moment où les deux canoës ont été mis à l'eau. Ils ne comprenaient pas pourquoi la jeune fille, qui d'habitude se comportait comme leur grande sœur, s'était soudain mise à les repousser. Elle a eu beau se montrer plus disponible pour eux tout l'après-midi, ils lui en ont voulu et ont même pensé qu'à la dernière minute elle allait se raviser ou leur dire que tout ceci n'était qu'une grosse blague, censée les faire tourner en bourrique.

Par gentillesse, elle a proposé à Arnaud, le frère cadet de Guillaume, de les accompagner. Après tout, il avait à peu près le même âge que Florie. C'était un garçon discret, un peu suffisant, à l'image de sa mère, toutefois sa compagnie n'était pas désagréable. Arnaud a refusé la proposition. Il préférait participer à la fête, rester avec ses copains. Du moins, c'est l'argument qu'il a utilisé pour se justifier.

Guillaume ne brillait guère dans ses études. Il ne brillait d'ailleurs nulle part et ne cherchait pas à le faire. Il savait s'intégrer à un groupe, ne pas se prendre pour ce qu'il n'était pas. C'était le bon camarade par excellence, ni veule ni courageux, celui du milieu, à l'abri des moqueries et des rivalités. Peut-être en souffrait-il, surtout lorsque ses parents se désespéraient en sa présence de son manque de dynamisme et d'ambition. On lui rappelait que sa famille n'était pas parvenue où elle se trouvait en se contentant d'être gentille et obéissante. Il était clair qu'il n'avait pas les épaules pour prendre un jour la suite de son père malgré les multiples tentatives de ce dernier pour l'endurcir, dont des séjours réguliers chez les scouts. Arnaud était plus cérébral, aussi raisonnable et posé, mais ayant davantage conscience de ses qualités et de son rang. Il faisait son chemin un peu seul. S'il se montrait plus effacé que son aîné, on pouvait deviner que, chez lui, il s'agissait plutôt d'une stratégie, qu'il savait bien cacher son jeu en attendant que son heure vienne. Aussi, beaucoup d'autres jeunes n'étaient pas très à l'aise avec lui. Ni avec cet accent pointu qui ne faisait pas du tout naturel, sa tendance à chercher toujours sa mère du regard et à jouer un rôle. Finalement, même Justine a reconnu qu'elle était plutôt contente qu'il ne vienne pas sur l'îlot avec eux.

Les manœuvres de la matinée ont laissé place au déjeuner. Le cochon a été découpé et servi accompagné de semoule et de ratatouille. Chacun devait se lever de table pour aller se servir. On remplissait les pichets aux fûts de vin rouge et de rosé qui étaient alignés plus loin. Les conversations se sont faites plus sonores.

L'ambiance était campagnarde et tout le monde a fini par se détendre, y compris les Garcès.

Après le repas, certains sont allés s'allonger à l'ombre pour faire la sieste. D'autres sont restés assis à parler de bateaux, de mers, de plongée ou de pêche au gros. Les enfants sont retournés à l'eau. Ils attendaient avec impatience les jeux et les concours de l'après-midi. Le soleil resplendissait. La fête était d'ores et déjà une réussite.

Il y avait du monde sur les plages voisines du club. Les tentatives d'intrusions étaient fréquentes. Une famille a dû être gentiment repoussée à l'entrée : elle n'avait semble-t-il pas vu le panneau près de la barrière. Un peu plus tard, il a fallu être moins diplomate avec deux garçons de 16 et 17 ans qui arrivaient de Valdérieu à moto et qui, eux, savaient très bien où ils allaient. Ils se sont montrés plus vindicatifs et plus provocants quand on leur a demandé de faire demi-tour. Le plus âgé s'appelait Maraval, le plus jeune, Iché. Ils étaient voisins et avaient décidé de monter au lac et de s'inviter au club : on leur avait dit qu'il y avait des « chaudasses » et qu'on pouvait boire et manger à l'œil. Chassés une première fois, ils ont contourné la parcelle pour installer leurs serviettes au ras de la limite avant de nager jusqu'au ponton et d'y jouer les gros bras devant les enfants qui s'y trouvaient déjà. Malgré les invectives lancées depuis la rive, ils ont refusé de bouger. Ils ne se doutaient pas que, parmi les membres du club, se trouvaient Pascal Rouquier et son beau-frère, Serge Ramond, rugbymen au Sporting. Le club était financé en grande partie par les industriels de la vallée, qui savaient trouver des emplois aux joueurs les plus talentueux. Lors de journées comme celle-ci, Rouquier et Ramond savaient se montrer utiles. Ils ont donc nagé jusqu'au ponton et leur seule présence a suffi à faire déguerpir les deux freluquets.

Néanmoins, on n'a pas voulu se contenter de cela. Les bras étaient longs aux Crozes, suffisamment pour faire intervenir la gendarmerie dans l'heure. Maraval et Iché avaient annoncé aux enfants du ponton qu'ils étaient venus chercher « des chattes et des grosses bouches pour y enfiler leurs queues », qu'ils n'avaient pas l'intention de repartir avant d'avoir été contentés, quitte à se rabattre sur des bouches et des culs plus jeunes. Cela les a conduits droit en cellule, d'autant plus que la moto de Maraval était trafiquée et que le contrôle d'alcoolémie était positif pour les deux. Sans cette nuit passée à la gendarmerie de Valdérieu, nul doute que le triple meurtre de l'îlot leur aurait été imputé et qu'ils auraient eu du mal à s'en défaire.

Il n'y a pas eu d'autre incident notable. Certes, un jeune homme était lui aussi venu poser sa serviette au bord de la parcelle, à un endroit où la pente et les rochers rendaient l'endroit peu confortable. Comme il n'a pas cherché à dépasser cette limite, y compris quand il est allé se baigner, on n'a rien pu lui dire. La plupart du temps, il est resté assis à lire un gros bouquin, ses lunettes de soleil sur le nez. Mais on l'a surpris à regarder avec insistance vers la fête.

Plusieurs femmes étaient installées non loin de lui. Elles se sont senties à la fois irritées et intriguées par sa présence. Marie Greffier, qui tenait un cabinet d'assurance en ville et avait pour habitude de ne jamais se laisser monter sur les pieds, a proposé d'aller lui demander de s'éloigner. Michèle Brunet-Auriac s'y est opposée, arguant qu'il ne faisait rien de mal.

— Et en plus, il est plutôt agréable à regarder, a rajouté sa voisine de serviette.

— Ça ne vous dérange pas, vous, qu'il ne cesse de vous dévorer des yeux ? a demandé Marie qui râlait tout le temps. Tout à l'heure, quand il s'est mis à l'eau, j'ai même eu l'impression qu'il se touchait.

Les autres se sont mises à rire. Michèle s'est montrée presque émoustillée à l'idée que cela puisse être vrai.

— Je trouve que c'est plutôt flatteur.

Marie Greffier a haussé les épaules. Elle avait refusé de se mettre en maillot et conservé son tee-shirt et son corsaire. Comme c'était elle qui pilotait le bateau à moteur et que l'heure des activités, dont le ski nautique, approchait, elle s'est éclipsée assez rapidement. Il se racontait qu'elle était lesbienne. Surtout à cause de ses attitudes très masculines. Personne ne savait si c'était le cas. Ce qu'on savait en revanche, c'est qu'il ne valait mieux pas lui en parler car elle était capable de faire décamper une armée à elle seule.

Du coup, le jeune homme a pu profiter de son après-midi sans avoir affaire à elle. Durant de nombreuses semaines, on l'a recherché, n'hésitant pas à faire de lui le nouveau suspect des meurtres, et surnommé « l'inconnu du lac ».

Il y a eu une dizaine de volontaires pour le ski nautique, parmi lesquels Justine. Elle se débrouillait de mieux en mieux. Après, elle aimait bien monter à bord du bateau avec Marie et se laisser griser par la vitesse. Ensuite, la course en canoë, par équipe de deux, a donné lieu à des fous rires en cascade et s'est terminée dans un grand désordre qui faisait partie du folklore. Enfin est arrivé le clou de l'après-midi : la traversée du lac à la nage dans sa largeur, aller et retour. On devait partir de la plage, courir vers le lac, atteindre la rive d'en face, toucher de la main l'amas de gros rochers – Marie à bord du bateau s'en assurait – et revenir au point de départ. Tous ceux qui n'avaient pas peur étaient invités à se mettre à l'eau en même temps, peu importait qu'on fasse la course ou pas. C'était une coutume, comme la messe en plein air du dimanche, qui ressemblait à un rite de passage pour les enfants quand ils obtenaient l'autorisation d'y participer ; ils avaient l'impression d'aller affronter un terrible danger, avec toute cette eau sombre sous eux et les mètres qui ne s'effaçaient que très lentement. Serge Ramond a remporté la course haut la main, sans toutefois battre le record qui tenait depuis six ans. Sa sœur, qui nageait presque aussi vite que lui, lui a disputé la première place jusqu'au bout. Un peu plus loin derrière, Guillaume Armengaud les talonnait. Il y a gagné les félicitations de Justine.

— L'an prochain, je suis sûre que tu peux finir premier et battre le record. J'aimerais beaucoup que tu y parviennes.

Il a souri, un peu rougissant, et s'est sans doute dit que même s'il lui fallait s'entraîner comme un fou, il y arriverait. Juste pour elle. Dans le lac, il y avait encore du monde qui traînait, revenant d'en face tranquillement et sans cesser de discuter.

Le départ de la traversée avait été donné à 16 h 30 précises selon la tradition. Gilles Mahous était déjà arrivé. Il n'était pas membre mais aspirait à le devenir. À Valras, où il avait acheté un appartement, il avait montré son goût récent pour les bateaux et la plongée. On lui avait découvert quelques belles dispositions. De plus, il savait rendre les services qu'il fallait aux bonnes personnes, sans compter qu'il se montrait très à l'aise en société et qu'il portait beau. Ainsi, pour la première fois, on lui avait proposé de venir faire un tour à la fête, histoire d'être présenté à ceux qui ne le connaissaient pas encore et de prendre la température pour une éventuelle cooptation.

Chaque année, quelques invités comme lui, triés sur le volet, étaient conviés à venir passer quelques heures le samedi ou le dimanche après-midi. C'était différent le samedi soir où les seuls invités tolérés étaient ceux des habitants du Bouscadié qui n'étaient pas membres du club. Comme la musique à une heure si tardive était une nuisance pour le voisinage, même à plusieurs centaines de mètres de distance, on trouvait qu'une telle invitation était une preuve de savoir-vivre et de politesse. Personne dans le hameau n'avait jamais refusé cet honneur. Il en était de même cette année, malgré la décision d'exclure leurs enfants à cause des désagréments occasionnés par certains d'entre eux l'été précédent.

Gilles Mahous s'est vite intégré. Il a regardé la traversée depuis la rive. Il semble que son regard se soit attardé sur plusieurs des femmes présentes quand elles sont sorties de l'eau. Il n'a pas hésité, ensuite, à venir converser avec elles. Puis il s'est rapproché de Justine. Il la connaissait un peu, elle était dans la même classe que son fils, Cédric, et il avait eu la chance de la voir jouer lors de la représentation théâtrale réservée aux parents. Il tenait à la féliciter. Et il l'a fait longuement.

Sa femme et sa fille étaient restées à Valras pour profiter encore un peu de la mer. Cédric passait la soirée avec des copains. Il avait bien fait remarquer que personne ne l'attendait à la maison. Et comme il avait été d'excellente compagnie depuis son arrivée, on a fait une entorse aux règles habituelles et on l'a prié de rester pour la soirée. Il a beaucoup dansé, mis une ambiance du tonnerre, s'est baigné plusieurs fois, montrant qu'il avait encore de beaux restes de son passé d'athlète de haut niveau.

Il a disparu sur le coup d'une heure du matin. Cependant, sa voiture, un gros 4 × 4 rouge qui ne passait pas inaperçu, était toujours garée sur le bas-côté de la route. Il est finalement réapparu deux heures plus tard, a pris un dernier verre au bar et quitté la fête après avoir remercié chacun pour les bons moments qu'il venait de passer.

À 19 heures, alors que beaucoup s'étaient changés pour la soirée, qu'on avait ouvert en grand les baies vitrées de la salle, que les bouteilles de champagne s'agglutinaient dans les seaux de glace pilée, que le DJ testait sa sono et ses éclairages et que les dernières tentes étaient dressées dans le champ voisin, Justine, Florie, Guillaume et Emmanuel ont quitté la plage des Crozes. Direction l'îlot des Bois-Obscurs. Ils ont emporté deux canadiennes, plusieurs bouteilles d'eau et de soda, des saucisses et des côtes à faire griller, le gril, un assortiment de tartelettes aux fruits ainsi que plusieurs paquets de bonbons. Les enfants, qui n'avaient pas encore fait leur deuil de l'aventure, se sont tenus sur la plage, la mine triste. Le père de Guillaume, qui avait aidé à charger les affaires et s'était assuré qu'aucune bouteille d'alcool n'avait été glissée par mégarde au beau milieu, les a lui aussi regardés partir, Gilles Mahous à ses côtés.

Les canoës ont fendu les eaux du lac redevenues calmes après l'agitation de la journée. Marie Greffier se dirigeait doucement vers le hangar à la barre du bateau à moteur et profitait du soleil couchant. Elle a insisté pour les prendre en photo. Après, ils ont pu retrouver leur cap. Depuis la plage, les enfants les ont vus disparaître derrière la pointe. Ils ont alors compris que Justine ne ferait plus demi-tour.

Je me tenais debout sur cette plage. L'heure était la même, la lumière du soir devait être semblable à celle qu'ils avaient connue. Mon regard a tenté de se porter au-delà de la pointe rocheuse. J'ai même cru deviner le sillage des canoës dans l'eau avant de voir apparaître, nageant tranquillement, le couple que j'avais croisé un peu plus tôt. Je suis revenu du passé d'un coup et j'ai reculé de plusieurs pas pour éviter d'être vu. Dans mon dos, tout était immobile. Les bâtiments étaient en train de devenir trois grosses silhouettes sombres. Soudain, je me suis mis à avoir froid. Et l'impression que derrière les volets quelqu'un m'observait m'a gagné. Alors, en forçant l'allure, j'ai quitté la parcelle des Crozes, laissant derrière moi les bruits de sa dernière fête.

15

Ma visite au lac m'avait perturbé. Bien plus que je ne l'aurais cru. J'ai senti le besoin d'y revenir. Au lieu de me repousser, il m'attirait. J'avais eu l'intention de diviser mes vacances en trois. Un tiers pour me reposer, rattraper mon retard de lecture, visionner les séries américaines qui s'entassaient sur le disque dur de mon ordinateur et marcher dans la campagne ; un tiers pour préparer l'année à venir ; un tiers pour mes travaux sur Basse-Misère, ma fameuse « thérapie ». Finalement, la partie consacrée à mon travail universitaire s'est vite réduite. J'ai décidé de recycler mes anciens cours, de laisser l'élan me porter, tant qu'il existait. Concernant mes deux interventions devant les candidats aux concours, j'avais de la marge et déjà quelques pistes concrètes couchées sur le papier. Mon enquête – j'ai fini par oser la nommer ainsi –, a grignoté de plus en plus de mon temps. Je pouvais me perdre des heures durant dans les archives de François Pastre ou devant les photos qu'il avait récupérées. Les idées se bousculaient dans ma tête. En fait, j'y pensais sans cesse, avec cette désagréable impression de pénétrer dans un labyrinthe dont le parcours changeait tous les jours et de passer plus d'heures à essayer de m'en extirper qu'à regarder dans quoi je mettais les pieds. Mes démarches m'ont paru vaines. Ce n'est que lorsque je me suis trouvé au bord du lac qu'elles ont repris un sens, que le sentiment de désordre s'est estompé. J'en suis chaque fois revenu prêt à en découdre à nouveau. Aussi, je me suis rendu à Basse-Misère quotidiennement durant l'été, y compris quand le temps n'était pas beau. Parfois, je n'y suis resté qu'une demi-heure. Parfois, une demi-journée.

À plusieurs reprises, et toujours avec une grande prudence, j'ai franchi la barrière du club des Crozes. L'impression d'être observé était toujours présente. Mais c'était plus fort que moi. Un jour, j'ai même osé nager jusqu'au ponton. Je me suis assis sur le bois qui devenait glissant quand il était mouillé et j'ai regardé la rive, la plage herbeuse toujours impeccablement tondue et les bâtiments à la peinture abîmée. Une autre fois, je me suis lancé dans la traversée du lac, comme pour le concours de la fête. J'ai nagé dans ces eaux qui devenaient si noires à mi-parcours, craignant qu'une crampe vienne me cueillir et m'envoyer par le fond sans que quiconque puisse me venir en aide. Crainte qui ne m'a pas fait renoncer pour autant. La sensation de défier le danger – le mot est peut-être un peu fort – et de le vaincre était agréable. Alors, j'ai recommencé et j'ai même fini par me chronométrer, voyant avec satisfaction que j'améliorais mes performances.

Je n'ai jamais vu personne aux Crozes, sauf un dimanche où il avait été loué pour un repas d'anniversaire. Je me suis installé à la même place que l'« inconnu du lac ». Comme lui, j'ai observé ce qui se passait à côté en faisant semblant de lire. Au bout de deux heures, j'étais capable de raconter une partie de l'histoire de ce groupe : les cousins alcooliques, les cousines à la cuisse légère, les fâcheries insolubles entre frères et sœurs, la mamie qui savait ses jours comptés et qui, sa bouteille d'oxygène posée au pied de sa chaise, s'impatientait de partir, de se retrouver seule, se sentant inutile et déjà presque morte…

Le reste du temps, le club ne vivait plus. Il n'y avait plus de bateaux dans le hangar. Ceux qui faisaient du ski nautique ou du canoë arrivaient de la crique qui se trouvait au-delà de la plage du Bouscadié et que j'ai découverte en me promenant un matin brumeux.

J'ai arpenté les chemins qui bordaient le lac. J'ai traversé plusieurs fois le hameau perché en haut de sa colline. Je me suis assis dans le long champ en pente qui dévalait depuis ses dernières maisons. J'ai dérivé dans l'eau, allongé sur le dos, je ne voyais plus que la cime des sapins et le ciel, et je finissais par m'imaginer seul, flottant au centre d'une forêt inconnue de tous.

Il n'y a qu'une chose que je n'ai pas faite tout de suite : aller sur l'îlot. J'ai vu des gens le faire, surtout de jeunes baigneurs. Une île, même aussi minuscule, même aussi peu éloignée du rivage, reste une île. L'aborder, la découvrir, y passer du temps était trop tentant. Moi, je me suis longtemps contenté d'en faire le tour à la nage, sans trop oser la regarder.

J'ai pris l'habitude de descendre en ville deux fois par semaine, les jours de marché : ils avaient le don de m'ouvrir l'appétit. Un mardi matin, sur un coup de tête, j'ai décidé de passer d'abord par le cimetière.

Celui de Valdérieu est accroché au flanc de la montagne qui descend jusque dans la ville. Il possède deux entrées : l'ancienne, qui s'engouffre sous un porche percé entre deux maisons grises, et la nouvelle, ouverte lors de son agrandissement cinq cents mètres plus loin, composée d'un grand portail en fer forgé donnant directement sur une allée gravillonnée, bordée de platanes et de marronniers. Une fois en haut, on a une vue magnifique sur la ville, sur la vallée et sur les plateaux et collines du nord. C'est dans les hauts de la partie ancienne, surnommée le cimetière vieux, que les grandes familles de Valdérieu ont fait construire leurs caveaux, histoire de rester en position dominante et de se tenir au-dessus de tout le monde jusque dans la mort. Elles ont rivalisé de dépenses pour imager leur puissance. Certains de ces caveaux ressemblaient presque à de petites maisons avec un jardinet encerclé de barrières ouvragées, voire une terrasse. Les sculptures des façades tendent au baroque, les ornements cherchent délibérément le tape-à-l'œil. Et c'est ainsi, sur au moins trois rangées, créant un cimetière dans le cimetière.

Beaucoup de ces caveaux sont aujourd'hui dégradés. Il y a eu des glissements de terrain à cause des pluies torrentielles qui dévalent de la montagne depuis qu'elle a été privée d'une partie de sa végétation au profit d'interminables forêts de sapins. Mais surtout, le temps des riches familles de la ville est révolu. Certaines d'entre elles se sont entièrement éteintes et d'autres se sont désintéressées de ce morceau de leur patrimoine. Les parcelles, à quelques exceptions près, ne sont plus entretenues, les pierres sont recouvertes de mousse ou de lierre, les grandes portes aux vitres brisées ne ferment même plus et laissent entrer les feuilles mortes.

Les heures glorieuses puis le déclin de la ville peuvent être étudiés à partir de ce cimetière tout entier, jusqu'aux fosses communes. La pente est façonnée par cette hiérarchie sociale, les traces des guerres ou la lutte entre les religions. Guillaume Armengaud, Emmanuel Garcès et Justine Brunet-Auriac ont été enterrés ici, au début du mois de septembre 1980.

Les seuls souvenirs que j'ai de ces funérailles ne sont constitués que de quelques images volées par les caméras de télévision. Elles montrent une interminable procession, qui suivait au pas un corbillard, envahissant les rues étroites qui montent au cimetière. Mais aussi de ce qu'en avaient dit mes parents.

Valdérieu est divisée en trois paroisses, celle de l'église Saint-Jacques, au centre de la ville, donnant le ton. Souvent, on entendait parler de rivalités entre les trois. Le hasard a voulu que chacune des trois familles endeuillées appartienne à une paroisse différente. Les trois curés avaient tenté de convaincre tout le monde d'organiser une cérémonie commune, en l'église Saint-Jacques qui était beaucoup plus grande que les deux autres. On a raconté que les Brunet-Auriac avaient immédiatement refusé, menaçant même d'emmener Justine ailleurs. Les Armengaud leur avaient rapidement emboîté le pas, insistant pour que Guillaume ait droit à sa propre messe. En fait, avec le recul, il semble que les Garcès aient rejeté l'idée en premier. Selon le père, une messe commune, malgré des inhumations séparées, était inacceptable. Elle revenait à nier l'identité de son fils et de sa famille, de leurs croyances, de leurs racines et de leurs différences. Or, depuis la découverte de la tuerie, il considérait qu'on lui avait bien fait sentir que sa famille l'était, différente. Dans l'opinion, Emmanuel était celui qu'on plaignait le plus. Les médias avaient insisté sur la nature de ses blessures, sur l'horreur absolue de son calvaire. Il n'était pas du même milieu social que les deux autres. Lui venait de l'autre côté de la barrière, le seul tort de ses parents étant d'avoir voulu franchir cette dernière de temps à autre.

Influencés par la rumeur, les Brunet-Auriac et les Armengaud avaient donc fait machine arrière, craignant qu'une cérémonie commune ne se retourne finalement contre eux. On s'est donc contenté d'une messe de souvenir, sans exposer les cercueils, puis d'une procession dans les rues de la ville et de quelques minutes d'immobilité totale.

Pour le reste, il y a eu trois cérémonies dans trois églises différentes sur trois jours. Emmanuel a été le premier à être conduit au cimetière, dans la partie neuve, drainant derrière lui une foule considérable. Ces gens, qui savaient pourtant que le cimetière comme l'église auparavant leur serait interdit, avaient tenu à l'accompagner.

Guillaume avait suivi le lendemain. Sa messe s'était tenue à Saint-Jacques dans une église trop petite. Des barrières de sécurité avaient été installées sur le parvis et des haut-parleurs relayaient les paroles du prêtre. Beaucoup de monde s'était entassé là. Toutefois, le recueillement était moins intense que pour Emmanuel.

Enfin, Justine a eu droit à une cérémonie en comité très restreint, aussi discrète que l'a été ensuite son enterrement.

Dans le cimetière ensoleillé par ce matin d'août, j'ai d'abord trouvé les caveaux des Armengaud et des Brunet-Auriac. Ils étaient bien mieux entretenus que les autres de la partie haute du cimetière vieux. Celui des Armengaud était d'un style Art déco qui avait mal vieilli. La grande porte noire, récemment repeinte, s'ouvrait sur une petite salle de marbre blond. Par la vitre, on pouvait apercevoir la place dévolue à Guillaume, avec son nom gravé en lettres d'or et un portrait serti dans la pierre. Il y avait des fleurs fraîchement coupées dans un vase posé sur le sol.

Le caveau des Brunet-Auriac faisait partie des plus monumentaux. Sa parcelle était deux fois plus grande que les autres. Il comprenait un petit jardin à l'herbe parfaitement tondue et aux roses soigneusement taillées ainsi qu'une bâtisse au pignon surmonté d'une croix aussi blanche que l'ivoire. La porte à double battant était pleine. Seuls deux vitraux ronds, percés de part et d'autre, permettaient d'entrevoir l'intérieur, qui n'était pas aussi bien entretenu. Le sol était couvert de traces noires sans doute dues à une fuite dans le toit. Quelques fleurs avaient depuis longtemps pourri dans leur vase. Derrière la belle devanture, il n'y avait rien d'autre que l'oubli.

J'ai eu plus de mal à trouver la tombe d'Emmanuel. Il m'a fallu emprunter toutes les allées du cimetière neuf, zigzaguant entre les tombeaux, scrutant à chaque fois les noms gravés dans la pierre. Il n'y avait que deux femmes âgées pour me voir faire. Mais elles ne semblaient pas se soucier de mon manège, occupées qu'elles étaient à aller chercher de l'eau au robinet de l'allée centrale puis à remonter avec peine vers leurs défunts, faisant crisser le gravier sous leurs pas alourdis par le deuil. Mes morts à moi n'étaient pas ici. Ma grand-mère maternelle avait demandé à rejoindre le cimetière de son village natal, dans la montagne. Le grand-père de Fonbelle, que j'avais à peine connu, ne serait descendu dans la vallée pour rien au monde. Et mes parents avaient demandé à être incinérés pour que leurs cendres mélangées soient ensuite rendues au vent du large, depuis la côte où mon père avait demandé ma mère en mariage et où ils avaient choisi tous deux de finir leur vie.

Finalement, j'ai trouvé le caveau tout simple de la famille Garcès-Prat. Il ne portait que trois noms : celui d'Emmanuel, qui avait été le premier à y être inhumé, puis ceux de ses grands-parents maternels. La dalle, épaisse, était en marbre. Un grand vase se tenait debout, en plein milieu, garni de fleurs fraîches. Une plaque noire disait : « À notre fils et petit-fils ». Une autre, plus en retrait, ajoutait : « À notre frère bien-aimé ». Une troisième, qui s'avançait davantage, exigeait : « N'oublions jamais ».

Je ne suis plus croyant. Je n'ai plus prié depuis ce fameux soir où j'ai oublié de le faire. Au lycée, je n'ai pas pu échapper à la traditionnelle messe de Noël et à une ou deux conférences données chaque année par un moine ou quelque autre membre du clergé que le directeur nous présentait comme une sommité intellectuelle. Je me souviens de la dernière, l'année du bac, quand un frère était venu nous faire l'éloge de je-ne-sais-plus-quoi avant que son discours ne dévie vers – dans le désordre – le risque pour les jeunes filles de porter des jeans qui rétrécissaient les hanches et poseraient d'inexorables problèmes pour leurs grossesses à venir ; le complot des médias qui faisait que les seules vraies informations étaient diffusées à cinq heures du matin sur France-Inter ; les indiscutables effets cancérigènes de la pilule, que les laboratoires avaient cachés et qui leur permettaient de gagner deux fois plus d'argent… Une des filles de ma classe avait été tellement enthousiasmée par le frère qu'elle avait demandé une deuxième conférence et cessé de porter des jeans pendant au moins deux semaines. Personne ne s'était élevé contre de tels propos. Je n'ai pas osé rompre l'assentiment général.

Tout cela m'est revenu alors que je me trouvais devant cette tombe. Se tenir ainsi debout devant cette pierre froide, laisser le souffle du vent et le chant des oiseaux dans les arbres meubler le silence, penser à ce jeune garçon que j'avais vu une ou deux fois, mais aussi à Guillaume et à Justine jusqu'à en avoir des frissons dans le dos et m'imaginer les avoir connus, je ne sais pas si on peut appeler ça prier. Néanmoins, de toutes les prières que j'ai pu prononcer dans ma vie, celle-ci a été de loin la plus sincère.

16

De retour à Fonbelle, j'ai écrit mes lettres aux familles, me fiant aux adresses notées par Pastre. Je leur ai expliqué le sens de ma démarche. Je leur ai demandé de bien vouloir me recevoir, pour parler non de l'affaire, mais de leurs enfants et d'eux-mêmes. J'ai donné mes coordonnées de Fonbelle et, afin d'asseoir ma demande, celles de mon bureau à la fac. Ensuite, j'ai décidé qu'il était temps pour moi d'aller à la rencontre des morts.

J'ai voulu passer une nuit sur l'îlot des Bois-Obscurs. Il fallait que je sache comment le lac se comportait une fois que le jour avait disparu, si l'humidité était à ce point insupportable, quels étaient les bruits de la nuit.

Il n'aurait pas été raisonnable ni très discret de laisser ma voiture si longtemps au bord de la route. Alors, je me suis rendu au lac avec un vélo que je me suis acheté. Comme je ne connaissais pas les chemins forestiers, je suis resté tout le trajet sur la route. Il m'a fallu un peu plus de quarante minutes pour rejoindre Sagne-Claire. À ma grande surprise, j'avais de bonnes jambes. Les cinq derniers kilomètres ont cependant été bien plus difficiles. J'ai calé dès la longue côte sinueuse qui s'éloignait du village. Puis les creux et les bosses m'ont achevé. J'ai mis pied à terre. J'ai pesté d'avoir pris tant de choses avec moi, la moitié dans le sac qui m'échauffait le dos, l'autre dans la sacoche fixée au guidon et qui à tout moment menaçait mon équilibre précaire. J'avais emporté ma petite tente, mon sac de couchage, un matelas gonflable, plusieurs litres d'eau, de quoi manger, me changer, m'éclairer et écrire. Tout cela pour une seule nuit !

Quand j'ai aperçu le grand gîte puis la digue au virage suivant, je me suis senti soulagé et j'ai retrouvé un second souffle qui m'a permis d'aller au bout sans plus m'arrêter. Une demi-douzaine de voitures étaient cette fois encore garées sur les bas-côtés près de l'entrée du chemin de terre que j'avais l'habitude d'emprunter. J'avais pris pas mal de marge et l'après-midi n'en était qu'à sa moitié. J'ai poussé mon vélo jusqu'à la pointe où je me posais chaque jour. J'ai ensuite patienté jusqu'à ce que les lieux se vident. Par chance, personne n'est venu pique-niquer en fin de journée. Aussi bizarre que cela puisse paraître, je n'avais jamais croisé deux fois les mêmes personnes au bord du lac depuis le début du mois. Comme si venir ici ne pouvait être qu'une exception.

J'ai déchargé mon vélo et je suis allé le cacher dans le sous-bois du dessus, prenant soin de le cadenasser à un tronc d'arbre. Puis je me suis occupé de gonfler mon matelas. Il m'a fallu du temps avant que les boudins ne commencent à prendre forme et à durcir. Je n'avais pas le choix : c'était lui, le radeau de fortune qui allait me permettre de faire traverser mes affaires sans les mouiller.

J'ai mis un pied sur l'îlot vers 19 heures. J'ai entassé mon attirail au-delà des pins, derrière la petite arête. J'ai déplié ma tente et je l'ai arrimée à l'endroit où se trouvait celle des garçons. Je suis passé outre les interdictions en ramassant quelques branches mortes. Je me suis demandé si, trente-quatre ans plus tôt, Guillaume avait facilement trouvé du combustible pour son feu de camp ou bien s'il avait dû revenir vers la forêt de la rive. Parce que j'ai à peine trouvé de quoi entretenir une petite flamme une heure durant.

Je n'ai pas allumé le feu avant d'être certain que les abords du lac soient déserts et que le hameau du Bouscadié soit endormi. Des trois maisons qui avaient vue sur le lac, deux étaient habitées. Les lumières sont restées allumées, et les volets ouverts jusqu'à fort tard. Je me suis assis et j'ai commencé à manger ce que j'avais emporté. Une fraîcheur bien réelle semblait remonter de l'eau. J'ai été obligé de me couvrir plus tôt que prévu. Plus le jour s'éteignait, plus les sons résonnaient. Une voiture qui s'est engagée sur la route remontant de Sagne-Claire a ainsi été largement précédée puis suivie par l'écho des feulements de son moteur. En haut, au Bouscadié, j'ai entendu une portière d'une autre voiture claquer avant qu'elle ne démarre et qu'à son tour le bruit de son moteur résonne dans la forêt durant plusieurs minutes.

La lune décroissante ressemblait à celle qui s'était levée sur la nuit fatale d'août 1980. Les eaux du lac scintillaient dans le noir. De longues lamelles argentées les traversaient parfois, au gré des caprices du petit vent qui était sur le point de s'endormir à son tour. Je n'ai pas été en mesure de voir très loin. Le gros mamelon boisé de la rive d'en face n'était qu'une masse noire. Je ne le distinguais que parce qu'il était plus sombre que la nuit. Sur le lac, ma vue ne pouvait aller plus loin qu'une vingtaine de mètres à tout casser. Une embarcation se serait tenue à cette distance que je n'aurais pas été en mesure de deviner sa présence. En réalisant cela, je me suis senti oppressé. À deux reprises, j'ai cru apercevoir une silhouette sur les flots, celle d'un canot immobile, tapi dans l'obscurité. N'y tenant plus, j'ai allumé ma torche électrique et je l'ai pointée dans cette direction. Le faisceau est allé se perdre dans les ténèbres, ne révélant rien d'autre que son éclat agressif qui venait perturber la tranquillité du lac. Les quatre jeunes avaient eux aussi emporté deux lampes électriques. L'une d'entre elles a été retrouvée dans la tente des filles, rangée dans la pochette près de l'entrée. L'autre a disparu.

Combien de temps Delmas était-il resté ainsi, assis dans son bateau, à observer ce qui se passait sur l'îlot ? Qu'avait-il vu qui lui ait à ce point fait perdre la tête ? Juste un groupe de jeunes gens en train de se construire des souvenirs ? Ou autre chose ?

Je n'ai jamais fait partie d'une bande. J'étais trop timoré pour cela. Je voyais les autres se déplacer en grappes, écumer les boums du samedi, puis les cafés, plus tard les discothèques et les soirées. Pendant ce temps, j'avançais seul ou presque. Pourtant, j'ai rêvé de faire comme eux, de voir du monde en regardant dans toutes les directions. Encore aujourd'hui, quand je tombe par hasard sur un de ces films à la mode à la fin des années 1970, suivant le parcours d'une bande d'adolescents le temps d'un été ou d'une année scolaire, j'en ressors avec le moral dans les chaussettes. J'ai à chaque fois l'impression d'être passé à côté de quelque chose de fondamental. Mes parents, conscients de mon isolement, ont très tôt insisté pour m'inscrire à des colonies de vacances. Non pas l'été, mais l'hiver, parce que les camps d'hiver ne duraient qu'une semaine. Le fait de pouvoir faire du ski, dont j'étais mordu, a renversé mes dernières défenses. Même là, je faisais partie d'un tout, sans jamais me mettre à l'écart, mais je ne suis pas parvenu à m'intégrer à un sous-ensemble. Nous étions rangés par âges dans les dortoirs puis par niveaux, quand il s'agissait d'aller sur les pistes, et enfin par activités lors des veillées. Il y avait toujours des mélanges. Ceux qu'on appelait les pré-ados avaient droit à un régime particulier : ils logeaient dans une autre aile du bâtiment, mangeaient à part, avaient leurs propres veillées et étaient beaucoup moins encadrés durant la journée. Ils formaient le petit groupe bruyant de ceux qui avaient dépassé 13 ans. Ils me fascinaient. Un matin, je les ai vus sur une des pistes de la petite station qui nous accueillait. Ils s'étaient tous arrêtés dans un coin, ils avaient déchaussé leurs skis et s'organisaient un petit casse-croûte festif. J'étais planté dans un virage, à attendre je ne sais qui. J'ignore combien de temps je suis resté à les regarder mais j'en ai été complètement subjugué. Il y avait de la joie dans ce groupe et une sorte d'osmose. Comme dans un film, j'ai eu mes personnages préférés. Ici, c'était un couple. La fille était particulièrement belle, même en anorak et en pantalon fuseau. Le garçon avait beaucoup de charisme, la classe tranquille de celui qui est capable de tout surmonter sans se défaire. Autour de ces deux vedettes qui ne cessaient de s'embrasser, les seconds rôles semblaient à l'aise, chacun ayant droit à son moment de lumière. L'image de cette harmonie me poursuit encore. Quand j'ai eu l'âge d'intégrer à mon tour le groupe des pré-ados, j'ai supplié mes parents de ne plus m'envoyer là-bas. La marche me paraissait trop haute.

Ce souvenir m'est revenu alors que j'étais en train de grelotter sur l'îlot car, avec le recul, je pense que Guillaume Armengaud était dans la bande qui avait forcé mon admiration. Lui et ses deux frères ont fréquenté de manière assidue cette colonie de sports d'hiver. Et l'épisode en question a eu lieu en février 1980, quelques mois avant qu'il ne soit assassiné. Je ne le revois pas clairement parmi les seconds rôles, mais je crois qu'il en faisait partie. J'aime à le croire.

J'ai tenté d'allumer mon feu vers une heure du matin. Il a eu du mal à prendre, l'humidité étant de plus en plus prégnante, et il a eu autant de mal à me réchauffer. Je me suis contenté de la lueur des flammes et de l'odeur de résine bouillie. Quand il s'est éteint, je ne me suis pas obstiné à le ranimer. Transi de froid, je suis allé me coucher sous la tente, emmitouflé dans mon sac de couchage.

La phrase répétée à l'envi par Florie – « C'est sorti de l'eau ! » – a alors pris un sens que je ne lui avais pas vu. Je me suis effectivement mis à entendre des bruits suspects, des pierres qui s'entrechoquaient sous le poids d'un homme, le clapotis anormalement excité de l'eau contre les rochers, le son d'une respiration toute proche… J'ai quitté la tente plusieurs fois pour vérifier que j'étais seul. Mais dès que je me suis recouché, les bruits ont repris. Je ne suis pas parvenu à fermer l'œil. J'en suis arrivé à me persuader que, soudain, la fermeture Éclair allait être levée, que quelque chose ou quelqu'un allait se tenir dans l'ouverture. Je suis demeuré immobile. Je n'étais plus un adulte mais un enfant qui s'accrochait au seul abri qui lui restait, un abri bien mince. J'étais Florie Nipperday, laissée seule par sa cousine, entendant des gémissements, des plaintes, des coups et peut-être des cris. Avant que la toile ne s'effondre sur elle. Coincée sous cet amas, paniquée, étouffant déjà à moitié, ne sachant plus comment sortir, comment trouver la moindre ouverture pour pouvoir respirer à nouveau, et finalement comprendre qu'elle allait mourir ici, asphyxiée. Elle a hurlé aussi fort qu'elle a pu. Un violent coup sur le front a brisé sa voix et l'a renversée en arrière. Pourtant, elle a tenté de se redresser, de se mettre debout. Elle a pensé qu'ainsi elle pourrait redonner forme à la canadienne et retrouver la fermeture Éclair. Justine ne lui venait pas en aide. Pas plus que les deux garçons. Quelque chose dehors était en train de les attaquer, de ne laisser personne indemne. Son front lui faisait mal, sa tête bourdonnait, mais elle est tout de même parvenue à se relever, d'abord à genoux. Elle a senti un deuxième choc, plus violent que le premier, à l'arrière de son crâne. Ses membres ont alors refusé de répondre. Son corps ne lui obéissait plus. Elle a essayé de se redresser mais son cerveau l'a obligée à se laisser tomber en avant. Elle a voulu garder les yeux ouverts, il l'a obligée à les fermer. Elle a voulu de la lumière, il n'y a eu que du noir. Pour toujours.

Je me suis assoupi. C'est la sensation d'étouffement qui m'a réveillé. Je n'avais plus d'air dans mes poumons, j'étais empêtré dans mon sac de couchage. Je me suis débattu jusqu'à le déchirer. J'ai arraché la fermeture Éclair de la tente quand je l'ai ouverte. Je me suis laissé choir à l'extérieur. La nuit me faisait suffoquer. J'avais besoin de jour pour pouvoir respirer à nouveau. Je me suis aperçu que j'avais gardé les yeux fermés. Quand j'ai trouvé la force de les rouvrir, il ne faisait plus noir. Le soleil se levait à peine. Des volutes de brume remontaient du lac. J'ai mis du temps à retrouver mon souffle. Ma montre indiquait 5 h 40. J'ai pensé à la lumière. Pas à celle du petit matin, mais à celle qui avait été nécessaire à Delmas pour se déplacer sur l'îlot, assommer les garçons, violenter Justine et la noyer, puis venir jusqu'à la tente et s'en prendre à Florie. S'il avait emporté la pile électrique de Guillaume, comment avait-il fait pour se mouvoir avant de la récupérer ? S'il était si à l'aise dans l'obscurité, pourquoi alors s'en saisir ?

Guillaume Armengaud avait été assommé à quelques pas de l'endroit où je me trouvais. Un seul coup qui l'a fait agoniser durant de longues minutes. Dans la poche de son bermuda, on a retrouvé son Opinel sagement plié. S'était-il couché tout habillé ou avait-il pris la peine de se rhabiller quand il était allé voir ce qui se passait dehors ? Pourquoi ne lui avait-on pas ôté ses vêtements ?

Emmanuel Garcès a été déshabillé, entièrement, y compris ses chaussures. On a arraché ses habits plus qu'on ne les lui a retirés. Les coups ont été portés avec une grosse pierre. Le premier l'a fait tomber en arrière. Dans son dos, on a relevé les marques des cailloux de la petite plage sur lesquels il s'est effondré de tout son poids. Le deuxième – les médecins légistes l'espéraient –, lui a fait perdre conscience. Ensuite, son agresseur s'est penché au-dessus de son corps inerte et a continué de le frapper au visage. Au moins huit fois, peut-être dix. Tout l'œil gauche a été écrasé, l'orbite laissée béante, ouverte jusqu'à l'oreille. Le nez a disparu. À la place de sa pommette gauche, un autre trou découvrait la racine de ses dents mais aussi des os brisés, des cartilages broyés et des chairs émiettées. Avant ou après, on a aussi assené des coups avec cette grosse pierre à ses parties génitales. La verge a presque été sectionnée, les bourses ouvertes comme un livre. Ensuite, son cadavre a été tiré dans l'eau, la face tournée vers le fond, comme si on n'avait plus voulu le voir. Plus tard, on a emporté ses vêtements et ses chaussures, sans doute de crainte qu'ils recèlent des traces exploitables pour les enquêteurs.

Les vêtements de Justine sont restés près des rochers. Elle a été déshabillée sans violence alors que certains attouchements qu'elle a subis l'ont blessée. Elle a été violée, peut-être plusieurs fois, uniquement par pénétration vaginale. Le violeur n'a pas éjaculé en elle ou sur elle. Le sang sur un des rochers tout proche de l'eau provenait de son hymen déchiré. Elle n'a pas été frappée, ni au visage ni ailleurs. Quand on lui a tenu la tête sous l'eau jusqu'à ce qu'elle se noie, on a dû se mettre à genoux sur ses omoplates, qui en portaient les stigmates, et peser aussi fort que c'était possible. Elle a essayé de se débattre. Elle a creusé la vase avec ses mains et s'y est cassé presque tous les ongles.

L'ensemble de la scène s'est déroulé sur un petit périmètre, dans un triangle de vingt mètres de côté entre la plage, les rochers et les tentes. Pendant ce temps, la musique du bal des Crozes résonnait dans la forêt.

Avant que le jour ne se lève totalement, j'ai plié mes affaires et effacé les traces de mon feu de camp. J'ai serré les dents quand il a fallu m'immerger dans l'eau froide pour rejoindre le rivage. J'ai retrouvé mon vélo au pied de son arbre. La brume couvrait désormais tous les environs. J'ai su que je ne reviendrais pas ici avant longtemps, que ma rencontre avec le lac venait de s'achever. Il ne m'attirait plus. Il m'était même, l'espace d'une nuit, devenu insupportable.

J'ai mis un bon moment à me réchauffer tant je me sentais vidé de toutes mes forces. Toutefois, je suis revenu à Fonbelle d'une traite. Comme si un vent complice m'avait poussé dans le dos pour m'éloigner au plus vite de cet endroit.

17

À force de négliger mon travail, j'ai commencé à sentir la rentrée approcher avec une certaine inquiétude. De plus, mon escapade nocturne m'avait laissé une sensation désagréable et je me suis retrouvé à douter une nouvelle fois du bien-fondé de mon enquête. En fait, j'ai eu l'impression d'être resté enfermé pendant deux mois, que ce soit à Toulouse ou à Fonbelle. Et mes problèmes de sommeil sont revenus à la charge. M'installer dans ce village n'avait fonctionné qu'un temps.

Il me restait deux semaines avant de devoir retourner à la fac. J'ai décidé d'en consacrer une à m'évader, à m'aérer l'esprit. Prendre le volant et voir où cela allait me mener. Sur la rocade de Toulouse, j'ai laissé mon instinct me guider. J'ai pris la direction de Bordeaux. J'avais des envies d'océan. J'ai poussé jusqu'à La Rochelle avant d'être séduit par l'idée d'aller en Bretagne malgré le mauvais temps. J'ai dormi à Dinard mais, au petit matin, l'endroit ne me disait plus rien. Je suis alors remonté jusqu'à Granville pour ensuite échouer à Cherbourg. J'ai déjeuné sur les quais en réalisant que je venais de traverser la France sans pour autant être satisfait de ma destination ni me sentir libéré. J'ai vu un ferry quitter le terminal en direction de l'Angleterre. Il m'a donné envie. Je suis allé me renseigner au comptoir de la gare maritime et j'ai trouvé une place dans le bateau du soir pour Portsmouth. Quand la jeune femme m'a demandé la date du retour, je n'ai pas su quoi lui répondre. Elle m'a trouvé un billet pour cinq jours plus tard, les autres traversées étaient ensuite complètes. À 18 heures, je me suis donc retrouvé à bord, à regarder le port s'éloigner dans le sillage. Deux heures plus tard, j'étais à Portsmouth et la pluie ne nous avait pas quittés depuis le départ. J'ai essayé de dormir dans un hôtel quelconque. J'ai fini par renoncer. Les yeux ouverts, à attendre que le jour se lève, j'ai digéré le fait de n'être pas arrivé ici par hasard. J'avais choisi de lâcher quelque temps Basse-Misère, mais Basse-Misère refusait de me lâcher.

J'ai donc pris le temps d'acheter une carte routière et tracé mon itinéraire durant le petit déjeuner. Ensuite, j'ai pris la direction des Cornouailles, sur les traces de Florie Nipperday.

Après le massacre du lac, John-Henry Nipperday a fait son possible pour protéger sa fille. Il est parvenu à tenir les journalistes à distance tout en se mettant au service des enquêteurs. Jamais il n'a cherché à faire obstruction, même quand il y a eu des gens pour soupçonner Florie d'avoir tué ses trois camarades. Deux ans après les faits, il a même accepté que sa fille soit hypnotisée afin que des souvenirs puissent être exhumés du tréfonds de son cerveau abîmé, où ils étaient ensevelis. Mais rien n'a été ajouté aux précédentes dépositions.

Avec patience, on avait pu faire parler Florie. Dès leur arrivée sur l'îlot, ils avaient commencé à monter les tentes, celle des garçons à gauche et celle des filles à droite. Puis Guillaume s'était occupé du feu. Ils avaient fait cuire leur repas et l'avaient mangé. Ils avaient pas mal parlé, un peu des vacances et beaucoup de la rentrée. Justine avait été intarissable. Elle rêvait de refaire du théâtre, espérant réussir à convaincre sa prof de français de soutenir le projet d'une nouvelle pièce en fin d'année. Cette pièce, elle voulait l'écrire elle-même, recyclant la tentative qui avait échoué au club nautique. Il s'agissait d'une adaptation du *Fantôme de l'Opéra* où l'héroïne n'était plus cantatrice mais danseuse-étoile. Guillaume pensait déjà aux sports d'hiver, dont il était très amateur, et aussi au voyage caritatif organisé par les scouts de Valdérieu et prévu au printemps à Madagascar. Il avait dit que, si ses parents le laissaient faire, il arrêterait l'école après sa troisième et deviendrait guide de montagne. Mais il pensait qu'ils n'accepteraient pas. Emmanuel avait peu parlé. Surtout pas du lycée. Quant à Florie, elle ne se souvenait pas d'avoir ouvert la bouche. Elle s'était contentée d'écouter. Elle se sentait effrayée et triste. Effrayée par les semaines à venir et triste de devoir quitter Justine. Elle aurait bien voulu jouer dans la pièce, ainsi qu'il en avait été question au début. Quand elle devait être présentée le soir de la fête des Crozes. Justine lui en avait raconté l'histoire, comme elle savait si bien le faire, et elle l'avait trouvée extraordinaire. Elle aimait beaucoup quand sa cousine lui parlait d'un livre qu'elle avait lu ou d'un film qu'elle avait vu. Parfois, elle inventait une nouvelle histoire. Tout devenait si vivant quand elle s'exprimait que Florie avait l'impression de voir, y compris quand il faisait noir dans leur chambre.

Le soir de la fête, sur l'îlot, Justine avait raconté des histoires d'îles et de naufragés. Emmanuel avait beaucoup ri à certains passages. Et, quand il riait, son visage devenait vraiment effrayant. Florie aurait préféré qu'il ne soit pas venu avec eux.

Il n'y avait pas eu beaucoup d'étoiles filantes, il faisait froid et, surtout, la journée les avait épuisés. Ils étaient donc allés se coucher tôt. Justine s'était glissée habillée dans son sac de couchage, pour se réchauffer un peu. Du coup, Florie avait fait pareil. Elles avaient encore parlé un peu, à voix basse pour que les garçons n'entendent pas. Justine avait dit qu'elle avait le pouvoir de changer la vie d'Emmanuel, qu'elle pouvait faire en sorte que les autres cessent de se moquer de lui et de lui faire du mal. Simplement en devenant sa petite amie durant quelque temps. Florie lui avait demandé si elle se sentait capable de l'embrasser sur la bouche sans être dégoûtée. Elle lui avait répondu que oui mais qu'elle devait attendre le bon moment, il n'était pas question de le blesser, de lui faire plus de mal que les autres quand elle lui avouerait qu'elle n'était pas amoureuse de lui. L'année d'avant, en s'affichant avec lui au lycée, en lui faisant la bise tous les matins, elle n'avait fait qu'empirer les choses. Désormais, elle devrait se montrer beaucoup plus adroite.

Florie lui avait dit qu'elle préférait Guillaume, que s'ils étaient échoués tous les quatre sur une île et qu'elle était obligée de choisir un amoureux, c'est pour lui qu'elle se serait décidée. Elles avaient fini par en rire toutes les deux. Puis Justine avait dit qu'il fallait dormir, que la journée du lendemain était importante. Il serait dommage d'en rater ne serait-ce qu'une miette. Florie lui avait demandé l'heure et elle avait répondu qu'il était presque une heure du matin.

Alors, elle s'était retournée et avait laissé le sommeil la gagner. Elle était si contente de camper sur le lac ! L'idée de sa cousine avait été une nouvelle fois géniale. Elle s'était endormie presque tout de suite.

Elle s'était réveillée en sursaut quand elle avait entendu la fermeture Éclair de la tente. Il faisait noir. Justine s'apprêtait à sortir dans la nuit. Il y avait du bruit dehors. Quelque chose de lourd, quelque chose qui faisait peur, quelque chose qui était sorti de l'eau. Sa cousine lui avait dit de ne pas s'inquiéter, de rester bien au chaud et d'essayer de se rendormir. Elle lui avait laissé la lampe électrique et lui avait promis de revenir vite. Les garçons faisaient sans doute les imbéciles. Il ne fallait pas avoir peur et, si on n'y arrivait pas, il ne fallait pas le leur montrer. Elle lui avait répété de ne pas bouger, de ne pas faire de bruit, de faire comme si la tente était vide. C'était ça qui avait fini par l'inquiéter davantage. Elle sentait bien que Justine n'était pas rassurée non plus.

Du temps était passé, elle ne savait pas combien. Puis tout s'était effondré autour d'elle et elle avait commencé à étouffer. Ensuite il y avait eu le premier coup sur le front, le deuxième et le vide… Elle s'était réveillée dans une chambre toute blanche, à l'hôpital. Son père et sa mère se tenaient à son chevet, côte à côte. Leurs épaules se touchaient. C'est ce qu'elle avait vu en premier. Elle avait voulu leur dire que ça lui faisait plaisir mais les mots avaient refusé de sortir de sa bouche. Elle avait à nouveau ressenti le vide, presque immédiatement. Et elle avait eu l'impression d'y tomber, une chute qui n'en finissait pas et la faisait hurler de terreur, des hurlements eux aussi silencieux.

Les époux Nipperday ont achevé de se déchirer. Le père a reproché à la mère d'avoir laissé leur fille unique seule à Valdérieu, pour rejoindre son amant et se payer une escapade avec lui en Bretagne. Il l'a accusée ouvertement d'être responsable de ce qui venait d'arriver à Florie. Il était riche et puissant, ses affaires étaient florissantes contrairement à celles des Brunet-Auriac. Il a osé les affronter lors de son divorce : son épouse, ses beaux-parents et leur horde d'avocats. Il les a écrasés. Il a obtenu la garde exclusive de sa fille, s'engageant à lui consacrer tout son temps. Il a tenu parole. Il a vendu tout ce qu'il possédait en France et n'a pas cédé à son ex-femme. Il a passé les rênes de son entreprise. Ensuite, il a acheté une belle demeure dans les Cornouailles, près de Penzance où il venait quand il était enfant. Avec Florie, ils vivaient là-bas tous les deux depuis trente-deux ans.

J'ai conduit jusqu'à cette péninsule où la terre s'arrête. Sachant que, comme Pastre et bien d'autres avant moi, je viendrais buter contre le rempart que John-Henry Nipperday avait dressé autour de sa fille. Je n'avais pas la prétention de réussir à parler à Florie. J'avais seulement besoin de la voir, même de loin.

Dès mon arrivée à Penzance, je me suis rendu devant leur propriété. Elle était située de l'autre côte des collines, sur le versant qui ignorait la mer. Je m'attendais à un immense domaine entouré de hauts murs, avec un grand parc boisé et un manoir tout au bout de l'allée. J'ai découvert une belle maison, de taille raisonnable, plantée dans un petit parc à la verdure éclatante, bordé d'arbres peu nombreux mais majestueux, droits malgré le vent qui devait régulièrement les battre. Il n'y avait pas de murs tout autour, juste un enchevêtrement de haies vives qui barraient le passage de leurs piquants mais laissaient passer le regard. Le voisinage immédiat n'était fait que de pâturages et de petites forêts.

Je me suis garé au bord de la route, un peu plus loin, puis je suis revenu à pied jusqu'au portail. Je me suis senti impressionné, la bouche sèche, le cœur serré. Florie était ici, tout près de moi. Pour la première fois, je l'ai sentie vivante. Pour la première fois, elle a cessé d'être l'enfant à la moue boudeuse, au regard triste et à la frange trop longue. Pour la première fois, nous avons eu le même âge. Le temps était passé pour elle quand il s'était arrêté pour les trois autres. Elle était donc sortie des photos. Elle s'en était échappée pour m'attendre ici, trente-quatre ans plus tard.

Je suis redescendu à Penzance. J'ai pris une chambre dans un charmant petit hôtel coloré où j'ai eu droit à une nuit relativement tranquille. Le lendemain matin, je suis remonté rôder autour du parc. J'en ai fait le tour par les chemins de terre. J'ai essayé d'en voir davantage, sous différents angles, espérant la surprendre dans son jardin ou derrière une fenêtre. C'est la seule chose que je me suis senti capable de faire. J'ai déjeuné au pub d'un bourg voisin. Une petite femme joviale, aux cheveux d'un blanc immaculé, m'a accueilli avec d'autant plus de chaleur qu'elle a deviné que j'étais français.

— Ah ! La France ! n'a-t-elle pas arrêté de répéter, égrainant ensuite une série de mots français qu'elle avait appris mais dont, visiblement, elle ignorait le sens.

Il y avait un autre client accoudé au comptoir. Lui s'est retourné vers moi, levant sa pinte à moitié vide :

— *Good team! Congratulations!*

Du coup, je lui ai payé une bière et nous avons parlé de la Coupe du Monde. Je l'ai écouté se lamenter sur les piètres performances de la sélection anglaise en dégustant le meilleur sandwich au poulet qu'il m'ait été donné de manger. Et c'est ainsi, grâce à ma maîtrise plus qu'imparfaite de l'anglais et celle, plus solide, du football, que j'ai pu discuter avec ces gens et oser leur poser des questions sur les personnes qui vivaient dans la belle maison isolée sur la route de Penzance.

Tout le monde, dans le coin, savait ce qui était arrivé à la fille lorsqu'elle n'était encore qu'une enfant. Elle était la seule survivante d'un horrible massacre qui avait été commis quelque part en France, au début des années 1980.

— Vous devez être trop jeune pour vous en souvenir, m'a dit la patronne du pub.

Son père l'avait emmenée ici. Ils étaient très discrets. Et cette discrétion leur tenait à cœur. Le personnel qui travaillait pour eux devait signer une clause de confidentialité, qui leur interdisait de parler de ce qui se passait dans cette propriété, surtout aux journalistes.

On savait que la pauvre fille n'avait plus toute sa tête. Au début, elle et son père avaient été invisibles. Ils ne quittaient le domaine que pour se rendre à Exeter, à Bristol ou à Londres, consulter des médecins. Ensuite, le père a commencé à se montrer. On le voyait en ville ou dans les villages alentour. C'était un homme doté d'une grande classe, toujours très bien habillé et qui se montrait très aimable avec les gens qu'il croisait. Puis, ç'a été au tour de sa fille de sortir un peu plus. De temps en temps, elle accompagnait son père à Penzance. Mais le plus souvent, on les voyait marcher ensemble, dans la campagne. Leurs promenades étaient devenues quotidiennes, chaque après-midi, quelle que soit la météo. Elle portait un gros bonnet sur la tête, même en été. On disait que ces promenades avaient le don de l'apaiser, à condition de ne pas s'approcher de la mer, car elle avait la phobie de l'eau.

— L'argent de cet homme ne lui a pas évité le malheur, a fait remarquer d'un air triste mon camarade de comptoir.

Il les avait croisés plus d'une fois quand ils arpentaient les chemins du coin. On voyait bien que le père portait sur ses épaules le poids de deux douleurs, la sienne et celle de sa fille.

— Difficile de dire laquelle est la plus lourde.

Il arrivait qu'ils viennent jusqu'au village. Même qu'une fois ils s'étaient arrêtés boire un thé au pub. La petite femme aux cheveux blancs n'avait pas osé regarder le visage de la jeune fille.

— Elle n'a pas besoin, en plus, d'être épiée comme un animal dans un zoo !

Elle s'inquiétait cependant de savoir ce qui allait advenir d'elle le jour où son père ne serait plus de ce monde.

J'ai quitté le pub dès que j'ai su pour les promenades quotidiennes. Pas de manière trop précipitée néanmoins, pour ne pas me montrer plus impoli que je ne le suis. Je suis revenu me garer au bord de la route, à un endroit où j'avais une vue dégagée sur le portail de la propriété des Nipperday. Ensuite, j'ai attendu. Et ils sont sortis.

Vers 15 heures, je les ai vus franchir la grille et me tourner le dos pour partir dans l'autre direction. John-Henry était un vieil homme maintenant, moins grand que je ne me l'étais figuré. Il marchait aidé d'une canne. À ses côtés, Florie n'a d'abord été qu'un imperméable beige, une paire de bottes en caoutchouc et un bonnet bleu foncé qui se terminait en pointe au-dessus de sa tête.

Sans l'avoir vu venir, j'ai senti mes yeux s'embuer. Je n'ai pas cherché à me retenir et une larme a fini par couler le long de ma joue. Tandis que les deux silhouettes disparaissaient derrière le premier virage, je me suis retrouvé à pleurer comme un idiot, assis dans ma voiture. Je n'avais pas pleuré depuis une éternité.

J'ai démarré et j'ai roulé lentement pour les rejoindre. Ils ne m'en ont toutefois pas laissé le loisir. À peine les avais-je dans mon champ de vision, qu'ils ont bifurqué sur leur gauche, empruntant un chemin de terre qui serpentait à travers les champs, abrité derrière deux haies de ronces et d'arbustes. Il n'était pas question de les suivre. Je suis donc allé chercher la première route carrossable sur ma gauche pour avancer parallèlement à leur parcours. J'ai réussi à deviner l'endroit où aboutissait leur chemin. Je suis allé me poster à l'abri de leurs regards. Je les ai vus arriver, de loin, de trop loin. Ils se sont contentés de croiser la petite route pour continuer sur un sentier, en face, qui se dirigeait vers un petit bourg.

J'ai donc parcouru les deux kilomètres restants et je suis allé me garer au milieu d'autres voitures. Puis, à pied, j'ai pris le chemin de terre qui débouchait sur le centre du village et qui, selon mes estimations, avait de grandes chances de venir croiser le leur.

Il faisait bon. Le vent s'était levé mais, à l'intérieur des terres, je n'ai deviné que son ventre qui venait frôler la cime des arbres. À chaque virage, je me suis attendu à les voir surgir face à moi. J'en avais la gorge serrée, à la fois impatient et inquiet qu'il en soit ainsi. Mais ça ne s'est pas produit. Je ne les ai pas croisés. Mon chemin en a rejoint un autre, puis un autre encore. À chaque fois, se dessinait un carrefour à quatre branches et autant de voies possibles. Les haies étaient trop hautes pour me permettre d'apercevoir quelqu'un sur ces sentiers. J'ai fait plusieurs tentatives, forçant le pas, revenant ensuite en arrière pour partir de l'autre côté et revenir encore. Il a bien fallu que j'admette que mon plan n'avait pas fonctionné. Je les avais perdus. Il me restait une possibilité : retourner près de leur portail et attendre qu'ils rentrent de leur promenade. J'avais un peu de temps devant moi. Alors, dans le bourg, j'ai avisé une belle devanture avec deux grandes fenêtres blanches surmontées d'un panneau indiquant un pub. Je suis entré et je me suis installé à une grande table près de l'entrée. La salle était très claire, dans des tons délibérément blancs, les bois à peine teints en ciel. Elle ressemblait plus à un salon de thé qu'à un pub. En y regardant de plus près, je me suis rendu compte qu'il s'agissait d'une sorte d'annexe d'un *bed and breakfast* d'excellente réputation, à en juger par les recommandations de différents guides affichées près du comptoir. D'ailleurs, l'homme qui est venu prendre ma commande m'a précisé avant toute chose qu'il ne disposait plus de chambres libres. Il me l'a annoncé d'un air désolé mais a retrouvé le sourire quand je lui ai répondu que je m'étais arrêté pour prendre un thé.

Tout était très apaisant dans cet endroit. Un homme d'un certain âge lisait dans un coin. Deux femmes bavardaient à voix basse un peu plus loin. Un jeune couple se contentait de se tenir la main et de se regarder dans les yeux. Des gâteaux plutôt appétissants étaient alignés sous des cloches de verre, sur le comptoir. À l'arrière, on devinait un jardin abondamment fleuri. On avait laissé la porte ouverte et ses odeurs parvenaient jusqu'à moi. Je me suis laissé aller. J'ai osé me détendre un peu, tentant d'oublier à quel point apercevoir Florie m'avait chamboulé. J'ai regretté de ne pas avoir fait comme le vieil homme, de ne pas avoir emmené un bouquin tant cette salle me semblait propice à la lecture. Avec la cheminée allumée lors des après-midi ou des soirées plus fraîches, elle devait être un point de chute idéal.

Deux cyclistes ont débouché sur la place, juchés sur des vélos chargés à bloc. Ils se sont arrêtés devant le pub et sont descendus de selle en grimaçant un peu, remettant de manière peu discrète leurs cuissards et le contenu de ces derniers en place. Le premier a poussé la porte et le patron est venu à sa rencontre. Eux avaient réservé une chambre pour la nuit. Ils étaient néerlandais, je crois. Leur arrivée a été une petite vague qui est venue déranger un peu la quiétude ambiante. Ils ont été invités à faire le tour avec leurs vélos, qu'ils pouvaient ranger dans le jardin, avant d'être conduits à leur chambre. Quand la porte de l'entrée s'est refermée, le calme est revenu d'un coup. Elle s'est rouverte moins de deux minutes plus tard, plus discrètement cette fois. Comme je lui tournais le dos, j'ai cru que le propriétaire de l'établissement venait reprendre son poste derrière le comptoir et ces gâteaux qui me faisaient de l'œil. Mais ce n'était pas lui.

John-Henry et Florie Nipperday sont venus s'asseoir à la table dans l'angle, pile en face de la mienne. Florie s'est installée sur une des chaises contre le mur. Son père s'est penché à son oreille pour lui dire quelque chose avant de s'éclipser vers les toilettes. Elle a retiré son imperméable mais a conservé son bonnet sur la tête. Elle a ensuite posé ses mains à plat sur la table. Elle avait les mêmes yeux, d'un bleu profond, la même finesse dans les traits de son visage, le même dessin charnu de ses lèvres. Malgré cela, on aurait dit une autre personne. Les années n'étaient pas les seules responsables. Florie avait un air absent. Il n'y avait pas que son regard. Tout en elle témoignait de cet oubli. Jusqu'à ses gestes si posés et si calmes qu'ils ne paraissaient pas naturels. C'était comme si elle n'était entourée que de vide.

Je ne suis pas parvenu à détacher mes yeux d'elle, tandis qu'elle ne me voyait même pas. Une nouvelle fois, j'ai senti l'émotion me submerger. Elle s'est tournée vers la fenêtre. Un petit sourire est né sur ses lèvres. Un sourire égoïste, un de ceux qui ne sont pas faits pour être partagés.

Son père est revenu s'asseoir. Du coup, j'ai cessé de la dévisager, faisant mine de me préoccuper du contenu de ma tasse en porcelaine. Il a commandé deux thés et une part de tarte aux framboises. Il a ensuite sorti de la poche de sa grosse veste en velours un livre de poche. Une paire de lunettes a suivi, qu'il a chaussée avant de se plonger dans sa lecture. Sa fille n'a plus bougé d'un poil. Même quand elle a bu son thé et mangé sa tarte, elle a continué de regarder dehors. Et moi, par-dessus l'épaule voûtée de son père, je l'ai regardée.

Je ne crois pas avoir croisé beaucoup de survivants dans ma vie. En troisième, on avait eu droit à la visite d'un ancien militaire qui avait été mutilé par une grenade jetée par jeu dans son lit. Deux ans plus tard, c'était un ancien résistant qui avait été prisonnier dans un camp de concentration et qui nous avait montré le tatouage sur son avant-bras. Étudiant, j'avais eu pour voisin de camping un des rares rescapés de l'accident de car de Beaune ; il m'avait raconté comment la plupart des autres enfants de son quartier étaient morts carbonisés sous ses yeux. Cependant, à aucun moment je n'avais pris la mesure de ce que représentait le fait d'avoir échappé miraculeusement à la mort. J'avais fait de même avec la tonne de témoignages que j'avais dépouillés concernant la Grande Guerre, d'où une partie des critiques qui m'avaient été adressées. Toutefois, devant Florie Nipperday, j'ai pris conscience de ce que survivre signifiait.

Au bout d'une petite heure, son père lui a adressé deux mots que je n'ai pas entendus. Lentement, elle a remis son manteau puis s'est levée au ralenti. Ils sont passés devant moi avant de sortir. Je les ai vus traverser la place et disparaître à l'angle de la première maison.

Je ne les ai pas suivis. Je suis resté assis encore un moment, prenant à mon tour une part de tarte accompagnée d'une autre tasse de thé. Ensuite, je suis reparti pour Penzance, bien décidé à épier encore leurs promenades les après-midi à venir. Voir Florie a enfin donné un sens réel à mes recherches. Désormais, je me sentais légitime.

Le soir, après dîner, j'ai arpenté la promenade du bord de mer, les mains dans les poches et les pensées prenant le large. Il y avait un peu de monde, notamment de jeunes étrangers venus en séjour linguistique qui perturbaient la tranquillité assumée des lieux. Je n'ai pas su où aller pour tromper mon ennui. Le cinéma que j'avais repéré dans les hauts de la ville ne me disait plus rien. Aller m'asseoir dans un autre pub, pas davantage. J'ai erré avant de rebrousser chemin pour rentrer à l'hôtel. C'est à ce moment-là que je l'ai aperçu, campé au milieu de la promenade, raide comme un piquet, une casquette vissée sur la tête, un long imperméable à col ciré qui lui descendait en dessous des genoux. Il n'avait plus sa canne et, comme moi, serrait ses mains dans ses poches. Il ne me quittait pas des yeux, le regard noir. John-Henry Nipperday m'attendait.

18

Le temps de le rejoindre, je me suis senti comme un petit garçon venant de se faire pincer après avoir commis une grosse bêtise. Le père de Florie me renvoyait un visage sévère, fermé, où la colère affleurait.

— Une voiture française ne passe pas inaperçue dans le coin. Et si elle tourne autour de ma maison, elle attire mon attention. Surtout quand son conducteur se met en tête de me filer le train.

Sa voix était froide, grave. Il parlait français avec un accent à peine perceptible.

— Il y a des caméras de surveillance disséminées sur ma propriété. Vous croyez nous avoir suivis cet après-midi. Or, c'est moi qui vous ai suivi, jusque dans ce salon de thé, pour voir de quoi vous aviez vraiment l'air.

Le ton qu'il employait n'encourageait guère à répondre. J'ai néanmoins tenté de retrouver un semblant de contenance.

— Je suis désolé, monsieur Nipperday.

— Je l'espère bien. D'autant plus que vous n'êtes pas sans savoir que je ne parle pas aux journalistes.

— Je ne suis pas journaliste, monsieur.

— Alors, c'est peut-être pire que je le pensais… Que cherchez-vous au juste ?

— Je suis historien. Je travaille sur l'histoire de Valdérieu et de sa vallée…

— C'est donc vous, la lettre ! J'aurais dû m'en douter… Permettez-moi de vous dire en face ce que je ne vous ai pas répondu par écrit : je ne crois pas à votre foutaise d'étude historique, pas plus que je ne crois à vos excuses, d'ailleurs. Je crois que, comme tant d'autres avant vous, vous cherchez à remuer la merde, espérant y trouver ce que personne n'a pu trouver. Sinon, à quoi bon venir jusqu'ici, si loin de votre sujet d'étude ?

— Je voulais juste apercevoir votre fille.

— Mais, dans votre lettre, vous sollicitiez bien un entretien, je ne me trompe pas ? Vous exprimiez le vœu de lui parler. Et maintenant que vous l'avez dévisagée comme une bête curieuse, êtes-vous satisfait ?

— Je suis vraiment désolé.

Je ne savais quoi répondre.

— Disparaissez de nos vies, monsieur. Ma fille ne vous parlera pas. Et moi non plus.

Nous étions face à face. Je me suis senti plus petit que lui alors qu'en réalité c'était l'inverse. Il ne cessait de me toiser afin de me rabaisser. Il m'avait cerné et il avait remarqué mon manque d'assurance. Il aurait pu tourner les talons et me planter là. Or, il a attendu que ce soit moi qui parte en premier. J'ai tenu bon, je n'ai pas fui.

— Je suis né à Valdérieu, monsieur Nipperday. Ce qui s'est passé au bord de ce lac m'obsède depuis longtemps. Je veux essayer de comprendre comment ce drame a pu prendre une telle ampleur dans ma vie. Je veux vraiment faire œuvre d'historien. Non pour faire parler de moi, mais pour tenter de me délester d'un poids.

— Que pensez-vous donc du poids que je dois porter ? Du poids que doit porter Florie ? Que pensez-vous de cela, monsieur ? Pour qui croyez-vous que ce soit le pire ? Pour vous ou pour nous ?

— Jusqu'à aujourd'hui, Florie avait toujours 9 ans pour moi. Elle était l'enfant des photos. Durant toutes ces années, j'ai fait pareil que les autres : je l'ai considérée comme morte. Cet après-midi, elle a repris vie.

Il a inspiré profondément, une inspiration qu'il est allé chercher très loin, jusqu'au tréfonds de ses entrailles.

— J'aimerais beaucoup pouvoir en dire autant.

J'ai eu l'impression que, désormais, c'est lui qui rapetissait.

— Il y a quelques jours, j'ai passé une nuit sur l'îlot. Une idée idiote, je le crains. J'ai fait cela par défi. Approcher votre fille en était un autre. Un acte insensé. Je ne me retrouve pas dans les récits qui ont été faits de ce drame. Et me forger ma propre vision des choses m'est devenu indispensable.

— C'était insensé, vous avez raison. Ne recommencez pas, je vous en prie.

Il a fait un pas de côté, prêt à retourner à sa voiture. Toutefois, il a suspendu son geste.

— Moi aussi, beaucoup de choses m'échappent. Moi aussi, j'ai essayé de comprendre et je me suis abaissé à des actes insensés. J'en commets encore, d'ailleurs. Savez-vous pourquoi j'ai amené ma fille dans ce coin reculé ? Pourquoi je surveille autant les abords de mon domaine ? Parce que je reste persuadé que celui qui a fait ça va débarquer un jour pour s'en prendre à Florie, de peur que la mémoire lui revienne et qu'elle le confonde. On a beau me dire que l'assassin est sous les verrous et qu'il y restera jusqu'à sa mort, pour moi il rôde encore. Vous auriez pu être lui.

— C'est ce que vous avez cru à mon sujet ?

— Votre plaque d'immatriculation porte le blason de cette foutue région…

Le vent avait forci. Il était devenu froid et désagréable. Ce n'est pas lui, cependant, qui m'a fait frissonner.

— Je le sens encore aux trousses de ma fille. Et je sais que si je le voyais en face de moi, je saurais le reconnaître.

— Konitz.

Le nom m'avait échappé.

— Vous dites ?

Je me suis senti embarrassé. Mais je ne me suis pas défilé.

— Konitz, c'est le nom que j'ai donné à ce monstre lorsque j'étais enfant et que je croyais qu'il en avait après moi. Je suis moi aussi persuadé qu'en le voyant je serais capable de l'identifier.

John-Henry Nipperday a cessé de me regarder avec sévérité. J'ai même cru voir dans ses yeux ce qui m'a semblé être de la reconnaissance.

— Il y a un bar dans mon hôtel. Peut-être accepteriez-vous que je vous offre un verre ?

— Je n'aime pas rester loin d'elle trop longtemps. En revanche, j'accepte que vous m'accompagniez jusqu'à ma voiture.

Nous avons marché côte à côte. J'ai hésité à ouvrir la bouche de peur de briser le mince lien qui venait de se tisser entre nous. Fort heureusement, il avait désormais envie de parler.

— Aimez-vous la mer, monsieur ? Moi, je l'ai toujours chérie. Aussi loin que je m'en souvienne, j'ai toujours vécu près d'elle… Florie ne la supporte plus. Elle la terrifie. Le seul endroit où elle accepte de s'en approcher un peu, c'est ici. À cause des murs qui la masquent… Savez-vous qu'à une époque certaines personnes ont suspecté ma fille d'être la meurtrière que tout le monde recherchait ? Bon sang, elle n'avait même pas 10 ans ! Ces personnes ont dit que son cerveau devait être malade depuis longtemps et qu'avec le divorce la folie qui y était tapie a explosé au grand jour. Ma femme et moi, nous n'étions pas… Comment dire ? Nous n'étions plus un couple. Elle faisait sa vie de son côté et moi du mien. Nous sommes coupables, coupables d'avoir à ce point négligé notre fille. Je devrais avoir honte de vous l'avouer, mais je ne me suis senti père que lorsque je l'ai vue sur son lit d'hôpital, dans le coma… Vous avez des enfants ?

Un « non » sortit avec peine de ma bouche.

— Moi, je n'ai eu que Florie. Il m'a fallu dix ans pour m'apercevoir que je n'avais qu'elle. Dix ans ! Je donnerais le temps qu'il me reste pour avoir droit à quelques morceaux de ces années-là. Pour la voir vivre, pour l'entendre parler et rire, pour la regarder dormir paisiblement… Je n'aurai rien de cela, monsieur. En même temps, je redoute qu'un matin elle se réveille et que tout soit redevenu normal dans sa tête. Parce qu'elle m'échapperait. Vous évoquiez des choses insensées. J'ai accepté qu'elle se fasse hypnotiser. Deux fois. Une fois en France, une autre à Londres. J'ai engagé à grands frais un détective privé pour qu'il découvre la vérité et, quand il ne m'a plus donné satisfaction, j'en ai engagé un autre. Puis encore un autre. J'ai aussi fait confiance à une sorte de médium qui se disait capable de faire revenir Florie de l'endroit où elle s'est perdue. J'ai écrit à ce Delmas pour qu'il accepte d'avouer… En vain. Aujourd'hui, je n'aspire plus qu'à retrouver la paix. Parce que c'est ce que Florie mérite : la paix. Hélas, je ne m'y prends pas très bien. Sinon, je ne serais pas venu vous trouver et il n'y aurait pas de caméras et d'alarmes autour de notre maison.

Il s'est arrêté de marcher.

— C'est ma voiture… J'étais descendu avec la ferme intention de vous botter le cul. Et je me retrouve à vous parler comme si nous étions de vieilles connaissances.

— Je ne vous importunerai plus, monsieur Nipperday. Ni vous, ni votre fille. Je repars demain matin.

Il a hoché la tête, les mains toujours enfoncées dans les poches de son pardessus.

— Elle ne sait rien de ce qui s'est passé sur cet îlot maudit. Elle n'est pas folle. Elle ne simule pas. Son cerveau a été endommagé de manière irrémédiable. Il a tout fallu lui réapprendre, même à marcher. Elle sait parler et lire mais refuse de faire l'un et l'autre. Les médecins comparent son cas à une forme aiguë d'anorexie mentale. Elle a pu témoigner, au début. Puis subitement, un voile est tombé sur sa mémoire. Aujourd'hui, elle ne sait même pas que tout cela a eu lieu. Elle ne se souvient même pas de sa cousine. Pourtant, il lui reste quelque chose d'elle. Le livre qui était censé devenir une pièce de théâtre, *Le Fantôme de l'Opéra*. L'un de ses plus grands plaisirs est que je le lui lise. Ce roman fait partie de sa vie. Comme moi. Comme le soleil, les arbres, le lit de sa chambre… Elle ne se pose pas la question de savoir quel lien il a avec son passé. Elle ne sait plus comment se la poser. Ce fichu bouquin ! J'ai fini par l'avoir en horreur. Il arrive même qu'il me poursuive jusque dans mon sommeil… Si je vous raconte ça, c'est parce qu'il me semble que vous l'aimez un peu. À votre façon de prononcer son prénom, tout à l'heure, on pouvait deviner qu'elle est importante pour vous. Si vous aviez pu lui parler, que lui auriez-vous demandé ?

— Je crois que je ne lui aurais rien dit.

Il m'a souri.

— Je ne me suis pas trompé. Vous l'aimez un peu.

— Me permettriez-vous une dernière question ?

Le sourire s'est effacé. La sévérité s'est à nouveau imprimée sur son visage.

— Pourquoi pensez-vous que Thierry Delmas n'est pas le meurtrier ?

Il a semblé hésiter, fixant un point indéfini devant lui. Il y a eu un long moment de silence, à peine bousculé par le vent. Une nouvelle fois, il a inspiré profondément avant de me répondre.

— Il arrive à Florie de dessiner. Des dessins gris, très abstraits. Sur bon nombre d'entre eux apparaît une ombre noire. Elle change de taille mais elle garde toujours une forme identique, au détail près. Cette forme me fait penser à un oiseau. Il y a une fameuse chanson française que j'ai beaucoup aimée, une chanson qui parle d'un oiseau noir près d'un lac. Après ce qui est arrivé à Florie, je n'ai plus été capable de l'écouter tant elle me révulse. J'ai appris, il y a quelques années, que cette chanson évoquait en fait les actes incestueux dont la chanteuse a été victime de la part de son père quand elle était enfant. Quand je pouvais encore l'écouter, et Dieu sait combien de fois je l'ai fait, je ne me rendais pas compte du cauchemar qu'elle évoquait... Je ne parviens pas à m'enlever de la tête que quelqu'un a fait la même chose à ma petite fille. Que cette chanson et ces dessins, ce sont des signes, des messages cachés. Que le monstre était tout près, sur la rive d'en face, en train de faire la fête avec les autres. Et qu'il y est toujours.

19

J'ai quitté Penzance le lendemain, de bonne heure. J'ai voulu anticiper mon retour en France mais à Portsmouth on m'a expliqué que c'était impossible : tous les bateaux étaient complets. J'ai donc erré sur la côte durant deux jours d'un exil terrible qui m'a fait souffrir comme rarement dans ma vie.

Monter à bord du ferry a été un immense soulagement, une bouffée d'oxygène. Je suis redescendu jusqu'à Toulouse dans la foulée, roulant sans m'arrêter. J'étais impatient de me retrouver chez moi. Je n'y étais pas moins seul, mais cette solitude était plus tolérable car accompagnée de choses et d'autres qui en dessinaient le cadre, les limites, pour qu'elle ne paraisse pas infinie.

Une carte postale de Siobhan m'attendait au courrier : une vue lointaine de New York au petit matin. Au dos, il y avait une simple phrase, de sa belle écriture déliée : *Ici, il y a de belles aurores mais, hélas, que des journées sans toi.* Quelque temps auparavant, j'en aurais été exaspéré. Quand je l'ai découverte au milieu des factures et des prospectus, après mes dix heures et quelque de route, elle m'a au contraire été des plus agréable. Être important aux yeux de quelqu'un m'a redonné de l'élan. J'ai repensé à ce que m'avait dit John-Henry Nipperday sur l'importance qu'avait sa fille dans ma vie. Je l'ai mieux compris.

J'ai fait un saut à la fac. Un premier bilan des inscriptions laissait entrevoir une légère baisse des effectifs dans mes cours de spécialisation. À part quelques courriers professionnels, rien d'autre ne m'a retenu à mon bureau. Les familles de Basse-Misère ne m'avaient pas répondu.

Avant de repartir à Fonbelle, je me suis arrêté dans une librairie pour m'acheter un exemplaire du *Fantôme de l'Opéra*, que je n'avais jamais lu. Puis, j'ai retrouvé ma vieille maison, avec ses murs épais et rassurants. Et, avec elle, les archives et les photos. Le portrait de Florie m'a fait un drôle d'effet. Je suis presque parvenu à percevoir un trait de complicité entre nous deux. Comme si nous avions un secret à protéger, pour que les autres n'en souffrent pas davantage : elle était vivante et elle existait ailleurs que sur ces clichés.

Mon emploi du temps ne me faisait commencer les cours que le lundi après-midi et libérait mon vendredi. J'ai donc prévu de revenir chaque week-end, sentant que c'était ici que je parviendrais à travailler et peut-être, à mon tour, chercher de nouvelles aurores dans mon existence. Le chauffage allait rapidement poser problème. Alors que l'été n'était pas terminé, j'ai déjà dû allumer un feu pour lutter contre la fraîcheur du soir. Il me restait certes quelques stères de bois mais la cheminée seule ne pouvait tout chauffer. J'ai donc acheté deux radiateurs d'appoint en prévision des jours plus froids.

Au coin de la cheminée, laissant cette soirée trop fraîche derrière les fenêtres fermées, j'ai commencé à lire le roman qui reliait Florie à son passé. Je me suis même vu en train de le lui réciter à haute voix, là-bas dans les Cornouailles, de veiller sur elle, à la place de son père, l'accompagnant jour après jour, donnant le plus de lumière possible à l'obscurité dans laquelle elle était enfermée. J'ai également essayé d'imaginer comment Justine avait adapté l'histoire. Après l'avoir revêtue du costume de Christine, l'héroïne, je me suis ravisé. Le rôle qu'elle s'était réservé ne pouvait être que celui d'Erik, l'Ange de la musique, ce fantôme au visage détruit. Du coup, le rôle de la jeune femme ne pouvait revenir qu'à Florie. Emmanuel était parfait dans celui du Persan, enquêteur inquiétant qui traquait le Fantôme depuis tant d'années. En revanche, je ne voyais pas qui aurait pu incarner Raoul, le fiancé de Christine. Qui avait-elle prévu pour interpréter cet amoureux transi ? Sûrement pas Guillaume : il ne collait pas du tout au personnage.

J'ai relevé plusieurs répliques qu'elle avait sans doute tenu à intégrer à ses dialogues : « Les anges ont pleuré ce soir » ; « Je ne chante ("ne danse" dans son adaptation) que pour vous ! Je vous ai donné mon âme ce soir, et je suis morte ! » ; « Notre amour est trop triste sur la terre, promenons-le dans le ciel ! »... J'ai baladé la pointe de mon crayon page après page. Une phrase m'a touché plus que les autres, certainement à cause de ce que je venais de vivre les jours précédents : « Je suis le petit enfant qui est allé ramasser votre écharpe dans la mer. » J'ai fait comme avec la fable de La Fontaine, je l'ai écrite sur un petit carton et j'ai collé celui-ci au mur, à côté de la photo des canoës sur le départ.

Au même titre que *Le Fantôme de l'Opéra*, j'ai ramené de Penzance les doutes et les suspicions de John-Henry Nipperday. Ils faisaient écho à ceux du passé, quand la ville, la vallée et presque tout le reste du pays s'étaient mis à chercher l'assassin. Le club nautique était devenu une cible privilégiée. Ceux qui en faisaient partie étaient, pour beaucoup, les fils et les filles des industriels qui avaient fait prospérer la région grâce à leur audace et à leur esprit d'entreprise. En se montrant incapables de succéder à leurs pères, en se contentant d'être des héritiers et de dilapider ce patrimoine, ils avaient été les fossoyeurs de Valdérieu. L'occasion était trop belle de le leur faire payer.

Chaque homme des Crozes a été suspecté. Surtout quand on a eu vent des remarques lancées imprudemment par bon nombre d'entre eux à propos de la beauté de Justine. En ville, on s'est mis à raconter de plus en plus de choses sur les us et coutumes de cette petite assemblée de nantis. Des choses peu avouables. Peu importait que certains ne soient pas riches, ni issus des « grandes familles » : en fréquentant le club, ils avaient trahi leurs origines modestes. C'est sans doute pour cela que les soupçons ont fini par s'orienter sur les hommes qui naviguaient dans les marges du club, à cheval entre les deux mondes.

Ils ont été trois, désignés à tour de rôle comme les meurtriers de Basse-Misère. Dans les dossiers, j'ai retrouvé un certain nombre d'éléments rapportés par d'autres membres du club nautique. Comme s'ils étaient soulagés que les doutes ne pèsent plus sur eux avant de faire amende honorable et d'endosser certaines responsabilités.

Ils avaient invité Gilles Mahous. Ils avaient ainsi « fait entrer le loup dans la bergerie », une phrase qui est souvent revenue dans leurs bouches.

Ils avaient provoqué la colère de Bernard Bardy tout en préférant passer sous silence ses « penchants pour les jeunes garçons ».

Ils avaient ignoré le jeune homme inconnu qui avait passé l'après-midi du samedi à dévorer des yeux ce qui se passait chez eux, jouant avec les limites de leur propriété.

Ils avaient failli. Ils le reconnaissaient. Comme quand une de leurs usines fermait.

Gilles Mahous a été le premier à se retrouver accusé. Plusieurs faits s'étaient retournés contre lui, le pire étant qu'on l'ait perdu de vue au moment où les meurtres étaient perpétrés, quelques centaines de mètres plus loin. Il n'a pas fallu longtemps pour apprendre qu'il fréquentait la communauté libertine de la côte, au Cap d'Agde entre autres, et qu'il n'y cachait pas son goût pour les jeunes, voire les très jeunes femmes. Son interrogatoire s'est prolongé. Cela a suffi pour que son nom soit flétri d'une marque indélébile. Comme l'a fait remarquer à l'époque Josette A., 53 ans, mère au foyer, quand un journal national l'avait interrogée avec d'autres habitants de la ville : « Il n'y a pas de fumée sans feu. »

Mahous était propriétaire d'une boutique en ville, un magasin d'articles de sport qui marchait bien. Tout le monde le connaissait. C'était un grand sportif. Ancienne jeune pousse prometteuse du Sporting, il avait eu droit à quelques sélections en équipe de France junior : il courait comme une flèche et était capable de changements de direction qui foudroyaient ses adversaires. Malheureusement, il n'avait pas percé. Ses incursions chez les seniors lui avaient valu un traitement spécial de la part de ses vis-à-vis qui avaient compris que, s'il était impossible de le rattraper une fois lancé, il était prenable au départ. Il fut ainsi blessé à deux reprises. La deuxième fois, il avait cru avoir perdu l'usage de ses jambes et avait déclaré, sur son lit d'hôpital, que le rugby, c'était fini pour lui. Il avait tenu parole, préférant multiplier les expériences dans différents sports. Toujours avec pas mal de réussite. Son nom apparaissait dans certaines compétitions de VTT ou de ski de fond, toujours bien placé. Je me souviens que, avant cette triste affaire, son magasin était celui où il fallait aller pour avoir de bons conseils et du bon matériel. Il y avait de la musique, des rayons bien mis en valeur et des jeunes vendeuses charmantes. On disait « Je vais chez Mahous » comme on disait « Je vais à la mairie » ou « à la piscine ». C'était une institution.

Il était marié à une professeure de sciences naturelles qui enseignait dans un collège public extérieur à la vallée. Une jolie femme, à en juger par les photos, très discrète, selon leurs voisins. Ils avaient eu deux enfants : un fils, Cédric, et une fille, Céline, plus jeune. Une grande partie de l'année, il les laissait tous les trois à la maison pour aller assouvir ses passions sportives et son goût de la compétition. On savait qu'il plaisait beaucoup aux femmes. À Valdérieu, il savait être discret. On se doutait qu'il n'était guère fidèle à son épouse mais sans aller plus loin que les rumeurs, rien de concret ne venant étayer pareille suspicion.

Sa toquade pour les sports nautiques l'avait conduit à faire l'acquisition d'un appartement à Valras. Sa famille y passait une grande partie des vacances. Il ne la rejoignait qu'au cours des deux semaines de congé qu'il s'accordait et durant les week-ends. Le samedi 23 août 1980, il avait fait exception. Il était revenu de la mer en compagnie de son fils, laissant sa femme et sa fille profiter encore un peu de la plage avant la rentrée. Cédric avait obtenu l'autorisation de se rendre, avec deux de ses amis, à la maison de campagne de Fourcaric et d'y séjourner jusqu'au dimanche. Gilles Mahous était sévère avec ses enfants. Il surveillait de près leurs résultats scolaires et n'accordait que peu de permissions de sortie, surtout à son fils, élève turbulent et peu travailleur. Cette fois, il s'était montré plus arrangeant. Parce que c'était les vacances ; parce que les trois jeunes, sans véhicule, ne pouvaient pas aller bien loin, Fourcaric étant isolé dans les collines ; parce qu'il y avait des voisins autour de l'ancienne maison de ses beaux-parents et qu'ils savaient comment le joindre s'il y avait un problème ; parce que les garçons voulaient faire de la musique ensemble et qu'il était soulagé que Cédric se passionne enfin pour quelque chose.

Il avait donc déposé les trois jeunes au village, qui se trouvait sur le même versant que Basse-Misère. Ensuite, il avait pris les petites routes pour se rendre aux Crozes, n'en ayant informé ni sa femme ni ses enfants. Il bouillait d'envie d'être coopté au club. Être invité à la fête représentait un pas important. Il n'était revenu de la mer que pour cette occasion. S'il n'avait rien dit à sa famille, c'est qu'il attendait que leur adhésion soit certaine. Il voulait leur faire la surprise.

Certains, au club, savaient que Mahous trompait effectivement sa femme, que ce n'était pas que de simples rumeurs. Ils avaient navigué avec lui ou ils l'avaient accompagné lors d'un raid en ski de randonnée dans les Alpes. Il s'était un peu confié à eux, très peu certes, mais il avait révélé certaines choses. Il pensait que très peu de femmes pouvaient lui résister. Cependant, comme dans le sport, il n'aimait guère les défis faciles. Il se lançait donc dans des conquêtes au premier abord impossibles. Et triomphait souvent. D'où les anecdotes qu'il n'avait pas pu s'empêcher de lâcher. Il avait couché avec une collègue de sa femme lors d'un week-end à la montagne organisé par l'amicale du collège. Une grande amie de son épouse qui n'avait cessé, depuis des années, de mettre celle-ci en garde à son sujet. Il l'avait sautée dans sa tente, située juste à côté de la leur, puis le lendemain, durant la marche, une deuxième fois, contre un rocher, sans que personne remarque leur absence. Il avait aussi couché avec deux femmes à la fois, à Valdérieu, dans la maison de l'une d'entre elles, pendant l'heure du déjeuner. Il y avait aussi eu une jeune monitrice de colonie de vacances, quand il avait été obligé d'aller rechercher Céline dans les Landes après qu'elle s'était cassé la clavicule. Et, bien entendu, plusieurs de ses vendeuses.

C'était des indiscrétions, un petit tableau de chasse dévoilé entre hommes, un peu de vantardise aussi. Après coup, plusieurs personnes présentes à la fête affirmèrent s'être méfié de lui, pensant que sa libido était titillée par tout ce qui était un peu dénudé et surtout bien fait.

Durant son interrogatoire, Mahous s'était insurgé contre les commentaires concernant l'attitude prétendument ambiguë qu'il avait eue avec Justine. Il n'était pas seul avec elle dans l'eau quand ils avaient joué, d'autres jeunes étaient présents. Il s'était amusé avec eux de la même manière. S'il avait beaucoup parlé avec elle, c'était surtout pour évoquer le lycée et la scolarité souffreteuse de son fils. Il n'y avait aucune ambiguïté à déceler.

Certes, il n'était pas aveugle. Il avait remarqué, comme beaucoup, que Justine était en train de devenir une très belle jeune fille. Mais il ne voyait en elle qu'une gamine, une camarade de classe de Cédric.

Quand les quatre jeunes étaient partis vers l'îlot en fin d'après-midi, il avait trouvé l'idée géniale et elle avait renforcé sa conviction qu'adhérer au club ferait du bien à ses propres enfants. Après, s'il était resté plus tard que prévu, c'est parce qu'on avait insisté pour qu'il le fasse. Il s'était vraiment amusé. La musique et l'alcool avaient décoincé pas mal de monde. Pour autant, il ne s'était pas montré si empressé que cela envers les femmes, comme on le laissait entendre. Il s'était même écarté de la piste au moment des danses les plus langoureuses. Il avait préféré la compagnie des deux joueurs de rugby, Serge

Ramond et Pascal Rouquier, qui savaient, eux aussi, mettre une bonne ambiance dans ce genre de soirée.

Il avait disparu vers 1 heure. Après une présence aussi visible, son absence avait été remarquée. Quand il était réapparu, plus tard, il portait les mêmes vêtements clairs et ceux-ci n'étaient pas tachés de sang.

Ce trou de deux heures dans la nuit a failli lui coûter cher. Au début, il a affirmé avoir trop bu et s'être senti mal. Il avait vomi derrière un arbre puis avait été obligé de s'allonger dans l'herbe, à l'écart. Il s'était endormi et ne s'était réveillé que vers 3 heures. L'herbe étant bien mouillée, pourquoi ses vêtements n'avaient-ils pas été tachés pendant son somme ? Comment avait-il pu être malade alors que la plupart des témoins ne l'avaient vu consommer que des sodas et de l'eau gazeuse durant la soirée, à commencer par les deux rugbymen ? Dans les deux cas, il n'a pas su quoi répondre.

L'officier qui l'a interrogé lui a alors livré le fond de sa pensée. Il pensait que, durant ces deux heures, il était allé sur l'îlot. Il s'était déshabillé pour se mettre à l'eau, sans oublier les préservatifs qu'il avait toujours sur lui, et il avait rejoint les jeunes avec qui il s'était si bien diverti durant l'après-midi. En fait, maintenant, il ne souhaitait plus s'amuser qu'avec Justine, à un autre genre de jeu. Mais elle n'avait pas été très conciliante. Les deux garçons s'étaient relevés, alertés par le bruit. Ils l'avaient surpris en train de violer leur amie. Il avait alors paniqué et cherché à les faire taire. Il avait peut-être agi dans un état second, ne se rendant plus compte de ses actes. Pour préserver sa propre vie, il en avait volé trois autres, presque quatre.

Gilles Mahous a contesté avec violence cette version des faits. Il a même fallu l'intervention de deux gendarmes pour le calmer et l'empêcher de s'en prendre physiquement à son accusateur. Toutefois, il a maintenu sa version.

Avant de l'interroger, on avait déjà mis le nez dans ses affaires privées, à Valdérieu mais surtout sur la côte. Il s'était greffé à une petite communauté libertine du Grau d'Agde. Il traînait dans les boîtes échangistes du Cap et plusieurs lieux fréquentés par les exhibitionnistes. Sa femme a avoué qu'elle était au courant de ses penchants et de ses infidélités répétées. Il lui avait demandé de pratiquer l'échangisme quelques années plus tôt. Elle avait refusé et il n'était pas revenu à la charge. Une de ses anciennes vendeuses, une blonde plantureuse qui était devenue sa maîtresse, avait en revanche cédé à ses désirs. Elle a raconté que des soirées libertines étaient régulièrement organisées dans une des belles villas du Grau, que Mahous lui avait demandé d'y faire l'amour avec d'autres hommes parce que cela l'excitait. Elle avait mis fin à leur relation en grande partie à cause de cet épisode.

En remontant le fil, on découvrit que Mahous avait attiré dans ses soirées habituelles deux lycéennes peu farouches mais mineures. Si, dans certains endroits, on fut émoustillé par leur jeune âge, il n'en a pas été de même à la villa du Grau, dont on leur refusa l'entrée. La propriétaire des lieux l'a rapidement révélé aux gendarmes qui sont venus sonner à sa porte.

Mahous n'a rien nié de ses agissements. Il aimait le sexe. Il n'avait jamais fait de mal à qui que ce soit, jamais forcé aucune de ces femmes à se plier à ses fantasmes. Tout se passait entre personnes consentantes. Quant aux lycéennes, il expliqua qu'elles lui avaient menti sur leur âge. Quand il avait découvert la vérité, après l'accueil très désagréable qu'on leur avait réservé au Grau, il avait mis fin à « leurs expériences » sur-le-champ.

Parce que les jeunes filles, ce n'était pas son truc. Une fois, il avait été invité par un couple pour un week-end libertin chez eux, en Suisse. Mais, quand il était arrivé sur place, il s'était aperçu que des mineurs figuraient parmi les « invités ». Il était immédiatement reparti en claquant la porte.

Les révélations sur sa vie privée se sont vite répandues dans la presse. Sa famille avait été touchée. Il n'avait rien voulu dire pour les protéger : il pensait que, comme il était innocent des crimes horribles dont on l'accusait, son mensonge tiendrait le temps qu'on le laisse tranquille. Au deuxième interrogatoire, plus rien ne l'empêchait de céder. Il a ainsi raconté que, entre 1 heure et 3 heures, il n'était pas en train de vomir ni de dormir. Il se trouvait dans une des tentes du champ de derrière, plantée un peu à l'écart des autres. Il avait fait l'amour à une fille – il se rattrapa immédiatement et dit plutôt « une femme » –, une femme qui était à la fête comme lui et qui lui avait demandé de recommencer plusieurs fois. Il a essayé de garder son identité secrète mais, dans sa situation, c'était impossible. Il s'agissait de la femme de Serge Ramond, l'arrière vedette du Sporting. En larmes, la jeune femme a confirmé les faits lorsqu'elle a été convoquée. Son témoignage ajouté à l'absence du moindre indice a conduit le juge à renoncer à mettre Gilles Mahous en garde à vue et à se fendre d'un communiqué l'innocentant.

À Valdérieu, tout le monde a été outré par ce qui avait été dévoilé. À la maison, quand il était question de ce pan de l'affaire, on faisait attention à ne pas trop parler devant moi. Quand je tentais malgré tout d'en savoir davantage, on me répondait que ce n'était pas de mon âge, ce qui ne faisait que renforcer ma curiosité. J'ai surpris une conversation, une fois, chez mes grands-parents. Il y était question du marchand de sport qui emmenait sa femme sur un parking, en voiture, et l'obligeait à se déshabiller pour que d'autres hommes la regardent de l'autre côté de la vitre. J'en avais été choqué, révolté même, parce que je m'étais imaginé mes parents faisant cela. Dans mes archives, je n'ai pas trouvé trace d'un tel récit. Il est certain, toutefois, que l'épouse de Gilles Mahous n'a pas été épargnée par les rumeurs. Une de celles qui me sont parvenues affirmait qu'elle avait pratiqué l'échangisme avec son mari. Qu'elle avait cédé à ses demandes et que c'était lui qui avait décidé d'y mettre un terme parce que, un soir, chez un couple de la région toulousaine, elle avait connu un plaisir immense dont son mari avait pris ombrage. Il avait donc préféré l'écarter de ses jeux.

Le couple Mahous a divorcé peu après. L'épouse a obtenu sa mutation et a déménagé dans le nord du département, avec ses deux enfants. Elle a tout revendu : la maison de Valdérieu, celle de Fourcaric et l'appartement de Valras.

Lui a tenté de rester en ville avant de devoir partir. Il a cédé sa boutique à bas prix et il est allé se faire oublier au bord de la mer. J'ignore s'il a continué de fréquenter les cercles libertins. Je sais, en revanche, qu'il est mort en 2002 des suites d'un cancer des testicules. Pastre a noté dans ses dossiers des remarques entendues en ville à ce sujet : on se félicitait que la punition soit venue de la cause même de ses écarts.

20

Mahous mis hors de cause, l'enquête avait dû rebondir. Comme la plupart des suspects étaient riches et puissants, et avaient des relations haut placées, il se disait qu'ils cherchaient à étouffer l'affaire, qu'on savait qui était le coupable mais qu'on ne voulait pas le dire, craignant les dommages collatéraux.

Le juge et les enquêteurs, qui subissaient déjà la pression de leurs ministères de tutelle, connaissaient ces rumeurs. Ils désiraient y mettre fin pour prouver qu'ils ne fléchiraient devant rien ni personne. Pour ne pas reculer, ils se sont mis à avancer, à galoper même, si vite qu'ils ont oublié de garder un regard objectif et lucide.

Le juge, surtout, avait mis le pied dans le jeu médiatique et celui-ci l'avait happé tout entier. C'était sa première grosse affaire. Qui plus est, il passait très bien à l'écran : jeune, dynamique, intransigeant. On voulait de l'info exclusive, du sensationnel et une fin heureuse : on allait l'avoir. L'apparition sur son bureau du cas Bardy était une aubaine. Il s'est rué dessus sans la moindre précaution, totalement aveuglé par ses certitudes et poussé par la vindicte populaire.

À la question : « À votre connaissance, quelqu'un avait-il des raisons de s'en prendre à une ou à plusieurs des familles touchées par le drame ? », le nom de Bardy a été cité six fois dans les réponses données par les membres du club nautique.

Depuis plusieurs étés, Bardy avait installé une caravane sur le petit terrain qu'il avait acheté près de Basse-Misère, avec un auvent, une grande tente pour les enfants et une douche portative. Au cours de l'été 1980, on le vit beaucoup près du lac. Il n'avait plus les moyens de partir en vacances sur la côte et avait même été obligé de vendre son voilier. Tous les commerces de la vallée commençaient à battre de l'aile. Toutefois, sa papeterie dégringolait plus vite que les autres magasins. Il se murmurait que sa faillite était imminente. D'autant plus que, depuis sa mise à l'écart du club nautique, il ne fournissait plus les grandes entreprises des environs. S'il passait plus de temps à Basse-Misère, il se tenait néanmoins à l'écart des Crozes, préférant la plage du Bouscadié ou, mieux encore, la crique suivante. Cela l'obligeait à un sacré périple quand il fallait mettre à l'eau l'Optimist qui reposait sur une remorque dans un coin de son terrain.

Bernard Bardy accepta l'ostracisme dont il était victime sans protester. C'était habituel, que ce soit de la part de son banquier, de ses concurrents ou des clients réguliers qui lui tournaient le dos : il supportait la sanction, courbait l'échine et passait son chemin, sans aucune révolte apparente. On savait aussi pourquoi il agissait ainsi : il avait trop de choses à cacher pour se permettre d'attirer l'attention sur lui.

La nuit de la fête des Crozes, on a su qu'il était resté seul dans sa caravane. Sa femme et ses deux enfants n'avaient pas voulu entendre parler du lac, se sentant humiliés par leur exclusion, dont le motif était resté secret. Il était admis qu'à vouloir fréquenter un monde qui n'était pas le leur, les Bardy s'y étaient brûlé les ailes ;

que la situation préoccupante de leur compte en banque et de leur avenir professionnel les avait poussés vers la sortie ; qu'ils n'avaient de toute façon plus les moyens de s'acquitter de la cotisation annuelle. Personne aux Crozes n'avait daigné leur tendre la main.

Bardy avait fait un peu de bateau dans l'après-midi, s'était baigné plusieurs fois avant de reprendre son attirail et de remonter jusqu'à sa parcelle. Personne ne l'avait plus revu jusqu'à 4 heures du matin. À ce moment-là, les époux Fraysse rentraient à pied. Ils possédaient une des plus belles maisons du Bouscadié, celle qui, du haut de la colline, a la meilleure vue sur le lac. Ils avaient aperçu une silhouette qui venait en sens inverse et qui avait soudainement bifurqué vers la forêt. La silhouette d'un homme, grand et plutôt maigre, portant des vêtements clairs. Pour eux, il n'y avait pas de doute : il s'agissait de Bardy. D'autant plus que, s'attardant pour fumer une dernière cigarette, M. Fraysse avait distingué dans la nuit les lumières de la caravane qui étaient allumées, plus loin, derrière la première barrière d'arbres, alors qu'elles étaient éteintes quelques minutes auparavant.

Le compte rendu du premier interrogatoire auquel Bardy a été soumis par le juge le montre hésitant et flou. Quand on lui demanda si son intention avait été de traîner autour de la fête des Crozes, cherchant peut-être une occasion de se venger, il avait répondu qu'il ne voulait plus rien avoir à faire avec eux. Mais que le lac ne leur appartenait pas et qu'il avait lui aussi le droit d'y venir et d'y dormir au gré de ses envies. Basse-Misère était son endroit préféré, son petit coin de paradis. Avec tous les soucis qu'il devait affronter, en grande partie à cause de la situation de son commerce, il y venait souvent afin de retrouver un peu d'espoir et d'énergie.

Sous la pression, il a avoué s'adonner à la pêche nocturne aux écrevisses. Il n'a pas été capable d'apporter certaines précisions et, quand il s'y est essayé, il s'est embourbé dans ses mensonges. Quand il a été interrogé sur ses vêtements clairs et assez habillés, peu compatibles avec la pêche aux écrevisses, il a répondu qu'il s'agissait des seuls vêtements longs qu'il avait pensé à amener. Or, dans sa caravane, on avait trouvé les vieux habits qu'il gardait toujours pour bricoler, tondre ou partir sur le lac à la fraîche. Quand on lui a demandé ce qu'il avait fait du fruit de sa pêche, il a commis l'imprudence de répondre qu'il l'avait ramené chez lui, le lendemain matin. Interrogée à part, son épouse a reconnu qu'il était bien revenu du lac le dimanche, peu avant midi, bouleversé par le triple meurtre. Ils connaissaient bien les enfants qui avaient été massacrés. Surtout Justine, qui avait toujours été si gentille avec eux, même après leur exclusion. En revanche, elle fut obligée de concéder qu'il était revenu les mains vides.

Coincé par ce témoignage contradictoire, Bardy a changé sa version. Il avait mangé les écrevisses dès son retour à la caravane, juste poêlées. Son escapade nocturne dans les bois lui avait donné faim. Alors qu'avait-il fait des déchets ? Il a prétendu les avoir jetés. Pourtant, les gendarmes avaient fouillé toutes les poubelles des environs du lac dès le dimanche après-midi et n'avaient trouvé aucun reste. Bardy a argué que, afin de ne pas attirer l'attention sur sa pêche illégale, il les avait jetés dans une poubelle sur la route de Valdérieu, sans être capable de se souvenir de l'endroit, tant la nouvelle du massacre l'avait bouleversé.

Sans témoin, devant un alibi aussi bancal, le juge a décidé d'en venir aux rumeurs qui couraient sur le compte de son suspect. À la question : « Aimez-vous les hommes ? », Bardy a d'abord répondu : « Non. Je suis marié et père de famille. » Il a assuré ne pas savoir pourquoi des bruits couraient concernant sa supposée homosexualité. « Si je fouille dans votre vie privée, je ne vais donc rien trouver de tendancieux ? » a demandé le juge. « Non, monsieur. Rien. »

Bernard Bardy était né dans un petit village des Monts d'Autan, sur le versant qui domine les plaines de l'Aude. Il s'était passé des « choses » dans sa jeunesse que personne n'avait pu préciser mais qui avait suffi à le mettre au ban. Quand il s'était engagé dans la Marine, on n'y avait vu qu'une fuite. Il n'est pas resté très longtemps sur les mers. Mis à pied puis révoqué, son dossier faisait état de « mœurs contre nature » et de « tentatives sexuellement explicites envers plusieurs de ses camarades ». C'est sans doute cela qui lui avait valu d'être sévèrement rossé lors d'une escale au Sénégal. On parlait juste d'une agression dont il avait été victime un soir, non loin du port. Une agression si violente qu'elle l'avait laissé entre la vie et la mort durant plusieurs jours. Révoqué, il était revenu dans son village. Peu de temps après, il avait rencontré une fille, elle aussi originaire de ces montagnes. Ils avaient mené leur relation dans les règles, jusqu'au mariage. Cependant, comme l'écho portait loin dans ces endroits encaissés, la réputation du jeune homme s'était vite répandue. Sa future épouse avait même été mise au courant. Malgré cela, comme elle n'avait pas trouvé d'autre mari et que celui-ci était particulièrement gentil, avait la tête pleine de projets et lui promettait de la sortir de son village et de l'emmener en ville, elle avait choisi d'ignorer les racontars.

Elle s'en est tenue à cette posture, sourde et aveugle. Elle savait. Elle avait toujours su. Dès le début, elle avait compris que les rumeurs étaient fondées. Puis, il y avait eu les enfants. Pour eux, elle se devait de faire front et de continuer à faire semblant. Même quand son aîné était rentré de l'école en pleurs parce qu'on lui avait dit que son père était pédé. Surtout dans des moments comme celui-ci.

Il y avait la papeterie. Elle y travaillait d'arrache-pied, la faisant quasiment tourner toute seule les dernières années. Il y avait leur maison. Il y avait la famille qu'ils avaient fondée. Cela lui suffisait amplement. Peu importait que Bernard ait répugné à la toucher depuis le moment de leur rencontre ; qu'elle ait senti qu'elle lui servait d'alibi dès leur première sortie en public ; qu'elle ait été obligée de jouer de la situation et de lui faire du chantage pour le convaincre de lui faire un fils, puis une fille quand on avait raconté que le premier ne pouvait pas être de lui. Peu importait qu'il ait régulièrement découché. Peu importait même qu'il se soit mis à dépenser tout leur argent, tapant de plus en plus souvent dans la caisse du magasin. C'était le prix à payer pour la vie qu'elle s'était offerte. Elle qui, à 19 ans, gardait encore les vaches de ses parents, sans un sou en poche, sans avenir auquel se raccrocher. Elle qui, avec sa crinière rousse et ses dents de cheval, avait fait le deuil d'un époux.

Le juge n'a pas eu à fouiller bien longtemps pour que tout resurgisse. Un des balayeurs de la mairie avait raconté à plusieurs de ses collègues des services municipaux que les toilettes publiques près de la gare étaient un repaire de « pédérastes », où il avait plusieurs fois surpris des hommes à deux dans la même cabine et que, parmi ces hommes, il s'était trouvé Bardy. Convoqué à la gendarmerie, il a confirmé ses dires. Un couple adepte de randonnées en montagne était tombé, au détour d'une piste forestière, sur une voiture à l'intérieur de laquelle on était en train de consommer, à en juger par les soubresauts du véhicule et la buée sur ses vitres. Ils avaient passé leur chemin mais le claquement d'une portière avait éveillé leur curiosité. Deux hommes étaient sortis de la voiture. L'un était Bernard Bardy, ils le confirmèrent également devant les gendarmes.

Une deuxième fois, la question a été posée par le juge : « Aimez-vous les hommes ? Êtes-vous homosexuel ? » Bardy n'a pas répondu. La question lui a alors été répétée. Il a fini par lâcher : « Oui. »

— Aimez-vous les jeunes hommes ?

Pas de réponse.

— Aimez-vous les hommes plus jeunes que vous, monsieur Bardy ?

— Oui.

— Avez-vous déjà eu des relations sexuelles avec des hommes plus jeunes que vous ?

— Oui.

— Certains de ces jeunes hommes étaient-ils mineurs ?

— Pas à ma connaissance.

— Avez-vous eu des relations sexuelles avec un des deux garçons tués au lac ?

— Non ! Bien sûr que non !

— Avez-vous eu envie d'en avoir avec eux ?

— Non.

— Vous êtes-vous rendu sur l'îlot des Bois-Obscurs la nuit du 23 au 24 août ?

— Non.

— C'est vrai, j'oubliais. Vous étiez à la pêche aux écrevisses…

Bernard Bardy a été placé en garde à vue, les faits à charge s'accumulant maintenant dans son dossier. Craignant sans doute qu'on lui jette à la figure le précédent malheureux de Gilles Mahous, le juge a choisi de s'adresser immédiatement aux journalistes. Il a parlé d'un « suspect sérieux » – tout le monde a entendu « coupable » tant son propos était ambigu –, il a évoqué son « intime conviction » et promis des éléments nouveaux sous peu.

Bardy avait tout fait pour éteindre les rumeurs le concernant. Sa vie cachée, il essayait de la vivre le plus loin possible de la vallée. Bien sûr, il y avait eu quelques incartades plus locales, mais il souligna que les témoins n'avaient pris la peine que de l'identifier, lui. Jamais il n'avait été interpellé pour racolage, attentat à la pudeur ou autre. L'incident avec le fils Azéma avait été le seul « dérapage » attesté et il n'avait donné lieu à aucune plainte.

Ses différents partenaires qui furent discrètement amenés à témoigner le décrivirent comme un homme « sexuellement très avide ». Cette avidité, Bardy l'assouvissait ailleurs. À Toulouse, entre autres, où on a retrouvé sans difficulté sa trace dans les bars et les boîtes gays, ainsi que dans différents lieux de libertinage bien connus : aires d'autoroute, parcs publics, salles de cinéma… Il cherchait la compagnie d'hommes jeunes, qu'ils soient actifs ou passifs. Une grande partie de son argent était dépensée à s'attirer les faveurs de minets intéressés ou à rémunérer des prostitués.

On a déniché des personnes prêtes à l'enfoncer davantage. Surtout après que la presse a commencé à déballer son histoire. Un routier a affirmé avoir vu Bardy racoler sur un parking, en pleine nuit. Il l'avait poursuivi, rattrapé, cogné puis jeté dans le canal du Midi. Il a été capable de donner une date et une heure précises, date à laquelle Bardy avait été admis aux urgences de l'hôpital de Valdérieu suite à une chute accidentelle dans les escaliers de chez lui. Le gérant d'un cinéma du centre-ville de Toulouse l'a également reconnu. Selon lui, Bardy était venu plusieurs fois dans ses salles, à chaque fois le jeudi après-midi, à la séance de 14 heures. Il n'a pas su dire combien de fois mais a retenu trois plaintes émanant de trois clients différents, tous des jeunes hommes qui, alors que la salle dans laquelle ils se trouvaient était presque déserte, avaient vu Bardy venir s'asseoir juste à côté d'eux, visiblement peu intéressé par le film. À chaque fois, ces hommes avaient préféré se déplacer avant de s'en émouvoir auprès d'une des caissières à la sortie. La troisième fois, le gérant avait alpagué ce grand homme sec, qui avait expliqué qu'il était ici pour un rendez-vous et qu'il s'était trompé de personne. Pourtant, quelques semaines plus tard, il avait refait des siennes. L'arrêt du film et le rallumage intempestif des lumières l'avaient surpris en train de pratiquer des caresses buccales à son voisin. Cette fois, le gérant l'avait mis dehors et lui avait promis un signalement en bonne et due forme à la police si jamais il remettait les pieds dans son cinéma.

Aucune preuve matérielle. Les soupçons tenaient en grande partie à sa réputation de ne pouvoir résister à ses pulsions sexuelles. Bernard Bardy a été incarcéré. Les fouilles de sa caravane, de son terrain, de sa maison et de sa boutique n'ont rien donné. Si ce n'est la découverte de revues pornographiques, vendues sous le manteau.

Quand il a compris que sa vie privée était étalée dans les journaux, que le juge ne respectait ni le secret de l'instruction, ni la présomption d'innocence, et que son avocat commis d'office ne faisait pas le poids, Bardy a pris la décision de parler davantage.

Oui, il partait à la recherche de partenaires sexuels hors de la vallée. Ces dernières années, c'était même presque chaque nuit. Parce qu'il ne pouvait plus s'en passer. Il payait le prix d'un si long mensonge. Il était tombé amoureux plus d'une fois. Mais il était vieux, pas très beau, pas très raffiné et pas fortuné. Et il avait honte de lui. Tout cela l'avait empêché d'entretenir des relations durables avec un homme jeune, quelqu'un qui aurait représenté la vie, la lumière, la vérité assumée... Son incontestable contraire. À chaque fois qu'il avait eu le cœur brisé, il s'était jeté dans une sorte de fuite en avant, un saut dans le vide destiné à se punir et à s'avilir. Mais il n'avait jamais fait de mal à quiconque, du moins volontairement, parce qu'il savait tout ce que son épouse et ses enfants avaient enduré par sa faute. Le fils Azéma avait menti : ce jeune homme l'avait bien encouragé à lui faire des avances. Il avait lui-même dégrafé la braguette de son pantalon pour y attirer sa main. Il avait hurlé à l'agression sexuelle parce que quelqu'un les avait surpris.

La nuit du triple meurtre de Basse-Misère, il n'était pas à la pêche aux écrevisses. Il était avec un autre homme. Un étudiant rencontré sur le campus de la fac de sciences sociales où il se rendait de temps en temps car les toilettes y étaient des lieux de rendez-vous ou, plus exactement, des lieux où on se fixait des rendez-vous à l'aide de messages écrits au marqueur dans les cabines. C'est comme cela qu'il avait rencontré celui qui se faisait appeler Charlu. Pas de nom, pas d'adresse, pas de numéro de téléphone, simplement un pseudo et des rencontres à la sauvette. Bardy avait voulu tout partager avec ce jeune homme, lui parler de sa famille, de son magasin, de son enfance. Mais l'autre ne voulait pas l'écouter, il tenait à rester libre de ses mouvements et de ses envies. Il ne réfrénait pas ses désirs. Bardy n'était pas dupe, il devinait que, derrière cette assurance de façade, il y avait une fuite en avant identique à la sienne. Pour lui, il était trop tard mais Charlu pouvait être « sauvé », c'est le mot que le papetier a employé. Alors, il lui avait proposé de l'aider. Le jeune homme s'était moqué de lui, critiquant son âge et son côté coincé. Ils ne s'étaient plus revus. Jusqu'à la veille de la fête des Crozes, quand Charlu avait débarqué sur la plage du Bouscadié, au beau milieu de l'après-midi. Ils s'étaient retrouvés à l'écart, dans les bois. Il avait pensé que l'étudiant s'était ravisé, qu'il était venu accepter son aide. Hélas, il n'en était rien. Deux Néerlandais organisaient une soirée « particulière » dans une ancienne ferme isolée plus loin dans la montagne. L'invitation n'étant valable que pour des couples, Charlu avait pensé que Bardy pouvait l'accompagner.

Bernard Bardy n'avait pas envie de se retrouver dans ce genre de réunion. Lui, il souhaitait rester seul avec Charlu. Comme il n'en était pas question, il a cédé et accepté de l'accompagner.

La soirée avait lieu le lendemain soir, le samedi. Bardy s'était changé après son après-midi sur le lac et était parti à pied à travers les bois qu'il connaissait si bien, sur trois kilomètres. Il avait ainsi rejoint la route où Charlu l'attendait, à bord de sa vieille Renault. Ils avaient roulé une trentaine de kilomètres vers le nord-est. Quand ils étaient arrivés à la ferme, une douzaine de personnes étaient déjà sur place, essentiellement des hommes, de tous âges. Venir en couple n'était, semble-t-il, pas indispensable. Charlu a abandonné son compagnon dès qu'ils ont mis un pied dans la maison. Bardy s'est retrouvé tout seul. Il s'est senti vieux et con. Il a renoncé à son ami étudiant. Il n'a plus aspiré qu'à une chose : partir le plus vite possible. Il est sorti de la ferme où rien de ce qui se passait ne pouvait l'exciter. Il a attendu longtemps avant de trouver quelqu'un qui puisse le ramener. Un Allemand, un type de son âge qui passait ses vacances au bord de la mer, a accepté de faire un détour pour le rapprocher de sa caravane. Il semblait ravi de sa soirée, du moins c'est ce que Bardy avait compris, car l'homme parlait très mal le français. Il ne connaissait pas son prénom. Il avait juste repéré que la voiture qu'il conduisait était une Saab 900 noire.

L'Allemand l'avait déposé à un croisement. Bardy avait ensuite poursuivi son chemin à pied, jusqu'au hameau du Bouscadié. Quand il lui avait semblé apercevoir deux personnes qui marchaient sur la route, il avait pénétré dans la forêt pour rejoindre son terrain sans avoir à les croiser. Il avait regardé l'heure une fois rendu à sa caravane. Il était 4 h 30. On n'entendait plus de musique aux Crozes.

On a retrouvé la ferme rénovée qu'il avait décrite et située. Effectivement, elle avait été achetée par un couple de Hollandais qui a confirmé y avoir organisé une soirée, la nuit du 23 au 24 août, tout en niant y avoir invité Bernard Bardy et l'y avoir vu. Ils avaient recruté leurs convives parmi les touristes de la côte et ignoraient leurs identités. Il leur était ainsi impossible de savoir si parmi eux se trouvait un Allemand conduisant une Saab noire.

Et Charlu est resté un fantôme. Même dans les toilettes de la fac de sciences sociales, on n'a pas trouvé sa trace. Les lieux avaient été décapés et repeints durant l'été.

L'opinion publique avait déjà condamné Bardy. Néanmoins, une minorité s'est mise à prendre sa défense. On a demandé au juge des preuves qu'il n'avait pas. Des incohérences, très nombreuses, ont été relevées. On a commencé à parler de discrimination, ce qui devenait embarrassant pour un gouvernement qui venait de dépénaliser l'homosexualité. D'autant plus que les élections approchaient à grands pas. Le juge s'est retrouvé acculé. Bardy n'a pourtant pas été relâché. Et puis, Charlu a cessé d'être un fantôme. Un étudiant en droit s'est présenté à la police, affirmant être le jeune homme avec qui Bardy se trouvait. Il a été capable de donner des preuves de leur liaison. Au même moment, on a retrouvé l'Allemand à la Saab et ce dernier a confirmé la version de Bardy.

Le juge a été dessaisi de l'enquête et celle-ci est repartie de zéro. Bernard Bardy a été libéré, mais pas forcément innocenté aux yeux de beaucoup. Il avait mené durant vingt ans une vie de façade. Mais c'était sa vie. Et il n'en restait plus rien. Son magasin avait fermé. Sa maison avait été saisie. Sa femme et ses enfants étaient partis. Ne subsistaient que des détails scabreux, qui le faisaient passer pour un détraqué, et beaucoup trop de doutes.

On a trouvé que le fameux Charlu était réapparu à point nommé. Que tout l'alibi de Bardy ne reposait que sur le témoignage de deux personnes, homosexuelles comme lui, donc pas forcément objectives. On a dit qu'un groupe de pression avait agi en sous-main, mené par quelques personnalités en vue et influentes. On a aussi affirmé que la majorité sortante avait voulu évacuer au plus vite l'affaire Bardy avant qu'elle ne lui explose à la figure au plus mauvais moment.

Au mois de mai suivant, Bernard Bardy est revenu à Valdérieu un lundi matin, de bonne heure. Il a garé sa voiture sur le parking désaffecté des entrepôts, à la sortie de la ville. Il s'est faufilé jusqu'à la voie ferrée et a attendu le train de 7 h 15 pour Toulouse, à l'endroit où celui-ci prenait de la vitesse. Il s'est jeté sous ses roues sans que le conducteur ait pu esquisser le moindre geste. Son corps a été traîné sur une cinquantaine de mètres avant que la locomotive ne stoppe. On a trouvé dans sa voiture la lettre qu'il avait laissée en évidence sur le tableau de bord. Il y demandait pardon à sa famille. Il savait qu'il avait fait leur malheur. Vivant, il n'était plus rien. Mort, il ne serait pas davantage mais, au moins, il ne serait plus.

Malgré tout ce j'avais pu entendre au sujet de Bernard Bardy et de Gilles Mahous, mon imaginaire d'enfant ne les a jamais associés, ni l'un ni l'autre, à Konitz. Il ne leur ressemblait pas.

L'affaire Bardy a changé la face de l'enquête. Les journalistes ont été vilipendés, surtout après le suicide. Les gendarmes et le jeune juge ont été raillés, accusés de laxisme et d'amateurisme. Le nouveau magistrat n'a eu d'autre possibilité que de marcher sur des œufs. Il fallait en revenir aux faits, aux seuls faits. Et faire preuve de beaucoup plus de discrétion. À peine a-t-on su que « l'inconnu du lac » avait été identifié et mis hors de cause.

21

Le signalement assez précis du jeune homme avait abouti à un portrait-robot publié dans les journaux. Personne ne semblait le connaître. On ne l'avait jamais vu dans les parages. Son véhicule n'avait pas été repéré parmi tous ceux qui étaient garés au bord de la route. On ne savait même pas à quelle heure il était parti. Soudain, après avoir passé l'après-midi à lire et à se baigner, il avait disparu.

L'appel à témoins n'avait rien donné. Pas plus que les perches qui avaient été tendues pour que le jeune homme se présente de lui-même à la police. Il faisait le mort et personne n'était capable de retrouver sa trace. Cela aurait pu être longtemps le cas si Marie Greffier n'avait pas mis les enquêteurs sur sa piste.

La petite communauté du club nautique avait volé en éclats. Plus que le drame lui-même, les lendemains avaient eu raison d'elle. Durant les nombreux interrogatoires, certaines langues avaient été trop bien pendues, des rancœurs et des secrets mal enfouis étaient ressortis. La suspicion s'était abattue sur tous. Les mésententes passées entre les différentes familles régnantes, les différences de richesse, les remarques malheureuses : tout avait été sujet à entrevoir des mobiles potentiels.

Les soupçons se sont en particulier portés sur Marie Greffier, dont le nom est souvent revenu dans la liste des gens « dont il fallait se méfier ». Elle était lesbienne. C'était de notoriété publique mais personne n'avait jamais eu de preuves. Elle s'habillait toujours de manière très masculine, adoptait une démarche de camionneur, entretenait une réputation de dragon et n'avait jamais été vue, de près ou de loin, avec un homme. Femme de tête, fortunée, elle ne craignait rien ni personne. Au club, on la tolérait parce qu'on n'avait jamais eu à se plaindre d'elle. On fermait les yeux sur ses penchants. Même les autres femmes ne se méfiaient pas vraiment d'elle. Elle ne se mettait jamais en maillot, préférant piloter son bateau plutôt que de traîner sur la plage. Elle ne fréquentait les vestiaires et les douches que lorsqu'elle était certaine d'y être seule, ce qui arrangeait tout le monde. Et puis, quand elle ruait dans les brancards, chose fréquente, mieux valait raser les murs. Cela n'empêcha pas les gens, après la tragédie, d'en faire une meurtrière potentielle. Certains affirmèrent qu'elle en avait la force et le sang-froid. Et qu'il y avait une faille dans sa carapace, en la personne de Justine Brunet-Auriac.

Il lui arrivait souvent de l'emmener à bord de son bateau. La jeune fille était la seule qui avait le droit de prendre la barre de temps en temps. La seule qui, parmi les enfants du club, semblait bien s'entendre avec elle, tandis que les autres la craignaient comme la peste. Cette proximité avait peut-être fait naître des idées dans l'esprit de Marie Greffier, qui étaient devenues incontrôlables. Elle conservait les clés du hangar à bateaux, où elle avait pu trouver de quoi se rendre en silence jusqu'à l'îlot. On ne savait plus trop – les témoignages étaient contradictoires –, à quelle heure elle avait quitté la soirée pour jouer les gardes-chiourmes dans le champ de derrière.

Lorsqu'elle a appris de quoi on la suspectait, Marie Greffier a prouvé que sa réputation n'était en rien usurpée. Elle a pulvérisé toutes les accusations, menacé d'engager des poursuites pour diffamation tout en refusant de révéler quoi que ce soit sur sa vie privée. Elle a pu prouver qu'elle avait quitté la fête des Crozes à 2 heures pour aller se coucher sous sa tente, plantée au centre du camping de fortune où, comme chaque année, elle faisait régner l'ordre et le calme par sa seule présence. Puis, en guise de conclusion, elle a lâché que « l'inconnu du lac » n'était pas si inconnu que ça. Il n'était pas venu s'asseoir à côté de leur plage par hasard. Elle avait remarqué ses mimiques, ainsi que celles de Michèle Brunet-Auriac. Elle était certaine que ces deux-là se connaissaient.

La mère de Justine a été entendue dans la plus grande discrétion. Il a fallu lourdement insister, bluffer, pour qu'elle se décide enfin à parler. Le jeune homme en question était son amant. Elle avait tenté de lui faire comprendre qu'elle ne pouvait lui offrir davantage que leurs quelques heures clandestines, mais il avait insisté. Le samedi de la fête, il n'était venu au lac que pour la provoquer. Puis, sa vie à elle s'était effondrée en une nuit. Elle n'avait pas voulu que la sienne soit emportée à son tour. Il voulait malgré tout être à ses côtés, avec courage, dans des heures aussi difficiles. Elle avait alors mis un terme à leur relation. Elle l'avait supplié de se faire oublier, pour la protéger elle et ce qui restait encore debout au milieu des ruines. Par amour, il avait obéi.

C'était un jeune homme honnête, brillant, droit, incapable de commettre l'ignominie des Bois-Obscurs. Elle ne voulait pas qu'il lui arrive – qu'il leur arrive – la même chose qu'à Mahous ou qu'à Bardy. Elle a donc demandé et obtenu des garanties au juge pour qu'il reste discret. Puis, elle a passé un coup de fil. Un peu moins de trois heures plus tard, l'« inconnu du lac » a débarqué, essoufflé, dans le bureau du magistrat. Il venait d'avaler d'un trait la route depuis Bordeaux.

Il avait rencontré Michèle Brunet-Auriac au cours d'une soirée, l'hiver avant Basse-Misère. Immédiatement, il avait remarqué cette femme racée, à la beauté lumineuse qui, sous ses apparences glaciales, peinait à cacher le feu qui l'habitait. Il lui avait parlé. Elle l'avait écouté en souriant. Puis ils s'étaient retrouvés un peu plus tard dans le parc. Il faisait froid mais ce froid, il ne l'avait plus ressenti quand elle l'avait embrassé. Ensuite, ils s'étaient revus, à la dérobée, de plus en plus souvent. Parfois pour une heure ou deux. D'autres fois plus longtemps. Comme quand elle était venue passer trois jours avec lui, dans son petit studio d'étudiant. Les plus beaux jours de sa vie… Il aurait voulu que ça ne s'arrête jamais. Mais elle lui avait expliqué que ce n'était pas possible. Elle ne voulait pas de lui à Valdérieu. Leurs rendez-vous se tenaient toujours ailleurs. Comme il ne pouvait plus se passer d'elle, durant l'été, il avait franchi l'interdit. Michèle avait tenté de le repousser. Il savait qu'elle n'était pas un modèle de vertu, que son mariage était une mascarade lacérée à plusieurs reprises, dont certaines fois avec des hommes de Valdérieu. Eux, elle acceptait de les croiser, y compris au club nautique. En revanche, elle ne voulait pas de ça avec lui. Il l'avait trouvée injuste avant de se raviser et d'y voir le signe qu'elle tenait beaucoup à lui. Plus qu'à tous les autres. Il n'avait pas désespéré de la convaincre, de lui montrer que la vie qu'il lui offrait serait bien meilleure que celle dans laquelle elle s'était laissé piéger. C'est pour cela qu'il était venu aux Crozes, le samedi après-midi. Pour qu'elle le voie. Pour qu'elle puisse comparer avec la bonbonnière écœurante dans laquelle elle était posée.

Il avait observé son mari, sa fille et ses amies. Il avait tenté de reconnaître ses anciens amants, dont l'un des joueurs de rugby. Elle avait fini par lui faire signe, peu après le concours de natation. Ils s'étaient retrouvés plus loin, dans un bosquet, à l'abri des regards. Elle avait commencé par lui râler dessus. Puis ils avaient fait l'amour, debout contre un arbre. Il ne l'avait jamais vue si belle et si désirable, avec son maillot de bain à peine recouvert d'une tunique transparente, son bronzage, ses cheveux détachés et l'excitation de savoir les autres tout près – on entendait leurs rires et leurs cris –, qui allumait ses yeux.

Elle lui avait ensuite demandé de s'en aller. Elle lui avait promis de le revoir le mardi suivant, de passer toute la journée avec lui, peut-être même la nuit. Il était alors reparti directement à Bordeaux. Il n'avait appris la terrible nouvelle que le lundi matin. Ensuite, ça avait été comme un long tunnel. Il avait voulu parler à Michèle, être présent pour elle. Elle avait refusé de le prendre au téléphone. Quand enfin elle avait cédé, elle l'avait supplié de ne rien dire de leur liaison. Lui qui pensait qu'elle cherchait du réconfort, il la retrouvait en train de s'inquiéter pour sa réputation. Il avait reçu une courte lettre quelques jours après, où elle l'implorait de rester caché. Une lettre qui se terminait par des mots de douleur et de rupture.

Quand les recherches autour de sa personne s'étaient montrées plus insistantes, il avait été tenté de se dénoncer. Il passait pour un assassin d'enfants, pour un monstre. Parler aurait suffi à le disculper. Mais Michèle l'avait à nouveau contacté et, au nom de l'amour qu'elle lui vouait toujours, elle s'était assurée qu'il n'en ferait rien. Personne n'avait été capable de l'identifier. Il n'était qu'un fantôme. Il lui suffisait de le rester.

Le coup de fil qu'il avait reçu quelques heures plus tôt était sa délivrance, la clé de sa prison. Le juge a tenu parole. Il a juste communiqué que « l'inconnu du lac » s'était présenté de lui-même à la police et qu'il n'était plus suspect, étant donné que la nuit du meurtre il avait rejoint des amis qui louaient une maison en bordure du Bassin d'Arcachon. Aucun prénom ou nom n'a fuité.

La discrétion, en revanche, n'a pas pu aller jusqu'au mari. Philippe Brunet-Auriac savait que sa femme lui était infidèle. Il avait pris le parti de s'en moquer tant que c'était avec des hommes qu'il connaissait, comme ce contremaître qu'il s'était empressé de renvoyer quelques années auparavant. Il ne savait pas en revanche pour le rugbyman. Mais il se doutait que, depuis quelques mois, quelqu'un d'important était entré dans la vie de son épouse. Comme elle ne pouvait pas le quitter, il ne s'en était pas inquiété outre mesure. Il était loin d'imaginer qu'il s'agissait d'un gamin.

22

Les familles Brunet-Auriac et Armengaud se reprochaient mutuellement la responsabilité du triple meurtre, mais elles ont pesé de tout leur poids pour que les enquêteurs s'intéressent de très près aux autres membres du club. Puis aux habitants du Bouscadié, y compris aux rares qui étaient restés dans leurs maisons le fameux soir : une femme clouée au lit par une grippe d'été et le fils Fraysse, déclaré *persona non grata* depuis les incidents de la fête précédente. Sans oublier les deux jeunes qui, le samedi après-midi, avaient tenté de forcer l'entrée des Crozes.

François Pastre a relevé le nom de tous ceux et de toutes celles qui ont pris part à la fête ou qui sont restés au Bouscadié. Pour chacun, il a noté l'alibi, l'endroit où il se trouvait entre une heure et trois heures du matin. L'image qui ressort, c'est celle de l'émiettement. Une personne déclarée invisible par deux autres était, en revanche, située par autant de monde à quelques mètres du bal, en train de fumer et de bavarder. Une autre qui a dansé une bonne partie de la nuit, remarquée par une demi-douzaine de témoins, n'a pas été aperçue par les deux rugbymen depuis le bar, quand trois autres ont affirmé qu'elle n'était même pas présente à la soirée. L'écheveau était indémêlable.

Comme l'escapade sur l'îlot avait, on le savait, éveillé des jalousies chez les autres enfants, Philippe Brunet-Auriac a insisté pour qu'on les range eux aussi parmi les suspects potentiels. Certains avaient pu être tentés de donner une leçon à Justine et à ses amis, de leur faire peur, avant que les choses ne dégénèrent. Les responsables de l'enquête ont tenté de le raisonner. Néanmoins, ils ont interrogé les jeunes. Une grande partie d'entre eux étaient allés se coucher d'assez bonne heure. Camper faisait partie intégrante de la fête pour eux, c'en était même un des meilleurs moments. Mais il y avait aussi la fatigue accumulée après une journée au grand air, rythmée par les activités aquatiques. Certains s'étaient couchés plus tard, avaient dansé, écouté la musique ou bien suivi les étoiles filantes installés dans des transats. Ils avaient interdiction de se baigner ou d'utiliser les bateaux. Ils n'avaient pas non plus le droit de sortir des limites de la parcelle. On découvrit alors que plusieurs avaient désobéi, dont Arnaud Armengaud, qui passa quelques moments inconfortables face aux enquêteurs.

Cet épisode acheva de creuser le fossé entre les Armengaud et les Brunet-Auriac.

Les autres membres du club en ont profité pour contre-attaquer. À la question : « Connaissez-vous des personnes qui auraient eu des raisons de s'en prendre aux familles des victimes ? », il y en a eu quelques-uns pour répondre autre chose que « Bernard Bardy » et orienter les enquêteurs vers les affaires menées par ces deux familles.

De telles réussites industrielles ne se sont pas faites sans écraser des orteils, voire plus que des orteils. En dehors de quelques enveloppes glissées sous la table, on n'a rien trouvé de vraiment compromettant. Rien qui puisse confirmer la rumeur qui disait que Philippe

Brunet-Auriac avait mis les pieds où il ne fallait pas, dans une affaire immobilière sur la Riviera autour de laquelle traînait la Mafia. Il n'avait jamais investi dans l'immobilier de sa vie, si ce n'est pour s'acheter quelques biens à titre personnel.

Ses entreprises, comme les autres, continuèrent à décliner très vite après Basse-Misère. Mais il semble qu'il n'ait rien fait pour les sauver alors qu'il avait encore les reins solides. On a pensé que c'était sa vengeance, sa disparition du tissu économique de la vallée condamnant celle-ci à brève échéance. Lui seul savait si cela était vrai. Les faits sont cependant sans appel : l'économie du coin s'est effondrée en quelques années. Certes, avant le triple meurtre, elle était déjà à bout de souffle depuis plusieurs années. Le drame a été vécu comme un coup de grâce. Lorsque le Grand Hôtel, un des fleurons de l'âge d'or, a brûlé en 1983, on a murmuré que son propriétaire y avait mis le feu afin de toucher les assurances qui pouvaient lui permettre de rembourser ses dettes. Lorsque cela a été le tour de deux des dernières usines en activité, on a avancé une hypothèse identique. Après l'hôtel, on a compté douze autres incendies en quelques semaines. Les vestiges moribonds de l'ancien temps étaient réduits en cendres. La vallée était devenue un brasier. Brunet-Auriac avait craqué l'allumette.

Dans ce marasme, la famille Armengaud a fini par être citée en exemple. Parce qu'elle a laissé la police interroger Arnaud comme n'importe quel autre suspect et que leur garçon s'en était sorti avec une franchise qui forçait le respect. Mais avant tout parce qu'elle est restée. Des trois usines qu'elle possédait, elle n'en a gardé qu'une, qui a certes vu son activité se réduire, mais qui est restée crânement ouverte. Aucune des deux autres n'a brûlé. Les Armengaud n'avaient pas fait payer leur malheur aux habitants de Valdérieu. La mère a continué de se montrer en ville quand Michèle Brunet-Auriac, du temps où elle habitait encore ici, était invisible. Les enfants ont fait toute leur scolarité à l'école publique. Le père s'est investi dans la politique culturelle et touristique de la vallée. Ainsi, malgré leur arrogance, on a accepté de les plaindre.

Ce n'était rien cependant, comparé aux Garcès qui, eux, passaient pour des martyrs.

Ils ont été les premiers à répondre à mon courrier. La lettre du père d'Emmanuel m'attendait à la fac le jour de la rentrée universitaire. Il acceptait de me rencontrer et de me parler. Il m'invitait à lui téléphoner afin que nous puissions fixer un rendez-vous. Celui-ci aurait lieu chez lui, à Valdérieu, parce que c'était là qu'on pouvait mieux comprendre les choses.

Quand j'ai appelé, il m'a dit d'une voix traînante qu'il était content que quelqu'un s'intéresse encore à cette histoire et à son fils, qu'il attendait ma visite avec impatience.

23

Le temps semblait s'être arrêté chez les Garcès. Tout paraissait immobile. Ils habitaient la même maison depuis toujours, sur l'un des boulevards qui avaient zébré la ville au moment de son essor. C'était une maison de maître, qui formait un angle avec une rue étroite à sens unique. Elle avait été bâtie sur un modèle identique aux autres demeures du quartier : massive, bien assise, haute d'un étage avec des combles aménagés, cachant un jardin tout en longueur à l'arrière, qu'un haut mur continuait de dissimuler côté rue. Elle n'avait plus quoi que ce soit d'opulent. Elle respirait les souvenirs d'une période plus prospère qui n'était plus. L'intérieur était à l'unisson : des parquets en chêne usés ; des plafonds trop hauts, raturés de nombreuses fissures ; une lumière qui avait du mal à se frayer un passage entre les multiples portes et murs, quand les meubles sombres étaient autant d'ombres à contourner.

Jacques Garcès avait été courtier. Il avait appris son métier sur le tas, ayant démarré au bas de l'échelle, et avait réussi à faire un beau parcours. D'abord dans la modeste succursale que tentait de faire survivre celui qui était devenu son beau-père, puis en prenant son envol quand il était allé travailler pour les Brunet-Auriac.

Cette maison était celle de sa belle-famille. Ils l'avaient habitée ensemble, les anciens au rez-de-chaussée, leur fille, leur gendre et leurs trois enfants dans les étages. À présent, elle était pour eux seuls, son épouse et lui. Les filles étaient parties depuis longtemps. Il ne leur restait que des pièces trop grandes et trop nombreuses, un escalier démesuré dont les marches craquaient tant qu'elles poussaient des cris de douleur et un jardin qui, malgré le gazon tondu avec soin et les hortensias encore en fleur, était gris et sans âme. À l'image de l'homme qui est venu m'ouvrir la porte. Son fils lui avait beaucoup ressemblé : mêmes yeux noirs globuleux, mêmes lèvres épaisses, même crâne ovale se terminant en pointe. Mais en moins austère.

Il m'a accueilli avec une certaine froideur, raide, sa grosse bouche serrée, la poignée de main prudente. Il se voulait économe en mots. Cependant, le peu qu'il disait semblait mûrement réfléchi, pesé. Ce qui donnait à son phrasé une lenteur anormale. Il m'a invité à le suivre jusqu'à une grande pièce donnant sur le jardin, écrasée par une immense table dont les pieds s'enfonçaient dans un tapis aux couleurs passées. Près de l'unique fenêtre, il y avait un petit coin salon. Deux femmes étaient assises sur le canapé : son épouse, femme éteinte, presque transparente à force de ne pas vouloir exister, et sa belle-sœur qui, des trois, donnait l'impression d'être la plus en vie.

On m'a fait asseoir sur un des deux fauteuils, Jacques Garcès s'est installé dans l'autre. Puis, il y a eu le silence. On m'a épié, on m'a sondé du regard, figé. Seule la tante d'Emmanuel osait le mouvement, enroulant et déroulant les boucles grisonnantes de ses cheveux autour des doigts de sa main gauche.

— Ainsi, vous êtes historien…

Le père a brisé le silence si soudainement qu'il m'a fait sursauter. J'étais à mon tour en train de m'éteindre dans la pénombre de la pièce.

— Je ne me souviens pas de vous. Par contre, je me souviens de votre père et de son magasin.

Son épouse a hoché la tête avec un petit murmure aigu.

— J'ai lu votre nom dans le journal il n'y a pas longtemps. Au sujet des commémorations de la Première Guerre mondiale.

Nouveau hochement de tête et nouveau murmure de la femme, peut-être plus prononcé.

— J'aime beaucoup l'histoire. Surtout le Moyen-Âge. J'ai quantité de livres sur le sujet, en particulier sur les Cathares.

Cette fois, son épouse s'est fendue d'un « Oh oui ! » presque audible tandis que ses deux mains se sont soulevées, ont voleté un peu dans l'air avant de retomber, inertes et sages, sur ses genoux serrés.

— Votre démarche m'a intéressé. Parler d'Emmanuel m'intéresse toujours. Mais dans votre cas, en plus, il y a l'aspect scientifique, si vous me permettez le terme. À ma connaissance, vous êtes le premier universitaire, le premier chercheur reconnu, à vous pencher sur cette sombre histoire et à vouloir la raconter.

Je me devais de corriger les choses assez vite, quitte à le froisser.

— Ce n'est pas tout à fait cela, monsieur Garcès. Je ne cherche pas à raconter le drame de Basse-Misère. Je voudrais montrer quelle a été sa place dans la vie de cette vallée, dans son déclin. Quel a été « l'après » de cette tragédie, avec le deuil, votre deuil, et aussi la peur.

Depuis qu'il m'avait ouvert la porte, son visage n'avait pas changé d'expression. Il me faisait penser à un masque de cire. Il a marqué un autre silence et il y a eu une grimace furtive au coin de sa bouche.

— J'ai bien compris, monsieur Peiresoles. C'est pourquoi nous sommes ici tous les trois, pour vous parler de « l'après ». Toutefois, il ne peut y avoir un « après » que s'il y a un « avant ». Cet avant, c'est Emmanuel. Le connaissiez-vous un peu ?

— Je crois l'avoir croisé. Une fois, à la piscine…

Il me semble que c'était lui. J'en suis presque certain. Comme d'habitude, je m'étais débrouillé pour me faire dispenser. Je ne savais pas nager et j'avais peur de l'eau. Avec les deux ou trois dispensés, nous devions rester assis sur les bancs à regarder les autres. Les élèves de cinquième du lycée Saint-Jacques venaient de sortir du bassin. Mon instituteur m'avait envoyé vers notre vestiaire collectif, dont il m'avait confié la clé, afin de récupérer je ne me rappelle plus quoi. J'avais donc dû m'enfoncer dans le dédale des couloirs, craignant de tomber sur cette horde bruyante de « grands ». J'avais réussi à me faufiler sans me faire remarquer jusqu'à notre vestiaire. Dans celui d'en face, j'entendais les autres vociférer et se balancer des grossièretés énormes. Leur porte était entrouverte. Un des collégiens venait d'enlever son maillot mouillé, en essayant de se cacher, comme les autres, sous sa serviette de bain. Sauf qu'un autre garçon plus costaud a attrapé un coin de sa serviette pour la lui arracher. Il s'est agrippé comme il a pu, hurlant : « Non ! Non ! Non ! » Il s'est tant accroché qu'il a été soulevé du sol avant que la serviette ne se déroule, lui faisant faire un tour complet sur lui-même. Il s'est retrouvé par terre, nu comme un ver. Les rires avaient fusé, des rires gras. Il ne savait pas où se réfugier. Sa serviette a été jetée au milieu du couloir, dans ma direction. Les autres chantaient : « Plus c'est petit, plus c'est mignon ! » Ce garçon tout nu qui a fini par croiser mon regard hébété, qui ne savait pas s'il devait rire avec les autres ou pleurer et faisait les deux à la fois, c'était Emmanuel Garcès.

— Mais je ne le connaissais pas, ai-je ajouté. Je suis venu chez vous en grande partie pour corriger cela, pour faire sa connaissance.

Ils ont semblé tous les trois heureux de ma réponse préparée à l'avance. Car ils se sont mis à bouger en même temps et le parquet en a grincé d'aise.

Ils avaient préparé un album de photos. Ils m'ont laissé en tourner les pages seul. De temps en temps, j'ai eu droit à une petite explication du père sur la date et le lieu du cliché. La mère a continué à approuver de la tête. Parfois, dans une inspiration, on avait l'impression qu'elle allait se mettre à parler. Mais les mots ne venaient pas, ce qui ne semblait pas la déranger outre mesure.

J'ai ainsi vu Emmanuel grandir en quelques minutes. Petit garçon, il me paraissait plus vivant, souvent souriant, visiblement agité. Puis, au bout de quelques années, un masque était tombé sur son visage. Il avait pris les traits figés de son père, une certaine dureté dans les yeux, que je n'avais pas remarquée sur les photos que Pastre avaient récupérées et qui, maintenant, me paraissait pourtant évidente. Il semblait prisonnier de son enveloppe, de son physique ingrat, de son corps encore enfantin, de ses vêtements démodés. J'avais l'impression que chaque fois il tentait de se cacher un peu. À part sur les photos prises au club nautique. Ici, même malingre, même affublé de son maillot de bain hideux qui lui remontait jusqu'au nombril, il ne cherchait pas à fuir l'objectif. La dernière image de l'album était celle du départ des canoës que je connaissais si bien.

Le père a alors enchaîné, sans transition.

— Je suis responsable de ce qui lui est arrivé. Mon fils est mort à cause de ma passion des bateaux et de mon orgueil. Les deux m'ont conduit à intégrer le club des Crozes. Sans cela, il serait encore parmi nous aujourd'hui.

Cette fois, son épouse n'a pas acquiescé. Un poids venait de tomber sur ses épaules. Elle a baissé la tête, le regard perdu entre les lames poussiéreuses du parquet, fouillant les profondeurs pour s'y réfugier.

— Je n'ai plus navigué depuis ce triste jour.

Même en me disant cela, il n'a marqué aucune émotion. J'ai refermé l'album et je le lui ai tendu. Il s'en est saisi mollement et l'a remis à sa place, posé sur le guéridon à côté de son fauteuil.

— Il a l'air heureux sur les clichés pris aux Crozes.

— Il l'était, je crois. Il aimait bien y venir. Même quand il n'y avait pas les autres jeunes. Il nous arrivait de sortir un des bateaux pour aller sur le lac, tous les deux. Je le laissais manœuvrer. Il était doué.

La mère était revenue parmi nous. Elle écoutait et faisait comme si, elle aussi, avait partagé ces moments.

— La fête annuelle n'était pas l'événement qu'il préférait. Il détestait qu'il y ait autant de monde. Et puis, l'avant-dernière année, ça ne s'était pas très bien passé. Certains enfants des invités ne se sont pas bien tenus le samedi soir et plusieurs des nôtres se sont laissé entraîner, dont Emmanuel. Il a été puni ensuite. Il en gardait un souvenir exécrable. Si bien qu'il m'avait demandé de ne pas participer à la suivante. Jusqu'au dernier moment, le samedi matin, il a insisté pour rester ici. Pourtant, il savait que les convives de l'extérieur viendraient sans leurs enfants. Il a fallu que je me fâche pour qu'il se prépare et monte dans la voiture. J'ai élevé la voix, monsieur

Peiresoles. Il s'est assis sur la banquette arrière au bord des larmes. J'ai pris le volant et je l'ai conduit jusqu'à sa mort. Avec le recul, je me dis qu'il avait sans doute senti quelque chose. Ma culpabilité n'en est que plus grande.

Son visage restait aussi impassible, ses yeux secs, ses mains immobiles, posées sur les accoudoirs. Seule la tante est sortie un peu de sa réserve. J'ai deviné qu'elle me fixait avec insistance. Sa mâchoire crispée faisait naître des commissures anormalement profondes autour de ses lèvres blanchies. Elle se retenait, tandis que son beau-frère continuait de parler.

— Une fois que nous sommes arrivés, ses réticences se sont envolées. Il a retrouvé le sourire, a cessé de traîner les pieds. Je l'ai vu s'amuser toute la journée. Dès qu'il s'approchait de l'eau, il était dans son élément.

— Oh, oui ! a articulé sa femme, en silence.

— Il ne s'entendait pas forcément bien avec les autres jeunes. Il ne les considérait pas comme des amis – si vous voyez ce que je veux dire. Sortis du club, ils ne se fréquentaient plus, sauf au lycée, où ils se croisaient. Cependant, quand il était au lac, il ne se tenait pas à l'écart. Il s'intégrait vite à la troupe avec ses deux sœurs. Cela ne m'a pas empêché d'être surpris quand il est venu avec Justine me demander l'autorisation de camper sur l'îlot. Je n'ai accepté que parce que les autres parents avaient déjà cédé, dont M. Brunet-Auriac, mon patron. Il était prévu, comme chaque année, que nos enfants campent dans le champ. Mes filles s'en faisaient une joie. Emmanuel aussi. Nous devions les laisser sous la surveillance des parents qui restaient la nuit et de Mme Greffier, qui est une personne digne de confiance. Mais Justine a tout planifié pour obtenir ce qu'elle voulait. Comme à son habitude.

— Votre fils s'entendait plutôt bien avec elle, n'est-ce pas ?

— Oui, je le concède. Il l'aimait bien. C'était une gentille fille, très polie… Ma conviction profonde, encore aujourd'hui, est qu'elle jouait avec lui.

— C'est-à-dire ?

— Je pense qu'elle n'était pas très sincère. Il la considérait comme quelqu'un d'important dans sa vie et je ne suis pas certain que la réciproque était vraie. Cette fille se comportait de la même manière avec tout le monde. Qu'il veuille la suivre sur l'îlot, ce n'est pas cela qui m'a le plus étonné : elle le menait par le bout du nez. Pour preuve, lui qui était si timide, si réservé, elle l'avait convaincu de faire du théâtre alors qu'il savait bien que, le jour venu, monter sur scène serait une souffrance terrible. J'ai été surtout étonné qu'il suive un des fils Armengaud. Parce qu'il ne les appréciait pas du tout. Toujours est-il que j'ai cédé et que je le regretterai jusqu'à mon dernier souffle… Nous avons quitté la fête d'assez bonne heure, après les desserts. Pendant que le pire était commis, nous étions ici, dans cette maison, à dormir à poings fermés. Il est difficile de vivre avec de tels regrets, monsieur. Comme il est difficile de vivre avec les dernières images que nous avons eues de lui, de son corps supplicié et de sa tête écrasée. Je ne suis pas allé sur l'îlot avec les autres, le dimanche matin. Je faisais partie du groupe chargé de préparer le petit déjeuner. J'étais sur place depuis 7 heures. Tout était si calme ! Mme Greffier nous a rejoints pendant que nous dressions les tables. Elle nous a dit que la nuit s'était bien passée, qu'elle n'avait pas eu à se fâcher. La lumière sur le lac était magnifique. Cela m'a marqué parce que, à un moment, nous nous sommes arrêtés de travailler pour boire un café, en petit comité. J'ose le dire, monsieur Peiresoles : j'ai beaucoup aimé ces deux heures-là. Alors qu'à quelques pas mon fils gisait dans l'eau. Je ne me suis pas affolé de ne pas voir revenir nos jeunes à l'heure prévue. J'étais occupé. Je n'ai pas vu le temps passer. Pas une des choses que j'ai faites durant ces deux jours maudits n'a été faite à l'endroit. Pas une !

Son épouse, sans le regarder, semblait répéter ses paroles en elle. Elle seule était capable de les entendre. La tante me dévisageait toujours. Il était clair qu'il existait un accord entre les trois : le père parlait, intégrant rarement son épouse à son récit ; il n'y avait guère de place pour les jérémiades ou les larmes. Tandis que la belle-sœur brûlait de violer cet accord.

— La vie d'après, monsieur Peiresoles, a été faite de chagrin et de regrets. Notre seule chance est d'avoir trouvé la force de tenir dans la religion. Mes beaux-parents sont morts de cette épreuve. Ils n'ont pas survécu plus de deux ans à Emmanuel. Nous, nous avions un devoir, celui de rester debout pour nos filles. Peut-être n'êtes-vous pas croyant. Alors vous aurez du mal à comprendre le courage qu'offre le lien avec Notre Seigneur. Nous ne nous sommes pas effondrés. Nous parlons avec notre fils. Nous prions pour lui et pour les trois autres tous les jours que Dieu fait. Nous cherchons aussi la force de pardonner à celui qui a commis ces meurtres. Je sais que nous la trouverons un jour. Il ne peut pas y avoir de colère dans notre histoire, dans celle d'Emmanuel. C'était un garçon si gentil, obéissant, travailleur… Un bon fils, un très bon fils. Je sens qu'il est avec nous, qu'il veille sur nous tous. Ma femme aussi le sent. Parfois, elle a la chance qu'il lui parle à son tour.

L'épouse a acquiescé, sans pour autant relever la tête.

— Il ne me répondra que lorsque je serai parvenu à pardonner. J'ai hâte.

Il n'y avait pas beaucoup de luminosité dans la pièce. Néanmoins, il m'a semblé que le maigre jour qui filtrait à travers les rideaux en dentelle s'obscurcissait.

— Veuillez m'excuser, monsieur Peiresoles. Vous êtes venu jusqu'ici pour Emmanuel et voilà que vous n'entendez parler que de nous. Accepteriez-vous de nous suivre jusqu'à sa chambre ? C'est ainsi que vous pourrez le connaître davantage.

Nous sommes montés tous les quatre au premier, en file indienne. Le palier, éclairé par une large fenêtre qui donnait sur le jardin, m'a paru plus clair que le reste de la maison. Jacques Garcès a ouvert une porte sur la droite. C'était une vaste chambre, immense même. Elle aussi était baignée d'une douce lumière à peine ternie par la tapisserie à grosses fleurs beiges et orange. Le lit une-place paraissait minuscule par rapport à la surface de la pièce. Un bureau ancien était posé devant la fenêtre, la chaise sagement rangée sous le plateau, face au jardin. Deux placards aux moulures écaillées encadraient le manteau en marbre d'une petite cheminée condamnée par une plaque métallique fixe. Un spectaculaire aquarium, à la flore exubérante et aux multiples poissons colorés, trônait au-dessus de la commode. En dehors de cela, l'espace était vide. C'était dérangeant, surtout quand on apprenait que la chambre était restée telle qu'elle était du temps où Emmanuel était encore en vie.

— L'aquarium, c'est le sien. Il l'entretenait avec un soin méticuleux et le repeuplait avec beaucoup d'exigence. Depuis sa mort, je m'efforce de continuer, avec moins de talent, je le crains... Voilà, il venait ici. Il s'allongeait sur son lit ou par terre, entouré de livres et de revues sur la mer. Il était capable d'y passer des heures et des heures. Peux-tu montrer les revues à M. Peiresoles ?

Sa femme est passée devant nous sans mot dire. Elle s'est avancée dans la chambre comme si elle glissait sur le parquet encrassé par trop d'encaustique. Elle est allée jusqu'au deuxième placard qu'elle a ouvert, révélant des étagères qui ployaient sous le poids des livres et des piles de magazines.

— Si je me charge de l'aquarium, mon épouse s'occupe du reste et je sais qu'elle n'aime pas qu'on y touche, m'a confié Jacques Garcès, faisant mine de se pencher vers moi pour partager une confidence alors qu'il parlait à voix haute. N'hésitez pas à approcher, je vous en prie…

À contrecœur, je me suis exécuté. Seule la belle-sœur est restée dans l'embrasure de la porte, visiblement réticente à aller plus loin, comme si le sol allait se dérober sous ses pieds.

J'ai jeté un rapide coup d'œil à l'intérieur du placard. Puis, la femme l'a refermé et s'est dirigée vers l'autre, à peine devancée par les explications de son mari.

— Ici, il y a ses vêtements et ses affaires de classe. Nous avions fait les courses pour sa rentrée en quatrième.

Les vêtements étaient identiques à ceux des photos : sobres, trop classiques et complètement démodés. Quelques fournitures scolaires étaient alignées sur une des étagères, rangées par taille. La mère a sorti de ce placard le gros cartable à bretelles. Elle l'a posé sur la chaise du bureau et s'est mise à vider son contenu sur la table avec mille précautions. Le père a attendu que l'ensemble soit exposé. Tout était en excellent état, jusqu'à la blouse blanche en coton avec le prénom et le nom de son fils brodés au fil rouge sur la poche de devant.

— Emmanuel prenait soin de ses affaires, ainsi que nous le lui avions enseigné. C'est la discipline que nous nous imposions à bord des bateaux : garder le matériel en parfait état et ne rien laisser traîner à bord.

Une partie du contenu de la trousse m'a été montrée. Un crayon à papier s'est échappé et a roulé sur le bureau. Un crayon blanc, gravé du logo rouge de Coca-Cola. Un rebelle dans la bande des noirs et des gris.

— C'est sa tante, a cru bon d'expliquer Jacques Garcès. Elle a toujours apprécié les gadgets et elle lui en a offert quelques-uns de ce type.

La mère a sorti le petit frère du crayon blanc, tout rouge. Puis le taille-crayons assorti. Dans le placard, sous la pile, il y avait aussi un classeur qui ressemblait à un clap de cinéma, un très beau cahier bariolé avec un élastique du plus bel effet et une grosse gomme qui sentait la fraise. Autant de rayons de soleil dans la grisaille.

— Il était sérieux à l'école, a continué le père tandis que son épouse remettait tout en place. Pas une punition, pas une seule remarque négative. Il n'était cependant pas ce qu'on peut appeler un bon élève. Il s'accrochait comme il pouvait. J'ai insisté sur ce point : les sorties en bateau, l'aquarium, les revues, c'était en fonction de son travail scolaire. Donnant-donnant.

Je me suis furtivement retourné vers sa belle-sœur, qui contemplait la scène de loin, masquant à peine son exaspération. Elle m'a rendu mon regard.

J'ai imaginé un garçon trop sage, sage jusqu'à l'étouffement. Malgré la taille démesurée de sa chambre, l'espace devait lui manquer. La mer et l'océan, c'était l'évasion, un endroit sans limite, à l'air libre. C'était en outre un refuge, où il se sentait en sécurité. Car je savais ce qu'avait été sa vie en dehors de cette maison grise.

Une vie dure, à l'image de ce que j'avais surpris à la piscine et de ce qu'on m'avait raconté sur lui au lycée.

Quand nous sommes redescendus dans la grande salle sombre, j'ai eu l'impression qu'Emmanuel nous suivait. Jacques Garcès m'a proposé un café que je n'ai pas pu refuser. Il a eu le temps de me parler encore de son fils, des maquettes de bateaux qu'il avait réalisées – il me les a même montrées, exposées dans son bureau –, de la façon qu'il avait de protéger ses deux sœurs, des moments où il se trouvait à bord du voilier, quand il ne disait plus un mot comme si la mer venait de le happer tout entier…

Puis il a été un peu question de l'enquête. Ils avaient tous été interrogés : lui, sa femme et ses filles. Certes, on ne les avait pas soupçonnés longtemps, à peine quelques secondes. Mais ces secondes étaient difficiles à oublier.

— Avez-vous rencontré les autres familles ?

— Non, vous êtes les premiers et les seuls à avoir répondu à mes lettres.

J'ai préféré taire mon voyage dans les Cornouailles et ma rencontre avec Florie et son père.

— J'aurais bien voulu que vous puissiez parler avec nos filles, mais elles n'habitent plus dans la région. Toutefois, elles sont comme ma femme : elles n'aiment pas parler de leur douleur.

Il m'a fallu patienter encore près d'une heure avant de pouvoir déguerpir. Le père m'a alors raccompagné jusqu'à la lourde porte.

— N'hésitez pas à nous recontacter si besoin. Je suis impatient de vous lire, monsieur Peiresoles. C'est bien que ce soit un enfant du pays qui s'occupe de cette histoire.

J'ai été soulagé de me retrouver sur le trottoir. J'ai fait quelques pas pour profiter du soleil et de l'air. Ma voiture était garée plus haut sur le boulevard. Je m'y suis assis le temps que la tante sorte à son tour.

Je l'ai suivie jusqu'au feu rouge. J'ai vu qu'elle m'avait remarqué dans son rétroviseur. Cent mètres plus loin, nous nous sommes rangés l'un derrière l'autre, dans une rue moins passante, et je suis allé m'installer à côté d'elle.

— Son père a raison sur un point : c'était un gentil garçon, un très gentil garçon. Vous ne pouvez pas imaginer, même après toutes ces années, combien ce petit me manque.

Elle ne cherchait plus à se retenir : elle avait du mal à s'arrêter de pleurer.

— Jacques ne supporte pas les larmes. Il s'interdit de s'épancher ou de se plaindre, et il ne tolère pas que les autres le fassent. Il a toujours été austère. Depuis la mort d'Emmanuel, c'est pire. Il se refuse toute éclaircie, tout moment de lumière. Ma sœur, elle, a choisi de se taire et de se faner. N'allez pas croire qu'elle se montre plus bavarde avec moi qu'avec vous. Il se passe parfois des journées entières où nous sommes toutes les deux et où elle ne dit rien. Du moins avec des mots car, quand on la connaît mieux, on voit bien qu'elle s'exprime, qu'elle hurle, même.

Elle s'est une nouvelle fois épongé les yeux.

— C'est à chaque fois pareil quand je viens chez eux. Une fois partie, il faut que le trop-plein s'évacue…

Ensuite, elle s'est mise à me parler d'Emmanuel, sans que j'aie eu besoin de lui poser des questions.

— Je le sentais si vulnérable que je ne pouvais pas m'empêcher de chercher à le protéger et de lui apporter un peu de réconfort. Ce que son père ne vous a pas dit, parce qu'il ne veut pas l'entendre, c'est que son fils vivait un véritable enfer hors de chez lui. Je ne dis pas qu'à la maison c'était mieux mais, au moins, il était à l'abri. Alors qu'au lycée les autres lui en faisaient baver, presque tous les jours. Il était leur tête de Turc. Voilà pourquoi il avait peur de se rendre à la fête des Crozes. Parce que, à force de se terrer, il voyait les jeunes de son âge comme une menace permanente, même ceux dont il n'avait pourtant rien à craindre.

— Malgré la présence de Justine ?

— Surtout à cause de sa présence. Elle était son rayon de soleil. Il l'aimait vraiment. Et je ne pense pas qu'elle jouait avec lui. Je crois qu'elle faisait comme moi, qu'elle tentait de le protéger.

Au lycée, Emmanuel faisait partie des infréquentables. Il avait un comportement enfantin qui passait pour ridicule. Sa timidité maladive le rendait maladroit et fuyant. On le trouvait bizarre et bête. Les autres se moquaient de lui, de son physique, de ses vêtements, de sa manière de courir en permanence ou d'avoir peur de tout. Ces railleries étaient les seules attentions qu'on lui portait. Il n'avait jamais été invité à un anniversaire ou à une boum. Jamais il n'avait invité quelqu'un chez lui. La hiérarchie adolescente avait dressé des murs, difficiles à franchir.

Justine, elle, avait essayé d'ouvrir des brèches. Tous les matins, quand elle arrivait au lycée, elle faisait la bise à ses amis et, à la vue de tous, elle traversait la rue pour embrasser Emmanuel. Le pauvre garçon en devenait écarlate. Certains en profitaient pour le ridiculiser davantage : ils lui demandaient s'il bandait ou annonçaient à la cantonade qu'il venait d'éjaculer dans son slip. Justine s'entêtait malgré les sarcasmes qu'elle entendait dans son dos : « Écartez-vous, Hydargos va lâcher la purée ! »

Elle avait répondu que cela prouvait qu'il avait ce qu'il fallait où il fallait, à la différence des autres. Voyant que, de toute façon, cela ne changeait pas grand-chose, elle avait fini par ne plus répondre et passait quand même du temps avec Emmanuel. Ce n'était pas que de la pitié mais une vraie amitié. Parce que les deux se connaissaient du club nautique, leur monde à part, un endroit où les abrutis du lycée n'avaient pas droit de cité. Ceux qui, comme eux, étaient des deux côtés de la barrière se devaient de respecter cette règle. Guillaume Armengaud en faisait partie. À Saint-Jacques, il n'était pas le plus méchant, loin de là. Il se contentait d'ignorer Emmanuel, ne prenant même pas la peine de lui dire bonjour quand il le croisait. Aux Crozes, il ne le fuyait plus, le considérait comme son égal ou presque. Parce que Justine n'aurait pas accepté qu'il en soit autrement.

Au printemps 1980, elle avait organisé une boum pour son anniversaire. Elle avait invité Emmanuel. Mais il avait renoncé à y aller alors qu'il en brûlait d'envie. Il avait inventé un mensonge grotesque. Durant cette fête, avec tout ce monde, il savait qu'il n'aurait bénéficié d'aucune protection, qu'il se serait trouvé à la merci des autres, en terrain ennemi. Du coup, il n'avait même pas offert à Justine le cadeau qu'il lui avait acheté, un exemplaire de *L'Attrape-cœurs*. Sa tante lui avait conseillé ce roman, lui affirmant qu'il s'agissait d'un des plus beaux livres sur l'adolescence, peut-être même le meilleur. Et il savait que Justine apprécierait.

— Je l'ai conservé chez moi. Il est encore emballé dans le papier cadeau du libraire. Je l'ai retrouvé dans le tiroir de sa table de chevet après sa mort. Le pire, c'est que Justine a eu le livre par quelqu'un d'autre et qu'elle l'a adoré, répétant qu'il resterait comme l'un des plus beaux cadeaux de sa vie… Je lui avais dit qu'il fallait se défendre, qu'une fois pouvait suffire. Le problème, c'est qu'il ne se sentait pas assez fort. Lui, il préférait ne rien dire, subir. Il pensait que, face à son absence de réaction, ceux qui le tourmentaient allaient finir par se lasser.

À quoi devais-je de m'en être si bien sorti au lycée ? J'étais aussi peureux que lui, aussi timide sans doute. Personne ne m'avait jamais arraché ma serviette à la piscine. Personne n'avait craché dans mes cheveux en cours d'EPS. Ni piqué mon slip dans les vestiaires avant de repartir en cours, pour ensuite le laisser tomber au milieu de la classe, avec des traces de merde bien apparentes. Personne n'avait posé un deuxième antivol sur mon vélo pour m'obliger à repartir à pied chez moi. Personne ne m'avait mis des coups de compas dans les fesses ou dans le dos…

À lui, on ne passait rien. Il arrivait chaque jour sous les quolibets, le pire étant quand il s'était rendu chez le coiffeur la veille. Il passait la journée à encaisser les humiliations et les brimades. Le soir, il repartait en pédalant plus vite, soulagé que ce soit fini, au moins jusqu'au lendemain.

Sa tante avait tenté d'alerter ses parents, pourtant ceux-ci n'avaient pas voulu réagir. Leur fils ne se faisait pas taper dessus, on ne lui volait pas ses affaires. Quand il était revenu à pied, il n'avait rien dit du deuxième antivol mais raconté qu'il avait perdu la clé du sien. Son père lui avait prêté une pince coupante et lui avait annoncé que l'achat d'un nouvel antivol serait déduit de son argent de poche. Plusieurs fois, il lui avait expliqué que le regard des autres ne comptait pas, qu'il ne fallait pas en être esclave mais au contraire fier de se démarquer. Il lui avait aussi rappelé que la vie était rude, que pour l'affronter il fallait savoir s'endurcir.

— Au club nautique, il avait Justine. Il aurait préféré mourir que d'être humilié devant elle. Elle lui renvoyait une image de lui-même qu'il aimait beaucoup. Tenez, pour cette histoire de théâtre, elle avait prévu d'adapter *Le Fantôme de l'Opéra*. Contrairement à ce que vous a affirmé son père, il était très excité par le projet. Il m'a montré les dialogues écrits par Justine. Il les considérait comme des trésors : son écriture, son parfum… Je ne sais pas si cette jeune fille a su combien elle a pu le rendre heureux. Savez-vous quel rôle elle lui avait donné ? Pas celui du monstre, qu'elle s'était réservé, ni un rôle de sous-fifre. Le rôle du Persan, le policier qui pourchasse le Fantôme jusque dans les entrailles de Paris. Une figure de héros, de sauveur, d'homme courageux. Il en était si fier ! Quand je suis venu passer quelques jours ici, au début du mois d'août, il m'a demandé de le faire répéter tous les soirs, dans sa chambre. Il se délectait à l'avance de la scène finale parce qu'elle avait prévu de mourir dans ses bras.

Elle s'est interrompue, à nouveau rattrapée par ses larmes.

— C'est la dernière fois que je l'ai vu. La dernière fois… J'étais en Grèce avec une amie lorsque ça s'est passé.

Elle a pris une profonde inspiration, cherchant à se ressaisir. La colère l'y a aidée.

— Dieu du ciel ! Comment ce sauvage a-t-il pu lui faire subir un tel calvaire ? Comment peut-on écraser le visage d'un enfant à coups de pierre ? Il n'avait jamais fait de mal à personne. Il se contentait de la place qu'on lui avait octroyée. Même quand il rêvait de mer et de bateaux, il le faisait en silence… Je ne suis pas comme ma sœur. Je ne suis pas capable de pardonner. Je ne cherche même pas à le faire. Je jure devant Dieu que si Delmas sort un jour, je le tuerai de mes propres mains. Je lui broierai le crâne et les parties génitales. Il n'y aura pas grand monde pour m'en empêcher.

24

J'ai vécu une rentrée bizarre. Je n'étais pas vraiment dans le bain. À part mon introduction sur la fièvre commémorative autour de la Grande Guerre, je n'avais pas recomposé mes leçons. Ce n'était pas la première fois que je me contentais de recycler. Je me sentais suffisamment à l'aise pour être capable de broder autour des sujets que j'abordais, voire d'improviser selon mon humeur et celle de mon auditoire. Les rangs étaient plus clairsemés qu'à l'époque où je me trouvais au faîte de ma renommée. Même mes retrouvailles avec mes étudiants de mastère, un petit groupe trié sur le volet, ne sont pas parvenues à me remotiver. Tout était en train de se bousculer dans ma vie. Dans ce remue-ménage, mon travail universitaire s'était retrouvé enfoui sous le désordre.

L'histoire de Basse-Misère était devenue une compagne exigeante. Je l'ai laissée prendre toujours plus de place. La maison de Fonbelle, en dépit de ses défauts, n'était pas partageuse non plus. La quitter, même pour quelques jours, est devenu un véritable déchirement. Alors, je me suis mis à faire l'aller-retour entre Toulouse et Valdérieu dans la journée, ce qui m'obligeait à me lever aux aurores. À la fac, je donnais mes cours, j'assistais aux réunions puis je désertais les lieux aussi vite que possible. L'objet de mes recherches me couvrait pour un temps et justifiait ma présence moins marquée dans les couloirs de l'UFR ou de la Maison de la Recherche. Je ne passais plus à mon appartement que pour récupérer mon courrier et emporter des affaires ou des meubles. Si bien qu'il s'est dénudé au fil des semaines. Finalement, en octobre, à la veille de mon intervention face aux candidats aux concours, je l'ai mis en vente dans une agence du quartier.

En tant que professeur référent, Jean-Henri devait chapeauter les interventions des autres enseignants devant les agrégatifs. Nous nous étions peu croisés depuis la rentrée et, chaque fois, il m'avait copieusement ignoré. Mais ce fameux mardi, je savais qu'il allait s'asseoir à mes côtés, que nous serions tous les deux face à l'amphi bondé. J'ai repensé au rêve que nous avions caressé de nombreuses années auparavant et j'étais persuadé que lui non plus ne l'avait pas oublié. En guise de clin d'œil, j'avais prévu de commencer et de terminer mon cours par des citations.

Quand j'ai poussé la porte de l'amphi, les bancs étaient déjà bien garnis. J'ai pris le temps d'installer mes affaires sur le grand bureau perché au milieu de l'estrade, de tester le vidéoprojecteur puis le micro. Mon cœur battait à cent à l'heure. J'avais le trac. Je savais que je n'avais pas le droit de décevoir, que les deux heures à venir étaient celles de ma rédemption. J'ai reconnu quelques têtes dans l'assemblée, d'anciens étudiants qui semblaient contents de ma présence. L'heure approchait et j'étais toujours seul. Jean-Henri ne se montrait pas. J'ai cru qu'il allait faire exprès d'arriver au dernier moment.

En fait, il n'est pas venu du tout. C'est Pascal Caubère qui a fait son entrée, avec juste ce qu'il fallait de retard pour afficher son mépris.

— Jean-Henri n'a pas pu se libérer aujourd'hui, m'a-t-il glissé à l'oreille tout en me donnant une poignée de main molle. Il m'a demandé de jouer les tuteurs.

Puis il a tapoté le micro et, d'une voix assurée, sans me laisser le temps d'encaisser la nouvelle, il a réclamé le silence, montrant qui était le patron.

— Bonjour à toutes et à tous. Nous accueillons aujourd'hui Marc-Édouard Peiresoles, notre éminent collègue que vous êtes nombreux à connaître, au moins de réputation. Au nom de M. Olivier, je le remercie chaleureusement d'avoir répondu présent et de se mettre ainsi au service de votre réussite, qui est aussi celle de notre université. Marc-Édouard, la parole est à toi…

Il s'est assis, a sorti un gros cahier à spirale de son cartable et un beau stylo de la poche intérieur de sa veste, s'apprêtant à prendre des notes comme n'importe lequel des étudiants assis dans la salle.

L'envie de tuer ce sale type ne m'était toujours pas passée. J'ai été abasourdi par le mauvais tour que me jouait Jean-Henri. J'ai mis du temps à retrouver mes esprits avant de me saisir du micro, de saluer l'assistance et de lui annoncer le sujet du jour. Moi qui suis très à l'aise dans ce genre de circonstances, j'ai eu un mal fou à me lancer. J'ai sacrifié ma citation de début, qui n'avait plus aucun sens, et mon introduction a été laborieuse, sans saveur. J'ai rapidement su que ma leçon n'allait pas être celle que j'avais espérée. La présence de Caubère m'a déstabilisé. Je suis persuadé qu'il s'en est rendu compte et qu'il s'en est délecté. J'ai cependant fini par retrouver mes marques et les choses se sont mieux passées au bout de la première demi-heure. Un silence studieux régnait dans l'amphi. Quand il a constaté que je reprenais la main, mon voisin de bureau s'est mis à montrer des signes d'agacement bien visibles. J'ai remarqué son manège du coin de l'œil. Il a d'abord fait des grimaces de désapprobation, toujours penché sur son cahier. Puis ça a été des soupirs répétés, agrémentés de quelques haussements d'épaules. Soudain, il a posé son stylo sur la table sans ménagement, et il a cessé d'écrire, comme si cela n'en valait pas la peine au bout du compte. Il s'est reculé sur sa chaise, s'est étiré et a croisé les bras. Son attention s'est alors perdue vers le plafond ou les fenêtres. Son cirque n'a pas échappé aux étudiants. J'ai vu les premiers rangs l'observer avec amusement. Ainsi encouragé, il a persévéré avec ses grimaces et ses murmures emplis de doutes, quand il ne regardait pas sa montre. Il n'attendait qu'une chose, je le sais parce que j'ai fini par bien le connaître : il voulait que je m'interrompe et que je rue dans les brancards. Que je perde mon sang-froid devant plus de deux cents étudiants pour pouvoir ensuite prendre la parole et expliquer pourquoi il contestait autant mes dires.

Je ne lui ai pas offert ce plaisir. J'ai simplement haussé le ton de ma voix et j'ai continué d'avancer dans mon plan. Caubère s'est un peu calmé. Les premiers rangs ont cessé de guetter ses mimiques et se sont remis à leur prise de notes. Et j'ai eu la paix jusqu'à ma conclusion, où j'ai tenté de prendre ma revanche avant de quitter le micro.

— Comprendre comment les Français ont vécu les différentes entrées en guerre, c'est comme traverser un champ fraîchement labouré. On avance péniblement, les chaussures se chargent d'une boue collante, il y a des creux et des bosses qui cachent d'autres creux et d'autres bosses. On ne sait pas ce qui va finir par pousser dans ce terrain-là. Pour le découvrir, il faut revenir quelques années plus tard. On doit toucher la boue, y mettre les pieds et parfois les mains, tant pis si ça colle. Il faut accepter de découvrir des faits nouveaux, de remettre en question les idées que l'on pensait acquises. Voyez, quand on dit de quelqu'un qu'il ne touche plus terre, à force d'être imbu de sa personne ou de sa prétendue culture, c'est avant tout pour rappeler que, de trop haut, on ne voit que le lisse.

Mon regard qui était en train de circuler parmi les travées est venu alors se ficher sur les épaules de Caubère.

— N'enseignez pas une histoire lisse, n'écrivez pas une histoire lisse. Et, pour l'heure, n'apprenez pas une histoire lisse... Je vous remercie de votre attention.

Il y a eu quelques applaudissements. Rien de bien renversant mais je m'en suis contenté. À côté de moi, Pascal Caubère avait perdu son sourire narquois et son visage, sa couleur. Il a rangé ses affaires le plus vite possible, tandis que l'amphi s'emplissait d'un brouhaha.

— Très bon travail, Marc-Édouard.

Il ne m'a pas serré la main. Il est sorti d'une démarche qu'il voulait posée et ample mais qui n'était que saccadée par la colère.

Ces deux heures ont été mon seul moment un peu spécial à la fac. Une fois qu'elles sont passées, j'ai retrouvé mon apathie, mes leçons mécaniques et les facilités dont j'usais pour convaincre mes ouailles. En fait, tout m'ennuyait. Tout, sauf Basse-Misère.

J'ai donné comme prévu ma conférence sur la Grande Guerre à la médiathèque de Valdérieu. Le public était assez maigre. J'ai livré mon exposé sur la façon dont la vallée avait vécu le conflit puis j'ai répondu à une douzaine de questions, y compris durant le buffet qui nous a ensuite été offert. Il y avait dans l'assistance un homme qui n'avait pas pipé mot depuis le début de la soirée et qui ne cessait de me dévisager comme s'il me connaissait depuis longtemps, attendant que je le remette. Il était bedonnant, avec des mains potelées. Il devait avoir la soixantaine bien tassée mais portait encore beau. Son visage ne m'était pas inconnu, cependant je ne suis pas parvenu à lui donner un nom. J'ai d'abord cru qu'il s'agissait d'un de mes anciens professeurs ou du père d'un camarade de classe. Il s'est tenu à l'écart durant le buffet. De temps en temps, quelqu'un venait échanger deux ou trois mots avec lui. Il s'y est astreint sans sourire et avec une certaine assurance, ne souhaitant à l'évidence pas s'abaisser à relancer la conversation, qui s'épuisait aussitôt.

Quand tout le monde a commencé à partir, lui est resté. À force, comme j'étais moins sollicité et que j'étais parvenu à m'approcher du plateau de tartelettes aux fruits, je l'ai reconnu. J'ai compris qu'il attendait que je sois seul pour me parler. C'était le père de Guillaume Armengaud.

Comme la soirée risquait d'être encore un peu longue, j'ai pris les devants et je me suis approché de lui.

— Bertrand Armengaud, a-t-il répondu sèchement à ma poignée de main, le regard sévère. Vous nous avez envoyé une lettre il y a de cela quelques semaines.

Il était ici pour me jauger. C'était sa réponse.

— J'imagine que nous ne sommes pas les seuls à avoir été contactés. Les Garcès ont dû se dépêcher de vous répondre. Eux, ils acceptent toutes les sollicitations s'il s'agit de leur fils. Pour venir nous prêter main-forte au sein de l'association que nous avons créée, en revanche, ils restent aux abonnés absents.

J'étais allé consulter le site internet de cette association des familles des victimes dont Delmas refusait d'endosser la mort. Il était particulièrement véhément envers la « cellule Nottingham », qui existait toujours.

— Je veux bien parler de l'enquête avec vous, monsieur Peiresoles. Bien que je doute qu'un livre de plus ou de moins ne permette d'aller dans le sens que nous espérons tous.

Le ton qu'il a employé était rugueux.

— Ce n'est pas de l'enquête qu'il s'agit, monsieur…

Il ne m'a pas laissé finir ma phrase.

— Ah oui ! J'oubliais. Votre thèse porte sur le déclin et la peur.

— J'ai soutenu ma thèse depuis longtemps.

— Ne jouons pas sur les mots, je vous en prie ! Contrairement à vous, seule l'enquête m'intéresse. Le reste n'a que peu d'intérêt et de toute manière ne regarde que nous. Que voulez-vous savoir ? Si nous avons eu peur ? Je ne me souviens pas d'avoir eu peur, monsieur Peiresoles. Nous n'avons pas quitté la ville. Je n'ai pas enfermé mes deux autres fils à double tour chez nous. Je n'ai engagé personne pour assurer notre protection comme l'a fait Philippe Brunet-Auriac… Ce dont je me souviens en revanche, c'est de la colère. C'est ainsi que vous devriez nommer votre travail : les mémoires de la colère. Il me semble que ce serait plus pertinent.

— Je voudrais avant tout parler de votre fils, afin de mieux le connaître.

J'ai tenté la même stratégie d'approche qu'avec les Garcès.

— Foutaises ! Mon fils est mort il y a plus de trente-quatre ans. Expliquez-moi donc ce qu'il reste à apprendre !

— Monsieur Armengaud, je ne suis pas journaliste. Je ne cherche pas à écrire un livre à sensation ou à réaliser un énième documentaire. Je veux juste comprendre. Parce que j'ai grandi dans cette ville et que, moi, j'ai eu peur. Ce qui s'est passé sur cet îlot a changé énormément de choses par ici. Je pourrais me contenter de compiler ce qui a déjà été dit ou écrit sur le sujet. Mais il me manquera toujours la parole de ceux qui ont vécu le drame de l'intérieur et qui n'ont eu d'autre choix que de continuer à vivre après. Même si votre mémoire est sélective, même s'il vous est impossible d'être objectif, votre parole compte.

Il a fait semblant de réfléchir. Avant de venir à cette conférence, il avait déjà pris la décision d'accepter de me parler. En attendant, il souhaitait marquer son territoire et me placer en position de faiblesse.

— Je ne veux pas que ce pignouf de Garcès soit la seule parole que vous aurez pu recueillir.

— Elle n'est pas la seule. J'ai également parlé avec le père de Florie.

— Il a accepté ? J'ai du mal à le croire.

— Je l'ai rencontré à la fin du mois d'août, dans les Cornouailles.

— Avez-vous vu sa fille ?

— Oui, je l'ai vue.

— Lui avez-vous parlé ?

— Non. Elle ne parle plus à personne depuis très longtemps.

— Ce qui est regrettable, vous en conviendrez, et arrange notre assassin… Ne tournons plus autour du pot, mon épouse et moi acceptons de répondre à vos questions. Nous vous consacrerons une heure, pas une minute de plus. Demain après-midi, à 14 heures. Ce n'est pas négociable.

Il a sorti une carte de visite de son portefeuille et me l'a donnée. Puis, il a reposé son gobelet en plastique toujours plein et a commencé à s'éloigner sans prendre la peine de saluer qui que ce soit. Il s'est toutefois retourné vers moi, au bout de deux ou trois pas.

— N'oubliez pas la colère, monsieur Peiresoles. Ne l'oubliez surtout pas !

25

Valdérieu connaissait toujours une très belle arrière-saison tandis que les couleurs de l'automne faisaient flamboyer jusqu'aux sombres versants de la montagne. Cependant, en cette fin du mois d'octobre, la grisaille semblait vouloir s'installer à demeure.

La maison de Fonbelle avait pris un autre visage, moins enjoué. Je devais allumer la cheminée tous les jours sous peine de voir la température dégringoler et l'humidité se faire trop prégnante. Néanmoins, je ne regrettais absolument pas mon appartement douillet. J'étais même pressé de m'en débarrasser. L'agent immobilier m'avait informé qu'une dizaine de visites avaient eu lieu. Je me suis adapté aux nouvelles contraintes de mon quotidien. J'avais fait rentrer dix stères de bon bois en septembre. Les deux radiateurs à bain d'huile que j'avais achetés et le pull du soir sont devenus des auxiliaires indispensables. Même quand je rentrais tard, que la nuit était d'encre, que les volutes de brume s'élevaient de la route et gênaient la visibilité, que la maison se montrait peu accueillante, tassée à l'écart du village, silhouette noire que d'autres que moi auraient trouvée lugubre, mon enthousiasme n'était pas émoussé.

Le soir de ma conférence à la médiathèque, le temps que la chaleur s'installe dans la maison, je suis resté plus longtemps à observer les photos accrochées au mur, notamment celles montrant Guillaume. Des quatre de Basse-Misère, il était celui dont je me sentais le moins proche. Je ne pouvais m'empêcher de le voir comme l'élément rapporté, l'intrus dans le monde de Justine. Son visage rond n'exprimait pas grand-chose. Même à bord des canoës, quand la joie était partout, il était peu expressif. Il me semblait lisse. J'avais du mal avec lui à cause de cela : il me renvoyait une partie de ma propre image.

Quand j'étais étudiant, une des filles qui faisaient partie de notre groupe de travail – pas celle dont j'étais amoureux, une autre, moins mignonne et beaucoup plus acide – avait décrété, un lundi matin, qu'elle me trouvait consensuel. Comme d'habitude, sur le coup, je n'ai rien dit, ne trouvant aucune repartie à lui envoyer. Pourtant, cela m'avait profondément blessé. Je ne vivais certes pas dans les excès en tout genre comme Jean-Henri. Je ne savais pas donner un avis tranché lors de nos discussions. Je m'abstenais autant que possible de froisser qui que ce soit. En effet, en apparence, j'étais quelqu'un de consensuel. Autrement dit, selon cette fille, transparent et sans intérêt. Or, au fond de moi, je sentais que ça bouillait en permanence, que j'étais fait de rugosités. Un peu plus tard, lors de vacances en Corse, une autre fille m'avoua qu'avant de vraiment faire ma connaissance et de se mettre à m'aimer beaucoup, elle avait eu du mal à aller vers moi, en raison de ma « personnalité très clivante ». En silence, je lui en ai été reconnaissant. Je me demande où sont ces deux filles aujourd'hui. J'ai bien tenté plusieurs fois de retrouver leurs traces sur Internet mais sans y parvenir. Toujours est-il que ces souvenirs m'ont poussé à me montrer moins sévère envers Guillaume Armengaud. Après tout, personne n'est aussi fade et lisse qu'on peut le penser. Certains ont juste le cuir plus épais que d'autres.

Ses parents habitaient dans un quartier cossu, un de ceux qui avaient été investis par les « fils et filles de » quand il s'était agi de montrer à leur tour leur pouvoir, leur richesse, en s'éloignant malgré tout des demeures patriarcales. Ici, les parcelles étaient vastes, chaque maison se retrouvant entourée de parcs rivalisant d'aménagements. Les maisons étaient étendues, basses et claires, le contraire des maisons de maître des anciens, en bordure du centre-ville. Le quartier était très calme, presque bucolique malgré la fine pluie qui tombait depuis le matin.

Je suis arrivé sur place avant 14 heures. J'ai patienté dans ma voiture que le moment soit venu de sonner chez les Armengaud, la plus grande et la plus belle maison de la rue. C'est le père qui est venu m'ouvrir, toujours aussi sec.

— Monsieur Peiresoles, vous êtes très ponctuel, je vous en félicite.

En fait, il semblait ravi que je lui aie obéi, acceptant son autorité, donc sa supériorité.

— Nous allons nous installer dans le salon. Comme je vous l'ai dit hier soir, mon épouse et moi n'avons qu'une heure à vous consacrer. Aussi serait-il préférable que vous alliez à l'essentiel. Préférable pour vous, j'entends.

Le salon où il m'a devancé était lumineux : murs saumon surmontés de corniches d'un blanc éclatant, larges portes-fenêtres donnant sur le parc et meubles modernes ne cherchant surtout pas à occuper tout l'espace. Sa femme nous attendait, assise dans un canapé pastel, tournant négligemment les pages d'un magazine qu'elle ne lisait pas. Elle s'est levée à regret pour m'accueillir, s'est présentée avec un sourire forcé et une fausse chaleur humaine. J'ai cru voir quelque chose de méprisant dans ses yeux. Son mari m'a invité à m'asseoir en face d'eux.

— Monsieur Peiresoles souhaite que nous lui parlions de Guillaume. C'est bien cela ?

Au-dessus de la cheminée, il y avait une grande photo joliment encadrée. J'ai reconnu Guillaume entouré de ses deux frères. Le cliché avait été pris dans le studio d'un photographe et leur pose n'était pas naturelle pour un sou. Lui se tenait debout derrière son frère cadet, Arnaud, plus petit d'une tête. Autant Guillaume était blond comme les blés, autant Arnaud avait les cheveux noirs de son père. En revanche, le plus petit, qui était assis sur une chaise juste à côté d'Arnaud, les jambes trop petites pour qu'il puisse plier les genoux, le regard presque affolé, ressemblait beaucoup plus à son aîné. Mais dans une version plus vivante, plus dynamique.

— De quand date-t-elle ? ai-je demandé en la désignant.

— Elle a été prise au mois de janvier 1980, le jour de l'anniversaire d'Arnaud. Arnaud, c'est notre deuxième. Le plus petit, c'est Loïc. Il a fallu batailler ferme pour qu'il ne pleure pas. Il n'avait que 3 ans et je crois que je l'ai beaucoup trop couvé. Il était toujours fourré dans mes bras et ne supportait pas que je m'éloigne.

Mme Armengaud parlait pointu, contrairement à son époux. Elle masquait autant que possible son accent du Sud-Ouest. La photo en question établissait une hiérarchie entre les frères. Guillaume était derrière les deux autres, la main posée sur le dossier de la chaise. Son corps était masqué aux trois quarts. Il avait un sourire figé, embarrassé, quand Arnaud s'affichait comme quelqu'un à qui on ne la fait pas, empli d'assurance.

— J'ai un peu connu Arnaud. Nous étions au ski ensemble. En colonie.

À l'inverse de Guillaume, les deux frères n'avaient pas été scolarisés à Saint-Jacques.

— Que fait-il aujourd'hui ?

— Il est ingénieur en pharmacologie. Il dirige un groupe de recherche pour un grand laboratoire, près de Lyon.

Le père a insisté sur les mots « ingénieur » et « dirige ».

— Il cherche à guérir les autres. Il a toujours été intéressé par ce domaine, vouloir prendre soin de son prochain. J'ignorais que vous aviez été amis.

— Nous n'avons pas été amis. Nous nous connaissions de vue depuis l'école Sainte-Marie. Au ski, au milieu des autres enfants, cela créait une sorte de solidarité. Mais j'ai un an de plus que lui et, du coup, nous n'étions ni dans le même dortoir, ni dans le même groupe sur les pistes.

— Peut-être se souviendra-t-il de vous. Il doit venir passer quelques jours bientôt, profitant de la présence de Loïc. Nos fils sont dispersés aux quatre vents. Loïc va et vient. Notre maison fait figure de camp de base dans leurs ascensions respectives. Ils viennent régulièrement y recharger leurs batteries.

Je ne parvenais pas à parler de Guillaume et, à ce qu'il semblait, eux non plus. S'il n'avait pas figuré sur cette grande photo, on aurait pu croire qu'il n'avait jamais existé.

— J'ai aussi croisé Guillaume dans cette colonie. Il faisait partie du groupe des plus grands qui ne partageait pas grand-chose avec nous.

— Quelles sont vos questions ? s'est impatientée la mère.

— Les journaux de l'époque l'ont décrit comme un garçon très réservé. C'est une vision très réductrice. Comment était-il vraiment ?

Bertrand Armengaud s'est agité sur le canapé.

— Ils l'ont fait passer pour une sorte de pantin mou. Même sa mort a été jugée comme secondaire au seul prétexte que lui n'a pas souffert. On a considéré que c'était moins grave que d'avoir été torturé ou violé. Savez-vous ce qu'un des gendarmes nous a dit, à l'époque ? « Il s'en est bien tiré »...

— C'était un garçon qui n'aimait pas se faire remarquer, a poursuivi sa femme. Mais il n'était pas si effacé que cela. Nous l'avions inscrit chez les scouts afin qu'il prenne confiance en lui. Ses sens de l'initiative et des responsabilités y ont été unanimement reconnus. Et puis, au lycée, il ne se tenait pas si tranquille. Il y a eu quelques manquements à la discipline qui nous ont valu de recevoir un courrier du directeur.

— L'école, ce n'était pas sa tasse de thé. Il travaillait, parce que nous n'aurions pas toléré qu'il en soit autrement, mais il rencontrait des difficultés. Quant à ces histoires d'agitations pendant et en dehors des cours, il a été admis qu'il se faisait entraîner par les autres. Il était trop gentil sans aucun doute. Aux yeux de certains, la gentillesse est un aveu de faiblesse. Voyez-vous, monsieur Peiresoles, nous avons tenu à ce que nos fils soient élevés comme les autres enfants, qu'ils ne bénéficient pas de privilèges excessifs. Parce que c'est de cette manière que l'on se forge le caractère. Quand j'ai commencé à travailler dans l'usine de mon père, il m'a mis au balayage puis au nettoyage des cuves pendant près d'un an. Ensuite, je suis passé aux machines, avec les autres ouvriers. Si j'étais resté bien au chaud, à jouer les fils à papa, je n'aurais pas tenu deux ans lorsque j'ai pris en main l'entreprise. J'ai agi pareillement avec mes fils. Ils ont eu la chance de naître dans un milieu aisé, avec plus de cartes en main que la plupart de leurs camarades. Toutefois, le reste, j'ai voulu qu'ils aillent le chercher tout seuls. Guillaume ne savait pas se montrer dur, que ce soit avec lui-même ou avec les autres. Pas encore...

En les écoutant parler de lui, j'ai eu l'impression qu'ils évoquaient, l'un comme l'autre, une sorte de tentative qui avait échoué, comme un brouillon, avant la réussite éclatante des fils.

— Ce manque de dureté, cette façon de se laisser entraîner, cela valait-il aussi au club nautique ?

Ils ont semblé surpris de ma question.

— Pourquoi en aurait-il été autrement ?

— En comité plus restreint, dans un environnement plus familier, sans compétition, on peut gagner en assurance...

Aucun des deux ne m'a répondu. Le père s'est contenté d'un coup de menton.

— Dans les descriptions que les témoins ont faites de lui, on a dit qu'il était doué pour la natation et le ski nautique.

— C'est vrai qu'il se débrouillait pas mal. Il faut dire qu'il est monté sur des skis avant de savoir marcher... Je ne vois pas trop le sens de votre question, monsieur Peiresoles. Notre fils n'avait pas une double personnalité.

— Fréquentait-il beaucoup Justine Brunet-Auriac et les autres jeunes des Crozes ?

Bertrand Armengaud s'est mis à soupirer. Son épouse s'est montrée moins agacée.

— Oui, ils se fréquentaient. La plupart d'entre eux se connaissaient depuis leur plus tendre enfance. De plus,

Justine était dans la même classe que lui depuis plusieurs années…

— Nous n'aimons pas beaucoup parler de cela. Alors, s'il vous plaît, faisons court. Au club, mes garçons avaient des amis. Il y en avait avec qui ils s'entendaient mieux que d'autres. Nous n'avons jamais cherché à nous immiscer dans leurs histoires. On a parlé d'une sorte de rivalité amoureuse entre Guillaume et Arnaud au sujet de la petite Brunet-Auriac. Cela a même valu à Arnaud d'être longuement interrogé par les gendarmes, presque suspecté quand il a avoué s'être approché de l'îlot en pleine nuit. Il n'y avait aucune rivalité entre nos fils. Nous ne les avons pas élevés ainsi. Que Justine ait été une petite allumeuse, peut-être. Mais elle n'était pas assez forte pour briser le lien qui existait entre eux.

Sous la houlette d'Arnaud Armengaud, qui a très vite reconnu les faits, ils avaient été trois à braver l'interdit et à quitter la fête des Crozes. L'interrogatoire d'Arnaud fait ressortir sa courageuse franchise. Il a expliqué avoir refusé l'invitation de Justine parce que son frère aîné le lui avait demandé. Il l'avait regretté toute la journée, et le départ des canoës avait été un moment particulièrement pénible. Comme Guillaume, il était amoureux de Justine. Elle lui avait même accordé un baiser quelques jours plus tôt, derrière le club-house. Il avait voulu se rendre jusqu'à la pointe, face aux Bois-Obscurs, pour tenter d'apercevoir les campeurs. Comme il n'avait pas osé désobéir seul, il avait entraîné les deux autres avec lui, excités à l'idée de défier l'obscurité et la lisière de la forêt devenue inquiétante alors qu'on approchait de minuit. Ils n'étaient restés que quelques minutes. Arnaud ne pouvait deviner que la lueur de leur feu de camp qui dansait avec les branches basses des pins. Les sons de leurs conversations et de leurs rires le blessèrent davantage. Surtout le rire de Justine. Et, au bout d'un moment, il avait préféré revenir aux Crozes.

— Guillaume est allé camper sur l'îlot et Arnaud a refusé de se joindre à eux, c'est un fait. Il y est allé parce que je l'ai autorisé à le faire. J'ai trouvé l'idée excellente ; je savais qu'avec lui, je n'avais pas à craindre quoi que ce soit. Et c'est moi qui l'ai retrouvé en premier le dimanche matin. Je ne suis pas en train de vous dire que tout est arrivé par ma faute, ou par la sienne, pas plus que par celle de Justine, du fils Garcès ou de la petite Anglaise. C'est arrivé parce qu'un salopard rôdait dans le coin, une bête sauvage qui aurait aussi bien pu s'en prendre aux enfants qui dormaient dans le champ ou aux touristes du camping de Saint-Pierre. Voilà la seule explication valable. Il n'y a qu'un coupable. Tous les autres, y compris nous-mêmes, sont des victimes.

À sa façon de parler, de hausser le ton, j'ai compris qu'il n'était pas acceptable pour lui que nous continuions sur ce terrain-là.

— N'allez pas croire que nous ne nous sentions pas fautifs, a nuancé son épouse, redoutant peut-être que je les juge trop détachés. Il ne se passe pas un jour sans que mon mari et moi-même pensions à Guillaume. Cependant, nous nous devions de continuer à vivre, de rester unis dans le malheur. Pour lui comme pour ses frères. Surtout pour ses frères qu'il adorait.

— Je vais vous dire une chose qui va certainement vous en boucher un coin, à moins que quelqu'un d'autre vous ait déjà mis au courant. Durant des années, nous avons été adhérents du club nautique. Or, jamais l'idée ne nous est venue d'acquérir une maison près du lac comme certains ont pu le faire. Ce n'était qu'un petit lac, avec un horizon qui n'était pas bien lointain. Après la mort de Guillaume et la mise en sommeil du club, nous en avons acheté une, perchée sur la dernière butte avant les Crozes. Et nous avons eu à cœur d'y venir souvent. Arnaud et Loïc ont continué à se baigner dans ce lac que l'on disait maudit. On nous a jugés. On a dit que nous étions inconscients ou, pire, dénués de sentiments. Quand vous avez le vertige, soit vous évitez de vous approcher du vide, soit, au contraire, vous vous entraînez à vous pencher au-dessus de lui, un peu plus loin chaque jour. Et vous finissez par guérir. Nous avons voulu que nos deux autres fils affrontent le vide le plus tôt possible, monsieur Peiresoles, pour qu'ils n'aient pas à souffrir leur vie durant. Guillaume est avec nous. Il n'a jamais cessé de l'être. C'est une présence apaisée, telle qu'il l'a toujours voulue. Elle ne pouvait supporter d'être contaminée ou entravée par une quelconque malédiction.

— Vous parliez pourtant de colère hier soir. Vous m'avez même recommandé de ne jamais l'oublier.

— Ce n'est pas parce que nous avons voulu construire un souvenir adouci que nous le sommes devenus. Oui, nous sommes en colère ! Et depuis trente-quatre ans, nous en appelons à la loi du Talion. Trente-quatre ans ! Dès le début, j'ai su qu'il y avait un monstre à traquer. Alors, je me suis mis en chasse. J'ai cru qu'il s'agissait de Bardy. Les preuves de son innocence ne m'ont jamais vraiment convaincu. Je vous jure que si je l'avais eu devant moi, je ne me serais pas gêné pour le faire parler. Et j'en ferais autant aujourd'hui si je me retrouvais seul avec cette ordure de Delmas.

— Nous souhaitons simplement que justice soit faite. Que cet assassin reconnaisse les faits, et soit jugé et condamné pour ce qu'il nous a fait.

— Tout le monde est en colère, monsieur Peiresoles. Contre moi. Contre Dieu. Contre Justine Brunet-Auriac qui a eu l'idée d'aller camper aux Bois-Obscurs. Contre le juge qui n'a pas su faire son travail. Contre les gendarmes qui ont rivalisé d'incompétence. Contre ceux qui étaient présents à la fête des Crozes. Contre Bardy qui s'est suicidé. Contre les patrons qui ont fermé les usines dans la vallée. Contre ceux qui l'habitent encore... Même vous, vous êtes en colère. Sinon, que feriez-vous dans cette histoire ?

Bertrand Armengaud s'est levé du canapé. Il s'est tourné vers sa femme afin qu'elle en fasse autant. Leur manière de me donner congé. Un jeune homme a alors pénétré dans le salon. Je n'avais pas deviné sa présence dans la maison.

— Je vous présente Loïc. Loïc, voici Marc-Édouard Peiresoles.

— Mes parents m'ont parlé de vous et de votre démarche dès qu'ils ont reçu votre lettre.

Il est venu vers moi spontanément. Il m'a serré la main avec chaleur, un franc sourire aux lèvres. Il n'avait plus rien du petit garçon triste assis sur sa chaise, avec ses cheveux courts et ses vêtements trop chics. Il était grand et élancé. Ses cheveux frisés étaient très longs, noués en une queue-de-cheval qui tentait de les contenir. Il portait un pantalon de toile aux multiples poches et une chemise informe. Il ressemblait à un surfeur obligé de se couvrir durant l'hiver, à regret. Il m'a tout de suite paru bien plus sympathique et naturel que ses parents.

— Je trouve votre projet intéressant. J'ai lu ce que vous avez écrit sur la Première Guerre mondiale. J'aime bien le regard que vous portez sur l'Histoire, votre façon d'immerger vos lecteurs. Je ne me suis pas mêlé de votre conversation parce que je n'ai pas grand-chose à raconter sur cette période de notre vie. Pour tout vous dire, je me souviens à peine de mon frère aîné. Je m'en veux mais c'est comme ça : je n'y parviens pas. Je ne connais ce fameux « monde d'avant » que par ce qu'on m'en a dit. Avec vous, je suis persuadé de pouvoir le revivre et, peut-être, y retrouver Guillaume. Mon frère Arnaud vous serait sans aucun doute plus utile.

— Il n'est pas nécessaire de déranger ton frère. Tu sais bien que ça le met dans tous ses états et il vient pour se reposer.

Loïc Armengaud n'était certainement pas du genre à obéir aux ordres, mais il ne jouait pas pour autant les rebelles mal dégrossis. Son indocilité était tout en subtilité. Il a ignoré la remarque de son père et a continué.

— J'ai déjà pris la liberté de lui en parler et il a hâte de vous rencontrer. Il se souvient de vous. Il m'a raconté que votre nom était très connu à l'école Sainte-Marie, même par les élèves plus jeunes. Et il m'a également raconté qu'un jour, quand nous étions en camp de sports d'hiver, vous aviez été très gentil avec moi. De cela non plus, je le regrette, je ne garde aucun souvenir.

Moi, je m'en souvenais bien parce que cela n'en finissait plus de me poursuivre.

À partir de l'hiver 1980, je suis allé quatre années de suite en camp de sports d'hiver dans les Pyrénées, durant les vacances de février. Quatre semaines en tout et pour tout. Pourtant, elles m'ont laissé des souvenirs, bons et mauvais, qui ne s'éteignent pas. La première année a été une épreuve douloureuse. J'étais le seul de ma classe à être inscrit, je ne connaissais personne et c'était la première fois que je partais sans mes parents. J'ai obtenu ma première étoile, j'ai été malade comme un chien dans le car lors du retour et j'ai admiré le groupe des adolescents qui s'était arrêté pique-niquer sur les pistes. Je n'y suis revenu l'année suivante que parce que deux copains de sixième y allaient aussi. Mes parents auraient sans doute insisté si j'avais refusé : les douloureux événements de l'été nécessitaient à leurs yeux que je change un peu d'air. Je m'y suis alors beaucoup plus amusé, comme lors des deux séjours qui ont suivi.

Un souvenir a cependant pris le dessus sur les autres, avant même que je me replonge dans l'histoire du lac. C'était lors de la dernière année. Un groupe d'habitués, parmi les plus doués en ski, nous avait cooptés, un copain et moi, au moment de la répartition des chambres. Nous avions eu droit aux deux derniers lits de libres dans leur dortoir et, du coup, nous devions partager leur table à chaque repas. J'ai regretté après d'avoir accepté. Si je m'étais installé ailleurs, j'aurais sans doute pu passer mon chamois et vivre la semaine plus sereinement, plutôt que de me retrouver au milieu de ces sales types.

Un matin, je ne sais plus pourquoi, nous avons dû nous disperser pour le petit déjeuner. Certains d'entre nous, dont moi, ont été contraints de nous rendre dans la salle à manger des petits. Ce qui représentait l'humiliation ultime. C'est ainsi que je me suis retrouvé assis avec les frères Armengaud.

Tout le monde savait qui ils étaient. On ne cessait de murmurer dans leurs dos. Ils étaient marqués au fer rouge par Basse-Misère. Moi, je connaissais Arnaud de vue, depuis l'école primaire, où il était élève dans la classe inférieure. On ne s'était jamais fréquentés, que ce soit dans la cour de récréation ou au ski. Mais nous, les anciens élèves de Sainte-Marie, nous savions nous reconnaître entre nous. Dès que nous nous trouvions isolés quelque part, nous avions l'habitude de resserrer les rangs, peu importaient les différences d'âge ou les passifs non soldés. Lors de ma première année dans cette colonie, deux garçons plus âgés m'avaient pris sous leur aile pour que je ne sois pas embêté par les plus grands, simplement parce qu'ils se souvenaient de m'avoir vu à Sainte-Marie, dans le coin de la cour réservé aux enfants de mon âge. Donc, quand il m'a fallu trouver une place au petit déjeuner, j'ai repéré Arnaud et vice versa. D'un regard entendu, il m'a montré la place à côté de lui. Personne d'autre ne s'est assis à leur table. Nous sommes restés tous les trois, le petit Loïc en face de nous. Il devait avoir 6 ans, si je compte bien. Dans mon souvenir, je le revois plus jeune. Il faisait la tête. Il ne voulait pas toucher à son bol de chocolat chaud et me dévisageait avec méfiance. Arnaud était plus affable. Nous nous sommes mis à discuter et puis, de fil en aiguille, il a été question de ce petit frère qui ne mangeait ni ne buvait rien, ce qui n'était pas raisonnable avant une journée de ski.

— Il a été malade cette nuit. Il a vomi plusieurs fois, le pauvre.

Arnaud avait caressé la tête frisée de son frère. J'ai été bouleversé aussi bien par son geste que par le ton qu'il avait employé. Je revois encore la scène avec précision. J'étais à un âge ingrat où il ne fallait pas montrer d'attachement pour sa famille et, au contraire, prouver que nous grandissions, que nous devenions des durs-à-cuire capables de sortir des jupes de nos mères. Je sais que nous en devenions méchants avec nos proches. Quand mes copains parlaient de leurs frères ou de leurs sœurs, c'était pour les ridiculiser et se plaindre de leur existence. Je crois que je n'avais jamais vu à quoi pouvait ressembler un grand frère bienveillant et protecteur, qui n'avait pas honte de se comporter ainsi. Tous les matins, Arnaud ignorait les quolibets et venait déjeuner dans la salle des petits afin de partager un moment avec son frère et s'assurer qu'il allait bien. Ce matin-là, il le plaignait sincèrement et regrettait de ne pas avoir été avec lui durant la nuit. Il ne se cachait pas derrière un masque. Il avait un petit frère et il l'aimait. Il se fichait bien de le montrer. Le lien qui l'unissait à ce petit garçon était plus fort que tout ce que j'avais connu. Loïc m'a regardé avec ses yeux tristes et suppliants, sans doute persuadé que j'allais faire comme les autres et me moquer de lui. Comme il n'en était rien, il s'est mis à hocher la tête pour confirmer le récit d'Arnaud.

Je ne sais pas si partir chaque année en colonie m'a endurci, mais ce petit déjeuner a changé ma vie. Soudain, je me suis trouvé médiocre, égoïste, insensible. J'ai eu envie d'être aussi bienveillant que mon voisin et de le rester jusqu'à la fin de mes jours, ce qui, hélas, n'a pas été le cas. J'ai adressé un sourire désolé au petit.

— Les autres n'ont pas été gentils avec lui, a continué Arnaud. Il ne veut pas aller skier et préfère rester ici tout seul.

J'en aurais pleuré. J'ai même senti les larmes me monter aux yeux. Alors, je leur ai raconté la fois où j'avais été malade dans le car. Comme j'étais sujet au mal des transports, mes parents étaient prévoyants : je trimballais toujours dans mes poches des sacs en plastique. Quand j'ai senti la nausée arriver, j'ai sorti mon sac et j'ai vomi en toute discrétion – même le garçon assis à côté de moi ne s'en est pas rendu compte. Très fier de n'avoir pas été remarqué, j'ai ensuite appelé un des animateurs pour qu'il puisse jeter le sac, étant donné que je n'avais pas le droit de me déplacer. Celui-ci s'est mis à hurler quand il a vu que le plastique était percé et se déversait partout dans l'allée. Même ma cuisse était couverte de vomi. Les moqueries avaient été ensuite terribles mais elles n'avaient duré qu'un temps et ce n'était pas bien grave. Le petit garçon s'est mis à sourire en entendant mon récit. Arnaud le couvait toujours du regard et il souriait lui aussi.

— Mon cours n'a lieu que cet après-midi. Mais si tu te sens capable de venir skier ce matin, tu peux venir avec moi, ai-je proposé à Loïc. Il y aura un bon copain à moi et trois filles du lycée. Tu seras mon invité. Personne ne se moquera de toi, je te le garantis. Si quelqu'un s'y risque, il aura affaire à moi.

C'était du bluff. Je ne me sentais absolument pas de taille à affronter qui que ce soit. Mais le petit m'a cru et son sourire est devenu beaucoup plus large. Il me regardait avec reconnaissance. Je me suis senti fort, plus fort que je ne l'avais jamais été. Je n'ai pas souvent ressenti cela dans mon existence. Cet instant n'en est que plus précieux à mes yeux.

Loïc n'est finalement pas venu skier avec nous. Il est retourné avec ses copains et je ne l'ai plus revu jusqu'à la fin du séjour. Le lendemain matin, alors que j'en brûlais d'envie, je ne suis pas allé m'asseoir dans la salle à manger des petits. Je suis resté avec les abrutis de mon dortoir et je suis redevenu aussi médiocre qu'eux. En fait, je n'ai plus revu Loïc Armengaud jusqu'à ce qu'il surgisse dans le salon de ses parents trente ans plus tard.

26

Je n'avais pas davantage revu Arnaud depuis l'épisode du ski. Néanmoins, lui, je l'ai reconnu. Physiquement, il n'avait pas tant changé, le même visage rond, les mêmes cheveux noirs coupés court, la même attitude posée. En revanche, je ne me souvenais pas de sa façon de parler, si irritante : lui aussi cherchait à masquer son accent derrière un phrasé très artificiel et il avait adopté les intonations hautaines de sa mère. Peut-être qu'à l'époque cela avait moins attiré mon attention.

Nous nous sommes retrouvés dès le mardi suivant, par la grâce des vacances de la Toussaint. Avant que je ne quitte la maison de ses parents, Loïc m'avait demandé mon numéro de téléphone. Il m'a ensuite rappelé dès que son frère est arrivé à Valdérieu. Ensemble, ils avaient leur propre mémoire du drame vécu par leur famille. Ils s'étaient affranchis de la censure paternelle sur ce point. Pas assez cependant pour que notre entrevue se passe dans leur maison familiale.

— Ne le prenez pas pour de la provocation, m'avait dit Loïc, mais nous pourrions nous voir à la maison du lac, celle dont mon père vous a parlé.

Je n'avais pas repris la route du lac depuis le mois d'août et ma nuit passée sur l'îlot. Alors que, durant l'été, elle m'était apparue si agréable, avec les frondaisons plus ou moins épaisses qui laissaient filtrer les rayons du soleil, les prairies bien grasses qui surgissaient quand on ne s'y attendait pas, elle se montrait maintenant presque agressive. Les arbres étaient déplumés, l'herbe des champs avait bruni, la forêt était inquiétante, obscure et torturée. L'humidité suintait de partout et les couleurs s'étaient fanées. À moins que je n'aie plus été capable de les distinguer.

Au moment où le lac apparaissait enfin, trois maisons bordaient la route. Le grand gîte en pierre d'abord, une petite bâtisse rongée par le lierre et certainement laissée à l'abandon et, un peu plus loin, en retrait, une ancienne ferme qui avait conservé ses bâtiments disposés en U autour de la cour. Bertrand Armengaud l'avait achetée l'hiver qui avait suivi le massacre. On y accédait par un petit chemin qui s'écartait du virage que la route formait avant de replonger vers la forêt. On débouchait dans la cour gravillonnée. La bâtisse du fond était la maison proprement dite, une demeure coquette, rénovée dans l'esprit des lieux. Les vitres de l'aile gauche étaient occultées par d'épaisses toiles d'araignée et la peinture des boiseries était écaillée jusqu'à l'os. Celle de droite consistait en une enfilade de deux vastes granges fermées par de grands portails coulissants, qui s'achevait à l'entrée de la cour par un ancien poulailler aux murs à moitié effondrés.

Les frères Armengaud sont sortis quand ils ont entendu ma voiture. Loïc était ce jour-là bien plus grand qu'Arnaud, qui avait conservé sa silhouette plutôt boulotte. Ce dernier est venu vers moi d'un pas décidé, au moment où la bruine se mettait à tomber de manière désagréable. C'est alors que j'ai remarqué sa voix nasillarde et déplaisante.

— Comment vas-tu, Marc-Édouard ? Je suis content de te voir. Viens, ne restons pas sous la pluie…

Son frère m'a salué à son tour avant que nous ne pénétrions dans une belle pièce à vivre, percée d'une immense baie vitrée qui donnait sur le lac et la digue en contrebas. Ce n'était pas un salon d'apparat. Les matériaux et les quelques meubles étaient rustiques. Ça sentait la cendre froide et le renfermé, sans que ce soit désagréable. Il y faisait surtout bon. L'humidité et le froid qui l'accompagnait étaient restés à la porte.

— Notre père voulait revendre mais nous avons insisté pour qu'il garde cette maison. Du coup, il a préféré nous la léguer. Notre mère et lui ne veulent plus y séjourner depuis pas mal de temps déjà. J'ai détesté cet endroit durant toute ma jeunesse. Venir ici était pour moi une hantise. Quand j'ai appris que nous allions le perdre, je me suis soudain senti lié à ce lieu.

J'ai parlé à mon tour de mon attachement à la maison de mon grand-père à Fonbelle.

— Nos racines sont plus profondes que nous ne l'aurions cru, n'est-ce pas ? Un peu comme les grands arbres… Quand Loïc m'a parlé de ta lettre, beaucoup de choses me sont revenues à l'esprit à ton sujet. On entendait beaucoup parler de toi à l'école Sainte-Marie, même après ton départ. Marc-Édouard Peiresoles, c'était quelque chose ! Ce n'était pas facile de passer après toi. Je peux te l'avouer, tu étais le modèle à suivre pour pas mal de garçons, dont moi… Je me suis aussi souvenu de toi au ski, au camp de vacances. Le jour où tu as voulu défendre Loïc contre ceux qui se moquaient de lui.

J'ai fait semblant de ne pas savoir de quoi il parlait.

— Tu ne t'en souviens pas ? Tu étais venu t'asseoir à notre table pour le petit déjeuner. J'étais tout retourné que tu m'aies reconnu au milieu des autres… Toujours est-il que j'ai été très content d'apprendre que tu avais décidé de te pencher sur notre histoire. Je me retrouve parfaitement dans ton angle d'approche : le monde d'avant, le monde d'après... Je suis cent pour cent d'accord avec cette histoire de peur. J'ai vécu avec elle si longtemps ! Nous avons tous vécu avec elle. Ceux qui disent le contraire mentent.

— Comme nos parents, a enchaîné Loïc. La colère dont notre père vous a rebattu les oreilles samedi dernier n'est qu'une conséquence de leur peur.

— Chacun a eu à subir cette angoisse permanente, se l'est construite lui-même. Mais les fondations sont identiques. J'ai ressenti un certain soulagement en découvrant que quelqu'un d'autre avait compris cela. Surtout lorsque j'ai appris que c'était toi.

— Nos parents sont très méfiants et ils n'aiment pas parler de ce qui s'est passé, a repris Loïc. S'il n'y avait pas eu Arnaud, je ne saurais pas grand-chose de Guillaume ni des circonstances dans lesquelles notre frère nous a été enlevé. Je ne l'ai pas beaucoup connu, comme je vous l'ai dit, j'ai du mal à me souvenir de lui, pourtant il me manque énormément. J'aime parler de lui et entendre les récits de l'époque où il était vivant, où nous étions tous les trois. J'aimerais beaucoup que vous écriviez là-dessus, avec votre manière de nous accompagner dans le passé pour nous permettre ensuite de nous y mouvoir à notre guise. Tout ce que nous pourrons faire pour vous aider, nous le ferons.

Alors, j'ai sorti mon carnet, celui où j'avais noté dans le désordre les questions que je voulais poser à Arnaud. Par ses réponses, il nous a entraînés dans le passé.

Il ne voyait Justine qu'au club nautique. Elle avait toujours été gentille avec lui, elle ne lui avait jamais fait sentir qu'il était de trop sous prétexte qu'il était un peu plus jeune. Bien sûr qu'elle était jolie, très jolie même. Mais ce qu'il retenait avant tout, c'était sa gentillesse, sa joie de vivre, le fait que, lorsqu'elle vous parlait ou vous souriait, vous aviez l'impression d'être unique et important. Guillaume, lui, avait la chance de la côtoyer tous les jours au lycée. Enfin, peut-être n'était-ce pas une chance après tout. Il était amoureux d'elle. Depuis longtemps déjà. Il ne l'avait avoué à personne mais cela se voyait comme le nez au milieu de la figure. Arnaud n'avait pas pris cela très au sérieux. Comme les autres, il avait charrié son frère et Justine quand ils s'allongeaient côte à côte sur la plage ou quand on les voyait parler ensemble à voix basse. Il n'avait pas compris que pour Guillaume elle était bien plus que la belle copine avec qui il avait grandi. Aux Crozes, il l'avait quasiment pour lui tout seul. Les autres « grands » ne pouvaient pas le concurrencer : le fils Bardy parce qu'il ne pensait qu'au sport et perdait ses moyens en présence de Justine, Emmanuel Garcès parce qu'il était si laid qu'il ne pouvait rien espérer des filles. En revanche, au lycée, il devait la partager. Pire, il était relégué au second plan, loin derrière les garçons qui avaient davantage d'assurance et de présence que lui. Il n'était plus que le bon copain, presque un membre de la famille, un élément du décor qu'elle ne semblait même pas voir certains jours. Ils étaient nombreux à lui tourner autour, à rechercher sa compagnie. Il y avait notamment un élève de terminale qui avait pris l'habitude de la raccompagner chez elle à moto. Tout le monde pensait qu'ils sortaient ensemble. Sauf que, un mois après, il avait disparu de la circulation et la parade autour de Justine avait repris. Elle affirmait n'avoir jamais eu de petit ami, que cela ne lui apparaissait pas indispensable et qu'il faudrait qu'un garçon soit vraiment exceptionnel pour la faire changer d'avis. Dans son dos, les commentaires déplacés et salaces ne l'épargnaient pas. Guillaume entendait tout. Il s'efforçait de ne rien répondre à ces grossièretés répétées, voire à en sourire parfois. Bien qu'il n'ait qu'une envie, celle de leur casser la gueule à tous.

Il avait fini par s'en ouvrir. Il en avait parlé à Arnaud alors qu'en temps normal ils n'évoquaient pas ce genre de sujet. Plus il aimait Justine, plus il se montrait distant avec elle. Aux Crozes, ils étaient devenus moins complices. Elle semblait lui préférer la compagnie des autres, surtout celle d'Emmanuel. Il en était fâché. Le dernier été, lorsqu'ils rentraient à Valdérieu le soir, il ne disait rien, se contentant de regarder défiler le paysage derrière la vitre de la voiture, le regard noir. Sombre mais impatient d'être au lendemain pour revenir au lac. Quand Justine avait parlé de sa pièce de théâtre, celle qu'elle comptait monter pour le week-end de la fête, et qu'elle avait commencé à distribuer les rôles, ça avait été pire que tout. Elle avait écarté Guillaume tandis qu'Arnaud faisait partie de la troupe, avec un grand rôle, celui de Raoul, l'amoureux transi de Christine. Les répétitions avaient lieu chaque fin d'après-midi. Au début, Arnaud avait été enthousiaste même si Florie, qui devait incarner sa dulcinée, le mettait mal à l'aise. C'était avant de se rendre compte que son grand frère souffrait beaucoup de la situation, qu'il n'en avait pas « rien à foutre du théâtre », comme il ne cessait de le clamer. Il était sans doute trop jeune, trop préoccupé par sa petite personne, pour voir les évidences. Alors, au moment de leur départ en vacances, Arnaud avait pris son courage à deux mains et dit à Justine qu'il renonçait à la pièce. Il avait prétexté ne pas savoir jouer, ne pas vouloir être celui qui allait tout gâcher. Justine l'avait fusillé du regard mais n'avait rien répondu.

Ils étaient ensuite partis quinze jours à la mer, au début du mois d'août. Un soir, les deux frères s'étaient retrouvés sur le balcon de leur chambre, à regarder la lune se refléter dans la mer. Ils avaient beau être proches, ils se parlaient peu. Mais, ce soir-là, comme s'il ne pouvait plus retenir ses mots, Guillaume avait évoqué Justine, ce qu'il avait vu et entendu durant l'année au lycée, ce qu'il ressentait pour elle. Lui qui d'ordinaire était si silencieux ne parvenait plus à se taire. Il aimait Justine. Il voulait trouver le courage de le lui avouer. S'il ne se remuait pas, elle allait lui échapper. À la rentrée de septembre, il serait trop tard. Parce qu'il y aurait un autre crétin à moto ou un autre garçon dont elle découvrirait subitement les qualités cachées.

— C'est maintenant ou jamais, avait-il lancé en serrant les dents. Et si c'est jamais, j'en crèverai !

Avant, il s'amusait bien avec elle. Ils pouvaient discuter de tout, même de choses très intimes. Il ne comprenait pas pourquoi le fil s'était cassé un an après. Depuis plusieurs semaines, il ne parvenait même plus à lui parler. Elle avait désormais le don de lui faire perdre ses moyens.

— Pourtant, elle est toujours la même, avait remarqué Arnaud.

— Je sais que ça vient de moi. Ça me pourrit la vie, bordel ! Ça m'écrase !

Arnaud avait cru que son frère allait fondre en larmes. Il ne se rappelait pas l'avoir jamais vu pleurer. Du coup, ça lui a fait un drôle d'effet. Il aurait tout donné pour aider Guillaume, pour que les choses s'arrangent. Une idée lui était alors venue.

— Écris-lui si tu n'arrives pas à lui parler. Pour qu'elle comprenne que tu ne lui fais pas la gueule.

— J'y ai déjà pensé. Mais elle passe ses journées à lire ou à écrire. Tu imagines à quel point elle trouverait ma lettre ridicule. Même si quelqu'un corrigeait mes fautes, le résultat serait risible. Autant lui avouer tout de suite que je suis un imbécile et un bon à rien.

— Pourquoi tu ne lui offrirais pas un cadeau ? Quelque chose qui lui plairait beaucoup. Tu mets juste un petit mot avec pour lui dire ce que tu ressens. Elle ne rira pas de toi. Quand on se moquait de vous les autres années, en claironnant que vous étiez amoureux, tu te souviens de ce qu'elle faisait ?

— Elle serrait ma main dans la sienne ou posait sa tête contre mon épaule et vous répondait : « Oui, nous sommes amoureux ! Peut-être même qu'un jour, on se mariera. Vous nous dérangez au moment où nous cherchions le prénom de notre premier enfant. » Elle disait ça pour vous clouer le bec. Elle ne le pensait pas.

— Une fille qui dit ça, elle écoute quand on lui avoue qu'on l'aime.

Le reste du séjour, Guillaume avait donc cherché le cadeau en question. Hélas, il n'avait rien trouvé qui puisse convenir.

— Il est hors de question que je me ramène avec une breloque ou un truc que tout le monde a déjà. Il faut que ce soit un cadeau qui la touche, quelque chose de marquant, qui lui fasse comprendre que je la connais mieux que personne…

Justine dévorait les livres. Et quand elle avait fini, elle adorait les raconter, dans le détail, avec un enthousiasme qui donnait envie de les lire. Au début des vacances, Arnaud l'avait entendue raconter pas moins de trois bouquins, sans compter *Le Fantôme de l'Opéra*. Il fallait chercher dans cette direction. Guillaume a prospecté mais à la fin il est revenu bredouille et dépité à Valdérieu.

Arnaud avait alors eu l'idée de se faire conseiller par ceux qui étaient proches d'elle, à savoir sa cousine, Florie, et Emmanuel Garcès. Ils savaient peut-être quel roman lui faisait envie, celui qu'elle rêvait d'avoir. Venant de lui, la question ne leur semblerait pas suspecte. Florie l'avait toutefois toisé avec méfiance et elle avait refusé de lui répondre. Emmanuel, lui, avait accepté. Arnaud avait profité de se retrouver seul avec lui sur le ponton pour le questionner.

— Si tu avais à offrir un livre à Justine, lequel tu choisirais ?

Emmanuel l'avait dévisagé avec étonnement.

— Pourquoi ? Tu veux offrir un livre à Justine ?

— Je ne sais pas.

— Pourquoi c'est à moi que tu demandes ça ?

— Parce que tu es un de ses meilleurs amis.

L'autre avait fait la grimace, ce qui le rendait presque effrayant. Puis il avait détourné le regard. Arnaud s'était alors relevé et, avant de plonger, avait rétorqué :

— Ce n'est pas grave. Je trouverai par moi-même. Elle a l'air si fâchée pour sa pièce… Je croyais que tu la connaissais assez bien pour me filer un tuyau.

Emmanuel l'avait alors retenu.

— Il y en a un qui pourrait faire l'affaire…

Et il lui avait donné le titre : *L'Attrape-cœurs*. Le lendemain matin, Guillaume était allé en ville pour en acheter un exemplaire à la librairie. Il était revenu tout fier, avec un beau paquet cadeau sous le bras.

— Et pour ton mot ?

— J'ai aussi acheté un marque-page.

Il exhiba ce dernier, un beau marque-page vert pâle aux bordures dorées.

— Je vais écrire dessus et le glisser dans le paquet. Comme ça, elle pourra le garder quand elle lira autre chose.

Il avait passé le reste de la matinée à rédiger trois mots – « Je t'aime. Guillaume » – puis à défaire avec délicatesse le papier cadeau, glisser le marque-page dans le livre et refermer le paquet avec soin.

Après le déjeuner, comme chaque jour, ils étaient montés au lac avec leur mère et leur petit frère. Guillaume était nerveux. Il avait caché son cadeau dans son sac. Justine était déjà sur place quand ils étaient arrivés. Les pieds dans l'eau, Florie se tenait à côté d'elle. Il n'avait pas osé l'approcher. Elle n'était jamais seule, or il ne voulait pas lui offrir son présent devant les autres. Alors, il s'était mis à la torture durant tout l'après-midi, se montrant plus distant que d'habitude, s'isolant même, dans l'espoir que Justine irait vers lui pour comprendre ce qui n'allait pas. Mais elle n'était pas venue. Au moment de partir, n'ayant plus trop le choix, il s'était approché d'elle et lui avait presque mis le paquet de force dans les mains sans dire un mot, avant de partir en courant.

Le lendemain, ils étaient montés aux Crozes plus tôt, parce que leur père, qui était avec eux, aimait bien déjeuner au club quand il en avait le loisir. Le trajet avait été un nouveau supplice pour Guillaume. Une fois arrivé, il avait à peine dit bonjour et s'était précipité dans le lac, nageant comme si sa vie en dépendait, avant de venir se poster sur le ponton encore à l'ombre, et donc désert, le dos tourné à la plage. Arnaud, lui, avait rejoint ses copains. Ils avaient pour projet de construire une cabane avant la fin des vacances. Du coin de l'œil, il avait quand même surveillé ce qui se passait plus loin. Il avait vu Justine se mettre à l'eau puis aller vers son frère. Elle s'était hissée sur le ponton, avait serré ses longs cheveux des deux mains pour les égoutter, puis elle s'était assise à côté de lui.

Arnaud avait ressenti de la gêne. Quelque chose qu'il n'avait pas vu venir, une pointe de jalousie. Il avait préféré ne pas regarder et se remettre à la cabane. Il avait juste remarqué que Justine était plongée dans le livre et que Guillaume se tenait près d'elle, l'air triste.

Le soir, il avait voulu tout raconter à Arnaud. Justine l'avait d'abord remercié pour son cadeau. Elle venait de commencer le roman et elle l'adorait. Puis, elle lui avait parlé de son petit mot.

— Je n'ai pas envie d'avoir de petit ami pour le moment. Je suis désolée.

Elle faisait la même réponse aux autres garçons du lycée. Il ne lui avait pas demandé de sortir avec lui, il lui avait juste écrit qu'il l'aimait. Mais de ça, elle n'avait rien dit.

— Si c'est ce qui te turlupinait depuis le début des vacances, peut-être que, maintenant, tu vas pouvoir redevenir aussi sympa qu'avant. Parce que tu m'as beaucoup manqué.

C'était mieux que rien. Voilà comment il avait pris la chose. Le pire, c'est qu'Arnaud était soulagé que le coup du cadeau n'ait pas marché.

Deux ou trois jours sont passés. La cabane n'avançait pas. Pas moyen de la faire tenir droit. Arnaud était donc parti en quête de matériaux plus rigides dans un autre coin de la forêt. Quand il était finalement revenu les mains vides, il était tombé sur Justine derrière le hangar à bateaux, assise par terre, les genoux relevés, adossée au mur, en train de rêvasser, un brin d'herbe coincé entre les lèvres.

— Dis donc, Arnaud, tu m'as fait à moitié peur ! J'ai cru qu'il y avait une bête !

— Je cherchais des branches plus épaisses pour la cabane. Tu n'es pas avec les autres ? Vous vous êtes disputés ?

— Non. J'ai juste besoin de me retrouver seule de temps en temps. Ils finissent par m'épuiser, tous ces petits.

— Je te laisse tranquille. Je vais continuer à chercher.

— Non, tu peux rester. Toi, c'est différent. Viens t'asseoir un peu avec moi.

Il n'avait pas trop su quoi faire. Pour la première fois, il se retrouvait seul avec elle et il craignait que son frère les surprenne.

— J'ai enfin compris pourquoi tu as refusé de jouer Raoul dans ma pièce.

— Je suis désolé. Le théâtre, ça n'est pas trop mon truc. J'aurais dû te dire non tout de suite, tu aurais eu le temps de trouver quelqu'un d'autre.

— C'est Guillaume qui t'a demandé d'y renoncer. Au début, j'ai cru que c'était à cause de Florie. Mais, maintenant, j'ai deviné que tu l'as fait pour ton frère. C'est aussi pour ça que tu ne viens jamais traîner avec nous.

— Il ne m'a rien demandé. Il était triste que tu l'aies oublié.

— C'est sa faute aussi, à faire son Monsieur Je-Fais-La-Tête-Tout-Le-Temps !

— Tu as eu son mot. Tu sais pourquoi il était comme ça.

— Le mot sur le marque-page m'a touchée mais il ne m'a pas surprise. J'étais au courant depuis longtemps.

— Et toi ? Tu ne l'aimes pas ?

— Si je te réponds, tu vas aller le lui répéter ?

— Non, c'est juré.

— Promis ?

— Oui, promis !

— Non, je ne l'aime pas. Pas comme il voudrait.

— C'est dommage. Il va avoir beaucoup de peine.

— Tu as juré !

— Il faudra bien que tu le lui dises.

— Absolument pas. Je n'en ai pas l'intention. Parce que c'est lui qui m'a appris à plonger la tête la première, à grimper aux arbres, qui m'a portée sur son dos la fois où on est allés chercher des champignons et que je me suis tordu la cheville… Il est mon ami depuis des années. Je n'ai pas envie de lui faire du mal. Les choses vont redevenir comme avant. On était bien, avant. Tout était bien.

Arnaud était presque en colère qu'elle l'ait mis dans la confidence. Il aurait préféré ne pas le savoir. Alors, il a tenté de la blesser à son tour.

— Guillaume m'a raconté qu'au lycée certains prétendent que tu préfères les filles aux garçons.

— Je sais. Ils disent ça parce qu'ils sont vexés que je les ignore. Ils n'ont pas l'habitude que les filles leur résistent. Je n'en ai rien à faire, d'eux et de ce qu'ils racontent.

— Tu n'es amoureuse de personne ?

— Non, je ne crois pas. Et toi ?

— Non plus… Il y avait une fille que j'aimais bien cette année, mais ça m'a passé.

— Pourquoi ?

— Quand on a fait notre sortie au zoo de Plaisance, elle s'est amusée dans le car avec d'autres filles et d'autres garçons de la classe. Ils tiraient un couple au sort et il fallait qu'ils s'embrassent sur la bouche.

— Tu ne l'as pas fait ?

— Non. J'étais assis plus loin.

— Et si tu avais été avec eux, tu l'aurais fait ?

— Non, certainement pas.

— Tu trouves que c'est dégoûtant, que ta copine est une pouffe ?

— Elle n'est pas ma copine... Et toi, tu as déjà embrassé quelqu'un ?

— J'en ai embrassé tout un tas, bien plus que la fille dans le car. Mais uniquement en rêve ou en m'imaginant le faire. En vrai, je ne l'ai jamais fait.

— Pas même avec le garçon de terminale, celui à la moto ?

— Lui ? Tu veux rire ! C'est le fils d'un de nos voisins. J'ai trouvé sympa qu'il me ramène chez moi jusqu'à ce que cet abruti se vante de sortir avec moi, ce qui n'était pas le cas.

— Pas même avec ceux avec qui tu fais des boums ?

— Il t'en a raconté des choses, ton frère ! Non, pas même avec eux.

— Ça ne t'intéresse pas, alors ?

— Si, ça m'intéresse. J'aime bien les garçons et je ne suis pas aussi sage que j'en ai l'air. Tu veux que je te dise un secret ? L'été dernier, j'ai permis au fils Bardy de me voir toute nue sous la douche. Ici même, dans les vestiaires. Je lui ai expliqué où se mettre pour regarder et, quand j'ai deviné qu'il était là, j'ai enlevé mon maillot.

— Entièrement ?

— Entièrement.

— Pourquoi tu as fait ça ?

— Parce que j'en avais envie. Parce que je trouvais ça excitant. Tu trouves que moi aussi je suis une pouffe ?

— Non, pas toi !

— Pourtant, c'est pire que de rouler des pelles à plusieurs garçons durant une sortie scolaire, non ?

— Pourquoi est-ce que tu as choisi le fils Bardy ?

— Comme ça. Parce qu'il me semblait inoffensif, qu'il était moins important que vous autres à mes yeux. Jamais je n'aurais pu faire ça devant Emmanuel, Guillaume ou toi. J'aurais eu l'impression de salir quelque chose. Alors que là… Peut-être que tu verras ton ex-copine d'un autre œil maintenant ? Peut-être que tu vas aller la voir à la rentrée pour lui dire que tu tiens à elle.

— Je ne le ferai pas. Elle ne m'aime pas. Elle me trouve moche.

— Elle t'a dit ça comme ça ? « Je ne t'aime pas et je te trouve moche. »

— Oui. Et elle m'a surnommé Porcinet.

— Alors, tu as raison de la laisser tomber. Tu sais, quand j'étais petite, mes parents ont tenu à m'offrir un chien. On m'a permis de le choisir. Il y avait une chienne et un tas de chiots autour. Ils étaient vraiment adorables. Mais j'ai pris celui qui se tenait à part, qui était plus petit que les autres et avait une drôle de tête. Mon père a essayé de me faire changer d'avis, prétextant qu'il était le dernier de la portée, qu'il serait fragile et, surtout, qu'il était très moche. J'ai tenu bon et c'est ce chien-là que j'ai eu. Je ne sais pas comment l'expliquer mais c'est lui que j'ai aimé.

— Tu l'as toujours ?

— Non. Il s'est fait écraser par une voiture juste devant chez nous, il y a trois ans. Ça a été le plus grand chagrin de ma vie. Il m'arrive encore de pleurer en pensant à lui.

— Tu me dis ça parce que tu me trouves moche, toi aussi ?

— Pas du tout. Tu n'es pas moche, Arnaud. Je te trouve même craquant, avec tes yeux tout ronds, tes bonnes joues et ta façon de toujours marcher sur des œufs, quoi que tu fasses.

Elle s'était alors penchée vers lui et l'avait embrassé sur la bouche. Pas d'un baiser furtif mais d'un long baiser. Il avait senti ses lèvres mouillées contre les siennes, sa main posée sur sa joue. Il avait d'abord voulu se dégager de sa douce étreinte mais aucune partie de son corps n'avait voulu lui obéir. Alors, il s'était laissé faire. Cela avait duré encore et encore. Il lui semblait que Justine lui insufflait une brise légère et chaude dans la bouche, dans la gorge et dans le ventre. Que, soudain, l'air qu'il respirait était devenu plus pur, plus léger.

Elle s'était ensuite reculée et l'avait regardé avec son si joli sourire.

— Ce sera notre secret. Et on s'en souviendra toute notre vie, tu veux bien ? Notre premier baiser à tous les deux.

Elle s'était relevée, avait frotté son short et, comme si rien ne venait de se passer, lui avait demandé s'il irait se baigner.

— Je ne sais pas. Peut-être…

— Et ne t'inquiète pas pour la pièce. Elle n'est pas tombée à l'eau à cause de toi. De toute manière, je n'aurais jamais été prête à temps.

Après, elle était repartie rejoindre les autres.

Les jours qui ont suivi, Arnaud avait eu l'impression que son frère était au courant. Il l'avait senti méfiant à son égard, par moments agressif. Il ne se confiait plus à lui, ne lui parlait plus de Justine ni de ce qui se passait aux Crozes. Arnaud était meurtri de l'avoir trahi. Et de savoir que Justine ne l'aimait pas. C'est pour cela que lorsqu'elle lui avait proposé d'aller avec eux sur l'îlot, il avait refusé.

Depuis leur baiser, il s'était tenu éloigné d'elle. Il ne venait même plus écouter les histoires qu'elle racontait si bien. Il savait juste que *L'Attrape-cœurs* était devenu son roman préféré, qu'elle en parlait tout le temps, disant qu'il la marquerait pour le restant de ses jours. Comme leur baiser…

Quand les canoës avaient quitté la plage le soir de la fête, il en avait pleuré de rage. Plus tard, dans la nuit, il avait entraîné ses deux copains jusqu'à la pointe. Ils étaient restés un petit moment à guetter ce qui se passait aux Bois-Obscurs. Il sentait encore les lèvres de Justine contre les siennes et c'était devenu une morsure douloureuse.

Quand Arnaud a cessé de parler, j'ai eu la surprise de me retrouver dans cette maison assombrie par l'automne, comme si je venais d'être téléporté, abandonnant Justine et les autres à leur été au bord de ce lac dont je devinais un morceau, au loin, derrière la baie vitrée.

— La vie d'après, Marc-Édouard, ce sont nos parents qui ont cherché à assouvir leur colère, cette maison où nous étions obligés de venir, ce lac… Le regard des autres enfants au collège puis au lycée. Les camps de ski et les colonies d'été à l'océan, qui nous ont fait perdre à tous les deux le goût des vacances. Je n'aspirais qu'à une seule chose : qu'on me laisse tranquille chez moi, avec mon petit frère, dans notre chambre.

— Cela a été plus dur pour Arnaud que pour moi, parce que lui a tout de suite eu conscience de ce qu'il avait perdu.

— Guillaume me manque énormément. Personne ne s'est vraiment rendu compte de la place qu'il prenait. Le vide est immense. Gigantesque. Il m'est arrivé plusieurs fois de souhaiter être mort à sa place ou bien avec lui, sur l'îlot. Ce qui aurait été le cas sans ce baiser. Justine m'a sauvé la vie en m'embrassant… Durant des mois, chaque soir, avant de m'endormir, j'ai repensé très fort à ces dernières journées. Pour pouvoir m'y replonger durant mon sommeil. J'étais persuadé que je ne me réveillerais pas. Mais qu'il ne s'agirait pas d'une vraie mort puisque j'allais les rejoindre. Le matin, au moment où je m'éveillais, mon cauchemar commençait vraiment. Voilà quelle était ma peur : me réveiller. Et puis j'ai fini par ouvrir les yeux et par voir Loïc. Il me regardait comme je regardais Guillaume autrefois. Je lui dois de m'en être sorti. Il était tout petit, avec son air toujours triste, mais il a su me donner une force colossale.

Les deux frères se sont regardés avec le même amour que j'avais vu aux sports d'hiver, quand nous étions assis devant nos bols en Pyrex remplis de chocolat chaud et nos tartines de la veille.

— Nous en avons voulu à nos parents, a continué Loïc. Mais aujourd'hui, nous leur sommes reconnaissants de ce qu'ils ont fait pour nous. Ils ne se sont pas effondrés, au prix d'un effort surhumain, et ils nous ont appris à ne pas le faire.

— Soutenez-vous leur démarche avec l'association ?

— L'assassin de Guillaume est sous les verrous. Pour nous deux, cela suffit. Qu'il avoue ou pas.

Arnaud s'est montré plus hésitant dans sa réponse.

— Je ne parviens pas à ressentir de la colère contre lui. C'est comme s'il n'y avait pas d'assassin, comme s'ils étaient morts sans que personne ait eu besoin de lever la main sur eux. C'est aussi plus confortable pour moi de considérer les choses ainsi. Il m'a fallu plusieurs années pour m'apercevoir que, avec mes deux copains, quand nous avons désobéi et que nous avons traversé les sous-bois pour nous approcher des Bois-Obscurs, nous sommes sans doute passés tout près de l'assassin qui était tapi près de la rive. Nous aurions pu sentir sa présence, voire le débusquer. À combien de pas et de minutes cela a-t-il pu se jouer ?

Dans son dos, la nuit commençait à tomber. Le lac n'était plus qu'une lame grise et brumeuse qui déchirait la masse noire et lugubre de la forêt. Un long silence s'est fait. Personne n'a songé à allumer les lampes. La silhouette d'Arnaud Armengaud se découpait à contre-jour sur la baie vitrée. À un moment, il m'a semblé le voir porter les doigts à ses lèvres et caresser celles-ci. J'ai imaginé qu'il était reparti là-bas. Je l'ai presque envié.

27

Revenu chez moi, j'ai vécu une soirée hors du temps. Pour une fois, je n'ai pas eu froid, le feu que j'avais allumé semblant plus prompt que d'habitude à réchauffer la grande pièce. Je me suis assis dans un des fauteuils, calme et en paix. Je souhaitais prolonger autant que possible ce moment, ne pas l'interrompre ou le gâcher avec des gestes brusques et inutiles. J'étais devenu plus perméable aux choses, je les absorbais. J'étais un peu Guillaume et un peu Arnaud. J'étais un peu Emmanuel et la petite Florie. Ou encore le fils Bardy, qui avait découvert Justine nue sous la douche. J'étais invisible et je me déplaçais à mon gré dans la belle parcelle des Crozes, spectateur béat, comme à l'époque du ski. Je les regardais tous vivre au sein d'un petit monde qui se distendait ou se resserrait, qui changeait ses contours pour mieux les redessiner ensuite. Justine était au cœur de ce monde. La seule personne que je ne réussissais pas à incarner.

Son père ne m'avait toujours pas répondu. J'ai réitéré ma demande par écrit, précisant que les autres parents avaient accepté de me parler, y compris son ex-beau-frère. J'ai essayé de me montrer plus sincère que la première fois. Je lui ai dit que Justine était incontournable, que, dans le « monde d'avant », elle était la clé de voûte de tout l'édifice. Je ne parvenais pas à m'expliquer pourquoi elle avait disparu de ma mémoire. Je me souvenais d'avoir croisé Guillaume et Emmanuel. Mais je n'avais aucun souvenir d'elle, pas le moindre. Pourtant, notre ville n'était pas si grande, elle paraissait même trop petite pour une fille comme elle.

En attendant une éventuelle réponse de sa part, j'ai pris la décision d'aller voir Marie Greffier. C'est elle qui avait capturé la dernière image, celle des canoës. Peut-être existait-il d'autres clichés ? J'ai lu et relu son témoignage, avec sa colère qui avait fini par apparaître quand on l'avait suspectée à cause de sa proximité embarrassante avec Justine. Dans le dossier qu'il lui avait consacré, Pastre avait noté en rouge, dans un coin : « Dragon !!! »

Tant que je me sentais capable d'affronter une tempête sans flancher, je me suis dépêché de tenter ma chance. Elle possédait encore son cabinet d'assurances en ville, au rez-de-chaussée d'un bel immeuble. On devait d'abord passer un grand portail avant de se retrouver sous un porche au sol pavé. Précédant un joli jardin clos de murs, une double porte vitrée s'ouvrait sur les bureaux. C'était une grosse boîte, qui avait bien prospéré, chose rare dans la vallée. Elle ressemblait à une fourmilière. Une dizaine de personnes jouaient les ouvrières besogneuses, les imprimantes crépitaient, les papiers s'accumulaient sur les tables et les téléphones n'arrêtaient pas de sonner. Derrière une des portes peintes en bleu, la reine veillait sur ses troupes. Sans la voir, on pouvait facilement l'y deviner. Le dragon dans sa caverne.

J'ai d'abord demandé à la rencontrer. Quand on m'a questionné sur les raisons de cette requête, s'inquiétant de voir que je n'avais pas pris rendez-vous, j'ai répondu que c'était au sujet d'une photo qu'elle avait prise trente-quatre ans plus tôt. Je l'avais emmenée avec moi, dans un vieux carton à dessin que j'avais retrouvé lors de mon déménagement. La secrétaire a appelé sa patronne devant moi. Cela n'a duré que deux secondes, sans qu'il y ait le moindre éclat de voix.

— Ce n'est pas possible, monsieur. Mme Greffier n'est pas en mesure de vous recevoir.

— Je peux attendre.

— Je ne pense pas que cela soit nécessaire. Elle est très occupée.

Dans d'autres temps, je n'aurais pas insisté et je serais parti poliment. Mais les temps étaient en train de changer.

— Pouvez-vous au moins lui donner mon nom : Marc-Édouard Peiresoles. Et lui dire que je ne suis pas journaliste mais qu'il est question de Justine.

— Justine ? Justine comment ?

— Dites Justine, elle comprendra.

La secrétaire a à nouveau décroché le combiné. Cette fois-ci, j'ai eu l'occasion d'entendre le rugissement de sa patronne. La jeune femme a pâli. Elle a reposé son téléphone sans oser ajouter un mot.

— Il est inutile d'insister, monsieur Peiresoles. Mme Greffier ne veut pas vous recevoir.

— Dans ce cas, serait-il possible que je prenne un rendez-vous ?

— S'il ne s'agit pas d'une question de contrat ou de dommages, je ne peux rien faire pour vous. Je suis désolée.

Au pire, me suis-je dit, je venais de lancer quelques appâts, la curiosité la pousserait peut-être à vouloir en savoir davantage sur ma démarche. Sans pour autant espérer qu'elle réagisse aussi vite. Alors que je quittais les bureaux, mon gros carton à dessin sous le bras, une voix rocailleuse a résonné dans mon dos, depuis l'entrée du jardin.

— Qu'est-ce que c'est que cette histoire de photo ? Vous êtes sûr de ne pas être journaliste ?

Elle se tenait droite, une cigarette allumée à la main. C'était une femme assez petite, plutôt carrée d'épaules. Son visage était sévère, comme ses yeux et la coupe disciplinée de ses cheveux grisonnants.

— Non, madame. Je suis historien.

— Vous ressemblez plutôt à un étudiant des Beaux-Arts qui aurait un paquet d'années de retard.

— La photo a été agrandie. Je ne voulais pas l'abîmer.

J'ai dénoué le lacet du carton et je lui ai montré le cliché.

— C'est vous qui l'avez prise, quelques heures avant que…

— Je sais qu'elle est de moi. Et alors ?

Elle portait un pantalon de toile bleu marine qui tombait mal et semblait trop court. Sa veste blanche à rayures et la petite écharpe qu'elle avait nouée autour de son cou lui donnaient l'apparence d'un capitaine de yacht.

— Possédez-vous d'autres photos prises au club nautique, cet été-là ou même ceux d'avant ?

— Pourquoi avoir cité le prénom de Justine ? C'était pour m'impressionner ?

— Parce que c'est elle qui m'intéresse.

— Vous allez nous pondre quoi ? Un article ? Un bouquin sur le massacre ?

— Je travaille davantage sur la mémoire, madame. Et les photos sont une forme de mémoire, surtout quand elles sont aussi parlantes que la vôtre.

— Parlantes ? En gros, si je vous suis bien, vous essayez de comprendre les traces que cette triste histoire a laissées derrière elle.

— Je crois qu'on peut présenter les choses de cette manière.

— Chaque catastrophe fait au bas mot des centaines ou des milliers de morts. Les tours de New York, c'est trois mille. Les deux guerres mondiales réunies doivent flirter avec… combien ? Quatre-vingts millions de victimes… En quoi la mort de ces trois gosses dans un coin aussi perdu que le nôtre représente-t-elle un objet d'étude plus intéressant que tout le reste ?

— J'ai grandi ici, madame Greffier. C'est aussi un peu mon histoire.

— Peiresoles, c'est ça ? Vous êtes le fils du magasin de matériaux ?

J'ai acquiescé.

— Vous savez sans doute ce que cette affaire m'a coûté, n'est-ce pas ? Les abjections que j'ai dû affronter, justement à cause de photos comme celle que vous tenez. Mes gros clients m'ont tourné le dos. Je les ai perdus un par un. Ils ont cru me faire couler. Mais ce sont eux qui ont coulé. Je n'aurais pas aimé être leur assureur quand il y a eu tous ces incendies en 1983… Je n'ai pas d'autres photos, monsieur Peiresoles. J'ai tout jeté après ce qui s'est passé.

— Je ne me souviens pas d'elle, madame. Je ne me souviens pas de Justine. À croire que nous n'avons pas habité la même ville. J'ai besoin que quelqu'un puisse me parler d'elle.

Elle a écrasé sa cigarette dans un pot en terre posé sur le muret.

— Venez avec moi. Si nous restons ici encore une minute, les courants d'air vont nous tuer.

Nous avons fait le tour du bâtiment par le jardin et pénétré dans son bureau par une porte-fenêtre. Les seules décorations qu'elle s'était autorisées étaient plusieurs photos de bateaux. Le reste n'était que peinture blanche, plancher blond et meubles clairs. Elle m'a invité à m'asseoir.

— Moi, je me souviens bien d'elle, a-t-elle repris sans transition. J'aimerais bien parfois avoir moins de mémoire, que ça déraille un peu dans ma tête, afin de pouvoir effacer certaines choses.

J'ai remarqué ses mains aux doigts courts, ses ongles trop ras, l'absence de bijoux et de maquillage. Même si les traits de son visage s'étaient quelque peu radoucis, ses yeux restaient des piques acérées, prêtes à embrocher sur-le-champ quiconque oserait franchir ses limites, que je devinais variables.

— On a décrit Justine toujours gaie comme un pinson, enjouée, chaleureuse, bienveillante. Ce n'est pas faux mais ce n'est pas tout à fait vrai. J'ai pu découvrir son autre profil, celui qu'elle tentait de cacher. Elle aimait bien venir à bord du bateau. Je n'ai pas su si c'était ma compagnie qui lui importait ou le fait d'être loin des autres, de se retrouver un peu seule, à l'abri des regards. Nous ne parlions pas beaucoup. Elle savourait le silence. Je crois que je n'ai jamais vu quelqu'un l'apprécier autant. Il m'arrivait souvent de couper le moteur quand nous étions loin des Crozes, au milieu du lac, et de laisser le bateau dériver lentement… Il y avait de la tristesse en elle. Elle voyait bien que ses parents ne s'entendaient pas, qu'elle leur était indifférente. Elle aurait dû les détester, eux qui pensaient d'abord à eux-mêmes, avec leurs histoires de pognon ou de cul, ou les deux à la fois. Mais elle se contentait d'être triste. Un jour, elle m'a dit que c'était sa faute si ses parents étaient comme ça, qu'ils avaient été obligés de se marier à cause d'elle, quand sa mère est tombée enceinte. Je n'ai jamais fait dans le sentimentalisme mais j'en ai eu la gorge serrée. Une enfant qui vous dit ce genre de choses, qui en vient à regretter d'exister, ça vous prend aux tripes. Surtout quand cette enfant, c'est Justine. Ce n'est pas tout. Elle se voyait grandir et elle n'aimait pas que ça aille si vite. Elle avait conscience qu'elle allait perdre beaucoup, que son univers allait s'effriter pour laisser place à un autre, plus neuf. Elle en était effrayée. Si elle s'est dévoilée ainsi, ce n'est pas parce que j'étais plus importante qu'une autre à ses yeux, mais parce que c'était le moment. Il y avait un vrai décalage entre ce qu'elle était au club et ce qu'elle était quand nous étions seules. Du moins au cours de ce dernier été, où elle m'a beaucoup parlé. Je lui étais reconnaissante de me faire ainsi confiance. Et j'aimais bien ces moments que nous avions toutes les deux. Voyez-vous, monsieur Peiresoles, j'ai mis des années à pouvoir dire : « J'aimais bien les moments que nous avions toutes les deux. » Parce que les autres, avec leurs soupçons à la con, ils ont réussi à les salir, à me faire culpabiliser d'avoir de tels sentiments. Il m'a fallu du temps pour cesser d'avoir honte.

Elle s'est tue, elle a fait pivoter son siège pour se tourner vers le jardin. Elle respirait profondément, ses épaules se soulevaient presque exagérément à chaque inspiration.

— C'était vraiment une fille bien. Qu'on ait pu penser que je… Nom de Dieu ! Je l'aimais comme j'aurais aimé ma propre fille, si j'avais eu la chance d'en avoir une. Je suis une vieille gouine seule et sans enfants. Justine est un peu la petite que je n'ai jamais eue. Et ça s'arrête là ! En revanche, au club, certains ne se seraient pas gênés. Le samedi après-midi, la façon dont Gilles Mahous s'est comporté avec elle, c'était à vomir ! Il n'a cessé de la toucher sous prétexte de jouer avec elle. Quand il l'a prise sur ses épaules avant de la projeter en arrière, il l'a gardée contre lui plus longtemps que les autres jeunes, les mains bien posées sur ses cuisses, la tête en arrière pour sentir son entrejambe. Et puis la façon qu'il avait de la regarder, de fouiller du regard sous son maillot... Quand on nous a dit qu'elle avait été violée, j'ai tout de suite pensé à lui. J'étais loin de me douter que d'autres me percevaient comme j'avais vu Mahous... Deux ou trois semaines avant cette maudite fête, Justine m'a demandé à quel moment je m'étais rendu compte que je préférais les filles. À l'époque, quand quelqu'un me traitait de lesbienne, je lui sautais à la gorge. Mais pas elle. Sa façon de m'interroger, sans jugement, comme si tout était dans l'ordre des choses, c'était presque beau. Elle m'a raconté qu'au lycée on disait qu'elle était homosexuelle parce qu'elle n'avait pas de copain et n'en voulait pas. Elle se sentait attirée par les garçons. Elle imaginait des choses qui la faisaient rougir. Mais, revenue à la réalité, elle n'avait plus envie du tout. Alors, elle a pensé qu'elle était peut-être lesbienne. Cela ne semblait pas la déranger. Elle était juste pressée de savoir. Je lui ai répondu qu'elle était encore trop jeune pour se connaître vraiment. Que le temps viendrait et qu'il fallait être patiente. Je me souviens très bien de sa réponse : « Ça ne doit pas être de la tarte d'aimer les filles dans une ville comme Valdérieu. »

Un nouveau silence est passé. Derrière la porte, on entendait les employés s'agiter et les sonneries lointaines des téléphones qui se répondaient en écho. Elle a fini par faire pivoter son siège pour me faire face à nouveau.

— C'est moi qui l'ai trouvée le dimanche matin. J'ai pris le bateau pour aller inspecter la rive d'en face. Je n'ai jamais cru qu'elle se soit échappée. Elle n'aurait pas laissé sa jeune cousine derrière elle. Je savais que c'était son cadavre que je partais chercher.

Elle s'est arrêtée.

— Je vous ai menti, monsieur Peiresoles. Je n'ai pas détruit toutes les photos. Il m'en reste une.

Elle s'est saisie d'une sacoche à bandoulière posée par terre, contre son bureau. Elle en a sorti un portefeuille en cuir noir tellement usé qu'il semblait prêt à se disloquer entre ses gros doigts. Elle l'a déplié jusqu'au dernier soufflet, qu'elle a fait passer par-dessus les autres avant de me le tendre. C'était une photo de Justine intercalée sous un plastique transparent. Elle se tenait debout à bord du bateau à moteur. Elle le pilotait. Elle portait un coupe-vent sombre trop grand pour elle qui lui descendait jusqu'à mi-cuisse. Ses jambes étaient nues, hâlées et parfaitement dessinées. Elle riait en regardant l'objectif. Mais d'un rire presque timide qui la faisait rougir. Ses belles joues étaient empourprées. Ses grands yeux bleus n'en devenaient que plus profonds. Ses cheveux étaient chahutés par le vent. Derrière elle, floue, on devinait la rive de Basse-Misère avec ses hauts sapins.

Marie Greffier n'a rien ajouté. Elle m'a simplement mis la photo entre les mains et m'a laissé la contempler en silence. Aucun autre cliché de Justine que j'avais pu voir n'avait su capter cette crainte, cette mélancolie que le sourire masquait à peine.

Je ne sais pas combien de temps je suis resté à la regarder avant de rendre le portefeuille.

— Je crois que ce sera tout, monsieur Peiresoles. Merci de repasser par le jardin pour vous en aller.

Elle s'est levée de son fauteuil, à nouveau sévère et presque effrayante. Elle ne m'a pas tendu la main, elle s'est contentée de tenir la porte-fenêtre ouverte. Je me suis donc levé à mon tour.

— J'ai contacté son père mais il ne m'a pas répondu.

— Il ne le fera pas. Il a appliqué la politique de la terre brûlée, dans tous les sens du terme.

— Je ne sais pas où se trouve sa mère.

— Elle erre entre les différents pied-à-terre que son mari lui a achetés. Et entre différents bras… Il ne faut rien attendre d'elle non plus. Elle s'est montrée détachée à l'extrême, comme si elle s'était absentée ce malheureux dimanche et qu'elle n'était jamais revenue. Je ne lui reproche rien. Avant que tout ceci n'arrive, nous étions amies.

— C'est elle qui vous a dit pour son amant ou vous aviez deviné ?

Je venais de m'avancer dangereusement vers la limite. Peut-être même avais-je mis un pied au-delà.

— Je croyais que l'enquête ne vous intéressait pas ! Vous allez me demander quoi, ensuite ? Si je suis certaine de n'avoir rien entendu durant la nuit ? Ou bien qui a eu le temps d'effacer les traces sur l'îlot avant que les gendarmes n'arrivent ?

Je me suis excusé. Je suis passé devant elle, sous la menace de sa colère et de ses piques. J'ai senti le souffle du dragon sur ma nuque. À peine ai-je descendu les deux marches vers le jardin qu'elle a claqué la porte derrière moi. Les dalles ont tremblé sous mes pieds.

Justine était le chaînon manquant. Je venais de la retrouver un peu. J'ai repris mon exemplaire du *Fantôme de l'Opéra* et je l'ai parcouru, au hasard. J'essayais de l'imaginer en train de raconter cette histoire aux enfants du club, exaltée, jouant tous les rôles à la fois, baissant le ton dans les moments de suspense, l'élevant subitement pour faire sursauter l'assistance. J'étais assis au milieu des autres. J'avais presque 10 ans et je l'écoutais avec avidité.

À l'inverse d'Emmanuel et de Guillaume, j'ai eu du mal à la considérer comme morte. Même face aux photos de son corps prises à l'hôpital où elle était méconnaissable, le visage gonflé, marqué par la douleur et l'effroi, la peau sale et flasque, les ongles noirs, le sang séché le long de ses cuisses et sur ses fesses, les yeux vides… Il ne me restait que ce dernier pas à faire : accepter le fait qu'elle n'en ait pas réchappé, qu'elle ne se trouve nulle part, cachée, à attendre que je la découvre en vie, à m'attendre. Un pas et j'en aurais terminé.

J'ai mieux compris ce que m'avait dit François Pastre quand il avait tenté de m'expliquer pourquoi il refusait de mettre un terme à ses investigations, pourquoi, même au bout du bout, il avait laissé une porte ou une fenêtre entrouverte, un doute, une incertitude, un mensonge à révéler. Après, qu'allait-il me rester ?

Quatrième partie

« Ça commence quand je suis en train de mourir. »

28

Je me sentais mieux. J'étais devenu plus étanche. Il arrivait maintenant que les choses du quotidien glissent sur moi sans m'atteindre. Mon inquiétude permanente était toujours vivante, je la sentais, mais elle s'était endormie. La thérapie que le psy avait inventée pour moi avait peut-être fonctionné.

À la fac, j'ai continué de négliger mon travail. On n'attendait rien de moi, ce qui n'était que justice étant donné que je n'avais rien à donner. Le semblant d'enthousiasme du printemps avait laissé place à une nouvelle indifférence aux portes de l'hiver. Au bas de la pente que j'étais en train de dévaler, freinant de temps à autre, il n'y avait aucun rebond à espérer, aucun versant où s'élever en face.

L'une des seules fois où on s'est inquiété des progrès de mes recherches a été un midi. J'ai déjeuné avec un collègue spécialiste de la période précarolingienne, un gros type avec qui je n'avais jamais véritablement parlé, sauf pour échanger des politesses. Je savais qu'il avait été absent une grande partie de l'année précédente pour des raisons de santé. Le bruit avait couru qu'il s'agissait d'une dépression. Je n'ai pas appris si c'était vrai. Cependant, dans sa façon de s'adresser à moi, j'ai senti une réelle fragilité. Ses mots étaient comme du verre fin, prêts à se briser.

— J'ai vu que tu travailles sur les mémoires et la peur. C'est un sujet fascinant. Où en es-tu ?

— J'avance doucement. Il me reste encore quelques vides à remplir.

— J'ignorais que tu étais de Valdérieu. Je n'y ai jamais mis les pieds mais on en parlait beaucoup à l'époque où je suis arrivé dans la région. C'était au début des années 1970. J'ai même suspecté les gens d'ici de nourrir un complexe vis-à-vis de ta vallée. Je me souviens des incendies qui ont tout ravagé au cours d'un été. Je ne sais plus en quelle année c'était.

J'ai commencé à avoir la désagréable impression qu'il était en train de me tester.

— 1983.

— L'été 1983, « l'été rouge ». À en croire les articles des journaux, on pouvait imaginer que la ville entière brûlait, puis qu'elle avait été brutalement rayée de la carte. Il y avait un panneau qui indiquait sa direction sur la route que j'emprunte tous les jours pour venir ici. Mais, quand ils ont refait le carrefour, il a été enlevé. Les autres sont restés. C'est tout un symbole. Étais-tu sur place quand il y a eu ces incendies ?

— Oui, j'y étais. Du moins au début, parce que après nous sommes partis en vacances. On a suivi le reste des événements au téléphone, grâce à ma grand-mère.

J'ai revu le Grand Hôtel brûler. Des flammes si hautes qu'elles venaient lécher les étoiles. La nuit tombait à peine. Nous n'étions pas encore couchés. Il faisait chaud. Nous traînions dehors quand il y a eu de l'agitation chez les voisins. À travers la haie, ils nous ont dit que le Grand Hôtel était en train de partir en fumée. Nous avons couru jusqu'au croisement, en haut de notre rue.

Une lueur anormale auréolait la ville, de couleur orangée. Nous n'étions pas seuls. Le quartier semblait s'être donné rendez-vous. Pourtant, il régnait un silence de mort. Puis mon père a dit : « Il faut que j'aille voir ! » Ce n'était pas par voyeurisme ou par goût du spectaculaire. Il était vraiment touché. Quelque chose d'important était en train de tomber. Il voulait se tenir au plus près, comme des dizaines d'autres, pour ne pas que ça tombe tout seul.

— Et au moment de cet horrible massacre ?

Je suis revenu d'un coup du passé.

— Oui, j'y étais aussi.

— Connaissais-tu ces jeunes gens qui se sont fait si sauvagement agresser ? Ils devaient avoir plus ou moins ton âge.

— Oui, ai-je menti. Je les connaissais tous les quatre.

J'ai suspecté Caubère d'avoir envoyé le collègue en repérage. À moins que ce ne soit Jean-Henri. Je n'avais pas donné de nouvelles de mon ouvrage depuis plus de trois mois. Je ne m'étais même pas déplacé pour la dernière réunion à la Maison de la Recherche. Sans quelque chose de concret, ils n'allaient pas tarder à remettre en question mon allocation et revoir à la hausse mon faible nombre d'heures de cours.

Le soir même, à Fonbelle, après m'être bagarré avec la cheminée, je me suis installé sur la longue table avec les grandes et belles reliures de *L'écho de l'Autan*. Pendant quelques jours, j'ai décidé de redevenir un historien classique et de dépouiller tous les numéros du journal afin de donner le change face à mes collègues. L'archivage commençait au mois d'avril 1983, quand François Pastre, à peine renvoyé de *La Dépêche*, avait repris le journal en main. Il y a insufflé d'emblée un certain dynamisme, écrivant lui-même la totalité des articles et s'occupant même des photos. Celles de « l'été rouge » étaient vraiment spectaculaires et de grande qualité. Les textes qui les accompagnaient étaient vivants, rageurs, acerbes, loin des colonnes un peu passe-partout auxquelles ce petit journal était habitué. Pastre se lançait parfois dans des envolées lyriques. Au sujet de l'incendie du Grand Hôtel, il avait même osé un parallèle avec le naufrage du *Titanic*, rappelant les heures glorieuses de l'établissement, insubmersible vitrine de la vallée offerte par les entrepreneurs aux clients et associés venus de l'extérieur, avec l'orchestre qui jouait chaque soir au restaurant. On avait presque pu l'entendre résonner au milieu des flammes, tout droit surgi des années 1930, et, comme celui du paquebot, il avait joué jusqu'à la fin. Il aimait bien l'image du bateau en train de couler. Je l'ai retrouvée plusieurs fois ensuite.

Je me suis surpris à rire en le lisant. Qu'il relate la dernière réunion du conseil municipal, la commémoration des noces d'or ou le match de rugby du dimanche après-midi, il aimait bien mettre les pieds dans le plat, mordait ou caressait, c'était selon.

Basse-Misère revenait assez souvent sous sa plume. Chaque année jusqu'à sa retraite, le numéro le plus proche de la date anniversaire de la tuerie y faisait référence. Il y a également eu les trois numéros spéciaux consacrés à la piste Delmas. Puis quelques lignes sur la rénovation du mémorial du lycée Saint-Jacques, deux reportages sur le lac qui tentait de s'offrir une nouvelle image, une longue interview de la famille Garcès quelque temps après les révélations sur l'implication du tueur toulousain et pompeusement titrée : « La force de pardonner ».

Nulle part cependant je n'ai trouvé trace de cette peur qu'il n'avait décidément pas su voir. Sauf une fois, peut-être, lorsqu'il s'est fendu d'un article sur le suicide du fils Fraysse en 1994. Il a employé l'expression « génération abîmée » – écho troublant au titre de mon livre maudit – et a constaté que Basse-Misère continuait encore de tuer. « Tout le monde aura compris que les heures de vagabondage du jeune homme, avant qu'il ne se donne la mort, près du lac, et le message qu'il a laissé à sa famille sont à relier au massacre du mois d'août 1980. Parce que quand on a 13 ans et qu'on a vu les ténèbres s'ouvrir juste devant soi, on ne s'en relève jamais tout à fait. Jusqu'à préférer en mourir. »

J'ai noté tout ce qui touchait à « l'été rouge » en premier lieu. Puis, j'ai rédigé des fiches regroupant tout ce qui concernait de près ou de loin le déclin de la vallée. Que ce soit la publication de l'état-civil tous les mercredis, les résultats sportifs, la programmation des deux cinémas et le retard que celle-ci prenait de plus en plus sur les sorties nationales. Les petites annonces du vendredi étaient également une mine d'or. Les biens immobiliers à vendre finissaient par pulluler et, au bout de six mois, leurs prix étaient revus à la baisse.

Je n'ai pas lu la totalité d'un coup bien entendu. Mais j'ai épluché avec régularité les numéros d'une semaine et j'ai vu ainsi défiler les années. Mon objectif était de pouvoir faire circuler quelques bonnes pages de mon travail avant Noël, puis de les transformer en article avant la fin de l'hiver. Si j'y parvenais, je gagnais au moins dix-huit mois de tranquillité, peut-être davantage.

Voyager dans le temps avec ce petit journal n'était pas désagréable. J'ai vu des gens naître, vivre et mourir. Ils se mariaient. Ils partaient en voyage scolaire en Écosse ou en Catalogne. Ils votaient. Ils râlaient mais revotaient ensuite à l'identique. Ils découvraient les augmentations des impôts locaux. Ils étaient victimes d'intempéries ou bien de cambriolages. Ils allaient au bal. Ils jouaient au loto chaque week-end entre novembre et février. Ils allaient aux différentes kermesses du printemps… Le vendredi, dans l'avant-dernière des huit pages, ils avaient perdu leur chien ou leur chat et tentaient désespérément de les retrouver. Ils vendaient leur voiture ou un vieux tracteur, ou encore du bois à couper. Ils pleuraient un disparu. Ils écrivaient des mots d'amour. Il y avait, de temps en temps, entre deux annonces, des phrases balancées au vent, sans auteur ni destinataire : « Je t'aime, mon Loulou », « Je ne cours plus, je m'arrête là », « Ce dimanche était magnifique », « Mamie, tu ne rates pas grand-chose »… J'en ai noté plusieurs dans mon carnet. J'ai bien aimé : « Tu aimes jamais rien de ce qui se passe. » Elle aurait pu être écrite pour moi. Et aussi celle que j'ai interprétée comme sa suite ou sa réponse, deux vendredis après : « Je suis plus en colère contre toi. »

Jusqu'en 1987, j'ai vécu dans ce petit pays. Pourtant, on ne trouve aucune trace de moi dans le journal. À peine quelques publicités pour le magasin de mon père. Pour la deuxième fois depuis mon retour, j'ai compris que ma ville avait avancé sans moi. J'étais parti. Elle ne s'en était pas émue.

Un peu de mécanique, quelques statistiques, un brin d'organisation, un joli style pour enrober le tout, et j'ai pu livrer une synthèse assez cohérente sur Valdérieu en train de contempler sa déchéance durant deux décennies. Lors de la réunion à la Maison de la Recherche avant les vacances de Noël, j'ai eu droit à des félicitations. On a trouvé que mesurer l'état de ce territoire à ses petites annonces était une idée de génie. Le responsable de la revue d'histoire contemporaine m'a même annoncé qu'il réservait une grande partie du numéro de mars 2015 à la publication de mon texte.

Nous étions déjà rendus à la traditionnelle soirée de Noël. Une année venait de passer en un souffle. Comme d'habitude, nous avons eu la consigne de nous montrer au château. Comme d'habitude, je me suis plié à la corvée.

Je suis arrivé avec juste ce qu'il fallait de retard pour qu'on remarque ma présence. Ce qui devait me permettre de m'éclipser plus tôt. Instinctivement, les équipes avaient tendance à se regrouper par UFR. Ainsi, une grosse grappe d'historiens se tenait près du bar. Je m'y suis mêlé un moment. Jean-Henri avait déjà été happé par les pontes et se trouvait quelque part, dans une autre salle. Caubère, fidèle à ses principes, donnait conférence. Il partait à Prague et à Vienne durant les vacances, et il s'était lancé dans une analyse de la chute de l'Empire austro-hongrois et des nationalismes qui l'avait sclérosé.

— Le problème, a-t-il péroré, est que l'idée d'une Mitteleuropa formant un tout n'était pas qu'une utopie.

— Mitteleuropa ? avait questionné un médiéviste, commettant alors l'irréparable, ce qu'on pouvait pardonner car il n'était des nôtres que depuis septembre et n'avait pas encore eu l'occasion de bien jauger notre collègue.

— Tu ne connais pas la Mitteleuropa. Comment t'expliquer ? Tiens, Marc-Édouard, comment la présenterais-tu ?

Répondre ne lui suffisait jamais. Il ne pouvait s'empêcher d'afficher sa supériorité et de nous corriger, quelle que soit notre réponse. J'ai décidé de lui donner de quoi se contenter.

— Disons, pour faire simple, qu'il s'agit d'un gros gâteau, si mes souvenirs sont bons. Plein de crème. Assez écœurant au goût, ce qui évite d'en manger trop. Tant mieux parce que, de Vienne à Prague, on dit que plus on en mange, plus on devient con.

Il y eut quelques rires.

— Notre ami est d'humeur festive, ce soir…

Caubère m'a fusillé du regard puis s'est lancé dans une explication qui a dû durer de très longues minutes.

Je ne l'ai pas entendue. J'en ai profité pour aller voir un peu plus loin. Le buffet était souvent excellent, surtout les pâtisseries. Je me suis donné encore une demi-heure, le temps de faire une ou deux courbettes et de me remplir l'estomac.

Marielle a surgi dans mon dos.

— Bonsoir, Marco.

Sa voix m'a cueilli. J'ai mis un temps fou à me retourner. Elle était très belle dans sa robe rouge, avec ses cheveux attachés. Elle avait toujours été superbe mais sa beauté était moins froide qu'avant, moins diaphane.

— Bonsoir, Marielle.

Je me suis trouvé l'air assez idiot avec ma coupe pleine dans la main droite et une tartelette aux fraises collante dans la main gauche. Elle m'a souri. Elle avait pris quelques rondeurs et cela lui allait particulièrement bien.

— Comment vas-tu ?

— Ça va, je te remercie. Et toi ? J'ai appris pour ton bébé… Félicitations ! La maternité te va à ravir.

— C'est très gentil, merci. Tout va pour le mieux.

Je ne lui avais pas parlé ou écrit depuis près de deux ans. À la naissance de son fils, je n'avais pas été capable de lui envoyer quoi que ce soit. J'en avais honte.

— Tu es venu seul ?

La question m'a pris au dépourvu. J'ai hoché la tête.

— Sébastien est en train de faire de la lèche au doyen quelque part par à l'étage. Je t'ai vu passer. Alors, je me suis dit qu'il était temps que nous nous reparlions.

— Tu as bien fait.

— Est-ce que tu pars pour les vacances ?

— Non. Je n'ai rien prévu.

— Et pour Noël ?

Soudain, j'ai redouté qu'elle m'invite à venir le passer avec eux. Je n'ai toutefois pas cherché à mentir.

— Rien de spécial non plus. Et vous ?

— On passe Noël chez mes parents. Ensuite, on va partir une semaine dans les Alpes… Il paraît que tu ne vis plus à Toulouse.

— Non. Je suis retourné à Valdérieu. J'ai racheté la maison de mon grand-père.

— La fameuse maison ! Tu as fini par te lancer…

Je suis sûr qu'elle a failli ajouter que ça ne me ressemblait pas. Mais elle a dû se mordre la joue pour se retenir.

— Et tu y vis seul ? Je veux dire, tu as quelqu'un dans ta vie ?

Sa question m'a heurté.

— Excuse-moi, je suis indiscrète.

— Non, non, ce n'est rien… En fait, je n'ai personne.

— Et Siobhan ?

— Aux dernières nouvelles, elle était à New York.

Un silence gêné s'est installé entre nous deux. Des autres salons, nous parvenaient quelques éclats de voix et de rire. Marielle était en train de se triturer les mains. La veine qui barrait son front était devenue plus bleue. Signe que quelque chose la tracassait. Elle a toujours été incapable de cacher ses sentiments.

— Qu'est-ce qui se passe, Marielle ? Pourquoi es-tu venue me parler ?

Elle a froncé les sourcils et a fait une grimace, prête à s'indigner.

— Tu fais ton air de : « Il y a un truc qu'il faut que je te dise mais je ne sais pas comment m'y prendre. »

— Je me fais du souci pour toi.

— Tu m'as toujours reproché de trop m'en faire. J'espère que je ne t'ai pas contaminée.

— Tu as mauvaise mine. Tu te retrouves seul, à vivre dans un trou paumé. Il paraît que niveau travail, ce n'est pas top.

— Qui t'a dit ça ?

— Peu importe. Je suis au courant. Comment veux-tu que je ne m'inquiète pas pour toi ?

— Je ne me sens pas mal, rassure-toi. J'ai juste décidé de changer un peu de vie et d'entamer de nouvelles recherches qui sont en train de porter leurs fruits. Je me prépare à retomber sur mes pattes.

Elle m'a dévisagé avec un regard apitoyé.

— Ils t'ont tendu un piège, Marco. Caubère et sa clique. Ils veulent ta tête et ils ont trouvé un moyen de l'obtenir. La conférence que tu dois faire dans quelques semaines, c'est un traquenard. Ils ont prévu de te descendre publiquement en flammes.

— Comment le sais-tu ?

— Des bruits courent. Tu te rappelles cette collègue qui s'est fait étriller durant une de vos réunions ? Tu en étais tout retourné. Elle ne s'en est jamais remise. Elle n'a pas eu d'autre choix que de quitter son poste.

Bien sûr que je m'en souvenais ! Une mise à mort dans les grandes largeurs, déclenchée par un type qui, bien qu'ayant la réputation d'être une sommité en histoire de l'Antiquité et occupant aujourd'hui une chaire au Collège de France, n'avait jamais fait de bruit. Lors de ce séminaire, il s'était acharné sur notre pauvre collègue avec une méchanceté terrible. Une véritable boucherie, devant l'ensemble des étudiants en troisième cycle.

— Ce qui se prépare contre toi sera pire. Il y aura plus de monde, beaucoup plus de monde.

— Pourquoi feraient-ils ça ? Je ne fais d'ombre à personne aujourd'hui.

— Je ne sais pas pourquoi ni comment, mais ils vont le faire. Ne va pas à cette conférence. Elle est bidon.

— Je connais mon sujet sur le bout des doigts. Je crois être capable de me défendre.

— Tu mésestimes trop Caubère. Il sait comment t'avoir. Il s'y prépare depuis des mois, et il est évident que tu ne travailles plus tes interventions aussi bien qu'avant. Ne t'attends pas à une conférence mais à un procès, et le verdict est connu d'avance. Ils vont ruiner ta carrière, ta réputation. Décommande-toi, et leur projet tombera à l'eau.

Elle m'avait vu tant de fois me défiler qu'elle a pensé qu'il suffisait de m'effrayer un peu pour que je cède.

— Il fut un temps où tu croyais davantage en moi, Marielle.

— C'était un temps où tu croyais encore à ce que tu faisais. Tu n'es plus en tête de cordée aujourd'hui. Il leur suffit de couper la corde…

— Jean-Henri est avec eux, n'est-ce pas ? C'est ainsi que tu as été mise au courant.

Elle n'a pas répondu.

— Tu es gentille de m'avoir prévenu, mais je ne me défilerai pas. C'est d'ailleurs peut-être ce qu'ils cherchent.

— Tu crois que je suis de mèche avec eux ?

— Non, je n'ai pas dit ça. Toutefois, avoue qu'en savoir aussi long sur un plan censé être tenu secret… On aura voulu que tu entendes certaines choses et que tu me les répètes.

— Tu es vraiment un sale type, Marc-Édouard. Je voulais simplement être sympa avec toi. Pourquoi faut-il que tu voies tout d'une manière aussi tordue ? Tu sais quoi ? Va te faire voir ! Fais-toi crucifier si ça te chante et va ensuite pourrir dans ta foutue maison !

Elle a tourné les talons et m'a planté avec mes gâteaux et mon verre vide.

J'ai fait ce qu'elle a dit. Je suis reparti moisir à Fonbelle. J'ai décidé de faire une longue marche tous les jours. Je me suis acheté un stock de DVD et de bouquins, de quoi tenir toutes les vacances, voire au-delà. Je me suis même préparé quelques bons petits repas pris au coin de la cheminée, avec laquelle mes relations s'étaient apaisées. Néanmoins, ce beau programme n'a pas tenu plus de trois jours. Les premières années, passer Noël tout seul m'était apparu comme une vraie liberté retrouvée. Désormais, c'était plus dur. Beaucoup plus dur.

Je me suis senti seul. Je me suis senti vide. Je n'avais personne vers qui me tourner. Ne me restaient que les fantômes de Basse-Misère. Ils étaient parvenus à me manquer après un mois passé loin d'eux.

Pour les retrouver, je me suis replongé dans mes notes et dans les photos. Mais ils n'y étaient pas. Refaire le tour de ce que j'avais déjà construit ne suffisait plus. Or, j'avais encore une porte à franchir. Je n'avais pas épuisé toutes les pistes. Le 24 décembre, au beau milieu de la matinée, je me suis décidé à l'ouvrir. J'ai mis moins d'une heure à me préparer et à m'installer au volant de ma voiture. Et si Philippe Brunet-Auriac refusait de me recevoir, tant pis. Au moins, j'aurais changé d'air et, à mon retour, Noël serait passé.

29

Je suis arrivé dans les environs de Nantes avant 18 heures. J'ai pris une chambre dans un hôtel perdu au milieu d'une zone commerciale gigantesque. Il y avait un cinéma à côté, une manière comme une autre de passer le réveillon. Je m'étais imaginé des salles quasiment vides. Il n'en était rien. Il y avait beaucoup de monde, des couples, des familles, du bruit. Même les pizzerias et les fast-foods ont fait le plein. Me retrouver seul à une table était cependant impossible pour moi. Après le film, je suis reparti m'enfermer dans ma chambre, où je me suis fait un plateau-repas avec tout ce que j'ai trouvé dans le minibar. J'ai mangé assis par terre en regardant la télé. À Fonbelle, ça n'aurait sans doute pas été pire que ça. Je me suis couché un peu avant minuit, dans l'espoir que la fatigue accumulée sur la route allait m'aider à m'endormir rapidement. J'ai entendu un groupe de jeunes donner de la voix quelque part. Je crois que ce sont les mêmes qui, un peu plus tard, sont passés tout près de l'hôtel en hurlant : « Joyeux Noël ! » J'ai pensé à mes parents, à notre maison, à nos réveillons en famille, à nos repas du lendemain, quand la salle à manger de ma grand-mère était presque trop petite pour accueillir tout le monde. Je ne savais même pas où se trouvaient ceux qui, parmi cette tablée, étaient encore de ce monde.

Il faisait trop chaud dans la chambre. J'ai eu l'impression de manquer d'air. Je me suis relevé. J'ai écarté le rideau occultant. Dehors, les lampadaires tapissaient la nuit d'une lumière orange. Quand j'ai ouvert la fenêtre, le froid m'a saisi, si bien que j'ai été obligé de refermer assez vite. J'ai laissé le rideau ouvert et je suis resté debout devant la vitre, nu comme un ver, à regarder le parking désert. Mon téléphone s'est alors mis à vibrer sur la table de nuit. J'ai sursauté. L'écran a annoncé « Siobhan ».

Il y a eu la fois où Jean-Henri a débarqué dans mon studio pour me remonter le moral, sonnant à ma porte sans que j'aie rien eu à quémander. Et il y a eu celle où Siobhan m'a appelé la nuit de Noël. Juste quand il le fallait.

Elle avait une petite voix, presque endormie.

— Je te souhaite un joyeux Noël, Marc-Édouard.

— Joyeux Noël, Siobhan.

— Je n'étais pas certaine que tu décroches. Tu es peut-être occupé ?

— Non, je suis très content que tu appelles.

— C'est vrai ?

Elle a laissé échapper un petit rire de contentement, un rire aussi charmant que son accent.

— Si j'avais su, j'aurais osé t'appeler plus tôt.

— Et toi, tu n'es pas occupée ?

— À part à penser à toi, non. Je suis de garde au boulot. C'est payé double.

— Tu ne travailles plus dans ta maison d'édition ?

— Non, c'était un mauvais plan. J'ai trouvé un job dans un hôtel chic.

— Moi aussi, je suis dans un hôtel. Je suis en train de traverser la France pour tenter de rencontrer un type qui, selon toute vraisemblance, va refuser de m'adresser la parole. Quelle heure est-il chez toi ?

— Plus ou moins la même que pour toi.

— Tu n'es pas à New York ?

Il y a eu un blanc. J'ai cru que la communication avait été coupée, avant d'entendre Siobhan se racler la gorge.

— Je suis revenue il y a deux mois.

— À Toulouse ?

— Un peu à Toulouse et un peu ailleurs. En ce moment, je suis à Biarritz.

— Pourquoi ne m'as-tu pas prévenu ?

— Je te renvoie la question, Marco. Tu as pourtant dû recevoir ma carte postale.

— Oui, je l'ai reçue. Et je ne t'ai pas répondu.

— Le silence est une forme de réponse.

Je la revoyais assise sur les bancs de l'amphi, avec ses grands yeux noirs et le bout de son crayon qu'elle ne pouvait s'empêcher de mordre. C'était cette fille-là que j'avais au téléphone, pas celle des dernières années, bourrée de médicaments et qui cherchait toujours à marcher au bord du précipice.

— Tu as suivi mon conseil, tu es parti t'installer dans ce fameux village. Est-ce que tu as réussi à y trouver ce que tu cherchais ?

— En partie. Seulement en partie… Tu es passée à l'appartement ?

— Non. C'était ma résolution de l'automne : établir un périmètre de sécurité avec toi. J'ai tenu bon jusqu'à ce soir. Mais, on n'est plus en automne… J'ai croisé Marielle par hasard le mois dernier. Enfin, quand je dis hasard, ce n'est pas tout à fait exact. J'ai voulu revoir la troupe de l'atelier théâtre. J'ignorais qu'elle y était revenue. Elle m'a dit pour ton déménagement.

Marielle qui, six jours plus tôt, m'avait demandé si j'avais des nouvelles de Siobhan, avant de faire comme si de rien n'était quand je lui avais répondu qu'elle était aux États-Unis.

— Il va falloir que je te laisse. Je ne suis pas censée passer des coups de fil personnels.

— Non, attends !

C'est sorti tout seul. Il y a eu à nouveau ce petit rire à l'autre bout du fil.

— Moi qui me rongeais les sangs avant de t'appeler, craignant que tu ne me réserves pas un bon accueil ! Viens faire un saut ici, si ça te dit. Mon contrat dure jusqu'à la fin des fêtes. L'océan est magnifique et l'ambiance est très agréable.

— Merci de m'avoir téléphoné, Siobhan.

— C'était important pour moi une nuit comme celle-ci.

— C'est important pour moi également.

— Je vais finir par oser t'inviter à mon anniversaire. Je ne savais pas trop comment te le proposer… J'aimerais beaucoup que tu sois à mes côtés pour m'aider à passer le cap des 30 ans. J'organise un petit week-end, en comité restreint, seulement avec les gens que j'aime. J'ai loué un chalet à la montagne, au milieu de nulle part, avec des tonnes de neige tout autour. Il *faut* que tu viennes, Emmy.

— Je viendrai.

Je n'ai pas hésité une seconde.

— C'est vrai ? Promis ? Cette promesse est le plus beau cadeau de Noël dont je pouvais rêver. Je suis très heureuse.

— Je te souhaite encore un joyeux Noël, Siobhan.

— Joyeux Noël. À très bientôt.

Je n'aurais pas imaginé que le retour de Siobhan dans ma vie pouvait me rendre l'air qui me manquait. Elle qui m'en avait tant pris ! C'est pourtant ce qui s'est passé. Je me suis recouché peu de temps après son coup de fil, ma respiration était redevenue normale, la chaleur me semblait moins gênante, et je me suis endormi tout de suite.

Le lendemain matin, j'ai repris la route sous le mauvais temps, jusqu'à Quiberon. Je ne savais même pas si j'allais pouvoir trouver un bateau pour Belle-Île. En fait, il y en avait un, presque vide, en fin d'après-midi. La traversée a duré trois quarts d'heure. La nuit était déjà tombée quand j'ai conduit ma voiture le long du débarcadère, tentant de trouver la bonne route vers l'hôtel où j'avais réservé une chambre par téléphone. J'ai fini par le dénicher, planté face à la côte, comme un défi lancé à l'océan. Bien que le restaurant soit fermé, on a accepté de me servir un succulent dîner fait des restes du repas de Noël dans une vaste salle à manger dont j'étais le seul convive. Les deux jours qui m'avaient tant soucié étaient désormais passés. L'épreuve était derrière moi et je l'avais franchie sans trop de dommages. Une autre s'annonçait maintenant : le père de Justine.

Il vivait à Sauzon, entre sa maison sur les hauteurs et son voilier ancré dans le petit port. Il avait laissé tomber ses affaires, touchant un beau pactole au passage. Il n'avait gardé aucun des biens qu'il possédait à Valdérieu, pas même la maison de ses parents. Celles du Cap-Ferret et de Ramatuelle, tout comme les appartements de Val d'Isère et celui des Jardins de Bercy, étaient pour sa femme. Bien qu'ils n'aient jamais divorcé, ils étaient séparés de corps et elle disposait de ces logements à son gré, sans qu'aucune contrepartie ne lui soit demandée, si ce n'est celle de ne plus jamais contacter son mari. Philippe Brunet-Auriac passait une grande partie de son temps à naviguer. Il avait déjà traversé plusieurs fois l'Atlantique en solitaire avant d'aller barouder dans la mer des Caraïbes. Je n'étais même pas certain qu'il fût chez lui.

J'ai trouvé sans mal sa maison abritée du vent d'ouest, un peu isolée, avec un terrain qui dominait le port en contrebas. Sa façade était presque trop blanche. Le rouge des peintures, y compris celles de l'appentis en bois, n'en était que plus éclatant, voire dérangeant. Les volets étaient ouverts. De la fumée s'échappait de la cheminée. Depuis le port, j'ai même aperçu de la lumière derrière les baies vitrées.

J'ai également repéré son voilier. Il était à quai. Long d'au moins quinze mètres, il était bien plus grand que les autres bateaux de Sauzon. On aurait dit le seigneur du mouillage. Et, en haut de la falaise, il y avait le manoir du seigneur, rouge sang. Comme le nom dont on l'avait baptisé : *Justine*.

Je me suis dirigé vers ce petit port dépeuplé, battu par une pluie fine. Je n'ai trouvé le courage d'aller sonner à la porte de la maison qu'après le déjeuner. J'ai alors vu une silhouette se dessiner derrière une des portes-fenêtres qui donnaient sur le chemin : c'était un homme assez grand. Il m'a regardé de loin, lui dans l'ombre, moi sous la pluie. Cela a duré peut-être une minute. L'interphone est resté silencieux et l'ouverture automatique du portail n'a pas été déclenchée. La silhouette a disparu dans la maison, choisissant délibérément de m'ignorer.

Je me suis mis à l'abri, le temps de griffonner un mot sur une des pages de mon fidèle carnet. *Monsieur Brunet-*

Auriac, Je voulais simplement parler avec vous de Justine. Si vous changez d'avis, je reste encore un peu dans le coin. Marc-Édouard Peiresoles. J'ai indiqué le nom de mon hôtel et mon numéro de portable. J'ai arraché la page aussi proprement que possible et je l'ai glissée, pliée en deux, dans la boîte aux lettres. Puis j'ai repris ma voiture et je suis reparti sur la côte sauvage.

Philippe Brunet-Auriac ne m'a pas contacté. Le deuxième jour, profitant d'une embellie, je suis allé marcher. L'océan avait revêtu ses habits d'hiver, passant par tous les tons de gris. Le vent s'était levé, assez fort par moments, mais jamais malveillant. J'ai beaucoup aimé cette partie de l'île. Je ne suis revenu à mon hôtel qu'au moment où le crépuscule s'annonçait. J'ai espéré qu'un message m'y attende mais il n'en a rien été. Alors, j'ai laissé passer la nuit et je suis revenu à Sauzon.

Je suis à nouveau monté jusqu'à sa maison. Sans plus de succès. Cette fois, pas un mouvement derrière les fenêtres. Il semblait n'y avoir personne. Le voilier était toujours ancré, les voiles parfaitement bâchées. J'ai donc traîné dans les environs, prêt à retenter ma chance un peu plus tard. Je me suis aventuré vers les falaises et les minuscules criques qui se cachaient à leur pied. Je suis arrivé jusqu'à un terrain de golf qui jouait avec les falaises. J'ai reconnu de loin la silhouette du père de Justine. Il était seul, face au vent, et s'escrimait avec rage à envoyer ses balles sur un green perché en haut d'une épine rocheuse. Il frappait, balle après balle. Un petit nombre d'entre elles restait sur le green mais la plupart plongeaient dans l'océan ou contre les rochers. Il menait un combat solitaire contre les bourrasques, et il n'était pas disposé à céder.

Je l'ai regardé faire, sans m'approcher. Lui aussi m'a vu. Son drive est resté un peu suspendu en l'air quand il m'a reconnu. Puis il a repris sa lutte comme si je n'étais pas là. J'aurais préféré qu'il m'envoie au diable.

J'ai marché le long du port de Sauzon, passant et repassant devant le voilier. Je ne sais pas si baptiser ce bateau *Justine* devait être vu comme une repentancc, lc signe d'un chagrin éternel ou bien la plus abjecte des indécences.

J'ai revu cet homme dans l'après-midi. Il se tenait debout derrière l'une des baies vitrées de sa maison. J'ai levé les yeux et je l'ai aperçu. Il est resté une ombre, qui s'est finalement penché vers la lunette télescopique qui était montée sur trépied. Au lieu de scruter le large, elle s'est tournée vers moi, assis sur un banc. J'ai eu l'impression de me trouver dans le viseur d'un sniper qui allait appuyer sur la gâchette d'une seconde à l'autre. J'ai regardé ailleurs, tentant d'adopter un air détaché. En gros, je me suis comporté en imbécile. Exactement ce que Brunet-Auriac cherchait à obtenir.

Même revenu à l'hôtel, alors que je goûtais une dernière fois au vent du large, j'ai continué à me sentir observé par cette longue-vue. Il y en avait une semblable dans la salle à manger. J'ai demandé l'autorisation de l'essayer, alors qu'il n'y avait rien d'autre à observer que l'océan désert. Je voulais me rendre compte de la précision avec laquelle il avait pu lire sur les traits de mon visage. Y avait-il vu toute ma faiblesse ? Sans doute, à en juger par le grossissement permis par cet instrument.

— Par beau temps, on arrive à compter le nombre de personnes à bord des voiliers, m'a dit le serveur. Mais bon, on s'en lasse vite. C'est comme observer les étoiles ou une plage naturiste. Je vous dis ça parce que je connais une maison, un peu plus loin, où la lunette installée est plutôt destinée à ce dernier usage l'été…

Avec le recul, je sais qu'à cet instant précis, et à cause de cette fichue longue-vue, ma vie a basculé.

Un doute a commencé à m'envahir. Il a grossi au long de la soirée et m'a tenu en éveil une bonne partie de la nuit. Je me suis levé de bonne heure, avant le jour. J'ai expédié mon petit déjeuner, réglé ma note et je me suis dépêché de rejoindre Le Palais pour le départ du premier bateau. Le trajet m'est apparu interminable. Cela a été encore pire avec la route que j'ai eu à avaler ensuite. Je suis arrivé à Fonbelle le dos en compote et les jambes tellement ankylosées que j'ai eu du mal à marcher en descendant de voiture. Je suis allé droit vers la chambre aux archives et vers la photo qui m'intéressait, celle prise le dimanche matin, au moment où on évacuait les corps de l'îlot. Je l'ai ensuite comparée avec celle des canoës, qui était toujours affichée en bas. Sur les deux clichés, on voyait la maison au fond, perchée en haut de la butte du Bouscadié, avec sa grande baie vitrée tournée vers le lac. La maison des Fraysse.

J'ai utilisé une loupe pour en avoir le cœur net. Le samedi, vers 19 heures, les fenêtres coulissantes de la baie vitrée étaient ouvertes. Il y avait une lunette télescopique posée sur son trépied. Je savais qu'elle était là, j'avais tant et tant de fois observé cette photo ! Or, le dimanche matin, la baie vitrée était à nouveau ouverte et la longue-vue avait disparu. J'ai scruté l'image dans ses moindres recoins : elle n'y était pas. Quelqu'un l'avait enlevée.

30

Cette longue-vue déplacée ne signifiait peut-être rien, juste un détail qui n'avait sans doute aucune importance. Mais ce détail s'est mis à enfler dans mon esprit. J'ai grimpé jusqu'au hameau du Bouscadié et l'ancienne maison des Fraysse avec sa vue dégagée sur le lac. Je suis allé me poster sous la baie vitrée. Devant moi, le long champ dégringolait vers la plage. On coiffait du regard une grande partie de l'îlot des Bois-Obscurs.

Jean-Daniel Fraysse était resté seul dans cette maison durant la fête des Crozes. Il avait dû ronger son frein à être ainsi puni de son comportement passé. Il s'était probablement servi de la lunette pour observer les étoiles filantes avant d'aller se coucher. À moins que la lueur du feu de camp n'ait attiré son attention. Depuis son salon dissimulé dans le noir, il avait pu observer de près Justine et ses amis, sans que personne puisse le soupçonner. Le lendemain, quand il avait appris ce qui s'était passé, il avait retiré la longue-vue pour que sa présence ne devienne pas trop embarrassante. Ou bien, c'était juste une question de décence.

J'aurais pu me contenter de cette explication. Mais Jean-Daniel Fraysse s'était suicidé en 1994, après avoir disparu durant quatre jours. Il avait abandonné sa voiture sur le parking d'une discothèque des environs de Valdérieu, une feuille scotchée sur le volant, où il avait écrit en grosses lettres noires : « Déjà mort. »

Il avait 27 ans. Il jouait dans un petit club de foot du fond de la vallée. Le samedi soir, comme souvent après le match, ses coéquipiers avaient organisé une petite soirée qui s'était achevée en boîte, celle qui était située le long de la nationale. Fraysse semblait content d'en être, malgré la gêne occasionnée par sa cuisse qui lui faisait mal. Au cours du match, il avait été obligé de céder sa place sur le terrain, à cause d'une douleur au quadriceps. De toute manière, on ne le voyait que rarement danser quand il sortait. Il était parti peu avant trois heures du matin. Il avait dit au revoir aux quelques coéquipiers qu'il avait croisés, il se disait fatigué. Et on ne l'avait plus revu.

Il habitait un appartement sur les quais. Il y vivait seul, très discrètement selon ses voisins. Ses parents n'étaient pas originaires de Valdérieu. Ils étaient venus s'y installer à la fin des années 1970, quand le père avait repris un cabinet de dermatologie. Ils en étaient repartis une bonne dizaine d'années plus tard pour rejoindre Rodez. Jean-Daniel avait été renvoyé du lycée Saint-Jacques peu après la rentrée 1980. Il avait payé au prix fort les brimades infligées à Emmanuel Garcès, élevé depuis au rang de martyr. Je n'avais aucun souvenir de lui. Il avait été mis en pension du côté d'Albi puis il avait rejoint un lycée professionnel où il avait obtenu son CAP de chauffagiste. Sa scolarité avait été compliquée. Ses parents avaient raconté son adolescence difficile, non pas avec eux, puisqu'ils n'avaient jamais eu à se plaindre de son comportement à la maison ou en famille, mais avec les jeunes de son âge. Il avait toujours eu du mal à se faire des amis. Il n'était pas très bien dans sa peau et essayait de cacher son manque d'assurance derrière un personnage qu'il s'était façonné. Un personnage qui cherchait à épater la galerie, à jouer les durs, ce qui lui avait régulièrement valu des ennuis. Après son départ du lycée Saint-Jacques, cela avait été pire. Parce que la tragédie de Basse-Misère l'avait marqué de manière très profonde. Il refusait de l'avouer, mais ses parents étaient formels.

Dès qu'il l'avait pu, il était revenu s'installer à Valdérieu. Il s'y était fait quelques connaissances, notamment dans le club de foot qu'il avait intégré. Il sortait tous les week-ends et buvait beaucoup. Toutefois, quand il bossait, il était sérieux. Il se vantait de son célibat, qui lui allait comme un gant : cela lui permettait d'avoir peu de contraintes et de faire défiler les filles dans son lit. Pourtant, on ne l'avait jamais vu avec aucune, ni en soirée, ni ailleurs.

Sa voiture a été repérée le dimanche dans le courant de la matinée. Il ne restait plus qu'elle sur le parking de la discothèque. On avait pensé que le conducteur n'était pas en état de prendre le volant ou bien qu'il avait égaré ses clés, ce qui arrivait souvent. Dans l'après-midi, comme le véhicule n'avait toujours pas bougé, les gendarmes étaient venus faire un tour. Ils avaient vu le mot collé sur le volant. Ils étaient allés sonner chez Jean-Daniel, sans obtenir de réponse. Alors, ils avaient téléphoné à ses parents, dans l'Aveyron, qui n'avaient pas de nouvelles non plus. Les recherches n'avaient vraiment débuté que le lundi, après qu'il ne s'était pas présenté à son travail, une première de sa part.

Le docteur Fraysse avait immédiatement pensé au pire. Son fils avait toujours été fragile. Il avait beau tenter d'enfouir sa détresse, celle-ci était très ancrée en lui, et ceux qui le connaissaient bien la voyaient affleurer. Il pensait que Jean-Daniel était mort.

On n'a retrouvé son fils que le mercredi soir. Un garde forestier est tombé sur le corps par hasard, dans la forêt domaniale en contrebas de la digue de Basse-Misère. Il était sur le point de rentrer chez lui quand il lui avait semblé apercevoir une forme bizarre contre un arbre, plus haut dans la pente qui surplombait la piste. Par acquit de conscience, il était allé voir. Jean-Daniel Fraysse s'était pendu à la première branche, avec du fil de fer barbelé qui lui avait profondément entaillé les chairs du cou. Selon le légiste, il était mort dans la nuit. Même si le garde forestier était passé le matin, il n'aurait rien pu faire.

On n'a pu que déduire à quoi il avait occupé ses quatre jours d'errance. Il était parti à pied depuis le parking, s'était enfoncé dans la forêt et avait marché à flanc de montagne. Il s'était caché, traînant son mal de vivre, hésitant longtemps avant de commettre l'irréparable. Dans son ancienne maison du Bouscadié, le cadenas de la remise avait été fracturé. Le rouleau de fil de fer barbelé qu'il avait ensuite employé pour mettre fin à ses jours venait de là. Ensuite, il était reparti en direction de la vallée, évitant avec soin routes et chemins. Quatre kilomètres plus loin, il s'était pendu. Bien entendu, on reparla de sa blessure à la cuisse gauche. Comment, ainsi diminué, avait-il pu marcher autant ? L'autopsie ne trouva aucune trace de lésion sur son quadriceps. On a alors pensé que cette blessure simulée faisait partie de son plan, que tout ceci était prémédité. Et que la tragédie de Basse-Misère tuait encore, comme l'avait écrit Pastre dans *L'écho*.

J'avais déjà lu les rapports d'interrogatoire de Jean-Daniel Fraysse. Je n'y avais rien vu de particulier. C'était un témoignage parmi d'autres, venant d'un adolescent de 13 ans visiblement effrayé. Je m'y suis replongé avec un autre regard.

On savait qu'il faisait partie de ceux qui avaient harcelé Emmanuel au lycée et que ce dernier avait peur de lui, au point de s'escrimer à le faire exclure de la fête des Crozes. Aussi avait-il eu droit à un entretien un peu plus poussé.

Il avait passé le samedi après-midi au lac, sur la plage du Bouscadié. C'était ici qu'il se baignait d'habitude et qu'avec son père ils mettaient la barque à l'eau quand ils allaient pêcher. L'embarcation était lourde. Il fallait être deux pour la porter. Le plus pénible était de la remonter jusqu'à la maison. Son père étant de moins en moins disponible, il lui avait offert pour son anniversaire un canoë léger qu'il pouvait déplacer seul sans problème. C'est ce qu'il avait fait ce jour-là. Il s'était baigné puis avait fait un tour sur le lac parce qu'il y avait un peu trop de monde à son goût sur la plage. Il ne s'était pas approché des Crozes. Il n'avait rien à voir avec ces gens qui se croyaient au-dessus des autres. Même ses parents qui, pourtant, pouvaient prétendre à un statut social identique s'en méfiaient. Ils n'avaient accepté les différentes invitations que pour faire bonne figure et jouer les bons voisins. Et aussi parce qu'on y mangeait divinement bien. Donc, Jean-Daniel avait pagayé dans l'autre direction, vers l'amont. Il était remonté chez lui peu avant 18 heures. Son père était arrivé. Il était en train de se changer. Sa mère était déjà prête. Indisposée, elle était restée sur la terrasse à lire et à bronzer au soleil. Quand la salle de bains avait été libre, il s'était douché. Puis, ses parents étaient partis à pied à la fête du club nautique. Ils s'étaient un peu inquiétés de le savoir seul. Lui n'y avait vu aucun inconvénient, bien au contraire. Il avait pioché de quoi manger dans le frigo parce qu'il avait une faim de loup. Il faisait trop froid pour rester sur la terrasse, alors il s'était assis devant la télé. Pour une fois, elle était tout à lui. Manque de chance, les programmes n'avaient rien de génial. Alors, il avait préféré écouter de la musique, bien fort, comme il aimait, parce que les voisins étaient eux aussi aux Crozes. Puis il était allé au lit : les journées au lac étaient plutôt fatigantes. Il avait écouté la radio, il se souvenait d'avoir entendu qu'il était minuit avant de s'endormir, pressé d'être au lendemain : son père lui avait promis une partie de pêche, la première depuis bien longtemps. Il n'avait pas entendu ses parents rentrer de la fête.

Avant de se coucher, il n'avait pas été alerté par quoi que ce soit de spécial. De toute manière, il avait fermé toutes les fenêtres pour ne pas laisser entrer les moustiques. Les gendarmes ont insisté, le poussant à essayer de se rappeler des faits aussi anodins que le claquement d'une porte, le bruit d'une voiture qui passait sur la route ou des personnes qui seraient rentrées plus tôt que prévu chez elles. Il a fait la même réponse. Il était resté tout seul chez lui, en essayant de ne pas trop mettre le bazar, mais il en avait tout de même profité un peu. On pouvait aussi bien s'amuser tout seul. L'année d'avant, à la fête des Crozes, il s'était ennuyé à mourir.

L'occasion d'en venir aux rapports qu'il entretenait avec Emmanuel Garcès. Il a reconnu l'avoir importuné plus d'une fois, mais ni plus ni moins que les autres au lycée. Il n'avait fait que suivre le mouvement. Il était sans doute allé trop loin, notamment quand il lui avait mis des coups de compas dans les fesses pendant le cours de maths. Il le regrettait amèrement. Ainsi que les insultes ou les situations embarrassantes dans lesquelles il l'avait mis devant tout le monde, juste pour le voir rougir comme une pivoine. D'autres avaient fait bien pire et n'avaient pas été ennuyés. C'était comme pour la fête de l'année précédente. Il avait dû encaisser les réprimandes alors qu'il n'était pas le seul responsable. C'est vrai qu'il avait fumé en cachette derrière le hangar à bateaux alors qu'il savait qu'il n'en avait pas le droit. Sauf que pénétrer dans ce même hangar n'avait jamais été son idée. Une fois à l'intérieur, en revanche, il avait insisté pour qu'on sorte un des canoës parce que, quand ils les voyaient passer, ça le faisait rêver. Il avait fait du chantage à Emmanuel pour qu'il accepte et ce dernier avait cédé.

Il a avoué mentir à ses camarades de classe, leur raconter des histoires pour se faire bien voir d'eux. Jouer les gros bras avec Emmanuel, c'était aussi une manière de se placer du bon côté de la barrière, avec ceux qui comptent, que l'on respecte… Voilà ce qu'on pouvait en effet lui reprocher : d'avoir été maladroit à trop vouloir se faire accepter des autres parce que, quand il était arrivé au lycée, il ne connaissait personne. Il venait d'une autre ville. Il s'était retrouvé seul. Personne ne semblait le remarquer. Alors il avait fait ce qu'il fallait pour que ça change.

Les résultats n'avaient pas été à la hauteur de ses espérances. Il était finalement passé pour un con ou un salaud, ou les deux à la fois. Il n'avait aucun ami. Sinon, il les aurait volontiers invités à passer la nuit du samedi avec lui, dans sa maison du lac, au lieu de rester tout seul.

Dans son interrogatoire, à aucun moment il n'avait parlé de la lunette télescopique.

Tout le reste avait été confirmé par ses parents. Leur fils s'était montré raisonnable, comme souvent. Ils l'avaient trouvé profondément endormi quand ils étaient revenus, vers 4 heures. La maison n'était pas trop en désordre. Il n'avait peut-être pas fait sa vaisselle mais il avait pensé à éteindre les lumières et fait attention à ne pas laisser entrer les moustiques. Concernant les incidents de la fête 1979, ils l'avaient puni. C'était vrai qu'il avait bavé d'envie tout l'été devant les canoës du club. Cependant, ils n'ignoraient pas qu'au fond leur fils ne se comportait comme un caïd que pour se faire une place. Il regrettait très vite ses actes ou ses paroles. C'était pareil au lycée : il fallait qu'il amplifie ses faits et gestes, qu'il fasse le plus de bruit possible et, ensuite, il s'en voulait, jusqu'à en pleurer. Il n'était pas le jeune garçon que l'on décrivait du côté de Saint-Jacques, insolent, frimeur et mauvais comme la gale. Rien à voir avec ça.

Le dossier Fraysse s'arrêtait là. François Pastre y avait ensuite glissé une copie des articles évoquant sa disparition puis son suicide. Un épilogue malheureux.

Quelque chose ne tenait pas la route. Jean-Daniel avait menti, j'en étais persuadé. Il avait observé l'îlot avec sa longue-vue. Il était devenu spectateur, comme moi devant le groupe des grands au ski. À sa place, c'est ce que j'aurais fait. La question était de savoir s'il avait regardé assez longtemps pour assister aux meurtres.

31

Jean-Daniel Fraysse parlait trop, souvent à tort et à travers. C'est ce que m'ont dit plusieurs anciens collègues quand je les ai questionnés à son sujet. Niveau travail, il n'y avait rien à dire : il n'était pas un modèle de vaillance mais il faisait ce qu'on lui demandait et il n'était jamais absent. Le problème, c'est qu'il était toujours en train de la ramener. À la longue, c'était usant. Surtout que, la plupart du temps, il racontait n'importe quoi.

Personne ne le lui avait dit clairement mais ils étaient nombreux à s'être rendu compte qu'il passait son temps à mentir. Au foot, par exemple, quand un exercice était trop difficile, il interrompait son entraînement prétextant une quelconque blessure, qui guérissait ensuite aussi vite qu'elle était survenue. Il agissait de même pendant les matches, plutôt que d'admettre qu'il n'avait rien du bon joueur qu'il prétendait être. Il ne supportait pas de montrer la moindre faiblesse. Il voulait faire croire qu'il maîtrisait son sujet, quel qu'il soit.

Quant à sa vie privée, il était continuellement en train d'en révéler des pans intimes alors qu'on ne lui demandait rien. C'était souvent embarrassant. Du moins pour ceux qui ne savaient pas décrypter son langage. Après les fêtes de fin d'année, quand le patron demandait à ses ouvriers comment ça s'était passé, Jean-Daniel était toujours le premier à répondre, le plus fort possible pour que tout le monde puisse l'entendre. Quand il braillait : « Ah, ce réveillon ! Je vous raconte pas ! », cela signifiait qu'il avait passé le Nouvel An tout seul, sans être invité nulle part. Quand, l'été fini, il affirmait que ses journées « n'avaient pas été assez longues pour tout faire et les nuits, je vous en parle même pas », cela signifiait qu'il n'était pas parti à la mer avec sa bande de copains aussi imaginaire que la villa qu'ils étaient censés avoir louée. Un matin, chalumeau à la main, il s'était vanté d'avoir, la veille, « baisé une pucelle. Mon vieux, elle a tellement pissé le sang que j'ai eu la trouille ». Ses collègues en avaient donc déduit qu'il était encore vierge.

On avait fini par lui donner un surnom : la Corneille. Beaucoup ne l'aimaient pas. Il avait le don de se rendre insupportable et, quand il avait bu un coup de trop, c'était pire. On avait droit au récit de ses ébats sexuels avec la mère d'une de ses copines quand il était encore au lycée, ou bien avec la femme d'un de ses amis, qui avait voulu faire une partie à trois parce que son mari bandait mou. On avait droit à ses exploits : durant une sortie en plongée au large de la Corse, un homme de son groupe en proie au mal des profondeurs avait continué à descendre au point de se tuer, le moniteur l'avait alors empêché d'aller lui porter secours pour lui éviter d'y rester, lui aussi. Si ce n'était pas la plongée, il bravait le danger en parapente ou à ski hors-piste. Et il se comportait en héros quand il fallait secourir des blessés.

Il n'y avait plus personne pour le croire mais on était tout de même contraint de l'écouter. Même quand on l'envoyait paître, il revenait à la charge un peu plus tard, comme si de rien n'était.

J'ai demandé à ses collègues s'ils l'avaient déjà entendu parler de Basse-Misère. On savait qu'il était présent sur les lieux du massacre. Un jour, quelqu'un lui avait posé une question sur le drame et, pour une fois, il n'avait rien eu à dire. Il était devenu grave, avait changé de ton : « Il ne faut pas parler de ça ! Jamais ! » Du coup, pour l'embêter quand il devenait trop fatigant, on lui ressortait l'histoire du lac, le fait qu'il avait été interrogé par les enquêteurs. C'était le seul moyen de le faire taire.

Un soir, en boîte, il avait abordé cette histoire de lui-même, sans que personne ait cherché à le provoquer. Celui qui m'a raconté la scène se souvenait très bien de ce qu'il lui avait dit parce que ça avait failli mal tourner.

— Si tu savais ce que j'ai vu là-haut, t'en reviendrais pas, mon vieux. Toi et les autres, vous pourriez plus vous foutre de ma gueule avec cette histoire, tellement que vous en chieriez dans vos frocs.

Il lui avait ensuite demandé ce qu'il avait vu.

— Je peux pas te le dire. Si je te le dis, t'es un homme mort.

— Putain, J.-D., arrête un peu de jouer les durs ! Pourquoi toi, t'es pas mort dans ce cas ?

— Parce que je ferme ma gueule.

— C'est bien dommage que ça n'arrive pas plus souvent.

Fraysse s'était alors levé de son tabouret et avait voulu s'expliquer. Le type du bar était intervenu pour tenter de le calmer mais, comme il ne décolérait pas, il avait fallu que le videur le mette dehors.

Ses collègues ne l'aimaient pas, aucun d'entre eux ne trouvait pourtant qu'il méritait son sort. Ils n'avaient pas été surpris outre mesure, ils voyaient bien que sa vie était désespérément vide. Mais ça leur avait tout de même fait un choc. Peut-être auraient-ils pu être plus sympas avec lui. Le problème, c'est que ce n'était pas facile. On pouvait à la limite oublier sa mythomanie. L'affaire devenait plus compliquée quand il se moquait des autres. Comme la soirée où, en plein repas, il avait balancé sur la taille des sexes de ses coéquipiers, les rangeant en trois catégories : escargot, saucisse et tabouret. Il n'avait pas cité de noms au début, mais les rires des femmes présentes l'avaient poussé à aller plus loin. Il appelait donc les autres joueurs de l'un de ces trois sobriquets, lui se rangeant pudiquement dans la catégorie intermédiaire. Après de telles prouesses, il n'était plus le bienvenu dans beaucoup d'endroits et auprès de beaucoup de personnes. À se demander comment il s'était débrouillé pour ne jamais se faire cogner dessus.

Il avait fallu que je laisse passer les fêtes pour pouvoir parler avec les collègues de Fraysse encore employés dans la même entreprise. En revanche, cela a été plus rapide avec son père. J'avais trouvé son numéro de téléphone. Celui-ci avait pris sa retraite et vivait toujours près de Rodez. Il m'a écouté évoquer le sens de ma démarche et il a accepté de me parler de son fils. Nous nous sommes donné rendez-vous à mi-chemin, dans un bistrot d'Albi.

C'était un homme d'apparence simple, ce qui ne l'empêchait pas d'avoir une certaine présence. Il est arrivé avant moi et m'a reconnu sans hésiter lorsque j'ai franchi la porte. Il m'a salué chaleureusement. Nous avons un peu parlé de lui, du décès de son épouse emportée par un cancer du côlon trois ans auparavant, de la vie après le suicide de leur fils, qui avait été si difficile… Jamais ils n'étaient parvenus à sortir celui-ci de l'impasse dans laquelle il s'était fourvoyé. Il avait un réel problème dans son rapport aux autres. Parce qu'il ne s'aimait pas.

Tout avait commencé avant Basse-Misère, avant même leur déménagement à Valdérieu. Il m'a répété ce qu'il avait dit à la police à l'époque, que son fils souffrait d'être mis à l'écart et, qu'à toujours vouloir jouer à celui qu'il n'était pas, il s'était retrouvé de plus en plus isolé. Ce n'était pas faute de l'avoir prévenu, d'en avoir parlé avec lui. En deux ans de lycée, son père ne lui avait connu aucun ami, personne avec qui il passe du temps en dehors de l'école. Jean-Daniel faisait croire que c'était le cas, notamment quand il allait au cinéma le mercredi après-midi. Or, il mentait : soit il y allait tout seul, soit il n'y allait pas du tout et errait en ville, loin des regards, le temps de la séance. Il y avait aussi eu ses problèmes d'attitude en classe. Les enseignants se plaignaient de son mauvais état d'esprit. Avant les grandes vacances de 1980, ses parents avaient même été convoqués dans le bureau du directeur de Saint-Jacques. Ce dernier avait dressé une longue liste de reproches adressés à leur fils, du manque de travail à l'insolence en passant par les moqueries et les brimades répétées à l'encontre d'autres élèves, dont Emmanuel Garcès. Cette convocation devait être interprétée comme un dernier avertissement, avait dit le directeur. Si les choses ne s'amélioraient pas dès la rentrée de septembre, il serait alors question d'un renvoi pur et simple.

Et puis, il y avait eu le drame du lac. Jean-Daniel en était ressorti traumatisé. Il refusait de l'admettre, bien entendu, mais il avait vraiment peur. Quand, après avoir été dénoncé, il s'était fait prendre avec un couteau dans son cartable, il s'était justifié en disant que c'était pour se défendre. On lui avait alors demandé s'il avait été menacé par quelqu'un. Il avait répondu qu'avec ce qui venait de se passer, mieux valait se méfier de tout le monde. Il avait été renvoyé du lycée. Ses parents avaient choisi de l'éloigner de Valdérieu, pour lui donner la chance de montrer un autre visage ailleurs. Il ne revenait que le week-end. On sentait une amélioration, il paraissait plus posé, un peu mieux dans sa peau. Ses résultats scolaires n'étaient certes pas brillants mais, au moins, il n'y avait plus de problème d'indiscipline. Les rapports avec les autres élèves s'étaient également améliorés.

Après la troisième, il avait été orienté vers un lycée professionnel de Rodez, où ses parents venaient de s'installer. Du coup, il rentrait tous les soirs. Son père avait alors remarqué qu'il s'était trompé en croyant constater des améliorations. Un jour, il avait reçu un coup de téléphone à la maison. Un homme s'était présenté comme étant le père d'une des élèves du lycée que fréquentait Jean-Daniel et souhaitait lui parler. Le docteur Fraysse avait répondu que son fils était absent. L'homme lui avait alors avoué, des sanglots dans la voix, que sa fille de 15 ans était enceinte. Quand on avait cherché à savoir qui était le père, elle avait fini par donner deux noms, dont celui de Jean-Daniel. Le médecin avait répondu qu'il était certain que, si son fils avait eu une copine, il se serait empressé de leur en parler, à sa femme et à lui. Parce que c'était un problème aux yeux de leur fils, le fait de n'avoir jamais eu de petite amie. Jean-Daniel mentait lorsqu'il laissait entendre qu'il sortait avec des filles. Néanmoins, ses parents le connaissaient assez pour comprendre que ce n'était pas vrai. L'homme au téléphone s'était alors excusé et, avant de raccrocher, avait demandé s'il était possible que le docteur Fraysse lui en parle, par acquit de conscience. Ce fut chose faite le soir même. Mais Jean-Daniel tomba des nues. Il ne connaissait aucune fille du lycée qui porte le nom en question. Le coup de fil de l'après-midi était un canular monté par d'autres élèves, destiné à confondre et humilier Jean-Daniel, qui se vantait de ses multiples conquêtes. Rien n'avait donc changé.

Il a obtenu ses diplômes, trouvé un employeur à Rodez, avant d'annoncer qu'il comptait s'installer à Valdérieu où il avait trouvé un emploi mieux rémunéré. Il affirmait avoir toujours voulu revenir dans cette ville, son père lui avait fait remarquer qu'il n'y avait pourtant pas que de bons souvenirs. Lui rétorquait que c'était le seul endroit où il s'était senti bien. Alors, ils l'avaient laissé partir. Malheureusement, il en était mort.

Dès l'appel des gendarmes, le père avait su qu'il ne reverrait plus son fils vivant. Retrouver son corps avait presque été un soulagement. Jean-Daniel avait trouvé la paix que personne n'avait été capable de lui offrir.

L'homme m'a touché. Il n'essayait pas de se faufiler entre les faits, il les affrontait un par un, avec un courage dont il semblait le premier surpris. Si son fils avait été le roi des vantards, il était son parfait contraire. Je lui ai demandé s'il pensait vraiment que les événements de Basse-Misère étaient responsables de la mort de Jean-Daniel. Il n'y croyait pas totalement. Parce que la peur des premiers mois avait fini par disparaître et que, lorsqu'il rentrait à Valdérieu, il dormait mieux, mangeait de bon appétit et se montrait moins sombre. Ils avaient gardé la maison du lac quelque temps. Ils désiraient la vendre mais il était difficile de trouver un acheteur à bon prix. Son fils avait toujours refusé d'y remettre les pieds. Même pour faire les cartons lorsqu'elle avait été bradée, trois ans plus tard.

J'ai évoqué la lunette télescopique. Le docteur Fraysse s'en est souvenu, elle était plantée en permanence devant la baie vitrée du salon. C'était un cadeau qu'il avait fait à son fils. Le but initial était d'observer les étoiles mais Jean-Daniel la préférait tournée vers le lac et la forêt. Il s'est également souvenu de sa disparition, peu de temps après la tuerie. Il avait demandé à son fils où elle était passée, pensant que celui-ci l'avait rapatriée dans leur maison de Valdérieu. En fait, il l'avait rangée dans la penderie de sa chambre du Bouscadié. Croyant qu'il tentait de cacher le fait qu'il l'avait abîmée, le père l'avait cherchée. Il l'avait en effet trouvée parfaitement protégée dans son emballage et intacte. Il avait pensé que son fils ne s'amusait plus avec et il n'en avait pas reparlé.

Je ne suis plus parvenu à me sortir cette idée de la tête : Jean-Daniel Fraysse avait été le témoin de quelque chose cette nuit-là, quelque chose qui l'avait terrifié, qui le terrifiait encore, quatorze ans après. Il avait caché sa longue-vue pour ne pas être repéré.

S'il avait vu l'assassin, pourquoi ne pas parler ? Pourquoi ne pas devenir le héros grâce à qui ce monstre aurait pu être arrêté ? Il y aurait gagné la reconnaissance qu'il avait tant recherchée. Les réponses que j'ai trouvées à cette question m'ont fait froid dans le dos. Celui qu'il avait vu ne lui était pas inconnu. Il n'avait pas voulu le dénoncer. Soit parce qu'il lui faisait trop peur, qu'il pensait que le tueur échapperait à la justice et se retournerait contre lui. Soit parce qu'il l'avait protégé. Cela l'avait rongé jusqu'à le tuer.

Quelle qu'en soit la raison, j'avais une certitude : il ne connaissait pas Thierry Delmas, n'avait rien à craindre de lui ni quelque intérêt à l'épargner. Si j'avais raison – et j'espérais franchement que ce n'était pas le cas –, cela signifiait que Konitz était de retour dans ma vie.

32

La correction des partiels dans un tel contexte a été une véritable torture. Malgré l'accumulation de copies, je me suis remis à éplucher l'affaire de Basse-Misère en essayant de voir les choses de plus haut, depuis la fenêtre de la maison des Fraysse.

Jean-Daniel s'était tu. J'ai essayé de me mettre à sa place. Assis dans mon vieux fauteuil près de la cheminée, seulement éclairé par la lueur des flammes, je me suis imaginé chez lui. J'avais tout éteint avant de coller mon œil à la longue-vue. J'ai observé. J'ai espionné Justine, qui était si belle. J'ai eu l'impression de ne l'avoir que pour moi. J'ai envié Garcès, ce canard boiteux que je méprisais et qui avait eu le droit, cette nuit-là, de côtoyer les étoiles. J'ai envié Guillaume. J'ai même envié Florie. J'étais seul et ils ne l'étaient pas. Ce que j'ai vu m'a donné l'impression qu'ils ne le seraient même jamais.

Ils se sont couchés assez tôt. Il n'y avait plus rien à épier. Pourquoi suis-je donc revenu me coller à cette lunette un peu plus tard ? Est-ce que j'avais remarqué quelque chose dans la nuit ? Est-ce que j'avais aperçu de la lumière sur l'îlot ? Toujours est-il que j'ai repris mon poste pour découvrir l'horreur absolue. Il y avait déjà eu un mort, peut-être deux. Justine était en train de se faire violer dans les rochers. Un homme massif était penché sur elle. J'étais tétanisé, incapable de bouger ou de fermer les yeux. Cela me paraissait complètement irréel. Je ne savais plus si j'étais éveillé ou dérangé dans mon sommeil par un terrible cauchemar. L'homme a traîné Justine vers l'eau et il l'a noyée. Puis, il a laissé son corps nu être emporté par le courant. Il s'est retourné. J'ai vu son visage. Je l'ai reconnu. Mon sang s'est glacé car il a levé les yeux dans ma direction. Il m'a rendu mon regard à travers l'objectif de mon télescope, comme s'il pouvait me voir malgré la nuit qui m'enveloppait. J'ai fait un bond en arrière. Ma poitrine me brûlait. J'avais du mal à respirer. Je me suis accroupi parce que mes jambes ne me portaient plus et que mon cœur menaçait d'imploser. Quand, au bout d'un moment, je suis parvenu à me relever, il n'y avait plus la moindre lumière aux Bois-Obscurs. Tout était plongé dans le noir. Si l'homme m'avait repéré, il devait être en train de remonter le champ et n'allait pas tarder à arriver chez moi. Un reflet avait dû trahir ma présence, un éclat de lune dans la lentille. Je me suis empressé de démonter la lunette aussi vite que mes gestes paniqués me l'autorisaient. Je me suis ensuite dépêché d'aller la ranger au fond du placard de ma chambre. Le monstre allait sans doute s'approcher de la terrasse pour vérifier. S'il ne voyait rien, il penserait s'être trompé et n'insisterait pas. Je me suis couché. J'ai fait le mort. J'étais coincé, seul, dans cette maison. Je n'ai jamais eu aussi peur de ma vie. Tout ce que je venais de saisir n'avait pas eu lieu. J'ai tenté de m'en convaincre : ça n'avait pas eu lieu. Je me suis épuisé à guetter le moindre bruit. Les minutes sont passées. Personne n'a pénétré chez moi. Quand j'ai entendu des voix dehors, la terreur m'a repris, avant que je reconnaisse mes parents. Il était 4 heures du matin. Ils ont ouvert la porte, ils sont entrés dans la maison. Ma mère est venue vérifier si je dormais. Je lui fais croire que oui. J'ai eu envie de me lever, de tout leur raconter, de leur dire qu'en bas, aux Bois-Obscurs, il n'y avait plus que des morts. Mais ils étaient revenus de la fête sans aucune précipitation. J'en étais certain maintenant : il ne s'était rien passé sur l'îlot sinon ils l'auraient su. Je suis parvenu à m'endormir quelques heures. Quand j'ai ouvert les yeux, il faisait jour. Tout était calme. Mes parents dormaient encore. Je me suis levé. Le beau temps a achevé de me rassurer. Comment avais-je pu imaginer ce genre de trucs ? Mon cerveau était-il donc malade à ce point ? Je suis allé jusqu'à la baie vitrée du salon. Et là, j'ai vu l'agitation en bas, l'attroupement sur la rive et sur l'îlot. J'ai même entendu des cris et des pleurs. J'ai su que je n'avais pas rêvé. Cet homme avait bien commis ces horreurs et je ne pouvais pas parler.

Je tenais quelque chose. J'en étais persuadé. Dès que possible, je me suis rendu au lycée Saint-Jacques. Je n'y connaissais plus personne. Le directeur, qui a accepté de me recevoir, était plus jeune que moi. Je lui ai expliqué l'objet de ma requête. J'étais déjà au courant de cette histoire de couteau qui avait été le motif du renvoi de Jean-Daniel Fraysse à la fin du mois de septembre 1980. Mais peut-être que son dossier contenait d'autres éléments dont je n'avais pas connaissance, comme cette menace qu'il avait évoquée pour se justifier. Il m'a fallu insister pour qu'on m'autorise à accéder au sous-sol, où s'entassaient des cartons d'archives poussiéreuses. Je n'ai obtenu gain de cause qu'après avoir cédé à un petit chantage : le lycée organisait en février une soirée des anciens élèves à laquelle ma présence était souhaitée. J'ai donc été obligé de m'inscrire, payant sur-le-champ les quinze euros de participation. Ensuite, seulement, j'ai eu le droit d'accéder à la cave.

Le dossier s'est révélé avare en informations. On y faisait état des difficultés de Jean-Daniel pour s'intégrer et de sa propension à entrer en conflit avec les autres élèves. Il y avait les témoignages écrits de plusieurs camarades de sa classe de cinquième concernant ce qu'il faisait subir quotidiennement à Emmanuel Garcès. Puis le compte rendu de la convocation dans le bureau du directeur en juin 1980 et le contrat de bonne conduite qu'on lui avait fait signer pour accepter sa réinscription. En gros, rien que je ne savais déjà.

Pastre avait fini par douter de la culpabilité de Thierry Delmas, le père de Florie également. Ils n'étaient pas les seuls. Arnaud Armengaud en faisait partie. Quand il m'avait raconté son escapade nocturne lors de la fête, il avait trahi le fond de sa pensée. Il m'avait dit que, sans doute, le tueur se terrait tout à côté d'eux, prêt à frapper. Or, Delmas était censé être arrivé non seulement en canoë mais aussi de l'autre côté des Bois-Obscurs, par le lac.

À mon tour, je me suis mis à douter et j'ai trouvé cela très inconfortable. J'aurais payé cher pour qu'on me prouve que j'avais tort, que Jean-Daniel Fraysse n'avait rien vu. Et qu'il s'était suicidé, de nombreuses années après, car sa vie lui était devenue insupportable. En raison de sa solitude, des artifices derrière lesquels il s'était toujours caché, et non à cause de cette chose qui l'avait rongé de l'intérieur. Malheureusement, je ne suis plus parvenu à faire abstraction de la théorie que j'avais échafaudée.

Je n'étais plus très enthousiaste, avant cela, à l'idée de me rendre au week-end d'anniversaire de Siobhan, entouré de gens que je ne connaissais pas ou que je n'avais pas envie de revoir. Toutefois, ces deux jours m'ont soudain paru être un bon moyen de prendre un peu le large et de m'aérer l'esprit. J'étais redevable envers Siobhan. Je ne devais pas oublier son coup de fil de Noël, qui m'avait fait tant de bien. Hélas, depuis, elle était redevenue dans mon esprit cette fille qui m'en avait fait baver et dont je devais me méfier. Néanmoins, je n'étais pas allé jusqu'à imaginer lui faire faux bond.

J'avais reçu par mail la photo d'un magnifique chalet enneigé, niché au creux de la montagne au bord d'une vaste forêt de sapins. Le texte disait que nous étions attendus le vendredi soir sur la place du village. Siobhan se proposait de venir nous chercher dès qu'elle recevrait nos coups de fil.

Je suis parvenu au lieu du rendez-vous en fin d'après-midi. J'avais pris de la marge en raison de l'état des routes et du montage toujours compliqué des chaînes. Comme je me suis mieux débrouillé que prévu, j'étais en avance. Dans le soleil couchant, la montagne couverte de neige était magnifique. Le village se préparait à une nuit polaire. Il s'apprêtait à se recroqueviller sur lui-même. J'ai téléphoné à Siobhan. Cela m'a fait drôle car c'était la première fois que je le faisais depuis des lustres. Elle a immédiatement décroché, la voix enjouée.

— Emmy, ne me dis pas que tu ne viens pas, je t'en supplie !

— Non. Je suis déjà arrivé.

— Je te rejoins tout de suite !

Je suis allé me poser dans un petit café parce que, même à l'abri dans ma voiture, j'avais très froid. Il y avait quelques touristes dans le coin, l'endroit étant réputé pour le ski nordique, à en croire les panneaux qui s'en vantaient depuis la vallée. Certains n'avaient pas encore retiré leur équipement et, carte à l'appui, ils commentaient ce qu'ils venaient d'accomplir et prévoyaient le parcours du lendemain. Ça sentait la crème solaire et le baume pour les lèvres. Ou plutôt, c'est moi qui ai bien voulu retrouver ces odeurs qui, dans mes souvenirs, étaient celles de mes séjours aux sports d'hiver, quand on nous obligeait, chaque matin, à nous badigeonner la figure.

Siobhan est arrivée sur la place au volant d'une vieille Peugeot. C'était la première fois que je la voyais conduire. Dans mon esprit, elle n'avait pas le permis. Elle m'a cherché. Ses cheveux étaient plus longs. Son visage, émacié, avait perdu les rondeurs enfantines qui le rendaient si doux. Son regard m'est apparu dur et inquiet. Emmitouflée dans une longue parka à l'intérieur de laquelle elle semblait perdue, elle faisait plus âgée. Elle n'était plus la jolie étudiante lunaire qui m'avait tant attiré. Elle était devenue plus classique, jusque dans sa beauté plus sage. Quand elle m'a aperçu, au moment où je suis sorti du café, elle s'est illuminée d'un beau sourire qui a chassé l'inquiétude et lui a rendu un peu de lumière.

Nous nous sommes pudiquement fait la bise, comme de vieux amis qui ne s'étaient pas retrouvés depuis longtemps. Elle a peut-être gardé un peu plus longuement sa main sur mon bras.

— Je te remercie d'être venu. J'en suis vraiment heureuse. J'espère que tu passeras un bon week-end.

J'aurais dû lui dire la même chose, que c'était à elle qu'il fallait souhaiter cela. Mais dès que je me trouvais en sa présence, je ne pouvais m'empêcher d'être sur la défensive.

— Je ne savais pas que tu avais une voiture.

— On me l'a prêtée. Il a fallu que je me fasse aider pour monter les chaînes. Du coup, je ne les enlève plus.

— Tu es arrivée quand ?

— Hier soir. Je voulais que tout soit prêt à temps. Tu vas voir, le chalet est vraiment sublime. On a l'impression d'être seul au monde… Tu n'as qu'à me suivre. Je te préviens, ça n'a été déneigé qu'en partie. On va être obligés de laisser nos voitures et de finir à pied.

Nous avons quitté le village par une route qui paraissait s'égarer dans la forêt. Quand nous avons fini par nous extirper de celle-ci, ce n'était plus vraiment une route mais une tranchée bordée de deux hauts monticules de neige. Siobhan a roulé avec calme, sans s'affoler, même quand sa voiture chassait un peu de l'arrière. La nuit était maintenant sur nous. Nous avons recommencé à grimper à flanc de montagne, le temps de trois lacets particulièrement rétrécis. Puis, à la sortie du troisième virage, Siobhan s'est engagée dans l'entrée d'un chemin qu'on devinait à peine. La neige y était encore plus épaisse. Elle n'est pas allée plus loin et je me suis garé derrière elle. Il n'y avait pas d'autres voitures.

— Personne n'est encore arrivé ?

Je m'inquiétais un peu car la route que nous venions d'emprunter n'allait pas tarder à être verglacée, rendant périlleuse toute descente vers le village.

— Si, tout le monde.

J'ai sorti mes affaires du coffre et je l'ai suivie dans le chemin, à peine marqué d'empreintes de pas. Nous nous sommes enfoncés dans la neige jusqu'aux genoux. Au loin, j'ai bientôt aperçu les lumières du chalet derrière les arbres. Puis la bâtisse s'est révélée dans son ensemble, charmante, entièrement bardée de bois, se détachant dans la nuit, nimbée d'une auréole jaune.

— J'ai eu un vrai coup de cœur. Dès que je l'ai vu, je me suis promis d'y revenir pendant l'hiver. Quand j'ai appris qu'on pouvait le louer, j'ai su que c'était ici que je voulais passer le cap des 30 ans, et nulle part ailleurs.

Elle s'est même arrêtée de marcher pour contempler une nouvelle fois le décor. Autour de nous, il n'y avait que le silence, à peine enroué par le crissement de la neige sous nos pas.

À l'intérieur, tout était en bois couleur miel et décoré de tissus rouges. La pièce dans laquelle nous sommes entrés était vaste. Un feu vivace brûlait derrière la vitre de l'insert et la chaleur était appréciable. Une cuisine s'ouvrait sur notre gauche tandis qu'un escalier discret s'élevait vers un étage qui semblait se tapir sous les toits. Une agréable odeur de gâteau et de plat en train de mijoter parfumait l'ensemble, mais il n'y avait personne pour nous accueillir.

— Où sont tes invités ?

J'aurais dû me méfier.

— Je t'avais dit que ce serait en comité réduit et qu'il n'y aurait que les gens que j'aime. S'il te plaît, Emmy, ne fais pas cette tête ! Demain, c'est mon anniversaire. Tu peux bien m'accorder ça : un week-end tous les deux. Rien qu'un week-end…

Il y avait aussi son sourire désarmant et ses grands yeux noirs qui n'avaient plus rien de dur. Alors, je n'ai pas cherché à protester. Je me suis contenté de soupirer en retirant mon manteau, donnant ainsi un peu de tenue à ma reddition.

Je suis retombé dans les bras de Siobhan dès la première nuit. Il faut dire que la soirée que nous avons passée a été délicieuse à bien des égards. Le dîner qu'elle nous avait préparé était succulent, accompagné d'un vin bien choisi. Le chalet s'est révélé agréable à vivre tant on s'y sentait à l'abri. Surtout, Siobhan a été charmante. Elle avait l'air vraiment heureuse et ça lui allait très bien. Nous avons discuté de tout et de rien. Je ne me souvenais pas de la dernière fois où j'avais autant parlé. Nous avons fait la vaisselle ensemble avant d'aller nous enfoncer dans le canapé moelleux, face à la cheminée, à une distance raisonnable l'un de l'autre, elle les jambes joliment repliées sous elle, moi à moitié avachi.

Siobhan est redevenue un peu sombre quand elle a évoqué ses 30 ans. Elle s'est souvenue qu'à la sortie du lycée elle s'était imaginée à cet âge. Cela avait été loin de se passer comme prévu. L'ombre qui est alors tombée sur son visage n'avait rien à voir avec celle que j'avais tant connue chez elle et que je redoutais. Elle ressemblait plus à un ciel de traîne après l'orage. Et rendait Siobhan plus touchante. Finalement, avoir 30 ans ne la rebutait pas. Elle était persuadée que les choses allaient commencer à partir de maintenant. Que les années précédentes n'avaient été qu'une sorte de brouillon, une errance dont, en fait, une seule partie avait vraiment valu le coup d'être vécue. Et elle m'a regardé droit en face en le disant, au point de me faire baisser les yeux et rougir un peu, ce qui a eu pour effet de la faire rire. Moi, je venais d'avoir 45 ans et j'avais encore l'impression d'en être toujours au stade du brouillon. Je ne lui en ai rien dit.

Nous avons parlé de mon travail sur Basse-Misère. Je n'en avais jamais réellement discuté avec qui que ce soit, du moins pas de cette manière. J'ai passé sous silence mes dernières trouvailles et les conclusions terrifiantes qui en découlaient, avec un assassin toujours en liberté, quelque part. Je lui ai raconté comment j'avais réussi à entrouvrir certaines portes, comment j'étais parvenu à m'immerger dans certains pans de ce passé et comment ma vision avait évolué. Je lui ai présenté Justine et elle l'a tout de suite beaucoup aimée. Puis Guillaume, que j'ai tenté de tirer un peu plus dans la lumière mais qui n'appréciait décidément pas cela et faisait de la résistance, restant fade et transparent. Ensuite Florie, jusqu'à ce que je la retrouve dans le salon de thé des Cornouailles. J'ai fini par Emmanuel et son quotidien cauchemardesque.

Je savais que Siobhan avait été traitée comme une brebis galeuse durant son adolescence. Elle m'avait déjà parlé de deux ou trois épisodes très douloureux.

— C'est quoi, la pire brimade que tu aies eue à subir ? m'a-t-elle demandé après que j'ai évoqué l'incident dont j'avais été témoin à la piscine.

Je n'ai pas su quoi lui répondre. À la lumière de sa question, je me suis rendu compte que j'avais su échapper à tout cela. À part quelques anicroches qui, à la longue, s'en étaient allées.

Elle m'a raconté la fois où elle s'était fait coincer dans les toilettes par d'autres filles de sa classe. Elle avait 13 ans, les cheveux coupés court et pas de formes. On avait fini par croire qu'elle était un garçon déguisé en fille. Prise au piège, elle avait été forcée d'uriner devant toutes celles qui s'étaient attroupées afin de vérifier. Et quand on avait vu qu'on s'était trompé, on l'avait rouée de coups avant de lui plonger la tête dans la cuvette. Plus tard, c'est à cause de ses formes qu'elle avait eu des ennuis. On se moquait de ses gros seins et on la surnommait la « vache à lait ». Puis on avait dit que c'était à ça qu'on reconnaissait les vraies salopes. Il y avait eu un montage scotché sur la porte de son casier, la représentant toute nue, en train de prodiguer une cravate de notaire à une queue énorme qui éjaculait sur son menton. La légende était écrite au feutre rouge : « À qui le tour ? »

Avec le recul, elle se disait qu'elle aurait dû faire un effort pour être plus populaire, comme accepter de sortir avec ce gars de l'équipe de hockey qui l'avait draguée. Les choses auraient été sans doute plus faciles. Une grosse larme s'est mise à couler sur sa joue. Depuis mon bout de canapé, je n'avais qu'une envie, la prendre dans mes bras pour lui dire que c'était fini, passé. D'habitude, j'aurais laissé filer le coche pour le regretter ensuite. Mais je me suis approché d'elle et je l'ai serrée contre moi.

Le lendemain matin, nous nous sommes réveillés enlacés dans le même lit. Dehors, il neigeait. Je lui ai souhaité un joyeux anniversaire. Le moment était beau. Tout avait été beau depuis mon arrivée dans cette montagne, beau et clair. Jean-Daniel Fraysse n'avait rien vu sur l'îlot. Konitz était bel et bien sous les verrous. Basse-Misère était loin. Cela aussi c'était fini, passé.

Je lui ai offert le cadeau que j'avais eu tant de mal à trouver, incapable de choisir entre quelque chose de très banal et un présent très intime, pensant que nous ne serions pas seuls. J'avais finalement opté pour un pendentif à fermoir déniché chez un antiquaire. Il avait la forme d'une goutte d'eau et, quand on l'ouvrait, on découvrait une perle d'ambre suspendue. Siobhan l'a reçu comme une véritable merveille alors que je le trouvais maintenant en deçà de l'événement.

Plus tard, nous sommes allés marcher dans la montagne. Elle s'était enroulée dans une quantité déraisonnable d'écharpes multicolores sous lesquelles elle disparaissait presque, à l'exception de ses grands yeux étonnés et de l'éclat enchanteur de son rire. Nous sommes rentrés plus de deux heures après, fourbus et transis de froid. Nous avons pris un bain ensemble pour nous réchauffer. Je lui ai demandé ce qu'elle allait faire, où elle comptait se rendre. Elle m'a répondu :

— Demain, Emmy. Demain…

Nous avons dévoré le contenu du frigo. Elle a mis de la musique et m'a pressé jusqu'à ce que j'accepte de danser avec elle. Il suffisait qu'elle me regarde pour se mettre à sourire. Il suffisait que je la regarde pour ne plus avoir envie de rentrer chez moi, surtout pas sans elle.

Le dimanche est arrivé trop vite. La neige avait cessé de tomber. Le matin était moins féerique. Je lui ai alors reposé ma question sur son avenir immédiat.

Elle avait rencontré quelqu'un à Biarritz, un touriste irlandais. Il lui avait proposé de le rejoindre.

— C'est un peu comme ce garçon de l'équipe de hockey, à part que lui n'est pas très sportif mais très riche. Il est prêt à m'offrir une vie plus facile…

Je ne peux qu'imaginer la tête que j'ai dû faire.

— Quand pars-tu ?

— Je n'ai pas dit que j'avais accepté sa proposition.

— Qu'attends-tu pour le faire ?

— La fin de ce week-end… Ce n'est pas difficile à dire, tu sais : « Siobhan, je ne veux pas que tu partes. Je ne sais pas si la vie avec moi sera plus facile mais ce sera une sacrée vie, je te le promets. » Et moi, je suis prête à te répondre que, de toute manière, je n'ai jamais aimé les joueurs de hockey. Ou même mieux : « Je te suivrai partout, Marc-Édouard Peiresoles. Parce que depuis le jour où je t'ai vu t'installer au bureau de cet amphi, j'ai su que j'étais venue au monde pour ça : t'aimer. »

Je me suis levé pour aller chercher mon carnet noir et mon stylo dans la poche de mon manteau. J'ai déchiré proprement une page vierge et j'ai écrit : « Siobhan, je ne veux pas que tu partes. » Puis je suis revenu au lit et je la lui ai donnée.

— Parler n'a jamais été mon fort.

Elle a lu.

— C'est un bon début... Je veux bien attendre qu'un jour tu écrives la suite. Oui, je veux bien attendre.

Elle a plié la feuille, l'a serrée contre sa poitrine et contre le pendentif que je lui avais offert.

— Tu as encore ce carnet... Je me suis toujours demandé ce que tu pouvais bien y noter. Plusieurs fois, j'ai eu envie de le lire en cachette, sans jamais oser le faire.

Je me suis relevé pour aller le chercher et je le lui ai tendu. Je suis resté allongé près d'elle tandis qu'elle tournait les pages, la regardant sourire ou froncer les sourcils.

— Bon sang ! J'aimerais beaucoup que tu aies noté cela en pensant à moi.

— Quoi donc ?

— Les citations de mon personnage préféré dans mon bouquin préféré.

— De quelles citations parles-tu ?

— Donc, ce n'était pas en pensant à moi... « Tu aimes jamais rien de ce qui se passe » puis : « Je suis plus en colère contre toi. » Je l'ai lu tant de fois, ce livre. Même en français, dans ces fichues traductions qui m'ont tant fait râler, je le connais par cœur.

— De quel livre parles-tu ?

— Tu ne sais pas d'où viennent ces phrases ? Ce sont des répliques de Phoebe, la petite sœur du héros de *L'Attrape-cœurs*.

33

— Les annonces nous arrivent par courrier ou sont directement déposées ici. À partir du moment où elles respectent la déontologie du journal et sont réglées, nous les publions dans notre numéro du vendredi. Certains particuliers indiquent leurs coordonnées avec leur annonce, d'autres préfèrent que nous jouions les intermédiaires. En revanche, nous n'expédions rien. Si quelqu'un nous paye en liquide et souhaite conserver l'anonymat, je ne vois pas comment nous pourrions le retrouver, ni pourquoi nous aurions à le faire.

La rédaction de *L'écho de l'Autan* était installée au rez-de-chaussée d'une imprimerie dont il était la propriété depuis plusieurs décennies. Comme Pastre en son temps, un seul journaliste s'occupait de son contenu, assisté d'une secrétaire. Celle-ci a commencé à répondre à mes questions puis, voyant qu'elles laissaient entrevoir des suspicions, a préféré demander à son supérieur de prendre le relais. Depuis le départ à la retraite de Pastre, c'était le quatrième à occuper le poste, visiblement sans passion.

— De plus, vous pensez bien que nous ne conservons pas les informations concernant ces annonces ou les réponses non réclamées au-delà de six mois. Passé ce délai, tout part à l'incinérateur. Vous dites que depuis 2010 il n'y en a plus eu ?

— Je n'en ai pas trouvé d'autres.

Les archives de François Pastre couraient jusqu'à son départ du journal, à la fin de l'année 2010. Le reste, il m'avait fallu le dépouiller à la médiathèque de Valdérieu.

À Fonbelle, Siobhan s'était attelée à éplucher les numéros en notre possession. Elle s'asseyait à la grande table, le dos tourné à la cheminée, et lisait la moindre ligne, très concentrée, mâchouillant des rouleaux de réglisse qu'elle déroulait entièrement avant de les rembobiner autour de son index. Je lui avais expliqué pourquoi le fait que ce soit des extraits de *L'Attrape-cœurs* avait un sens pour moi, pourquoi j'y voyais un lien avec Basse-Misère. De fil en aiguille, je n'avais pas eu d'autre choix que de lui parler du suicide de Jean-Daniel Fraysse et des doutes que j'avais à propos de celui-ci.

Elle m'avait suivi après notre départ du chalet, s'arrêtant à Toulouse pour y rendre la voiture et récupérer quelques affaires. Dès son arrivée chez moi, elle s'était lancée dans le dépouillement des journaux. J'avais lu d'autres phrases du même type mais j'étais incapable de dire combien d'entre elles étaient extraites du roman. Quand je partais à la fac pour la journée, je la laissais seule, encore endormie sous l'épaisse couette. Quand je rentrais, je la trouvais avec son sac de bonbons et les grands classeurs empilés sur la table. La maison était chauffée. Elle sentait le propre et le thé froid. Elle avait pris des couleurs. Elle était devenue accueillante, telle que je l'avais voulue. Par sa seule présence, Siobhan était parvenue à insuffler de la vie entre ces murs épais. Je m'approchais d'elle pour déposer un baiser dans son cou. Elle se contentait souvent de me donner la main, m'enjoignant de ne pas interrompre sa lecture. Je lui demandais s'il y avait du nouveau et elle levait son autre main pour me demander de patienter. Je me mettais alors à l'aise. Je la regardais faire, élève studieuse et appliquée. Elle s'asseyait toujours dans des positions impossibles. Lorsqu'elle avait terminé de lire, elle redressait brusquement la tête et me souriait. Elle se dépliait ensuite pour venir m'embrasser, me demander comment s'était passée ma journée, me raconter la sienne, entre les vieux journaux et des balades dans la forêt.

Les jours où je n'avais pas à partir, nous nous installions l'un en face de l'autre, moi avec mes cours et mes copies, elle avec *L'écho*. Elle buvait des litres de thé et avait toujours des sucreries à portée de main. L'après-midi, nous faisions une pause pour aller prendre l'air et parler d'autre chose.

Elle a fini par dénicher deux autres citations de *L'Attrape-cœurs*. La première deux ans après celles que j'avais notées : « Je veux pas qu'il m'aime bien. » La deuxième dix mois plus tard : « Je croyais que le manège marchait pas pendant l'hiver. » À chaque fois des répliques de Phoebe. Les dates ne correspondaient à rien de marquant, aucun anniversaire, aucun moment important dans la vie des principaux protagonistes de l'affaire. Puis les phrases avaient disparu à nouveau durant une longue période. Jusqu'en 2003, où Siobhan en trouva une cinquième : « Je prendrai même pas mes habits si tu ne veux pas que je les prenne. » La sixième, c'était pour le début de l'année 2005 : « Ça commence quand je suis en train de mourir. » Et, enfin, une septième dans les tout derniers numéros archivés par Pastre : « Je suppose que tu as encore loupé dans toutes les matières. » Il n'y avait aucun schéma reliant ces citations. Elles avaient été publiées dans le désordre, à des périodes différentes de l'année.

— Il doit forcément y avoir un sens, une logique.

— Tu penses que c'est la tante d'Emmanuel qui en est à l'origine, n'est-ce pas ?

— Je crois que ce livre a eu plus d'écho en elle. Mais pourquoi ne prendre que les phrases de Phoebe ?

J'ai téléphoné à la tante. Elle m'a juré tout ignorer de ces citations, l'idée lui paraissant aussi farfelue qu'effrayante. À plusieurs reprises, elle m'a posé la même question :

— Faut-il que nous nous inquiétions, monsieur Peiresoles ?

À chaque fois, je lui ai menti.

— Non. Pas du tout.

J'ai envoyé une lettre au père de Florie où, après les politesses d'usage, je lui ai demandé si c'était lui qui avait fait publier ces extraits. Que ce soit le cas ou non, je lui ai aussi demandé si les dates de publication avaient un sens à ses yeux. Je lui ai indiqué mon adresse mail afin d'avoir une réponse plus rapide, si réponse il devait y avoir.

J'ai téléphoné chez les Garcès pour leur poser les mêmes questions. J'ai eu droit à un déni immédiat : les parents d'Emmanuel n'étaient pour rien dans ces annonces et les dates ne correspondaient à rien, pour leur fils comme pour eux.

J'ai ensuite envoyé un mail à Arnaud Armengaud qui, comme son frère, m'avait laissé ses coordonnées après notre entrevue à la maison du lac. Aux questions posées aux autres, j'en ai ajouté une : se souvenait-il de la manière dont Justine parlait de *L'Attrape-cœurs* et s'il y avait des passages particuliers sur lesquels elle avait insisté ? Il m'a répondu le soir même, par un long message. Justine avait été enthousiasmée par la lecture du roman offert par Guillaume, comme il me l'avait déjà raconté. Il se tenait éloigné d'elle à cette période-là et ne l'avait pas vraiment écoutée en raconter l'histoire ou citer des passages. Mais il savait qu'elle avait dit que le héros allait mal parce qu'il avait osé ouvrir les yeux et que ce qu'il avait vu l'avait anéanti. Elle avait aussi beaucoup insisté sur la petite sœur, qui était la seule raison d'espérer encore, de vouloir vivre encore, avant tout pour la côtoyer le plus longtemps possible. Concernant les dates, il avait pris la peine d'interroger sa mère parce que lui n'y avait vu aucune signification. Elle lui avait fait la même remarque.

À ma grande surprise, John-Henry Nipperday m'a répondu par mail quatre jours plus tard. Il m'a affirmé n'être pour rien dans la publication des extraits et que les dates ne lui évoquaient rien. Sa phrase de conclusion en disait long : *Si vous avez découvert quelque chose, ce qui, je pense, est le cas vu la teneur de votre lettre, n'oubliez pas votre promesse : tenez-moi au courant.*

J'ai enfin envoyé une nouvelle lettre à Belle-Île, la troisième, pour questionner Philippe Brunet-Auriac sur les citations et les dates, insistant sur l'importance de ses réponses.

Siobhan, à présent que le dépouillement du journal était terminé, multipliait les recherches de son côté. Elle s'était lancée sur les traces des autres enfants du club, ceux auxquels Justine avait parlé du livre durant l'été fatal. En plus des quatre de l'îlot et des deux frères Armengaud, elle en a trouvé onze autres dans les dossiers de Pastre. Elle y a ajouté les deux enfants de Bernard Bardy. En quelques jours, elle est parvenue à tous les localiser. Treize noms, treize adresses, certaines particulièrement lointaines, jusqu'en Nouvelle-Zélande ou au Chili. Nous avons rédigé ensemble une lettre type pour les onze premiers, avec nos questions récurrentes sur le roman et les dates. Pour la fille Bardy, qui s'était installée dans le Nord, nous avons écrit quelque chose de plus spécifique. Et cela a encore été le cas pour son frère, qui vivait à l'autre bout du monde et à qui nous parlions de ce qui s'était passé dans les douches des Crozes avec Justine.

J'ai posté le tout dès le lendemain, évitant la poste de Valdérieu afin de ne pas trop attirer l'attention.

Les réponses de ceux que Siobhan avait surnommés les « Treize du club » se sont étalées sur le mois qui a suivi. En tout, j'en ai reçu onze. Parmi les deux absents, il y avait le fils Bardy.

Trois m'ont écrit pour m'annoncer qu'ils ne désiraient pas me répondre, qu'ils ne voulaient plus entendre parler de cette histoire, que cela ne servait plus à rien de remuer ainsi les mauvais souvenirs. Les deux sœurs d'Emmanuel ne se sont pas mouillées. À les lire, on pouvait se demander si elles avaient vraiment été avec les autres enfants du club nautique. La fille Bardy n'a pas eu grand-chose à m'apprendre. Plus âgée, elle n'avait fréquenté les Crozes que de loin. Bien entendu, cette terrible affaire avait bouleversé sa vie et celle de sa famille. Les cicatrices n'étaient pas encore refermées et elle en souffrait toujours aujourd'hui. Elle se battait malgré tout pour faire réhabiliter la mémoire de son père même si, au début, elle l'avait copieusement détesté. Depuis, elle avait tenté de mieux le comprendre. À défaut d'y parvenir, elle demandait qu'on cesse de le salir. Elle avait ainsi attaqué en justice le producteur et le diffuseur de l'émission de télé qui avait relancé la suspicion autour de son père.

Les cinq autres ont été celles qui se sont montrées les plus utiles. Elles étaient longues, circonstanciées et, m'a-t-il semblé, sincères. Personne ne s'était vraiment relevé de Basse-Misère. Toutes et tous avaient au bout du compte opté pour la fuite si leurs parents n'en avaient pas pris l'initiative plus tôt. Les premières semaines qui avaient suivi le massacre, ils s'étaient retrouvés bloqués dans une sorte d'irréalité, incapables de distinguer ce qu'ils vivaient de ce qu'ils croyaient vivre. Les interrogatoires, les rumeurs, tout cela n'était rien comparé à ce qui s'était passé après, quand ils avaient réalisé. Les cinq m'ont avoué avoir grandi avec la peur. La peur que les meurtres continuent parmi les enfants des Crozes ; la peur de sentir le meurtrier près d'eux en permanence ; la peur de se sentir si vulnérables... Ils avaient tendance à idéaliser les heures passées au bord du lac. Ils en étaient conscients mais ne souhaitaient pas pour autant y voir autre chose. Cependant les portraits qu'ils dressaient des quatre victimes étaient variés. Guillaume était discret, effacé ou bien, au contraire, l'un de ceux qui savaient le mieux s'amuser. Emmanuel était timide et touchant, vraiment gentil, ou bien distant, pas toujours très franc et il avait le don pour vous mettre mal à l'aise. Les commentaires les plus sévères étaient destinés à Florie. Elle n'avait jamais cherché à s'intégrer, passait son temps à regarder tout le monde de haut sans quasiment ouvrir la bouche. Surtout, on lui reprochait d'avoir cherché à isoler Justine du reste du groupe. Cette dernière faisait en revanche l'unanimité. Elle était de chaque bon moment au club parce que, la plupart du temps, elle en était à l'origine. Si on avait un problème, quel qu'il soit, il suffisait d'aller lui en parler et tout devenait soudain plus facile. Elle ne redoutait rien. Ces réponses ont exprimé les regrets de l'avoir déçue en fichant son projet de pièce de théâtre en l'air. Le souvenir qu'elle avait laissé était très grand. Même après toutes ces années, il prenait encore beaucoup de place. L'une des femmes qui m'a écrit m'a même avoué avoir songé à prénommer sa fille Justine avant d'y renoncer, toujours à cause de la peur. Certains étaient trop jeunes pour se rappeler avec précision les histoires qu'elle leur avait racontées. D'autres se remémoraient bien ses récits de *L'Attrape-cœurs*. Aucun d'entre eux n'avait eu la force de lire le livre depuis, ils avaient préféré en rester à la version de Justine. Il était évident qu'elle aimait beaucoup la petite sœur du héros, répétant qu'elle aurait aimé lui ressembler.

Personne n'avait envoyé de citations à publier dans *L'écho*. Et les sept dates étaient dénuées de sens pour eux.

Les premiers temps à Fonbelle avec Siobhan ont été idylliques. Loin de la fac, j'étais plus détendu, j'assumais mieux notre liaison. Et Siobhan semblait s'accommoder de l'isolement de la maison. Mais une fois que son travail de recherche a été terminé, j'ai senti qu'elle commençait à s'ennuyer. Un jour, elle a demandé à m'accompagner à Toulouse. Elle a passé la journée en ville et je l'ai récupérée le soir, à bonne distance du campus. Elle s'est alors montrée d'une humeur massacrante, elle a fait la tête toute la soirée, allant se coucher sans un mot. La semaine suivante, elle m'a à nouveau suivi mais, cette fois, elle est restée dormir chez une amie. Cela ne l'a pas empêchée de se montrer plus secrète et taiseuse à son retour. Ses sautes d'humeur sont devenues plus fréquentes et l'ombre dans ses yeux est réapparue.

— J'ai peut-être l'opportunité de travailler à Toulouse, m'a-t-elle finalement annoncé. Un remplacement de deux mois dans une librairie. Mon amie accepte de me loger et je pourrai venir te retrouver le week-end. Qu'est-ce que tu en penses ?

Eh bien, qu'à force de partager mon quotidien, elle était à son tour en train de se faner.

— J'ai besoin de ce job. Et puis, ici, j'ai l'impression de passer mon temps à essayer de te rattraper sans jamais y parvenir. Je n'ai pas envie que ça se passe à nouveau mal entre nous, Emmy. En prenant un peu l'air, je crois que je peux trouver la force nécessaire.

— La force de quoi ?

— De t'attendre…

Elle est partie par le dernier train le dimanche soir. Nous devions nous retrouver le samedi suivant. Je lui avais demandé de m'accompagner à la soirée des anciens élèves de Saint-Jacques et elle s'était montrée enchantée de mon invitation.

— Au moins, je n'aurai pas l'impression que tu me caches ou que tu as honte de moi.

Je n'avais pas honte d'elle. Toutefois, il est vrai que je ne souhaitais pas étaler notre relation. J'imaginais déjà la réaction de mes collègues ! En fait, je ne parvenais pas à nous voir un avenir commun. J'étais pourtant bien avec elle. Une fois qu'elle a quitté Fonbelle, le vide a été immense et douloureux. Mais l'unique futur dans lequel je parvenais à me projeter me montrait seul et sans attache. Là où j'allais, elle ne pouvait pas m'accompagner et, de toute manière, je ne souhaitais pas qu'elle le fasse.

Afin de combler le vide laissé par Siobhan, j'ai peaufiné ma conférence, en tenant compte des avertissements de Marielle. Je l'ai fait sans aucun plaisir. Il m'a fallu me réhabituer à une maison sans chaleur, sans parfum, sans personne.

À la fin de cette pénible semaine, il s'est mis à neiger. Depuis plusieurs jours, le ciel chargé sentait la neige sans que celle-ci tombe. Elle est arrivée un après-midi, quand je ne l'attendais plus. J'étais en train de travailler à la grande table du bas, des livres étalés partout autour de moi. Soudain, j'ai levé la tête et j'ai vu qu'il neigeait. L'herbe était déjà blanche devant la maison. La neige et moi, c'est une vraie histoire d'amour.

Je me souviens des matins enneigés à Valdérieu, quand nous ouvrions les volets et que tout avait disparu sous l'épaisse couche blanche. Je parle de vrais matins enneigés, ceux qui paralysaient la ville et dépeuplaient les salles de classe. La neige, c'était la paix, le silence. Quelque chose avait changé, en mieux. Quand il se mettait à neiger durant la journée, j'étais capable de passer des heures derrière la fenêtre de ma chambre à regarder les flocons voleter. J'ai eu beau grandir, l'émerveillement est resté le même. Ma dernière année au lycée, il s'était mis à neiger un mercredi après-midi. J'étais seul à la maison. Le matin, en sortant de cours, je m'étais arrêté chez le disquaire du centre-ville pour acheter le dernier album de Thiéfaine dont j'avais attendu la sortie avec impatience. Je l'avais fait tourner sur la platine de ma chaîne hi-fi en regardant la neige tomber, assis sur le rebord de la fenêtre. Le téléphone avait sonné. Deux filles de ma classe qui passaient l'après-midi ensemble voulaient me parler. J'étais heureux et flatté de l'intérêt qu'elles semblaient me porter. Tout allait dans le bon sens. La neige donnait l'impression qu'on allait pouvoir repartir d'une page blanche.

J'ai laissé ma conférence en plan et je suis sorti sous le porche. Il ne faisait pas encore nuit mais plus tout à fait jour. Un rideau de flocons serrés s'abattait devant moi. Le silence était caractéristique des temps de neige. Tout était interrompu et se recroquevillait. Chaque maison n'était plus qu'une île. La couche s'est épaissie durant la soirée. Vers 23 heures, j'ai mesuré vingt-trois centimètres devant l'entrée. J'étais content de ne pas avoir à aller quelque part le lendemain mais je me suis inquiété pour le retour de Siobhan. J'ignorais alors qu'il avait très peu neigé dans la vallée et pas du tout du côté de Toulouse. J'ai cru que le monde entier était recouvert. À mes yeux, le monde entier était décidément bien étroit.

34

J'ai passé une excellente nuit. La neige, comme l'orage, avait la vertu de rendre mon sommeil lourd et paisible. Au matin, la campagne avait disparu et n'était plus qu'un gros édredon blanc. J'ai repensé à mon père, qui n'était plus en train de déneiger l'allée et qui ne pouvait plus me lancer une boule qui serait venue s'écraser à quelques centimètres de ma tête. J'ai songé à ma mère qui, du coup, ne pouvait râler parce que le parquet de ma chambre allait être taché. Je me suis rappelé que plus aucun matin de neige ne serait comme avant.

J'ai fait un bon feu et englouti un petit déjeuner plus copieux que d'habitude. Puis, j'ai décidé d'aller marcher, certain qu'ensuite les idées me viendraient plus facilement. Je me suis bien couvert et je suis sorti. Ce n'est qu'au bout de quelques mètres que j'ai remarqué les traces de pas. Elles franchissaient le portail puis longeaient le muret jusqu'au bûcher, avant de rebrousser chemin. Je n'ai rien trouvé de particulier dans l'appentis. J'ai fouillé dans les moindres recoins, sans trouver quoi que ce soit de suspect. Aucun des vieux outils n'avait été dérobé, personne n'avait touché au bois ni au compteur électrique. La porte de l'appentis grinçait sauvagement sur ses gonds et je ne l'avais pas entendue être ouverte ou fermée. Celui ou celle qui s'était approché n'était sans doute pas entré. En remontant le long de la traînée d'empreintes, j'ai découvert qu'elle ne bifurquait pas vers le village mais vers la forêt. Dans une direction où il n'y avait pas âme qui vive. Plus loin, les anciennes pistes de coupe traversaient le mamelon et finissaient par tomber sur la route de l'autre versant. Quelqu'un était venu chez moi exprès, avait pris le volant malgré le mauvais temps en évitant le village. Il s'était garé, avait parcouru la forêt à pied pour aboutir chez moi, au pied de ma maison. Le tout en pleine nuit et sans chercher à masquer ses traces, comme s'il voulait que je le sache.

La neige n'a pas tenu très longtemps. Dès la fin de la matinée, j'ai entendu l'eau couler dans les gouttières et les branches des arbres étaient déjà libérées de son poids. Dans le courant de l'après-midi, des brins d'herbe ont commencé à émerger sur le terrain. La maison ne me paraissait plus très sûre. Je n'ai pas vraiment ressenti de la peur, pas encore, mais plutôt de la colère. J'ai eu beau me dire que c'était peut-être quelqu'un qui avait cherché un abri et qui ignorait que la maison était occupée, ou bien que les jeunes du village avaient voulu me jouer un mauvais tour, je n'ai pu m'empêcher de relier cette visite nocturne à ce que j'étais en train de remuer au sujet de Basse-Misère. J'ai passé la journée à faire les cent pas, à venir me poster à intervalles réguliers derrière une des fenêtres et à échafauder des hypothèses aussi fumeuses les unes que les autres. Elles ne résistaient pas à plus de cinq minutes de réflexion. Les craquements de la vieille bâtisse n'avaient plus rien de familier, chacun d'eux me coupait la respiration. J'ai même hésité à appeler la gendarmerie avant que les empreintes n'aient disparu. J'ai cherché à chasser cette idée sans y parvenir : j'avais sorti Konitz de son sommeil.

Quand la nuit a commencé à tomber, quand j'ai eu du mal à distinguer ce qui se passait dehors à plus de cinq mètres, la colère a été remplacée par la peur. J'ai retardé autant que possible le moment de fermer les volets, n'ayant pas envie de me sentir enfermé. D'un autre côté, les laisser ouverts permettait de pénétrer bien plus facilement dans la maison. J'aurais pu déguerpir. J'y ai vraiment songé. Il me suffisait d'emporter quelques affaires et de filer. Mais partir n'aurait rien résolu. Chaque fois que j'avais deviné l'ombre de Konitz dans le passé, je n'avais jamais fui pour aller me réfugier chez des voisins ou chez ma grand-mère. Quelque chose m'empêchait de le faire. La certitude que, quel que soit l'endroit où je me trouverais, il me suivrait. Je n'avais pas d'autre choix que de l'affronter pour qu'on en finisse. Je pensais qu'il valait mieux que ça se passe chez moi. Qu'une fois qu'il serait devant moi, j'aurais forcément moins peur. Le plus dur était de l'attendre, de le guetter. Rester, c'était aussi une manière de précipiter les choses. Pour qu'il y ait une conclusion, donc une délivrance.

Je n'ai pas quitté Fonbelle. J'ai pris la lampe électrique et je suis allé faire le tour de la maison, le cœur serré et la respiration courte. De la neige de la veille, il ne restait plus que quelques grandes plaques séparées les unes des autres par des parcelles d'herbe détrempées. Le sol dégorgeait son trop-plein d'eau sous mes pas. Le vent du sud-est qui avait fait remonter les températures s'était tu. Le brouillard était en train de le remplacer. J'ai inspecté chaque dépendance, chaque mur, chaque ouverture. Je n'ai rien vu d'anormal. Je suis ensuite rentré et je me suis barricadé à l'intérieur. J'ai attisé le feu et poussé un peu plus fort mes chauffages d'appoint. J'ai tenté de chasser le mal par la chaleur. Mon grand-père possédait un fusil dans le temps. Je me suis souvenu de l'avoir vu dans son étui. Un fusil de chasse avec deux canons juxtaposés. J'aurais apprécié de l'avoir avec moi. Je sais pourtant que la peur et les armes ne font pas bon ménage. Moi qui ai passé tant de temps à étudier la Première Guerre mondiale, je suis assez bien placé pour en parler.

Je me suis forcé à m'occuper, à me repencher sur mes cours, mes lectures en retard ou l'avancée de ma conférence, mais en vain. J'ai entrouvert un des volets, afin de vérifier une dernière fois. Le faisceau de ma lampe n'a fait que rebondir sur un mur de brume. Enfant, l'ombre de Konitz disparaissait avec le retour de mes parents, même si descendre à la cave ou me rendre à l'autre bout de la maison restait un défi difficile à relever malgré leur présence. Pour le moment, j'étais condamné à me débrouiller seul. J'ai pensé que, la première nuit passée, je serais capable de reprendre mes esprits et d'oublier cette peur tenace. Je suis monté me coucher, cherchant le sommeil, qui était mon unique allié. Quand je l'ai senti sur le point de m'emmener, j'ai cru avoir gagné la partie. J'ai éteint la lumière et je me suis enfoncé sous les draps, les yeux déjà clos, prêt à me laisser aller.

Le grincement de la porte du bûcher m'a fait soudain bondir dans mon lit. J'étais certain de l'avoir entendue. J'ai rallumé et tendu l'oreille. Mon cœur battait si fort qu'il résonnait contre mes tempes. Je me suis levé et j'ai ouvert la porte de la chambre. La maison était silencieuse. J'ai actionné l'interrupteur du palier afin d'éclairer l'escalier désert. Je me suis penché par-dessus la balustrade pour avoir une vue sur la porte d'entrée. Les deux verrous étaient mis. J'ai allumé toutes les lampes de l'étage. Puis, avant de descendre – parce qu'il était hors de question que je reste à attendre –, j'ai ouvert une nouvelle fois les volets de ma chambre et tenté de percer le brouillard avec ma torche. Rien ne semblait bouger dehors, tout était tétanisé par le froid humide. J'ai eu peur, je l'avoue. Une vraie peur, de celles qui se rapprochent de l'épouvante. Malgré le pull que j'avais enfilé, mon dos était glacé. Ma gorge était si serrée que j'avais du mal à déglutir.

J'ai pris mon courage à deux mains pour descendre. Au moment où j'ai mis le pied sur la deuxième marche, tout s'est éteint d'un coup. J'ai entendu un claquement, celui du compteur que l'on venait de disjoncter dans le bûcher, et je me suis retrouvé dans le noir. Il m'a fallu d'interminables secondes avant de parvenir à allumer la lampe électrique tant mes doigts tremblaient. Son faisceau m'a paru ridiculement étroit. Je l'ai promené devant moi, convaincu de voir surgir une silhouette ou un visage dans le cône de lumière. Il n'y avait rien. Le pire est cependant arrivé quand il m'a semblé que ma torche faiblissait. J'étais paralysé, vraiment. J'ai eu envie de crier ma peur et ma rage à la nuit qui m'écrasait. Mais j'ai été incapable de le faire.

Je me suis mis à entendre des sons inhabituels qui confirmaient que je n'étais plus seul dans la maison. Les bruits du frottement que font les vêtements lorsqu'on se déplace. Quelqu'un était entré. Ma lampe était incapable de le trouver au pied des marches en haut desquelles j'étais coincé. Mais, il était ici, en bas.

« C'est sorti de l'eau » n'avait cessé de répéter Florie Nipperday. Pour moi, c'était sorti du brouillard et de la nuit réunis. Il ne me restait plus qu'à attendre qu'il surgisse dans le halo, avant de monter vers moi. Je n'avais jamais imaginé Konitz s'en prendre physiquement à moi, même dans mon imagination d'enfant. Les souffrances qu'il était capable de m'infliger étaient bien plus terribles. C'était l'idée que je m'étais toujours faite de ma défaite : un cauchemar duquel il était impossible de se réveiller.

Personne n'est apparu dans le faisceau de la lampe. Son affaiblissement n'était pas le fruit de mon imagination : les piles montraient bien des signes de fatigue. Bientôt, j'allais me trouver dans l'obscurité la plus complète. Je ne me suis pas senti capable de le supporter. Un bruit plus fort que les autres m'est parvenu de la grande salle, où quelque chose venait d'être renversé. L'idée de reculer et d'aller me réfugier dans un recoin n'était pas la bonne. Je devais plutôt dévaler l'escalier et tirer les deux verrous de la porte d'entrée puis tourner la clé dans la serrure. Combien de temps cela allait-il me prendre ? Cinq ? Dix secondes ? Il fallait que je me montre le plus rapide possible. Cinq secondes maximum, malgré mes mains agitées par la panique. Je pouvais être dehors avant qu'il ne m'ait attrapé, surpris par mon initiative. Après, j'avais de quoi m'échapper. Je connaissais le coin mieux que lui et le brouillard allait m'aider. Ma seule chance était de sortir avant que la torche ne me lâche.

J'ai pris une profonde respiration même si ma poitrine, comme tout le reste de mon corps, m'a semblé plus petite, rétrécie. Je n'ai pas quitté les verrous ni la clé des yeux. Les marches vermoulues allaient trahir mon mouvement vers l'avant alors autant se précipiter et, surtout, ne pas tomber !

Je me suis élancé. Jamais ce fichu escalier ne m'a paru aussi long. Arrivé en bas, j'ai évité de regarder vers ma gauche, vers l'entrée de la grande salle. Je suis resté fixé sur la porte à ouvrir. Mes gestes étaient saccadés, imprécis et maladroits. Jamais je n'allais réussir à tout déverrouiller à temps. Déjà, je sentais une ombre traverser le rez-de-chaussée et fondre sur moi. La lampe me gênait mais je ne pouvais pas m'en débarrasser, pas encore. Je me suis abîmé les doigts contre les targettes. Mes mains étaient presque liquides. Il y a eu un souffle sur ma gauche, un souffle que j'ai senti contre la peau de mon cou. Je n'ai pas tourné la tête, j'ai refusé de le faire. J'ai deviné un geste dans le noir, le geste d'un bras qui s'élève, prêt à s'abattre sur mon épaule. Au moment où il a fendu l'air, la porte s'est ouverte et je me suis jeté dehors en hurlant comme un fou.

J'ai couru droit devant moi. Je me suis senti libéré. J'ai même eu la présence d'esprit d'éteindre la lampe afin de disparaître dans la nuit et le brouillard. Je suis parvenu sans encombre jusqu'au portail. Ma main s'est posée sur son rebord suintant d'humidité. L'écho de mes cris étant retombé, le silence était désormais total.

Je n'ai pas ouvert le portail. Je me suis retourné. L'ombre n'était plus derrière moi. J'ai aperçu la silhouette de la maison à travers la brume. Maintenant que j'étais dehors, j'ai eu envie de retourner sur mes pas pour aller voir. Ne pas voir, ne pas savoir, cela avait toujours été le pire pour moi.

J'ai attendu un petit moment. La peur était toujours présente mais elle était moins forte. J'ai su que j'allais revenir vers la maison. Ce n'était pas du courage, c'était une obligation. J'ai rallumé la torche. Je me suis avancé d'un pas décidé, jusqu'à apercevoir la porte d'entrée entrouverte. Vers la gauche, celle du bûcher était fermée. J'ai commencé par elle. Je l'ai tirée d'un geste sec. Elle a grincé comme d'habitude. Sans chercher à réfléchir, j'ai inondé l'appentis de lumière. Il n'y avait personne. Le disjoncteur était bien abaissé. Je l'ai poussé vers le haut et j'ai entendu le grésillement de l'électricité qui se remettait à circuler. En ressortant, j'ai vu l'auréole que dessinaient sur le brouillard les ampoules que j'avais allumées, dévalant par la cage de l'escalier ou se frayant un chemin entre les lames des volets.

Au passage, je me suis saisi d'un manche de pioche qui traînait près des stères de bois, et je suis entré dans la maison. J'ai actionné chaque interrupteur. Il n'y avait personne. J'ai baissé le thermostat du radiateur de la salle. Voilà sans doute la première idée sensée que j'avais eue depuis la découverte des traces de pas dans la neige : en poussant trop fort le chauffage, j'avais fait disjoncter le compteur au moment où j'avais allumé toutes les lampes du premier étage. Une des bûches que j'avais mises dans la cheminée avant de monter me coucher avait roulé hors du foyer, ce qui expliquait le bruit que j'avais entendu. Les fenêtres et les volets étaient parfaitement clos. Il était impossible d'entrer chez moi. Tout le reste, je l'avais imaginé, y compris le grincement de la porte du bûcher. J'ai cependant fait le tour de chaque pièce. Aucun placard, aucun recoin n'a échappé à mon inspection rigoureuse, le manche de pioche prêt à fendre le crâne de quiconque surgirait devant moi.

J'étais seul dans une maison perdue. J'étais ridicule. Je me suis senti humilié. J'ai tenté de me redresser, de relever le menton et les épaules. J'ai bu un verre d'eau et j'ai attrapé un morceau de jambon dans le frigo. Je n'avais pas faim mais je tenais à faire quelque chose de normal. Comme aller me recoucher et faire semblant de ne rien entendre. J'ai cependant gardé le manche de pioche avec moi et changé les piles de la lampe électrique avant de tenter de m'endormir.

35

Aussi surprenant que cela puisse paraître, je suis parvenu à dormir. Ma frayeur nocturne m'avait vidé de mon énergie. Quand je me suis réveillé, la matinée était déjà bien avancée. Le brouillard pesait encore de tout son poids. On n'y voyait pas à trente mètres. Pour la première fois de ma vie, je n'ai pas trouvé cela lugubre. J'étais heureux que la lumière du jour, même voilée, pénètre par chaque fenêtre de ma maison. Je suis bien entendu sorti pour en inspecter les abords et surtout le bûcher. Je n'ai rien trouvé de suspect, nulle part. J'ai allumé les lampes partout dans la maison et poussé les deux radiateurs à fond : le disjoncteur a tenu bon. Il n'a sauté qu'après que j'ai mis en route le four et basculé le chauffe-eau sur la marche forcée.

J'étais encore tellement tendu que j'en avais des courbatures dans les épaules et dans le bas du dos. J'ai essayé de me montrer lucide. Qui aurait pris le risque de rouler dans la nuit avec les routes dans cet état ? Qui se serait embêté à venir jouer avec mon disjoncteur alors que le brouillard bouchait la montagne ? Quant aux empreintes de pas dans la neige, l'idée qu'elles avaient été laissées par un habitant du village devenait de plus en plus crédible.

J'ai trouvé une chaîne et un petit cadenas au milieu des quelques affaires laissées par les anciens propriétaires. Ce n'était rien de très costaud mais c'était suffisant pour barrer la porte du bûcher le soir et avoir de quoi prévenir les gendarmes s'ils venaient à être fracturés.

Siobhan est arrivée en fin d'après-midi, au volant de la même voiture que lors de son week-end d'anniversaire. Dès que je l'ai entendue approcher, je suis sorti sur le pas de la porte pour l'accueillir. Elle m'a adressé un gentil sourire et un petit signe de la main en me voyant. Elle ne m'a pas paru déborder d'enthousiasme de revenir à Fonbelle. Mais elle n'en débordait pas non plus quand elle m'a raconté sa semaine à Toulouse.

Le soir venu, nous sommes descendus en ville pour la soirée du lycée. Je redoutais de me retrouver face à d'anciens camarades de classe que j'avais perdus de vue depuis des lustres et avec qui nous n'avions plus grand-chose à nous dire. Je craignais de devoir montrer ce qu'était devenue ma vie. Venir au bras de Siobhan, particulièrement jolie pour l'occasion, était un moindre mal. Par chance, la soirée n'avait pas fait le plein et j'ai été presque le seul de ma promotion à m'être déplacé.

Nous avons été accueillis dès le portail par une jeune fille en tailleur qui nous a cherchés sur sa liste avant de nous donner un plan du lycée. L'ensemble des salles étaient ouvertes, y compris celles de l'internat. Il m'a été ainsi possible de prendre la mesure des changements qui s'étaient opérés depuis l'année de l'obtention de mon bac. Deux bâtiments avaient été construits, un autre avait été démoli. De nouveaux espaces avaient été dégagés dans la cour. Mes repères étaient quelque peu brouillés. La chapelle était toujours à sa place, avec la plaque commémorative qui coiffait sa porte. Celle-ci ne résonnait plus pareil. Pendant des années, elle avait représenté une menace au-dessus de nos têtes. Il était impossible de passer devant sans ressentir son poids. En la revoyant, je l'ai trouvée moins écrasante et plus émouvante. Nous sommes restés un moment à la contempler. Siobhan avait pris mon bras et s'était serrée contre moi. « Ma » phrase était mise en valeur par l'éclairage qui creusait davantage ses sillons dans la pierre.

— C'est une très belle citation.

— Sans doute… C'est surtout une grande supercherie. Je l'ai proposée sans jamais vraiment la comprendre. Ils auraient dû choisir quelqu'un de plus sincère que moi.

— Et ce soir, est-ce que tu la comprends mieux ?

Elle n'avait jamais eu autant de sens.

— Je me rends compte qu'elle parle de moi. Elle a toujours eu ce rôle : ne parler que de moi.

Siobhan n'a rien répondu. Elle s'est serrée davantage, m'obligeant à passer mon bras par-dessus son épaule.

Nous avons ensuite fait le tour du lycée, croisant des enseignants que je ne connaissais pas, des anciens élèves bien plus âgés ou bien plus jeunes que moi. Nous avons joué le jeu, prenant le temps de regarder, d'écouter et de nous arrêter devant les quelques expositions mises en place.

Rien ne laissait voir que j'avais un jour été élève de cet établissement. Revenir où on pensait avoir été important et s'apercevoir que, finalement, on était les seuls à avoir été marqués, je crois que tel était le lot des quelques personnes présentes lors de cette soirée. En fait, nos anciennes traces avaient été regroupées dans le nouvel auditorium. Classées par promotion, des centaines de photos de classe étaient affichées sur tous les murs. Partout, on ne voyait que des milliers de jeunes gens grandir puis disparaître. Siobhan a voulu commencer par mes sept années de scolarité. J'étais d'abord un petit garçon au sourire forcé, presque trop jeune pour se retrouver déjà ici. Je devenais ensuite plus assuré, mon visage se déformait de manière grotesque avant que je ne décide de me cacher derrière des cheveux trop longs, en troisième, refusant de sourire au photographe, puis souriant à nouveau quelques années plus tard, le menton haut, le regard empli de promesses. C'était quelques mois avant le bac.

— Qui était ton meilleur ami dans les petites classes ?

J'ai montré du doigt un garçon aussi petit que moi et bien plus rondouillard.

— Vous êtes restés amis jusqu'au bout ?

— Non, les trois ou quatre premières années.

— Qu'est-il devenu ?

— Je l'ignore. Je crois qu'il vit toujours dans le coin.

— Et ensuite, qui était ton meilleur ami ?

Je n'en avais pas vraiment eu. Le propre d'un lycée comme Saint-Jacques était d'élaguer les mauvaises branches année après année pour ne plus laisser que quatre classes en terminales. Il faut croire que j'avais le don de fréquenter ces mauvaises branches, qui avaient toutes fini par partir.

— Tu étais un garçon solitaire ?

— Oui. Je n'étais pas très à l'aise avec les autres.

— Même avec les filles ?

— C'était bien là le nœud du problème.

— Lesquelles ont été tes petites copines ? Montre-moi celle que tu as embrassée en premier.

— Elle n'est sur aucune photo. Elle n'est pas venue dans ce lycée. C'est elle qui m'a embrassé le jour où nous avons quitté l'école primaire.

— Je parlais d'un baiser plus sérieux.

— Mais c'était très sérieux ! Je garde un excellent souvenir de ce moment.

— Moi, je te trouve séduisant. Surtout sur cette photo. Tu as l'air gentil, drôle, plein d'entrain. Un peu timide aussi. Le garçon qui fait fuir les pétasses et n'attire que les filles bien, les plus intéressantes, qu'il n'a ensuite que pour lui.

— Bon sang, si j'avais su !

— Est-ce que tu aimerais revenir en arrière et revivre ces années ?

— En sachant ce que tu viens de me dire, sans aucun doute.

Elle a ri. Avant de redevenir mélancolique.

— Et que dirais-tu à tous ces jeunes ? Que leur dirais-tu de la vie qui les attend et que tu serais le seul à connaître ?

— Pour la plupart, je ne sais même pas ce qu'il est advenu d'eux.

— Je trouve ça émouvant de vous voir tous alignés. On dirait que vous regardez l'horizon et que celui-ci est infini. Il y a tant de choses devant vous, tant de promesses…

Je lui ai caressé le dos. Je l'ai sentie tout à coup tellement triste ! Elle était revenue en arrière, elle m'avait retrouvé au début des années 1980. Elle a pointé le doigt au hasard sur un garçon de ma classe de quatrième.

— Lui, par exemple. Je l'imagine mauvais élève, issu d'une famille modeste. Il ne se fait pas trop d'illusion sur son avenir. Il prendra sans doute la suite de son père…

— Il était plutôt sympa. Il a quitté le lycée l'année suivante pour devenir maçon. Comme son père.

— Et celui-là, qui a l'air de jouer les caïds ? Les filles de la classe ne devaient avoir d'yeux que pour lui. Il n'est pourtant pas très beau. Mais il est plus grand que tout le monde. Je n'arrive pas à deviner ce qui l'attend.

— Il vaut mieux. Il s'est planté en voiture deux ans plus tard, à la sortie d'une boîte de nuit.

— Il est mort ?

— Non. Je ne l'ai revu que l'année qui a suivi mon départ, au cours d'un grand réveillon. Il faisait avancer son fauteuil roulant en soufflant dans un tuyau.

— Si tu avais le pouvoir de revenir dans le passé, est-ce que tu le lui dirais ?

— Je ne sais pas. Je crois que de toute manière il ne m'écouterait pas. Nous ne nous fréquentions pas beaucoup.

— Combien d'entre eux ont eu une belle vie, Emmy ?

Nous étions sur un terrain glissant et j'avais hâte que nous en sortions, avant que Siobhan ne bascule du mauvais côté. Avant que je ne sois obligé de lui raconter que la fille au deuxième rang s'était tuée dans un accident trois jours après avoir obtenu son permis. Que celle devant elle, que je connaissais depuis la sixième, avait trouvé la mort quand la voiture de son copain s'était encastrée sous un camion alors qu'ils revenaient d'un week-end à la mer. Et si je passais aux autres années, je pouvais presque en faire autant, dénombrer les morts et les malades. J'ai tiré Siobhan par la manche de son manteau pour l'attirer vers les années précédant mon entrée au lycée.

Classe de quatrième A, 1979-1980 : Justine est assise au premier rang. Elle est la seule à ne pas porter de jean mais un pantalon de toile beige qui s'arrête au-dessus des chevilles, révélant des chaussettes bariolées assorties à son pull. Elle a les cheveux attachés. Son sourire est divin. Son visage attire l'œil. Guillaume Armengaud est debout au dernier rang, tout à fait à gauche. Il est crispé. On le remarque peu. Il se fond dans la masse. La même année, classe de cinquième C : Emmanuel Garcès est debout au deuxième rang, pull-over à côtes épaisses, coupe au bol, les yeux morts et la bouche en cul-de-poule. Au même rang, mais de l'autre côté, Jean-Daniel Fraysse se tient penché vers sa voisine, jusqu'à ce que leurs épaules se touchent.

— C'est donc lui... On ne peut pas dire qu'il a une sale tête. On voit bien qu'il veut jouer les malins. Je suis certaine que plus tard, en montrant cette photo, il a fait croire qu'il sortait avec la fille. Il s'est approché d'elle dans ce but... Justine était vraiment une jolie fille. Regarde-la, deux ans plus tôt. Elle ne fait rien pour mais on ne voit qu'elle.

C'était en effet le cas. Petite fille entrant en sixième, avec ses longues couettes et sa robe printanière. Puis en cinquième, déjà changée, toujours souriante, plus grande. La photo n'a pas été prise à la même saison mais elle continue à y apporter de la couleur. Guillaume Armengaud la suit à la trace. Petit garçon trop dodu en sixième, aux cheveux si courts qu'on a du mal à voir qu'ils sont frisés. Ils deviennent plus longs l'année suivante tandis qu'il quitte le premier rang pour reculer d'un cran.

Jean-Daniel et Emmanuel n'étaient pas dans la même classe en sixième. Le premier est plus discret sur le cliché, on le voit à peine. Il est trop petit pour se trouver au dernier rang, où on l'a placé : sa tête dépasse de justesse celle de la fille devant lui. Emmanuel ne sourit pas. Il regarde fixement le photographe. On pourrait presque percevoir de la méchanceté dans ses yeux.

— Si je pouvais revenir dans le passé, ce sont eux que je préviendrais.

— Pourquoi eux et pas les autres ? Ceux qui sont morts ou qui sont tombés malades ? Ceux qui ont perdu leurs parents trop tôt ? Pourquoi pas le fils Bardy ? Où est-il ?

Je l'ai trouvé. Une armoire à glace qui ne savait que faire de ses bras trop longs.

— Pour lui dire de prendre la peine de parler avec son père et lui montrer qu'il n'est pas tout seul. Et le fils Mahous ?

J'ai repéré Cédric du premier coup dans la classe de Justine. Un beau garçon.

— Pareil pour lui. Quand cette photo a été prise, combien de temps lui restait-il avant que sa vie soit bouleversée ?

— Peut-être que, en fin de compte, il vaut mieux ne pas pouvoir revenir en arrière.

J'avais l'impression d'être un survivant, presque un miraculé.

— Ou alors uniquement pour aller dire à cette fille que j'étais amoureux d'elle.

— C'était donc elle. J'aurais dû m'en douter. Exactement ce que je t'ai dit tout à l'heure : les plus intéressantes.

Un beau buffet avait été dressé dans le réfectoire. J'ai fait l'effort de parler avec quelques personnes, entre autres avec des anciens professeurs. Siobhan s'est montrée de très bonne composition, charmante, pétillante, jouant à merveille le rôle de ma cavalière. Avec ses commentaires sur les photos, elle était parvenue à changer ma vision des choses et j'en suis arrivé à regretter qu'il n'y ait pas plus de monde. J'aurais voulu savoir ce qu'ils étaient devenus. Parce que maintenant, ça m'importait.

36

Nous sommes revenus à Fonbelle peu après minuit. Le brouillard s'était un peu disloqué et le froid en avait profité pour se durcir. Quand les phares ont balayé la façade de la maison, j'ai eu une sorte de frisson, comme si je m'attendais à découvrir une silhouette prête à me tourmenter à nouveau. Il n'y avait personne. Portes et volets étaient intacts. Nous sommes très vite montés dans la chambre. D'une part parce que nous étions frigorifiés. D'autre part parce que j'ai trouvé Siobhan si irrésistible que je n'ai pas eu la force d'attendre plus longtemps.

Coucher avec elle, c'était toujours construire quelque chose qui restait et dont elle était l'architecte. Elle s'est ensuite endormie, recroquevillée contre moi, me laissant seul avec mon insomnie.

Je me suis relevé et je suis descendu. J'ai refait du feu et, en attendant que la température daigne remonter un peu, je me suis enroulé dans le plaid qui était toujours à portée de main, pour les soirs où je lisais ou écoutais de la musique. Je n'ai fait ni l'un ni l'autre. Je suis allé exhumer de l'armoire mes vieux albums photos et j'y ai cherché mes photos de classe. J'ai essayé de retrouver les prénoms et les noms de toutes ces personnes qui avaient traversé mon existence et qui, pour la plupart, y avaient laissé leurs empreintes, parfois profondes. Y compris ceux dont le destin avait été brisé. Je les voyais presque tous coincés dans le passé. J'avais continué sans eux, qui étaient restés là-bas, trente et quelques années en arrière. La soirée des anciens élèves de Saint-Jacques a finalement remué pas mal de choses en moi.

Je me suis endormi sur le canapé. Siobhan m'a réveillé le lendemain matin en m'embrassant.

— Tu as une tête affreuse, a-t-elle grimacé.

— J'ai une semaine de vacances. Je vais en profiter pour récupérer un peu.

— Tu as passé la nuit à regarder tes photos ?

— Pas toutes. Seulement celles du lycée.

— C'est à cause de ce que je t'ai dit hier soir ? Il y a un papier sur la table où tu as écrit : *Combien de morts ?*

L'idée m'était venue avant que le sommeil ne me rattrape. Je l'avais notée vite fait de peur de mettre trop de temps à m'en souvenir. *A priori*, j'avais bien fait.

— Ce n'est pas pour compter le nombre de morts sur ces photos, même si je l'ai fait. La question est : combien de morts parmi les acteurs de Basse-Misère ?

— Qu'est-ce que tu cherches, en fait ?

— Des morts qui n'ont rien de naturel. C'est à cause des citations publiées dans le journal. Quinze jours après la deuxième, Jean-Daniel Fraysse a disparu avant d'être retrouvé pendu. C'est la seule correspondance que nous avons trouvée. Peut-être y en a-t-il d'autres qui nous ont échappé… Voilà pourquoi je dois compter les morts.

J'ai repris les reliures de *L'écho*, cette fois en écumant la rubrique nécrologie du mercredi autour des dates des citations. Je n'ai trouvé que des noms inconnus. À une exception près : deux semaines après la publication de « Je croyais que le manège marchait pas pendant l'hiver », à l'automne 1997, il y avait un petit article évoquant la mort d'un homme de 31 ans et titré : « Chute mortelle pour le cueilleur de champignons ». Le corps d'un dénommé Didier Amalric avait été retrouvé après plusieurs jours de recherches au pied d'une falaise quelque part dans les Monts d'Autan. Il s'était fracturé le crâne dans sa chute. Non seulement ce nom ne me disait rien mais il n'apparaissait pas non plus dans les archives de Pastre.

— Moi, j'ai vu passer un Didier quelque part, m'a affirmé Siobhan. Seulement le prénom. Mais je ne me souviens plus où.

Nous avons fini par le dénicher dans la déposition de Gilles Mahous, lors de son premier interrogatoire. Il disait avoir déposé son fils Cédric et deux de ses copains dans la maison du village de Fourcaric avant de venir à la fête des Crozes. Il avait donné les prénoms de ces deux amis : Didier et Stéphane.

— En août 1980, si l'on en croit l'article, Didier Amalric avait un petit peu plus de 14 ans. Le même âge que le fils de Mahous. Ça pourrait bien être lui.

— Le lien est plus que mince, tu ne trouves pas ?

— Mais il y a un lien, Siobhan. Même infime, il y a un lien…

Il ne m'a pas été possible d'aller plus loin ce dimanche après-midi. Siobhan a quitté Fonbelle après le dîner. Elle est partie comme elle était arrivée, en douceur. Elle ne s'était plongée dans mes interrogations sur Basse-Misère que pour m'y retrouver. Une dernière fois. En remontant dans la chambre, j'ai remarqué qu'elle avait emporté davantage d'affaires que le dimanche précédent. Elle était jeune, elle était en train de se remettre sur pied tout en laissant le vent la pousser dans le dos. Moi, je n'avais ni son âge ni sa liberté de mouvement. J'allais vent debout depuis des années. Nos routes étaient sur le point de se séparer. Les choses ne faisaient que rentrer dans l'ordre, après tout. Elle était parvenue à guérir de notre relation.

Je me suis donc retrouvé à nouveau seul. Il faisait nuit, une nuit maussade, battue par une vilaine pluie glaciale. J'avais besoin de me reposer, mais monter me coucher m'est une nouvelle fois apparu comme une épreuve. Les bruits qui me parvenaient, ceux des bourrasques dans les volets, ceux de la pluie contre les ardoises, ceux du gémissement de la charpente, n'ont cessé de me harceler. J'ai encore passé une nuit chaotique, la lampe torche et le manche de pioche à portée de main, à inspecter régulièrement chaque pièce. Je n'ai dormi que par intermittence.

J'ai tenté d'ensevelir ma fatigue et mon mal de dos sous mes recherches. Je suis redescendu à Valdérieu. Malgré les vacances scolaires qui venaient de commencer, je me suis dit que je trouverais sans doute du monde au lycée, afin de remettre de l'ordre après la soirée. J'ai tenté ma chance à l'accueil, où l'agent comptable m'a vu arriver d'un œil sombre. Puis le directeur est sorti de son bureau dès qu'il a entendu le son de ma voix. Il a regretté le peu d'affluence du samedi soir tout en me remerciant de ma présence. J'ai profité du fait d'être dans ses petits papiers pour lui demander de fouiller à nouveau dans ses archives. Je lui ai expliqué que je cherchais une éventuelle trace d'un Didier Amalric au lycée ainsi que d'un Stéphane au cours de l'année scolaire 1979-1980 en quatrième ou en troisième.

Le premier n'avait jamais été élève dans ce lycée, comme je m'en doutais un peu. Pour le reste, j'ai trouvé quatre Stéphane dans la promotion de Cédric Mahous, aucun dans sa classe et trois de plus dans le niveau supérieur. J'ai même eu le droit de récupérer leurs adresses actuelles, celles qui avaient été utilisées pour leur envoyer l'invitation à la soirée. Il n'en manquait que trois : deux que l'on n'avait pas réussi à repérer et un troisième qui était décédé en 2005. Les parents de ce garçon, qui était en quatrième en même temps que le fils Mahous, habitaient encore à Valdérieu. Je me suis présenté au téléphone comme un ancien élève du lycée en train de bâtir un historique de l'établissement et qui avait appris très récemment le décès de leur fils, qu'il avait un peu connu dans le temps.

— Rappelez-moi votre nom, monsieur, m'a demandé la femme à l'autre bout du fil.

— Marc-Édouard Peiresoles.

— Le fils du magasin de matériaux ?

— Oui, lui-même.

— J'ignorais que Stéphane vous connaissait.

— C'était surtout par l'intermédiaire de Cédric Mahous.

— C'est vrai qu'ils étaient plutôt bons amis… Qu'attendez-vous de moi, monsieur Peiresoles ?

— Je dois faire un rapide portrait des différents élèves. Que souhaiteriez-vous voir figurer sur celui de Stéphane ?

— Je ne sais pas quoi vous répondre… Il n'était pas un élève très facile, je le crains. Il n'a pas laissé que des bons souvenirs au lycée. Il l'a d'ailleurs quitté en plein milieu de son année de seconde.

— Qu'a-t-il fait ensuite ?

— Il voulait faire de la musique. Enfin, vous voyez, il voulait en faire son métier. Vous vous souvenez sans doute qu'avec Cédric ils avaient tenté de monter un petit groupe.

— Il y avait un troisième garçon avec eux, si ma mémoire est bonne. Un certain Didier.

— Oui, c'est bien ça. Didier Amalric. Celui qui est devenu peintre en bâtiment et s'est tué dans la montagne il y a déjà pas mal de temps… Cette histoire de musique obsédait mon fils. Il a cru y trouver sa voie. Quand il était en seconde, il s'est fait monter le bourrichon par un type plus âgé qui avait un groupe à Sète. Stéphane est parti avec lui, contre notre gré. Le groupe n'a pas marché mais il s'est entêté. Il est allé à droite et à gauche, il a même travaillé pour une radio pendant un temps. Mais ça n'a pas fonctionné comme il l'espérait. Cela l'a conduit à la dépression. Il a même dû être hospitalisé plusieurs mois… Nous avons essayé de le soutenir du mieux que nous le pouvions. Avant sa mort, nous avons cru qu'il allait mieux. Hélas, ce n'était pas le cas.

— Que s'est-il passé ?

— Il avait trouvé du travail à Superbagnères pour la saison d'hiver. Un soir, il a pris sa voiture pour aller faire un tour en Espagne. Les gendarmes ont dit qu'il n'avait pas vu le virage. Il est tombé dans le ravin. Quarante mètres… Il n'y avait aucune trace de freinage sur la route. Je crois qu'il a souhaité en finir de cette manière.

— C'était à quelle date ?

— Le 26 janvier 2005, vers 22 heures.

« Ça commence quand je suis en train de mourir » avait été publiée dans les petites annonces de *L'écho de l'Autan* dix jours plus tôt.

37

Je ne comprenais pas pourquoi les interrogatoires des deux amis de Cédric Mahous ne figuraient pas dans les archives de Pastre. La mère de Stéphane Buissonnet m'a expliqué que lorsque le père de Cédric avait été suspecté du triple meurtre, on avait simplement demandé à son fils de confirmer l'heure à laquelle il les avait déposés à Fourcaric, le samedi après-midi, et l'heure à laquelle il était venu les rechercher le lendemain matin. Ces questions lui avaient été posées ici même, dans son salon. Jamais il n'avait été question qu'il soit convoqué à la gendarmerie, surtout après la mise hors de cause de Gilles Mahous. Les parents de Didier Amalric m'ont dit la même chose.

En août 1980, ce dernier était déjà apprenti chez un peintre. Il était ami avec Cédric depuis l'enfance. Lors de ce fameux week-end, la maison de Fourcaric leur avait semblé idéale pour aller jouer leur musique sans trop déranger les voisins. Didier s'était mis à la basse. Il avait appris seul, à l'oreille, et s'était payé son instrument lui-même. Il n'était pas vraiment musicien dans l'âme mais cette histoire de groupe que son ami tentait de former lui plaisait beaucoup. Pour une fois qu'il s'attelait sérieusement à quelque chose, ses parents ne pouvaient que l'encourager.

Son père et sa mère étaient d'anciens ouvriers. Ils vivaient dans une maison modeste adossée à la montagne, alignée avec d'autres, bâties à l'identique. Ils m'ont longuement parlé de leur fils. Ils étaient fiers de me dire qu'il avait réussi. Il s'était montré plutôt à son aise dans son métier et avait nourri quelques ambitions légitimes. Il avait fondé sa propre société alors qu'il avait à peine 22 ans. Mais la malchance s'en était mêlée. En 1995, Didier avait dû faire face à plusieurs défauts de paiement et il avait manqué de prudence dans la gestion de sa comptabilité. De plus, il avait pris l'habitude de faire travailler des connaissances à lui sur certains chantiers, sans les déclarer, et quelqu'un l'avait dénoncé. Il avait été condamné à payer une lourde amende et contraint, au bout du compte, de mettre la clé sous la porte. Cela avait été une sale période. Il fréquentait une jeune femme depuis quelques années, une jolie fille un peu plus jeune que lui, dont il était très amoureux. Elle l'avait brutalement laissé tomber, au pire moment. Elle aurait, à l'époque, découvert les incartades de son fiancé, lors des troisièmes mi-temps de son club de foot ou lors de ses séjours entre copains sur la Costa Brava. Les parents en déduisaient que, pour le quitter au moment où il avait le plus besoin d'elle, elle n'était finalement pas une fille bien.

Didier avait accusé le coup. Puis, au bout de quelques mois difficiles à tout point de vue, il s'était remis sur pied. Un ancien concurrent l'avait embauché et il avait repris un appartement en ville. Il a rapidement été question qu'il s'associe avec son patron tant les choses se passaient bien. Il avait même retrouvé une copine, une ancienne connaissance avec qui il avait renoué. C'est avec elle qu'il s'était marié au mois de juin 1997. Un oncle de son épouse leur avait offert une vieille maison qu'il possédait un peu plus haut dans la montagne. Bien que tout soit à refaire, Didier s'était lancé dans les travaux avec enthousiasme et y consacrait ses week-ends. Il avait même abandonné le foot. Il avait repris son élan. Malheureusement, il y avait eu ce stupide accident qui était venu le faucher l'automne après son mariage.

Il adorait cueillir des cèpes. Chaque année, il prenait une ou deux semaines de congé qu'il dédiait à cette activité. Il les vendait et se faisait un bon pécule. Il connaissait beaucoup de coins à force d'arpenter la montagne. Mais il les gardait pour lui. Même ses éternels copains, pourtant toujours accrochés à ses basques, n'avaient pas le droit de l'accompagner. Il disait : « Pour les cèpes, c'est chacun pour soi ! » Il affirmait que marcher seul dans les bois lui faisait du bien.

Un soir, ne le voyant pas revenir alors que la nuit tombait, sa femme s'était inquiétée. Elle l'avait cherché en ville, dans les bars qu'il lui arrivait de fréquenter, chez ses amis et chez ses parents. Finalement, elle avait pris la route de la montagne. Elle avait aperçu sa camionnette garée sur le bas-côté, à quelques encablures du sommet, en lisière de la forêt domaniale. L'obscurité n'avait pas permis de lancer des recherches efficaces, mais ils avaient été quelques-uns à accepter d'accompagner la femme et les parents de Didier dans les bois pour essayer de le retrouver, avec en tête l'idée qu'il s'était sans doute blessé. Personne ne croyait à l'hypothèse saugrenue des gendarmes, qui pensaient qu'il avait pu s'égarer. Pas dans cette montagne qui était sa deuxième maison. Il fut introuvable cette nuit-là puis le lendemain et encore la nuit suivante. On se doutait que quelque chose de grave était arrivé. Au matin du troisième jour, on avait repéré son corps, assez loin du périmètre où on l'avait recherché. Il avait fait une chute de plus de quinze mètres depuis le bord d'une falaise, à un endroit où la forêt basculait vers les gorges. Son crâne avait heurté un rocher et il avait été tué sur le coup.

C'était un immense gâchis. La seule chose qui pouvait consoler un peu ses parents, c'est qu'il était mort dans un lieu où il aimait tant être et qu'il n'avait pas eu le temps de souffrir.

Je les ai écoutés parler de la difficulté de faire le deuil de leur fils avant de revenir à l'été de Basse-Misère. Je voulais savoir comment il s'était remis de cette histoire, comment il avait géré le fait que son ami d'enfance ait été indirectement mêlé à l'affaire.

Il n'avait jamais dit grand-chose à ce propos. Cédric avait fini par quitter la vallée et ils ne s'étaient plus revus. Il avait cessé de jouer de la basse et l'avait même revendue. Il était choqué comme tout le monde en ville. Comment ne pas l'être ? La seule fois où on l'avait entendu s'exprimer sur le sujet, c'était quand il avait appris que le père de Cédric était le principal suspect. Didier avait admis que, lorsqu'il les avait déposés à Fourcaric, il ne leur avait pas dit qu'il se rendait au lac. Malgré tout, il l'avait défendu, affirmant haut et fort que cet homme n'avait rien fait. Il avait peut-être des choses à cacher, mais pas ça.

Les photos de lui que j'ai pu voir n'étaient guère flatteuses. Il avait un nez si volumineux qu'il lui mangeait une bonne partie du visage. Même le jour de son mariage, bien mis et souriant, il ne parvenait pas à cacher une certaine laideur, soulignée par la beauté lumineuse de la femme qui tenait son bras.

Dans l'entreprise où il avait travaillé après sa mise en faillite, on me l'a décrit comme étant assez grande gueule. Il prenait toujours beaucoup de place. Il était comme ça, à charrier sans cesse les autres et à faire du bruit. Mais il était plutôt marrant et bon vivant. Pour peu qu'on accepte de le laisser envahir l'espace, il se montrait généreux et toujours prêt à filer un coup de main. Il n'était pas prétentieux. Il aimait seulement que les choses le concernant se sachent. Par exemple, on savait qu'il avait couché avec pas mal de filles. Parfois, quand ils revenaient d'un chantier, à plusieurs dans l'estafette, et qu'il croisait un couple, il lançait : « Ça me fait toujours marrer de tomber sur une fille que j'ai baisée quand elle est avec son mec. » Et tout était vrai : ça le faisait rire et il avait couché avec elle.

J'ai rencontré un de ses copains, un de ceux qui avaient bossé au noir pour lui et qui avaient participé aux recherches dès que sa disparition avait été signalée. Selon lui, Didier Amalric était un roc, une force de la nature. Non pas parce qu'il était plus costaud que les autres, mais parce qu'il savait surmonter les épreuves mieux que quiconque. Avec tout ce qui lui était arrivé, n'importe qui à sa place aurait sombré. Pas lui. Il était doté d'une assurance telle qu'elle finissait par devenir contagieuse. Il était ainsi : un gars très sûr de lui qui savait avancer quand d'autres s'arrêtaient pour reprendre leur souffle. Avec les filles, il allait et venait. Il avait un culot monstre et parvenait toujours à ses fins. Toutefois, Laurence, celle avec qui il sortait avant que tout ne dérape, il l'aimait vraiment. Il n'en revenait pas d'être avec elle, une fille aussi jolie et cultivée, qui faisait des études… Quand elle l'avait quitté, ils avaient été nombreux à le voir pleurer. Et que Didier Amalric pleure à chaudes larmes, ça vous prenait aux tripes.

Laurence était mariée, mère de deux enfants, et elle vivait près de Toulouse. Quand elle a répondu à mon coup de fil, elle revenait à peine des sports d'hiver. Il m'a fallu déployer des trésors de diplomatie pour qu'elle accepte de me recevoir. Je crois qu'elle a pensé que je ne renoncerai pas, alors elle n'a trouvé que ce moyen pour se débarrasser de moi. Elle n'a pas voulu que notre entretien se déroule chez elle. Je lui ai proposé de me retrouver à la fac où les cours venaient de reprendre. C'était indéniablement une belle femme. Elle était tendue, ne cessant de croiser et de décroiser les bras, s'abritant derrière un grand manteau noir qui lui servait d'armure. Je lui avais dit la vérité au téléphone et, d'emblée, ma question est allée dans le même sens.

— Didier n'a parlé qu'une ou deux fois de Basse-Misère, et c'est toujours moi qui ai lancé la conversation. J'étais trop petite pour m'en souvenir. Mais j'ai été quelques années en classe avec Loïc Armengaud, au collège. Nous sommes même sortis ensemble. Alors, c'est une histoire qui m'a toujours intéressée. Didier n'était pas à l'aise avec ça. Je lui ai raconté ce que m'avait confessé Loïc, que son père avait acheté une maison près du lac et qu'il obligeait sa famille à s'y rendre régulièrement afin d'exorciser le mal. Mais qu'il y avait une autre raison. Il était en effet persuadé que l'assassin reviendrait sur les lieux des crimes et se trahirait. Didier m'a répondu qu'à cause de telles attitudes des innocents avaient été poursuivis et leurs vies réduites en cendres. Plus tard, je lui ai demandé s'il connaissait une des victimes. Il m'a répondu que non, qu'elles n'étaient pas de son monde. Je l'ai senti fuyant, alors j'ai insisté, je lui ai demandé ce qui le dérangeait autant. Il a fini par m'avouer qu'il valait mieux pour lui qu'il se fasse discret.

— Vous a-t-il expliqué pourquoi ?

— Lui et les deux autres qui étaient dans la maison de Fourcaric, ils ont menti. Ils n'y étaient pas venus pour jouer de la musique. Leur plan, c'était d'aller à pied jusqu'à La Tuile-aux-Loups, où une discothèque avait ouvert depuis le printemps et où Stéphane Buissonnet pouvait les faire entrer.

— C'est ce qu'ils ont fait ?

— Non. Ils ne sont jamais arrivés jusqu'à la boîte et ils ont dû rebrousser chemin. *A priori*, leur plan s'est transformé en vraie galère et ils ne sont revenus au village que très tard. Comme ils ont eu peur que leur mensonge ne soit découvert, ils ont fait exprès de faire du raffut jusqu'à ce que les voisins se plaignent... En fait, je crois plutôt qu'il était jaloux de mon ancienne histoire avec Loïc. Tout ce qui pouvait lui rappeler que j'avais été amoureuse de lui le rebutait.

— Excusez-moi de me montrer indiscret, mais que s'est-il passé entre vous ?

— Vous voulez savoir pourquoi nous nous sommes séparés ? Il me trompait et je l'ai appris. C'est tristement banal.

— Comment l'avez-vous découvert ?

— Si vous aviez connu Didier, vous ne poseriez pas la question. Disons qu'il n'a jamais été quelqu'un de très discret. Il n'a même pas cherché à nier. Il a toujours cru qu'il maîtrisait tout et tout le monde, qu'il saurait se faire pardonner. Mais je ne me suis pas laissé faire et je l'ai quitté. À l'époque, il venait de faire faillite. On lui avait tout pris, jusqu'à sa voiture. Je sais qu'on a raconté que je l'ai quitté parce qu'il n'avait plus un sou... Vous comprenez, il m'avait parlé de mariage, je me voyais déjà vivre avec lui, j'imaginais nos enfants. J'ai abandonné mes études pour lui. Je l'ai soutenu autant que j'ai pu quand il a eu ses ennuis. Je lui ai même donné l'argent de ma bourse. Tout ça pour qu'il aille se taper la première Marie-couche-toi-là... Sans compter ce que j'ignore encore aujourd'hui. Il m'a vraiment fait du mal. Cela ne m'a pas empêchée de le pleurer quand j'ai appris sa mort.

Sa mort, justement. On disait qu'il s'était montré imprudent, que le sol s'était dérobé sous ses pas alors qu'il s'était approché trop près du bord du ravin. Je suis allé voir. Je me suis garé au même endroit que lui. La falaise qui lui avait été fatale était assez éloignée. Pour s'en approcher, il fallait quitter la forêt domaniale et traverser une de ces détestables plantations de sapins qui étouffaient la montagne. À proximité des gorges, les feuillus reprenaient la main et on revenait dans le vivant. En effet, le ravin était profond et on ne le devinait qu'au dernier moment. Une chute à cet endroit ne laissait aucune chance. Si un autre cueilleur de champignons n'était pas passé au bord de la rivière naissante, en bas, on aurait mis des semaines à le retrouver.

En parallèle, je me suis renseigné sur Stéphane Buissonnet. Passionné de guitare, persuadé d'avoir un avenir dans la musique, il était copain avec Cédric Mahous grâce au lycée et avait conçu avec lui une grande partie du plan bancal qui aurait dû leur permettre de passer leur première nuit en discothèque. J'ai appris en outre qu'il avait raté beaucoup de choses dans sa vie.

Sa mère m'a longuement parlé de lui. Si son mari et elle avaient su où allait le conduire cette passion pour la musique, ils y auraient mis un frein. Ils avaient été trop indulgents avec lui. Les nombreuses libertés qu'ils lui avaient accordées avaient permis de limiter les conflits. Car Stéphane avait été un enfant dur, qui avait multiplié les écarts. Combien de fois étaient-ils intervenus pour arranger les choses ! On leur avait recommandé de lâcher du lest avec leur fils, de se montrer beaucoup plus souples. Alors, ils avaient cédé. Ils l'ont autorisé à regarder la télé tard le soir, à sortir, à jouer les grands. Cela avait fonctionné. Stéphane était devenu plus posé et raisonnable. Même quand il avait redoublé sa seconde, ses parents avaient persévéré dans cette stratégie. Comment auraient-ils pu revenir en arrière, de toute manière ? Et puis, au printemps 1983, il avait fugué. Sa valise était déjà prête quand il leur avait annoncé qu'il quittait le lycée pour aller faire la tournée des bars et des boîtes sur la côte, avec un groupe qui voulait de lui comme guitariste. Son père avait tenté de l'en empêcher. Ils avaient même failli en venir aux mains. Et Stéphane s'était enfui.

À partir de cette fugue, sa vie avait dégénéré. Il fréquentait des gens plus âgés que lui, fumait et buvait n'importe quoi, se trouvait à Bordeaux quand on le croyait à Sète, à Paris quand on le croyait à Bordeaux. Il racontait qu'il venait d'être engagé par tel ou tel chanteur connu, pour une grande tournée, puis on découvrait qu'il se contentait de jouer dans la rue ou dans le métro. Il avait déposé plusieurs maquettes dans différentes maisons de disques, prétendait être en relation avec des animateurs télé qu'il avait rencontrés dans des soirées parisiennes où il s'occupait de la musique. Ses maquettes avaient été refusées et, s'il était bien DJ, c'était plutôt dans le Cantal ou à Royan, selon la saison. Il disait qu'il n'avait pas eu de chance, que plusieurs personnes l'avaient trahi, que, de toute façon, il partait de plus loin que les autres parce qu'il n'était pas du milieu. Il parlait de tenter sa chance aux États-Unis mais il n'avait pas réussi à financer son inscription dans la prestigieuse école qu'il visait. Alors, il était revenu vers Valdérieu, début 2003, la tête basse. Son expérience dans une radio toulousaine avait ensuite tourné court, après qu'on avait découvert qu'il revendait de l'herbe. Lors de l'été suivant, il avait été agressé à la sortie d'une discothèque où il travaillait près de Narbonne. On lui avait volé tout son argent et on l'avait roué de coups, jusqu'à lui fracturer la main droite et lui sectionner deux tendons. Cela l'avait rendu incapable de jouer de la guitare. La dépression s'était abattue sur lui peu après. On avait dû prendre la décision de l'interner. Il était resté en clinique près de cinq mois.

En janvier 2005, sur une petite route de montagne près de Luchon, sa voiture avait foncé tout droit vers le ravin, sans freiner. Les analyses n'avaient détecté aucune trace d'alcool, de drogues ou de médicaments. Ses parents avaient compris que ce n'était pas un accident, qu'il s'était suicidé.

Il m'a été difficile de trouver d'autres informations sur Stéphane Buissonnet, même en me fendant d'un aller-retour jusqu'à Luchon. La route où il s'était tué était sinueuse, étroite, peu fréquentée la nuit, surtout l'hiver. À Superbagnères, personne ne l'avait connu ou ne se souvenait de lui.

Jamais ses parents ne l'avaient entendu parler de Basse-Misère après l'affaire Mahous. Même quand la vallée entière était obnubilée par le drame, lui s'en était montré particulièrement détaché.

Sa mère n'a pas été en mesure de me donner le nom d'amis à lui. Sur les photos qui le montraient adolescent, il est un brin frimeur, habillé et coiffé suivant une mode qui n'était pas encore arrivée jusqu'à notre vallée. Je n'ai en fait trouvé qu'une autre personne pour me parler de lui : une de ses camarades de classe qui était, depuis, devenue prof de français au lycée Saint-Jacques. Elle se souvenait de sa fugue de 1983, au retour des vacances de Pâques. Elle a évoqué un garçon arrogant, qui plaisait plutôt aux filles. Il voulait jouer les chefs de meute et méprisait ouvertement ceux qui refusaient de tomber sous sa coupe.

Elle l'avait revu bien des années après. C'était l'été avant son accident. Il avait beaucoup changé, il rasait les murs et baissait les yeux. Elle n'avait ressenti aucun sentiment de revanche à le voir ainsi. Elle avait même eu de la peine pour lui.

38

Siobhan n'est jamais revenue à Fonbelle. Elle m'a avoué que l'endroit la mettait mal à l'aise. La maison ou l'isolement n'y étaient pour rien. Mais il y avait quelque chose de sombre qui suintait les souvenirs macabres et les mauvais pressentiments. C'était mon ciel, mes souvenirs, ma nuit et mon hiver. Elle ne s'est plus sentie la force d'y rester avec moi et m'a souhaité de m'en extirper le plus vite possible.

— Cette histoire est devenue une prison, m'a-t-elle répété à plusieurs reprises.

Je me suis en effet senti de plus en plus prisonnier de Basse-Misère. Je m'étais enfoncé trop profondément dans ce cachot, lui découvrant des entrailles que je ne lui connaissais pas.

Nous nous sommes retrouvés dans un petit restaurant toulousain où nous avions eu nos habitudes discrètes. Je lui ai ramené les dernières affaires qui étaient restées chez moi.

— On se voit cette semaine ? m'avait-elle demandé au téléphone.

Sa voix devenait plus rauque quand elle avait une décision grave à m'annoncer. Comme arrêter le théâtre, me révéler que Marielle était au courant de notre liaison, me traiter de sale con ou me quitter.

Je lui ai parlé de Didier Amalric et de Stéphane Buissonnet. Ou plutôt c'est elle qui m'a demandé de lui en parler. Deux hommes qui avaient été poursuivis par la malchance. Je ne pensais pas qu'il s'agissait d'un hasard. Et je doutais que leurs morts soient réellement accidentelles, surtout celle d'Amalric.

— Il reste le troisième garçon de la bande. Cédric Mahous. Il est toujours en vie. Il gère un restaurant dans la banlieue de Montpellier. J'ai appris que lui non plus n'a pas eu de chance. L'hôtel qu'il avait monté à Saint-Cyprien a brûlé et les assurances se sont retournées contre lui. Il a tout perdu. Il a tenté de se relancer avec un restaurant dans les Alpes mais, cette fois, une intoxication alimentaire massive l'a contraint à jeter l'éponge. Au même moment, il a été accusé de détournement de mineure. La plainte n'a été retirée qu'après un arrangement financier avec la famille de la jeune fille, une stagiaire de 16 ans. Son mariage a volé en éclats et il ne voit ses trois enfants que quelques jours par an. Son nouvel emploi, il ne le doit qu'aux bonnes grâces d'un de ses anciens employés de Saint-Cyprien, qui a monté sa propre affaire et lui a confié la gérance d'une de ses enseignes. Cette série noire a commencé pour lui il y a un peu plus de quatre ans…

— Peu de temps après la publication de la dernière citation que nous avons trouvée : « Je suppose que tu as encore loupé dans toutes les matières. »

— Je crois que les annonces vont par paire. Les deux premières pour Fraysse, à peine espacées de quinze jours. Les deux suivantes pour Amalric. Cette fois avec plus de deux ans d'écart entre elles. « Je veux pas qu'il m'aime bien » a été publiée au début de l'année 1995 et ensuite ses ennuis se sont accumulés. Même chose avec Buissonnet, première citation en 2003, au moment où il revient à Valdérieu. Dans les mois qui suivent, il est dénoncé pour trafic de cannabis, licencié, agressé et il perd quasiment l'usage de sa main droite. Il finit même en H.P.

— La première citation déclenche le chaos dans leur existence, la deuxième annonce leur mort, c'est bien ça ?

— Oui. Il en reste une à paraître. Celle qui précèdera de quelques jours la mort de Cédric Mahous.

— Ils ont vu quelque chose au lac, n'est-ce pas ? Comme Jean-Daniel Fraysse.

— Il faisait chaud ce samedi après-midi, quand le père de Cédric les a déposés à Fourcaric. En attendant de marcher jusqu'à La Tuile-aux-Loups, ils ont pu avoir envie d'aller piquer une tête. Le lac est sur le même versant. J'ai mesuré en voiture : entre l'ancienne maison de campagne des Mahous et Basse-Misère, il y a dix-huit kilomètres. Mais par les chemins forestiers, cela doit faire nettement moins. J'ai déniché une carte d'état-major de 1975 et j'ai tracé un parcours à travers bois qui aboutit tout droit au hameau du Bouscadié.

— Tu crois qu'ils auraient marché tout ce temps juste pour aller se baigner dans ce lac ?

— Ils se rapprochaient de la discothèque pour le soir.

Fourcaric ne ressemblait plus au village qu'il avait été. Les maisons neuves s'étaient multipliées à sa périphérie, reléguant le vieux bourg à une sorte de noyau que les nouvelles voies évitaient avec soin. On n'était pas très loin de Valdérieu, sept kilomètres à tout casser. Ce qui expliquait qu'une douzaine de familles se soient laissé tenter par les grandes parcelles bien dégagées qu'on leur avait promises à un prix sans doute modique.

La maison dont les parents de Cédric avaient hérité était l'ancienne école, bien reconnaissable à son architecture spécifique. Elle qui avait été, dans le temps, placée un peu à l'écart du village, servait aujourd'hui de trait d'union entre les vieilles rues et les nouveaux lotissements aménagés près de ses murs.

Le dimanche 21 août 1980, à 4 h 30 du matin, un habitant du village était monté pour faire cesser le tintamarre qui venait de le réveiller. Les trois jeunes qui posaient problème l'avaient envoyé se faire voir. À la première heure, l'homme avait téléphoné à Gilles Mahous pour se plaindre et le prévenir que la prochaine fois, ce serait soit les gendarmes, soit le fusil de chasse, selon son humeur.

Ma théorie reposait sur le fait que Cédric et ses amis avaient eu le temps de revenir du lac, où le pire venait de se produire. Il leur avait fallu couvrir la distance en deux heures environ, deux heures et demie maximum. Et ce, sans que personne les voie.

J'ai testé le parcours. Un taxi m'a déposé au Bouscadié et j'ai rejoint Fourcaric par les chemins forestiers. Il m'a fallu trois heures et quarante minutes pour arriver au pied de l'ancienne école. Et encore, en marchant en plein jour et non de nuit.

— Vas-y, explique-moi comment tu crois que les choses se sont passées. En admettant qu'ils aient renoncé à répéter.

— Le samedi après-midi, ils ont dû arriver au Bouscadié vers 17 heures. Ils voulaient se baigner et rejoindre ensuite la discothèque. Mais au lac, mauvaise surprise, ils ont aperçu la voiture du père de Cédric, qui n'était pas à Valdérieu comme ils l'avaient cru. C'était une grosse voiture rouge parfaitement reconnaissable. Il était hors de question qu'ils prennent le risque d'être repérés. Alors, ils ont évité les abords du club nautique et opté pour la plage plus reculée du Bouscadié. Ils y ont rencontré Jean-Daniel Fraysse, qui connaissait au moins deux d'entre eux, deux élèves de Saint-Jacques qui allaient passer en troisième. Et pas n'importe lesquels : Cédric, la coqueluche des filles, et Stéphane, celui dont tout le monde parlait. Deux garçons qu'un jeune comme lui ne pouvait qu'admirer. En temps normal, ils l'auraient snobé. Mais il avait son canoë. Il a accepté de le leur prêter et, du coup, ils l'ont moins pris de haut. Ils ont discuté avec lui. Peut-être se sont-ils vantés de ce qu'ils avaient prévu pour le soir. Jean-Daniel n'a pas voulu être en reste et perdre la face. Il leur a parlé de sa maison en haut du champ, où il allait se retrouver seul une partie de la nuit. Il y avait un billard, une belle vue sur le lac et il savait comment dérober de l'alcool à ses parents sans que ces derniers s'en aperçoivent. Il les a invités. Ils ont accepté. Après le départ des parents de Jean-Daniel pour la fête des Crozes, ils se sont retrouvés tous les quatre dans la maison. Ils ont sans doute bu, fumé, joué au billard, écouté de la musique. Jean-Daniel a dû faire le larbin mais c'était le prix à payer pour partager un peu de temps avec les trois autres. Ensemble, ils ont observé l'îlot à la longue-vue. Parce qu'ils ont vu les canoës s'y rendre ou parce que le feu de camp a attiré leur attention. Quoi qu'il en soit, ils sont restés à épier Justine et ses amis, renonçant à partir en boîte comme prévu. De toute manière, avec le père de Cédric dans les parages, ils se retrouvaient coincés. Il fallait emprunter la route de Valdérieu pour atteindre La Tuile-aux-Loups et il y avait un risque qu'ils se fassent pincer si Gilles Mahous redescendait chez lui au même moment. Jean-Daniel n'a donc pas été le seul à être témoin du triple meurtre. Ils étaient quatre. Tout ce que j'ai imaginé pour l'un, il suffit de le mettre au pluriel. Ils ont choisi de ne pas parler. Ils ont passé un pacte : gare à celui qui l'ouvre ! Un pacte avec les chefs de la meute, Jean-Daniel ne pouvait pas rêver mieux. D'un coup, il devenait leur semblable. Les autres ont ensuite déguerpi pendant qu'il a effacé les traces de leur passage, laissant même traîner sa vaisselle dans l'évier pour endormir la vigilance de sa mère. Cédric, Didier et Stéphane ont à nouveau coupé par les bois jusqu'à Fourcaric. Une fois revenus, ils voulaient qu'on les sache dans la maison. Volontairement, ils ont fait du tapage alors que, lors des heures précédentes, personne ne s'était plaint d'un quelconque vacarme…

— Ces garçons avaient l'occasion de sortir en boîte pour la première fois de leur vie et ils y ont renoncé pour passer la soirée avec Jean-Daniel Fraysse ! Il a fallu qu'il trouve des arguments en béton pour les convaincre.

— Il en a eu un de taille : Justine.

— Ils sont restés pour espionner une fille.

— Pas n'importe quelle fille, Siobhan. J'ai lu et relu la déposition de Fraysse. Quelque chose revient souvent dans ses réponses : il ne cesse de répéter qu'il a passé la soirée seul. Je ne crois pas qu'il s'en serait vanté en temps normal : pas de copain, pas de petite amie, pas de fille à inviter… Même devant un juge, ça lui aurait fait mal de le reconnaître. Il aurait été plus discret sur sa solitude s'il n'avait pas été obligé de mentir, d'insister sur son mensonge, pour être certain qu'il passe… Quelques années plus tard, à force de trop parler, il a été démasqué. Il a rompu le pacte.

— Emmy, ça ne tient pas, je suis désolée. Mettons que l'assassin ait pensé que Fraysse allait lâcher le morceau et qu'il décide de le faire taire une fois pour toutes. Il lui arrache des aveux et s'aperçoit qu'il n'y a pas un mais quatre témoins. Puis il choisit de prendre son temps pour se débarrasser des autres, s'amusant d'abord à ruiner leur vie avant de les tuer et d'annoncer tout ça dans le journal par le biais des petites annonces. Pour, au bout du compte, en épargner un. Même si tu penses que Cédric

Mahous s'est débarrassé des trois autres parce que c'est son père qu'ils ont vu sur l'îlot, ça ne colle pas. Quelle est la bonne version, celle que tu me caches ?

— Une ou plusieurs personnes ont tué à cause de Basse-Misère, et peuvent tuer encore. C'est la seule version possible.

— Et tu me le dis d'un ton tranquille, en finissant tes crêpes… Tu es peut-être en train de déranger leur plan et tu penses qu'ils vont te laisser faire ?

Je ne lui avais rien dit au sujet des traces de pas dans la neige et de la coupure de courant en pleine nuit. Elle paraissait réellement inquiète.

— Dis-moi que tu me fais marcher, Emmy. Que tu me racontes ça pour m'empêcher de partir.

— Je peux aussi me tromper.

Je n'ai pas dû me montrer très convaincant car elle a continué à me dévisager comme si j'étais à l'article de la mort. Je n'ai pas voulu qu'elle me pose plus de questions, de crainte que mon mensonge ne puisse pas tenir très longtemps. J'ai donc coupé court.

— Où vas-tu partir ? Tu vas rejoindre ton Irlandais ?

Elle a hoché la tête.

— Quand est-il revenu ?

— Il n'est jamais vraiment parti. Il m'a laissé une tonne de messages et j'ai accepté de lui reparler.

— Il n'est pas du genre à s'avouer vaincu.

— Non. Ça me change…

J'ai senti un courant d'air glacé sur ma nuque. Siobhan me regardait droit dans les yeux, sans méchanceté.

— J'ai la possibilité de suivre un stage de peinture dans une excellente école. Et une troupe de théâtre semi-professionnelle accepte de m'auditionner. Il y a la mer pas loin et la campagne est magnifique. Quant à la maison, elle est splendide.

Elle a sorti un petit morceau de papier de sa poche, faisant mine de ne s'en souvenir que maintenant. Elle l'a déplié et me l'a laissé lire. C'était la feuille du chalet : « Siobhan, je ne veux pas que tu t'en ailles. »

— Tu n'as pas voulu écrire la suite. Tu n'en as jamais eu envie. Lui, il l'a fait.

J'avais la gorge sèche. En venant dans ce restaurant, je savais à quoi m'attendre. J'en avais même ressenti un certain soulagement : je me retrouvais sans attache. Mais l'imaginer en Irlande, aux côtés de ce type qui lui promettait de la mettre à l'abri, et la sentir prête à accepter de se ranger, cela m'a atteint.

Je suis resté assis devant elle, courbé sous un poids invisible, petit et navrant. Elle ne m'a pas demandé pardon. Elle n'avait pas à le faire. C'est moi qui aurais dû me confondre en excuses.

— Cela ne m'empêchera pas d'être toujours amoureuse de toi. Et de regarder chaque jour vers la route en espérant te voir arriver.

Je ne sais plus si elle a dit cela ou si je l'ai imaginé. Je n'entendais plus vraiment.

Elle s'est levée, a remis son manteau et pris le sac d'affaires que je lui avais apporté. J'ai senti sa petite main serrer un bref instant mon épaule quand elle est passée tout près de moi. Puis elle est partie.

J'ai tenu bon. Jusqu'au bout, je ne lui ai rien dit du fond de ma pensée. Cédric Mahous, Jean-Daniel Fraysse, Didier Amalric et Stéphane Buissonnet n'avaient rien vu depuis la baie vitrée la nuit du massacre, à part Justine et ses amis en train de vivre avec délice leur aventure d'un soir. Ils n'avaient rien vu parce que, au moment où les meurtres ont eu lieu, ils n'étaient plus dans la maison. Ils étaient sur l'îlot. Konitz n'avait pas un mais quatre visages. Et il y avait au moins une autre personne qui pensait comme moi : celle qui, depuis vingt ans, se vengeait d'eux, lentement, avec méthode, sans aucune pitié. Au début, j'ai pensé que Cédric Mahous était en train de faire le ménage. Mais comme Siobhan me l'avait fait remarquer, l'hypothèse ne tenait pas la route.

Elle a eu également raison sur un autre point : cette personne savait que je fouinais. J'étais en train de déranger ses plans et de devenir à mon tour une menace.

Cinquième partie

« La nuit vint et il s'éleva un grand vent qui leur faisait des peurs épouvantables. »

39

La maison de Fonbelle n'était plus qu'un vaisseau fantôme qui traversait mal l'hiver. Elle refusait le retour à la vie que j'avais tenté de lui offrir. Elle laissait pénétrer le froid et l'humidité. Les photos que j'avais collées aux murs étaient en train de s'abîmer et les documents compilés par Pastre me tachaient les doigts. Dehors, les arbres étaient noirs, tordus et dénudés. Je doutais qu'ils puissent reverdir un jour. La neige était retombée, accompagnée d'un brouillard immédiat et plus tenace qu'elle, qui l'avait rendue triste et sale.

Découvrir ma vérité au sujet de Basse-Misère n'a fait que m'enfoncer davantage dans les ténèbres. Je dormais peu. Même les journées ensoleillées me paraissaient grises. En me regardant dans le miroir de la salle de bains, je me suis trouvé une tête de déterré, le visage fripé, les yeux rougis, cernés, le teint cadavérique. « Toujours assauts divers » était écrit sur la carte glissée dans un coin. Rien n'avait changé. J'étais condamné à être assailli en permanence. Si tant est que je me libère un jour de Basse-Misère, autre chose prendrait le relais. Et ne me concéderait que des horizons bouchés.

Poursuivre mon enquête a été le seul moyen de me sentir encore un peu en mouvement. J'ai passé et repassé les événements de la nuit fatale dans ma tête, je les ai envisagés sous différents angles jusqu'à trouver celui qui permettait d'expliquer l'ensemble. « C'est sorti de l'eau », avait dit Florie Nipperday. Elle ignorait qu'elle parlait alors d'un monstre à quatre têtes.

La faille de mon raisonnement résidait toujours dans le trajet du retour jusqu'à Fourcaric. Cédric Mahous et les deux autres avaient dû battre des records de rapidité. Ils avaient leur jeunesse pour eux, ainsi que ce souffle qui venait les pousser dans le dos : celui de l'enfer qu'ils venaient d'ouvrir. Lors de ma deuxième tentative, n'ayant plus à hésiter à la moindre intersection, j'ai rejoint Fourcaric en trois heures et quinze minutes, essoufflé et fourbu. La troisième fois, j'ai essayé de courir aussi longtemps que je le pouvais. Le parcours était accidenté, les chemins forestiers encombrés de branches mortes ou de ronces, le sol torturé. Plusieurs fois, j'ai été à deux doigts de m'étaler de tout mon long au fond de cette forêt interminable, lugubre et menaçante. J'ai tellement forcé que, lorsque je suis arrivé devant l'ancienne école, je me suis laissé tomber par terre, prêt à vomir, la tête bourdonnant à en exploser et la respiration moribonde. J'ai mis dix bonnes minutes à pouvoir me relever. Quand j'ai regardé mon temps – deux heures et quarante minutes –, j'étais encore loin du compte. En considérant de plus qu'il faisait jour et que je voyais où je posais mes pieds.

J'ai voulu me rapprocher des conditions dans lesquelles ils avaient regagné le village. À commencer par la traversée du bois de nuit. J'ai laissé passer quelques jours, tâchant d'entretenir ma forme autant que possible. J'ai fait un nouvel essai le vendredi suivant. J'ai juste emmené un petit sac à dos avec de quoi me couvrir en cas de pépin, une lampe frontale et une bouteille d'eau. J'ai attendu que le jour décline à l'abri de l'ancien lavoir du Bouscadié. Une sorte de trac m'a envahi avant de m'élancer, comme un athlète sur le point de prendre le départ d'une course décisive. Malgré mes 45 ans et mes quinze kilos de trop, je devais atteindre Fourcaric en moins de deux heures et demie, ne pas seulement partir du principe, carte à l'appui, que c'était faisable.

Je suis parti dès que j'ai considéré qu'il faisait suffisamment sombre. Il m'a été presque impossible de courir sans allumer ma lampe. Eux non plus n'avaient pas eu le choix, surtout avec les frondaisons de l'été au-dessus de leurs têtes. C'est pour cela qu'ils avaient emporté l'une des lampes trouvées sur l'îlot.

La forêt bruissait tout autour de moi. Je la dérangeais et elle s'en offusquait. Je n'en ai pas tenu compte, je me suis concentré sur le parcours, ne pensant qu'à courir, à avancer et à fendre la nuit. Mes jambes étaient légères, mon souffle était correct et j'ai tenu un bon rythme. Mon premier point de repère se situait à l'endroit où il me fallait traverser la première route que je devais croiser, celle qui descendait depuis le col vers Sagne-Claire. J'ai éteint ma lampe avant d'y parvenir, ne la rallumant que lorsqu'il m'a fallu affronter un passage délicat, au fond d'une petite gorge que je devais dévaler pour remonter à pic en face. En haut, je devais traverser une autre route, celle de Valdérieu. Mon deuxième point de repère. Ensuite, il n'y avait plus que la forêt jusqu'à Fourcaric. Mon chrono a confirmé mes impressions : je comptais vingt bonnes minutes d'avance sur mon meilleur temps.

Il me restait désormais un peu moins de dix kilomètres à parcourir. Je me suis senti capable d'aller au bout sans fléchir et même d'accélérer la cadence. J'ai d'abord suivi le ruisseau qui taillait un large fossé dans cette partie des plateaux. Les obstacles rocheux, si glissants, m'ont donné beaucoup moins de fil à retordre que la première fois. Je les ai franchis d'une foulée sûre, faisant preuve d'une agilité que je n'avais plus connue depuis des lustres. Après le pont de bois, il y avait une longue côte, la plus difficile du parcours. Mes cuisses et mes mollets se sont mis à me brûler mais je suis parvenu au sommet sans avoir perdu trop de temps. À présent, j'allais par des sentiers étroits qui disparaissaient soudainement sous des chemins de coupe taillés au bulldozer et bordés de hauts tas de bois qui attendaient d'être emportés. Malgré ces trouées, la forêt était plus dense, plus profonde. Sapins et feuillus s'y mélangeaient. J'ai su où j'étais. J'ai compris que je les tenais, que je serais à Fourcaric dans les temps. Peut-être même avant parce que je me sentais encore capable de forcer l'allure. J'éliminais ma faille.

Comprendre que j'étais en train de réussir m'a donné des ailes. Mais j'ai entendu le cri d'un bébé. J'ai pensé à une petite fille. Elle paraissait terrifiée. Un bref instant, à l'endroit où elle se trouvait, plus loin sur le chemin, il m'a semblé apercevoir un faisceau de lumière passer derrière les arbres, le temps d'un éclair. Je me suis arrêté. Instinctivement, j'ai éteint ma frontale. Et j'ai tendu l'oreille. Le cri a été remplacé par une plainte déchirante et continue. Des pleurs de souffrance qui m'ont glacé le sang. Je me suis remis à avancer, sans rallumer ma lampe. Plus je me suis approché, plus la plainte est devenue insupportable, stridente, emplie de douleur et de terreur ! J'aurais voulu me boucher les oreilles pour ne plus l'entendre et rebrousser chemin.

Un souvenir m'est revenu avec fulgurance. Un de ces souvenirs enfouis que je croyais avoir oublié pour de bon. Nous étions sur la plage avec mes parents et ma cousine, celle avec les lunettes. J'étais tout petit. Sur notre gauche, un groupe de jeunes adultes chahutaient. Uniquement des hommes. Ils faisaient du bruit, jouaient au ballon, écoutaient de la musique sur un poste à transistor. Parmi eux, il y en avait un qui restait tranquille, assis sur sa serviette. Il semblait être le plus âgé. À mes yeux d'enfant, il paraissait même plus vieux que mes parents. Au début, je n'avais pas vu ce qu'il faisait seul dans son coin. Puis il avait changé de position. Il était en train de jouer avec une poupée de fille à qui il parlait tout en lui rajustant sa robe. Un enfant prisonnier dans un corps d'adulte ou un adulte prisonnier dans une tête d'enfant. Ça m'a flanqué une peur bleue. J'ai détourné le regard, tentant d'ignorer sa présence. Je crois même avoir supplié mes parents de changer d'endroit. Je revois ma mère m'expliquer qu'il arrivait parfois que des gens soient comme lui. Qu'elle en connaissait même un à Valdérieu, près de chez ma grand-mère, un garçon très gentil, qui n'était pas capable de faire de mal à une mouche. Et nous ne nous sommes pas déplacés.

Le groupe d'hommes est parti avant nous, en faisant toujours autant de bruit. Je voulais me retenir de regarder dans leur direction mais je n'ai pas réussi. Celui avec la poupée marchait avec difficulté dans le sable, tenant son jouet serré contre sa poitrine. Il avançait, le dos exagérément courbé. Un de ceux qui étaient derrière a pris son élan et a sauté par-dessus lui, prenant appui sur son dos avec ses mains, comme à saute-mouton. La poupée est tombée dans le sable. L'homme-enfant s'est laissé tomber à son tour, sur les genoux, et il s'est mis à pleurer. Des pleurs horribles, insupportables, effroyables. Ceux de la forêt leur ressemblaient épouvantablement. Celui qui les avait déclenchés s'en allait tranquille, fier et hilare. Je n'avais jamais vu une telle cruauté. Un autre homme du groupe s'est approché. Il a pris la poupée, l'a époussetée pour la débarrasser du sable et l'a rendue à son propriétaire. Puis il a aidé ce dernier à se relever. Les pleurs ont stoppé net. Ma cousine a dit que, lui, il était vraiment très gentil. Pour moi, on était au-delà de la gentillesse, on touchait à l'héroïsme.

Dans cette forêt où les ombres semblaient plus noires que la nuit, il n'y avait pas de héros pour faire cesser les pleurs. Il n'y avait que moi.

Tout semblait si irréel que j'en ai perdu ma lucidité. Il y avait un bébé ou un homme-enfant derrière le grand tas de bois que j'apercevais plus loin. Peut-être était-ce l'homme-enfant de la plage, un fantôme revenu me hanter avec sa poupée dans les bras.

J'ai rallumé ma lampe. Les pleurs étaient de plus en plus perçants. J'avais très peur. Mais je ne pouvais faire autrement que m'approcher. J'allais au-devant de ma propre folie. Le coin de la pile s'est effacé, un peu plus à chaque pas. Et j'ai vu que je n'étais pas fou.

À son pied, un gros lièvre avait une patte prise dans les mâchoires d'un piège. Il se débattait, ce qui le faisait souffrir davantage. Plus il souffrait, plus il hurlait. Son cri ressemblait à s'y méprendre aux pleurs d'un bébé. Sa terreur, nourrie par le spectre de sa mort prochaine et désormais par ma présence, était pire que la mienne. Ce devait être atroce. Je me suis demandé comment il avait pu se faire prendre ainsi, en pleine nuit, dans un piège qui, placé à cet endroit, ne lui était pas destiné. Rassuré, je me suis avancé. Il s'est débattu de plus belle et son cri est devenu plus horrible. Quand il a compris que c'était peine perdue, il est tombé sur le flanc, à bout. Il a cessé de pleurer. Son arrière-train était poisseux de sang. Il a émis une plainte rauque que j'ai interprétée comme un râle.

J'ai posé ma main sur son dos et il s'est laissé faire. J'ai tenté d'ouvrir le piège. Ses ressorts étaient puissants. Je ne m'y suis pas très bien pris. J'ai fait mal au lièvre, qui s'est remis à se débattre et à hurler. J'ai senti une forme de rage monter en moi. J'aurais été prêt à le tuer pour qu'il cesse de crier. J'ai même cherché du regard de quoi lui asséner le coup fatal, avisant une des grosses bûches stockées au-dessus de nous.

La colère m'a donné la force d'écarter les mâchoires, me blessant les paumes des mains. Le lièvre s'est à nouveau tu. Une des dents était profondément enfoncée dans sa patte qui y est restée accrochée. Il n'a plus bougé, les yeux exorbités et injectés de sang. Il n'a même pas cherché à se dégager. Le silence est revenu dans la forêt. Il n'y a plus eu que ma respiration trop forte et la sienne en train de faiblir. J'ai tenu le piège ouvert à bout de bras, pesant de tout mon poids, ne sachant pas comment le bloquer. J'ai essayé d'encourager l'animal à se relever, à oser ce mouvement, certes douloureux, qui pouvait lui sauver la vie. Nous étions pareils, lui et moi. Même libres, nous étions prisonniers.

J'ai avancé mon genou jusqu'à le toucher. J'ai appuyé plus fort sur sa patte abîmée. La douleur l'a fait se redresser d'un bond et il s'est dégagé en un éclair. Puis il est resté debout sur ses trois membres valides, surpris de pouvoir se mouvoir à nouveau. J'ai relâché le piège, qui a claqué brutalement. Je me suis assis, adossé au tas de bois. J'ai éclairé le lièvre, qui ne s'était toujours pas enfui. Nous sommes restés à nous regarder deux ou trois minutes. Enfin, il a décidé de me fausser compagnie. Avec lenteur, il s'est éloigné sur trois pattes. Il a semblé gagner en confiance et a accéléré pour disparaître derrière un entrelacs de ronces et de branches mortes.

J'ai commencé à ressentir le froid. Je me suis relevé à mon tour. J'ai bu les dernières gouttes d'eau de ma bouteille. Mon chrono tournait encore. Je l'ai arrêté. Le village n'était pas très loin, deux ou trois kilomètres, pas davantage. Désormais, je n'avais plus besoin de courir. J'ai donc pris le temps d'enfiler ma polaire avant de rajuster mon sac sur mes épaules. Une dernière fois, j'ai éclairé l'endroit où le lièvre avait disparu, encore bouleversé par l'écho de ses pleurs. Mais je ne l'ai pas revu.

Au moment de reprendre ma route, une lampe torche s'est soudain allumée à deux ou trois cents mètres, le faisceau orienté vers le sol. J'ai été tellement surpris, je n'ai même pas sursauté. Tout était en train de devenir si glaçant que j'en étais encore figé dans ma tête comme dans ma chair. Je n'ai pas réagi. Je me suis contenté de regarder cette lumière jusqu'à ce qu'elle s'éteigne au bout d'une poignée de secondes interminables. La forêt était comme moi, pétrifiée. Plus rien ne bruissait, plus rien ne respirait. Les ténèbres avaient été réveillées.

J'ai fini par éteindre ma frontale. J'ai choisi de disparaître dans l'obscurité. Je suis un grand habitué des cauchemars, et dans un cauchemar, même si on sait que c'est vain, on tente de se faire oublier. J'ai essayé de faire le moins de bruit possible en reculant jusqu'au tas de bois contre lequel je me suis adossé. J'ai scruté la nuit, l'oreille à l'affût. J'ai cru entendre un bruit qui s'approchait. Un pas léger, discret, qui aurait été imperceptible pour quelqu'un d'autre que moi. Tout à coup, la lumière s'est rallumée, pointée sur moi, aveuglante. Elle ne se trouvait plus qu'à une dizaine de mètres sur ma gauche. En deux bonds, j'ai basculé derrière les rondins. Le faisceau n'a pas tenté de me suivre, même paresseusement. Il a buté sur l'angle de mon abri sans chercher à le dépasser. J'ai eu le temps de deviner la silhouette massive que je connaissais si bien, avec ce long manteau qui descendait presque jusqu'au sol et sa tête couverte. La torche s'est à nouveau éteinte.

Aussitôt, j'ai choisi de m'enfuir. J'ai d'abord couru droit devant moi, dans la même direction que le lièvre blessé. Je me suis repéré aux quelques trouées qui laissaient passer un peu de la clarté de la nuit. Je ne pouvais pas aller bien vite, ni courir comme je l'aurais voulu. Le sol n'était que trous et bosses, était parsemé d'obstacles, et les branches basses menaçaient de m'éborgner. Au bout de deux cents mètres, après m'être griffé le visage et être tombé deux fois, je me suis arrêté pour écouter. Seul le silence me courait après. J'ai tout de même repris mon évasion désespérée. Konitz jouait avec moi, comme un chat avec la proie qu'il venait de piéger. Il avait toujours fait cela.

Le terrain n'était désormais plus plat, il roulait le long d'un dévers au fond duquel j'ai entendu le bruissement d'un petit ruisseau. Les arbres étaient moins resserrés et moins hauts. J'ai ainsi pu mieux anticiper les obstacles. Je me suis laissé glisser comme j'ai pu au pied de la pente. À proximité du cours d'eau, la végétation s'est épaissie, formant un mur entre lui et moi. Je suis venu m'échouer contre ces buissons, tentant à plusieurs reprises de les franchir mais systématiquement refoulé par leurs épines.

C'est à ce moment-là que le faisceau de lumière a de nouveau fendu la nuit, depuis les hauteurs. Il n'a pas cherché à balayer le ravin pour le fouiller et me débusquer. Il éclairait la cime des arbres. Je me suis accroupi contre la barrière qui me refusait le passage. J'ai essayé de ralentir autant que possible ma respiration. La lumière s'est éteinte. Son but était de me montrer qu'il était tout près, à mes trousses. Je me suis relevé et j'ai longé la haie vers la gauche. J'ai réussi à repérer un endroit où les buissons semblaient moins fournis. J'ai rampé afin de me glisser dessous. De l'autre côté, il y avait le ruisseau, pas très large pour ce que je pouvais en juger. L'eau m'a saisi avec férocité tant elle était froide. Mon pied est venu buter contre un rocher immergé et je suis presque tombé vers l'avant ; je me suis récupéré miraculeusement mais j'étais trempé jusqu'à la ceinture. Cinq autres enjambées m'ont suffi pour toucher l'autre rive. Il m'a fallu une nouvelle fois ramper pour éviter les branches de houx.

Une falaise se dressait droit devant moi. J'ai opté pour l'escalade plutôt que pour le ruisseau qui devait aboutir à Fourcaric. Je ne suis pas monté très haut, peut-être à la moitié de l'escarpement. À ma droite, j'ai deviné un rocher plus proéminent que les autres. En s'avançant au-dessus du vide, il libérait un espace dans lequel j'ai pu m'engouffrer, sans me soucier d'y trouver des vipères endormies ou d'autres animaux de mauvaise compagnie. J'avais froid. Mes mains, blessées par les mâchoires du piège, me faisaient souffrir. J'ai sorti mon téléphone portable de mon sac à dos mais je savais, depuis mes précédentes traversées de la forêt, qu'on n'avait aucun réseau. Ce qui s'est confirmé. Je suis alors devenu à mon tour rocher, immobile. J'ai attendu que l'ombre qui me donnait la chasse s'avance au bord du ruisseau.

Il n'y a d'abord eu que la nuit et le chuintement tranquille de l'eau. Puis, un craquement, celui d'une branche morte que l'on venait d'écraser. Un seul bruit et rien d'autre, mais j'ai su qu'il était là.

Quand la lumière s'est rallumée, sur l'autre rive du ruisseau, elle ne m'a pas surpris. La silhouette qui la contrôlait se dévoilait davantage. Elle était très grande. Une large capuche était rabattue sur sa tête. J'ai cru voir un éclat métallique au bout de son bras libre. Dans mon esprit, c'est devenu une hache. Le faisceau fouillait l'aval du cours d'eau. Mais, sans crier gare, il s'est retourné vers la falaise. J'ai à peine eu le temps de baisser la tête que les rochers se sont illuminés tout autour de moi. La torche est restée fixe, comme si elle savait avec exactitude où je me cachais. J'étais prêt à sortir de ma cachette, reconnaissant ainsi ma défaite. Mais le noir s'est refait avant que je ne me redresse. D'autres branches mortes se sont mises à craquer. Il n'a pas traversé. Il est resté sur l'autre rive et s'est mis à descendre en direction du village.

Si j'avais pu, je serais resté caché toute la nuit. Parce que je me suis douté qu'il allait m'attendre plus bas, près de ma voiture. Malheureusement, je n'avais pas de quoi changer mon pantalon ni mes chaussettes mouillées. Et le froid était insupportable. Il m'a fallu bouger pour me réchauffer. Je suis sorti et j'ai repris mon escalade jusqu'en haut de la falaise.

Ensuite, j'ai continué à marcher tout droit, retrouvant la masse noire et torturée de la forêt. Mon seul objectif était d'attendre que le jour se lève et, peut-être, de trouver un abri pour les heures à venir.

J'ai pris conscience que je pouvais mourir dans ces bois. Comme Didier Amalric ou Jean-Daniel Fraysse.

J'ai retrouvé un semblant de clairvoyance, assez pour comprendre que je n'étais plus en train de suspecter la présence de Konitz dans l'obscurité de notre cave. Il était bel et bien avec moi, dans la forêt. Et il n'avait pas l'intention de me laisser m'enfuir.

40

Il s'est mis à neiger au moment où j'ai débouché sur une large piste qui lacérait la forêt par le travers. De gros engins étaient passés, ils avaient broyé la végétation et arraché une bonne épaisseur de terre argileuse. Le sol ainsi débarrassé de sa vieille croûte était nettement plus clair et ressortait mieux dans la nuit. Cette récente piste de coupe prenait l'allure d'une grande ligne luminescente tirée tout droit. Prendre à gauche me permettrait, d'après mes quelques points de repère, de ne pas trop m'éloigner de Fourcaric.

Mon pantalon mouillé compressait mes cuisses. J'ai eu l'impression que le sang circulait mal dans mes jambes déjà tétanisées. Sur ce chemin dénué d'obstacle, je n'ai pas pu accélérer le pas aussi vite que je l'aurais souhaité. J'ai senti les premiers flocons fondre contre mon visage. D'abord dispersés, ils sont devenus de plus en plus nombreux et de plus en plus denses. Je les ai entendus tomber tout autour de moi avec ce bruissement si caractéristique. La nuit est devenue moins noire. Et la forêt a semblé reprendre vie.

La piste s'est tordue en un gros virage avant de reprendre sa ligne droite. La neige commençait à coller au sol et aux branches. Elle crayonnait les contours des formes sur lesquelles elle s'agglutinait. J'ai bientôt aperçu plusieurs grosses masses sombres d'engins forestiers démesurés et des empilements géants de troncs d'arbres entiers. La piste s'interrompait ici, dans un immense cercle labouré qui était le camp de base des bûcherons. J'ai pensé y trouver de quoi m'abriter. Mes doigts étaient si engourdis qu'ils me faisaient un mal de chien.

Je me suis approché avec prudence, désormais en terrain découvert, accompagné par le crissement de la neige sous mes pas. J'ai aperçu de l'autre côté ce qui ressemblait à une cabane. Je l'ai atteinte en suivant la bordure, tentant de dissimuler ma présence derrière les tas de bois qui faisaient penser à des immeubles. Il s'agissait d'une cahute de chantier en PVC. Celle-ci avait vécu, à en juger son état général. La porte était verrouillée. J'ai fait le tour pour tenter de trouver un moyen d'y pénétrer mais même la fenêtre coulissante a refusé de céder. J'ai tâté l'intérieur de la gouttière du bout de mes doigts gelés. Je n'y ai trouvé que des feuilles mortes en train de pourrir. Puis j'ai fait la même chose sous la cabane, qui était montée sur des cales libérant un espace d'une dizaine de centimètres entre elle et le sol. Quand j'ai senti une clé suspendue à un petit crochet, au ras du premier angle, un souffle de chaleur m'a soulagé. Elle ouvrait bien la porte. Je me suis précipité à l'intérieur, refermant derrière moi. Les vitres de la fenêtre avaient beau être opaques, elles laissaient pénétrer un peu de la clarté de la neige nocturne. Ça sentait la sciure mouillée et la vieille essence. Une table pliante se trouvait en plein milieu, elle a émis un horrible grincement quand je l'ai bousculée. Quatre vieilles chaises en plastique vert et une grande armoire métallique complétaient l'équipement sommaire des lieux. Mon téléphone ne captait toujours pas le moindre signal. Je me suis assis et j'ai tenté de me réchauffer comme je l'ai pu. Mais cela s'est vite montré insuffisant. Alors j'ai allumé ma frontale afin de fouiller l'intérieur de l'armoire.

Les forestiers devaient emmener leurs thermos et leurs gamelles car je n'ai trouvé ni réchaud, ni bouilloire, ni cafetière. En fait, il n'y avait que quelques outils mis au rebut, un seau rempli de bouteilles de bière vides, de la vaisselle en carton, une trousse de secours plutôt sommaire et plusieurs rouleaux de papier-toilette. Rien qui puisse m'être salutaire.

Je me suis saisi d'une grosse hache au manche blessé et à la lame ébréchée, et je me suis laissé tomber sur l'une des chaises. Les jointures de mes doigts avaient bleui. Je n'ai pas su si je devais considérer la neige comme une alliée ou comme un ennemi supplémentaire. Il en était de même pour l'obscurité. Cependant, j'ai éteint ma lampe et je suis resté dans le noir. J'étais prêt à attendre le lever du jour, que Fourcaric s'éveille avant de rejoindre ma voiture, même s'il y avait de grandes chances que Konitz se soit arrangé pour la rendre inutilisable. Mais le doute s'est saisi de moi. S'il savait où j'étais, cette cabane n'était plus un abri mais un tombeau. Je m'étais fait prendre au piège tout seul, sans aucune chance de m'en échapper.

Je me suis relevé et je suis allé jusqu'à la porte. Je l'ai entrouverte. Dehors, il neigeait toujours autant. Les centimètres étaient en train de s'accumuler. La blancheur dessinait un halo qui faisait reculer la nuit. Au début, je n'ai rien vu d'autre que les immenses piles de bois et les deux engins de chantier. Alors que j'étais sur le point de refermer, j'ai aperçu une ombre de trop. Elle se tenait de l'autre côté de ce grand cercle, près d'un des amoncellements de troncs. Elle était immobile. Je ne suis pas parvenu à voir de quoi il s'agissait mais j'étais persuadé qu'elle n'était pas là quelques instants plus tôt. Mon sang s'est figé une nouvelle fois quand je l'ai vue bouger. Elle s'est déplacée sur sa gauche et a disparu derrière la pile.

Il n'avait pas perdu ma trace. C'était comme s'il était capable de voir dans la nuit. D'instinct je me suis accroupi dès que je l'ai aperçu en mouvement. J'ai tenté de rester aussi lucide que possible. Je l'ai imaginé en train de faire le tour de la clairière en s'abritant derrière les masses de bois coupés. Je ne pouvais pas rester dans la cabane, c'était une certitude. J'ai retiré ma frontale et je l'ai laissée sur le sol, allumée. Puis je me suis glissé dehors sans me relever. J'ai verrouillé la porte et remis la clé à sa place. Ensuite, je me suis éloigné de la cahute cherchant moi aussi refuge derrière un des tas d'arbres coupés, serrant très fort la vieille hache entre mes mains qui tardaient à reprendre vie.

La fenêtre de la cabane était éclairée. On ne voyait que ça. J'ai continué à m'éloigner et d'elle et de Konitz. Il y avait une infime chance qu'il tombe dans le panneau, le temps pour moi de reprendre un peu d'avance. Les gars qui travaillaient dans cette forêt devaient arriver chaque jour par le village. Fourcaric n'était donc pas très loin. Je me suis tapi contre le bois humide. Je n'ai plus ressenti ni le froid ni la peur : j'étais au-delà. J'ai attendu que l'ombre réapparaisse, qu'elle s'approche de la cabane.

Il a pris tout son temps. Son ombre n'est réapparue qu'au bout de longues minutes. Il n'a pas cherché à se cacher. Il s'est avancé au centre du cercle et s'est arrêté, avec sa longue cape et sa capuche, les mains pendant le long de son grand corps. Je n'ai pas revu l'éclat métallique de son arme. Mais j'avais la très nette impression qu'il avait les yeux rivés sur moi.

Alors, sans pouvoir me retenir, je suis sorti de ma cachette. Je me suis avancé à mon tour. Je ne tenais plus la hache que d'une seule main. Je me suis avancé de quelques pas.

— Qu'est-ce que vous me voulez ?

J'ai crié si fort que j'ai eu l'impression que ma gorge venait de se déchirer. L'écho m'a renvoyé ma question couverte de neige. Lui n'a pas bougé d'un poil. J'ai levé mon téléphone portable devant moi, l'écran éclairé.

— J'ai appelé les gendarmes, ai-je crié tout en avançant encore un peu dans sa direction.

Il a allumé sa torche électrique et l'a pointée droit sur moi. J'ai eu un geste de recul, comme si je venais d'encaisser un projectile. J'ai placé ma main libre devant mes yeux pour être moins aveuglé. Mais je n'ai pas cessé d'avancer vers le centre de ce qui ressemblait maintenant à une arène. La lumière s'est éteinte. Le temps que je m'habitue à nouveau à l'obscurité, la silhouette a disparu. J'ai fait un tour complet sur moi-même, persuadé qu'il allait me sauter dessus par-derrière, prêt à balayer la nuit autour de moi avec ma cognée. Je n'ai pas eu à le faire. J'étais seul avec pour tout spectateur un tas d'arbres abattus.

Alors, avec une force que je ne soupçonnais plus, je me suis mis à courir. J'ai traversé le cercle, je suis tombé deux fois sans dommages. J'ai tenu le manche de la hache levé devant mon visage pour ne pas me faire piéger par les branches basses. Je n'étais plus lourd. Je n'avais plus froid. Mes pieds touchaient à peine le sol. J'anticipais chaque obstacle. La neige m'a montré la voie à suivre. Partout où elle était accrochée au sol, je suis passé.

Bientôt, je n'étais plus entouré par la forêt mais par une mince lisière d'arbres. J'ai entendu le ruisseau sur ma gauche, qui avait pris de l'épaisseur et de la puissance.

J'étais dans un champ. Le sol était mou et dénué d'aspérité. J'ai pu accélérer. J'ai dû parcourir trois cents mètres avant de tomber sur une haie vive, épaisse et basse, parfois rehaussée d'un arbre tordu. J'ai trouvé un passage et j'ai débouché sur un chemin goudronné. Il enjambait le ruisseau par un large pont de pierres. Sur l'autre rive, j'ai aperçu la carcasse d'une première maison. Plus loin, il y en a eu une deuxième puis une troisième. Un chien s'est mis à aboyer. Le chemin s'est évasé et est devenu une vraie rue, une rue blanche de neige avec des maisons basses des deux côtés. C'était le lotissement de Fourcaric.

Je ne me suis pas arrêté de courir pour autant. J'ai foncé vers l'ancienne école. Un peu plus loin, ma voiture était garée à la même place, intacte, toujours verrouillée et disparaissant sous cinq centimètres de neige. Quand j'ai actionné la commande d'ouverture à distance, les clignotants qui ont réagi me sont apparus comme des phares dans la tempête. Je me suis jeté à l'intérieur. J'ai réussi à démarrer le moteur du premier coup. Peu m'importait la chaussée glissante, j'ai appuyé sur l'accélérateur. J'ai patiné, chassé du train arrière, mais j'ai réussi à m'en aller.

Je n'ai ralenti qu'une fois sorti du village. Je me suis même arrêté pour faire le tour du véhicule et ouvrir le coffre, la hache prête à s'abattre. Ensuite, j'ai repris ma route, plus prudemment cette fois. Chaque inspiration brûlait l'intérieur de ma poitrine à m'en faire serrer les dents. Il m'a fallu une grosse demi-heure pour rejoindre Fonbelle. Je me suis garé au pied de la maison. J'ai couru pour aller me barricader à l'intérieur, me félicitant d'avoir fermé les volets avant de partir.

Il m'a fallu du temps pour reprendre mes esprits. J'ai passé de longues minutes à genoux sur les dalles froides de la grande salle, la hache serrée contre ma poitrine. Quand j'ai pu me relever, je me suis déshabillé à l'endroit où je me trouvais, laissant tomber mes vêtements en boule. J'ai allumé le feu qui, par chance, n'a pas été trop capricieux. Le froid m'a à nouveau paru insupportable. Je suis allé me faire couler un bain bouillant, assis dans la baignoire qui se remplissait lentement. Ma chair était tuméfiée et déchirée en de nombreux endroits. La brûlure de l'eau chaude a d'abord été une douleur supplémentaire avant de devenir bienveillante et réconfortante.

Je ne suis pourtant pas resté longtemps dans ce bain, me sentant trop vulnérable. Je me suis séché, j'ai désinfecté mes plaies et je suis monté à l'étage chercher des vêtements secs. Une fois rhabillé, je me suis lové dans le vieux fauteuil face à la cheminée, la hache et le téléphone à portée de main, les yeux rivés sur la porte d'entrée.

Je n'ai somnolé que par tranches de quelques minutes. J'ai vu le jour se lever derrière la lucarne au-dessus de la porte, un jour froid et blanc. J'ai ouvert les volets. La neige avait continué de tomber depuis mon retour. Les sillons laissés par ma voiture étaient presque entièrement recouverts. Désormais, il n'y avait plus que quelques rares flocons qui voletaient. J'ai ramassé mes vêtements mouillés. J'ai essayé d'avaler quelque chose mais rien n'a pu passer.

Ensuite, je suis sorti. Je me suis bien couvert, j'ai emporté la vieille hache, j'ai posé les chaînes sur les pneus de ma voiture et j'ai conduit tranquillement jusqu'à Fourcaric.

J'ai retrouvé le chemin par lequel je m'étais échappé de la forêt. Je suis remonté le long du champ, devinant à peine l'empreinte de mes pas affolés. Je n'ai pas retrouvé tout de suite le camp des bûcherons mais je suis tombé sur la piste un peu plus loin. Je l'ai donc suivie jusqu'au cercle. J'ai ouvert la porte de la cabane afin d'y reposer la hache et d'y récupérer ma frontale, dont les piles avaient rendu l'âme. J'ai essayé de dénicher les traces laissées par Konitz. Ici aussi la neige avait fait son œuvre et j'ai dû me contenter de quelques creux et de quelques bosses. Rien de bien probant. Rien qui permette de prouver que je n'avais pas rêvé.

S'il avait voulu, Konitz aurait pu m'avoir à n'importe quel moment. Mais il m'avait laissé partir. C'était un avertissement. Un nouvel avertissement. Sans doute le dernier.

J'en ai eu la certitude quand je suis revenu à Fonbelle. Tandis que la neige qui recouvrait mon terrain n'était marquée que par mes pas du matin, j'ai aperçu de loin une sorte de paquet déposé au pied de la porte. Déposé n'est peut-être pas le terme approprié. Il avait été lancé par-dessus le muret depuis le chemin où j'ai cherché en vain des marques. Je m'en suis approché, sur mes gardes. Une petite traînée de sang avait éclaboussé la neige. D'abord, j'ai cru qu'il s'agissait d'un vieux chiffon qui enrobait ce qui ne pouvait être qu'une horreur. Mais il n'y avait aucun chiffon, seulement la fourrure de l'animal raidi par la mort, le cou brisé. Sa patte arrière abîmée ne laissait aucun doute. Il s'agissait du lièvre que j'avais délivré.

41

J'ai regroupé les dossiers sur Basse-Misère dans deux grandes cantines métalliques que j'ai laissées dans la chambre du haut. Je n'ai conservé que cinq photos : celle du départ des canoës dans son format d'origine, plus petit, et les quatre portraits. J'ai rangé mes affaires de cours dans deux cartons assez solides et j'ai fait une grosse valise de vêtements. Le tout a fini dans le coffre de ma voiture ou sur la banquette arrière, avec mon ordinateur portable et une partie de mes bouquins. Puis, j'ai quitté Fonbelle alors que l'après-midi était déjà bien avancé.

Il s'agissait bien d'une fuite. J'avais prévu de m'installer dans une chambre d'hôtel à Toulouse. Néanmoins, je n'ai pas filé sur-le-champ. Au lieu de descendre jusqu'à la nationale, j'ai pris les petites routes enneigées pour me rendre au Bouscadié.

Je me suis garé dans le hameau toujours désert. La brume était solidement accrochée au lac. Elle m'a fait penser à un linceul. Je me suis rendu jusqu'au pied de la maison qui avait été celle des Fraysse. J'ai attendu de les sentir, tous les quatre, au moment où ils venaient récupérer le canoë de Jean-Daniel dans la remise. Une fois qu'ils sont passés devant moi, je les ai suivis de près. Nous sommes descendus le long du champ jusqu'à la plage du Bouscadié. Quand ils ont traversé vers les Bois-Obscurs, je les ai perdus, le temps pour moi de trouver un moyen de passer. Un peu plus loin, il y avait la crique qui servait de mouillage l'été. J'ai trouvé là une vieille barque renversée dans les buissons. Elle m'a permis d'atteindre l'îlot. Les quatre m'y attendaient.

Je suis resté avec eux jusqu'à ce que tout soit terminé. Quand nous avons retraversé, il faisait déjà nuit. Il était temps pour eux d'accorder leurs témoignages, de veiller à ce que le canoë soit bien rangé, que rien ne trahisse leur présence dans la maison. Ils s'étaient liés par un serment. Avant que trois d'entre eux, aidés de la lampe électrique subtilisée, ne parcourent la forêt au pas de course jusqu'au village de Fourcaric pour se fabriquer un alibi.

Je ne sais pas s'ils ont cru pouvoir s'en sortir aussi facilement. Il a sans doute fallu de longues semaines angoissantes avant qu'ils comprennent que l'enquête était passée à côté d'eux. Que le père de Cédric Mahous ait été le premier suspect les avait bien aidés. Les policiers n'avaient pu que rechigner, ensuite, à s'en prendre à nouveau à sa famille. Jean-Daniel Fraysse avait certes été interrogé mais il était parvenu à mentir froidement et il n'avait plus intéressé les enquêteurs.

Ils avaient eu de la chance. Si les investigations avaient été correctement menées, ils auraient été confondus avant la fin de la première semaine. On aurait vite compris ce qu'ils avaient fait et pourquoi ils l'avaient fait. Comme je l'avais compris.

Justine était au centre de leur attention. Surtout pour Cédric. Il était attiré comme un aimant par cette si jolie fille qui avait résisté à toutes ses avances. Quand ils l'avaient épiée au télescope, les autres avaient glosé sur ses formes, sur son cul et ses nichons qu'ils rêvaient de voir. Lui, il aurait aimé ça mais il lui fallait plus. Il voulait qu'elle soit avec lui. Qu'elle se laisse séduire. Pour prendre le dessus parce que, quand il se trouvait en sa présence, il perdait son habituelle contenance. Il se sentait petit, transparent, dénué d'intérêt. Il aspirait à devenir important à ses yeux, comme semblaient l'être les autres garçons qui étaient avec elle sur l'îlot, que ce soit cette chiffe molle de Guillaume Armengaud ou cet étron d'Hydargos.

Stéphane Buissonnet continuait à affirmer que Justine ne savait pas ce qu'elle voulait, qu'elle était peut-être gouine ou bien qu'elle avait si chaud au cul que ça l'effrayait. Il avait entendu dire qu'elle s'était laissé mater sous la douche par ce grand couillon de Bardy, et, qu'ensuite, elle l'avait sucé. Il ne l'aimait pas. Sortir avec elle ne lui disait rien, elle se prenait trop la tête. En revanche, la voir à poil, la peloter et coller sa queue dans sa bouche, ça, il voulait bien.

Didier Amalric ne connaissait pas cette fille. Il avait simplement dit qu'elle valait la peine d'être croisée et il était parti dans des commentaires graveleux dont il était coutumier.

Quant à Jean-Daniel, il avait commencé par rire avec eux avant d'en rajouter. Lui, ce qui le mettait hors de lui, c'était qu'elle accorde ses faveurs à Hydargos. Bardy n'avait pas menti. Il avait entendu la même histoire au sujet des douches. Elle avait le feu au cul. En continuant de l'épier avec la longue-vue, ils allaient se rendre compte de ce dont elle était capable avec les garçons.

Mais il ne s'était rien passé. Ils les avaient vus se tenir autour du feu de camp, manger, parler, rire ; Justine était la plus volubile, pour ne pas changer. Emmanuel

Garcès était hilare. Il avait l'air heureux. Un des quatre avait fini par proposer :

— Pourquoi on n'irait pas les rejoindre ? On prend le canoë et on traverse. Ce putain d'îlot n'est pas leur propriété exclusive. Qu'est-ce que vous voulez qu'ils fassent ?

— Ils vont gueuler comme des putois. Surtout elle. Ça va être une vraie galère...

— Moi, je crois que ça vaut la peine d'essayer.

Jean-Daniel avait tenu promesse : il avait réussi à sortir un peu d'alcool sans que son père le remarque plus tard. Pour manger, ils avaient picoré dans le frigo et tapé dans les paquets de gâteaux. Ils ne cessaient de revenir à la lunette et à l'îlot. Il était captivé. Alors, oui : sortir le canoë, traverser, s'incruster dans leur soirée ou bien leur flanquer la trouille de leur vie une fois qu'ils seraient couchés s'imposait finalement comme une bonne idée.

Justine pouvait aussi se montrer plus conciliante que prévu. Cédric en était presque persuadé. Cette nuit, il tenait sa chance. Il ne voulait pas la laisser passer, quitte à renoncer à leur escapade en boîte de nuit.

Ils étaient descendus en portant le canoë, qui n'était pas bien lourd. Ils n'avaient pas pris de lampe parce qu'on y voyait assez bien et qu'ils n'avaient pas envie de s'encombrer. On entendait la musique de la fête des Crozes qui résonnait. Derrière la pointe, on devinait même le halo des lampions. L'îlot était silencieux, masse noire posée sur l'eau endormie. Comme on ne pouvait monter qu'à deux dans l'embarcation, il avait fallu faire trois voyages avec, chaque fois, Jean-Daniel à la manœuvre. Il s'y prenait bien, sans le moindre bruit et avec une fluidité dans le geste que personne n'aurait pu lui soupçonner. Après la dernière traversée, il avait tiré le canoë sur la rive et ils étaient restés tapis au pied des pins. Rien ne bougeait. Le feu de camp était éteint. À peine entendaient-ils les sons d'une conversation qui venaient de la tente des filles. Le temps qu'ils se décident, Justine et ses amis étaient allés se coucher. Ils arrivaient trop tard.

Ils avaient alors choisi de faire le tour en suivant le rivage, contournant les buissons pour aborder le campement par les rochers. Ils s'étaient retrouvés près des braises rougeoyantes, comme des crétins. Cédric voulait voir Justine. Les effrayer n'était pas, selon lui, la meilleure entrée en matière possible. Ils avaient échangé à voix basse, se demandant même s'il ne valait pas mieux revenir au plan initial, abandonner Jean-Daniel dans sa maison et aller à pied jusqu'à la discothèque. C'est là que l'un d'entre eux, Didier Amalric je crois, avait pris l'initiative hasardeuse de balancer une grosse pierre dans l'eau en murmurant à son copain : « Tu es venu pour la voir, tu vas la voir ! »

On n'a pas tardé à réagir dans la tente de droite. Il y a eu du mouvement et une lampe s'est allumée sous la toile. Puis ça a été le frottement d'une fermeture Éclair qu'on remonte. Guillaume Armengaud s'est avancé prudemment, fouillant l'obscurité avec sa lumière. Derrière lui, Emmanuel n'a pas tardé à apparaître, apeuré. Il avait l'air si ridicule quand il avait peur ! Jean-Daniel était bien placé pour le savoir. Guillaume était plus décidé. Il s'est approché en silence, devinant quelque chose dans les rochers. Il tenait à la main son Opinel déplié. Cédric s'est alors redressé. L'autre a fait un bond en arrière.

— Pas de panique, Guillaume. C'est moi. C'est Cédric.

— Putain ! Qu'est-ce que tu fous ici ? Tu m'as fichu la trouille.

— On faisait une petite fête, là-haut, au village. Alors, on s'est dit qu'on pouvait la partager avec vous. Vous devez vous peler de froid, non ?

— Qui est avec toi ?

Les trois autres sont sortis des rochers à leur tour. Le visage d'Emmanuel s'est décomposé quand il a reconnu Fraysse.

— Tu connais Stéphane. Lui, c'est Didier, un ami. Et Jean-Daniel, chez qui on était. Si vous voulez, vous pouvez venir avec nous jusqu'à sa maison.

— Non, on ne doit pas bouger d'ici. Comment avez-vous fait pour traverser ?

— On a un petit canoë. Si vous ne pouvez pas venir, peut-être qu'on pourrait rester un peu ici, tous ensemble. Ça a l'air sympa.

— Je ne sais pas, Cédric. Vous n'êtes pas censés être ici non plus. Vous n'êtes pas du club.

Stéphane a réagi.

— Arrête de la ramener, Armengaud, avec ton foutu club. L'îlot ne vous appartient pas. Alors si on veut y aller, on y va. On n'a pas de comptes à te rendre.

Justine était sortie de sa tente. Personne ne l'avait vue approcher dans le noir. Elle a émergé de la nuit dans le dos de Guillaume.

— C'est toi qui vas arrêter de la ramener pour une fois, Stéphane. Ici, tu n'es pas en position de le faire. Il n'y a personne, à part peut-être tes copains, pour se pâmer devant ta grande gueule et tes allures de minet mal dégrossi. Alors, retournez d'où vous venez. Vous n'êtes pas les bienvenus.

— Tu te prends toujours pour le nombril du monde, hein ? Moi, je te dis qu'on va s'installer un moment, aussi longtemps que ça nous chantera. Qu'est-ce que tu vas faire ? Appeler papa à la rescousse ?

Cédric a tenté de tempérer les choses.

— Excuse-nous, Justine. On ne pensait pas que ça t'embêterait à ce point. On a vu votre feu de camp et c'est vrai que ça faisait envie. On peut remonter chercher de quoi manger et boire, n'est-ce pas, Jean-Daniel ? Allez quoi ! Ce n'est pas comme si on ne se connaissait pas. Il n'est pas si tard. On rallume le feu, histoire de moins se les geler, et on en profite un peu.

— Qu'est-ce que Fraysse fait avec vous ?

— Il a été plus accueillant que vous. On est du même lycée. Bon, c'est vrai, pas Didier, mais c'est tout comme. On peut fêter la fin des vacances ensemble plutôt que chacun de son côté.

— Moi, je ne fête rien avec ce sale type.

Justine a désigné du doigt Jean-Daniel, qui se tenait en retrait et a blêmi.

— Restez si vous voulez. Après tout, je m'en fiche. Je retourne me coucher. Bonne nuit !

Elle s'est apprêtée à faire demi-tour, ses baskets à peine lacées et ses longs cheveux mal attachés, son short qui laissait voir ses belles jambes bronzées et son sweat-shirt trop large qui avait un peu glissé sur son épaule.

— Attends, Justine !

Cédric a vu qu'elle lui échappait.

— On ne va pas rester, OK ? C'était une mauvaise idée. On va repartir. Je suis vraiment désolé que ça te mette en colère. Ce n'était pas le but, c'était même plutôt l'inverse. Tu vois, on ne s'est pas vus de tout l'été…

— Et alors ? Moi, ça me convient très bien de ne pas te voir. Et de ne pas voir ce frimeur de Buissonnet ou cette brute épaisse de Fraysse. Ton autre copain, je ne le connais pas, alors je vais m'abstenir de faire un commentaire. Ici, tu vois, je suis avec des amis. Des gens que j'aime bien. Juste pour que nous puissions être entre nous et prendre du bon temps.

— Mais nous aussi on veut prendre du bon temps, est intervenu Stéphane, de plus en plus remonté. Prendre du bon temps, c'est ce que tu as fait sous la douche avec Bardy, non ? Avec d'autres aussi sans doute. Ne joue pas les effarouchées, Brunet. On te connaît.

— Moi aussi, je te connais, Stéphane. Je sais que si tu parles au lieu de te taire, c'est pour éviter qu'on entende les couinements de ton petit oiseau. Tu sais, celui qui n'est pas encore sorti du nid et qui est tout perdu dans ton slip.

— Tu préfères faire ça avec eux ?

Justine les a toisés les uns après les autres, en finissant par Cédric.

— Vous devriez vous regarder dans une glace. Vous regarder vraiment, je veux dire. Pas juste pour que Cédric vérifie sa coupe ou que toi tu t'assures que ton rimmel n'a pas coulé. Vous ne verrez pas grand-chose, je le crains. Et le peu qui se reflètera sera repoussant de laideur.

— Écoutez-moi cette espèce de petite pute !

Elle s'est contentée de lui sourire. Didier Amalric, qui n'avait rien dit depuis le début, assistait, passif, à la scène, tenant toujours entre ses mains une deuxième grosse pierre qu'il avait ramassée ; il est intervenu pour la première fois.

— Mon ami vient de te faire un compliment il y a un instant, en disant que tu lui manquais. Et toi, tu lui réponds en l'insultant, en nous insultant tous.

Éclairé par la lampe de Guillaume, le visage de Didier semblait plus inquiétant que d'ordinaire. Justine ne lui a pas répondu, se contentant de le fixer droit dans les yeux.

— Je voulais juste te parler, Justine.

Cédric a fait sa mine de chien battu.

— Je pensais avoir été claire avec toi. Qu'est-ce que tu cherches ? Que je répète ce que je t'ai déjà dit devant tout le monde ? Tu ne me plais pas. Rien en toi ne me plaît. Tu es superficiel et sans intérêt. Tu es si vide que, dans quelques années, tu te dégonfleras comme une vieille baudruche et que tu deviendras tout flasque. Alors, continue de ramasser tes pouffes à la pelle et laisse-moi tranquille.

Cédric Mahous s'est figé. Ce n'était pas l'humiliation qui était en train de faire monter une mauvaise colère en lui, c'était le fait de comprendre qu'il n'aurait jamais aucune chance avec elle.

— Putain ! Toi, il y a longtemps que quelqu'un aurait dû t'apprendre à la fermer !

Didier a une nouvelle fois volé à la rescousse de son copain d'enfance.

— Elle ne doit se taire que quand elle a la bouche pleine, a lancé Fraysse en mimant une fellation.

Il s'est mis à rire grassement, espérant sans doute que les autres allaient suivre, ce qui n'a pas été le cas.

— Tu ne parles pas à Justine comme ça, espèce de minable !

Emmanuel a fait un pas en avant. Il serrait les poings. À la peur, se mêlait maintenant de la rage. La rage qu'il avait accumulée depuis des années et qui menaçait désormais d'exploser.

— Laisse tomber, Manu. Lui, il est moins que rien. On ne le voit pas et on ne l'entend pas. Il est habitué.

Jean-Daniel avait été surpris par la réaction de sa victime préférée. Cependant, il y avait les autres et il était hors de question qu'il perde la face.

— Viens, mon pauvre Hydargos ! Viens m'empêcher de m'occuper de ta copine.

— Écoutez, les gars, on ne va pas se prendre la tête. Vous voulez rester sur l'îlot ? Très bien, restez-y. Nous, on va retourner au club. De toute manière, il fait trop humide pour dormir ici. On vous laisse la place, ça vous va ?

— Ce vieil Armengaud ! Ils t'ont bien éduqué à obéir à ta cheftaine chez les scouts. Toujours pas foutu d'avoir ta propre opinion.

— Je t'emmerde, Buissonnet, ça te va comme opinion ?

— Waouh ! Notre bon gros Casimir nous fait son rebelle ! Qu'est-ce que tu crois ? Que parce que tu tiens ce couteau de merde, des couilles vont te pousser ?

Stéphane s'est approché de lui, jusqu'à le toucher.

— Eh bien, vas-y ! Montre-moi comment tu m'emmerdes maintenant !

Guillaume était livide. Quand Buissonnet lui a attrapé le poignet et s'est saisi de son Opinel, il n'a pas bougé ni résisté.

— Très bien. J'ai une meilleure idée. On va tous rester. On va s'asseoir autour du feu et Justine va nous faire ses excuses. Et elle va y mettre les formes. N'est-ce pas ? Tu vas même commencer par ce pauvre Cédric à qui tu viens de briser le cœur. Quant à toi, Hydargos, il va aussi falloir que tu t'excuses auprès de Jean-Daniel.

Emmanuel a été pris de panique. Il a essayé de s'éloigner, de fuir. Mais Fraysse lui a sauté dessus trop promptement pour lui laisser la moindre chance. Il lui a ceinturé les épaules par-derrière, le soulevant du sol ; les jambes d'Emmanuel moulinaient dans le vide. Buissonnet s'est approché de lui et lui a posé la lame du couteau sur la gorge.

— Où tu crois aller comme ça ? Tu ne vas pas laisser ta chérie toute seule avec des sales types comme nous ? Fais attention : à force de gesticuler tu vas finir par te blesser.

Emmanuel s'est calmé mais Jean-Daniel n'a pas relâché sa prise pour autant. Justine s'est tournée vers Guillaume qui assistait à tout cela, interloqué. Juste un regard pour lui dire quoi faire. Courir. Traverser à la nage. Une fois dans l'eau, personne ne le rattraperait. Et foncer au club pour chercher de l'aide. Parce que ici les choses ne pouvaient que mal tourner.

Guillaume aurait voulu rester pour la protéger. Pourtant, il a compris ce qu'elle attendait de lui. Elle était capable de lui parler sans dire un mot et lui, de l'entendre. Jamais il ne s'était senti aussi proche d'elle. Il allait laisser tomber la lampe et courir. Il saurait se débrouiller dans le noir. Il savait où se jeter à l'eau. Il se sentait prêt à nager plus vite que jamais. Les autres n'allaient pas tarder à comprendre et n'auraient pas d'autre choix que de déguerpir en vitesse.

Il a détalé et, durant un court instant, il a pensé que la surprise avait été telle que personne n'avait réagi, qu'il était en train de prendre assez d'avance pour qu'aucun des garçons ne puisse le rattraper, pas même Cédric qui était pourtant un crack en sport. Mais il n'avait pas remarqué Didier Amalric. Ce dernier avait réagi bien avant les autres et il l'a senti fondre sur lui avant même d'avoir dépassé le feu de camp. Une de ses sandales a quitté son pied, il a trébuché. Amalric l'a cogné de toutes ses forces à l'arrière du crâne avec la pierre. Guillaume est parti vers l'avant, comme s'il venait de retomber. Ses bras ont battu dans le vide, tentant de se raccrocher à quelque chose d'invisible. Puis, il est tombé sur son gros ventre. Et il a cessé de bouger. Amalric s'est tenu debout à côté de lui, la pierre à la main. Cédric avait ramassé la lampe et les éclairait tous les deux.

— Il est mort ?

— Non. Je crois que l'envie de nous fausser compagnie lui est passée.

Didier a peut-être menti. Sans doute savait-il déjà qu'il venait de commettre l'irréparable. Ou pas. Il a regardé son copain, qui était en train de paniquer à son tour.

— Merde ! Il faut qu'on se barre d'ici !

— Que dalle ! On reste. Cette petite salope doit se faire pardonner. Il est temps de lui apprendre à la fermer.

Justine était au bord des larmes, effrayée. Depuis leur tente, Florie appelait sa cousine.

Buissonnet a renchéri :

— On va aussi vous passer l'envie de raconter quoi que ce soit. Tu sais pourquoi ? Parce que si l'un de vous nous balance, on fera de même. On racontera ce que vous avez fait. Qu'est-ce que tu as laissé entendre, tout à l'heure ? Que tu préférais te taper un de ces deux mecs plutôt que nous, c'est ça ? Il est temps de passer à l'acte.

— Je savais que tu étais un vrai malade. Tu le portes sur ton visage... Cédric, tu ne vas pas laisser faire ça ?

Mahous n'a rien répondu. Didier l'a fait à sa place.

— Maintenant, il te dégoûte moins on dirait. On est cinq et toi, tu es toute seule, c'est peut-être pas assez. L'autre fille pourrait se joindre à nous, qu'est-ce que tu en penses ?

Justine a pâli, la colère et la peur réunies dans ses yeux.

— Si tu es bien gentille, je te promets qu'il ne lui arrivera rien. Il faut juste qu'elle se taise.

Elle n'a rien dit. Elle était sur le point d'exploser. Florie s'agitait, ses appels résonnant de plus en plus fort. Amalric s'est dirigé vers la tente. Quand elle l'a vu partir, Justine a voulu lui sauter à la gorge mais Buissonnet s'est interposé et l'a repoussée. Elle est tombée, le souffle coupé. Elle a vu Amalric défaire les attaches et renverser les mâts. La toile s'est effondrée, laissant apparaître une forme qui s'est mise à gesticuler et à hurler. Il a frappé le haut de la forme avec sa pierre. Les cris se sont arrêtés, la forme a disparu un court instant, puis s'est remise debout, cette fois en silence. Alors, il l'a frappée à nouveau. Elle ne s'est pas relevée. Avant de revenir vers les autres, il a détruit la tente des garçons.

Ce n'est qu'à ce moment que Justine n'a plus été capable de contenir ses larmes.

Emmanuel a une nouvelle fois tenté de s'extraire de la prise de Fraysse, en vain. Buissonnet l'a regardé.

— T'as déjà vu ta copine à poil ? Il paraît que ça vaut le coup d'œil. Qu'est-ce que t'en dis ? Allez, Justine, fais comme si tu étais sous la douche et que nous étions tous Bardy.

— Dépêche-toi, a continué Amalric. On ne te demande pas la lune. Simplement nous montrer ce que tu caches. Après, vous promettez de la fermer et on vous laisse tranquilles.

Justine s'est tournée vers Cédric, le visage baigné de larmes.

— Dessape-toi, Justine.

Elle avait cru que lui serait plus raisonnable que les autres. Mais à la façon dont il la regardait, elle a compris qu'elle était seule et que la situation lui avait échappé. Amalric s'est impatienté.

— Écoute, tu nous as bien chauffés tout à l'heure. Alors, grouille-toi ! Sinon, on va être obligés de se rabattre sur la gamine ou de se défouler sur ton copain.

Justine s'est relevée. Elle savait qu'ils ne bluffaient pas. Le lac était dans son dos, à quelques mètres. Elle aurait pu tenter de s'enfuir, de se jeter à l'eau et de nager dans la nuit. Elle aurait pu y parvenir. Mais qu'adviendrait-il des autres ? Elle s'est dit que les quatre garçons allaient peut-être se satisfaire de sa nudité. Elle a commencé à retirer son sweat-shirt. Elle portait son débardeur à bretelles en dessous, celui qu'on voyait sur les photos de l'après-midi. Elle l'a soulevé pour révéler un soutien-gorge blanc et une poitrine particulièrement généreuse.

— Enlève aussi tes chaussures, a ordonné Buissonnet. Fais les choses bien, comme sous la douche.

Elle a obéi. Elle avait cessé de pleurer. Elle essayait de ne plus être présente. Furtivement, elle a jeté un coup d'œil au corps inerte de Guillaume. Personne ne le surveillait. S'il reprenait conscience, il pouvait encore donner l'alerte. Mais il ne bougeait plus et la façon dont il s'était écroulé était effrayante.

Elle a ouvert le bouton de son short et l'a laissé glisser le long de ses jambes.

— Putain ! C'est vrai que tu es bien foutue. Je te comprends, Cédric… On dirait que tu as 20 ans ou un truc dans le genre. Allez ! Continue, ma belle ! Tu es presque au bout de tes peines.

Elle a dégrafé son soutien-gorge. Quand il est tombé par terre, instinctivement, elle s'est protégé la poitrine. Puis, en voyant l'attitude des autres, elle a laissé ses bras retomber et s'est dépêchée de retirer sa culotte.

— Nom de Dieu ! a sifflé Amalric. Tu me donnes une trique d'enfer. Tu veux la voir, dressée rien que pour toi ?

Buissonnet s'est retourné vers Emmanuel.

— Et toi, tu bandes ?

— Il peut pas, a ricané Fraysse. Il a rien !

— Tu ne vas pas laisser salir ta réputation aussi facilement, hein, Hydargos. Montre-nous comment tu bandes.

Emmanuel s'est mis à se débattre plus fort. Il hurlait. Buissonnet a fait mine de le frapper.

— Ta gueule, connard ! Ou on va être obligés de te faire mal et de faire bien pire que ça à ta petite pute... On va voir si elle te fait vraiment de l'effet.

Fraysse a essayé de le maintenir comme il a pu mais ce n'était pas suffisant. Il a fallu qu'Amalric vienne leur donner un coup de main. À deux, ils lui ont retiré son pantalon, et les chaussures sont venues avec. Ils ont déchiré son tee-shirt à force de tirer dessus. Emmanuel s'est accroché à son slip, de ses deux mains, comme il l'avait fait, quelques mois plus tôt, à la piscine. Il a fallu tirer plusieurs coups secs pour le déchirer à son tour.

— Écarte-lui les mains qu'il nous montre bien sa queue. Qu'est-ce qui se passe, mon gars, tu ne bandes pas ? Tu as cette beauté devant toi, complètement à poil, et toi, tu ne bandes pas ! C'est quoi, ton problème ?

— Eh bien, moi, elle est si dure que ça me fait mal, a souligné Fraysse. Va pas croire que c'est ton petit cul qui me fait de l'effet, Hydargos.

Cédric était le seul à ne pas avoir bougé. Il n'avait pas quitté Justine des yeux et se fichait pas mal d'Emmanuel.

— Ils avaient promis de ne pas lui faire de mal, est-elle parvenue à lui dire. Ils avaient promis de ne s'en prendre qu'à moi.

Une dernière fois, elle a cru qu'il allait intervenir et ramener ses complices à la raison. Au lieu de ça, il a posé une main sur son sein et s'est mis à le caresser, lentement. Elle s'est remise à pleurer. La main est descendue jusqu'à son pubis. Ses doigts ont tenté de fouiller son sexe.

— J'espère que tu es fier de toi, a-t-elle murmuré à son oreille alors qu'il se collait contre elle.

— C'est ta faute. Tout est ta faute.

Les autres sont revenus à la charge.

— Si tu veux te la taper, Cédric, c'est le moment.

Il s'est écarté d'elle comme si une décharge électrique venait de le sonner et il a fait non de la tête.

— Moi, je veux bien la baiser, a lancé Fraysse. Occupez-vous d'Hydargos…

— Ta gueule, a ordonné Buissonnet. Tu ne vas quand même pas prendre la place de Cédric ! Non, on va donner l'occasion à notre jeune impuissant de faire ses preuves. Écoute bien, mon ami. Tu vas bander et ensuite tu la baiseras. D'accord ? Justine nous a dit qu'elle préférait que ce soit avec toi, on va respecter son vœu. Alors, fais un effort. Rappelle-toi ces moments où tu t'es paluché dans ton lit en pensant à elle… On va te lâcher, OK ? On va arrêter de te faire mal, sauf si tu essayes de t'enfuir.

Fraysse a relâché son étreinte et s'est légèrement écarté d'Emmanuel. Celui-ci en a profité pour ramener ses mains devant son pénis.

— Est-ce que tu me comprends, petit ? Un de vous deux va se faire dépuceler par Justine. Si ce n'est pas toi, on laisse faire Fraysse.

— Je suis pas puceau, ducon !

— Bien sûr que si tu l'es. Tu le portes même en étendard. Appelle-moi encore une fois ducon et je me débrouille pour que ce soit toi qu'Hydargos encule.

Amalric s'est à nouveau tourné vers Cédric.

— Tu es certain que ça ne te fait rien ?

— Non, rien du tout.

— Alors, fais-la approcher par ici.

Mahous a pris Justine par le bras sans aucun ménagement. Il l'a emmenée jusqu'aux autres. À peine est-elle arrivée à la hauteur d'Amalric qu'il s'est mis à lui malaxer la poitrine puis les fesses avant de glisser lui aussi sa main entre ses cuisses. Il avait sorti sa verge dressée de sa braguette et il l'a obligée à la caresser jusqu'à ce qu'il éjacule, ce qui n'a pas pris beaucoup de temps.

— Putain de salope ! a-t-il grincé tout du long.

— Alors, Garcès, tu te décides ? Tu vois bien que je vais avoir du mal à retenir mes camarades. Tu veux qu'elle t'aide, c'est ça ? Comme elle vient de le faire avec Didier ? Je comprends. Après tout, il fait froid et un peu de chaleur humaine serait la bienvenue. Comment veux-tu qu'elle te fasse bander ? Avec la main ou avec la bouche ?

— Avec la bouche ! a gloussé Fraysse.

— Je crois aussi que c'est ce qu'il veut. Mais il est trop timide pour réclamer. Tu me plais bien, mon pote. Franchement, je t'aime bien. Allez, Justine, tu sais ce qu'il te reste à faire. Montre-nous comment tu t'y prends pour faire dresser son engin.

Justine ne réagissait plus. Emmanuel la regardait et elle lui rendait un regard vide. Ils étaient aussi terrorisés l'un que l'autre. Elle s'est laissé pousser vers l'avant. On l'a forcée à se pencher et elle a pris son sexe ballant dans sa bouche. Emmanuel s'est mis à sangloter.

— Astique-le bien avec ta main en même temps. Voilà, c'est bien ! On dirait que tu as fait ça toute ta vie.

Le sexe s'est gonflé puis s'est raidi.

— Excellent, mon pote. Il est temps de devenir un homme, un vrai. Tu vas la baiser maintenant, d'accord ? Jusqu'à ce que tu jouisses. Est-ce qu'il y a besoin qu'on te tienne, Justine ?

Elle a fait non de la tête.

— Alors, allonge-toi avant qu'il ne débande.

Elle s'est exécutée, sur ces cailloux qui lui ont fait mal dans le dos. On a poussé Emmanuel sur elle. Il pleurait de plus belle. De longs filets de morve coulaient de son nez pointu.

— Ça va aller, Manu, lui a-t-elle dit. Ça va aller…

Les quatre autres avaient fini par se taire. Ils les ont regardés, l'un sur l'autre. Ils ont vu la grimace de douleur sur le visage de Justine quand son hymen s'est déchiré. Emmanuel sanglotait. Il ne cessait de répéter quelque chose d'à peine audible : « Pardon. »

— Alors, ça y est ? On ne va pas y passer la nuit. Toi, quand tu es lancé, on ne peut plus t'arrêter, pas vrai ?

Comme il n'éjaculait pas, ils ont fini par agripper Emmanuel par les épaules et par le relever. Justine est restée allongée par terre, les jambes ensanglantées recroquevillées contre son ventre.

— Bon, on peut y aller ? On peut la baiser aussi ?

— Une promesse est une promesse, Fraysse. Même s'il n'a pas lâché la purée, il l'a sautée. Nous sommes quittes. On n'est jamais venu ici et ils n'ont jamais baisé ensemble, c'est le marché.

— Putain ! On n'a droit à rien, alors ! C'est l'occasion, bordel de merde ! Elle pourrait au moins nous pomper !

— Cédric, aide-la à se relever et à se rhabiller. Est-ce que tu tiendras ta langue, Justine ?

Elle n'a rien répondu. Fraysse râlait toujours dans leur dos. Emmanuel s'était penché pour ramasser ses vêtements.

— Ça te fait marrer, hein, connard ? Tu es un putain de violeur et ça te fait marrer.

Il a poussé Emmanuel, qui s'est étalé dans les rochers. Avant qu'il ait pu reprendre ses esprits, Fraysse lui a écrasé les parties d'un violent coup de pied. L'autre s'est mis à hurler de douleur.

— Tu es une grosse merde, Hydargos ! J'ai très envie de t'écraser les couilles puis la gueule.

— Fais-le taire, nom de Dieu !

C'était la voix d'Amalric dans son dos.

— T'es con ou quoi ? Va pas lui dire un truc comme ça. Dans l'état où il est, il est capable de le faire.

— On n'a pas le choix. Ils vont nous balancer. Et les deux autres sont morts. Je leur ai fendu le crâne. On ne peut pas laisser de témoins, sinon on va finir en taule.

— Bordel de merde ! On finira en taule quand même !

— Pas si on se démerde bien. Pour commencer, il ne faut pas de témoin.

Cédric avait emmené Justine à part. Elle avait eu du mal à marcher et s'était assise sur un rocher, tremblant de tous ses membres. Elle a levé ses yeux vers lui. Ce n'était plus que des cavités noires.

— Alors, tu es fier de toi, maintenant ? lui a-t-elle asséné.

On entendait les râles de douleur d'Emmanuel. Après l'avoir frappé une première fois au crâne, Fraysse était en train de lui marteler les testicules à coups de pierre.

— Décidément, tu es vraiment condamné à n'être rien. Rien. Cela doit être pénible à vivre.

Cédric a basculé Justine en arrière avec rage. Elle est tombée sur le dos, à moitié dans l'eau. Elle s'est retournée pour tenter de s'échapper vers le lac. Alors, il lui a collé ses deux genoux dans les omoplates et a tenu sa tête sous l'eau. Elle ne s'est pas beaucoup débattue pendant qu'il la noyait. Il l'a sentie devenir molle sous lui et il a su qu'elle était morte. Il ne s'est pas relevé tout de suite. Il est resté comme ça et il a regardé ce qui se passait plus loin. Il a vu Fraysse s'acharner sur Emmanuel. Il avait le visage d'un fou. Il s'est demandé s'il avait eu le même pendant qu'il tuait Justine.

Didier Amalric a récupéré l'Opinel et la lampe de poche. Il les a essuyés. Il a remis le couteau plié dans la poche de pantalon de Guillaume mais il s'est ravisé au sujet de la lampe, qui allait leur être utile. Avec Stéphane Buissonnet, ils ont frotté le sol de leurs chaussures pour faire disparaître son sperme. Il a voulu emporter les vêtements de Garcès sur lesquels il y avait leurs empreintes. Pour ceux de Justine, ce n'était pas utile. Ils avaient essayé de pousser le corps du garçon dans l'eau mais il était couvert de sang et il fallait éviter de s'en mettre dessus. Ça suffisait avec Fraysse qui avait été éclaboussé jusque dans les cheveux. Seul le corps de Justine a été mis dans le lac, le courant le faisant disparaître dans le noir. Les deux pierres qui avaient servi à tuer ont été jetées le plus loin possible, chacune dans une direction. On a ensuite essayé d'effacer les traces de pas dans la poussière. Amalric n'a cessé de dire que s'ils s'y prenaient bien, ils ne seraient pas inquiétés. La musique de la fête des Crozes continuait d'accompagner leur sinistre besogne.

Ils ont repris le canoë pour traverser. Ils l'ont ensuite remonté dans la remise, à sa place. Puis ils se sont adressés à Fraysse.

— Que s'est-il passé ce soir ?

— Rien. Il ne s'est rien passé.

— Tu en es sûr ?

— Certain.

— Qu'est-ce que tu as fait ?

— Je suis resté chez moi à glander.

— Seul ?

— Seul.

— Personne ne doit pas savoir qu'on était chez toi. Démerde-toi comme tu veux, mais fais tout disparaître. Et file-nous ton sweat et ton futal, ils sont pleins de sang. On va les emmener avec les affaires de Garcès.

— Comme ça, si on les retrouve, ça me retombera dessus. Prends-moi pour un con !

— Ta gueule, petite merde ! Personne ne les retrouvera, je sais quoi en faire. On n'était pas ici, et toi, tu étais bien tranquille chez toi. Tu ne savais même pas qu'il y avait du monde sur l'îlot. On ne dit rien d'autre, d'accord ? Tu rentres, tu nettoies, tu laisses traîner des trucs comme tu fais quand tu es seul à la maison, tu prends une bonne douche et tu fermes ta putain de grande gueule pour le restant de tes jours, c'est compris ?

— Qu'est-ce que tu crois ? Que je suis une balance ? Je ne dirai rien. Et vous, qu'est-ce qui me garantit que vous allez la fermer ?

— On est tous dans la même merde, tu ne piges pas ? Soit on s'en sort tous, soit on plonge tous. Je ne vois pas qui aurait intérêt à l'ouvrir.

— Les flics vont nous choper. Quelqu'un nous aura vus ou bien ils retrouveront des empreintes.

— On verra bien. Mais il est hors de question qu'on leur facilite la tâche. Ta mère va dire quelque chose pour tes vêtements ?

— Avant qu'elle s'en rende compte, il se passera du temps. Sinon, je dirai que je les ai oubliés sur la plage et que, quand je suis retourné les chercher, ils n'y étaient plus.

— Tu fais bien gaffe aux mégots de clopes et aux bouteilles. Si quelqu'un nous a vus entrer chez toi, tu n'auras qu'à répondre que tu as menti pour ne pas te faire engueuler par tes parents. Mais que, de toute manière, on est repartis vers minuit, pas plus tard. On va couper à travers bois pour revenir à Fourcaric, comme cet après-midi. Si on y arrive rapidement, on peut avoir notre alibi.

— Putain, et moi ? Vous voyez bien que vous essayez de me coller ça sur le dos !

— Rien ne te retombera dessus, trou du cul ! Nom de Dieu, tu as écrasé le crâne de ce type comme une vieille tomate et tu viens jouer les pleurnicheuses ! Moi, je n'ai tué personne ce soir, je n'ai même pas touché cette fille et pourtant je suis avec vous, à essayer de trouver des solutions. Répète un peu pour voir : il s'est passé quoi ce soir ?

— Rien.

— Tu étais seul chez toi ?

— Oui.

— Si quelqu'un affirme l'inverse…

— Je vous ai rencontrés sur la plage dans l'après-midi et je vous ai invités à passer la soirée chez moi. On a fumé des clopes et bu un peu d'alcool. Puis vous êtes partis peu avant minuit.

— Pourquoi est-on partis si tôt ?

— Parce que vous en aviez marre. Ça ne vous amusait plus d'être chez moi. Après tout, on n'est pas vraiment amis et vous me prenez pour un connard.

— Tu fais des progrès, Fraysse. Tu n'es peut-être pas si con que ça, finalement.

— On ne va pas s'en sortir, Stéphane. Arrête de nous faire croire que c'est possible.

— Qu'est-ce que tu veux ? Qu'on redescende et qu'on essaye de les ressusciter ? Personne ne saura que c'est nous.

— Nous, on saura.

Ils ont laissé Jean-Daniel Fraysse rentrer chez lui et ils ont traversé le hameau en rasant les murs. Puis ils sont partis tous les trois au pas de course dans la forêt, n'allumant la lampe que lorsque c'était nécessaire. Ils ont couru à perdre haleine, à la poursuite de leur alibi.

Dans sa maison, Jean-Daniel a effacé la moindre trace. Il a pris le temps de se doucher, d'enlever tout le sang séché de son visage et de ses cheveux avant de s'essuyer.

Avant de se coucher, il n'a pas pu s'empêcher de revenir devant la baie vitrée. Dans la lueur voilée de la lune, il a regardé l'îlot, qui ressemblait à un bateau échoué après une longue et violente tempête. Il est resté ainsi un bon moment. Il a ensuite décidé de ranger la longue-vue et s'est mis au lit. Il a imaginé sa vie en prison, la détresse de ses parents quand ils sauraient. Il a tenté de se persuader qu'Amalric et Buissonnet avaient raison, qu'ils pouvaient s'en sortir. Ils pouvaient faire comme si rien n'était arrivé. Il manquerait une nuit dans sa vie, quelques heures qu'il lui suffisait d'effacer.

Il ignorait alors que je me tenais devant sa porte, trente-quatre ans et quelques mois plus tard, dans le froid, la neige et la nuit. Le brouillard s'était encore épaissi. Basse-Misère, les Bois-Obscurs et le Bouscadié n'étaient plus que des fantômes voilés de gris.

42

Je suis descendu dans un hôtel près de l'aéroport de Blagnac. Coincé entre un grand centre commercial et une vaste zone industrielle, je me suis retrouvé une nouvelle fois isolé. Le désert autour de moi n'était plus le même : des parkings à perte de vue, des bâtiments rectangulaires qui ressemblaient à des boîtes d'emballage posées un peu au hasard, des lampadaires partout. Et la même lumière jaune.

J'ai cependant traîné l'ombre derrière moi. Elle m'a semblé de plus en plus épaisse et je ne suis pas parvenu à m'en détacher. Où que j'aille, elle était avec moi. Au cinéma ; dans l'aérogare déserte le soir ; dans ma chambre ; au restaurant ; même dans mon bureau à la fac où, à la surprise générale, j'avais repris mes quartiers.

Il ne me restait plus que trois jours avant la conférence. Je ne me sentais pas vraiment d'attaque. J'étais encore au bord du lac ou à courir dans la forêt en pleine nuit. Le présent m'importait peu.

La secrétaire de Jean-Henri m'avait demandé de confirmer ma présence à cette conférence depuis plusieurs semaines. J'avais même déjà rempli les papiers pour les défraiements. J'ai déposé le plan de mon intervention et mes besoins en matériel le lundi après-midi.

Le squelette de mon exposé tenait parfaitement debout, j'en étais certain, mais je n'avais pas assez de chair pour le rendre incontestable. Si Caubère avait pour objectif de me clouer au pilori, il allait pouvoir s'en donner à cœur joie.

Le soir, je suis allé manger dans la galerie marchande du centre commercial, où un restaurant promettait des hamburgers maisons et des milk-shakes géants. Puis, comme la veille, je me suis arrêté à l'aéroport. Il sonnait creux. Les boutiques et la grande majorité des guichets étaient fermées. Il restait quelques vols en attente pour Paris et pour Londres. J'ai observé les passagers avec leurs valises cabine noires, leurs costumes ou leurs tailleurs anthracite et leurs smartphones greffés aux paumes de leurs mains. J'ai regardé les derniers avions décoller. Ce sont les seuls moments d'évasion que je me suis accordés. Le reste du temps, je me suis épuisé à cogiter sur Basse-Misère.

J'ai pensé au fils Bardy qui avait vu sa vie et celle des gens qu'il aimait le plus au monde détruites par ceux qui avaient fait passer son père pour un violeur et un assassin d'enfants.

J'ai pensé au père de Justine qui s'était vengé de la vallée en accélérant son déclin, en sciant délibérément les dernières branches auxquelles elle aurait pu se raccrocher.

J'ai pensé aux autres enfants des Crozes, aux autres pères, aux mères, aux proches.

J'ai pensé à la tante d'Emmanuel Garcès qui, la première, m'avait parlé de *L'Attrape-cœurs* et qui m'avait affirmé qu'elle se sentait encore la force de tuer de ses propres mains celui qui avait torturé son neveu.

J'ai pensé à l'homme qui m'avait poursuivi dans la forêt – je ne pouvais imaginer que ce ne soit pas un homme –, qui avait tenté de m'effrayer, avec succès, pour que je renonce à dénouer certains fils, les derniers encore emmêlés.

J'ai pensé à la tête d'Emmanuel réduite en charpie, à ses parties génitales broyées.

J'ai pensé à ses vêtements et à ceux, tachés de sang, de Jean-Daniel Fraysse, si bien cachés que personne ne les avait jamais trouvés.

J'ai pensé aux larmes de Justine, à son renoncement, à la phrase qu'elle avait murmurée à l'oreille d'Emmanuel : « Ça va aller. »

J'ai pensé à Thierry Delmas qui aurait dû être le coupable de tous ces meurtres, qui aurait dû être le seul monstre.

L'aéroport et les avions, c'était pour m'imaginer partir loin, monter à bord d'un de ces appareils et laisser cette histoire derrière moi. Je me suis contenté de cela, sachant pertinemment que je ne franchirais jamais le pas. Je ne disposais d'aucune liberté, même sans attache. Quand j'annonçais que j'étais célibataire et sans enfants, on me répondait parfois avec envie : « Libre comme le vent ! » C'était faux. Le vent souffle dans la direction que lui imposent sa naissance et son environnement. Il n'est pas libre. Seule sa force varie.

Cette idée de fuite, je l'ai conservée dans un coin de ma tête, surtout après avoir croisé un de mes collègues dans les couloirs de la Maison de la Recherche.

— Alors, Marc-Édouard, c'est demain, le grand soir ! Il paraît qu'il va y avoir un monde fou. Moi, en tout cas, j'en serai. Je ne voudrais rater ça pour rien au monde.

Il m'a adressé un sourire carnassier. Il se délectait par avance du goût et de l'odeur du sang. Ma mise à mort avait été, *a priori*, largement annoncée. Fuir. Écouter ce que m'avait conseillé Marielle. L'humiliation serait aussi implacable mais, au moins, je n'aurais pas à y assister.

À 5 heures du matin, le mercredi, j'avais les yeux grands ouverts. Je n'avais que très peu dormi. J'ai pris une douche et je suis descendu dans le hall désert. Puis il y a eu le parking et le froid sec qui m'a cueilli. Je suis allé me réfugier dans ma voiture. J'ai démarré et j'ai laissé tourner le moteur. Pour finir, j'ai décidé de rouler un peu. J'ai quitté les abords encore déserts de l'aéroport et j'ai emprunté la rocade. J'ai poussé jusqu'au péage de l'autoroute qui mène à la mer et j'en ai franchi les barrières. J'ai vu le soleil se lever tandis que j'étais en train d'avaler les kilomètres de ma débâcle.

Je suis allé jusqu'à Montpellier. J'ai trouvé la zone commerciale périphérique dans laquelle Cédric Mahous avait son restaurant. Elle était saturée de bruits et d'odeurs d'essence. De la mauvaise herbe poussait dans les fissures du sol en béton. Je me suis garé et j'ai patiemment attendu l'heure de l'ouverture.

Dans mon esprit, Cédric Mahous avait deux visages. Il était une des têtes de Konitz. Pourtant, les photos que j'avais vues le montraient enjoué, sûr de lui et de son pouvoir de séduction. Il n'était pas comme Stéphane Buissonnet, qui s'était fabriqué un personnage aux forceps. Chez lui, c'était plus naturel. Il plaisait. Aux filles parce qu'il était beau garçon, et aux garçons parce qu'il était sportif et amusant. Du coup, il y avait dans ses traits une forme d'insouciance qui m'incitait à le mettre à part des trois autres et à le juger moins sévèrement.

Je me trompais sans doute à son sujet. Il avait essayé de vivre. Avec rage même, à voir la façon dont il s'était débattu face à l'adversité et aux mauvais coups du sort. S'efforcer de vivre après ce qu'il avait fait, c'était déjà une forme de monstruosité. Peut-être même la pire de toutes. J'avais besoin de le voir en personne, de me planter devant lui et de le regarder dans les yeux. Regarder Konitz. Et lui faire croire qu'il ne me faisait plus peur.

À 11 heures, comme annoncé sur la pancarte, une serveuse a ouvert les portes. Le restaurant tentait tant bien que mal d'imiter le style américain des années 1960, avec ses chromes et ses néons multicolores, ses larges vitrines et son comptoir démesuré devant lequel s'alignaient des tabourets rouge vif. Tout sentait l'artifice.

Je me suis assis à une des tables près de l'entrée. La même serveuse, très souriante, s'est empressée de m'apporter la carte.

— Est-ce que M. Mahous est arrivé ?

Elle n'a pas semblé étonnée par ma question.

— Oui, bien entendu. Mais il est en rendez-vous. Il n'en aura pas pour très longtemps. Dois-je le prévenir que vous souhaitez le voir ?

— Non, ne le dérangez pas. Ça peut attendre qu'il revienne.

— Il n'est pas très loin, vous savez. Juste là-bas, sur la terrasse couverte…

J'en ai eu la gorge serrée. J'ai essayé de lui rendre son sourire et j'ai fait semblant de me plonger dans la carte. Dès qu'elle est repartie du côté des cuisines, je me suis levé et me suis dirigé vers le fond de la salle, le cœur battant.

Par les vitres, on apercevait une terrasse couverte qui tentait de se rapprocher de l'architecture du Vieux Sud, sans grande réussite. De grandes plaques de Plexiglas amovibles la transformaient, le temps de l'hiver, en une sorte de véranda tournée vers le mince espace vert de l'arrière du restaurant.

Je me suis encore avancé. J'étais au ralenti. Tout autour de moi était au ralenti.

Deux hommes étaient assis face à face à une des tables. Celui qui me tournait le dos pianotait sur un ordinateur portable. L'autre le regardait faire, l'air inquiet. Il triturait de sa main droite une grande tasse à café qui semblait vide depuis longtemps. C'était lui. Je l'ai reconnu tout de suite. Il avait le crâne dégarni, accusait de nombreux kilos en trop mais s'efforçait de bien présenter, les épaules droites et le menton relevé. Cédric Mahous a tourné la tête dans ma direction quand il a deviné ma présence dans l'embrasure de la porte. Il m'a considéré, mollement. Je n'ai rien vu d'autre qu'un léger étonnement dans son regard. Il n'a pas pâli, il ne s'est pas liquéfié. Il ne me connaissait pas.

— Monsieur ? m'a-t-il demandé poliment, d'une voix grave qui lui allait bien.

Je ne lui ai pas répondu. Je me suis contenté de le fixer.

— Puis-je vous être utile à quelque chose ?

Le type de dos s'est retourné vers moi. Malgré leurs insistances conjuguées, je n'ai pas dit un mot.

J'ai scruté le visage de Konitz. J'ai soutenu son regard avec froideur. J'ai cherché à voir en lui le monstre. Il n'est apparu que lorsque j'ai sorti de mon portefeuille la photo des canoës et que je l'ai posée sur la table, tournée vers lui.

Mahous a cessé de me questionner. Il n'a même pas pris la photo, un seul coup d'œil lui a suffi. Il est resté à sa place. Il a rapetissé sur sa chaise. Sa peau est devenue grise. Ses rides se sont creusées. Ses yeux ont basculé dans la nuit. Plus de prestance, ni d'assurance. Juste de la peur. Je l'ai vue s'emparer de lui, l'étreindre au point de l'étouffer et le dégonfler comme une vieille baudruche. J'ai vu Konitz reculer devant moi.

— Cédric, y a-t-il un problème ? a demandé l'autre homme.

Il n'a rien dit. Il était tétanisé. J'ai eu l'impression qu'il était en train de lire en moi comme dans un livre ouvert et, pour une fois, cela me convenait. Il a compris, en quelques secondes. J'amenais avec moi nos fantômes communs et il venait de les reconnaître.

Notre rencontre n'a pas duré très longtemps. Elle n'a rien eu de spectaculaire. Elle a été silencieuse. Même les cris de détresse et de souffrance des victimes de Basse-Misère n'ont pas résonné dans ma tête.

Je ne sais pas si une partie de moi est morte dans ce restaurant en carton-pâte. Ou bien si elle y est née à nouveau. Quand Konitz s'est mis à ressembler à ce pauvre type terrifié, quelque chose s'est désuni de moi. Ce poids en moins. Et j'ai senti germer cette force qui était libre de pousser.

J'ai fait demi-tour. Je n'ai rien commandé. J'ai marché droit jusqu'à ma voiture. J'avais tout le temps de rentrer à Toulouse. Je n'avais plus rien à fuir puisque plus rien ne me poursuivait.

Cédric Mahous est resté assis sur sa chaise. Il a continué à faire ce qu'il faisait depuis longtemps, depuis la mort de Jean-Daniel Fraysse : attendre que son tour vienne.

43

Je suis arrivé à pied un quart d'heure avant le début de la conférence. Dans la salle de la rue du Taur, Jean-Henri et Caubère devaient penser que je ne viendrais plus. De loin, j'ai aperçu du monde sur le trottoir. Dire que j'étais rassuré serait un énorme mensonge. L'appréhension de ce qui allait se produire, de mon exécution publique, me dévastait de l'intérieur. Mais, en même temps, j'étais soulagé que le moment soit venu. J'étais prêt à vendre chèrement ma peau, à me défendre avec panache.

Tout en marchant vers l'échafaud qui avait été dressé spécialement pour moi, je me suis rendu compte que j'étais en train de chantonner. J'avais en tête une chanson intitulée « *Yours forever* » sur laquelle j'étais tombée lors de mon retour de Montpellier et qui avait un côté obsédant, à la fois mélancolique et plein d'espoir. Je l'avais téléchargée lors d'une halte sur l'autoroute et je l'avais écoutée en boucle le reste du trajet. Je m'étais dessiné des images autour d'elle, celles d'une fête où les générations se mélangeaient. La chanson arrivait et emportait tout le monde avec elle, générant un effet de groupe, une sorte de bouquet final avant que chacun ne reprenne sa place et le cours de son existence. Moi, j'étais assis dans les marches d'un petit escalier, la chemise un peu trop déboutonnée, la cravate défaite. Je regardais les autres danser et se laisser porter, triste de savoir ma jeunesse envolée. Mais voir ces gens sentir que la vie était devant eux pansait mes plaies et me donnait le sourire. Je me disais alors qu'il allait bientôt être temps que je me lève.

Ma vie allait changer. Elle avait déjà commencé à le faire depuis ma brève confrontation avec Cédric Mahous. Une nouvelle s'annonçait. Et j'étais en train de quitter l'ancienne en chantonnant.

Il y avait un bar avant le bâtiment qui servait d'annexe à la fac. Il était surpeuplé. Marielle était assise à l'une des petites tables rondes posées contre la devanture. Je l'ai vue avant qu'elle ne m'aperçoive. Elle était seule. Elle portait ce long manteau noir qui lui va si bien et ses cheveux étaient attachés, la rendant plus pâle et plus froide. Elle a sursauté en me découvrant sur le trottoir. Il y a soudain eu de la tristesse dans son regard. Ses lèvres m'ont envoyé un grand « non », muet et suppliant.

Mon sourire l'a interrompue. Elle était venue pour s'assurer que je ne me présenterais pas à la conférence. Je lui en ai été reconnaissant. Je lui ai adressé un clin d'œil complice. Elle a fait sa tête habituelle, celle qu'elle avait quand elle me prenait pour un dingue. J'aurais dû l'être plus souvent car cette expression-là, je l'adore. À mon tour, je lui ai envoyé un « merci ». Puis je me suis engouffré sous le porche et j'ai traversé la cour pavée jusqu'à l'entrée de la salle.

Elle était déjà pleine aux trois quarts. J'ai reconnu quelques collègues, des étudiants de troisième cycle et une bonne poignée d'agrégatifs. Quand il m'a vu débarquer, Caubère, qui était en train de disserter avec les personnes assises au premier rang, a poussé une exclamation et est venu à ma rencontre, m'offrant sa main droite à serrer tout en posant la gauche sur mon épaule.

— Nous avons cru que tu allais nous faire faux bond. Cela aurait été dommage. Tu as vu tout ce monde !

Il m'a conduit jusqu'à l'estrade. Une grande table était installée, recouverte d'un beau tissu vert foncé. Je me suis demandé à quel moment il allait me proposer de me lier les mains dans le dos et de me bander les yeux. Au lieu de cela, il m'a adressé au technicien de service, qui peaufinait le réglage du micro et du vidéoprojecteur. Jean-Henri était assis devant, au centre de la rangée. Il avait revêtu son costume des grands soirs. On se pressait autour de lui. Le président de la fac, assis à sa droite, passait presque pour un sous-fifre. Pas une seule fois, mon ancien ami n'a daigné lever les yeux vers moi.

J'ai déployé mes fiches. Elles ressemblaient à mon exposé : brouillonnes et incomplètes. Je me suis servi un verre d'eau, cherchant à me donner un peu de contenance. L'assemblée bourdonnait. J'ai guetté la porte mais Marielle ne m'avait pas suivi. Elle refusait d'assister au massacre. Caubère avait l'air excité. Il ne tenait pas en place. Visiblement, c'est à lui que revenait l'honneur d'introduire le propos. Il a laissé passer l'heure de quelques minutes avant de monter sur l'estrade et d'attendre, debout et solennel, que le silence se fasse.

— Mesdames, mesdemoiselles et messieurs, nous allons pouvoir commencer...

Il y a eu des « Chuuttt ! » répétés en écho tandis que les lumières se tamisaient, me laissant seul et surexposé.

— Dans le cadre de la préparation à la question d'histoire contemporaine aux concours, nous avons le plaisir, ce soir, d'assister à une conférence de M. Marc-Édouard Peiresoles portant sur le bouleversement des normes morales en France au cours des deux guerres mondiales.

Nombreux sont ceux qui connaissent M. Peiresoles. Par son travail mais aussi par son audace, il a fait évoluer la manière d'appréhender les guerres contemporaines et leurs lendemains. Il a contribué à faire rayonner notre université au-delà même de ce dont nous pouvions rêver. Votre présence, particulièrement importante, prouve que nous ne nous sommes pas trompés en le sollicitant. Vous êtes, nous sommes, venus pour le thème, passionnant et novateur, il faut bien le reconnaître. Mais nous sommes surtout venus entendre un grand historien. Je suis donc très fier de lui donner maintenant la parole.

Il a lancé les applaudissements. Jean-Henri est resté les bras croisés, évitant toujours de me regarder, plus préoccupé par le bout de ses chaussures. La chanson s'était tue dans ma tête depuis un moment. Les applaudissements polis étaient en train de s'estomper et le silence devenait pesant. Je n'ai pas parlé tout de suite. J'ai regroupé mes fiches et je les ai remises dans mon classeur, très calmement. Il y a eu des murmures dans la salle. Caubère m'a lancé un regard étonné, très théâtral, m'enjoignant de commencer. J'ai laissé encore passer quelques secondes puis j'ai pris une profonde inspiration et, sans notes, je me suis jeté dans le vide.

— « Avons-nous toujours été ce que nous devions être ? » Cette question a été posée par un soldat breton de la Grande Guerre dans une lettre écrite à son frère en 1915. « Avons-nous toujours été ce que nous devions être ? »... À elle seule, cette interrogation peut résumer le thème de mon propos. Elle peut même résumer l'essence du métier d'historien. Quand je regarde une photo d'époque, qu'elle ait été prise avant, pendant ou après une guerre (j'ai projeté un cliché montrant un groupe de soldats en 1917, dans les Vosges), je ne peux m'empêcher de scruter ces visages et ces regards. Ces hommes ne savent pas de quoi leur avenir sera fait. Ils l'ont peut-être rêvé, ou bien ne le rêvent déjà plus. Mais ils ne savent pas. Combien d'entre eux, avant de mourir quelques heures ou quelques décennies plus tard, ont été ce qu'ils devaient être ? Qu'ont-ils pensé de leur vie au moment de la quitter ? Quels poids, quels secrets ont-ils emportés avec eux ? L'historien britannique John Keegan a écrit que « la bataille est une parenthèse dans la loi générale ». Je me permettrai d'aller plus loin : la guerre, en elle-même, est une parenthèse dans la loi générale. Une parenthèse qui peine à être refermée. Les guerres du siècle dernier ont-elles remis en question nos normes morales ? Tel est notre sujet. Mais c'est un sujet des non-dits, de la honte, des consciences souillées. D'où le sens du silence que j'ai tenu à observer en préambule. Car c'est bien ce que nous devons nous efforcer d'entendre par-delà les années : le silence.

J'ai évoqué la violence. J'ai évoqué la sexualité de guerre et d'après-guerre. J'ai évoqué le monde avec son goût amer que même la victoire, quand elle existe, ne peut adoucir. Car les choses ne sont plus comme elles devraient être. J'ai ainsi exploré le silence pendant une heure et demie. Et j'ai conclu en évoquant la peur, la peur du passé, du présent et de l'avenir.

— La guerre, c'est la nuit. Même quand elle s'achève. On s'y égare. On ne sait plus reconnaître des gens et des lieux familiers. On n'entend plus les mêmes sons. Et il y a la peur, le plus grand de tous les silences. Permettez-moi de conclure avec une phrase extraite du *Petit Poucet* qui résume si bien ces décennies épouvantables : « La nuit vint et il s'éleva un grand vent qui leur faisait des peurs épouvantables. »

Quelques secondes d'hésitation se sont écoulées. Puis des applaudissements de plus en plus nourris ont emporté la salle dans une vague. Seul Jean-Henri a résisté. Je l'ai surpris à sourire. Je ne savais pas si c'était par sadisme ou de satisfaction. Sans avoir été brillantissime, j'ai pensé que je tombais avec les honneurs.

Caubère fourbissait ses armes. Il avait les yeux sombres, la mine fermée. Il a sorti de sa besace un dossier qu'il a mis sur ses genoux, ses mains reposant dessus. La fin de ma carrière était à l'intérieur.

La première question est venue d'un de ses étudiants de troisième cycle : comment pouvais-je me montrer si affirmatif avec si peu de sources à ma disposition ? L'interprétation des non-dits était-elle vraiment de l'histoire ? Il a précisé : de la vraie histoire.

Un léger murmure outré a accompagné cette première attaque. J'ai répliqué que toute source était encline à interprétation. Sans cela, il ne s'agissait plus d'histoire mais simplement de mémoire. Il n'a pas lâché le morceau et a insisté :

— Et quand il n'y a aucune source, que doit-on faire ? Inventer ?

— Je préfère employer le terme imaginer…

Les étudiants de Caubère ont continué de me repousser dans les cordes pendant quelques minutes. Avant de laisser leur maître m'achever. Je l'ai vu en train de se préparer, s'humectant les lèvres, rajustant le col de sa chemise, s'avançant un peu sur sa chaise, avant de demander la parole, qu'il a obtenue sans avoir besoin d'insister. Il s'est alors levé, à moitié tourné vers le public, à moitié vers moi.

— Je ne vous cache pas, cher collègue, que je suis en désaccord avec vous sur de nombreux aspects de votre conférence. Cela ne date pas d'aujourd'hui et je ne vous l'ai jamais caché. Vous me permettrez cependant d'être déçu par des conclusions qui datent de vos travaux passés et que vous n'avez pas voulu ou su remettre en cause, quand les évolutions récentes de la recherche auraient dû vous y conduire. Mais passons outre... Vous avez évoqué la violence, très présente dans la société française de l'entre-deux-conflits, violence qui prendrait ses racines dans le conflit de 14-18. Dans vos écrits, vous vous êtes appuyé sur des mains courantes déposées dans plusieurs gendarmeries et postes de police d'une région qui vous est chère, celle des Monts d'Autan. Vos tableaux récapitulatifs couvrent la période des années 1920 et 1930 et vous les comparez avec ceux des quatre ou cinq années précédant la guerre pour prouver une recrudescence d'actes violents. J'ai pris la peine, voyez-vous, de creuser davantage. Je suis remonté plus loin dans le passé. Je tiens ces documents à votre disposition si vous le souhaitez.

Il a ouvert son dossier pour brandir plusieurs feuilles volantes.

— Mes conclusions sont simples. Lors des trente années précédant la Grande Guerre, il y a eu autant d'actes violents déclarés que lors des trente années qui ont suivi. Où donc avez-vous trouvé cette recrudescence ? Je suis étonné que vous n'ayez pas nuancé votre propos en évoquant l'adhésion assez importante, dans votre région, au mouvement pacifiste. Ce dernier, vous en conviendrez, est loin de toute forme de violence.

— Ces adhésions vont de pair avec les progrès très nets du mouvement ouvrier qui défendait ce pacifisme, monsieur Caubère.

— Permettez-moi de continuer avant d'entendre votre défense. Je trouve également que vos affirmations concernant le brouillage des normes sexuelles en temps de guerre sont abusives. Selon vous, un soldat qui n'avoue pas s'être masturbé pendant qu'il était au front cache un onaniste compulsif.

Il y a eu des rires dans l'assistance.

— Quelques lettres faisant état d'une forte amitié entre soldats révèlent une homosexualité que l'on tente en vain de taire… Ces personnes-là ne se masturbaient-elles pas en temps normal ? Ne passaient-ils pas une grande partie, l'essentiel même, de leurs journées de travailleurs auprès d'autres hommes ? N'allaient-ils jamais au bordel ? Quand, dans un de ses derniers livres, Romain Gary avoue se masturber plusieurs fois par jour, dois-je comprendre que ses « normes morales habituelles » ont été bouleversées par je ne sais quelle épreuve ? Ou simplement qu'il est encore vert pour son âge ?

Les rires sont devenus plus marqués et plus bruyants.

— Si je me permets de me montrer si direct, c'est que votre travail m'a passionné. J'y ai vu, je l'ai rappelé tout à l'heure, de l'audace et des champs nouveaux à explorer. J'ai voulu m'y promener à mon tour. Hélas, j'ai découvert qu'il ne s'agissait que de trompe-l'œil. Vous affirmez par exemple qu'un certain F.R., soldat d'infanterie ariégeois, a découvert l'homosexualité dans les tranchées. Vous avez, pour ce faire, exhumé plusieurs lettres enflammées adressées à un autre soldat au lendemain de la guerre. Or, cette source ne peut être fiable que si vous la resituez dans l'existence de cet homme.

Il a brandi d'autres documents, des vieux papiers couverts d'une écriture assez épaisse à l'encre violette.

— J'ai trouvé d'autres lettres de F.R. qui datent d'avant la guerre. Elles ne sont pas adressées à la même personne, mais à deux autres hommes. Il y est également question de penchants homosexuels. La guerre n'a pas bouleversé la sexualité de cet homme. Il a toujours été attiré par les gens du même sexe que lui. Après l'enfer, il a juste trouvé le courage de moins le cacher. Avec votre vision des sources historiques, il n'est pas étonnant que cela vous ait échappé. Mais avouez que c'est embêtant. Dans combien d'autre cas avez-vous omis des détails de ce genre ? Si vous voulez lire ces lettres, elles sont en ma possession. Une vie entière en correspondance. Et très peu de silences...

J'avais cherché ces courriers sans jamais les trouver. Qu'il ait pu les dénicher avec une telle facilité n'avait rien d'un heureux hasard. Caubère a gardé un visage impassible, très grave, presque désolé pour moi. À l'intérieur, il devait exulter. La parole m'est revenue au moment où il s'est assis. Toute la salle avait les yeux tournés vers moi et attendait ma réponse. Réponse que je n'avais pas.

— Avant que M. Peiresoles ne riposte, permettez-moi, s'il vous plaît, d'intervenir.

Jean-Henri s'était levé lentement. Il s'était arrogé le droit de m'achever. Voilà qui était logique. Cependant, Pascal Caubère n'a pas caché sa surprise. *A priori*, la prise de parole de notre directeur n'était pas prévue dans son show.

— « La Victoire ne nous aimait pas. » Cette phrase de Bernanos m'est revenue en mémoire alors que j'écoutais notre éminent collègue conclure de manière fort pertinente son exposé.

Il a regardé Caubère droit dans les yeux en disant cela.

— « La guerre, c'est la nuit », avez-vous dit, monsieur Peiresoles. Je suis totalement d'accord avec vous. Comme beaucoup, je me sens enthousiasmé par cette conférence brillante et enlevée. Que certaines des idées émises puissent faire grincer des dents, je le conçois tout à fait. Qu'elles suscitent le débat, je m'en félicite. Mais je ne peux soutenir la position de M. Caubère et des quelques individus qu'il a entraînés avec lui dans une entreprise aussi périlleuse. Le conflit de personnes n'a pas sa place dans une telle soirée.

Caubère a blêmi. Il s'est dressé sur sa chaise, prêt à bondir.

— Permettez-moi, mon cher Pascal, de m'étonner de la virulence de vos attaques sur un sujet que vous ne maîtrisez que très peu. J'ai eu l'occasion, au cours des derniers mois, d'assister à vos interventions devant les candidats aux concours. Interventions dont certaines se sont révélées particulièrement faibles.

— Monsieur Olivier, je ne saisis pas le but de vos commentaires.

— Moi, je comprends trop bien, hélas, à quoi tendent les vôtres. Et je vous dis cela en face, en public : vous avez tort. On m'a enseigné que l'histoire peut se faire, doit se faire avec toute l'ingéniosité de l'historien. N'allez pas reprocher à M. Peiresoles d'en faire preuve, je vous en prie. Cela pourrait sonner comme l'aveu du fait que vous en êtes dépourvu.

— Monsieur le directeur, je crois que vous dépassez les limites de votre rôle. Je n'ai pas à recevoir de leçon comme si j'étais l'un de vos étudiants. Vous essayez de voler au secours de notre collègue, or les faits sont là, vous ne pouvez les nier : ces documents prouvent qu'il a tort. Laissez-le se défendre seul.

— Où avez-vous déniché de pareils documents, Pascal ?

— Monsieur, je ne crois pas que le moment soit propice…

— J'insiste.

— Très bien. C'est vous-même qui les avez trouvés et qui me les avez confiés.

— Pourquoi vous les ai-je confiés ?

Caubère n'a pas répondu.

— Je vais vous le dire. Vous vous êtes ouvert à moi de votre souhait de « régler son compte », ce sont les mots que vous avez utilisés, à M. Peiresoles. Selon vous, il avait sali la réputation de notre université. Et quand je vous ai offert mon aide pour y parvenir, vous avez sauté sur l'occasion. Vous n'avez rien cherché. Vous n'avez rien vérifié. Vous vous êtes contenté du travail des autres. Si vous aviez fait correctement le vôtre, vous vous seriez rendu compte que ces lettres et ces statistiques sont des faux. Je me suis amusé, voyez-vous, à les concevoir. Vous qui êtes si friand de canulars et de bons mots, je pensais que ma plaisanterie vous ferait rire. Jamais je n'aurais pensé que vous prendriez ces documents pour argent comptant… Mais je ne veux pas monopoliser davantage la parole alors que celui qui doit être dans la lumière, c'est M. Peiresoles. Avant de vous laisser répondre, cher ami, permettez-moi de paraphraser Platon pour revenir à notre sujet : « Seuls les morts ont connu la fin de la guerre. »

Jean-Henri s'est rassis aussi lentement qu'il s'était levé. Il n'avait pas haussé le ton et, pourtant, sa voix avait porté. Cette fois, tandis que le président de la fac semblait le féliciter, il m'a regardé bien en face et m'a adressé un clin d'œil. Il m'a laissé l'opportunité d'achever Caubère et ses sbires. Au même moment, j'ai vu Marielle qui se tenait debout dans le fond de la salle. Elle m'a souri, resplendissante, et elle est repartie.

Caubère était sonné. Je crois qu'il n'entendait plus mes réponses. Je n'ai pas porté l'estocade. Jean-Henri a remis son manteau sitôt le micro éteint et s'est dirigé vers la sortie, toujours aussi entouré, sans me dire un mot. Caubère en a lui aussi profité pour s'éclipser tandis que le président de la fac venait me serrer la main et me dire tout le bien qu'il pensait de mon travail.

Il m'a fallu du temps pour m'extraire de la salle tant les sollicitations ont été nombreuses. Quand j'ai fini par me retrouver seul dans les rues encore animées, à chercher un taxi pour revenir à l'hôtel, je n'ai pas réussi à me rappeler l'air de cette chanson qui m'avait obsédé une grande partie de la journée.

44

Je me suis rendu à la fac de bonne heure, le lendemain. Les bâtiments étaient encore déserts quand j'ai rejoint mon bureau. Je me suis aperçu que la porte de celui de Jean-Henri était grande ouverte. Je me suis avancé jusqu'au bout du couloir. Il était assis à sa grande table, penché sur un monceau de paperasse. La plus jeune de ses filles était allongée sur le canapé. Enroulée dans un plaid, elle serrait dans ses bras un mouton en peluche. Elle somnolait. Son père a levé la tête au moment où j'apparaissais dans l'embrasure. Il m'attendait.

— Bien, les citations ! m'a-t-il lancé.

Les premiers mots qu'il daignait m'adresser depuis près de deux ans.

— Merci. Les tiennes n'étaient pas mal non plus.

— Viens. Assieds-toi. J'avais peur de te rater.

— Je te remercie pour hier soir.

— Tu ne peux pas imaginer le plaisir que j'ai ressenti à fermer son clapet à l'autre imbécile. Il a cru que j'étais de son côté. Il était tellement aveuglé par la jalousie et l'ambition qu'il ne m'a pas vu venir.

— Tu sais pourtant qu'il n'a pas tort concernant mon travail. Sans le piège que tu lui as tendu, j'étais cuit.

— Je n'en suis pas certain.

— Je n'ai jamais pris la peine de m'excuser pour ce qui s'est passé…

Il m'a coupé la parole.

— Je me souviens du jour où tu m'as conduit, au volant de ta vieille bagnole, jusqu'à cette clinique des Alpes. Ton autoradio déconnait et tu n'avais qu'une vieille cassette qui pouvait passer sans finir en lambeaux. Comme tu ne supportais plus mes jérémiades, tu nous l'as mise en boucle. Tu te souviens de qui il s'agissait ?

— Jil Caplan.

— Nom de Dieu ! Au bout de six cents bornes, je ne pouvais plus supporter ses chansons. Je me suis dit que plus jamais de ma vie je ne pourrais écouter cette artiste. Tu vas rire mais, aujourd'hui, j'ai l'intégralité de ses albums. Je lui ai même écrit une lettre pour lui dire quelle importance elle avait eue pour moi, que c'était sa voix qui m'avait accompagné vers ma renaissance. Elle et mon meilleur ami… C'est moi qui te dois des excuses, Marco. Jamais je n'aurais dû te mettre dans une telle situation. Tu avais déjà tant fait pour moi…

Sa fille a ouvert les yeux. Elle s'est inquiétée de me voir et elle a cherché son père du regard.

— Margot, ma chérie, tu te souviens de tonton ?

Elle n'a pas répondu et s'est à moitié caché le visage derrière sa peluche.

— Je la garde avec moi ce matin. Elle a de la fièvre. On a rendez-vous chez le médecin tout à l'heure. Est-ce que tu veux un café ?

Il n'a pas attendu ma réponse pour se lever et se diriger vers la cafetière. Il a rempli deux tasses et les a posées sur la table.

— Caubère ne va pas en rester là. Il va essayer de te déboulonner de la direction de l'UFR.

— Il peut le faire, si ça lui chante. Tant qu'il n'est pas désigné pour prendre ma place… Il me rendrait même un fier service. Je n'y crois plus, Marco. J'ai perdu la flamme. Je m'emmerde. Si j'avais du cran, tu sais ce que je ferais ? Je me barrerais pour m'installer quelque part à la montagne. Pas trop loin de Toulouse pour que ma femme puisse continuer à jouer. Je me verrais bien avec quelques ruches et un labrador. Peut-être même quelques moutons à garder. Quand tu seras directeur de cet UFR, si un jour tu reçois ma lettre de démission, sois content pour moi. Tu pourras te dire : « Ça y est, il a osé le faire ! » J'aimerais que ce soit toi qui décroches la plaque avec mon nom sur la porte de mon bureau, avant que Caubère ou un autre ne l'arrache et ne la brise en morceaux. J'aimerais que tu la gardes dans un de tes tiroirs, en souvenir du bon vieux temps.

— Tu penses sérieusement à arrêter au moment où la présidence de la fac te tend les bras ?

— Oui, j'y pense. Mais je ne le ferai pas. Parce qu'il y a les filles. Parce que je ne connais rien aux abeilles. Parce qu'on me propose des choses que je n'ai pas le courage de refuser… As-tu essayé d'imaginer la vie sans tout ça, sans les recherches, les cours, les conférences ?

— Je crois que la montagne me conviendrait assez.

— On pourrait être voisins. On ferait notre miel ensemble.

— Je crois que voyager me plairait bien. En partant à l'improviste. C'est ça qui m'attirerait le plus : ne rien prévoir, ne plus avoir à tout organiser, tout calculer. Me montrer insouciant… J'aimerais aussi prendre le temps d'écrire. Et apprendre à jouer de la musique. Mais je suis d'accord pour les ruches. Je crois qu'en avoir était le rêve de mon père.

— Sur quoi travailles-tu en ce moment ? Je veux dire, en réalité.

Je n'ai pas pu m'empêcher de rire de sa question, tout comme Jean-Henri.

— Tu ne crois quand même pas être parvenu à me berner avec tes histoires de déclin et de peur ? Même si ton article était plutôt bon.

— Je suis sur Basse-Misère.

— C'était donc ça, le projet caché ! Tu as bien fait de ne rien dire. Où est-ce que tu en es ?

— Je crois que je suis quasiment arrivé au bout.

— Y aura-t-il un livre ?

— Non. Il n'y aura rien.

— C'est dommage. Tu ne veux même pas partager un peu de tes trouvailles avec un de tes vieux amis ?

— Je peux te révéler une chose. Il s'agit aussi d'une histoire de citations. Plusieurs personnes se sont envoyé des messages, pendant plusieurs années, de cette manière. Comme nous.

— Dans quel but ?

— Se venger.

Il a semblé saisi par ma réponse.

— Dans quoi as-tu fourré les pieds ? Qui sont ces personnes et de qui se sont-elles vengées ?

— Elles n'ont pas fini. Il manque encore une citation, qui paraîtra quand elles seront prêtes à s'en prendre au dernier de ceux qui ont causé le massacre.

— Dis-moi que c'est une blague, que tu es en train de te foutre de moi.

— Pas du tout.

— Et tu ne préviens pas les flics ?

— Non. Je ne sais pas qui est derrière cela. J'ai une liste de noms mais elle est particulièrement longue.

Margot, sur son canapé, a tenté de se relever, les joues empourprées par la fièvre.

— Tu veux essayer de prendre un petit déjeuner, ma chérie ? Ça va te faire du bien…

Il a décroché son téléphone, sans cesser de me regarder d'un air sévère, et il a appelé la cafétéria pour commander un chocolat chaud et des tartines.

— Si ce que tu me dis est vrai, est-ce que tu imagines les risques que tu prends et que tu fais prendre à tes proches ?

— C'est pour cela que je ne te dirai rien de plus.

— Et quand tu en auras fini avec cette sale histoire, qu'as-tu prévu ?

J'ai été incapable de lui répondre.

Une charmante jeune femme a débarqué dans le bureau avec un plateau en plastique bien chargé.

— Merci beaucoup, Lucie. Allez, Margot, viens manger quelque chose.

La petite fille s'est levée avec difficulté, serrant de plus belle son mouton contre elle. Son père l'a aidée à s'asseoir.

— Tonton va beurrer tes tartines. Tu vas voir, je ne connais pas meilleur que lui pour faire ça. Il a un don : il sait guérir les gens. Pas vrai, tonton ?

J'aurais voulu me trouver à sa place, que ce soit ma fille assise sur cette chaise. J'aurais aimé faire comme lui et me pencher au-dessus d'elle pour la protéger : elle semblait si vulnérable ! J'ai beurré les tartines pendant qu'il remuait le chocolat chaud dans le bol en Pyrex. C'était un très bon moment.

— Bois-en un peu, ma chérie. Ça va te faire du bien.

Jamais Jean-Henri ne m'était apparu si impressionnant. Un géant capable de se grandir quand il le fallait. Capable de se dresser contre tout et tout le monde, d'affronter des hordes et de les décimer. Et ce avec une incroyable douceur dans le regard et dans la voix.

— La pauvre, m'a-t-il dit, elle a été malade toute la nuit.

La petite fille m'a regardé avec ses yeux tristes, un peu honteuse. Elle s'est mise à acquiescer avec vigueur. Sa première gorgée de chocolat avait dessiné une moustache brune au-dessus de sa bouche.

45

Je me suis garé derrière deux autres voitures, au bord de la route. La pêche venait d'ouvrir et ils étaient quelques-uns à tenter leur chance dans les ruisseaux qui dévalaient vers le lac, voire dans le lac lui-même. À une époque, pêcher dans ces eaux équivalait à un sacrilège. Cette époque-là était révolue.

Je suis revenu sur mes pas à pied. J'ai emprunté le premier sentier que j'ai trouvé et qui s'enfonçait dans les bois. Puis j'ai bifurqué sur ma gauche, au ras du sommet de la première colline. Arrivé en bordure d'un champ bruni par l'hiver, j'ai pu avoir une vue assez bien dégagée sur la maison des Armengaud.

Il n'y avait pas de voiture dans la cour et les volets intérieurs étaient fermés. Je suis descendu en restant à l'abri de la lisière d'arbres. Des barrières en bois brut marquaient les limites de la propriété. Je me suis glissé dessous. Lorsque j'ai eu la maison dans mon champ de vision, je me suis arrêté une nouvelle fois, accroupi dans l'herbe mouillée. Rien ne bougeait. Tout était désert. Je me suis avancé, toujours avec prudence, débouchant dans la cour sableuse par son côté grand ouvert.

Les dépendances réparties sur les deux ailes ont refusé de s'ouvrir. Les deux portails des granges sur ma droite et la porte de la bâtisse d'en face étaient verrouillés.

Je suis resté aux aguets, prêt à déguerpir au moindre bruit de moteur. Une seule voiture est passée sur la route au moment où j'étais en train d'inspecter la cour. Je l'ai entendue arriver de loin, le bruit résonnait dans les lacets qui montaient de Sagne-Claire. Elle est passée devant l'entrée du chemin sans ralentir.

Je me suis dirigé vers la maison proprement dite, celle où j'avais été reçu quelques mois plus tôt par les deux frères de Guillaume. J'en ai fait le tour, inspectant chaque porte et chaque fenêtre. Closes. Seule la baie vitrée qui regardait le lac de haut n'était pas occultée par des volets. Comme le terrain de ce côté-ci de la maison épousait la pente, je n'ai pu me positionner que deux bons mètres en dessous de l'ouverture, incapable de jeter un œil à l'intérieur.

J'ai cherché une éventuelle clé sous les vieux pots de fleurs puis dans les quelques interstices laissés entre les pierres, près de l'entrée. Je n'ai rien trouvé. Je ne m'étais pas attendu à ce que les choses soient faciles. Une ancienne glycine prospérait à l'abri du vent du nord. Son tronc solide et l'enchevêtrement de ses branches m'ont permis d'accéder au toit, avec l'aide de la gouttière. Je me suis hissé jusqu'au faîtage, prenant garde de ne pas casser les tuiles. Je me suis retrouvé à surplomber les anciennes gorges noyées sous le lac. À mesure que le soleil perçait les nuages, celui-ci retrouvait ses tons verts et bleus. La forêt semblait elle aussi moins sombre, moins fantomatique.

Il y avait deux lucarnes percées dans le pan du toit tourné vers le sud. Deux cadres métalliques maintenus fermés au moyen d'une tige coincée par un ergot. Les vitres étaient fines. Le mastic avait sauté à de nombreux endroits. Je n'ai eu aucun mal à soulever un de ces carreaux et à libérer ensuite la tige métallique. J'ai allumé ma lampe, je me suis glissé par cette ouverture et j'ai atterri dans une soupente poussiéreuse. Entre les poutres, on avait déployé des rouleaux de laine de roche. En ne posant mes pieds que sur les poutres, je suis allé jusqu'à la trappe que j'avais repérée plus loin. J'ai soulevé l'épaisse planche de bois pour découvrir, en dessous, une sorte de cellier, une pièce en hivernage. Des étagères posées contre les murs contenaient quelques bocaux poussiéreux et deux packs de bières encore intacts. Un grand congélateur était à l'arrêt, une échelle de bois trouvait sa place entre lui et le mur. Je me suis laissé tomber. J'ai ensuite ouvert la seule porte qui se trouvait en face de moi, pour aboutir dans la cuisine. Après la cuisine se trouvait la grande pièce éclairée par la baie vitrée. Une enfilade de petites chambres lui succédait et venait échouer sur une minuscule salle de bains.

J'ai fouillé chacune de ces pièces. J'ai ouvert tous les placards, tous les tiroirs, tous les meubles. Je n'y ai trouvé que de vieilles affaires : quelques vêtements oubliés, des jeux de société aux boîtes déchirées, des vieux magazines, des livres aux pages jaunies par l'humidité, de la vaisselle usée, des flacons de produits d'entretien presque vides, des draps qui empestaient le renfermé, des couvertures de laine attaquées par les mites… Même l'armoire à pharmacie de la salle de bains sonnait creux.

Incapable de repasser par le toit sans utiliser l'échelle du cellier, que je n'avais pas la possibilité de remettre à sa place, je me suis contenté de refermer la trappe et j'ai déverrouillé une des portes coulissantes de la baie vitrée. C'est par là que je suis sorti de la maison.

Je suis revenu dans la cour. J'ai voulu m'attaquer à nouveau aux dépendances. Derrière les granges, j'ai découvert, au ras du sol, deux bouches d'aération grillagées qui disparaissaient sous les feuilles mortes que le vent avait entassées. Autant de preuves de la présence d'un vide sanitaire ou d'un sous-sol. Je me suis faufilé dans l'ancien poulailler par un mur délabré. Une des poutres, en s'arrachant de son logement, avait emporté avec elle un morceau de pignon. Le trou était assez large pour me permettre de m'y glisser. Ainsi j'ai pu pénétrer dans la première grange.

Elle n'avait pas été utilisée depuis des lustres. Une vieille barque était en train de pourrir, posée à même le sol en terre battue. Un vieux tracteur était recouvert d'une bâche aussi usée que lui. Des fers rouillés gisaient un peu partout. Les toiles d'araignées s'amalgamaient entre elles en longs filaments noircis par la poussière qui s'envolait dans tous les sens au moindre mouvement. J'ai inspecté les lieux sans trouver le moindre accès au sous-sol. Un demi-étage au bois vermoulu s'avançait crânement depuis le pignon d'en face. J'ai remarqué un œil-de-bœuf, qui regardait le hangar suivant. J'y suis donc monté, d'abord en grimpant sur le tracteur puis en prenant appui sur une meurtrière occultée par les débris. Le plancher a émis un craquement inquiétant sous mon poids et déclenché des averses de poussière à chacun de mes pas. La vitre de la lucarne était tellement sale qu'il m'a été impossible de voir au travers. J'ai essayé de forcer l'ouverture. Le châssis, sous ma poussée, a laissé un intervalle avec le chambranle. Grâce à une sorte de barre plate que j'ai trouvée parmi les métaux rouillés, je suis parvenu à faire sauter le verrou et à dégager le passage.

Je suis passé la tête la première. J'ai atterri sur une avancée jumelle de celle que je venais de quitter, mais qui semblait plus solide. Apparemment, la deuxième grange était davantage fréquentée. Il y avait moins de désordre, moins de poussière, moins de toiles d'araignées et plus de lumière. Un vieux 4 × 4 couvert d'éclaboussures de boue séchées dormait au milieu. À l'intérieur, les sièges étaient défoncés. Certains boutons du tableau de bord avaient été arrachés, laissant pendre des fils électriques bleus ou rouges. Je n'ai trouvé à l'arrière qu'un jerrican d'essence vide et une bâche imperméable mal pliée et déchirée.

Dans un coin de la remise, il y avait un évier dont l'émail était constellé de taches de peinture. Les tuyaux de l'eau et de l'évacuation s'enfonçaient dans le sol. Plus loin, une planche posée sur deux tréteaux accueillait une tronçonneuse et une boîte à outils. Du matériel de maçonnerie était entreposé près d'un vieux buffet, qui contenait d'autres outils. Un grand bocal de verre servait de refuge à un assortiment de boulons et d'écrous. J'y ai repéré un intrus : une petite clé.

La trappe qui permettait de descendre au sous-sol se situait dans un angle. C'était une lourde plaque métallique pourvue d'une poignée rétractable et d'une serrure verrouillée. Elle était assez bien cachée sous des cartons dépliés et la tondeuse autoportée qu'on avait garée pardessus. J'ai poussé le petit tracteur et soulevé les cartons couverts de traces d'huile de vidange. J'ai utilisé la clé du bocal pour ouvrir. Un escalier en bois d'une dizaine de marches s'enfonçait dans le sol et venait mourir dans l'obscurité la plus complète.

Je venais de trouver l'endroit que j'étais venu chercher. Je l'ai su avant même de descendre. Parce que j'ai senti l'odeur de la peur remonter de ce souterrain.

J'y suis allé lentement, très lentement. J'ai emprunté un couloir voûté assez large et haut. Un néon était suspendu au plafond. J'ai trouvé l'interrupteur sur le côté. Je l'ai actionné mais rien ne s'est passé. J'ai suivi le câble qui l'alimentait pour dénicher le disjoncteur caché sous l'escalier. Quand j'ai relevé la manette, le néon s'est allumé et le passage a été inondé d'une lumière blanche particulièrement agressive. L'endroit paraissait sain, sans aucune trace d'humidité. On avait même pris la peine de cimenter le sol.

J'ai remonté le couloir, passant devant les deux grilles d'aération qui avaient trahi son existence. Je suis arrivé dans une sorte de salle carrée. Les murs avaient été peints en blanc, à même la pierre. Deux armoires métalliques se dressaient l'une à côté de l'autre. Plusieurs combinaisons intégrales, de celles que passent les peintres pour ne pas se salir, y étaient suspendues, noires comme la nuit, assorties aux deux cagoules et aux différentes paires de gants posés sur l'étagère du dessus. J'ai également trouvé du matériel médical, des seringues, des aiguilles, des compresses et des fioles opaques sans étiquettes. Trois couvertures de laine kaki étaient pliées et protégées. J'ai aussi exhumé de la vaisselle en plastique orange. Tandis que, dans un tiroir, je suis tombé sur des boîtes de munition, des cartouches de calibre 12 et des balles de 9 mm. Le fusil, huilé et graissé, était rangé dans son étui, debout au fond de la penderie. Quant au revolver, il se cachait sous les couvertures.

Sous un évier au bac profond, il y avait un gros bidon d'eau de Javel et de quoi faire un ménage complet. Les canalisations m'ont paru récentes mais l'eau était coupée. Deux grosses cantines métalliques ressemblaient à celles que je m'étais achetées pour mes archives de Fonbelle. J'ai eu un sursaut de recul quand j'ai soulevé le couvercle de la première. J'ai vraiment cru qu'il s'agissait de mes affaires quand j'ai vu une série de photos classées dans des chemises cartonnées. Les portraits de Justine, d'Emmanuel, de Guillaume et de Florie ; des clichés du lac et de l'îlot des Bois-Obscurs ; d'autres pris par la police, que je croyais être le seul à posséder. Les tentes effondrées, les restes du feu de camp, les vêtements de Justine en tas et, surtout, les cadavres. Celui de Guillaume, la tête ensanglantée, visage contre terre. Celui d'Emmanuel, nu comme un ver, horriblement mutilé. Celui de Justine, gonflé et souillé par son séjour prolongé dans l'eau. Je connaissais toutes ces photos. Néanmoins, les trouver dans ce sous-sol me les a rendues insupportables. J'ai même eu du mal à les manipuler. Chacune d'entre elles avait conservé au recto des traces jaunes de pâte à fixer, aux quatre coins. L'autre cantine contenait un gros magnétophone doté de deux puissantes enceintes. Dans une boîte à chaussures, une dizaine de cassettes étaient alignées sans indication.

Une lucarne rectangulaire avait été percée dans le mur, à hauteur d'homme, donnant sur une autre pièce plongée dans l'obscurité. L'interrupteur se trouvait à l'extérieur. Un double néon s'est allumé et a fait une nouvelle fois éclater la peinture blanche. La lourde porte en bois qui permettait d'y accéder était verrouillée en trois points. Je l'ai ouverte. Une cellule occupait le pan d'en face. Une vraie cellule de prison, rectangulaire, faite d'épais barreaux d'acier scellés dans le sol et dans le plafond, et d'une robuste porte sur laquelle on avait laissé les clés. Une planche de bois posée par terre faisait office de lit. À côté de l'entrée, un tuyau d'arrosage était enroulé autour de son support, l'embout prêt à être raccordé au robinet de l'évier. Deux projecteurs halogène étaient posés dans un coin, près d'une autre armoire métallique, plus basse et plus étroite, et d'une table à roulettes en inox comme on en trouve dans les hôpitaux. Le mur était constellé de petites taches jaunes. C'était ici qu'on avait affiché toutes les photos.

Dans l'armoire, j'ai trouvé deux boîtes de gants stériles et deux kits de perfusion, ainsi qu'une trousse en tissu. Quand je l'ai déroulée, elle a dévoilé une panoplie d'instruments chirurgicaux parfaitement nettoyés. Le grand seau à couvercle avait dû servir de pot de chambre. Sur le moment, je n'ai pas compris l'utilité de l'ardoise d'écolier avec sa boîte de craies blanches. Trois bocaux identiques à celui des boulons étaient à l'abri, au fond. Quand je les ai amenés à la lumière, je n'ai pas pu m'empêcher de laisser échapper un cri en découvrant le contenu du premier. Un œil humain flottait dans le formol, une partie du nerf optique lui servant de nageoire. Dans le deuxième, j'ai cru deviner des testicules. Quant au dernier, aucun doute à avoir, il s'agissait d'un pénis.

J'ai tout remis en place. L'horreur m'a repoussé en arrière. J'ai pénétré dans la cellule à reculons. Je me suis assis sur la planche de bois. Et je me suis mis à les imaginer à ma place, enfermés. À commencer par Jean-Daniel Fraysse.

46

Il s'est réveillé avec un mal de tête carabiné. Il avait froid. Il ne savait pas où il était. Il faisait noir. Il était allongé par terre, sur une planche en contreplaqué. Il était aussi nu que cela était possible. Même sa montre n'était plus à son poignet. Il s'est redressé, s'adossant au mur pour s'asseoir. Le froid était presque insupportable. Il ne se rappelait plus comment il avait pu atterrir ici ni avec qui il était venu.

Il avait quitté la discothèque plus tôt que d'habitude. Il sentait qu'il avait trop bu. De toute manière, que pouvait-il faire d'autre quand il sortait, à part boire ? Il n'y avait qu'au bar qu'il trouvait des personnes avec qui discuter. Elles finissaient toutes par lui tourner le dos quand elles en avaient assez de faire semblant de l'écouter jacasser. Mais il y en avait toujours d'autres pour prendre leur place. C'était un moyen de se sentir moins seul. Parce que, quand il était seul, il se mettait à penser. Et ça n'allait pas du tout. Surtout, il se voyait tel qu'il était. Il lui arrivait de croiser des gens avec qui il aurait voulu rester un peu. Il fallait croire qu'il n'était pas fait pour les relations humaines, quelles qu'elles soient. Il finissait toujours seul, assis sur son tabouret, à taper dans la bouteille de vodka.

Ce soir-là, il s'était senti mal. Il était sorti un peu, pour prendre le frais. Il avait failli oublier de faire semblant de boiter. Il aurait dû se douter que la soirée serait un fiasco. Pendant le match, il avait été à la traîne dès les premières minutes et, quand son adversaire direct avait marqué le premier but, il avait justifié le relâchement de son marquage en prétendant que sa cuisse venait de le lâcher. Il avait simulé cette blessure pour ne pas perdre la face devant les autres. Cela ne les avait pas empêchés de le regarder de travers, comme s'ils se doutaient de quelque chose.

Il y avait du monde devant l'entrée de la boîte. D'autres comme lui, qui étaient venus chercher de l'air : ceux qui venaient discuter sans être obligés de hurler pour couvrir la musique assourdissante, et ceux qui copinaient avec les videurs parce qu'ils n'avaient rien de mieux à faire. Il s'était éloigné jusqu'au parking bondé. La nausée ne passait pas. La tête lui tournait. D'habitude, il tenait mieux l'alcool. Ça lui était arrivé, plusieurs fois, de s'écrouler dans l'herbe humide à la bordure du parking, se vomissant presque dessus, puis cuvant quelques heures avant d'être capable de se relever. Il préférait éviter ça. Il aurait voulu être chez lui, se mettre au lit et ne plus bouger. Il s'était dirigé vers sa voiture, qui était garée vers le haut, près de la sortie, comme tous les week-ends. Il n'avait plus pu se retenir de vomir, à l'abri des regards, penché en avant, les mains en appui sur les genoux. Il s'était maudit de se retrouver une fois de plus dans cette situation. Il avait cru que cela allait le soulager mais il n'en avait rien été. Il s'était senti partir à la renverse, incapable de contrôler ses membres qui ne lui obéissaient plus. Il s'était retrouvé allongé par terre. Sur le coup, ça lui avait fait du bien. Un moment de repos, et il serait capable de prendre le volant. Il n'avait que six kilomètres à parcourir. Ce n'était pas un monde ! Le sommeil l'avait gagné. Il n'avait pas le courage de bouger. Il ne s'était pas réveillé dans l'herbe. Le trou noir. Il ne savait même pas quelle heure il pouvait être.

Il a fini par se mettre debout et chercher à tâtons un interrupteur ou une porte. Il n'a trouvé que des barreaux tout autour de lui. Il était enfermé dans une cage. La première chose qu'il a pensée a été que les flics l'avaient ramassé et qu'il avait été placé en cellule de dégrisement. Il a appelé. Il a senti sa gorge en feu comme à chaque fois qu'il avait la gueule de bois. Sa voix était rauque. Il a réitéré ses appels.

Au bout d'un moment, un néon s'est allumé. Il se trouvait bien dans une cellule de quatre pas sur deux. Avec la planche posée par terre et un seau pour pisser. Les murs blancs faisaient penser à un hôpital. Il n'y avait aucune fenêtre. Le plafond était voûté, comme dans une cave. Un magnétophone aux enceintes spectaculaires était posé au-dessus d'une armoire basse. Deux projecteurs halogènes, identiques à ceux qu'il utilisait sur les chantiers, complétaient l'installation sommaire. Le mur d'en face était recouvert d'une couverture usée. À côté, il y avait une lucarne qui devançait une porte particulièrement épaisse. Rien de cela ne ressemblait aux locaux de la police.

Il a entendu qu'on était en train de déverrouiller la porte. Instinctivement, il s'est caché les parties génitales avec ses mains. Un type tout en noir a pénétré dans la pièce. Il portait une combinaison noire, des chaussures noires, des gants noirs et même une cagoule noire, qui ne laissait voir que ses yeux et sa bouche. Il est resté sur le seuil, à le regarder, les bras croisés, sans dire un mot.

— Qu'est-ce qui se passe ? Où est-ce que je suis ? Et qui êtes-vous, bordel ?

Pas de réponse. Pas même le souffle d'une respiration. Jean-Daniel a commencé à s'énerver, tentant de secouer la porte de sa cellule d'une main tout en élevant la voix.

— Putain ! Pourquoi est-ce que vous m'avez enfermé ? Qu'est-ce que c'est que cette merde ?

Le type en noir s'est déplacé. Il a branché la prise du premier projecteur qu'il a tourné pour éblouir son prisonnier.

— Rendez-moi mes vêtements, espèce de trou du cul. Je me les gèle.

L'autre, avec des gestes très lents, s'est dirigé vers la couverture pendue au mur. Il l'a décrochée, pliée et il s'est approché de la cellule pour que, en tendant le bras, Fraysse puisse s'en saisir. Ce dernier s'est aussitôt enroulé dedans. Elle puait mais il s'en foutait, il avait trop froid.

Le projecteur gênait sa vision. La lumière aveuglante accentuait le mal de crâne. Le type en noir a eu l'air de s'en rendre compte et il a décidé de l'éteindre.

La pièce est redevenue toute blanche. Ce n'est qu'à ce moment-là que Jean-Daniel a vu les photos collées au mur, celles que la couverture avait cachées. Il y avait les portraits des victimes de Basse-Misère et celles prises après leur mort, sur l'îlot. Le gars en noir est revenu vers la porte et il a retrouvé sa posture de départ, les jambes un peu écartées et les bras croisés sur sa poitrine.

— Qu'est-ce que vous voulez ? Pourquoi est-ce que vous me montrez ces putains de photos ? C'est vous qui avez fait ça ? C'est vous, le putain de tueur ? C'est ça ?

Toujours pas la moindre réponse. Le type a fini par sortir de la pièce et verrouiller soigneusement la porte derrière lui, le laissant seul avec les photos.

Il a tenté de reprendre ses esprits. Les choses se présentaient très mal. Peut-être que, en fin de compte, c'était bien les flics et qu'ils lui tendaient un piège, pour qu'il se mette à table. *Réfléchis, Jean-Daniel*, s'est-il dit. *Réfléchis ! Ce type ne veut pas que tu puisses l'identifier. S'il a pris cette peine, c'est qu'il compte te laisser partir. Tant qu'il reste masqué et qu'il ne parle pas, c'est bon signe. Il veut juste te foutre la trouille pour que toi, tu parles.* Malgré tout, il n'est pas parvenu à détacher son regard des photos. Rien à faire. Ses yeux étaient attirés comme des aimants.

Longtemps il avait pensé que cette histoire allait le rattraper. Quand il avait été interrogé, il avait menti, persuadé que les hommes en face de lui le laissaient s'enliser avant de le jeter en prison. Il avait même été surpris de ressortir libre de la gendarmerie et de ne plus jamais entendre parler d'eux.

Au lycée, les deux autres l'évitaient. Ils ne lui répondaient pas quand il leur disait bonjour. Lorsque le père de Cédric Mahous avait été placé en garde à vue, il avait cru que son fils allait tout déballer. Cette histoire de jean et de sweat-shirt le taraudait. Cédric l'avait menacé quand il avait insisté pour lui parler.

— Tu la fermes, Fraysse ! C'est compris ? On ne se connaît pas. Alors arrête de me faire chier. Ou bien quelqu'un va finir par retrouver tes vêtements tachés du sang d'Hydargos.

Il lui avait répondu qu'il ne plongerait pas seul. Qu'il les balancerait tous. Cédric l'avait regardé droit dans les yeux.

— On niera en bloc, tous les trois. On a un alibi, ducon !

Peu de temps après, le directeur l'avait convoqué dans son bureau pour lui signifier qu'on ne voulait plus de lui à Saint-Jacques. À cause de cette histoire de couteau qu'il emmenait partout avec lui, pour se défendre au cas où les autres essaieraient de s'en prendre à lui, pour ne pas qu'il parle. Partir de Valdérieu avait été un soulagement. Le temps était passé et personne n'était venu sonner chez lui pour lui demander des comptes. Pourtant, il était revenu en ville, quelques années plus tard. C'était comme avec ces fichues photos : il se sentait attiré.

Peut-être avait-il trop parlé. L'alcool aidant, il avait probablement dit quelque chose de compromettant. Le gars en noir, c'était sans doute un des trois qui voulait le tester ou lui donner une bonne leçon.

Depuis combien de temps était-il dans cette cave ? Plusieurs heures ou plusieurs jours ? Son estomac faisait des huit, sans qu'il sache si c'était à cause de la faim ou des restes de la nausée. La couverture l'a un peu réchauffé. Il a essayé de dormir bien que la planche de bois soit peu confortable.

La porte s'est ouverte sur le type en noir.

— Écoutez, monsieur, je ne sais rien. Vous comprenez ? Je l'ai dit à la police à l'époque. J'étais chez moi, tout seul. Et je n'ai rien vu de ce qui a pu se passer sur l'îlot.

Le gars a fait « non » de la tête. Il a rebranché le projecteur. Puis, il s'est avancé vers la petite armoire et il a mis en marche le magnétophone. Soudain, il y a eu un vacarme épouvantable. Le volume était poussé à fond. Des guitares saturées et des hurlements à vous déchirer les tympans. L'homme en noir a quitté la pièce sans un regard pour Jean-Daniel. Le bruit était insupportable : même en se bouchant les oreilles, il vous martelait les tympans. La lumière venait fouiller ses yeux et brûler sa peau, ne le laissant pas en paix. Il a essayé de se mettre la tête sous la couverture mais elle était trop fine pour empêcher le magnétophone de hurler. Ça a duré des heures et il a cru devenir fou.

Quand l'homme en noir est revenu et est allé éteindre l'appareil, il n'a pas pu s'empêcher de le remercier plusieurs fois. Jamais le silence ne lui était apparu aussi réconfortant. On lui a tendu un gobelet en plastique orange rempli d'eau. Il a cru retrouver un semblant de vie. Il se sentait si fatigué. Depuis quand n'avait-il pas dormi ?

Il a rendu le gobelet après l'avoir vidé.

— Monsieur, s'il vous plaît ! Je vous jure que je n'ai rien à voir avec ce massacre. Je vous le jure !

Il s'est recroquevillé sur la planche. Il voulait que le sommeil le gagne. Il a fermé les yeux. Il sentait qu'il allait pouvoir s'endormir vite. Mais soudain, il a été frappé par quelque chose qui a déchiré ses chairs nues. Il a crié. Son geôlier était en train de l'asperger d'eau glacée avec un tuyau d'arrosage qu'il n'avait pas remarqué avant. Il a essayé d'échapper au jet mais il n'avait nulle part où se réfugier. La couverture était trempée et ne le protégeait plus de la douleur, de l'effroi et de la fatigue. L'eau a été relayée par le magnétophone. Le vacarme lui a à nouveau vrillé le cerveau et broyé les os. Il a supplié en pleurant mais l'autre était déjà reparti.

Le type entrait, coupait la musique, montrait du doigt les photos au mur. Puis, il l'arrosait. Parfois, il le faisait dès qu'il ouvrait la porte. Fraysse ne dormait pas. Il pleurait tout le temps. Dès qu'il entendait qu'on actionnait les verrous, il hurlait. Il avait encore la force de supplier et de mentir, se raccrochant au fait que son tortionnaire restait masqué.

— Ce n'est pas moi ! Je n'ai rien fait, je vous le jure ! Ce n'est pas moi !

Rien n'y faisait, ça recommençait toujours. Son état allait au-delà de l'épuisement. Il s'était même pissé dessus. Son seul repas avait été une barre chocolatée. Il l'avait avalée en deux bouchées avant de la vomir. On l'avait arrosé pour le nettoyer.

La fois d'après, la porte s'était ouverte mais il n'y avait pas eu d'eau. L'homme en noir s'était avancé dans la pièce sans prendre la peine d'éteindre le magnétophone. Jamais il ne s'était tenu si près des barreaux. Fraysse l'a regardé. Il gémissait tout le temps désormais. Ce n'était pas lui, c'était son corps qui était en train de se séparer de lui. L'homme a commencé à enlever sa cagoule. Fraysse a voulu fermer les yeux, tourner la tête. Or, ses yeux ont refusé de se fermer et sa tête de se détourner.

Il a d'abord vu le menton et la bouche. La cagoule remontait avec lenteur. Elle faisait un bruit étrange, qu'il percevait malgré la musique et ses tympans abîmés. Un bruit liquide, comme si elle était gorgée d'eau. Au-dessus de la bouche, il a commencé à remarquer les chairs déchirées. L'homme était blessé au visage. C'était même plus qu'une blessure, c'était un trou. Un trou béant remplaçait la moitié de sa figure. Jean-Daniel l'a reconnu. C'était Emmanuel Garcès qui se tenait près de lui. Il s'est mis à hurler comme jamais. Mais tout était bloqué en lui : il était trop faible pour laisser échapper autre chose que ce râle permanent qui avait remplacé sa respiration.

L'eau glacée l'a ramené à la raison. Il n'y avait personne près de la grille. Le type en noir se tenait dans l'entrée et avait éteint le magnétophone.

— Pitié ! a murmuré le prisonnier. Pitié !

On lui a montré les photos au mur. Le visage écrasé d'Hydargos le poursuivait.

— Je vous en prie, monsieur. Ce n'est pas moi !

Il s'est entendu dire : « Mais je sais qui c'est. » Il s'est demandé si c'était vrai ou s'il l'avait imaginé. Comme quand il a donné les trois noms : Cédric Mahous, Stéphane Buissonnet et Didier Amalric. L'homme n'a pas rallumé le magnétophone. Il a même éteint le projecteur avant de quitter la pièce. Fraysse a redouté quelque chose de pire mais rien ne s'est produit. Et il a pu enfin s'endormir.

Quand il a été réveillé par l'eau glacée, il a eu l'impression de n'avoir dormi que quelques minutes. L'homme était déjà près de l'armoire, le doigt posé sur le bouton « Marche » du magnétophone.

— Non, pas ça ! Pas ça, je vous en prie…

Alors il lui a montré les photos au mur.

— Je vous ai dit leurs noms. Ils m'ont obligé à les accompagner. À cause du canoë. Pour pouvoir traverser. Je n'ai rien fait. Mais eux, ils sont devenus fous. Il voulait sauter la fille. Ils sont devenus fous. Ils sont devenus fous…

Il a répété la phrase en boucle, comme pour s'en persuader. Avant d'en dire plus. Pour ne plus avoir froid et dormir.

— Amalric. C'est lui qui a tué ce garçon, le blond. Il l'a frappé à la tête avec une grosse pierre parce que l'autre a essayé de s'enfuir. J'ai pas pu l'empêcher, vous comprenez. Ils étaient trois, plus âgés que moi. Ils m'ont menacé. J'ai même cru qu'ils allaient me tuer. Ils ont mis du sang sur mes affaires et ils les ont gardées avec eux, pour pas que je parle. J'ai pas pu les empêcher…

Le bourdonnement incessant dans ses oreilles s'est éteint. Cela faisait un tel bien ! Oui, c'est ça : il se sentait bien, maintenant. Il allait pouvoir dormir.

Le rugissement du magnétophone n'en a été que plus douloureux. Cette torture-là, il n'en avait jamais connu de pareille. Il aurait voulu se taper la tête contre le mur jusqu'à ce qu'elle éclate. Mais il n'était capable que de rester allongé, comme la loque qu'il était devenue.

Des heures se sont à nouveau écoulées avant que le son ne soit coupé. On lui a donné un gobelet d'eau et une pomme à croquer. Quand il a essayé de mordre dedans, il a eu la sensation que ses dents étaient en train de se casser en deux, comme des morceaux de sucre. L'homme en noir a posé des objets sur la petite table avant de la faire rouler vers la cellule. Fraysse a d'abord vu les trois bocaux sans pouvoir distinguer leur contenu, ainsi que l'étui en tissu dans lequel étaient rangés des instruments médicaux, des trucs de chirurgien parmi lesquels il a reconnu le scalpel. L'homme s'est saisi d'une ardoise, s'est mis à écrire dessus à la craie blanche avant de la tourner vers Jean-Daniel. « Raconte tout. »

— Je vous ai dit tout ce que je savais, a gémi Fraysse.

L'homme a effacé l'ardoise et a noté : « Raconte ou bien choisis ce que je te prends. » Il lui a montré le contenu des trois bocaux, cette fois bien identifiable.

— Non, pas ça ! Arrêtez !

Ce n'était même plus des hurlements. À peine une plainte, un mince filet qui s'écoulait depuis le fond de sa gorge.

Il a tout raconté parce qu'il n'en pouvait plus. La soirée chez lui. L'arrivée sur l'îlot. Les choses qui avaient mal tourné. Amalric qui avait fendu le crâne du gros avant de tenter d'en faire de même avec la petite fille. Justine qu'on avait forcée à se déshabiller et Emmanuel à qui on avait arraché ses vêtements tandis que lui s'était contenté de le tenir. On les avait forcés à faire des choses ensemble. À ce moment-là, il ignorait qu'il y avait déjà un mort. Après, il avait compris pourquoi les autres ne voulaient laisser aucun survivant. Mahous avait noyé la fille. Pour Garcès, il ne se rappelait plus si c'était Buissonnet ou Amalric. Jusqu'au bout, il a tenté de minimiser sa participation.

Le type l'a écouté attentivement. Quand Jean-Daniel a terminé son récit, l'homme a repris l'ardoise et écrit : « Choisis ce que tu perds. » Puis il a commencé à préparer une perfusion. Fraysse a vomi de terreur. Du sang et de la bile.

— J'ai pas touché la fille. Je vous jure que je ne l'ai pas touchée. Il n'y a eu que Garcès. J'ai été obligé de le faire. Mais c'est comme s'il ne voulait pas mourir. Je l'ai tapé avec une pierre et les coups rebondissaient sur sa tête sans l'atteindre… J'ai rien fait aux autres. Il n'y a eu que lui. Il m'avait attiré des ennuis au lycée. J'étais en colère. Je ne savais plus ce que je faisais. Je suis désolé, monsieur. Ne me faites pas ça, je vous en supplie. Par pitié !

L'homme en noir l'a fixé durant un moment. Puis il a décidé de remettre les instruments et les bocaux dans l'armoire. Il a tout éteint. Pour la première fois depuis le début, la pièce a été plongée dans le noir. Et Fraysse a pu dormir assez longtemps.

On l'a réveillé sans l'arroser, simplement en allumant la lumière. Sur l'ardoise était écrit : « Il est temps que tu t'en ailles. »

Il s'est redressé.

— Je ne dirai rien, je vous le promets. Rien du tout.

L'homme a écrit : « La piqûre va te faire dormir encore. » Puis au verso de l'ardoise : « Quand tu te réveilleras, tu seras libre. »

Fraysse s'est laissé faire. Il a tendu son pied comme on le lui a demandé, à travers les barreaux, et il a regardé pendant qu'on le piquait entre les orteils. Il a senti son corps s'engourdir. La cellule s'est mise à tourner autour de lui. Il s'est laissé aller avec la sensation de tomber dans le vide pour ne jamais toucher le fond.

Il a senti qu'on lui faisait mal, des pointes qui s'enfonçaient dans ses paumes les labouraient. Il n'a pas eu la force de se débattre ni d'ouvrir les yeux. Il a perçu qu'on le soulevait et qu'on l'adossait à quelque chose de dur. Cette fois, les pointes ont mordu dans la chair de son cou et de sa gorge. Son poids, qui l'entraînait vers l'avant, accentuait la douleur. Puis il a commencé à étouffer.

Il s'est réveillé d'un coup. Il a vu le vide sous lui, la forêt autour. Il faisait nuit. Une lampe avait été allumée quelque part. Il n'y avait plus un mais deux hommes en noir au pied de l'arbre. Il a tenté de se débattre, d'attraper le barbelé qui était en train de l'étrangler. Les deux autres l'ont regardé mourir sans bouger. Sans doute n'a-t-il pas su de qui il s'agissait.

Didier Amalric avait tenu moins longtemps que Fraysse dans cette cave, à en juger par le faible nombre de jours d'écart entre sa disparition et la découverte de son cadavre. Lui aussi avait dû voir sa mort arriver avant d'être jeté dans le précipice. Il a complété les aveux du premier prisonnier. On pouvait se permettre d'éliminer Buissonnet loin d'ici, sans avoir à le torturer. C'était trop compliqué pour lui. En revanche, pour Mahous…

J'avais tellement serré les poings que je m'étais blessé. Je me suis levé de la planche en sursaut. Je devais à tout prix sortir de cet endroit. Aucun son de l'extérieur ne pouvait me parvenir, pourtant j'étais persuadé d'avoir entendu une voiture se garer dans la cour.

Je me suis vu prisonnier de ce souterrain. Je me suis imaginé à mon tour dans cette cellule, à subir les pires tourments. Si je disparaissais, que resterait-il de moi ? Une vieille maison remplie de documents sur Basse-Misère ; ma voiture garée près de ce lac qui m'avait obsédé et rendu fou. Fort logiquement, on penserait que c'est ici que j'avais voulu en finir et on aurait cherché mon cadavre dans les eaux du barrage. Jusqu'à le trouver au bout de plusieurs jours.

J'ai fermé la porte, fébrile, et j'ai éteint la lumière. Puis j'ai remonté le couloir au pas de course. J'ai coupé l'électricité et gravi l'escalier aussi vite que possible. Tout semblait silencieux dehors. Je me suis approché du portail de la grange. J'ai jeté un coup d'œil par la fente entre les deux panneaux. Garée au milieu de la cour, il y avait une voiture.

47

J'ai tenté de garder mon sang-froid. Je me suis efforcé de ne rien bousculer ni renverser. J'ai rabattu la trappe métallique avec mille précautions. Puis je l'ai fermée à clé et j'ai replacé les cartons par-dessus.

Venant de l'extérieur, j'ai entendu le grincement d'une porte ou d'une fenêtre. Au moment où j'ai poussé la tondeuse pour la remettre à sa place, des bruits de pas ont résonné dans la cour. Je suis allé rapidement jusqu'au buffet. J'ai laissé tomber la clé dans le bocal de boulons, j'ai revissé le couvercle avant de reposer le tout sur l'étagère. Mes gestes étaient calmes, assurés. Le contraire de l'état dans lequel j'étais.

Dehors, les pas se sont rapprochés du portail. J'ai aperçu un bref instant une ombre entre les interstices. Elle venait vers moi et n'allait pas tarder à me tomber dessus. J'ai retraversé le hangar en vitesse.

J'ai entendu le cliquetis d'une clé qu'on insérait dans la serrure. J'ai pris appui sur une aspérité du mur tout en m'agrippant au poteau de bois. La clé a fait un tour. Mon autre pied est venu se caler contre une traverse de la charpente. Deuxième tour de clé. Un autre creux dans le mur où j'ai pu poser mon pied. La porte a gémi sur ses gonds. La lumière s'est engouffrée par l'ouverture au moment où j'ai basculé sur le plancher de l'avancée, puis roulé dans la poussière pour échapper au regard de celui qui venait d'entrer dans la grange.

Je l'ai entendu poser quelque chose sur la table puis ouvrir l'une des portes du buffet et fouiller dans le bocal de boulons. Sans affolement, il est allé ensuite jusqu'au petit tracteur et l'a déplacé. Il a écarté les cartons et a déverrouillé la serrure. Il a soulevé la trappe en faisant du bruit. Quand j'ai pris le risque de me redresser, appuyé sur un coude, il était en train de descendre l'escalier. J'ai eu le temps de voir ses épais cheveux blonds attachés en queue-de-cheval avant qu'il ne disparaisse dans le souterrain. Il ne suspectait pas ma présence.

Je me suis mis debout. Je suis allé jusqu'à l'œil-de-bœuf et je me suis glissé de l'autre côté. J'ai refermé la lucarne le mieux possible. Puis je suis descendu en assurant mes prises, déclenchant à nouveau des averses de poussière mais en silence. Je me suis retenu de courir. Je suis allé à pas de loup jusqu'au trou dans le mur du poulailler.

J'ai retrouvé le jour et un peu d'air. J'étais en sueur et mes mains tremblaient. J'ai jeté un coup d'œil dans la cour. Personne. Il me restait une cinquantaine de mètres à parcourir à découvert avant de pouvoir disparaître derrière la haie. J'ai pris une profonde inspiration et je suis sorti.

J'ai voulu courir droit devant moi. Même si Loïc sortait de la grange, cette aile de l'ancienne ferme me cacherait à sa vue. Je me suis élancé. Hélas, je ne suis pas allé bien loin. Mon élan ridicule a été stoppé net. Arnaud Armengaud s'est montré, les mains dans les poches. Il a eu la délicatesse de ne pas rire. Moi, j'ai eu celle de ne pas vomir et d'empêcher ma vessie de lâcher.

— On a installé deux caméras de surveillance au cas où ils auraient tenté de s'échapper, m'a-t-il dit calmement.

— Je te croyais à Lyon.

Je ne sais pas comment j'ai pu articuler quelque chose. Mes oreilles bourdonnaient et mes jambes n'allaient plus me soutenir très longtemps.

— J'ai dû prendre quelques jours de congé supplémentaires quand j'ai découvert que tu suivais les bonnes pistes. On a essayé de te dissuader de continuer, mais à l'évidence ça n'a pas été suffisant.

Je l'ai regretté. Son frère est sorti du hangar et s'est dirigé vers nous, aussi calme que son aîné.

— Lequel de vous deux était dans la forêt, l'autre nuit ?

— Nous y étions tous les deux. J'ai compris qu'on avait échoué à te faire renoncer quand je t'ai vu dans le restaurant de Mahous, à Montpellier.

— Tu m'as suivi ?

— C'est lui que je surveillais. Sans toi, la dernière citation de *L'Attrape-cœurs* aurait déjà été publiée dans le journal et cette ordure serait passée par notre cave. Il y serait peut-être encore.

— Que va-t-il se passer maintenant ?

Arnaud m'a souri.

— Il me semble que nous avons à parler, non ? Nous serions mieux dans la maison.

Aucun des deux n'a cherché à me contraindre à les suivre. Ils se sont dirigés vers la bâtisse en me tournant le dos. Je leur ai emboîté le pas de mon propre gré.

Arnaud s'est tenu debout devant la baie vitrée, regardant le lac en contrebas.

— Il faut croire que nos parents nous ont contaminés. Mon père a réellement cru pouvoir attraper l'assassin de Guillaume en revenant ici à intervalles réguliers. Au fur et à mesure qu'il a renoncé, j'ai pris le relais. J'ai continué à chercher la faille, même quand j'ai quitté la vallée. Mais c'est Loïc qui l'a trouvée.

Son jeune frère avait une fesse posée sur l'accoudoir du vieux canapé et me faisait face, avec ce regard franc et doux qui le caractérisait.

— Je connaissais les projets d'Arnaud. J'ai toujours voulu en faire partie. Il pensait qu'une ou plusieurs personnes avaient menti. Il savait comment les faire parler. Quand nos parents nous ont laissé cette ferme, il a commencé les travaux dans le sous-sol, refusant que je l'aide, pour ne pas me compromettre. Alors, j'ai creusé de mon côté. Je suis tombé sur Fraysse par hasard. Je l'ai croisé plusieurs fois en discothèque. Il m'a suffi de tendre l'oreille pour que le doute s'installe. Il racontait souvent la même chose : il disait qu'il avait couché avec une fille vierge et qu'elle avait perdu tellement de sang qu'il en avait eu partout sur lui. Les autres n'écoutaient plus ses obscénités. Mais moi, sachant qu'il faisait partie des personnes présentes autour du lac la nuit des meurtres, je les ai entendues d'une autre manière. Une fois, il s'est embrouillé avec un voisin de comptoir. Fraysse ne faisait pas le poids et l'autre n'arrêtait pas de le provoquer. Alors, il lui a lancé qu'il allait lui écraser la tête. Le type s'est foutu de lui, le traitant de dégonflé et de mytho. « Qu'est-ce que tu crois ? Que je ne l'ai jamais fait ? Tu devrais te méfier. Je suis capable de recommencer avec toi. » C'est à peu près ce qu'il lui a répondu. Après ça, j'ai fait du chantage à Arnaud : il acceptait qu'on soit ensemble sur le coup et je lui donnais le nom d'une personne qui avait peut-être menti. Il n'a pas eu le choix.

J'avais vu juste. Fraysse a tout déballé et nous a donné les trois autres.

— Et toi, comment as-tu compris que Delmas n'était pas coupable ? m'a demandé Arnaud sans se retourner.

— En faisant mon métier. J'ai fouillé dans les archives, observé les photos, puis j'ai comparé les citations publiées dans *L'écho* avec les dates des décès.

— Nous avons trouvé ce moyen pour communiquer entre nous. La première citation, quand l'un de nous deux jugeait le moment opportun pour lancer les préparatifs. La deuxième, pour passer à l'acte… Nous avons opté pour la patience, le temps était notre allié. Il ne fallait pas qu'ils nous échappent, ni qu'on se fasse prendre. La seule entorse à notre plan a été l'impossibilité d'emmener Buissonnet jusqu'ici.

Ils n'avaient allumé aucune lampe. La lumière du jour dessinait de grandes ombres dans la pièce, qui enveloppaient la silhouette d'Arnaud.

— Et pour nous, comment tu as deviné ?

Je crois que j'ai souri en répondant :

— Il m'arrive de communiquer avec mon meilleur ami par l'intermédiaire de citations. Il y a eu l'histoire de ce petit déjeuner en colonie que je n'ai jamais oubliée. La façon dont tu protégeais Loïc. Ce lien si fort entre frères que tu reproduisais… La fois aussi où tu as raconté comment, avec tes copains, vous vous étiez glissés en pleine nuit jusqu'à la rive. Tu as dit que l'assassin devait être tapi tout près, que vous auriez pu le surprendre. Tu as trahi le fond de ta pensée : tu n'as jamais cru que Delmas était le tueur.

— Je vois. Quand j'ai appris que tu t'intéressais à l'affaire, je me suis dit que toi, tu allais trouver, et remonter jusqu'à nous.

Il s'est enfin retourné. Il est sorti de l'ombre.

— Il me manque terriblement. Pas un jour ne passe sans que son absence soit pour moi une souffrance insupportable. Ces quatre types ont dévasté ma vie. Il était hors de question qu'ils s'en sortent. À deux, nous avons pu brouiller les pistes, n'être jamais ensemble au même endroit, nous répartir les tâches. Loïc est une vraie pointure en informatique. C'est incroyable le chaos que l'on peut semer dans la vie des gens avec un ordinateur et le sens de l'observation. Nous avons démoli leurs existences avant d'y mettre un terme.

— La stratégie, c'était d'attendre le meilleur moment pour les enlever. Arnaud connaît des substances indétectables dans l'organisme et il m'a soutenu qu'on ne peut résister à la privation de sommeil. Fraysse a malgré tout tenu trois jours. Il n'a fallu que quelques heures à Amalric. Mais lui, on l'a gardé un peu plus longtemps. Parce que c'est lui qui a tué Guillaume.

— Ils l'ont tous tué. Tous les quatre, a corrigé son frère.

— Est-ce que vous avez retrouvé les vêtements de Fraysse ? Ceux qui étaient tachés de sang.

— Au début, ils ont voulu les conserver mais quand les gendarmes ont fouillé les deux maisons de Gilles Mahous, ils ont paniqué et les ont fait disparaître comme ils l'avaient fait pour ceux d'Emmanuel. Le père de Buissonnet était contremaître dans une usine de recyclage, où des tonnes de vieux habits arrivent chaque jour et sont transformées en rembourrage pour sièges de voiture ou fauteuils de salon. Tu vois le tableau… Les chaussures d'Emmanuel, elles, ont fini dans un container destiné aux Petits Frères des Pauvres.

Je n'ai pas demandé quelles versions ils avaient obtenues de la part de Fraysse puis d'Amalric. J'avais la mienne et elle me suffisait. Aucun des deux n'a insisté pour me les délivrer.

— Quand je t'ai vu chez Mahous, j'ai cru que tu étais allé le prévenir.

— En un sens, c'est peut-être ce que j'ai fait.

— Non, je ne crois pas. Tu l'as replongé en plein cauchemar. Tu as presque fait pire que ce que nous lui avons fait subir depuis plusieurs années. Mais cela va nous contraindre à agir rapidement. Il ne faudrait pas que l'envie lui vienne de disparaître dans la nature.

— Pourquoi avoir attendu autant avec lui ?

— Parce qu'il est le dernier. Nous redoutons ce qui va arriver après, quand nous en aurons fini.

J'ai retrouvé les mots de François Pastre. Basse-Misère ne laissait décidément pas s'échapper grand monde.

— Je voudrais comprendre une chose. Qu'est-ce qui a pu te pousser à venir remuer toute cette histoire ? Qu'est-ce que tu es venu chercher ?

— Je voulais me débarrasser de la peur.

— J'aimerais bien ressentir encore de la peur. Oui, je crois que j'apprécierais d'avoir peur de temps en temps. Au moins pour me sentir vivant. Pour qu'elle me rappelle que j'ai des choses à perdre. Peut-être qu'elle m'aurait fait renoncer, que jamais je n'aurais entraîné Loïc. Nous aurions pu construire nos vies en nous satisfaisant de la culpabilité de Delmas... Torturer et tuer un homme n'a rien de facile. Même quand on est habité par la haine la plus féroce...

J'ai quitté les frères Armengaud après qu'un long silence s'est installé entre nous. Je me suis levé sans un mot et je suis sorti de la maison, les laissant au milieu de leurs ombres. J'ai rejoint la route en contrebas et je l'ai longée jusqu'à ma voiture. Au moment où j'y parvenais, un pêcheur remontait du lac.

— Alors, ça a mordu ?

— Pas le moins du monde. J'ai dû avoir trois touches en tout et pour tout. Est-ce que vous pêchez aussi ?

— Non, cela ne m'est pas arrivé depuis longtemps. J'ai pêché ici plusieurs fois, avec mon père, quand j'étais enfant.

— Il devait y avoir plus de poissons que maintenant.

— Je ne m'en souviens plus très bien. Je sais juste que j'étais content de venir. Ça me suffisait.

— C'est vrai que c'est un joli coin.

Il m'a salué avec gentillesse. Il n'a pas entendu ma réponse à sa dernière réflexion. D'ailleurs, il est possible que je ne l'ai jamais prononcée, que je l'ai gardée pour moi.

— Ça non plus, je ne m'en souviens plus.

Sixième partie

« Il pleut.
Il commence à pleuvoir. »

48

Je ne peux plus bouger. Je suis conscient mais mon corps semble mort. Il fait nuit mais suffisamment clair pour que je voie où l'on m'emmène. J'ai reconnu le lac. Je sens l'odeur des feuilles mortes et de la terre humide. Les deux hommes habillés de noir m'ont traîné sur le sol, chacun m'a soulevé par une épaule. Ils portent des cagoules. J'ai beau savoir qui ils sont, je continue à les voir comme des êtres indéfinis, un mélange de tous ceux qui ont soif de vengeance depuis Basse-Misère. Sous ces masques, il ne peut y avoir le visage rond d'Arnaud, son sourire triste, ses bonnes manières, son accent pointu si travaillé qu'il en est irritant. Pas plus que Loïc parce que, dans mon esprit, il demeure le petit garçon assis devant son bol de chocolat, sur une chaise trop haute pour lui. Je préfère qu'ils aient gardé leurs cagoules, comme ça, je peux me persuader qu'il ne s'agit pas d'eux.

Une barque nous attend sur la berge. On me laisse par terre le temps de la mettre à l'eau. J'entends le craquement du bois, le choc sourd des rames contre la coque et la chanson du lac qui vient d'être dérangé dans son sommeil. Puis on me saisit à nouveau et on m'allonge au fond de l'embarcation. Je vois le ciel au-dessus de moi, un ciel étoilé et une demi-lune.

Celui des deux qui s'est saisi des rames n'a pas à pagayer très longtemps. Quand il s'arrête, la barque continue de glisser sur l'eau, en silence. Maintenant, ils se lèvent tous les deux en même temps. Leurs gestes sont coordonnés. On me relève. On me soutient. Les pourtours du lac se dessinent dans l'obscurité. Au milieu, l'eau repose, calme, à peine argentée par la lueur de la lune. Nous restons comme ça un moment, à contempler le spectacle. Dans quelques heures, au bout de cette ancienne gorge, le soleil va se lever. Sa lumière orange arrivera par ce côté et viendra fermer la parenthèse qu'est la nuit.

Je suis soulevé comme une plume. Avec une grande délicatesse, on me fait glisser dans l'eau. Je ne ressens pas le froid. Les deux hommes en noir sont toujours debout. Ils me regardent. Je flotte encore un peu, mes bras étendus de part et d'autre comme des pétales. Le lac me porte, me berce. Il me cajole avant de m'avaler.

Je sens bientôt un poids m'attirer vers le fond. Je m'enfonce. L'eau atteint mon menton, ma bouche, puis mon nez. Avant qu'elle ne me recouvre tout à fait, je vois une dernière fois la barque et les deux silhouettes aussi immobiles que des statues.

Je coule. La clarté de la nuit me laisse deviner la surface tandis que je m'en éloigne. Il fait sombre, de plus en plus sombre. Je me retiens de respirer. Je repousse le moment fatidique où il me faudra laisser l'eau pénétrer dans ma gorge, dans mes poumons et dans mon ventre. Je sais que la douleur sera terrible. Ma chute se prolonge. Mes membres semblent se réveiller mais il est désormais trop tard pour remonter. Je suis arrivé au bout de mes réserves. Je vais devoir inspirer. C'est maintenant que je vais mourir.

La sensation est atroce. Je veux de l'air et je n'ai que de l'eau. Elle me remplit comme une bouteille. Ma poitrine se gonfle, prête à imploser. J'étouffe. Mes yeux sont en train de sortir de leurs orbites. Ma peau se déchire. Mes entrailles sont martelées. Mes os se fendent avant de casser comme du verre. J'étouffe. Je veux faire un dernier effort pour expulser ce que j'ai en moi. Au moins essayer. Alors, j'y consacre mes dernières forces. Je m'entends presque hurler.

J'ai crié pour de bon. Je me suis retrouvé assis dans mon lit, trempé de sueur, à chercher l'oxygène qui me faisait défaut. La chambre d'hôtel s'est matérialisée autour de moi. J'ai mis du temps à pouvoir respirer normalement. La sensation d'étouffement était encore réelle, horrible.

La pluie battait les vitres de la fenêtre. Il n'était pas très tard. Cela faisait plusieurs jours que je me couchais tôt et que je faisais le même cauchemar. Chaque nuit, il empirait. C'était la première fois que j'allais jusqu'à ma mort. Je ne suis parvenu à me calmer qu'au bout de longues et pénibles minutes. Ma respiration est devenue moins douloureuse.

Je me suis levé. Je suis allé me passer de l'eau sur le visage. Les fois précédentes, me recoucher n'avait servi à rien. Alors, je me suis rhabillé et je suis descendu. Je suis sorti regarder la pluie tomber. C'était une pluie de printemps, épaisse et lourde. Prendre l'air m'a fait du bien. Mais la sensation d'être entraîné vers le fond demeurait. Je me suis dit qu'il fallait absolument que je m'en débarrasse.

Je suis retourné à Fonbelle afin de rassembler mes dernières affaires. Pour la deuxième fois en moins d'un an, j'ai mis en vente l'endroit où j'avais habité. Un déménageur est venu chercher ce que je ne pouvais emporter moi-même et l'a déposé dans un garde-meuble de la banlieue toulousaine. Près de l'hôpital de la vallée, j'ai trouvé une entreprise qui louait des boxes sur de longues périodes. J'ai réglé un an d'avance et j'y ai entreposé les cantines contenant les dossiers de Pastre. Je n'ai rien conservé. Pas même une photo. Celle de Justine a été la dernière à me regarder quand j'ai fermé le couvercle.

J'ai rédigé une lettre destinée à la fille de l'ancien journaliste. Je lui ai écrit que son père avait laissé des documents qui avaient été importants pour lui, qui représentaient une partie de sa vie mais aussi une sorte d'ogre qui l'avait dévoré. Elle pouvait en faire ce que bon lui semblait, les détruire si elle en avait envie. J'ai indiqué l'endroit où les récupérer et j'ai collé la clé de mon box au bas de la page, avant de tout mettre dans une enveloppe.

Pastre était toujours en vie, du moins si on ose appeler cela une vie. Après une brève période de réveil, un troisième AVC l'avait entièrement paralysé et il était plongé dans le coma depuis des mois. La même infirmière m'a accompagné à son chevet. J'ai voulu lui confier l'enveloppe mais elle m'a plutôt conseillé de la ranger dans le tiroir de la table de chevet, avec ses rares objets personnels.

J'ai pris une chaise et je me suis assis près de lui. J'ai posé ma main sur la sienne. Quand elle m'a vu faire, l'infirmière nous a laissés seuls.

Je l'ai appelé par son prénom. Le son de ma voix a résonné de manière lugubre dans la chambre. J'ai cru deviner un mouvement de ses paupières. Je lui ai demandé s'il reconnaissait le son de ma voix. Cette fois, c'est sa main que j'ai cru sentir frémir. Je me suis penché à son oreille et je lui ai tout raconté. Je n'ai pas été capable de lui dire autre chose. Je n'ai jamais su parler aux mourants, leur dire qu'il fallait qu'ils se reposent désormais, qu'il suffisait de se laisser aller, que je restais là, à veiller.

Après l'hôpital, je suis revenu dans notre rue, me garant presque devant notre maison. J'ai osé sonner. Une jeune femme est venue m'ouvrir. Je lui ai expliqué que j'avais habité ici, dans le temps, et que j'aurais bien aimé faire un tour dans le jardin. Elle m'a proposé de regarder l'intérieur mais j'ai refusé. Le jardin me suffisait. Alors, elle m'a laissé faire.

— Avez-vous été heureux ici ?

— Oui, je l'ai été.

— Parce que, nous, nous sommes très heureux. Quand nous avons visité, j'ai tout de suite senti que ça respirait le bonheur.

Une petite fille est apparue dans son dos, un peu inquiète de me voir en train de parler à sa mère. Elle est venue se coller à ses jambes.

J'ai longé la maison. Je me suis arrêté sous la fenêtre de mon ancienne chambre. Petit, j'étais souvent malade. Quand j'étais alité, je voyais le haut des arbres qui bordaient la rue. J'y avais trouvé deux compagnons, dessinés par les branches. Le premier avait une tête d'aigle, avec un regard sévère. Le deuxième ressemblait plus à un petit animal, une sorte de hérisson dont le museau était prolongé par une trompe. Ils apparaissaient à la tombée des feuilles et disparaissaient avant l'été. J'ai tenté de les retrouver. J'ai eu beau chercher, je ne les ai pas aperçus. Peut-être que seul l'angle de vue depuis mon lit était capable de les révéler. Peut-être que les arbres avaient poussé ou que certaines branches étaient tombées. Ou alors que je n'étais plus capable de les distinguer, tout simplement.

Je suis passé devant la haie au pied de laquelle poussaient les perce-neige que ma mère guettait chaque année. À l'arrière, ma vieille balançoire avait été remplacée par une plus récente. Le reste ressemblait à ce que nous avions, jusqu'au petit potager délimité par les framboisiers.

J'avais joué des heures dans ce jardin, j'y avais construit des histoires qui s'étaient transformées en sagas. Si, en grandissant, les choses m'étaient apparues plus sombres et plus inquiétantes, constituant l'envers de ma vie, ici se trouvait l'endroit, du moins ce qui en était la meilleure image.

Un soir, mon père était rentré du travail avec un arbuste en pot. Il s'agissait d'un cerisier. Nous étions allés le planter au fond du jardin, tous les trois. Ma chienne, encore jeune, gambadait entre nos jambes. Mes parents nous imaginaient déjà en train de venir manger les cerises sur l'arbre, les soirs de juin. Ensemble. Quand cet arbre a daigné donner des fruits, au bout de trop nombreuses années, nous n'étions pas venus si souvent que cela y piocher notre dessert.

Les jeunes feuilles avaient poussé et les fleurs n'allaient plus tarder à exploser de blancheur. J'ai coupé un petit morceau de branche. Je l'ai signalé à la jeune femme avant de partir. Je voulais simplement emporter ça avec moi.

J'ai fait sécher cette brindille surgie tout droit de mon enfance. Depuis, elle me sert de marque-page.

Je ne sais pas si m'efforcer de me souvenir du monde d'avant m'a aidé à me défaire de mon cauchemar récurrent. Des souvenirs de cette époque me reviennent dans le désordre, dispersés, quand je ne m'y attends pas. Et j'adore le moment où cela se produit.

Un vendredi d'avril, j'ai trouvé la dernière citation dans les petites annonces de *L'écho de l'Autan* auquel je m'étais abonné. Une nouvelle phrase prononcée par Phoebe : « Il pleut. Il commence à pleuvoir. »

Je n'ai ressenti aucune culpabilité. Et j'ai cessé de rêver que je mourais noyé.

Épilogue

François Pastre est mort deux jours après ma visite. J'ai su que sa fille l'a fait incinérer. Je ne sais pas si elle a trouvé ma lettre ni si elle est allée récupérer les dossiers. J'espère en tout cas que l'idée ne lui est pas venue, après avoir pris connaissance de leur contenu, de disperser les cendres de son père dans le lac.

Bertrand Armengaud et son épouse ont organisé une réunion publique, début juin, près de la prison où croupissait Thierry Delmas. Il y a eu plus de monde que prévu pour les entendre, eux, les autres parents et frères et sœurs, parler de ceux qu'on avait surnommés les « Oubliés de Nottingham ». Pour la première fois, leurs deux fils, Arnaud et Loïc, se sont joints à eux. Ils n'ont pas souhaité prendre la parole mais ils ont accepté de monter sur l'estrade, à la fin de la réunion, pour être avec les autres.

La tante d'Emmanuel a continué de venir voir sa sœur à Valdérieu chaque samedi. Quand le temps le permettait, elles allaient marcher dans le jardin. Son beau-frère les regardait, debout derrière la fenêtre du salon. Le soir, quand elle rentrait chez elle, elle se sentait sale. C'était idiot mais elle ne pouvait pas s'en empêcher. Elle passait un temps fou sous la douche à essayer de chasser cette mauvaise odeur. Avant de se coucher, elle ouvrait toujours le tiroir de sa table de chevet. Le livre d'Emmanuel était encore emballé dans son papier cadeau à fleurs. Elle se disait qu'un jour elle oserait ouvrir l'emballage. Ou mieux, l'offrir à quelqu'un de cher. Quelqu'un qui en valait vraiment la peine.

Le fils de Bernard Bardy m'a écrit. Une courte lettre. Il m'y racontait un de ses souvenirs. Peu de temps après le suicide de son père, son chien avait disparu. Il l'avait cherché partout, durant des heures, sans jamais le retrouver. Il en avait pleuré toute la nuit. Le lendemain matin, lorsque sa mère avait sorti la voiture pour les emmener en cours, sa sœur et lui, elle avait remarqué une trace rouge sur le pare-brise. Deux morceaux de chairs sanguinolents avaient glissé jusqu'aux essuie-glaces. C'étaient des testicules de chien. *Deux voies s'offraient à moi, j'ai choisi la seconde. Je suis parti et j'ai laissé toute cette rage derrière moi. Vous écrire me fait craindre de la retrouver. Alors je préfère m'arrêter là.*

En revanche, Philippe Brunet-Auriac est demeuré silencieux. Il est resté cette silhouette au loin, qui continuait à jouer au golf face au vent et au-dessus de l'océan, quand il n'allait pas défier l'un et l'autre à la barre de son voilier.

Il arrivait parfois que Florie s'éloigne un peu du chemin pour aller cueillir des fleurs. Son père s'asseyait et la regardait faire. À intervalles réguliers, elle s'assurait qu'il était toujours présent. Elle finissait par le rejoindre, même si son bouquet n'était pas complet. Alors ils repartaient. Elle ne lui répondait jamais mais lui continuait de lui parler. Il lui disait que l'été arrivait. Que le lendemain, ils essaieraient de voir les faons dans le bois.

Je n'ai pas cherché à savoir ce qu'il est advenu de Cédric Mahous. J'imagine qu'un matin il ne s'est pas présenté à son restaurant et qu'on a redouté le pire quand il n'a pas donné signe de vie les jours qui ont suivi. On avait raison de s'inquiéter.

Je me suis rendu chez Marielle. J'ai acheté un cadeau pour son fils, une belle peluche. Nous avons discuté longtemps tous les deux. Je lui ai dit qu'elle devrait avoir d'autres enfants. Être mère lui allait à ravir. Et elle ne pouvait pas refuser à son fils le droit d'être deux. Au moins deux. Elle en a eu les larmes aux yeux, surtout quand elle m'a annoncé qu'elle était enceinte.

Lors de la réouverture de la fac, après les vacances d'été, Jean-Henri a retiré lui-même la plaque à mon nom sur la porte de mon ancien bureau quand il a compris que je n'étais pas revenu sur ma décision de démissionner. Il a insisté pour la garder avec lui, dans un de ses tiroirs. J'aime bien penser qu'il s'est ensuite mis à sourire aux anges.

J'ai franchi le Shannon avec le bac. Il faisait bon. Sur le quai, on m'a indiqué la route pour rejoindre la ville. Elle bordait le fleuve en aval. Je me suis garé en face d'un bâtiment en pierre où avait été installé le centre culturel et artistique. Il était encore un peu tôt. Le soleil déclinait lentement. J'ai marché un moment le long de la rive caillouteuse. Un groupe de jeunes garçons et de jeunes filles est soudain apparu sur le cours d'eau à bord de plusieurs canoës. Ils étaient deux par embarcation, engoncés dans de gros gilets de sauvetage orange et suivaient leur moniteur en file indienne. Ils sont passés devant moi, dans un bruissement joyeux, prenant la direction de l'océan. Puis ils ont disparu derrière le premier méandre. Avant que ce soit tout à fait le cas, dans le contrejour, j'ai cru deviner une jeune fille parmi eux qui s'est retournée vers moi, m'a souri et m'a même adressé un petit geste de la main.

Le clocher de l'église a sonné 16 heures. Je suis remonté vers le centre culturel. Des grappes de personnes se sont mises à apparaître sur le trottoir. Siobhan est sortie dans les derniers. Elle portait sous son bras un immense carton à dessins, un fourre-tout sans doute plein à craquer servant de contrepoids sur l'autre épaule. Malgré la douceur de l'air, elle s'était encore enroulée dans une de ses écharpes sans fin.

Je me suis avancé depuis le trottoir d'en face. Elle m'a vu. Elle s'est figée, laissant les autres s'éparpiller. Son sac et son carton à dessins sont tombés par terre. Des feuilles ont commencé à s'en échapper, soulevées par un vent naissant.

Alors, j'ai traversé la rue.

Notes

« L'affaiblissement sensible des normes morales habituelles » durant la Première Guerre mondiale et les « silences les plus épais du récit combattant » que sont le recours massif à la prostitution, la masturbation et l'homosexualité, ont été empruntés à Stéphane Audouin-Rouzeau et à Annette Becker et à leur ouvrage : *14-18, retrouver la guerre*, Gallimard, 2000.

Les citations de *L'Attrape-cœurs* de J.D. Salinger sont tirées de la traduction d'Annie Saumont chez Pocket.

Si les événements et les personnages décrits dans ce livre sont tous fictifs, les lieux existent bel et bien sous un autre nom et, parfois, sous une autre forme. Et il fait toujours bon se baigner dans le lac.

Table des matières

Prologue 9

Première partie : « Votre robe de deuil traîne des feuilles mortes. » 13

Deuxième partie : « Toujours assauts divers... » 33

Troisième partie : « Je suis le petit enfant qui est allé ramasser votre écharpe dans la mer. » 137

Quatrième partie : « Ça commence quand je suis en train de mourir. » 321

Cinquième partie : « La nuit vint et il s'éleva un grand vent qui leur faisait des peurs épouvantables. » 427

Sixième partie : « Il pleut. Il commence à pleuvoir. » 527

Épilogue 537

Notes 541

Composition et mise en pages
Nord Compo à Villeneuve-d'Ascq

Imprimé en France par CPI

en avril 2016
N° d'impression : 3016919

Fleuve Éditions
12, avenue d'Italie
75627 Paris Cedex 13

Dépôt légal : avril 2016
R11560/01

FSC
www.fsc.org
MIXTE
Papier issu de sources responsables
FSC™ C003309

Fleuve Éditions, une marque d'Univers Poche,
est un éditeur qui s'engage pour
la préservation de son environnement
et qui utilise du papier fabriqué à partir
de bois provenant de forêts gérées
de manière responsable.